KAREN ESSEX

DIE PHARAONIN

Historischer Roman

Aus dem Englischen
von Bettina Zeller

Ullstein

Besuchen Sie uns im Internet:
www.ullstein-taschenbuch.de

Umwelthinweis:
Dieses Buch wurde auf chlor- und säurefreiem Papier gedruckt.

Deutsche Erstausgabe im Ullstein Taschenbuch
1. Auflage November 2007

Titel der amerikanischen Originalausgabe: *Pharao* (Warner Books, New York)
Umschlaggestaltung: Hilden Design, München
Titelabbildung: © Alexandre Cabanel,
Cleopatra Testing Poisons on Those Condemned to Death/
Koninklijk Museum voor Schone Kunsten, Antwerp/Bridgeman Art Library
Satz: Pinkuin Satz und Datentechnik, Berlin
Gesetzt aus der Minion
Druck und Bindearbeiten: Ebner & Spiegel, Ulm
Printed in Germany
ISBN 978-3-548-26804-0

Für meine Tochter Olivia Fox,
die ihre Mutter die meiste Zeit
mit der Königin von Ägypten
teilen musste

TEIL I

ALEXANDRIA:

Kleopatras Zwanzigstes Regierungsjahr

Die Königin mustert die Schar Huren, als müsste sie gleich eine ganz normale und nicht eine eher erbarmungswürdige Staatspflicht erfüllen. Stumm und angespannt lassen die Frauen die Inspektion über sich ergehen und erwarten den Befehl Ihrer Majestät.

Charmion, die müde Dienerin, dieses alte, seit vielen Jahren einer unberechenbaren Oberbefehlshaberin ergebene Schlachtross, hat sie stumm in Kleopatras Gemächer geführt. Es ist ihr tatsächlich gelungen, die kichernden Huren zum Schweigen zu bringen – eine wahre Meisterleistung. Aber das ist nun mal Charmions Art: Sie erfüllt ihre Pflichten mit einem Eifer, der sich jeglichen Gefühlen verschließt. Mit unerbittlicher Miene führt sie die oft genug seltsamen Wünsche ihrer Herrscherin aus, der sie sich mit Leib und Leben verschrieben hat. Obschon die aristokratische, in Alexandria geborene Griechin Charmion nicht sonderlich groß ist, erweckt sie den Anschein, alle anderen zu überragen. Mit ihrer Haltung beschämt sie jede Königin, selbst die Herrscherin, der sie dient. Trotz ihrer einundfünfzig Jahre ist ihre Haut erstaunlich glatt. Drei Falten, zart wie Insektenbeinchen, münden in die Winkel ihrer gelbbraunen Augen. Ihre vollen Lippen haben die Farbe von gebranntem Ton, gleich einem Fluss bei Sonnenuntergang. Und die beiden nach unten weisenden Furchen, nur erkennbar, wenn sie mit geschlossenem Mund lächelt, sind kaum wahrnehmbare Zeichen des Alters und Resultat jener Sorgen, die das Verhalten der Königin ihr bereitet.

Im Gegensatz zu ihrer Herrscherin verabscheut Charmion Männer. Wortlos und mit kummervoller Miene hat sie Kleopatras Beziehung zu Antonius ertragen, als hätte sie all die Jahre unter schwerer Verstopfung gelitten. Antonius, der Frauen, Schauspielerinnen, Bäuerinnen und Königinnen zu umgarnen weiß, ist es nie gelungen, ihr auch nur ein Lächeln abzuringen. Der Königin war zu Ohren gekommen, dass sich Charmion in ihrer Jugend mit Frauen eingelassen hatte, doch bestätigen konnte ihr diese Gerüchte niemand. Cäsar und die Beziehung, die Kleopatra mit ihm eingegangen war, hatte die Dienerin allerdings gutgeheißen, wenngleich allein das Ausbleiben von Kritik von ihrer Zustimmung kündete.

Auch Charmion hat sich wie eine Prostituierte ausstaffiert und Iras, den temperamentvollen Eunuchen und königlichen Friseur, dazu überredet, ihre Locken mit kleinen Edelsteinen und Goldbändern zu schmücken. Trotz ihrer Steifheit verfügt sie über das Talent, andere verführerisch herzurichten. Da sie die Neigungen des Imperators bestens kennt, hat sie vor allem vollbusige Frauen ausgewählt. Die prächtigen Brüste der üppigsten Huren hat sie in locker geflochtene Goldnetze verpackt, damit es so wirkt, als steckten die blutrot gefärbten Brustwarzen in einem eleganten Gefängnis und warteten nur auf ihre Freilassung. Das wird Antonius sicher gefallen, denkt die Königin.

Die Kurtisanen betrachten ihre Monarchin und fragen sich, was für eine Frau das ist, die ihrem Gemahl Huren schickt und zuvor auch noch deren Reize prüft, ehe sie ihnen erlaubt, ihn aufzusuchen. Die nervöse Königin weiß um die Gedanken der Frauen und versucht wie gewöhnlich, ihre aufgewühlten Gefühle mit frostiger Autorität zu überspielen. Sie erhebt sich, um ihre Soldaten zu inspizieren, die allerdings keine metallenen Rüstungen tragen, sondern die überschwänglichen Waffen der Verführung. Gerötete, leicht geöffnete Lippen – versteckte Einladungen. Rote, harte Brustwarzen wie Hibiskusblüten auf weißer Haut. Verlockend nackte Schultern, sanften Dünen gleich, auf die verführerische rotbraune Locken fallen, dazu ein Ohrring mit durch-

sichtigem Edelstein, spitz wie ein Dolch, der sich jeden Moment in das makellose Fleisch bohren kann. Leuchtende, von Kajal umrahmte verträumte Augen, die keine Fragen stellen. Augen, die nicht anklagen, die nichts wissen wollen, die sich aufs Lügen verstehen. Nackte Leiber. Ein flacher Bauch, dessen Nabel mit einem Granat oder vielleicht gar einem Rubin verziert ist. Und selbstverständlich die Hauptattraktion – das weibliche Herzstück, keck und unter durchsichtiger Gaze deutlich zu erkennen. Einige Huren haben sich die Scham rasiert, andere nicht. Gute Arbeit, Charmion, denkt die Königin. Wie alle Männer dürstet es auch meinen Gemahl nach Vielfalt.

Ihr Blick wandert über lange Finger, kleine Zehen, mit Ringen und Edelsteinen geschmückt. Ausgezeichnet. Aber die da, die nicht. »Sie muss gehen«, sagt die Königin mit scharfer Stimme. Dabei richtet sie sich jedoch nicht an die vor ihr stehende Halbblutschönheit mit den kleinen, wulstigen Händen, sondern an Charmion, die das Mädchen sofort mit einer Handbewegung des Raumes verweist. Antonius, ein absoluter Kenner weiblicher Formen, hasst »Patschhändchen«.

»Haben wir mehr?«, erkundigt sie sich bei ihrer Hofdame, wohl wissend, wie gut diese auf jede Situation, jede Katastrophe vorbereitet ist.

»Ja, Eure Königliche Hoheit. Im Vorzimmer warten noch ein Dutzend.«

»Bring mir noch zwei dünne Mädchen. Knabenhaft. Jung, bitte. Zwei hemmungslose Schönheiten mit Lausbubengesichtern.«

Mit einem Nicken verlässt Charmion den Raum und kehrt mit dreizehnjährigen Zwillingen in schlichten griechischen Knabenroben zurück. Aus dem gefalteten Stoff lugt eine kleine Brust hervor. Die androgynen Kreaturen verneigen sich tief und verharren in dieser Haltung, während die Königin an ihnen vorbeigeht. Erst als Charmion mit den Fingern schnippt, erheben sie sich. Von Natur aus willfährig und gut geschult. Das sollte ihrem Gemahl gefallen. Eine vielfältige Auswahl.

»Ja, ich denke, jetzt sind wir fertig. Zwölf reichen.«

»Meine Damen«, ruft sie mit gebieterischer Stimme, und die Frauen stehen stramm. Allein Sidonia, die üppige rothaarige Oberkurtisane, sucht ihren Blick. »Marcus Antonius, mein Gemahl und Gebieter, römischer Prokonsul und Befehlshaber über die Armeen des östlichen Imperiums, hat sich zurückgezogen. Allein, mutlos und untröstlich sitzt er da und starrt den ganzen Tag nur aufs Meer hinaus«, fährt sie fort. »Den ranghöchsten Ministern meiner Regierung bin ich zwar keine Erklärungen schuldig, und Hofkurtisanen gegenüber schon gar nicht. Aber ihr, meine Damen, stellt bei meinem Feldzug die Infanterie. Vorbei die Zeiten, da ihr nur Freude gespendet habt, da ihr Vertreterinnen der erotischen Kunst, Empfängerinnen vergossenen Samens wart. Heute werdet ihr in einen anderen Stand erhoben. Heilig ist eure Sache, unaufschiebbar eure Mission. Das Schicksal Ägyptens steht auf dem Spiel, eures ebenso wie das meine. Nichts Geringeres als die Welt steht auf dem Spiel.«

Die Anwesenden starren ihre Herrscherin ungläubig an. Was hat Kleopatra mit einer Armee Huren im Sinn? Wieso legt sie das Schicksal ihres Königreiches in die Hände einer Horde bemalter Dirnen?

»Ihr müsst meinen Gemahl aus seinem trostlosen Zustand befreien. Nicht mehr und nicht weniger.«

Eine der jungen Frauen, die mit dem flachen Bauch und dem edelsteingeschmückten Nabel, versucht ein Lächeln zu unterdrücken, doch als Sidonia sieht, wie Charmion warnend eine Braue hebt, versetzt sie dem Mädchen einen Hieb, und es sinkt weinend zu Boden. Mit einer Verbeugung entschuldigt Sidonia sich bei der Königin und verpasst dem Mädchen mit der Sandale einen Tritt, bis es nur noch wie ein geprügelter Hund wimmert.

Die Königin ist leicht amüsiert, verzieht jedoch keine Miene, worauf sie sich hervorragend versteht, schließlich ist sie bei dem verstorbenen Julius Cäsar in die Lehre gegangen. »Heute Abend, meine Damen, werdet ihr einem der größten Männer der Ge-

schichte zu Diensten sein. Sein Mut ist legendär. Fast die ganze Welt hat er erobert. Seine Loyalität und sein Heldentum suchen ihresgleichen. Dennoch sitzt er allein und verdrossen in seinem Anwesen am Meer. Der mächtige Löwe verkriecht sich und leckt sich die Wunden. Er bedarf dringend der Aufmunterung. Muss seine Männlichkeit wiederentdecken. Und wir alle hier wissen, was einen Mann zum Mann macht, nicht wahr?«

Die Huren lächeln. Trotz der riesigen Kluft, die sich zwischen der Königin von Ägypten und den versklavten Kurtisanen auftut, verfügen sie über dasselbe intuitive Wissen. Ein Wissen, das jede Frau besitzt, das jede Frau einsetzt.

»Über die neuesten Gerüchte bin ich im Bilde. Auch weiß ich, wer sie unters Volk bringt. Darum wird man sich kümmern. Aber was euch betrifft, ihr werdet all diejenigen, die eure Gemächer aufsuchen, wissen lassen, dass eure Königin siegreich und mit wehenden Fahnen aus dem Krieg in den griechischen Gewässern in den heimischen Hafen gesegelt ist. Ihr müsst sagen, dass der Imperator, mein Gemahl, euer männlichster und anspruchvollster Kunde ist, dass ihr mit eigenen Ohren gehört und mit eigenen Augen gesehen habt, welche Pläne er schmiedet, um unseren Erzfeind Octavian zu besiegen. Denn er wird unsere Welt in Angst und Schrecken versetzen, sollte seinen Ambitionen nicht Einhalt geboten werden. Bekanntlich erlaube ich den Soldaten nicht, sich mit Hofkurtisanen zu vergnügen, auch wenn das politisch manchmal von Vorteil wäre. Die römische Armee wird sich diesen Regeln nicht beugen, falls sie unsere Stadt belagert. Jeder Einzelnen von euch lege ich daher nahe, darüber nachzudenken, welchen Ruf Rom hat. Das Imperium ist berüchtigt dafür, grausam und niederträchtig zu den Frauen in den eroberten Gebieten zu sein. Malt euch das Schicksal aus, meine Damen, das euch ereilen wird, sollte der Imperator seine finstere Stimmung nicht überwinden und sich weigern, euch vor den Römern zu beschützen.«

Sie machte eine Pause und musterte die Anwesenden eindringlich. »Deshalb muss es euch gelingen, die Manneskraft meines Ge-

mahls wieder zu entfachen. Danach sollt ihr voller Überzeugung jedem Mann, jedem Minister, Künstler und Soldaten, der in euer Bett steigt, ausführlich erzählen, dass der große Antonius kämpft, wie er liebt – nämlich inbrünstig und leidenschaftlich. Dass seine Kühnheit im Krieg nur noch von seiner Forschheit in der Liebe übertroffen wird. Diese Kunde soll in jeden Winkel der Stadt vordringen, bis zu den Matrosen, die sie dann in andere Häfen tragen werden. Ich weiß, ihr besitzt ein hohes Maß an Überzeugungskraft. Für diese Mission habe ich nicht nur die Schönsten, sondern auch die Intelligentesten von euch ausgewählt. Die Scharfsinnigsten.

Da ihr alle auch raffiniert seid, werde ich euch einen Handel vorschlagen. Falls ihr eure Aufgabe zu meiner vollen Zufriedenheit erledigt, sollt ihr die Freiheit erhalten, nachdem Octavian besiegt ist. Falls ihr jedoch versagt und mein Gemahl auch weiterhin in seinem Turm ausharrt und sich wie ein trotziges Kind aufführt, werdet ihr auf den Feldern landen und die Ernte einbringen oder in die nubischen Minen geschickt. Lasst mich ganz offen sprechen: Solltet ihr den Thron verraten, solltet ihr auch nur ein einziges Wort über die Niedergeschlagenheit des Imperators verlieren, sollten Gerüchte über seine Übellaunigkeit zu euch zurückverfolgt werden können, solltet ihr meine Befehle nicht buchstabengetreu ausführen, werdet ihr sterben. Oder zumindest euren Tod herbeiwünschen.«

Ihr Lächeln erstarb. Dann sagte sie zu Charmion: »Sie können sich entfernen.«

ALEXANDRIA:

Kleopatras drittes Regierungsjahr

Kleopatra sah aus dem Fenster und genoss den Anblick, der sie vor ihrer Flucht ins Exil jeden Morgen begrüßt hatte. Im königlichen Hafen verrieten nur wenige Anzeichen, dass Julius Cäsar Alexandria okkupiert hatte. Die Vergnügungsschiffe der königlichen Familie Ägyptens schaukelten gemächlich am Kai. Nachdem sich der Morgennebel gelichtet hatte, spannte sich der diesige Himmel über das leuchtend blaue Wasser, und sie war dankbar, dass sie nicht länger die stickige, heiße Luft des Sinai atmen musste.

War es erst gestern gewesen, dass sie über dieses wunderbare blaue Meer heimlich in ihre Heimat zurückgekehrt war, versteckt auf einem Piratenschiff? Sie hatte sich angekleidet, so gut sie es ohne die Hilfe ihrer Dienerinnen vermochte, wohl wissend, dass der letzte Abschnitt der Reise anstrengend werden würde und dass man sie bei ihrer Ankunft im Hafen von Alexandria auf keinen Fall erkennen durfte. Von Dorinda, der Frau des Piraten Apollodorus, hatte sie sich bei ihrer Toilette helfen lassen. Sie brachte ihre während des Exils vernachlässigten Locken in Form und schmückte sie mit Edelsteinen. Dazu wäre Kleopatra durchaus auch allein imstande gewesen, hätten ihre Hände nicht vor Aufregung gezittert. Sie hatte mit ihren Ratgebern gestritten und deren Einwände, es sei zu gefährlich, wieder ägyptischen Boden zu betreten, zurückgewiesen. Nun hatte sie vor, sich verkleidet an der römischen Armee und den Soldaten ihres Bruders vorbeizustehlen, um sich mit Cäsar zu treffen.

Dorinda zog einen atemberaubend bunten Seidenschal hervor und wickelte ihn um die Taille der Königin, sodass er deren straffen, jungen Körper zur Geltung brachte. Kleopatra betrachtete sich im Spiegel und fragte sich, ob sie mit Dorindas Hilfe wie eine Königin oder eher wie eine angehende Prostituierte aussah. Andererseits wussten Männer ein solches Erscheinungsbild ebenso zu schätzen wie königliches Gebaren. Vielleicht würde Apollodorus so tun, als wäre sie eine Hure, die dem mächtigen Cäsar geschickt wurde. Dagegen hatte sie nichts einzuwenden. Hauptsache, sie gelangte in sein Quartier und erhielt seine Zustimmung, dort bleiben zu dürfen.

Die Königin gestattete der Frau, ihre Hand zu küssen, und schenkte ihr ein Paar schwere Kupferohrringe sowie einen Silberbarren, ehe Apollodorus ihr in das kleine Boot half, das außerhalb des ägyptischen Hoheitsgebietes auf hoher See auf sie wartete. Dorinda legte die Ohrringe an, bewegte ihren schönen Körper, bis das Geschmeide tanzte, und winkte zum Abschied.

Dann waren Kleopatra und Apollodorus in dem kleinen Boot allein. Sie fragte sich, was passierte, falls heftiger Gegenwind aufkam. Musste sie dann wie ein Sklave rudern, damit sie ans Ufer gelangten? Sei's drum. Sie würde tun, was nötig war. Sie versuchte sich einzureden, dass sie wie früher mit ihrer Jugendfreundin Mohama nichts weiter als ein Abenteuer erlebte. Damals hatte sie versucht, in einer politisch prekären Lage ein wichtiges Scherflein beizutragen, aber in jenen Tagen hatte sie nicht geahnt, dass solch riskante Täuschungsmanöver irgendwann zum Alltag ihres Erwachsenenlebens gehören würden. Was hätte sie in diesem Moment für die Gesellschaft dieser wunderschönen braunen Frau gegeben, die den Amazonen so ähnlich gewesen war. Doch Mohama und alle anderen kindischen Phantastereien, denen Kleopatra nachgehangen hatte, waren längst begraben, sie waren den politischen Realitäten zum Opfer gefallen, die Rom mit seiner Entschlossenheit, die Welt zu beherrschen, schuf.

Apollodorus setzte die Segel und gesellte sich dann zu ihr.

»Was treibt diesen Cäsar deiner Meinung nach um?«, fragte sie. Apollodorus war ein Pirat, ein Gesetzloser, ein Dieb, und dennoch hatte Kleopatra ihn als scharfsinnigen Deuter der menschlichen Natur schätzen gelernt. Leider gestand der Pirat, dass er sich keinen Reim auf den Mann machen könne, zumal die Schilderungen über dessen Charakter ziemlich widersprüchlich seien. Man erzähle sich, er sei das eine Mal grausam und lasse das andere Mal Gnade walten. Im Kampf gegen die römischen Senatoren habe Cäsar kaum einen geschont. In Gallien hingegen habe er Pompejus' Offiziere erst gefangen genommen und sie dann ziehen lassen. Es gebe Soldaten, die er im Verlauf des Krieges viermal geschnappt und mit dem Auftrag wieder freigelassen habe, Pompejus auszurichten, er wünsche Frieden.

»Wenn man sich Cäsar ergibt, verschont er einen. Bietet man ihm jedoch die Stirn, bezahlt man mit dem Leben«, sagte der Pirat. »Möglicherweise ist das die Lektion, die Eure Majestät während des Treffens beherzigen sollte. Jene griechischen Städte, die ihm ihre Tore öffneten, wurden belohnt. Doch das Schicksal der armen Bewohner Avaricums, die jetzt bei den Göttern sind, hat er seinen Männern überlassen, die ein entsetzliches Massaker anrichteten. Gnädig, grausam, ich kann es nicht sagen. Ein vielschichtiger, aber – dessen bin ich mir sicher – auch ein großer Mann.«

Unvermittelt setzte die Dämmerung ein, und der Pirat lenkte ihre Aufmerksamkeit auf den Hafen. Im schwächer werdenden Licht entdeckte sie den vertrauten Leuchtturm von Pharos, das Wahrzeichen ihrer Jugend und eines der großartigen Zeugnisse der Herrschaft ihrer Familie über Ägypten. Der Turm war in diffuses Abendrot getaucht, als die Sonne im Mittelmeer versank. Die ewig brennende Flamme im obersten Stock leuchtete hell. Dieses imposante Bauwerk, das seit über drei Jahrhunderten die Einfahrt zum sicheren Hafen markierte und der Geniestreich ihres Vorfahren Ptolemaios II. Philadelphus und seiner Schwestergattin Arsinoe war, hieß sie nun daheim willkommen. Nicht zum ersten Mal kehrte sie aus dem Exil zurück, doch es war ein Novum, dass eine Flotte Kriegsschiffe in V-förmiger Formation vor der Stadt lag.

»Das sind keine ägyptischen Schiffe«, sagte sie, während sie die Fahnen betrachtete. »Ein paar stammen aus Rhodos, ein paar aus Syrien, einige aus Sizilien.«

»Alles Territorien, die Cäsar womöglich um Verstärkung gebeten hat«, meinte Apollodorus.

»Kriegsschiffe im Hafen? Was bedeutet das? Dass Alexandria tatsächlich Krieg führt gegen Cäsar?«, fragte Kleopatra.

»So scheint es. Wir müssen jetzt erst einmal Cäsars Marine und die Armee des Feldherrn Eures Bruders, Achillas, passieren, ehe Ihr mit Cäsar konferieren könnt. Ob uns meine Kontaktleute auf den Docks unter diesen Umständen helfen können, vermag ich nicht zu sagen. Eure Majestät, wie Ihr sehr wohl wisst, passt sich in Kriegszeiten die Politik den Gegebenheiten an. Ich fürchte, unser einfacher Plan, Euch als meine Frau auszugeben, könnte unter diesen schwierigen Bedingungen wenig hilfreich sein.«

»Dem stimme ich zu«, sagte sie. Ihr Herz begann heftig zu schlagen, und dieses inzwischen schon vertraute Pochen ergriff Besitz von ihrem Körper, zehrte an ihrer Willenskraft, nagte an ihrem Verstand. Nein, das darf ich nicht zulassen, schalt sie sich. Der Furcht darf ich mich nicht ausliefern.

Allein ich und die Götter bestimmen mein Schicksal, sagte sie sich. Kein Herz, kein Organ. Ich kontrolliere mein Herz, mein Herz kontrolliert nicht mich, wiederholte sie stumm, bis das Dröhnen in den Ohren nachließ, sie das wohltuende Plätschern der Wellen vernahm, die gegen das Boot schlugen, und ihre Nerven sich beruhigten. Sie neigte den Kopf und betete.

Isis, Göttin der Anteilnahme, du Göttin, der ich mein Glück und mein Schicksal schulde. Beschütze mich, schenk mir Kraft, steh mir bei, damit ich diesen Schritt wage und dich auch in Zukunft ehren und dem Land meiner Väter und Mütter dienen kann.

Als sie von ihrem Gebet aufblickte, sah sie, dass sie weiter in Richtung Ufer getrieben waren und nun zwischen den Flotten aus Rhodos und Syrien schwammen. In dem Moment dämmerte ihr, dass sie sich verstecken musste. Wie hatte sie nur so einfältig sein können zu denken, sie könnte sich so ohne weiteres in die Stadt schleichen, wo sie doch landauf, landab bekannt war? Wollte sie eine Entdeckung vermeiden, musste sie schnell handeln.

Umgehend weihte sie Apollodorus in ihre Gedanken ein.

»Zur Umkehr ist es noch nicht zu spät, Eure Majestät …«, bot er an.

»Nein!«, unterbrach sie ihn. »Dies ist mein Land. Mein Bruder sitzt im Palast und tut, als wäre er der alleinige Herrscher über Ägypten. Zweifellos hat Cäsar meinen Brief bekommen und erwartet meine Ankunft. Von diesen Meeresungeheuern lasse ich mich nicht aufhalten«, sagte sie und breitete die Arme aus, als wollte sie alle Schiffe auf dem Meer umarmen. »Das werden die Götter nicht zulassen, und ich auch nicht.«

Apollodorus sagte nichts. Kleopatra richtete eine weitere stumme Bitte an die Göttin und hielt den Blick gesenkt, während sie auf Inspiration wartete. Einen Augenblick lang versank sie in dem aufwändigen Muster des persischen Teppichs, den die Männer zu ihrer Bequemlichkeit in letzter Minute an Bord gebracht hatten. Ein unbekannter Handwerker hatte Jahre darauf verwendet, reihenweise symmetrische Kreuze in die Seide zu sticken. Plötzlich hob sie den Kopf, fixierte den Teppich und maß ihn im Geiste aus. Die feinen Seidenfäden konnten der zarten Haut einer jungen Frau nichts anhaben, falls sie sich darauf bettete. Oder darin einwickeln ließ.

Die letzten Strahlen der untergehenden Sonne leuchteten auf. Hilflos saß ihr Begleiter mit seiner kompakten und muskulösen Statur da und wartete auf die Entscheidung der Königin, während sein Boot gefährlich nah ans Ufer trieb.

»Hilf mir«, sagte sie, als sie den Teppich auf die Bootplanken legte und sich an einem Ende niederließ.

Apollodorus erhob sich und starrte auf die Königin hinab, die wie eine Mumie mit auf der Brust gefalteten Händen dalag.

»Aber Eure Majestät wird ersticken«, protestierte er und streckte ihr die Hände entgegen, als hoffe er, sie wieder zur Vernunft zu bringen. »Wir müssen von hier verschwinden.«

Die Sonne war untergegangen. Nun war seine breite Gestalt über ihr nur noch eine dunkle Silhouette, die sich vor dem Nachthimmel abzeichnete.

»Hilf mir, schnell, und vergeude unsere Zeit nicht mit Fragen«, sagte sie. »Julius Cäsar wartet.«

* * * * *

Als der vierschrötige Sizilianer Cäsars Gemächer betrat und verkündete, er bringe ein Geschenk von der rechtmäßigen Königin Ägyptens, das er dem großen Imperator zu Füßen legen wolle, zückten dessen Soldaten die Schwerter. Cäsar hingegen lachte bloß und sagte, er brenne darauf, zu sehen, was das verbannte Mädchen an den Wachen des Bruders vorbei in den Palast geschmuggelt habe.

»Das ist ein Fehler, mein Herr«, behauptete der Kommandant der Wache. »Diese Leute wollen nur Eure Gutmütigkeit ausnutzen.«

»Dann werden wir auch ihnen eine Lektion erteilen, nicht wahr?«, erwiderte Cäsar.

Der Pirat legte ihm den Teppich zu Füßen und schnitt mit seinem Messer die Umschnürung auf. Als er ihn langsam und behutsam aufrollte, bemerkte Cäsar, dass es sich um erstklassige Handwerkskunst handelte, wie man sie nur in den östlichen Ländern fand. Genau von der Sorte, um die er Pompejus bei seinem letzten Besuch in dessen Haus in Rom beneidet hatte. Und auf einmal rollte ein Mädchen aus dem Stoff, als wäre es selbst Teil des geometrischen Musters, setzte sich im Schneidersitz hin und sah ihn an. Ihr kleines Gesicht war stark geschminkt, das dicke braune Haar mit zu vielen Edelsteinen geschmückt. Wie eine Dirne hatte sie sich ein Tuch um die schmale Taille gebunden, was ihre ansprechende Figur unterstrich. Die junge Königin musste über eine gute Portion Humor verfügen, wenn sie Cäsar diese kleine Piratenhure sandte. Richtig schön ist sie nicht, dachte er, aber hübsch. Sie besaß volle Lippen; jedenfalls vermutete er das unter der Schminke. Ihre grünen Augen standen leicht schräg und forderten ihn auf, jetzt das Wort an sie zu richten, als wäre es an Cäsar, sich dieser kleinen Dirne vorzustellen. Doch der Pirat ergriff als Erster das Wort.

»Heil Königin Kleopatra, Tochter der Isis, Herrin über die beiden Reiche Ägyptens.«

Cäsar stand auf – aus Gewohnheit und obgleich er noch nicht davon überzeugt war, dass es sich bei dem Mädchen nicht um eine Betrügerin handelte. Sie erhob sich ebenfalls, gab ihm aber geschwind mit einer Handbewegung zu verstehen, dass er sich setzen sollte. Höchstwahrscheinlich besaß nur eine Königin die Kühnheit, sich so zu verhalten. Er ließ sich wieder auf seinen Platz sinken, und sie sprach auf Latein zu ihm, ließ ihm allerdings keine Möglichkeit, ihr Fragen zu stellen. Stattdessen trug sie ihm vor, wie ihr Bruder und seine Höflinge sie unter Hausarrest gestellt, zur Flucht aus Alexandria und ins Exil gezwungen hätten, erklärte, dass die Regenten ihres Bruders die Repräsentanten der antirömischen Fraktion in Ägypten seien, dass sie stets die Politik ihres Vaters verfolgt habe, die auf ein freundschaftliches Verhältnis zu Rom setze, und dass sie – was noch wichtiger war – die Absicht habe, jene Schulden abzutragen, die ihr Vater bei dem römischen Geldverleiher Rabirius gemacht hatte, was ihrer Einschätzung nach der wahre Grund sei, aus dem Cäsar Pompejus nach Alexandria gefolgt war.

Ehe Cäsar etwas erwidern konnte, schlug die Königin vor: »Sollen wir uns vielleicht auf Griechisch unterhalten, werter Feldherr? Bei Verhandlungen erweist sich diese Sprache als wesentlich präziser, findet Ihr nicht?«

»Wie Ihr wünscht«, erwiderte Cäsar. Von nun an fand die Unterhaltung in ihrer und nicht in seiner Muttersprache statt – was ihn nicht weiter störte. Er sprach griechisch wie ein gebürtiger Athener. Und er bewunderte ihren Schachzug. Sie hatte ihm bewiesen, dass sie seine Muttersprache beherrschte, und sie gleichzeitig gegenüber dem weitaus kultivierteren Griechisch herabgesetzt. Der Stolz der Griechen war legendär. Offenbar bildete dieses Mädchen da keine Ausnahme.

Weil sie aber über viel Charme verfügte und Intelligenz besaß, versprach er, sie gemäß dem Vermächtnis ihres Vaters und der ägyptischen Tradition wieder als Königin einzusetzen. Dazu hatte er sich ohnehin entschieden, aber nun bereitete ihm sein Entschluss sogar Freude. Nicht nur, dass er die junge Königin zufriedenstellte, nein, er würde auch Potheinos ärgern, den grässlichen Eunuchen, den Cäsar verachtete. Kleopatra hatte ihm einen großen Teil des Staatssäckels versprochen, den er für Rabirius mit nach Rom nehmen würde. Eine Erleichterung, versicherte er ihr, diese watschelnde alte Ente endlich bezahlen und loswerden zu können. Kichernd erinnerte Kleopatra sich an den Anblick von Rabirius' großem wackelndem Hinterteil, als er aus Alexandria gejagt wurde.

»Ich hoffe, Euch gefällt unsere Stadt«, sagte Kleopatra. »Nehmen wir Euch ebenso für uns ein, wie Ihr uns eingenommen habt?«

Cäsar musste laut lachen. Er erzählte dem Mädchen von einem Vortrag, dem er erst kürzlich im Museion beigewohnt hatte, diesem Zentrum der Lehre, von dem ihm über die Jahre nur Gutes zu Ohren gekommen war. Sie habe auch dort studiert, behauptete sie, und was ihr im Exil am meisten gefehlt habe, sei weder das Federbett gewesen noch das Küchenpersonal, das sich aus einhundert Personen zusammensetzte und die besten Mahlzeiten der Welt zubereitete, sondern es seien die vielen Bücher in der Großen Bibliothek und die Besuche von Gelehrten, Poeten und Wissenschaftlern gewesen, die ihren Geist anregten.

Nun, da Kleopatra endlich wieder zu Hause war und erneut das Zepter übernommen hatte, kehrte ihre Selbstsicherheit zurück. Entspannt lehnte sie sich nach hinten, orderte Wein, legte einen langen, wohlgeformten Arm auf die Sofalehne und streckte die zierlichen Füße, die in Sandalen steckten, in Richtung des Römers. Dass sie so ohne weiteres in seiner Gegenwart Befehle erteilte, irritierte Cäsar, andererseits war dies ihr Palast. Ehe er sich's versah, philosophierten sie über das Thema Besatzung, und er pries angetrunken Posidonios, während sie jedes seiner Argumente in Frage stellte.

»Posidonios hat nachgewiesen, dass Rom, indem es alle Völker der Welt vereint, dafür sorgen kann, dass die Menschheit eine den Göttern unterstehende Nation bildet«, erläuterte Cäsar. »Durch Unterwerfung wird Harmonie erreicht.«

Ein leises Lachen, beinah ein Kichern, kam Kleopatra unwillkürlich über die Lippen. »*Eint* Rom, werter Feldherr? Wäre ersticken nicht das zutreffendere Wort?«, fragte sie mit großen, funkelnden Augen. Er wusste nicht, ob sie ihn einfach nur herausfordern oder erregen wollte. Doch mit ihrer verführerischen Stimme, die fast wie ein Musikinstrument klang, und der Sinnlichkeit, die ihren Bewegungen anhaftete, erreichte sie eher das Letztere.

»Vielleicht trifft ersticken zu, aber nur im Dienste des Gemeinwohls.«

»Wessen Gemeinwohl?«

»In Gallien, wo ich viele Jahre zugebracht habe, haben sich Männer aus verwandten Stämmen, die eine Sprache sprachen und von derselben Herkunft waren, seit Ewigkeiten bekämpft, um sich gegenseitig zu vernichten. Es dauerte nicht lange, bis ich erkannte, dass meine Armee zwar gegen diese Stämme Krieg führte, gleichzeitig aber ein ganz anderer, geheimer Krieg vonstatten ging, einer, in dem sich die Stämme unaufhörlich untereinander bekämpften. Das trifft auch auf Illyricum und Dakien zu. Was Ihr womöglich als Akt der Unterwerfung seht, ist in Wahrheit ein Weg, den Frieden zu erzwingen. Nur Knechtschaft hat sie von den ewig währenden Stammesfehden erlöst. Aber zuerst muss der kollektive Wille der unbeirrbaren Vision eines Mannes unterworfen werden. Versteht Ihr, was ich damit sagen will?«

»Ich verstehe«, stimmte sie zu, woraufhin er sich fragte, ob sie nicht überlegte, mit welchem Argument sie ihm den entscheidenden Schlag versetzen konnte.

»Ihr seid jung und habt Posidonios nicht kennengelernt, meine Liebe, aber von seiner Bekanntschaft hättet Ihr sicherlich profitiert. Er ist viel gereist und hat in fast allen Winkeln der Erde die Künste und Wissenschaften studiert.«

»Eigenartig, dass er nie *hier* gewesen ist, wo sich bekanntermaßen die größten Philosophen der Welt versammeln«, entgegnete sie zu Cäsars Verärgerung. »Wie dem auch sei, die Einigung der Völker, von der Ihr sprecht, werter Feldherr, ist nur bei denen angemessen, die Eurer Meinung nach der Vervollkommnung bedürfen. Wie steht es mit uns zivilisierten Griechen, die bereits kultiviert sind? Wie ist es zu erklären, dass wir aufblühen, obwohl wir von einer Kultur unterjocht werden, deren Künste und Philosophien samt und sonders von den unseren abgeleitet sind?«

Das ging nun wirklich zu weit, andererseits trug sie ihre Kritik sehr charmant vor, und sie war sich ganz gewiss darüber im Klaren, dass sie keine Macht über ihn hatte. Demnach konnte er es sich leisten, großzügig zu sein. Sie war noch so jung, gerade mal einundzwanzig Jahre alt, jünger als seine Julia jetzt wäre, würde sie noch leben. »Bestimmt waren die Götter an jenem Tag betrunken, als sie ein anmaßendes griechisches Mädchen zur Königin dieser unermesslich reichen Nation gemacht haben. Und gewiss muss ich nicht ganz bei Sinnen sein, wenn ich dafür Sorge trage, dass dieses Mädchen wieder an die Macht kommt.«

»Die Krone dankt Euch.«

»Wie Ihr wisst, mein Kind, und wie wir hier, in Eurem Land, mit eigenen Augen gesehen haben, muss es einen Herrn und Meister geben. So einfach ist das. In Übereinstimmung mit den Geboten der Götter und den Gesetzen der Natur. Anderenfalls entsteht Chaos. ›Die Starken handeln, wie es ihnen beliebt, während den Schwachen nichts anderes bleibt, als ihr Los zu ertragen.‹ Falls ich eine Griechin mit dem Zitat eines Griechen konfrontieren darf.«

Inzwischen waren sie allein. Schon vor geraumer Zeit hatte Kleopatra den Piraten weggeschickt und Cäsar seine Männer. Sie saßen einander auf zwei weißen Leinensofas gegenüber. Auf dem Tisch zwischen ihnen standen Erfrischungen. Manchmal musterte sie Cäsar länger, und er ließ sie gewähren, ergötzte sich an den geröteten hohen Wangenknochen und dem inspirierten Leuchten ihrer Augen. »Ist es nicht vorstellbar, dass zwei zivilisierte Menschen, griechischer und römischer Herkunft, gemeinsam regieren? Ein Volk von militärisch mächtigen Männern kooperiert mit einem anderen, dessen Stärke in der Welt des Intellekts, der Welt der Künste, des Wissens und der Schönheit liegt?«

»Vorstellbar schon, doch nicht wahrscheinlich. Sofern die Möglichkeit besteht, werden entschlossene Männer immer nach Macht und Vermögen streben.«

»Und entschlossene Frauen ebenfalls«, sagte sie.

»Stimmt, ich glaube nicht, dass es den Frauen an Ambition mangelt«, entgegnete er. »Und wenn eine Frau über genügend Entschlossenheit verfügt, dann ist vermutlich gar manches möglich.«

»Mich erleichtert, dass Ihr so denkt.« Zufrieden lehnte sie

sich zurück und faltete die kleinen Hände im Schoß. Ein leises Lächeln lag auf ihrem Gesicht, als lachen sie insgeheim über einen Scherz. Cäsar hätte schwören können, dass sie mit dieser Diskussion noch nicht fertig waren, doch in diesem Augenblick wollte er am liebsten mit den Händen nach ihrem Verstand greifen, als wäre dieser noch ein Territorium, das im Namen Roms und der Einheit erobert werden musste. Dennoch ist sie keine Frau, die man einfach so einnehmen kann, dachte er. Wenn diese Frau sich aus freien Stücken auslieferte, konnte sie einem die ganze Welt zum Geschenk machen.

»Wir haben jetzt lange genug diskutiert, Eure Majestät«, meinte Cäsar und stand auf. »Ihr habt einen alten Mann für einen Tag ausreichend verwirrt. Kommt nun zu Bett. Ihr steht unter meinem Schutz.«

Doch sie erhob sich nicht. »Werter Feldherr, gerade als ich dachte, Euer Griechisch sei makellos, musste ich feststellen, dass Euch ein Fehler unterlaufen ist.«

»Cäsar macht keine Fehler«, erwiderte er. Was jetzt? Noch mehr Diskussionen mit dieser umwerfenden Kreatur? Hatte sie vor, seine Geduld auf die Probe zu stellen?

»Ihr sagtet, *kommt* ins Bett, meintet aber gewiss, *geht* ins Bett.« Wieder warf sie ihm einen Blick zu, als würde sie sich entweder köstlich amüsieren oder versuchen, ihn zu verführen. Wie kam es, dass ein Mann wie er, ein Mann von zweiundfünfzig Jahren, der Hunderte von Liebschaften gehabt hatte, nicht sofort erkannte, was sie im Schilde führte?

»Nein, mein liebes Kind. Ihr wisst, was ich gemeint habe. Ich drücke mich immer sehr deutlich aus.«

* * * * *

Der rundliche Knabenkönig platzte ins Gemach seiner Schwester. Schon am frühen Morgen trug er eine königliche Robe und seine Krone. Kleopatra blieb kaum Zeit, ihre nackten Brüste zu bedecken, Cäsar setzte sich eilig auf und griff nach dem Dolch, der unter seinem Kopfkissen lag.

»Was hast du hier zu suchen?«, kreischte der junge König. Seine vollen Lippen zitterten, als er seine Schwester anbrüllte. »Wie bist du hierhergekommen?«

Cäsars Soldaten waren dem Jungen gefolgt; Arsinoe, deren Pantheraugen von Kleopatra zu ihrem Liebhaber wanderten, hatte sich an ihre Fersen geheftet. Wie alt war das Mädchen mittlerweile? Sechzehn? Sie war das Abbild ihrer heimtückischen Mutter, nur dass sie marmorgrüne Augen hatte, während die der verstorbenen Thea braun und duldsam gewesen waren. Arsinoe grinste höhnisch, sagte kein Wort und legte die Hand auf den Arm des Jungen.

»Bist du ein Gespenst, eine Erscheinung? Die ganze Stadt hält nach dir Ausschau. Wie bist du in den Palast gelangt, du Geist?«

Kleopatra antwortete nicht. Sie wartete, bis Cäsar das Wort ergriff. Obwohl er sie gerade eben als Herrscherin über Ägypten bestätigt hatte, war er der Diktator Roms und sie seiner Gnade ausgeliefert. Wenigstens fürs Erste.

»Mein guter König Ptolemaios«, begann Cäsar und warf den Dolch beiseite. »Ich habe gelobt, das Verhältnis zwischen Euch und Eurer Schwester zu bereinigen, und bin diesem Gelübde nachgekommen.«

Cäsars Männer, die den Jungen schon ergreifen wollten, sahen zu ihrem Befehlshaber hinüber, der nur abwinkte.

»Aber ich will mich nicht mit ihr versöhnen«, erwiderte der Junge und zeigte auf Kleopatra, die sich trotz ihrer Nacktheit alle Mühe gab, in einem Raum voller Fremder einigermaßen würdevoll zu erscheinen. »Sie ist ein Ungeheuer! Hat sie Euch gegen uns eingenommen? Hat sie das?«

»Na, na, es besteht kein Grund, sich derart aufzuregen«, meinte Cäsar. »Lasst uns einen Termin für ein späteres Treffen vereinbaren, vielleicht zu einer vernünftigen Uhrzeit, nach dem

Frühstück, und dann werde ich Euch und Eure Regenten über die Bedingungen in Kenntnis setzen.«

Cäsars ruhige Stimme erfüllte den Raum und vertrieb den Zorn, mit dem Ptolemaios die Atmosphäre vergiftete. Der junge König ließ sich allerdings nicht erweichen. »Was soll das alles?«, fragte er Kleopatra stammelnd.

»Heißt du so deine Schwester in Alexandria willkommen?«, wollte Kleopatra wissen. Sie versuchte, Cäsars besänftigenden Tonfall zu imitieren. »Seit knapp zwei Jahren habe ich dich nicht mehr gesehen, mein Bruder. Wie groß du geworden bist.« Obgleich er – soweit Kleopatra das beurteilen konnte – nicht gewachsen war, hatte er an Gewicht zugelegt. Sie musste an den Leibesumfang ihres Vaters in seinen letzten Lebensjahren denken.

Cäsar beugte sich zu dem Knaben vor. »Ihr kennt die Bedingungen des Vermächtnisses Eures Vaters. Ihr und Kleopatra sollt gemeinsam herrschen. Das könnt Ihr nicht in Frage stellen. Ihr hättet sie eigentlich gar nicht aus dem Land vertreiben dürfen.«

»Sie vertreiben? Wie eine gemeine Diebin hat sie sich davongeschlichen und eine Armee gegen mich aufgestellt!«, spie er.

Lächerlich, dachte Kleopatra. Nicht die geringste Energie würde sie aufwenden, um solch einem Einfaltspinsel vor dem römischen Feldherrn, vor dem ägyptischen Volk oder gar vor den Göttern unter die Arme zu greifen.

»Das ist längst vorbei, und ich bestehe darauf, dass Ihr Euch versöhnt. Der Fall ist entschieden. Vollkommen sinnlos, einen neuen Streit vom Zaun zu brechen, zumal es derart einfach ist, Harmonie herzustellen.« Cäsar lächelte Arsinoe zu. »Empfehlen uns die Philosophen nicht genau das, junge Dame? Euer Bruder hört auf Euch. Ihr solltet ihm zur Vernunft raten. Ihr wollt doch nicht, dass ihm Schaden zugefügt wird.«

»Nein, werter Feldherr, das möchte ich nicht.« Arsinoe faltete die Arme unter ihren üppigen Brüsten und bedachte Kleopatra mit eisigen Blicken. Ihr schien, als hätte Arsinoe die Situation geprüft und ihren eigenen düsteren Schluss gezogen. »Sollen wir gehen, Bruder?«

Der Junge schnitt Kleopatra eine wütende Grimasse und ließ sich dann von seiner Schwester wegführen. Wie einen Blinden geleitete sie ihn am Ellbogen aus dem Raum. In diesem Moment glich er dem Herrscher, der er niemals sein würde.

Mit einem Seufzer ließ Kleopatra sich auf ihr Kissen fallen. Sie war dankbar, dass sie – unter welchen Umständen auch immer – nach zwei Jahren im Exil endlich in ihrem eigenen Bett aufgewacht war. Monatelang hatte sie nicht richtig geschlafen, und selbst vergangene Nacht waren sie und Cäsar fast bis zum Morgengrauen aufgeblieben und hatten miteinander verhandelt oder sich geliebt. Glücklicherweise verfügte sie bei beiden Aktivitäten über unerschöpfliche Energie. Im Lauf der Jahre hatte sie gelernt, wie man konferierte, sowohl unter der Regierung ihres Vaters als auch im Exil, wo ihre Ressourcen beschränkt waren. Erfahrungen in der Liebe hatte sie mit einem Mann gesammelt, der nur halb so alt war wie Cäsar. So brachte die Leidenschaft dieses älteren, distanzierten und höflichen Mannes sie kaum in Verlegenheit. Sie dachte an Archimedes, ihren Cousin, Liebhaber und Gefährten, der immer noch im Exil war, an seine tiefgründigen Augen, dunkel wie der Schlamm des Nils, an seine starken breiten Schultern, an seine Angewohnheit, sich in der eigenen Ekstase zu verlieren, nachdem er sie zufriedengestellt hatte, an die kleinen Schreie, die er während des Aktes ausstieß, und an die Gebete, die an eine neckische Göttin erinnerten. Dass sie ihn nun hinterging, schmerzte sie. Doch welche Wahl blieb ihr? Hier war Julius Cäsar, unbestrittener Herrscher über die Welt, und ihm hatte sie es zu verdanken, dass sie, ohne um ihr Leben bangen zu müssen, sich wieder in diesem Raum aufhalten durfte, wo die Geräusche und Gerüche des Meeres durchs Fenster hereinströmten. Wie oft hatte sie sich gefragt, ob sie jemals wieder einen Fuß auf ägyptische Erde setzen, geschweige denn in ihrem

Gänsedaunenbett schlafen würde. Kaltblütig hatte sie eine Entscheidung getroffen, und es war die richtige. *In der Politik müsst Ihr kaltblütig Entscheidungen treffen.* Hephaestion, der Ratgeber, dem sie größtes Vertrauen schenkte und den sie zusammen mit Archimedes auf dem Sinai zurückgelassen hatte, hatte ihr diese Worte so lange eingebläut, dass sie inzwischen selbst Tag und Nacht daran dachte. Reue durfte sie nicht zeigen.

An diesem Morgen wirkte Cäsar älter. Der Wein, den sie am vergangenen Abend im Verlauf ihrer endlosen Diskussion getrunken hatten, vertiefte die Falten um Mund und Augen und ließ die kleinen braunen Flecke auf seiner Haut deutlicher zutage treten. Archimedes hätte sich auf sie gerollt, kaum dass der letzte Soldat das Zimmer verlassen hatte, und sie wartete darauf, dass nun passierte, was ihrer Meinung nach alle Männer nach dem Aufwachen taten, doch Cäsar gähnte nur, streckte die Arme in Richtung Zehen und stöhnte, weil er sie nicht ganz erreichte. Trotz der gealterten Haut sah er durchtrainiert aus, wie sie zugeben musste. Kein Gramm Fett war an seiner straffen, ranken Statur. Er hatte eine schmale römische Nase, ein elegantes und kluges, wenngleich nicht schönes Gesicht, das von schütterem braunem Haar eingerahmt wurde. Die Linien links und rechts von seinem Mund und die tiefe Furche unterhalb der Lippe bildeten ein nachdenkliches Dreieck. Seine kleinen Ohren waren aristokratisch, genau wie seine langen Finger und Zehen. Sein wohlproportioniertes Antlitz mit dem straffen Kinn ruhte auf einem jugendlichen Hals.

»Was für einen schönen langen Hals du hast«, sagte sie zu ihm.

»Wie Venus«, erwiderte er nonchalant, woraufhin sie lächelte, denn sie erinnerte sich, dass Cäsar behauptete, direkt von der Göttin abzustammen. »Den haben bei uns alle in der Familie.«

»Und du«, meinte er und streichelte ihr Gesicht. »Die Götter zieren die Antlitze junger Menschen mit Morgentau. Wenn du so alt bist wie ich, wird das nicht mehr der Fall sein.«

Diese Aussage nahm Kleopatra mit einem Lächeln hin und bewertete die neue Lage. Sie lebte nicht mehr im Exil und wartete auf den richtigen Augenblick, die Armee ihres Bruders anzugreifen. Sie war wieder Königin von Ägypten. Cäsar hatte Pompejus und den römischen Senat vernichtend geschlagen und war seitdem der mächtigste Mann der Welt. Und nun war Cäsar ihr Wohltäter und Liebhaber.

Andererseits wusste sie nicht, ob ihr Land okkupiert worden war oder nicht. Cäsar benahm sich eher wie ein Gast, der es sich besonders bequem machte, und nicht wie ein feindlicher Feldherr, der mit erhobenen Standarten in die Stadt eingefallen war und ein Gefecht mit der alexandrinischen Armee anzettelte. Welche Version der Geschichte Cäsar in Umlauf brachte, scherte sie nicht. Ihrer Ansicht nach hatte er die Stadt mit der Absicht betreten, sie einzunehmen. Und er hatte geglaubt, dass es ein Kinderspiel sein würde, dessen war sie sich sicher. Gerade erst hatte er Pompejus besiegt, er vertraute darauf, unbezwingbar zu sein. Aber er unterschätzte den Hass der Alexandriner auf alles, was römisch war, den übermächtigen Stolz der Griechen und Ägypter, der das Blut der Bewohner der Stadt immer noch in Wallung brachte. Vor einem ranghohen römischen Feldherrn streckten diese Menschen nicht die Waffen. Weit gefehlt.

Nun saßen Cäsar und seine Mannen praktisch hinter den Palastmauern fest, weil sich der Mob derart über seine Anwesenheit ereiferte. Dennoch verhielt er sich nicht wie ein Gefangener.

»Werter Feldherr, gewisse Dinge sind mir nicht klar. Führst du Krieg gegen meinen Bruder oder nicht?«

»Wieso das denn? Nein, natürlich nicht. Ich bin ein Freund der Krone, wie ganz Rom. Ich habe dir gesagt: Ich bin nur nach Alexandria gekommen, um meinen ehemaligen Verbündeten und Freund Pompejus zu treffen, den ich – das war meine Aufgabe – in Griechenland geschlagen habe. Nicht einmal gegen

Pompejus wollte ich in den Krieg ziehen, aber anscheinend konnte man sich nicht darauf verständigen, wessen Politik in Rom den Vorrang haben sollte. Hierher bin ich gekommen, weil ich mich mit Pompejus aussöhnen, ihn dann zur Vernunft und nach Rom bringen wollte. Ich hatte vor, ihm zu beweisen, dass die gierigen Senatoren, die ihn aufgestachelt haben, gegen mich Krieg zu führen, allein aus Eigennutz handelten und weder in seinem *noch* in meinem Interesse. – Allerdings hatte Potheinos, der Eunuch deines Bruders, diese Angelegenheit schon für mich geregelt. Bei meiner Ankunft machte er mir den Kopf von Pompejus zum Geschenk.« Cäsar wandte sich ab, als wollte er seine Trauer vor Kleopatra verbergen.

»Vielleicht werde ich gegen Potheinos Krieg führen«, sagte er, als denke er gerade erst über dieses Szenario nach. »Vielleicht werde ich gegen die Armee deines Bruders in den Krieg ziehen, aber nicht gegen deinen Bruder. Wir werden sehen, was die kommenden Tage bringen.«

Wie kann ein Mann nur so beiläufig mit dem Thema Krieg umgehen?, fragte Kleopatra sich. Wahrscheinlich war seine Reaktion dem Umstand zuzuschreiben, dass er ein Leben lang nichts anderes getan hatte, als Krieg zu führen. Aber auch alles andere schien ihn weder zu beunruhigen noch sein Blut in Wallung zu bringen, nicht einmal jene Dinge, die starke Gefühle auslösten, wie beispielsweise Debatten, Verhandlungen, Geld, körperliche Nähe.

Ein Klopfen riss sie aus ihren Gedanken. Einer von Cäsars Männern trat ein und ließ sich von der morgendlichen Intimität zwischen seinem Befehlshaber und der ägyptischen Königin überhaupt nicht in Verlegenheit bringen.

»Mein Herr, entschuldigt die Störung, aber der junge König spricht zu einer übellaunigen Horde vor den Palasttoren. Er hat sich die Krone vom Kopf gerissen und sie in die Menge geworfen. Auch beleidigt er die Königin lautstark. Er hetzt die Meute richtiggehend auf. Sollen wir ihn entfernen?«

»Nein, nein«, antwortete Cäsar müde. »Gib uns eine Minute. Ich werde selbst zu ihm gehen und ihn hereinholen.«

»Wir können uns durchaus darum kümmern, mein Herr«, meinte der Soldat.

»Ja, aber ich weiß, wie man ihn anpacken muss«, sagte Cäsar. »Außerdem werde ich vor den Versammelten eine kleine Rede halten, ihnen erzählen, dass die Königin zurück ist und Cäsar in ihrem Königreich Frieden schaffen wird.«

»Veranlasst die Weinhändler, den Menschen ihre Ware billiger zu verkaufen«, schlug Kleopatra vor, die sich der altbewährten Methode ihres Vaters entsann, mit der er sein Volk gern beschwichtigte.

»Ausgezeichnet«, meinte Cäsar.

»Wie Ihr wünscht«, sagte der Soldat, verneigte sich vor Kleopatra, wich allerdings ihrem Blick aus, und verzog sich dann.

»Mein Bruder ist von jeher ein Ärgernis gewesen«, gestand Kleopatra und stützte sich auf den Ellbogen.

»Das glaube ich gern«, sagte Cäsar. »Aber keine Sorge. Wir werden ihn schon zur Einsicht bringen.«

»Werter Feldherr?«

»Du kannst mich ruhig Cäsar nennen, meine herzallerliebste junge Königin, und ich werde dich Kleopatra nennen.«

»Cäsar. Nimm dich in Acht.«

»Um mich brauchst du dir niemals Sorgen zu machen«, meinte Cäsar und wischte mit einer kleinen Handbewegung ihre Bedenken beiseite. »Das ist nicht nötig. Niemandem wird Schaden zugefügt. Zumindest vorerst nicht.«

* * * * *

Dass sich in einer Person Hinterlist und Einfältigkeit so perfekt vereinten, machte Kleopatra sprachlos. Vor ihr stand ihr alter Widersacher, der Eunuch Potheinos, die runzelige Haut mit einer dicken weißen Graphitschicht bedeckt, um jung und hellhäutig zu wirken, was ganz und gar nicht den gewünschten Effekt erzielte. Mit seinen kleinen, dunklen, dick mit Kajal umrandeten Augen musterte er die junge Königin, die sich von seinem finsteren Blick nicht einschüchtern ließ. Dieser Mann hatte sie aus ihrem eigenen Palast vertrieben und in die unerträgliche Hitze Mittelägyptens und des Sinais geschickt. In seinem Bann standen ihre Geschwister. Er war gerissen genug gewesen, Kleopatra zu vertreiben, aber eben auch dumm. Er hatte nämlich nicht begriffen, dass sie, als er ihr die Geborgenheit verwehrte, die sie von klein auf gekannt hatte, überhaupt erst merkte, wie groß ihre Entschlossenheit und wie stark sie war. Ein kluges, abenteuerlustiges kleines Mädchen war in die Verbannung gegangen und als Frau von großer Entschlossenheit zurückgekehrt.

Nun bildete der Narr sich tatsächlich ein, er könnte nicht nur der ägyptischen Königin, sondern auch Julius Cäsar die Stirn bieten.

»Der König möchte kein Gefangener in seinem eigenen Königreich sein«, richtete Potheinos das Wort an Cäsar. »Das ist absolut überflüssig und unpassend.«

Übellaunig saß der junge König neben seiner Schwester und ließ den Regenten für sich sprechen. Arsinoe wirkte extrem beherrscht und verfolgte das Geschehen reglos. Vor ein paar Tagen hatten Cäsar und seine Männer den Jungen von der Meute weggeholt, die er vor dem Palast versammelt hatte. Ptolemaios hatte bei seinem Wutanfall Kleopatra als Verräterin bezeichnet und behauptet, sie habe die Nation an die Römer verkauft. Außerdem hatte er Cäsar bezichtigt, den König ermorden und Kleopatra zur alleinigen Herrscherin Ägyptens machen zu wollen. Der Feldherr hatte seine Soldaten angewiesen, den Jungen in Ruhe zu lassen, denn er wusste, dass Ptolemaios nicht aus eigenem Antrieb handelte, sondern sich von Potheinos anstacheln ließ.

»Mein lieber Freund, wer kann schon sagen, wer unter diesen

merkwürdigen Bedingungen ein Gefangener ist? In den Augen mancher ist Cäsar ein Gefangener der Alexandriner.«

Kleopatra hatte sich inzwischen zwar daran gewöhnt, dass der Imperator von sich stets in der dritten Person sprach, dennoch überraschte es sie immer wieder.

»Denn kaum begibt Cäsar sich auf die Straßen, wird er von der Meute angegriffen, die Ihr augenscheinlich nicht unter Kontrolle habt. Und Cäsar wünscht nicht, gegen Euer Volk Krieg zu führen.«

»Ich bin mir ziemlich sicher, dass unser Volk sich kooperativ zeigen würde, verspürte der große Cäsar den Wunsch, Alexandria zu verlassen«, entgegnete der Eunuch.

Bei diesen Worten fragte Kleopatra sich, wann Cäsar bei diesem Dummkopf endlich der Geduldsfaden riss.

»Ach, aber Cäsar möchte Alexandria noch nicht verlassen«, erwiderte der Feldherr in zuckersüßem Tonfall. »Nicht nur, dass sein Auftrag hier noch nicht erledigt ist, nein, Cäsar ist auch ein Gefangener der Nordwinde, die seine Abreise erschweren. Wie Ihr seht, sitzt Cäsar hier an Euren Ufern fest. Aber Ihr, mein Freund, seid ebenfalls ein Gefangener, auch wenn Ihr es vorzieht, der Wahrheit nicht ins Auge zu blicken. Solltet Ihr jedoch einen Fuß vor die Palasttore setzen, werden meine Soldaten Euch daran hindern. Selbst die Königin ist eine Gefangene, nicht wahr? Wir sind allesamt glückliche Gefangene, und ich schlage vor, wir machen das Beste aus dieser Situation.«

»Da die Königin nach Ägypten zurückgekehrt ist, hat sie gegen ein königliches Edikt verstoßen und muss dafür die Konsequenzen tragen.«

»Die Königin ist von Geburt an Herrscherin, Ihr jedoch seid nur ernannt. Vergesst das nicht.« Cäsar behielt seinen süßlichen Tonfall bei, doch Kleopatra fiel auf, dass er umso freundlicher klang, je bedrohlicher er wurde. »Hört hier den

Willen Roms: Königin Kleopatra und ihr Bruder, König Ptolemaios der Ältere, sollen gemeinsam regieren. Ich dagegen werde als ihr Beschützer und Ratgeber fungieren. Und als Zeichen meines guten Willens unterstelle ich hiermit die Insel Zypern wieder der ägyptischen Herrschaft. Prinzessin Arsinoe und Prinz Ptolemaios der Jüngere werden zu Statthaltern der Insel ernannt. Sobald der Wind günstig steht, werden sie mit einem von mir ausgewählten Regierungsrat dorthin aufbrechen.«

Diesen Plan hatten Kleopatra und Cäsar vergangene Nacht ausgeheckt. Ihr war klar, dass sie – solange Arsinoe sich in Ägypten aufhielt – niemals sicher sein würde. Die Tradition der Dynastie verbot, dass zwei Frauen gleichzeitig herrschten, daher gab es nur zwei Möglichkeiten, die jeweilige Nebenbuhlerin auszuschalten: Mord oder Exil. Kleopatra hatte Cäsar dargelegt, dass Arsinoe gehen musste, wenn irgendwann einmal Frieden herrschen sollte. Außerdem setzte sie ihm auseinander, dass ihre gemeinsame Schwester, Arsinoes Mentorin Berenike, eine Armee gegen den eigenen Vater aufgestellt hatte, wofür sie dann mit dem Tod bestraft worden war. Arsinoe hatte ihre Kindheit und Jugend in Berenikes Schatten verbracht. Sollten sie nun darauf warten, bis das Mädchen den unausweichlichen Schritt tat? Es entsprach nicht Arsinoes Art, ruhig zuzusehen, wie Kleopatra und Ptolemaios gemeinsam regierten.

»Falls ich tot wäre, würde Arsinoe unseren Bruder heiraten und somit Königin werden. Sie wäre dumm, wenn sie nicht versuchen würde, mich umbringen zu lassen. Außerdem«, berichtete Kleopatra ihm weiter, »schlafen Arsinoe und Ptolemaios seit ihrer Kindheit miteinander.«

»Interessant«, erwiderte er. »Wir können nicht zulassen, dass du stirbst, oder?« Anschließend berichtete Cäsar, dass er vor Jahren Senator Cato nach Zypern geschickt hatte, um ihn loszuwerden, und nun mit Arsinoe und ihrem jüngeren Bruder genauso zu verfahren gedenke. Der kleine Prinz war gegenwärtig zwar erst elf Jahre alt, aber auf dem besten Wege, es dem gegenwärtigen König gleichzutun und sich ebenfalls zu einer unangenehmen Persönlichkeit zu entwickeln.

»Wir werden uns als Gönner ausgeben«, hatte Cäsar gesagt. »Es als eine Geste der Freundschaft und des guten Willens zwischen Roms neuem Diktator und der ägyptischen Monarchie deklarieren.«

»Mögen noch viele weitere Gesten folgen«, hatte Kleopatra geantwortet, war dann quer durch das Zimmer zu Cäsar gegangen, hatte sich ihm auf den Schoß gesetzt und sich in dieser Position von ihm lieben lassen.

Potheinos musste erahnt haben, was sich zwischen Cäsar und Kleopatra hinter verschlossenen Türen abspielte, dennoch weigerte er sich hartnäckig zu akzeptieren, wie sich diese Beziehung auf sein Schicksal auswirkte. Ihr Vater hatte sie gelehrt, zu erkennen, wem die Götter den Vorzug gaben, und sich dementsprechend zu verhalten – nicht aus Eigennutz, sondern in Anerkennung der Überlegenheit des Göttlichen. Die Götter waren mit Cäsar. Daran gab es nichts zu deuteln. Und Cäsar war jetzt mit Kleopatra zusammen. Jedem denkenden Menschen, vor allem wenn er Logik und Mathematik studiert hatte, musste klar sein, worauf das in letzter Konsequenz hinauslief. Trotzdem ignorierten Potheinos und Kleopatras Geschwister all dies und verweigerten sich der Kooperation.

»Ihr dürft Arsinoe nicht wegschicken!«, rief Ptolemaios. »Sie ist meine Schwester und der Kanzler, den ich am meisten schätze, auch wenn sie formal kein Amt innehat.«

Zum ersten Mal ahnte Kleopatra, dass die Nähe zwischen Ptolemaios und Arsinoe nicht notwendigerweise auf die Familienbande oder ihre Liebesspiele zurückzuführen waren. Vielmehr fürchtete er völlig zu Recht, dass er Potheinos, der die totale Kontrolle über Ägypten und seine Ressourcen anstrebte, ohne sie nichts entgegenzusetzen hatte. Arsinoe hingegen wusste es vermutlich und nutzte dieses Wissen, um ihren schlechten Platz in der Thronfolge auszugleichen.

»Liebster Bruder«, sagte Arsinoe, »sollte es erforderlich sein, dass ich meine Pflicht gegenüber unserem Land in Zypern erfülle, so werde ich gehen. Im Geist werden wir immer vereinigt sein.« Ptolemaios rührte sich und wollte Einwände erheben, doch sie nahm seine Hand und hielt ihn davon ab. »Jetzt ist nicht der richtige Zeitpunkt, darüber zu diskutieren. Es ist eine Privatangelegenheit, die nur uns beide angeht. Wir dürfen die wertvolle Zeit des Imperators nicht mit familiären Angelegenheiten verschwenden.«

Wie gerissen sie doch ist, dachte Kleopatra. Berenike hätte Cäsar offen Paroli geboten, egal, welche Konsequenzen dieses Verhalten nach sich gezogen hätte. Gott sei Dank hatte Cäsar zugestimmt, Arsinoe aus Kleopatras Königreich zu entfernen. Und Gott sei Dank war Berenike und nicht Arsinoe die Erstgeborene. Der Eunuch Meleager, Berenikes Verbündeter, war ebenfalls ein genialer Ränkeschmied gewesen. Nun war er tot, hatte sich eigenhändig das Leben genommen, als seine Intrigen nicht die gewünschten Ergebnisse brachten. Bei dem Gedanken, dass Meleager und Arsinoe ihre Anstrengungen bündelten, um den Thron an sich zu reißen, erschauerte Kleopatra. Was für ein durchsetzungsfähiges Gespann die beiden gewesen wären. Arsinoes jetziger Regent verheimlichte seine Absichten lange nicht so geschickt.

»Großer Cäsar, ich fürchte, Eure werten Bemühungen, die Familie zu einen, bewirken genau das Gegenteil«, meinte Potheinos. Sein Ton troff vor gespielter Sorge. »Des Weiteren fürchte ich, Ihr versteht die engen Blutsbande nicht, die diese Familie zusammenschweißen. Seht Ihr denn nicht, wie Ihr das Wohlergehen des Königs aufs Spiel setzt? Als dessen Regent muss ich schlichtweg protestieren.«

»Cäsar hat Eure Einwände in Betracht gezogen, was aber nichts an den Fakten ändert. Die Prinzessin und der jüngere

Prinz werden die Segel setzen, sobald der Wind günstig steht. Und nun zur Frage der Armee.«

»Welche Armee?«, hakte der Eunuch nach.

Kleopatra fragte sich, ob Cäsar diesem Einfaltspinsel jeden Moment an die Gurgel ginge oder ihn sich sofort vom Hals schaffte, aber der Imperator übte sich augenscheinlich in Geduld und ließ Milde walten, worauf er sehr stolz war.

»Die Armee, die bei Pelusium ihr Lager aufgeschlagen hat und unter dem Befehl von Feldherr Achillas steht. Mit anderen Worten: die Armee, die Ihr auf die Königin hetzen wolltet. Ich habe Achillas gemeinsam mit dem König eine Nachricht mit der Forderung geschickt, die Armee aufzulösen. Als Antwort hat Achillas die Überbringer der Nachricht ermordet. Daher werdet Ihr Achillas jetzt in meinem Namen sagen, dass ich alle römischen Legionen aus den östlichen Territorien abziehen und sie ihm auf den Hals hetzen werde, sollte er seine Soldaten vor den Mauern der Stadt nicht abziehen. Haben wir uns verstanden?«

»Mehr als das, großer Cäsar«, erwiderte Potheinos und schnitt eine Grimasse, als litte er gerade unter schwerer Ruhr.

»Zudem werden weder der König noch Prinzessin Arsinoe oder Ihr den Palast verlassen, bis ich die Bestätigung erhalte, dass die Armee nicht mehr existiert.«

»Verstehe«, sagte der Eunuch.

»Zwar sind wir hier momentan zahlenmäßig unterlegen, doch das wird nicht mehr lange der Fall sein. Vielleicht erinnert Ihr Euch aber auch noch, dass uns die Streitkräfte von Pompejus dem Großen in Pharsalos um ein Fünffaches übertroffen haben. Ihr solltet also nicht allzu sehr auf Eure Truppenstärke vertrauen. Ich treibe keine Spielchen mit Euch. Ihr werdet Rom Gehorsam leisten, koste es, was es wolle.«

Potheinos nickte. Während der gesamten Unterhaltung hatte Arsinoe das Handgelenk ihres Bruders umklammert und zugedrückt, wann immer er das Wort ergreifen wollte. Was heckte sie aus? Und wie wollte sie ihre Pläne in die Tat umsetzen? Eines war sicher: Keine Ptolemäerin wartete ruhig ab, bis ein Fremder oder ein männliches Familienmitglied über ihr Schicksal entschied.

* * * * *

Julius Cäsars Eitelkeit rettete ihnen das Leben.

Obgleich sein Haar schütter wurde, ließ er es regelmäßig schneiden. Er gab griechischen Barbieren den Vorzug, zumindest behauptete er das. Cäsar mochte es, dass der Barbier sich die Zeit nahm, ihm das Gesicht zu erwärmen und zu befeuchten, ehe er das Rasiermesser zückte, und ihm gefiel auch, dass der Barbier die dichteren Strähnen wachsen ließ und damit die beginnende Stirnglatze kaschierte. All dies gestand er Kleopatra, die feststellte, dass Rom nie die griechischen Schönheitsstandards erreichte, weil nichts von dem, was die Römer schätzten, schön war.

»Warum nehme ich deine Beleidigungen eigentlich hin?«, sagte Cäsar zu ihr. »Du bist einfach eine großartige Frau.«

»Vielleicht, weil du weißt, dass ich recht habe«, entgegnete sie.

Sie lagen aneinandergeschmiegt im Bett und fielen in einen tiefen postkoitalen Schlaf, als das Feuer ausbrach. Mitten in der Nacht vernahm Kleopatra das Klirren der Schwerter und das laute Kampfgeschrei der Männer, das durch das Fenster drang und sie aus dem Traum hochschrecken ließ. Noch ehe sie einen Gedanken fassen konnte, war Cäsar schon auf den Beinen. Er sagte ihr, sie solle sich keine Sorgen machen und unter keinen Umständen das Gemach verlassen. Sie musste an Achillas denken, diesen eitlen dunkelhäutigen Feldherrn der Armee, der einmal versucht hatte, sie zu einer Affäre zu überreden, als Gegenleistung dafür, dass er sie vor ihrem Bruder und dessen Regenten beschützte. Wie gern würde sie jetzt zusehen, wie Cäsar diesen Mann in die Knie zwang.

Als Cäsar wenige Tage zuvor beim Barbier gewesen war, hatte der Mann sich über eine Schale dampfendes Wasser gebeugt und ihm gottlob etwas zugeraunt. »Werter Feldherr, ich werde so tun, als würde ich die Haare aus Eurem Ohr entfernen, damit ich besser flüstern kann. Es gibt da ein paar Dinge, die Ihr wissen müsst.« Fasziniert hatte Cäsar ihm die Erlaubnis dazu erteilt, obwohl er insgeheim geradezu pikiert war, dass jemand auch nur glauben konnte, ihm wüchsen dort unschöne Haare, die entfernt werden mussten.

Der Barbier informierte ihn darüber, dass Potheinos und ein anderer Eunuch, ein Heerführer namens Ganymedes, Achillas benachrichtigt und aufgefordert hatten, mit seiner knapp zwanzigtausend Mann starken Armee heimlich nach Alexandria zu ziehen. Dort sollte er einen Überraschungsangriff gegen Cäsar und seine kleine Zweitausend-Mann-Legion führen. »Damit ist es nur eine Frage von Tagen, bis der Palast angegriffen wird. Außerdem hat er vor, Euch umbringen zu lassen, mein Herr. Genau wie den römischen Feldherrn Pompejus.«

»Warum erzählst du mir das?«, wollte Cäsar wissen.

»Ich bin ein alter Mann, mein Herr, und habe viele dickleibige und wertlose Ptolemäer samt ihren Eunuchen kommen und gehen sehen. Dieser Haufen hier ist keinen Deut anders. Wenn Ihr diese Kreaturen erst überlistet habt, werdet Ihr all jene, die Euch geholfen haben, sicher großzügig entlohnen.«

»Du hast die Situation in jeder Hinsicht vortrefflich erfasst«, lobte Cäsar.

Obwohl angesichts der neuen Informationen dringender Handlungsbedarf bestand, reagierte er nicht auf der Stelle, sondern ließ sich erst noch rasieren und die Haare schneiden. Frisch herausgeputzt berichtete er wenig später Kleopatra, was er erfahren und wie er darauf reagiert hatte. Umgehend hatte er seinen Verbündeten in Kleinasien einen Kurier mit der Bitte um Verstärkung gesandt. Antipater, der Hyrkanos von Judäa als

Premierminister diente, hatte er ein ganz besonderes Angebot unterbreitet und den Juden gar eine Chance auf Wiedergutmachung geboten, nachdem sie sich im letzten Bürgerkrieg auf Pompejus' Seite gestellt und ihm Truppen geschickt hatten. Cäsar wusste, seine zahlenmäßig unterlegenen Truppen konnten ein paar Wochen, aber nicht auf Dauer durchhalten. Kleopatra setzte er auseinander, dass einem kleine Einheiten oftmals zum Vorteil gereichten, weil der Gegner dann schwach wurde. Anschließend seufzte er: »Armer Pompejus.« Als nächsten Schritt ließ er die Barrikaden um das Palastviertel verstärken und verwehrte den Menschen, ein und aus zu gehen. »Man wird uns belagern«, prophezeite er Kleopatra. »Zum richtigen Zeitpunkt werde ich gegen Achillas kämpfen, doch bis dahin werden wir nirgendwo hingehen.«

»Das entspricht ganz meinen Vorstellungen, werter Feldherr. Ich möchte dich nur zu gern in einer Extremsituation kennenlernen.«

»Ach ja, möchtest du dich von Potheinos verabschieden?«

»Wohin geht er denn?«

»In den Hades, vermute ich mal.«

»Tatsächlich?«

»Es entspricht den römischen Gepflogenheiten, Kraftausdrücke zu vermeiden. Ein alter Aberglaube und dennoch Sitte. Lass uns einfach sagen, er hat gelebt, aber nun trifft diese Aussage nicht mehr zu.«

Da trat Kleopatra an ihr Schlafzimmerfenster, stellte sich neben den Imperator und beobachtete, wie die ägyptische Flotte in den Hafen segelte, Cäsars deutlich kleinerer Armada den Weg versperrte und von Nachschub oder Verstärkung vom Meer her abschnitt.

»Nutze deine jungen Augen und zähle die Schiffe«, sagte er. »Ich glaube, sie haben zweiundsiebzig, also mehr als doppelt so viele wie wir.« Kleopatra bestätigte diese Einschätzung und fragte nach seiner Strategie. »Ach, so bin ich schon häufiger vorgegangen«, meinte er. »Wenn ich sie so weit eingelullt habe, dass sie glauben, der Sieg sei ihnen sicher, verwickele ich sie in ein Gefecht. Die Ägypter sind ausgezeichnete Segler, aber im Kampf Mann gegen Mann meist unterlegen. Wir werden sie in die Nähe unserer Schiffe locken und dann ihre Boote entern. So können wir sie mühelos schlagen, das versichere ich dir.«

»Du bist ein unverbesserlicher Optimist«, fand sie. Sie konnte noch keinen Schlachtenlärm hören, erinnerte sich aber, wie groß ihre Angst als Kind gewesen war, als das Volk vor den Palastmauern revoltiert hatte.

»Der, dem das Glück hold ist, braucht keinen Optimismus, meine Liebe.«

* * * * *

Kleopatra konnte nicht eindeutig bestimmen, ab wann sie es mit hundertprozentiger Sicherheit wusste. Sie hatte es nicht wirklich darauf angelegt. Als sie aber erkannte, dass sie ihr Schicksal und das ihres Volkes besiegelte, empfand sie große Genugtuung.

Cäsar war ganz anders als Archimedes, ihr Freund aus Kindheitstagen, Bruder der Sippe und Untertan. Einem Julius Cäsar konnte sie nicht gebieten, wo und wann er seinen Samen vergoss. Archimedes hatte sie offen sagen können, sie habe nicht die Absicht, einen königlichen Bastard in die Welt zu setzen, und er hatte ihr zugestimmt, dass dies sowohl für sie als auch für Ägypten der falsche Schritt wäre. Als unehelicher Sohn wusste er um das prekäre Schicksal solcher Kinder. Archimedes konnte sie einfach sagen, dass er so lange in ihr bleiben durfte, wie es ihm gefiel, sich aber nicht in ihr ergießen durfte. Und Archimedes war mit dieser Abmachung zufrieden gewesen, hatte sich beherrscht und sich jedes Mal kurz vor dem Höhepunkt von ihr abgewendet. Dazu waren Männer durchaus in der Lage, hatte er ihr verraten, nur verspürten die wenigsten den Wunsch, sich zusammenzureißen. Allerdings schlafen die wenigsten mit einer Königin, hatte sie erwidert. Da hatte er ihr erneut zugestimmt.

Sollte der zweiundfünfzigjährige Julius Cäsar allen Ernstes nicht wissen, wie man Kinder zeugte, so war es nicht Kleopatras Aufgabe, ihn zu erhellen. Er hatte nur eine Tochter namens Julia, der Kleopatra bei einem gemeinsamen Besuch mit dem Imperator im Hause von Pompejus begegnet war. Cäsar hatte Julia mit Pompejus verheiratet und mit der Hochzeit die Allianz der beiden Männer untermauert. Unglücklicherweise hatte die junge Frau ihre erste Schwangerschaft nicht überlebt. Kleopatra erinnerte sich, dass Cäsar in Gallien gewesen war, als seine Tochter starb, und dass er es zutiefst bereute, in der Stunde ihres Todes nicht bei ihr gewesen zu sein. Kleopatra erzählte Cäsar, wie sie und Julia sich während ihres Aufenthaltes in Rom angefreundet hatten und sie, damals zwölfjährig, das ältere Mädchen wie eine Mentorin betrachtet hatte. In Wahrheit hatte sie Julia für eine dumme Gans gehalten und ihre Gesellschaft gemieden, doch es stimmte den Imperator froh, aus erster Hand zu hören, dass seine Tochter mit Pompejus, der sogar älter als er war, glücklich gelebt hatte, was nicht gelogen war. Soweit Kleopatra sich entsann, hatten sich Julia und Pompejus immerzu in den Armen gelegen.

Wie Cäsar zu einem weiteren Nachkommen stand, hatte sie ihn bisher nicht gefragt. Da Kleopatra noch nie schwanger gewesen war, konnte sie die Anzeichen nicht richtig deuten. Sobald als möglich würde sie nach Charmion schicken lassen. Ihre Hofdame hatte zwar auch noch keine Kinder geboren, wusste aber bestimmt genau, was sie zu erwarten hatte, und konnte gewiss eindeutig sagen, ob eine Schwangerschaft vorlag. Zum gegenwärtigen Zeitpunkt gab es niemanden, dem Kleopatra sich anvertrauen konnte. Obwohl ihre Blutung erst ein paar Tage überfällig war, regte sich etwas in ihrem Körper – nicht so, wie sie andere Frauen darüber sprechen gehört hatte, doch bemächtigte sich ihrer eine merkwürdige Energie.

Eines Morgens – Cäsar hatte gerade ihr Schlafgemach verlassen – hatte sie eine Vision. Sie war es gewohnt, früh aufzustehen, sich mit ihren Ratgebern und ihrem Kriegsrat zu treffen, ausländischen Führern zu schreiben und sie zu bitten, eine Armee aufzustellen, und mit Regierungen, unabhängigen Händlern und Importeuren zu verhandeln, damit ihr Gefolge und ihre Soldaten ausreichend versorgt wurden. Neuerdings gab es hingegen wenig für sie zu tun, außer wie eine Kurtisane im Bett herumzulümmeln. Eine Gefangene in ihrem eigenen Palast war sie, während sich in den Straßen die römischen und alexandrinischen Heere schwere Gefechte lieferten. Liebend gern hätte sie sich ihnen angeschlossen.

Auf dem Sinai war sie mit ihren Truppen geritten, hatte sie ins Lager geführt und sie mit feurigen Reden angehalten, für ihre Sache zu kämpfen. Es erschien ihr unnatürlich, dass eine Frau mit ihrem Temperament dem Kriegsgeschehen und den Ereignissen fernblieb, die über ihr Schicksal entschieden. Doch da Cäsar forderte, dass sie sich aus den Kämpfen heraushielt, beugte sie sich seinem Willen. Nicht weil ihr daran lag, ihm zu gehorchen, sondern weil sie vermutete, dass sie in ihrem Leib den Schlüssel zu ihrer aller Zukunft trug. Nicht die Zukunft Ägyptens, Roms, Kleopatras oder Julius Cäsars, sondern die Zukunft der Welt.

Sie hatte angefangen, die in ihr heranwachsende Saat als Sohn zu betrachten, und hoffte inständig, mit ihrer Deutung nicht falsch zu liegen. Um wie viel komplizierter würde es werden, sollte sie Cäsar eine Tochter schenken. Selbst die Ägypter, die mehrfach von willensstarken Frauen regiert worden waren, würden nie und nimmer die Tochter eines römischen Eindringlings als Königin akzeptieren. Und in Rom wäre das Kind nur der Bastard einer fremdländischen Geliebten. Die Kleine wäre nicht einmal römische Staatsbürgerin. Im Fall eines männlichen Nachkommen dagegen wäre Rom eventuell sogar geneigt, seine Sitten und Gesetze zugunsten von Julius Cäsar zu ändern. Selbst wenn der Junge unehelich und Cäsar noch mit seiner Frau, Calpurnia, verheiratet war, über die er nie ein Wort verlor und die er nur aus politischem Kalkül geheiratet hatte. Scheidungen waren in Rom nicht nur erlaubt, sondern wurden auch schnell gewährt. Warum auch nicht? Die Römer heirateten anscheinend ohnehin nur, um politische Allianzen zu schließen. Was war schon eine Römerin mit ein paar wenigen Verbindungen im Vergleich zur Königin von Ägypten, der Nachfahrin Alexanders des Eroberers? Schließlich verfügte sie nicht nur über den Reichtum ihrer Vorfahren, vielmehr war deren Land das Tor zu den Gebieten im Osten, den Territorien, die Rom seit einem Jahrhundert zu unterwerfen versuchte.

Ein Junge würde den Osten und den Westen, Cäsar und Kleopatra, das dreihundertjährige ptolemäische Reich und die weiten, von den Römern eroberten Regionen einen. In seinem kleinen und zerbrechlichen Körper würde nicht nur das vom Vater vererbte Blut der Venus fließen, sondern auch das von der Mutter vererbte Blut des Dionysos und der Isis. Von Alexander dem Großen und seiner Mutter Olympia, die Schlangen im Haar trug und die Männer das Fürchten gelehrt hatte. Von König Philip von Makedonien, einem der größten Kämpfer in der griechischen Welt. Von Ptolemaios dem Retter, dem ersten makedonischen Pharao in Ägypten, und von Julius Cäsar, dem Eroberer Galliens, Britanniens und Spaniens, dem Diktator Roms. Das wären nur einige seiner Vorfahren. Ihr Vermächtnis würde sich in dem kleinen Körper des Jungen vereinen, ihn nähren, bis er zum Mann gereift war, und sich dann in seiner Fähigkeit offenbaren, die Welt in Frieden und Harmonie zu regieren. Er würde die Rivalität zwischen Rom und Griechenland beenden, da sich in seiner Person das Beste aus beiden Kulturen vereinte. Er wäre der Erste einer neuen Generation von Männern, ein Held, eine Art Titan. Die von seinem Vater und seiner Mutter regierten Völker würden eine gemeinsame Regierung bilden, welche die engen Grenzen der Republik oder Monarchie sprengte. Auf diese Weise ließe sich endlich auch Alexanders Vision realisieren, dem es nicht vergönnt gewesen war, mitzuerleben, wie seine Träume wahr wurden. Das Zentrum seiner Macht wäre Ägypten, dessen fruchtbarer Boden die halbe Welt ernährte und dessen Zivilisation viele Tausend Jahre vor Rom und Griechenland schon Größe erlangt hatte.

Kleopatra erinnerte sich an einen Traum, den sie vor langer Zeit gehabt hatte. Auf einem Waldspaziergang begegnete sie Alexander, der mit seinen legendären Brüdern und Ptolemaios, dem Begründer ihrer Dynastie, dem Gefährten des großen Königs, Feldherrn und Historikers, auf Löwenjagd war. Ptolemaios zielte mit einem Pfeil auf Kleopatra, doch anstatt sie zu töten, verwandelte er sie in einen Adler, das Symbol der ptolemäischen Dynastie. Die alten Frauen im Palast hatten den Traum so gedeutet, dass Kleopatra eines Tages Königin werden würde, doch das war nur die halbe Wahrheit gewesen. Erst jetzt verstand sie dessen Bedeutung ganz. Alexander hatte sie, seine Tochter im Geiste, dazu auserkoren, seine Vision in die Tat umzusetzen. Erst hatte er die kriegslüsternen Griechen zu einer Nation zusammengeführt. Anschließend war er durch Kleinasien, Ägypten, Persien und in dieses fremde und undurchdringliche Land namens Indien geritten. Wo immer er hinkam, hieß man ihn willkommen. Welcher andere Mann oder Gott war im Laufe der Geschichte von den Völkern, die er erobert hatte, bejubelt worden? Dass dem so war, lag vor allem daran, dass Alexander den Unterworfenen keine Not brachte, sondern ihnen vielmehr eine Bürde abnahm. Er nährte die Vision von Harmonie und Einigkeit, selbst wenn er sein Militär einsetzen musste, um dies zu erreichen. Hatte er nicht alle Völker, alle Religionen auf dieser Welt geliebt? Hatte er auch nur einer einzigen Nation, einem einzigen Stamm seine griechischen Götter aufgezwungen? Doch voller Kummer über den Tod seines geliebten Hephaestion bekam er Fieber, verfiel geschwächt der Trunksucht und starb schließlich auf dem Weg nach Babylon. Jetzt – zweihundertundfünfzig Jahre später – würde Kleopatra seinen ehrgeizigen Plänen Rechnung tragen. Sobald sie den Palast verlassen konnte, wollte sie sein Grab aufsuchen und ihm berichten, was sie zu tun beabsichtigte.

Sie hatte miterlebt, wie ihr Vater gealtert und vor Anstrengung schwach geworden war in seinem Bemühen, sich mit Rom zu einigen und dessen Appetit auf Ägyptens Vermögen und Ressourcen zu stillen. Der Göttin hatte sie gelobt, nicht ebenfalls den Weg zu beschreiten, der ihn ins Grab gebracht hatte. Nun hatte sie die Lösung gefunden. Sie würden einer neuen Generation Römern das Leben schenken. Wenn sie und Cäsar ein Kind haben konnten, wieso konnten sie dann nicht viele haben, und damit Nachkommen, die über jede Nation auf dieser Welt herrschten? Kleopatra war jung und erfreute sich bester Gesundheit, und Cäsar, obschon betagt und den ganzen Tag über mit militärischen Aktionen beschäftigt, kam jede Nacht in ihren Palast, um sie zu lieben.

Sie legte die Hand auf den Bauch, der nicht anders war als noch vor einem Monat. Und dennoch spürte sie, wie sich dort eine neue Energie regte. Mit zitternden Fingern streichelte sie über die glatte Haut. Die Muskeln waren so straff, dass sie sich unweigerlich fragte, ob ihr Schoß womöglich zu unwirtlich war, um ein zartes Kind zu beherbergen. Würden sie sich dehnen, wenn es in ihr zu wachsen anfing? Sie beschloss, Cremes und Lotionen aufzutragen und die Muskeln so weit wie möglich zu lockern, damit der neue Imperator genügend Platz hatte.

Kleopatra legte sich wieder auf die Matratze und schloss ihren Frieden damit, auch die nächsten Tage drinnen zu verbringen. Zu verhindern, dass sie in der Hitze des Gefechts vom Pferd fiel oder den Mördern ihres Bruders ins offene Messer lief, war ihrer Meinung nach das Mindeste, was sie tun konnte, während die Zukunft der Welt es sich in ihrem Schoß bequem machte.

* * * * *

Arsinoe hatte nicht Berenikes Statur, was ein gewisses Problem darstellte. Berenike war so groß wie die meisten Männer oder gar größer gewesen und hatte lange nicht so weibliche Rundungen gehabt, mit denen man zwar die Aufmerksamkeit der Männer erregte, die beim Schießen allerdings eher störten. Als Arsinoe den Bogen spannte, wobei ihr die Sehne sogar durch den Lederhandschuh in die Finger schnitt, konzentrierte sie sich auf das Ziel, als existiere kein anderer Gegenstand auf der Welt. In diesem Moment war die Prinzessin kein menschliches Wesen mehr, sondern ein gleichschenkliges Dreieck, bestehend aus Bogen, Pfeil und ihrem Körper, wobei der Bogen eine unendliche Gerade symbolisierte und allein das schwarze Ziel vor ihr der Unendlichkeit Einhalt gebot. Sie ließ los, neigte sich leicht nach vorn und traf mühelos. Hätte sie den Bogen nicht fünfzehn Zentimeter von der Brust weghalten müssen, was die Wucht des Pfeils minderte, wäre es ihr noch leichter gefallen. Ihre rechte Brust hatte sie schon häufiger so sehr malträtiert, bis blaue Flecken darauf prangten, und sie verspürte nicht die geringste Lust, diesen Schmerz erneut zu erleiden. Am Ende zählte schließlich nicht die Form, sondern dass man seine Ziele erreichte.

Ganymedes reichte ihr einen neuen Pfeil. Für einen Eunuchen war er ungewöhnlich schlank, was vermutlich daran lag, dass er seit Kindertagen an militärischen Übungen teilgenommen, viel Sport getrieben und regelmäßig gefochten hatte. Mit seinen etwa dreißig Jahren war er immer noch jung. Die Haare trug er lang und lockig wie jene griechischen Burschen aus vergangenen Zeiten, die ihren Liebhabern für deren Skulpturen als Modell gedient hatten. Einmal abgesehen von den Augenbrauen war sein Gesicht frei von Haaren und zudem blass genug, um als weibisch zu gelten. Daraus zu schließen, dies treffe auch auf seinen Charakter zu, wäre ein verhängnisvoller Fehler gewesen.

In Arsinoes Augen war er ziemlich hübsch, jedenfalls wesentlich attraktiver als ihr rundlicher Bruder. Jede Nacht kam diese grauenvolle Person, übrigens das perfekte Ebenbild ihres verstorbenen Vaters, in ihr Zimmer. Dann schob sie ihr Nachthemd hoch und erlaubte ihm, an ihren Brustwarzen zu saugen und sich an ihr zu reiben, bis sich sein klebriger Samen über ihre Schenkel ergoss. Kurz darauf schlief er ein, während sie sich die Beine abwischte und die Götter anflehte, ihn zu töten, bis sie, ein Gebet an die Götter der Unterwelt auf den Lippen, endlich einschlief und unruhig träumte. Andererseits war er der König. Für den Fall, dass er überraschend und unter ungeklärten Umständen starb, konnte sie nicht davon ausgehen, dass ihr jüngerer Bruder auch nur einen Deut besser war. Arsinoe betete darum, dass Ptolemaios der Jüngere sich noch lange im Spielzimmer vergnügte und nicht gleichzeitig zwei Brüder an ihrer Brust lagen und sie zwischen den Beinen berührten. Keinen von beiden konnte sie loswerden, jedenfalls jetzt noch nicht. Berenike hätte den Älteren sicher im Schlaf erschlagen oder kastriert und die Konsequenzen getragen, aber sie war für ihre Impulsivität auch exekutiert worden. Nun war wenigstens Potheinos tot, und falls Arsinoe zu dem Entschluss gelangte, die nächtlichen Besuche ihres Bruders oder seine dämlichen Anfälle, während der er vorgab, das Land zu regieren, nicht länger ertragen zu können, war es nun, da der Eunuch nicht mehr da war, deutlich leichter, den kleinen Prinzen loszuwerden. Seit er von der Exekution erfahren hatte, brüllte der erboste Junge ohne Unterlass herum, und obgleich er momentan nicht sonderlich darauf erpicht war, dass Arsinoe ihn wie sonst befriedigte, wählte er sie als Zuhörerin aus, die sich Tag und Nacht seine Tiraden anhören musste.

Kleopatra stellte momentan Arsinoes größtes Problem dar. Aber da ihre ältere Schwester mit dem alten römischen Imperator das Lager teilte, wovon sie sicherlich schon als kleines Mädchen geträumt hatte, betrieb sie im Grunde Selbstsabotage und beging damit politischen Selbstmord. Ein Hindernis weniger auf dem Weg zum Thron. Zweifelsohne würde das Volk Kleopatra früher oder später aus dem Palast zerren und draußen auf den Straßen meucheln. Schon von Kindesbeinen an war Kleopatra wie ihr Vater den Römern mehr als zugetan gewesen. Als sie mit dem inzwischen verstorbenen König in Rom gewesen war und die dortigen Unmenschen bestochen hatte, um sich von ihnen wieder auf den Thron hieven zu lassen, hatten Arsinoe und Berenike Puppen mit ihren Gesichtern angefertigt und sie so lange mit Pfeilen beschossen, bis sie aussahen, als wäre die parthische Armee durchgekommen und hätte den gesamten Inhalt ihrer Köcher darauf verschwendet.

Hernach ließen sich die beiden Prinzessinnen ins Gras fallen und lachten, bis ihnen die Bäuche weh taten. Berenike wartete, bis Arsinoe außer Atem war, bedeckte sie dann mit Küssen und berührte sie an all den geheimen und wunderbaren Stellen, die dieser Einfaltspinsel von Bruder nicht fand. Traumversunken lag Arsinoe da, bis Berenike sich langweilte und ihre erwachsenen Frauen aufsuchte. Arsinoe vermisste ihre Schwester schrecklich, wenngleich sie derlei Zärtlichkeiten jetzt lieber mit einem Mann austauschen würde. Natürlich nicht mit jemandem, der so widerlich war wie ihr Bruder, und auch nicht mit dem Eunuchen oder dem betagten Cäsar. Dafür aber umso lieber mit einem von den jungen Soldaten, welche die Mitglieder der Königsfamilie bewachten, mit ihren schlanken, muskulösen Körpern und den hübschen Augen. Doch leider sah sie keine Möglichkeit, ihren Wunsch zurzeit in die Tat umzusetzen, denn sie wurde Tag und Nacht bewacht. Selbst wenn sie endlich weglief und ihre eigene Armee anführte, erwartete man von ihr, dass sie keusch lebte, bis sie einen Gatten hatte. Anders ging es nicht, wenn man die Monarchie erhalten wollte, es sei denn, auch sie verkaufte sich an einen unheimlichen Römer mit Wolfsfängen. Sie hatte den Avancen von Achillas, diesem Ränkeschmied, Einhalt geboten, obwohl er beinah unvergleichlich schön war. Doch als er sich ihr genähert und ihr den Vorschlag unterbreitet hatte, ihr im Austausch für Liebesspiele Schutz zu gewähren, hatte sie gespürt, wie sich Berenikes Geist in ihr regte, und ihm ins Gesicht geschlagen. »Dann werde ich Euch eben dem Charme Eures Bruders überlassen«, erwiderte er. Als sie merkte, dass er sie irgendwann für ihre Entscheidung bezahlen lassen würde, falls sie ihm nicht zuvorkam, schmiedete sie einen Plan.

Sie wollte den nächsten König auswählen – keinen ihrer Brüder und auch keinen gewieften Mann des Militärs wie Achillas, dem es ausschließlich um Macht ging. Nein, sie wollte einen hübschen griechischen Prinzen wie Seleukos, diesen attraktiven Graeco-Syrer, für den Berenike sich entschieden und der im Kampf gegen die Römer sein Leben gelassen hatte. Mit ihm, und in Erinnerung an Berenike und alles, wofür sie stand, wollte Arsinoe diese lächerliche Sitte der Geschwisterehe abschaffen, worüber die ganze Welt lachte. Kleopatra glaubte nämlich nur, sie bekomme ihren Willen und treffe freie Entscheidungen. Nichts weiter als eine römische Hure war sie, und falls sie das nicht begriff, war sie unrealistisch. Arsinoe war da anders.

Arsinoe legte den ihr dargebotenen Pfeil an und spannte den Bogen so stark, bis ihr Arm zitterte. Rasch trat der Eunuch hinter sie und schlang die Arme um sie, als wollte er ihr behilflich sein. Er stützte Arsinoe, und sie spürte, wie sie sich entspannte und gleich darauf wieder verkrampfte, weil ein attraktiver Mann, auch wenn er kastriert war, sie umarmte. Er flüsterte: »Die Uniform eines römischen Pagen wird in die Truhe in Euren Gemächern gelegt. Zieht sie um Mitternacht an, und haltet Euch bereit. Ihr werdet dann verschwinden.« Arsinoes Arm zitterte von neuem. »Ihr werdet nicht allein sein«, versprach er. Dann spürte sie, wie er ihren Arm zurückriss, bis er schmerzte.

»Loslassen«, befahl er. Im selben Moment schoss der Pfeil in die Luft und traf ins Ziel.

* * * * *

Kleopatra beobachtete, wie die Spinne mit ihren winzigen Kiefern das Bein eines längst toten Insekts zermalmte. Die winzigen Überreste waren derart verschrumpelt und krumm, dass sie nicht sagen konnte, was für ein Tier es gewesen war. Noch nie hatte sie eine Spinne aus solch einem Winkel, aus solcher Nähe betrachtet. Zu ihrer Überraschung musste sie feststellen, dass das rhythmische Kauen sie faszinierte, und sie war für ihre guten Augen dankbar. Die Spinne hielt sich auf ihren langen Beinen und schob den rundlichen Körper mal in die eine, mal in die andere Richtung, damit sie bei ihrer Mahlzeit nicht gestört wurde, sollte das tote Insekt sich bewegen. Ungeduld ist ihr fremd, dachte Kleopatra, und bewunderte die Jägerin dafür, wie sie sich ihrem Opfer näherte, ohne sich entmutigen zu lassen oder müde zu werden.

Cäsar hatte die langen Beine ausgestreckt und übereinandergeschlagen. Ptolemaios der Ältere saß ihm gegenüber und fingerte mit beiden Händen an einer Falte seines Gewandes herum. Kleopatra hatte seitlich von den beiden Männern Platz genommen und beobachtete weiterhin, wie die Spinne ihr Opfer in der Ecke des Stuhls verschlang, auf dem ihr Bruder saß. Davon, wie sehr das Insekt sich nur wenige Zentimeter von seinem Arm entfernt plagte, nahm er keine Notiz.

Der Krieg – inzwischen führten sie tatsächlich Krieg, wenngleich immer noch unklar war, mit wem und gegen wen – währte nun schon mehrere Wochen, und Cäsar wartete geduldig auf die angeforderte Verstärkung. Trotz der Nachrichten, die er aus den östlichen, von Rom abhängigen Königreichen erhalten hatte und die besagten, dass nur wenige römische Truppen abkömmlich waren, da die Parther weiterhin Syrien attackierten, war er der felsenfesten Überzeugung, nicht enttäuscht zu werden. Am wahrscheinlichsten war, dass Antipater von Judäa aus Verstärkung schickte.

»Mit diesen jüdischen Kriegern hatte Pompejus schwer zu kämpfen«, hatte Cäsar früher am Morgen erwähnt. »Sie haben erbitterten Widerstand geleistet und ihn ungemein frustriert. Das hat er ihnen heimgezahlt und sie gezwungen, sich im letzten Krieg mit ihm gegen mich und meine Armee zusammenzutun. Ich glaube, diesmal werden sie mich nicht im Stich lassen. Schließlich müssen sie Zugeständnisse machen.«

»Ich frage mich, ob sie sich von den Juden unterscheiden, mit denen wir hier in Alexandria seit vielen Hundert Jahren in Frieden zusammenleben?«, hatte Kleopatra gefragt und sich über ihren schelmischen Tonfall gewundert. »Sie stellen fast dreißig Prozent unserer Bevölkerung. Vielleicht verstehen wir uns besser darauf, zu einen. Natürlich darf man dabei nicht vergessen, dass wir ohne die Weisheit Eures Posidonios dazu in der Lage gewesen sind.«

Cäsar stritt nicht mit ihr, das tat er nie. Es gelang ihr nicht, ihn in eine anständige Diskussion zu verwickeln, wie es in Griechenland üblich war. Er behandelte sie, als wäre sie ein kostbares Kind, das er abgöttisch liebte und dessen Sarkasmus ihn amüsierte. Das ist eine Möglichkeit, meine Macht über ihn einzuschränken, dachte sie. Denn sie war davon überzeugt, dass er es sehr genoss, Nacht für Nacht unter ihre Decke zu kriechen, sie zu lieben und sich danach mit ihr zu unterhalten, bis sie nackt einschliefen, sie auf dem Rücken und er sie umschlingend, sodass sein Atem wie ein sanfter Wind ihre Stirn streichelte – und all das, obschon er im Bett nicht die übliche männliche Wildheit an den Tag legte.

Sie konnten viel Zeit miteinander verbringen, denn Achillas

hielt an seiner Strategie fest, das Palastviertel zu belagern und Cäsars Truppen anzugreifen, falls diese versuchten, die Barrikaden zu überwinden. Es war nur eine Frage der Zeit, bis Achillas den Befehl gab, endlich auch den Palast anzugreifen. Dieser Attacke stand einzig und allein der Umstand im Wege, dass der König ihre Geisel war, so schloss Cäsar.

Ironischerweise kämpften die Truppen des Königs gegen Cäsars Männer, während dieser sich mit dem König, den er gefangen hielt, allmählich anfreundete. Dabei achtete der Imperator sehr darauf, dass der König nicht bemerkte, dass er eine Geisel war. Tag für Tag spazierte Cäsar mit dem jungen König durch den Palastgarten, erkundigte sich nach seiner Meinung und erzählte ihm, sie könnten diese schreckliche Krise nur gemeinsam meistern. Als der König sich erdreistete, nach Cäsars Beziehung zu seiner Schwester zu fragen, sah er ihn nur erstaunt an und fragte: »Seid Ihr etwa kein Mann?« Cäsar erklärte dem Jungen, er sei der Beschützer aller Kinder des verstorbenen Königs Ptolemaios und könne erst dann wieder ruhig schlafen, wenn zwischen den Geschwistern, ihren Nachkommen und den Untertanen Harmonie herrschte. Ihm tue es furchtbar leid, dass Potheinos auf seinen Befehl hin exekutiert worden war, doch der Eunuch hätte die Lage nur noch verschlimmert mit seinen Behauptungen, Cäsar sei kein Freund Ägyptens, beabsichtige zudem, Kleopatra zur alleinigen Herrscherin zu machen, und versuche, Ägypten im Namen Roms zu annektieren, um dem Volk unmenschlich hohe Steuern abzupressen. Widerstrebend akzeptierte Ptolemaios Cäsars Vorgehen und hätte es beinah geschafft, dass seiner Schwester endgültig der Geduldsfaden riss, als er sich bei ihr darüber beklagte.

Doch der Imperator hatte Kleopatra deutlich zu verstehen gegeben, sie müsse sich mit ihrem Bruder aussöhnen. Ob das Cäsars Ernst war oder ob er damit weitreichendere Pläne verfolgte, die er ihr irgendwann darlegen würde, konnte sie nicht sagen. Sie ging davon aus, dass ihre Beziehung zu Cäsar dessen

Politik nicht weiter beeinflusste. Früher war sie vom Gegenteil überzeugt gewesen, doch nun musste sie mit ihrem langweiligen Bruder in einem Raum sitzen und so tun, als könne sie den Tag nicht erwarten, an dem sie als König und Königin, als Bruder und Schwester, als Gemahl und Gemahlin gemeinsam regierten. Cäsar verfolgte seine eigenen Ziele, die nicht unbedingt mit den ihren übereinstimmten. Sie rechnete nicht mit Kompromissen seinerseits, es sei denn, ihre Pläne wären zufällig auch die seinen. Ob er eine politische Scharade aufführte, indem er vorgab, ein Freund des Königs zu sein, oder ob er sich nur mit Kleopatra vergnügte, bis der Krieg vorbei war, und sich dann wieder wichtigeren Aufgaben widmete, etwa der Eroberung der Welt im Namen Roms, wusste sie ebenfalls nicht. Hatte er etwa die Absicht, sie allein mit ihrem Bruder in Ägypten zurückzulassen? War er sich denn nicht darüber im Klaren, dass Ptolemaios sie umbringen und Arsinoe zur Königin machen würde, sobald seine Schiffe aus dem Hafen segelten? Falls Cäsar sich dessen bewusst war, es aber ignorierte, würde er seine Meinung ändern, wenn er Kleopatras Geheimnis erfuhr?

Aulus Hirtius unterbrach ihr Schweigen. Der schlanke Mann mit der sanften Stimme und einer Vorliebe für Literatur und gutes Essen zählte zu den wenigen aus Cäsars Truppe, dessen Gesellschaft Kleopatra schätzte. Mehrmals hatte sie sich bei Hirtius dafür entschuldigt, dass es ihr unmöglich war, ihm die Dinge, die er so schätzte, in Kriegszeiten zu beschaffen, und sie versprach ihm, den Sieg, sobald er errungen war, mit köstlichen Mahlzeiten und einer ausführlichen Begehung der Großen Bibliothek zu feiern. Die Köche hatte sie veranlasst, während der Belagerung alles daranzusetzen, um die besten Mahlzeiten zuzubereiten, und die Römer waren von den Banketten beeindruckt, obwohl sie nicht mit den Köstlichkeiten zu vergleichen waren, die gereicht wurden, wenn der Hof richtig beliefert wurde.

Förmlich verbeugte sich Hirtius vor den königlichen Hoheiten und überreichte Cäsar ein Schreiben. »Von unserem Mann hinter den feindlichen Linien, mein Herr. Eine versiegelte Nachricht, um Geheimhaltung und Echtheit zu gewähren.«

Cäsar streckte die Hand nach dem Messer aus, das Hirtius ihm reichte, und brach das Siegel. Er rollte das Papier auf, überflog die Zeilen schnell und las sie dann erneut. Sein Gesichtsausdruck veränderte sich nicht. Als er schließlich Kleopatra ansah, merkte sie, dass eine seiner Augenbrauen leicht höher als die andere stand. Mehr an Regung gestand Cäsar sich ihres Wissens nicht zu, wenn man ihn verblüfft hatte.

»Bereitet Euch auf einen Schock vor«, riet er dem jungen König, der den Stoff, den er gepackt hatte, wie eine Wäscherin noch fester knetete.

Kleopatra wartete und Cäsar ebenfalls. Offenbar wollte er dem Jungen einen Moment Zeit lassen, sich zu sammeln.

»Allem Anschein nach ist Prinzessin Arsinoe gestern Nacht als römischer Page verkleidet aus dem Palast geflüchtet und auf direktem Weg zu Achillas gegangen.«

Der Junge sprang auf. Sein Gewand war an der Stelle, wo er seine Finger in den Stoff gekrallt hatte, völlig zerknittert. Einen Augenblick lang sah es so aus, als hätte die Spinne ihr Netz auf seinem Bauch gesponnen. Trotz der Neuigkeiten, die sie gerade eben gehört hatten, wäre sie angesichts seines schlampigen kindischen Äußeren beinah in Gelächter ausgebrochen. Cäsar starrte ihn einfach nur an und wartete auf eine Erklärung.

»Ich hatte keine Ahnung«, protestierte Ptolemaios. »Ich schwöre es. Ich schwöre es! Kein Sterbenswörtchen hat sie mir verraten.«

»Ihre Tat versetzt dem Frieden zwischen uns einen schweren Schlag«, meinte Cäsar in aller Seelenruhe. »Ich habe mich darauf verlassen, dass Ihr Eure Familie in Schach haltet.«

»Aber ich wusste es nicht«, entgegnete der Junge. »Sie hat auch mich ausgetrickst.« Er wirkte ernsthaft betroffen. Seine verkniffenen Mundwinkel zeigten nach unten, und seine dicken Wangen zitterten wie die seines Vaters, wenn er aufgebracht war.

»Gewiss seid Ihr Euch darüber im Klaren, dass dies kein gutes Licht auf das Vertrauen zwischen uns wirft, das zu nähren ich mich stets bemüht habe.« Nach außen hin gab Cäsar sich schwer getroffen. Sein Verhalten wirkte überzeugend, doch Kleopatra nahm ihm nicht ab, dass er überrascht oder verletzt war. »Und das ist noch längst nicht alles.«

»Was könnte sie mir denn noch antun?«, jammerte der verzogene Junge.

»Ach, sehr viel mehr. Ich fürchte, Eure mangelnde Kontrolle hat zu einer ganzen Reihe von unerfreulichen Ereignissen geführt.«

»Das ist sicher Potheinos, der uns aus dem Grab heraus verflucht«, rief Ptolemaios. »Ihr hättet ihn in Ruhe lassen sollen.«

»Was für Neuigkeiten gibt es sonst noch, werter Feldherr?« Kleopatra schob mit ihrer Frage dem Wutausbruch ihres Bruders einen Riegel vor.

»Sie hat Achillas ermorden lassen und einen Eunuchen namens Ganymedes zum Befehlshaber über die bewaffneten Streitkräfte Ägyptens ernannt.«

»Dazu hat sie kein Recht«, stieß Ptolemaios aus. »Sie ist nicht der König.«

Kleopatra versagte sich eine Entgegnung. »Nein, das ist sie nicht«, entgegnete Cäsar schnell. »Allerdings ist es ihr gelungen, sich von einer stattlichen Anzahl von Stämmen in der Stadt zur Königin ernennen zu lassen.«

Kleopatra rührte sich nicht. Von jeher hatte sie gewusst, dass dieser Tag einmal kommen würde, ohne zu ahnen, wie schnell. In den Augen der alexandrinischen Bevölkerung war ihr Bruder nichts weiter als ein nutzloses Kind, die Marionette des Höflings, auf den er gerade hörte, und in ihr sah man nur die römische Kollaborateurin. Auch ihren Vater hatten sie wegen seiner einvernehmlichen Politik mit Rom abgelehnt und nie begriffen, dass die Tage des illustren ptolemäischen Imperiums vorbei waren, dass Rom ein gefräßiges Biest war, das sie entweder niedertrampelte oder verschonte, falls sie sich als nützlich erwiesen. Kleopatra und ihr Vater hatten sich dieser Realität gebeugt, ihr Bruder, ihre Schwester und das alexandrinische Volk hingegen zogen es vor, in einer Scheinwelt zu leben und zu glauben, die Römer ließen sie schon in Frieden, wenn sie nur ihre Streitkräfte bündelten und Widerstand leisteten.

Das Schicksal aller anderen Länder der Welt bewies das Gegenteil, und Kleopatra hatte schon immer gewusst, dass Rom niemals und unter keinen Umständen sein Interesse an dieser Nation verlor, die nicht nur die größte Kornkammer der Welt war, sondern auch den begehrlichen Ländern des Westens Zugang zu den östlichen Territorien gewährte. Ganz gewiss hatte sie nicht die Absicht, vor Rom in die Rolle der Bittstellerin zu schlüpfen. Stattdessen verfolgte sie einen ausgefeilteren Plan, als sich in einen wenig glorreichen Krieg zu stürzen, den sie letztendlich sowieso nicht gewinnen konnte. Ihren Kampf wollte sie auf einem anderen Territorium ausfechten.

Doch nun hatte Arsinoe sich nahtlos in die Riege der geistig umnachteten Ptolemäer eingereiht, die wild entschlossen waren, die vergangene Größe wiederzuerlangen. Gut, hätte Kleopatra am liebsten gesagt, wenn die Verstärkung aus Rom eintrifft, werden sie uns ohne zu zögern töten.

»Was soll ich nun tun?« Ptolemaios warf Cäsar einen flehenden Blick zu.

»Mein lieber junger Mann, Ihr müsst die Situation unter Kontrolle bringen. Die Königin hat keinen Einfluss auf ihre Schwester«, meinte Cäsar und blickte entschuldigend zu Kleopatra hinüber. »Darum müsst Ihr zu Arsinoe und diesem Ganymedes gehen und mit den beiden verhandeln.«

»Was, wenn sie sich auch gegen mich gestellt hat?«

»Meint Ihr, sie wäre dazu fähig?«

Seufzend schüttelte der König den Kopf. »Nein, sie hat mich getäuscht, doch ich glaube nicht, dass sie sich gegen mich gewandt hat. Ganymedes hat sie beeinflusst, das ist alles. Vielleicht will sie auch ihre Streitkräfte bündeln und mich hier herausholen«, spekulierte er.

Cäsar warf dem König einen ernsten Blick zu. »Habt Ihr und Eure Schwester dies gemeinsam ausgeheckt?«

»Nein, nein, das habe ich Euch doch schon gesagt. Ich hatte keine Ahnung, was sie geplant hat.«

»Aber habt Ihr je zu ihr gesagt, Ihr wünschtet, jemand würde sich gegen Cäsar erheben und Euch aus dem belagerten Palast befreien? Habt Ihr sie womöglich unwissentlich angestachelt? Habt Ihr dem armen Mädchen eingetrichtert, es liege in seiner Verantwortung, Euch von mir zu befreien? Ich hörte Euch sagen, sie sei ›Euer geschätztester Kanzler‹. Ich werde sehr ungehalten, falls Ihr Euch insgeheim mit Arsinoe verbündet und gegen mich verschworen habt, während wir über den Frieden sprachen.«

Der Junge sah zu Kleopatra hinüber. »Sie ist schuld, nicht wahr? Wir beide haben uns blendend verstanden, bis sie sich in den Palast zurückgeschlichen hat. Sie hat Euch gegen mich aufgebracht. Wahrscheinlich hat sie auch Arsinoe angestiftet.«

»Ich habe keinen Streit mit meiner Schwester.«

Kleopatras Stimme war eiskalt. Wieso begriff dieser Tölpel denn nicht, wer ihn verraten hatte?

»Seht Euch lieber vor«, warnte Ptolemaios Cäsar. »Sie wird Euch eines Nachts im Schlaf ermorden!«

»Ihr verliert die Beherrschung, König Ptolemaios«, entgegnete der Imperator seelenruhig. »Die eine Schwester hat Euch hintergangen, und nun bezichtigt Ihr die andere. Steht Kleopatra etwa draußen vor den Barrikaden und führt eine Armee an? Nein, sie sitzt hier und schmiedet mit uns an unserem gemeinsamen Plan. Ihr negiert mein und der Königin Ringen um den Frieden, an dem wir so hart gearbeitet haben. Wirklich, Ihr solltet Euch endlich zusammenreißen.«

Beinah hätte Kleopatra ihren Bruder gefragt, ob er nicht merkte, dass Arsinoe nur ihre eigenen Interessen verfolgte, aber sie vermutete, mit dieser Frage Cäsars Interessen zu vereiteln. Was er vorhatte, wusste sie nicht, oder, um bei der Wahrheit zu bleiben, sie glaubte nicht länger, dass er sie in all seine Gedanken einweihte. Also blieb sie lieber stumm und überließ es dem Imperator, die Ausführung seiner Pläne in die Wege zu leiten, wie immer diese auch aussehen mochten. Sie würde seine stoische Ruhe nachahmen und es ihm überlassen, die Entwicklung der Dinge zu gestalten. Nichts zu unternehmen fiel ihr zwar nicht leicht, aber sie wusste instinktiv, dass dies am klügsten war. Schließlich verspürte sie nicht den Wunsch, Cäsars Pläne zu stören. Ihr blieb also keine andere Wahl, als ihm zu vertrauen.

»Eure Majestät«, begann der Imperator und wählte zum ersten Mal in der Gegenwart des Jungen die förmliche Anrede. »Ihr müsst unverzüglich zu Eurer Armee und Eurer Schwester gehen und diese unglückliche Veränderung der Situation in den Griff bekommen. Mir liegt gewiss nicht daran, der jungen Prinzessin Schaden zuzufügen. Sie ist ein formidables Mädchen, das weiß ich, und verfügt über einen starken Willen. Falls sie diesem Unsinn abschwört, soll ihr nichts geschehen. Sie wird mit ihrem jüngeren Bruder nach Zypern gehen und dort in Frieden regieren können. Das müsst Ihr Arsinoe unbedingt klarmachen. Cäsar ist weit und breit für seine Nachsicht bekannt. Sie kann sich auf mein Wort verlassen.«

»Was, wenn sie sich weigert, auf mich zu hören?« Inzwischen war der Junge sehr nervös. Mit aschfahlem Gesicht stand er wie angewurzelt vor Cäsar, und beim Atmen zuckte sein Magen hektisch. Kleopatra befürchtete schon, dass er sich vor den Füßen des Feldherrn übergab.

Cäsar stand auf und legte dem König einen Arm um die Schulter. »Ihr müsst Euch zusammenreißen«, wiederholte er. »Ich … ich meine, Rom … Euer Land und Königin Kleopatra, wir alle verlassen uns auf Eure Stärke und Diplomatie.«

»Wollt Ihr etwa sagen, ich kann den Palast verlassen und zu Arsinoe gehen?«

»Aber sicher. Mir sind leider die Hände gebunden. Sie würden mich sofort hinterhältig ermorden. Kleopatra kann ebenfalls nicht gehen. Wer sonst bliebe da außer Euch, mein Herr? Das ist auf jeden Fall eine Aufgabe für einen König.«

Die Mischung aus Schmeichelei und Nötigung in diesen Worten entging Kleopatra nicht. Allerdings bemerkte sie, dass ihr Bruder nichts von Cäsars Spielchen mitbekam. Falls er vorhat, mit mir ebenso zu verfahren, dachte Kleopatra, darf er nicht so offenkundig vorgehen. Vielleicht verfeinerte Cäsar aber auch seine Manipulationen entsprechend der Klugheit seiner Opponenten. Das hoffte sie jedenfalls. Wie auch immer – bei Ptolemaios, der anfing zu weinen, als Cäsar Hirtius befahl, die Reise des Königs zur alexandrinischen Armee vorzubereiten, war dies nicht vonnöten.

»Seht in mir einen Vater«, schlug der Imperator vor. »Wie ich weiß, starb Euer geliebter König Ptolemaios Auletes, als Ihr noch sehr jung wart. Von seiner Weisheit konntet Ihr nicht profitieren, aber vergesst nicht, meiner wohlwollenden Ratschläge könnt Ihr Euch immer sicher sein.«

Mit diesen Worten und der Aufforderung, ihn nicht zu enttäuschen, verabschiedete Cäsar sich von dem jungen König, blickte dann zu Kleopatra hinüber und wartete, bis auch sie Abschied genommen hatte. »Mögen die Götter mit Euch sein«, sagte sie und dachte, dass er ihrer Hilfe garantiert bedurfte, wenn er erst die wahre Natur seiner geliebten Arsinoe erkannte.

»So ist es gut«, meinte Cäsar und gab dem Jungen einen letzten aufmunternden Klaps auf den Rücken. »Seht nur, wie leicht Frieden zwischen Euch sein kann.«

Nachdem Ptolemaios gegangen war, setzte Cäsar sich auf einen Stuhl. Kleopatra wartete, dass er ihr nun seine wahren Absichten verriet, doch er schwieg und betrachtete sie, als wäre sie eine neue Bekanntschaft, der er höflich, aber distanziert zu begegnen gedachte.

Nach einer Weile ging Kleopatra das Risiko ein und ergriff

das Wort. »Das war eine beachtliche Vorstellung, werter Feldherr.«

»Kannst du Theater etwa nicht von Diplomatie unterscheiden, meine Liebe?«, fragte Cäsar. »Ich vermute, deine Schlussfolgerungen sind gerechtfertigt, denn es besteht durchaus einige Ähnlichkeit mit einem Spiel. Wie gut die Vorstellung auch sein mag, das Ergebnis ist immer dasselbe.«

»Du hast jedenfalls keine Erfahrung mit Frauen meines Kalibers, wenn du dir einbildest, Arsinoe würde mit meinem Bruder verhandeln.«

»Ich habe genug Erfahrung mit Frauen aller Nationalitäten, meine Liebe. Du solltest mir schon zutrauen zu erahnen, was in ihren Köpfen vorgeht.«

»Ich wollte dich nicht rügen, werter Feldherr, aber meine Schwester wird meinem Bruder weder ihre Macht noch ihren neuen Titel überlassen.«

Cäsar stieß einen Seufzer aus. »Bitte langweile mich nicht, Kleopatra. Wenn ich möchte, dass du weißt, was ich denke, werde ich dich einweihen. Bis dahin sei bitte ein Schatz und setz dich auf meinen Schoß.«

»Ich bin nicht dein Schoßhündchen«, sagte sie. Es brachte nichts, sich wie alle anderen Cäsars Willen zu unterwerfen. Von Hammonius, ihrem Informanten in Rom, hatte sie erfahren, dass er die Gemahlinnen von vielen seiner Senatorenkollegen – Gabinius, Crassus, Sulpicius, Brutus, Pompejus – verführt hatte und dass sie nicht die erste Königin war, die ihm Liebesspiel-Gefälligkeiten erwies. Mit der Königin von Mauretanien hatte er auch das Lager geteilt, ganz zu schweigen vom König von Bithynien. Im Grunde mit jedem, behauptete Hammonius, außer seiner ziemlich schlichten römischen Gemahlin mit der sauertöpfischen Miene.

»Was grämt dich?«, fragte Cäsar, als wollte er wissen, welches Wetter um diese Jahreszeit in Spanien herrschte.

Kleopatra merkte, wie Zorn in ihr aufkeimte. Im Privaten hatte Cäsar getan, als wären sie gleichberechtigte Partner, Königin und Diktator, die miteinander auf ein und dasselbe Ziel hinarbeiteten. Die Anziehungskraft, die sie auf ihn ausübte, hatte ihre Zuversicht gesteigert, doch nun fragte sie sich, ob er die Tatsache, dass sie sein Kind unter dem Herzen trug, überhaupt in seine Überlegungen einschlösse. Vielleicht würde er die Empfängnis mit einem Lachen als Narretei des Krieges abtun und nach Rom reisen, ohne einen Gedanken an ihren gemeinsamen Sohn zu verschwenden. Ihr Vater hatte Dutzende von Bastarden gezeugt, die alle durch die Palastflure tobten. Allerdings hatte ihr Vater auch fünf Erben gehabt. Sie musste in aller Ruhe nachdenken, ehe sie Cäsar einweihte. Ja, sie musste warten, bis sie sich sicher sein konnte, dass er ihre Visionen teilte. Bis dahin würde sie sich von ihm lieben lassen, sich emotional aber nicht auf dieses Arrangement einlassen, denn das führte zum Untergang einer jeden Frau.

»Ich sorge mich um die Sicherheit meines Bruders.« Dieses Spiel beherrschte sie jedenfalls genauso gut wie er.

Cäsar lächelte leise. »Dann lass meine alten und kriegsmüden Arme deine jugendlichen Ängste vertreiben.«

Sie ging zu ihm. Wie eine Tochter zog er sie auf den Schoß. Sanft legte sie den Kopf an seine Brust und wartete, bis sie seinen Herzschlag hörte, dessen Pochen entspannend auf sie wirkte.

* * * * *

Cäsar stand in nasser auberginefarbener Erde an den brackigen Ufern des Nils. Kleopatra hatte er untersagt, ihn auf dieses schreckliche Martyrium zu begleiten. Nicht etwa, weil er glaubte, sie könnte es nicht ertragen. Vielmehr wollte er verhindern, dass ihr Volk sie mit dem Tod des jungen Königs in Verbindung brachte. Immerhin oblag es ihr, in diesem Land zu leben und über die Menschen zu herrschen.

Wann werden sie es endlich lernen?, fragte Cäsar sich. In wie viele leblose Gesichter musste er noch blicken, ehe alles vorbei war, und wie viele Antlitze würde er wohl kennen? Kapitulation kam für ihn niemals in Frage. Dennoch verspürte er gelegentlich das Verlangen, die Schwertklinge für eine Weile aus der Hand zu legen und lange zu schlafen, so tief zu schlafen, dass ihn weder der Ruf, in die Schlacht zu ziehen, aufweckte noch ein Emissär störte, der ihn mitten in der Nacht mit geheimen Nachrichten vom Feind aus seinen Träumen riss, noch die schleichende Ruhr, die einen anscheinend bei jedem Kampf heimsuchte. All dessen war er unendlich müde. Nicht körperlich müde. Körperlich hatte sich nichts verändert. Da er schon in seiner Jugend nicht vor Kraft gestrotzt hatte, brauchte er im Alter keine Zeit darauf zu verschwenden, sich zu beklagen, dass er nicht mehr so stark und kräftig war wie früher. Seine wahren physischen Reserven hatte Cäsar in der Lebensmitte entdeckt, und daran hatte sich bis heute, da er nun im sechsten Lebensjahrzehnt stand, nichts geändert. Erst kürzlich hatte er sich vor einem auf seinen Bauch gerichteten Schwert gerettet, war von Bord gesprungen und in seiner schweren Rüstung zweihundert Meter bis zu einem seiner anderen Schiffe geschwommen. Dabei war er völlig sorglos gewesen und hatte keinen einzigen Gedanken an die neusten Depeschen aus Rom verschwendet, die er noch ungelesen bei sich trug.

Der Vorfall sollte ihm eine Lehre sein, sich in Zukunft nicht mehr von Furcht leiten zu lassen. Stattdessen hätte er sich an Venus wenden sollen, die ihn seit je vor ernsten Verletzungen beschützte. Die Göttin, die noch nicht gewillt war, Cäsar zu sich zu rufen, hätte dem ägyptischen Schwertkämpfer gewiss Einhalt geboten. Daran zweifelte er nicht. Darauf vertraute er stets und fürchtete deshalb weder Tod noch Verletzungen. Nie und nimmer würde er dieses Geheimnis preisgeben. Wenn er einmal schwer krank war, erschien ihm ihr Gesicht, sie sprach mit ihm und sagte ihm, was zu tun war. Das letzte Mal hatte sie ihn in Pompejus' verlassenem Zelt in Pharsalos besucht. Cäsar hatte gespürt, wie der Zauber über ihn kam, und seine Männer gebeten, ihm im Quartier des Gegners ein paar Minuten allein zu gönnen. Die Soldaten hatten nicht widersprochen, das taten sie nie. Er ging in das Zelt und schaffte es gerade noch auf den Klappstuhl von Pompejus, ehe er ohnmächtig wurde. Kaum hüllte die Dunkelheit ihn ein, erschien sie ihm mit ihren blauen Augen, gleich dem Wasser eines klaren Sees, und trug ihm auf, Pompejus bis nach Ägypten zu folgen.

Cäsar vertraute darauf, dass Venus ihm sagte, wann seine Zeit abgelaufen war, wann die Götter der Unterwelt das unausweichliche Treffen mit ihm anberaumten. Bis dahin gab es für ihn keinen Grund, sich zu sorgen. Deshalb schalt er sich auch dafür, dass er wie ein verängstigter Junge, wie jemand, der zum ersten Mal kämpfte, über Bord gegangen war, anstatt einfach leise ihren Namen zu rufen. So hatte er den weiten Weg ans Ufer mit nur einer Hand zurücklegen müssen, während er die andere, in der er die Depesche hielt, aus dem Wasser streckte. Schlimmer noch, er hatte seinen purpurnen Umhang dem Feind als Geschenk zurückgelassen. Die Vorstellung, dass er sich nun im Besitz eines großspurigen Ägypters befand, schmerzte ihn sehr. Die Strecke zu schwimmen war weder nötig noch angenehm gewesen, doch ermüdet hatte sie ihn nicht. Trotzdem waren seine Männer in Riesenjubel ausgebrochen, als sie begriffen, was er getan hatte, und hatten behauptet, Cäsar gleiche den nicht alternden Göttern. Er war gealtert, doch in einem Punkt irrten seine Soldaten nicht: Der Körper des Imperators wurde nicht müde. Sein Geist hingegen schon.

Dass er auf menschlicher Ebene immer wieder die gleichen Erfahrungen machte, ermüdete ihn auf Dauer. Er beobachtete, wie Essen ihn ermüdete, wie vor allem Kauen ihn langweilte, denn Kauen war per se ein monotoner Vorgang. Essen war einfach nur Essen; bei jeder Mahlzeit machte man die gleiche Erfahrung. Warum legten intelligente Männer überhaupt gesteigerten Wert auf eine gut zubereitete Mahlzeit und benahmen sich, als wäre dies ihr erstes oder letztes Mahl, obgleich sie schon des Öfteren so geschmaust hatten und es auch in Zukunft immer wieder tun würden? Die Gleichheit und Regelmäßigkeit der Dinge, die das Dasein des Menschen notwendigerweise strukturieren – Essen, Schlafen, Verdauung, Ausscheidung, Baden, Krieg führen –, langweilten ihn. Noch mehr langweilte ihn allerdings die Uniformität der menschlichen Natur. Die Gier, die Lügen, die Ängstlichkeit, die Lust und besonders die Tatsache, wie deutlich ihm dies bei Begegnungen auffiel. Litten etwa alle Menschen unter diesem Lebensüberdruss, oder war er ein Einzelfall? Gern hätte er mit Cicero über dieses Thema diskutiert, sollte es ihm gelingen, diesen alten Kahlkopf wieder auf seine Seite zu ziehen. Mit einem Mal merkte er, dass auch dies zu den Dingen gehörte, die ihn ermüdeten – Cicero wieder und wieder für sich gewinnen zu müssen. Ach, alles wiederholte sich, nicht wahr? Was erwartete ihn wohl in der Zukunft? Würden die kommenden Jahrzehnte etwa genauso öde wie das vergangene werden?

Wie viele Nationen musste er unterwerfen, ehe die Botschaft angekommen war?

Könnte er doch nur allen Völkern der Erde klarmachen, was er wünschte, damit er nicht immer wieder diese monotonen Invasionen und Blutbäder auf sich nehmen musste. Vielleicht sollte er einen Dichter beschäftigen, jemanden wie Homer, den legendären Blinden, und ihn damit beauftragen, Geschichten über seine Eroberungen zu verfassen und vorzutragen. Danach könnte er dann selbst in die hintersten Winkel der Erde Legionen von Poeten entsenden und sie überall von dem Grauen berichten lassen, das über all jene hereinbrach, die sich ihm widersetzten. Den reisenden Barden würde er ein spezielles Stipendium in Aussicht stellen, damit sie die Geschichten in jene Länder trugen, die sich ergeben sollten, und die Völker dort in Angst und Schrecken versetzten, bis sie ihre Anführer anflehten, die Waffen zu strecken und zu verhandeln. Das wäre garantiert weitaus ökonomischer als die Entsendung unzähliger Legionen. Was für eine hervorragende Idee, dachte er und gratulierte sich selbst. Noch am selben Abend wollte er sie Kleopatra vortragen, denn sie war in der Dichtung sehr bewandert und wusste ganz genau, wie man die öffentliche Meinung zu seinen Gunsten manipulierte.

Ihrer war er dagegen nicht überdrüssig, weder ihres wohlgeformten Körpers noch ihres nicht ganz so flexiblen, dafür aber unendlich anregenden Geistes. Sie zu verlassen fiele ihm ganz sicher schwer. Seit Jahrzehnten war Reue für ihn ein Fremdwort. Empfände er tatsächlich Reue, wenn er von den Ufern Alexandrias wegsegelte? Diese Frage konnte er sich nicht beantworten, und allein das behagte ihm sehr. Ihm gefiel, dass er nicht jetzt schon wusste, was er morgen oder übermorgen für die junge Königin empfinden würde. Sie war das einzig Interessante, das er zurückgelassen hatte. Etwas, worauf er sich freuen konnte. Daneben gab es nur ein weiteres Abenteuer, das ihm bevorstand – der Tod. Vielleicht war das ebenfalls eine interessante Erfahrung. Vielleicht erwies sich der Tod sogar eher als Geschenk denn als Fluch. Doch um das herauszufinden, musste er wohl erst sterben …

Seine Soldaten wollten heimkehren, aber er musste erkennen, dass die Heimat sowohl für sie wie für ihn eigentlich nur in der Theorie existierte. Sie waren schon so lange weg, hatten derart viele Schlachten geschlagen, dass die Geschichten, die sie sich in fremden Ländern am Lagerfeuer erzählten, ihnen beinah mehr Geborgenheit vermittelten als Rom selbst. Denn was war Rom für sie jetzt? War es nicht die Idee, für die sie kämpften? Seine Idee, Pompejus' Idee, Ciceros Idee, die Idee des Senats. Alle unterschiedlich und am Ende doch das Gleiche. Ein Ort, wo man Macht gegen Geld und Geld gegen Macht eintauschen konnte. Solange die Mäuler gestopft und die Taschen gefüllt waren, was zählte es da, wer das Sagen hatte?

Cäsar atmete tief durch, entspannte die Schultermuskeln unter dem Gewicht seines Brustpanzers, der schwer auf ihm lastete, und stierte ins brackige Wasser. Der junge König unterschied sich nicht von den anderen Ertrunkenen. Weder seine Herkunft noch sein Titel hatten ihn vor diesem Schicksal bewahren können. Der Tod war ein großer Gleichmacher. Im Wasser war der ohnehin dickleibige Junge noch stärker aufgedunsen, und seine hervortretenden Augen erinnerten an eine Karikatur. Wie unschicklich für einen König, so aus dem Wasser gezogen und wie der Fang eines ganzen Tages mit einem Netz herausgefischt zu werden. Auf seiner funkelnden Rüstung spiegelte sich das auf den Fluss fallende Licht der schräg stehenden Sonne.

Der König war zusammen mit einigen seiner Gefolgsleute umgekommen, die voller Optimismus versucht hatten, in einem Boot zu fliehen, das für die vielen Menschen einfach zu klein war. Wohin sie hatten segeln wollen, wusste Cäsar nicht. Wohin wollten sie sich vor ihm flüchten? Vor Rom flüchten? Ihre Leichen hätte er auf dem schlammigen Flussgrund liegen lassen können, doch er fürchtete die Gerüchte der abergläubischen Alexandriner. Sie besagten, dass derjenige, der im Fluss ertrank, unweigerlich auferstehen würde, und darauf konnte er wahrlich verzichten. Auch wollte er vermeiden, dass dies geschah, wenn er irgendwann einmal Ägypten den Rücken kehrte. Er wollte dafür sorgen, dass Kleopatra nach seiner Abreise so wenig Probleme wie möglich bekam.

Bildete er sich etwa nur ein, dass sie sich inzwischen genauso verhielt wie seine geliebte Cornelia, als sie glaubte, schwanger zu sein? Dieses verschwiegene Lächeln, dieser totale Gehorsam, dieses vorsichtige und unbewusste Streicheln des Bauches, wenn sie sich unbeobachtet fühlte. Die Art und Weise, wie sie schützend die Arme um ihren Rumpf schlang. Der gesenkte Blick. Bei der unterwürfigen Cornelia hatte dieser Blick ihrem Naturell entsprochen, doch niemals hätte er sich träumen lassen, dass Kleopatra so reagierte. Wann immer er in den Palast zurückkehrte, erwartete sie ihn in ihrem Schlafgemach. Gestern hatte sie ihm sogar zu Füßen gelegen und ihr Gesicht so fest an seinen Leib gepresst, dass er nicht sagen konnte, ob sie ihm zu Gefallen sein wollte oder betete.

»Die Götter haben dich verschont«, rief sie, und als sie aufblickte, funkelten winzige Tränen in den Winkeln ihrer lebhaften Augen. Dieses Verhalten entsprach ihr überhaupt nicht. Ihr provokanter Verstand, mit dem sie stets versucht hatte, mit ihm gleichzuziehen, war in den Hintergrund geraten, und an seine Stelle war eine üppige, alles überlagernde weiche Weiblichkeit getreten. Zweifelsohne würde der Sarkasmus, der Teil ihrer Persönlichkeit war, erneut aufblitzen, wenn sie als Königin wieder festen Boden unter den Füßen hatte und nicht länger darauf angewiesen war, dass er ihre Autorität festigte. Dennoch genoss er diese radikale Veränderung, die es ihm erlaubte, sich ganz entspannt und ohne provoziert zu werden an ihr zu erfreuen.

Cäsar stand neben dem Leichnam von Ptolemaios. »Zieh ihm die Rüstung aus, und hänge sie auf den Marktplatz«, wandte er sich an Hirtius, der den Befehl sofort an seine Männer weitergab.

»Was ist mit dem Leichnam des Königs?«

»Ein angemessener Sarg, aber keine große Zeremonie. Habe ich mich deutlich ausgedrückt?«

»Wie immer, mein Herr.«

Ein letztes Mal blickte Cäsar dem toten Jungen in die Augen, ehe er sich abwandte. Ein Erbe. Wie sollte er damit umgehen? Er würde genauso viele Probleme heraufbeschwören wie lösen. Und genauso viel Kummer bringen wie Freude spenden, dessen war er sich sicher, denn so war das Leben nun einmal. Aber es würde spannend werden. Vielleicht hielt das Leben ja doch noch ein paar Überraschungen für ihn bereit.

* * * * *

Wie eine Theaterbesucherin verfolgte Kleopatra den Krieg von ihrem Balkon aus. Ihr war immerzu, als hätte sie den Text bereits gelesen, da Cäsar sie abends in seine Pläne einweihte und diese am darauffolgenden Tag buchstabengetreu umsetzte. Während dieser Zeit lernte sie, dass der Imperator recht hatte: Das Glück war auf seiner Seite. Allem Anschein nach traf es zu, dass sein Wille geschah. Es schien, als würden die Götter sich seinen Wünschen beugen und nicht umgekehrt. Vermutlich hatte Alexander über dieselbe Gabe verfügt, zumindest bis die Götter beschlossen, die Herrschaft über die Sterblichen zurückzuerobern. Irgendwann würden sie Cäsar dasselbe Opfer abverlangen, doch bis dahin gab es nichts daran zu deuteln, dass sie ihn mit ihrer Gunst überhäuften. Unmöglich, aus Alexanders Geheimnissen zu lernen und zu erfahren, wie er sowohl die Welt der Götter als auch die der Sterblichen seinem Willen unterworfen hatte, aber von Cäsar, der in ihrem Bett lag, konnte sie sehr wohl profitieren. Seine Methoden konnte sie studieren und zudem analysieren, wie er die Götter dazu brachte, sich seinen Vorstellungen zu beugen.

Ganymedes belagerte den Palast gleichzeitig vom Land und vom Meer aus. Ihm standen wesentlich mehr Schiffe zur Verfügung als Cäsar, und zudem pumpte er Salzwasser in die von der römischen Armee genutzten Quellen, was die Lage noch schlimmer machte. Cäsar ließ sich dennoch nicht entmutigen. Nach Kleopatras Meinung wirkte er nicht einmal verärgert, sondern eher so, als wäre die ganze Situation ihm lästig. Noch immer rechnete er fest mit der Unterstützung der jüdischen Streitkräfte. Sie konnten es sich nicht leisten, ihn erneut zu enttäuschen. Deshalb schlug er Kleopatra vor, es sich in der Zwischenzeit so angenehm wie möglich zu machen. Es war nicht von der Hand zu weisen, dass die römische Armee innerhalb der nächsten Tage verdurstete, und das sagte sie ihm.

»Egal«, lautete seine Antwort. »Es gibt immer einen Ausweg, wenn Männer nicht davor zurückschrecken, etwas zu leisten.

Außerdem langweilen sich meine Soldaten sowieso. Dass sie belagert werden, passt ihnen gar nicht, sie finden es eher beschämend. Mit Freude werden sie sich auf die Aufgabe stürzen.«

Was er damit meinte, begriff sie erst, als er sie drängte, einen Blick aus dem Fenster zu werfen. Dort draußen hoben Cäsars Männer tiefe Schächte aus und arbeiteten rund um die Uhr, um zu den Trinkwasserquellen in Ufernähe vorzustoßen. Sie gratulierte ihm zu der Entdeckung der Quellen, woraufhin er nur erwiderte: »Römisches Genie.« Nach einer kurzen Pause schob er nach: »Ein Menschenschlag, der keine Mühen scheut.« Das war als kleiner Seitenhieb auf die Griechen gemeint, denen man nachsagte, sie seien nach der schon Jahrhunderte zurückliegenden Herrschaft des großen Perikles bequem geworden.

Schließlich schickte der römische Senat eine kleine Flotte nach Kleinasien. Da sie sich mit der Flottenverstärkung so lange Zeit gelassen hatten, fragte Kleopatra sich langsam, ob ihnen überhaupt etwas daran lag, dass Cäsar in Ägypten siegreich war, oder ob sie andere Ziele verfolgten. Irgendwann sprach sie Cäsar darauf an. Er antwortete, seine Feinde in Rom wünschten zweifellos seine Niederlage. »Doch das Ansinnen meiner Feinde hat keinen Einfluss auf Cäsars Schicksal«, behauptete er.

Er versprach Kleopatra, der kommende Tag werde bedeutsam, und er enttäuschte sie nicht. Nachts setzte er sich mit Euphranor zusammen, seinem Admiral aus Rhodos, und gestattete der jungen Königin, dem Treffen beizuwohnen. In ihrer Gegenwart planten sie den nächsten Schachzug. Sie wollten auf die ägyptischen Schiffe zusegeln, sie in einen Kampf verwickeln und dann sofort in Brand stecken.

»Nach der Vernichtung der Flotte werden wir die Insel Pharos einnehmen«, sagte er.

»Alles an einem Tag?«, fragte sie.

»Warum sollten wir Zeit verschwenden?«, fragte er zurück.

Am nächsten Tag trug sich alles genau so zu, wie Cäsar es vorausgesagt hatte. Die Ereignisse untermauerten Kleopatras These über den Imperator und die Gunst der Götter. Bei dem Angriff steckte er nicht nur einen Großteil der ägyptischen Flotte, sondern auch ein Handelsschiff mit einer Ladung Bücher für die Große Bibliothek in Brand. »Ein Versehen.« Mit diesen Worten entschuldigte er sich bei ihr. Sie machte ihm keinen Vorwurf, denn er liebte die Literatur ebenso sehr wie sie und hätte niemals wissentlich so barbarisch gehandelt.

Mit äußerst gemischten Gefühlen beobachtete Kleopatra, wie die Römer ein Schiff nach dem anderen überwältigten und in Brand steckten, wie über dem Mittelmeer riesige Flammen in den blauen Himmel aufstiegen, als wollten sie mit dem Leuchtturmfeuer konkurrieren. Das da draußen waren ihre Schiffe, ihre Männer, ihre Marine. Die Umstände hatten sie zu ihren Feinden gemacht. Wenn sie erst auf dem Thron bestätigt war, mussten genau diese Männer ihr ewige Treue schwören. Was kümmerte es sie da, ob sie dem einen oder anderen Ptolemäer dienten? Hätte Cäsar Pompejus nicht überwältigt und ihn gezwungen, nach Ägypten zu fliehen, hätten diese Männer in Pelusium gegen ihre Söldnerarmee kämpfen müssen. Heute noch ihre erbitterten Feinde, würden diese Männer sie schon morgen verteidigen. Demnach war ihre Position unsicher, und sie fragte sich, ob sie nach dem Krieg aus Gründen der Sicherheit ihre eigene Armee besser in die Stadt abkommandieren sollte oder ob das die Feindseligkeiten nur noch verstärkte. Vor kurzem hatte sie eine Depesche von Hephaestion erhalten. Er meldete, dass die Söldner scharenweise desertiert waren, da die römischen Feldherren sie mit lukrativeren Angeboten nach Syrien gelockt hatten, wo sie gegen die Parther kämpften. Die Verbleibenden konnte er noch einen Monat lang bezahlen und ernähren, länger nicht. Wie lauteten ihre Befehle?

Es gab keine Befehle, die sie erteilen konnte. Untätigkeit entsprach ihr schlichtweg nicht, und dennoch erschien es ihr nicht klug, unabhängig von Cäsar zu handeln. Würde ihr Leben fortan immer so sein? War sie von nun an nur noch eine nutzlose Ptolemäerin, die vor Rom die Bittstellerin spielte und sich allein deshalb auf dem Thron hielt?

Das Kind, so musste sie feststellen, bescherte ihr die einzige Chance, dem Schicksal ihrer Vorfahren zu entgehen. Dieses Kind war die Lösung, um die sie vor vielen Jahren als Vierzehnjährige zu Füßen der Artemis von Ephesus gefleht hatte. Damals hatte sie mit eigenen Händen die Kehle eines Lamms aufgeschlitzt und zugesehen, wie dessen Blut in eine heilige Schale strömte. Im Angesicht der Göttin hatte sie gelobt, nicht in die Fußstapfen ihrer Ahnen zu treten, und nun hatte Artemis, die jungfräuliche Jagdgöttin, die einem Mann das Augenlicht nahm, nur weil er ihren unbedeckten Leib betrachtet hatte, ihr nicht nur Liebesfreuden zuteil werden lassen, sondern sie auch mit einer Schwangerschaft gesegnet. *Die Götter meinen es gut mit denen, die ihnen dienen.* In Gedanken hörte sie die Stimme ihres Vaters und spürte, wie ein Schauer durch ihren Körper lief – ein Zeichen dafür, dass er im Geiste immer noch bei ihr war.

Cäsar gegenüber hatte sie ihre Mutmaßungen nicht erwähnt, die vom Ausbleiben der Blutungen in den vergangenen beiden Monaten untermauert wurden. Eines Nachts hatten sie und Cäsar sich aus Freude über die Zerstörung der ägyptischen Marine und die Einnahme der Insel Pharos heftiger, schneller und leidenschaftlicher als jemals zuvor geliebt, und das, obwohl der Imperator just an diesem Tag extrem weit geschwommen war. Dennoch hatte er jünger und weniger müde als sonst gewirkt. Sie betete, dass ihr feuriges Liebesspiel dem Ungeborenen nicht schadete, konnte aber niemanden fragen, ohne Verdacht zu erregen. Ein Wort von ihr über dieses Thema, und eine ganze Reihe von Gerüchten hätte im belagerten Palast die Runde gemacht. Lieferten die Einzelheiten ihrer Liebesbeziehung denjenigen, die sich Tag und Nacht den Mund über sie zerrissen, nicht schon genug Gesprächsstoff? Sie war sich darüber im Klaren, dass die meisten ihrer Untertanen die Beweggründe für ihre Affäre nicht verstanden, vertraute jedoch darauf, schon bald vor ihnen zu stehen und zu erläutern, was sie für die Menschen und ihre Zukunft getan hatte.

Hinterher lag Cäsar mit geschlossenen Augen auf dem Rücken und erholte sich von der letzten Pflicht eines langen und anstrengenden Tages. Kleopatra schmiegte sich an ihn und schlang einen Arm um seine Brust. Die Haare auf seinem Unterarm kitzelten sie am Kinn. Auch das war bemerkenswert an Julius Cäsar – nie roch er unangenehm. Er verwendete ausschließlich ein leicht duftendes Öl, das seine männlichen Ausdünstungen nicht übertönen konnte. Obschon er sich während des Liebesspiels verausgabt hatte und Kleopatra über den Geruchssinn einer Wildkatze verfügte, stieg ihr nur ein schwacher Myrrhenduft in die Nase. War dies etwa noch eine der Segnungen, welche die Götter ihm zum Geschenk gemacht hatten?

»In ein paar Tagen werde ich dich verlassen.«

Die Neuigkeit überbrachte er ihr mit geschlossenen Augen. Kleopatra fürchtete sich davor, sich aufzurichten. Sie versagte es sich, den Arm noch fester um seine Brust zu schlingen.

»Ach?«

Klang sie wirklich nur neugierig, oder hörte er aus ihrer Stimme heraus, wie schockiert und verzweifelt sie war?

»Man hat mich benachrichtigt, dass Mithridates von Pergamon mit einer jüdischen Legion von Osten aus in unsere Richtung marschiert. Offenbar eskortiert Antipater höchstpersönlich den Hohepriester von Judäa. Ich muss mich mit ihnen treffen.«

»Verstehe«, sagte sie. »Wirst du zurückkehren?«

Er schlug die Augen auf und betrachtete sie. »Liebste«, sagte er und lächelte.

»Womöglich bereite ich dir zu viele Umstände. Vielleicht

wäre es einfacher, wenn du es mir überlässt, gegen die Armee meiner Schwester zu kämpfen.« Die Angst, die in ihrer sonst so selbstsicheren Stimme mitschwang, ärgerte sie. Ich klinge wie eine pathetische Kurtisane, dachte sie. War dies etwa auf die Schwangerschaft zurückzuführen? Falls ja, würde sie dafür Sorge tragen, dass es ihr nicht noch mal passierte.

»Zu deinem Schutz lasse ich eine kleine Garnison hier. Falls alles gutgeht, bin ich in ein paar Tagen wieder da.«

»Was hast du vor?«

»Du wirst mir schon vertrauen müssen, meine Liebe«, sagte er und küsste sie auf die Stirn.

»Falls Arsinoe mich umbringen lässt, wirst du dann den Krieg beenden und sie auf den Thron hieven?«, fragte sie und merkte, dass ihr allein bei dem Gedanken die Galle hochkam.

Er antwortete nicht darauf. Ohne zu seufzen, ohne ein Wort verlauten zu lassen, gab er ihr zu verstehen, wie verärgert er war.

»Das wäre sicherlich einfacher, als diese Kriegsmaschinerie aufrechtzuerhalten«, meinte sie.

War jetzt der Zeitpunkt gekommen, ihm von seinem Sohn zu erzählen?

»Kleopatra, in letzter Zeit bist du immer so dramatisch. Was ist denn mit dir los? Ich glaube, du lieferst gerade den Beweis für Aristoteles' Behauptung, dass Frauen irrational und unvernünftig sind.«

»Männer verhalten sich in Gegenwart von Frauen irrational, deuten die Situation dann falsch und kommen zu dem Ergebnis, dass Frauen irrational sind«, entgegnete sie prompt.

So hatte sie seit Monaten nicht mehr mit Cäsar geredet, und nun fragte sie sich, ob ihr Verhalten der Grund für seine Laxheit war. Hatte er etwa die Absicht, die Königin von Ägypten wie eine gewöhnliche Mätresse zu behandeln?

»Wie auch immer, du bist anders als sonst. Was ist los?«

»Ich denke, das ist meinem Zustand geschuldet. Angeblich

führt er dazu, dass Frauen ihren Sinn für Humor verlieren und wankelmütiger werden.«

»Bist du krank, mein Kind?«, erkundigte er sich, woraufhin sie sich fragte, ob sein besorgter Blick echt war. »Muss ich mir Sorgen machen?«

»Nein, es sei denn, man sieht in einer Frau, die Julius Cäsars Kind unter dem Herzen trägt, einen Grund zur Beunruhigung.«

»Ich sehe das nicht so«, erwiderte er seelenruhig und ohne eine Miene zu verziehen.

Sie wartete ab, doch er sprach nicht weiter. »Ist das alles, was du in dieser Angelegenheit zu sagen hast? Bist du nicht mal überrascht? Bedeuten wir dir denn überhaupt nichts?«

»Ich weiß schon seit einer ganzen Weile Bescheid, Kleopatra. Du kannst mir nichts verheimlichen.«

»Warum nicht? Weil du allwissend bist wie die Götter?« Sie musste ihn aus der Reserve locken. Zeigte er nicht die eine oder andere Regung, würde sie verrückt werden.

»Ich bin mehr als doppelt so alt wie du, mein liebes Kind. Es gibt nichts, was ich nicht gesehen hätte. Ich habe gedacht, was du denkst. Und wenn nicht, dann habe ich andere beobachtet, die wie du denken. Wie auch immer. Du hast es nicht nötig, mich zu überraschen, um mich zu erfreuen.«

»Freust du dich?« Sie hielt den Atem an und gab sich alle Mühe, ihn nicht erwartungsvoll anzusehen. Stattdessen warf sie ihm einen eisigen Blick zu, doch es rumorte in ihrem Bauch, und sie flehte stumm, dass ihre Furcht sich nicht negativ auf das Kind auswirkte.

»Welcher Mann würde sich nicht freuen?«, fragte Cäsar. Er richtete sich auf, drehte sich auf die Seite, streckte einen Arm aus und wartete, bis sie sich an seine Brust schmiegte. Als er sie fest umarmte, spürte sie, wie er erschauerte.

»Du bist unglücklich.«

»Ich denke an Julia«, sagte er. Obwohl er den Blick rasch

abwandte, sah sie, dass ihm die Tränen in die Augen stiegen. »Hätten sie und mein Enkel noch gelebt, wäre Pompejus dieses beschämende Ende erspart geblieben.«

»Dann lass doch unseren Sohn eine einigende Kraft sein«, schlug sie vor. Hoffentlich klang sie nicht wie eine Bittstellerin.

Schweigend drückte er sie an die Brust.

»Überleg nur, was das bedeuten würde, mein Lieber«, sagte sie. »Stell dir vor, wofür er stehen könnte in der Welt.«

»Über all das habe ich bereits nachgedacht«, erwiderte er weitaus weniger entzückt, als sie es war. »Aber es wird nicht so einfach sein, wie du es dir vorstellst. Du weißt nicht um die Hindernisse, die dich in meinem Land erwarten. Dort wird man die Neuigkeit gewiss nicht positiv aufnehmen.«

»Meinungen kann man ändern.«

»Gesetze dagegen nicht.«

»Gesetze werden von Sterblichen gemacht. Du hast genug schwierige Paragraphen durchgebracht, um dir darüber im Klaren zu sein«, erinnerte sie ihn.

»Ich muss jetzt schlafen«, flüsterte er ihr ins Ohr.

»Soll ich einen Skizzenmaler rufen, der dein Antlitz zeichnet, damit ich es eines Tages unserem Sohn zeigen kann?«, erlaubte sie sich zaghaft zu fragen.

»Du musst lernen, nicht andauernd zu zweifeln, Kleopatra, sonst wirst du unserem Sohn keine gute Mutter sein.«

»Ich darf also immer noch nicht erfahren, was du vorhast?«

»Momentan ist es wichtiger denn je, dass du nicht Bescheid weißt. Doch merke dir Cäsars Worte. Nächste Woche um diese Zeit werden wir ein paar unserer dringlichsten Probleme gelöst haben.«

Damit schlief er ein, und sie fühlte sich mit einem Mal verwundbar, da sie nicht wusste, was er als Nächstes tun würde. Bei den Göttern hoffte sie, dass sie sich in den vergangenen Wochen und Monaten nicht wie ein naives kleines Mädchen verhalten hatte und nur den freundlichen Worten eines rückgratlosen Diplomaten und Verführers aufgesessen war.

In dieser und den beiden folgenden Nächten tat sie kein Auge zu. Hellwach lag sie da, streichelte ihren Bauch und betete zur Göttin. Nachdem Cäsar mitten in der Nacht aufgebrochen war, weckte sie den Priester und veranlasste ihn, im Palasttempel ein kleines Opfer darzubringen. Der müde Priester, der sich von ihrem Drängen nervös machen ließ, trug seinen Helfern auf, die Fackeln anzuzünden und eine kleine Ziege hereinzuholen. Die Eingeweide des Opfertiers symbolisierten Gesundheit, wie der Geistliche Kleopatra versicherte, deshalb erhörte die Göttin ganz sicher die Gebete der Königin.

Kleopatra war durchaus gewillt, sich von der Deutung des Priesters beruhigen zu lassen, hatte sich aber noch nie im Leben so allein gefühlt. Charmion und die Menschen, die sie unterstützten, saßen hinter den feindlichen Stellungen fest. Sie war Cäsars gutem Willen und seiner Autorität vollkommen ausgeliefert und hatte – abgesehen von seinen kryptischen Worten und seiner ewig guten Laune – keinerlei Gewissheit, ob sie sich auf ihn verlassen konnte. Seine Männer konnten sie entweder im Schlaf ermorden oder beschützen, falls die Soldaten ihrer Schwester die Barrikaden stürmten und in den Palast eindrangen. Doch aus welchem Grund sollten sie einen Anschlag auf sie verhindern? Manch einer würde den Meuchelmord an Cäsars ausländischer Mätresse gewiss als Dienst am römischen Vaterland deklarieren, vor allem wenn sich herumsprach, dass sie Cäsars Kind unter dem Herzen trug. Was der Imperator erahnt hatte, konnten auch andere erahnen.

Den Rest der Nacht verbrachte sie damit, ihren Bauch zu streicheln, mit dem Jungen zu sprechen, ihn den jungen Cäsar zu nennen und ihm ihre Pläne für seine Zukunft darzulegen. Sie erklärte ihm, wer seine Mutter und wer sein Vater war, seine Ahnen. Sie erzählte ihm Geschichten von Alexander, angefangen bei dessen Jugend bis hin zu seiner Eroberung der vielen Königreiche und Nationen. Aus der Bibliothek ließ sie eine Kopie der Schilderung von Alexanders Jagd auf den Löwen bringen und las sie ihrem ungeborenen Kind vor.

»Auch Alexanders Vater ist ein großer Krieger gewesen, doch du darfst niemals vergessen, dass Alexander siegreicher als sein Vater war. Dir wird es vielleicht genauso ergehen, auch wenn es einem kleinen Wesen wie dir womöglich unwahrscheinlich erscheint. Alexanders Mutter lehrte die Männer das Fürchten, wie auch deine eigene Mutter ihre Brüder und deren Ratgeber in die Schranken gewiesen hat. All dies werde ich mit noch mehr Inbrunst tun, wenn du erst erwachsen bist und an meiner Seite regierst.« Die Vorstellung, Männer in Angst und Schrecken zu versetzen, zauberte ein Lächeln auf Kleopatras Lippen. Römische Soldaten bildeten sich nämlich ein, alles und jeden beherrschen und ihren Mitmenschen Angst einjagen zu können. »In diesem Punkt stehen sie mit uns im Wettbewerb«, sagte sie, in der Hoffnung, dass ihr Sohn bereits über ein wenig Sinn für Humor und Ironie verfügte. In dem Fall wäre er seinem Vater ebenbürtig. »Bitte vergiss nicht, Alexanders Kritiker haben über ihn die gleichen schrecklichen Dinge gesagt, die sie von deinem Vater behaupten, nämlich dass er machtbesessen und das Glück ihm hold war. So redeten eifersüchtige Griechen, Spartaner und Athener, die ihre Macht an einen größeren Mann abtreten mussten. Diejenigen, mit denen es zu Ende geht, kritisieren stets diejenigen, deren Stern gerade aufsteigt.« Sie versprach ihrem Sohn, ihn zu Alexanders Grab zu bringen und ihn segnen zu lassen, sobald er alt genug war und den Palast verlassen konnte. Zudem wünschte sie sich, dass seine noch zarte Seele bereit war, die Last seiner irdischen Mission zu tragen. *Sollte der Philosoph recht haben und Wissen nichts anderes sein als die Erinnerung an das, was die Seele ohnehin schon weiß, dann wirst du auf diese Welt kommen mit all dem Wissen um das, was sich vor deiner Zeit zugetragen hat.*

Indem sie sich ihrem Sohn mitteilte, wurde sie innerlich

ruhiger. Auf einmal war sie davon überzeugt, dass seine Seele bei ihr war, in diesem Raum. Schließlich spürte sie weder Einsamkeit noch empfand sie Furcht. Sie glaubte, eine gute Mutter zu werden und in der Lage zu sein, ihrem Sprössling Größe einzuhauchen. Wozu war eine Königin, die einen Thron zu vererben hatte, sonst nutze? Liebevoll tätschelte sie ihren Bauch, bis sie glaubte, sie habe sowohl das Kind als auch sich beruhigt, und schlief ein, als das fahle graue Licht der Morgendämmerung in den Raum flutete.

Tage später platzte Cäsar in ihr Gemach und überbrachte ihr die Nachricht, dass ihr Bruder ertrunken war, Ganymedes tot und ihre Schwester in Ketten lag. Selbstverständlich war es dem Imperator gelungen, Ganymedes zu überlisten. Für alle sichtbar war er mit seinen Legionen in den Süden der Stadt gesegelt, um sich Mithridates anzuschließen. Dort hatte er sich mit den Truppen getroffen, die seine Armee verstärken sollten. Mitten in der Nacht, als die ägyptische Armee tief und fest schlief, hatten sie sich durch das Westtor geschlichen, den Gegner überrascht und in Windeseile ausgelöscht.

Der Imperator grinste noch breiter als sonst. Kleopatras erster Gedanke war nämlich nicht *Gepriesen seien die Götter*, sondern *Nun verdanke ich Cäsar alles.*

Es sei denn, er machte keinen Unterschied zwischen dem Geschenk eines Sohnes und einem geschenkten Thron.

* * * * *

Bar jeder Gefühlsregung betrachtete Arsinoe die Totenmaske ihres Bruders. Der Künstler hatte seine Züge geschönt, im Tod wirkte er dünner und selbstsicherer als in seinem kurzen Leben. Sein rundes, fades Antlitz vermisste sie jedoch nicht. Niemals wieder würde sie diesen lächerlichen Ausdruck ertragen müssen, der auf seinem Antlitz lag, wenn er voller Pathos auf den Höhepunkt zusteuerte. Die grässlich verzerrte Fratze eines ohnehin schon abschreckenden Gesichtes. Das Stöhnen und Ächzen, wenn er gegen seine seelischen Kümmernisse ankämpfte oder – so erschien es ihr zumindest – gegen sein eigenes widerliches Verlangen. Und am Ende unausweichlich diese Schweinerei. Niemals wieder musste sie all das über sich ergehen lassen. Denselben Gedanken hatte sie gehegt, als sie und Ganymedes ihren Bruder und dessen Männer in das Boot drängten, mit dem sie den Nil hinunterfahren sollten – falls sie es überhaupt schafften mit ihrer menschlichen Fracht, die doppelt so schwer war wie das zulässige Höchstgewicht. Entweder sie starben durch die Hände der Ägypter, die einem König zürnten, der vor den Römern kapituliert hatte, oder die Natur nahm ihren Lauf und zog sie unweigerlich auf den Flussgrund.

Im Grunde gab es nichts zu beklagen, und dennoch musterten die römischen Soldaten Arsinoe, als müsse sie eine bestimmte Reaktion zeigen. Über der ernsten Totenmaske von Ganymedes, den die Römer umgebracht hatten, da er mit einem Mal politisch überflüssig geworden war, vergoss sie ihre Tränen. Einen der römischen Feldherrn hatte sie angefleht, ihn nicht zu töten, doch man ließ sie wissen, der Eunuch hege zu große militärische Ambitionen, um verschont zu werden. Arsinoe wusste, dass sie ihn nur umbrachten, weil er Cäsar beinah übertrumpft hätte. Zweifellos war dem klugen alten Römer die Existenz eines Mannes, der ihn fast geschlagen hätte, unerträglich. Wären die jüdischen Streitkräfte, die dem römischen Eroberer notgedrungen zu Hilfe geeilt waren, nicht in letzter Minute eingetroffen, wäre Arsinoe jetzt Königin von Ägypten und Ganymedes ihr Premierminister. Kleopatras Kopf läge auf dem Henkersblock, und Julius Cäsars dreckige Rüstung und nicht die ihres Bruders – den sie sowieso ausgeschaltet hätte – wäre jetzt auf dem Marktplatz ausgestellt.

Arsinoe erinnerte sich, wie Ptolemaios das erste Mal in ihr Gemach gekommen war, unmittelbar nach dem Tod des Vaters, als der Eunuch Potheinos, inzwischen ebenfalls tot, auf der

Vermählung von Ptolemaios und Kleopatra bestanden hatte. Diese hatte der Zeremonie zwar zugestimmt, sich hinterher aber geweigert, Ptolemaios in ihr Bett zu lassen. Mit vor Scham und Zorn geröteter Miene kam der Junge daraufhin in Arsinoes Zimmer gerauscht, ernannte sie zu seiner wahren Gemahlin und Königin und versprach ihr, dafür zu sorgen, dass Kleopatra ihr Verhalten mit dem Leben bezahlte oder zumindest ins Exil ging. Dieses Versprechen hatte er in der Tat eingelöst.

Arsinoe war keine andere Wahl geblieben, als sich seinen lüsternen Begierden zu beugen. Mit Ausnahme dieses widerwärtigen Knaben, der sich allabendlich auszog und zu ihr unter die Decke schlüpfte, gab es niemanden, der sich ihrer Interessen annahm. Daher hatte sie sich gefügt und war mit der Hingabe einer Schauspielerin in die Rolle der Liebhaberin geschlüpft. Schließlich erinnerte sie sich noch genau, wie süß sich die Liebe anfühlte und wie sie diesem Narren etwas vorspielen konnte, der allen Ernstes glaubte, sie finde Gefallen daran, sein verderbliches Fleisch zu berühren. Sie konnte ihm wohl kaum sagen, dass er – verglichen mit der hellhäutigen, schlanken Berenike – in ihren Augen wie ein ungegartes Milchkalb aussah.

Arsinoe wandte sich vom Sarkophag ab und blickte ihren Häschern, die lüstern ihren Körper betrachteten, ins Gesicht. Furchtlos erwiderte sie den Blick der Soldaten und starrte sie genauso erhaben und trotzig an, wie Berenike es während ihrer Verhandlung getan hatte. Ihr war zu Ohren gekommen, dass Cäsar seinen Männern den strikten Befehl gegeben hatte, ihr kein Haar zu krümmen. Bestimmt richtete er sich in diesem Fall nicht nach den Wünschen seiner Mätresse, denn es bestand kein Zweifel, dass Kleopatra sich nichts sehnlicher wünschte als Arsinoes Tod. Erst dann und nur dann war die Hure Roms in Sicherheit.

Sollte die Römerfreundin sie ruhig exekutieren lassen. Tapfer und würdevoll wollte Arsinoe sich dem Tod stellen, genau wie Berenike, als der eigene Vater ihr Leben gefordert hatte. Ihr Vermächtnis wäre ihr Hass auf ihre verräterische Schwester und die Römer, der sie am Ende alle zerstörte, zumal viele alexandrinische Stämme enttäuscht darüber waren, dass Kleopatra sich durchgesetzt hatte.

Dass sie überlebte, wagte sie nicht zu hoffen. Lebend nutzte sie ihrer Schwester nicht. Nein, lebend stellte sie nur eine Bedrohung dar, zumal es immer noch ihren jüngeren, gerade mal zwölf Jahre alten Bruder gab und Kleopatra sich in Bälde seiner Existenz und den Auswirkungen, die diese auf ihre Position hatte, stellen musste. Ptolemaios der Jüngere konnte jederzeit unter dem Einfluss eines ambitionierten Höflings oder durchaus auch von allein zu dem Schluss gelangen, dass Kleopatra nicht seine Verbündete war. Dann konnte er sie im Schlaf ermorden lassen und durch die sich nach außen hin deutlich willfähriger gebende Arsinoe ersetzen. Immerhin waren die beiden miteinander aufgewachsen, und Kleopatra war nur eine Halbschwester, ein Störfaktor, eine Bedrohung oder alles zugleich. Arsinoe hingegen war dem Jungen eine echte und wahre Schwester, eine liebevolle Verwandte und fast schon eine Mutter.

Ihr war klar, wieso sie momentan noch am Leben war – und das hatte sie ganz gewiss nicht Kleopatra zu verdanken. Die Palastdiener, die ihr hoffentlich noch immer zugetan waren und sie insgeheim unterstützten, hatten es ihr zugetragen. Julius Cäsar hatte Kleopatra gestanden, er werde das Mädchen nicht töten. Nicht, dass ihn interessierte, wer bei diesem Machtkampf am Leben blieb oder starb, aber er wollte seinen Ruf, stets Gnade vor Recht ergehen zu lassen, nicht aufs Spiel setzen. So war das gelaufen, und anscheinend hatte Kleopatra wider Erwarten nachgegeben und von Cäsar nicht verlangt, sich ihrem Willen zu beugen. Dass die Königin sich an der Mildherzigkeit ihres Liebhabers ein Beispiel nahm, das bezweifelte sie. Julius Cäsar konnte es sich leisten, gnädig zu sein, einer ptolemäischen Königin, die um den Thron kämpfte, war das hingegen nicht möglich. Vermutlich hatte Kleopatra schon eine Alternative ausgeheckt, wie sie Arsinoe ausschalten konnte, war jedoch noch nicht gewillt, den Imperator in ihre Pläne einzuweihen. Wenn Arsinoe sich auf ihre Quellen verlassen konnte, so hatte ihre Schwester Cäsar in den vergangenen Wochen interessante Neuigkeiten zugetragen. Sofern Kleopatra sich mittlerweile nicht selbst um ihre Wäsche kümmerte, gab es nur eine plausible Erklärung dafür, dass sich eine Frau zwei Monate lang in einem Palast aufhielt und kein einziges blutiges Laken in die Wäschekörbe warf.

Arsinoes Dienerinnen war dieser Umstand gleich aufgefallen. Sie hatte daraufhin nur gelacht und erwidert, sie habe schon immer vermutet, Kleopatra sei gar keine richtige Frau. Vielleicht habe sie deshalb auch keine Blutungen.

Flankiert von zwei römischen Wachen verließ Arsinoe das Mausoleum und trat ins gleißende Tageslicht. Die Winterluft hatte die Stadt ausgedörrt, und der Himmel war so grau wie die Klinge eines Schwertes. Es schien, als wäre die ganze Stadt in die Farbe des Krieges getaucht. Sie betrachtete die lange Kolonnade, welche die Straße von Soma säumte. Der sich an den Säulen hochrankende Efeu war verwelkt. Nun schlangen sich die abgestorbenen braunen Blätter um die eleganten hohen griechischen Säulen. Sicher wird man mich im Palast gefangen halten und später nach Rom schaffen, um mich bei Julius Cäsars Siegesparade vorzuführen, dachte sie. Als seine Trophäe. Ihr größter Wunsch war, dass sie eine Möglichkeit fände, sich das Leben zu nehmen, ehe dieser beschämende Augenblick nahte. Doch irgendetwas hielt Arsinoe davon ab, diesen Gedanken weiterzuverfolgen. Selbstverständlich könnte sie einen der Diener dazu veranlassen, ihr ein Röhrchen Gift oder einen Dolch zu bringen. Sonderlich schwierig war das nicht. Auf der anderen Seite machte sie auf der langen Reise in die Stadt ihrer Feinde sicher nützliche Erfahrungen.

Ihr ganzes Leben lang hatte sie vorgegeben, eine andere zu sein – die willfährige Geliebte, die fürsorgliche Schwester, die Verbündete. Allein mit Berenike war es ihr vergönnt gewesen, ihr wahres Wesen zu offenbaren. Nun wollte Arsinoe auf die Fähigkeit der Täuschung bauen. Sie musste vor dem römischen Abschaum paradieren, denn dies war der Preis, wollte sie begreifen, wie die Römer dachten. Wenn sie erst einmal dort war, würde sie all jenen, die begierig darauf waren, Arsinoe ihr Ohr zu leihen, Geschichten über ihre Schwester erzählen und ihnen einflößen, dass Kleopatras Ambitionen nur auf den ersten Blick mit denen Roms übereinstimmten. Ausführlich würde sie berichten, wie die Königin Vater, Brüder und Schwester hintergangen hatte, nur um selbst auf den Thron zu steigen. Das war die einzige Möglichkeit, wie Arsinoe Rache nehmen konnte. Zweifellos würde Kleopatra auch in Zukunft darauf drängen, ihre Schwester auszuschalten, weswegen sie ihr keinen Vorwurf machte. Wären die Götter Arsinoe wohlgesonnen und wäre sie an Kleopatras Stelle gewesen, hätte sie keinen Deut anders gehandelt.

* * * * *

Verehrte Majestät,

wie ich erfahren habe, benötigt Ihr meine Dienste nicht länger. Vergebt mir daher bitte, wenn ich meine Position als Euer Ratgeber und Mitglied im königlichen Orden der Brüder der Sippe niederlege. Wie Ihr Euch gewiss erinnert, sind unser Freund Hammonius und ich Partner in einem sehr lukrativen Importgeschäft, und meine Anwesenheit in Rom ist dringend erforderlich. Ich möchte dorthin gehen, wo ich gebraucht werde. Euch zu dienen war mir Vergnügen und Ehre zugleich. Wäre ich nicht sicher, dass Ihr ebenbürtigen Ersatz für mich gefunden habt, würde ich umgehend zu Euch zurückkehren, doch allem Anschein nach ist in jeder Beziehung hervorragend für Euch gesorgt.

Alle zukünftigen Entscheidungen hinsichtlich der Armee überlasse ich der Besonnenheit und Obhut von Hephaestion, einem Mann, der Euch ebenso ergeben und aufgrund seiner physischen Verfassung womöglich sogar besser geeignet ist, Eurem neuen Regime anzugehören.

Auf ewig werde ich die Erinnerung an Euren Vater und die mir erwiesene Großzügigkeit in Ehren halten. Falls Eure Majestät in Zukunft zu dem Ergebnis kommt, dass Ihr mich braucht, werde ich umgehend und ohne Fragen zu stellen zu Euch zurückkehren. Bis dahin

Euer Cousin und Bruder der Sippe
Archimedes

Kleopatra konnte nicht verhehlen, dass die Handschrift und die Gekränktheit und Bitterkeit, die aus den Worten von Archimedes sprachen, sie mitten ins Herz trafen und marterten. Sie hatte ihn enttäuscht, seinen Stolz verletzt, und so hätte sie sich ihm gegenüber nicht verhalten dürfen. Loyal war er gewesen, bereit, sein Leben für das ihre zu geben, außerdem hatte er sie geliebt. All die Opfer, die er bereitwillig gebracht hatte, waren ihm mit der Nachricht gedankt worden, dass sie nun die Geliebte des römischen Diktators war.

Wie kam es, dass ein Mann solch eine Verbindung einging und sie hinterher als Gebot der Stunde oder Liebelei abtat? Wie kam es, dass ein Mann und erst recht ein König alles daransetzte, zwei Beziehungen aufrechtzuerhalten? Cäsar, der stets gleichmütige und unerbittliche Cäsar, hätte vielleicht einen weiteren Liebhaber in ihrem Bett geduldet, doch Archimedes mit seiner griechischen Leidenschaft, seinem Temperament und männlichen Stolz würde sich niemals mit der Rolle des Liebhabers einer Frau zufriedengeben, welche die Geliebte eines anderen war. Erst recht nicht, wenn sie dessen Kind im Leib trug. Sie war froh, dass Archimedes nach Rom ging. Unerträglich war es ihr, ihm ins Gesicht zu blicken, in seine kühnen feuchten Augen zu sehen, mit denen er sie auszog, ehe er ihren Körper berührte, seinen schönen Hals zu betrachten, die langen braunen Locken, die ihre Wangen streiften, wenn er auf ihr lag.

Manchmal hörte sie im Geiste sein Lachen oder erinnerte sich daran, wie er ihr feurig in den Hals biss. Dann war sie jedes Mal vollkommen aufgewühlt, errötete und legte die Hände auf die Wangen, damit sie niemandem, vor allem nicht Cäsar, erklären musste, wieso ihr plötzlich die Farbe ins Gesicht stieg.

Sie vermisste Archimedes, gestattete sich allerdings nicht den Luxus, in Trauer zu versinken. Mit der Saat, die Cäsar gesät hatte, hatte er auch über ihre Zukunft entschieden.

Wenigstens blieb ihr das Ritual erspart, um einen Gemahl zu trauern. Vorausschauend hatte sie, kaum dass ihr Bruder dem Palast den Rücken gekehrt hatte, vor dem ägyptischen Gericht eine Scheidung erwirkt. Die Begründung lautete, sie könne die Ehe mit jemandem, gegen den sie Krieg führte, nicht aufrechterhalten. Dieser Einwand und das ermutigende Wort des römischen Feldherrn hatten dazu beigetragen, dass die Scheidung sofort rechtskräftig wurde. Somit brauchte sie nach dem Ableben des ungeliebten, nicht respektierten Bruders und Gemahls nicht dessen Grab aufzusuchen, musste nicht die Hände vor der Brust ringen und Theater spielen.

Da Ptolemaios der Ältere tot und Arsinoe im Gefängnis war, stattete Kleopatra ihrem letzten Bruder, Ptolemaios dem Jüngeren, einen Besuch ab und schilderte ihm die Situation. Er war der jüngste Spross der herrschaftlichen Familie und gebärdete sich dementsprechend. Auf der einen Seite hatte man ihn verwöhnt, andererseits stets außen vor gelassen. Er war zu jung, um sich an die Putschversuche seiner Mutter und seiner ältesten Schwester zu erinnern. Auch im Kindergarten hatte man ihm erlaubt, stets den Prinzen zu spielen. Er hatte sich daran gewöhnt, dass Arsinoe und sein älterer Bruder ihn als König der Seleukiden titulierten. Von Potheinos angestiftet, hatten sie Ptolemaios versprochen, für ihn das verlorene Imperium des Seleukos zurückzuerobern, über das er dann allein herrschen dürfe. Kleopatra setzte ihm auseinander, dass die Römer schon vor langer Zeit jene Länder erobert hatten, die früher einmal

Alexanders Gefährten regiert hatten, und dass sie nun gegen die Parther kämpften, um ihre Herrschaft zu sichern. All dies schien den Jungen zu überraschen.

»Das heißt noch lange nicht, dass sie mir in Zukunft nicht gehören werden«, entgegnete er. »Potheinos hat immer gesagt, Rom zerstört sich irgendwann selbst, mit oder ohne unsere Hilfe.«

»Ob das so kommen wird oder nicht, wissen nur die Götter«, meinte Kleopatra und übte sich mit dem fülligen Jungen, der ihrer Stiefmutter Thea wie aus dem Gesicht geschnitten war, in Geduld. »In der Zwischenzeit werden die Papiere für unsere Vermählung vorbereitet. Cäsar wünscht, dass wir der Tradition unserer Vorfahren gehorchen und uns den Bestimmungen beugen, die unser Vater in seinem Testament festgelegt hat.«

»Werde ich dann König sein?«, fragte er.

»Ja.«

»Bekomme ich dann auch einen Regierungsrat? Wie mein Bruder, der Potheinos, Achillas und Theodotus hatte?«

»Julius Cäsar und ich werden deinen Regierungsrat bilden«, sagte sie.

»Aber er ist dein Liebhaber!«, rief der Junge. »Wenn du erst meine Gemahlin bist, wie kann dann dein Liebhaber ein Mitglied meines Regierungsrates sein?«

»Lieber Bruder, hör mir zu. Trotz des Unsinns, den unser Bruder, unsere Schwester und deren dämliche Eunuchen dir ein Leben lang eingetrichtert haben, musst du dich in der gegenwärtigen Situation der Ordnung der Dinge fügen. Du musst dich den Realitäten stellen und dich nicht an die deiner Phantasie entsprungenen Wunschbilder klammern. Befolge einfach Cäsars und meinen klugen Rat, sonst wird dich das Schicksal deiner älteren Geschwister ereilen.«

»Was ist, falls ich das nicht tue?«

Wie unsäglich diese Unterhaltung war. Der Junge merkte gar nicht, wie glücklich er sich schätzen konnte, dass er in diesem

Augenblick noch am Leben, dass er noch frei war und nicht an Arsinoe gekettet darauf wartete, nach Rom gebracht und durch Cäsars Triumphbogen gescheucht zu werden. Kleopatra hatte genau das vorgeschlagen, doch Cäsar war nicht gewillt gewesen, auf sie zu hören. Um Ägypten legal regieren zu können, brauchte sie einen Gemahl. Und weder Rom noch Ägypten waren bereit, Julius Cäsar in dieser Rolle zu akzeptieren, zumindest noch nicht. Seit der Herrschaft Ptolemaios I., der seinen Sohn mit seiner Tochter verheiratet hatte, um es den Pharaonen gleichzutun, hatte sich nichts an diesem Muster geändert. Diese Tradition nach einem Bürgerkrieg kurzerhand aufzuheben war nicht klug.

»Alles zu seiner Zeit, meine Liebe«, hatte Cäsar gesagt. »Du darfst nicht die Geduld verlieren, sonst erleidest du garantiert eine Niederlage.«

Kleopatra akzeptierte Cäsars Einschätzung, war es aber müde, all dies einem einfältigen Jungen zu erklären. Glaubte er allen Ernstes, sie erlaubte ihm, gemeinsam mit ihr zu regieren, wenn ihr Sohn erst auf der Welt war?

Vielleicht sollte sie Ptolemaios den Jüngeren auf ein entlegenes Eiland verbannen und ihn zusammen mit einem loyalen Beobachter dort regieren lassen. Hephaestion würde solch eine Insel gewiss ausfindig machen, und dieser Junge war vermutlich geistig umnachtet genug, um sich mit dieser Situation zufriedenzugeben. Bekam das ägyptische Volk erst mal Cäsars und Kleopatras Sohn zu Gesicht und sah ein, wie viel Ehre und Macht der Junge ihrer Nation zuteil werden ließ, vergaß es den letzten Ptolemaios mit Sicherheit ganz schnell. Kleopatras Union mit Rom würde das Reich ihrer Vorfahren festigen. Wieso sahen die Mitglieder ihrer Familie, ganz zu schweigen von der Mehrheit ihrer Untertanen, dies nur nicht? Denn die römischen Soldaten, die über ägyptischen Boden trampelten, festigten auch ihre Macht.

»Solltest du meinen Rat nicht annehmen, wirst du die Konsequenzen tragen müssen. Doch warum willst du es dir so schwer machen? Wir beide werden den Beinamen Philadelphos annehmen, der besagt, dass Bruder und Schwester sich lieben. So erfahren die Menschen, dass wir uns verstehen und dass du nicht mit anderen gegen mich intrigieren wirst, wie dein Bruder es getan hat.«

»Aber du bist nicht meine Geliebte!«, beharrte Ptolemaios. »Du bist Cäsars Geliebte, das weiß jeder.«

»Ja, das stimmt, und auch dies wird für uns von Nutzen sein.« Falls dieser Wurm sich tatsächlich einbildete, er könne das Recht seiner Vorfahren ausüben und mit ihr das Bett teilen, noch dazu, wo sie Cäsars Kind unter dem Herzen trug, war er noch dümmer, als er schien. Mehr als alles andere hoffte sie, dass sie all die Charaktereigenschaften, die typisch für die männliche Familienlinie waren, nicht auch ihrem Sohn vererbte. Solche Knaben zu gebären war nicht förderlich.

»Ich will Arsinoe sehen.«

»Das geht nicht. Sie ist Cäsars Gefangene.« Welchen Floh würde Arsinoe dem Jungen ins Ohr setzen? Dass er um Berenikes willen gegen die Römer aufbegehren sollte? Kleopatra hörte im Geiste schon die feurige Rede, die ihre Schwester dem Jungen hielt, wie sie ein letztes Mal in Ägypten für ihren Standpunkt eintrat, ehe man sie für immer fortschaffte.

»Dann werde ich sie also niemals wiedersehen?«

Hat sie sich auch dem Liebesspiel mit dem Kleinen hingegeben? Wie sehr sind die beiden einander verbunden?, fragte Kleopatra sich. Selbst wenn sie es schaffte, Arsinoes Einfluss zu mindern, wie lange ließ wohl der nächste heimtückische Eunuch auf sich warten, der den Jungen unter seine Fittiche nahm und ihn daran erinnerte, was Theas jüngstem Sohn vorherbestimmt war? Ägyptens letzte Hoffnung, von einem reinrassigen makedonischen König regiert zu werden? Die einzige Barriere zwischen einer unabhängigen ägyptischen Nation und einem von Rom unterjochten Volk? So jung war Ptolemaios zwar nicht mehr, aber er war jung genug, um solchen Unsinn zu glauben.

Sie musterte sein rundes, gerötetes Gesicht und seinen wuchtigen, für sein Alter viel zu fülligen Körper. Eine reife Frucht, die nur darauf wartete, von jenen gepflückt zu werden, die liebend gern zu politischen Intrigen anstifteten. Sie fragte sich, wie lange sie ihren kleinen Bruder wohl in ihrem Leben akzeptieren musste. Mit einem Mal fühlte sie sich unglaublich erschöpft. Dieser Mensch verbrauchte ihre gesamte Energie.

»Wie ich schon sagte, nur die Götter können in die Zukunft schauen.«

ALEXANDRIA:

Kleopatras viertes Regierungsjahr

Cäsar bemerkte, wie Kleopatras Augen aufleuchteten und sie seinem Blick auswich. Inzwischen wusste er, was sie reizte, und er wusste auch, dass die Erwähnung seines Oberstallmeisters das Interesse der Königin weckte. Gab es eine Frau auf dieser Erde, die nicht von Antonius fasziniert war? Die Frauen waren auch von Cäsar fasziniert, in erster Linie von seiner Macht. Würden beide Männer irgendwo Seite an Seite als Bettler verkleidet auftauchen, könnte Antonius dennoch jede Frau verführen, und zwar von der gemeinen Wäscherin bis zur Königin. Warum auch nicht?

Antonius hatte die Gestalt eines Mannes, den die Götter geschickt hatten, damit er seine sterblichen Geschlechtsgenossen daran erinnerte, wonach sie streben sollten. Seine natürliche Schönheit war atemberaubend; er war ein Bild von einem Mann, hatte große Ähnlichkeit mit den alten griechischen Statuen, ohne über deren kraftlose Ausstrahlung zu verfügen, die den Gesamteindruck abschwächte. Antonius repräsentierte die männliche Gattung in ihrer reinsten und erhabensten Ausführung. Manch einer behauptete gar, er verkehre mit Männern und Frauen, Cäsar hingegen bezweifelte, dass Antonius sich nach der ersten Rasur noch mit einem seiner Geschlechtsgenossen abgegeben hatte.

Aber wer konnte das schon mit Sicherheit sagen? Nach ein paar Gläsern Wein war ein schönes junges Hinterteil so anziehend wie das andere. Verdammt sei die Begierde. Wieso die

Römer sich dermaßen über das Liebesspiel unter Männern ereiferten, war Cäsar schleierhaft, zumal jeder Römer, den er kannte, sich an seine Sklavenjünglinge hielt, wenn Frauenmangel herrschte oder wenn es sie nach einer schnellen harten Befriedigung ihrer Bedürfnisse dürstete, die Männer nun mal brauchten, wenn ihnen nicht der Sinn nach aufwändigen Verführungskünsten stand, welche die Frauen einforderten. Warum waren die Römer nicht so kultiviert wie die Griechen?

Cäsar erinnerte sich an eine Szene in Griechenland: Antonius saß während einer Schlacht auf dem Pferd, die Sonne fiel auf seine nackten, blutverschmierten Arme mit den mächtig ausgebildeten Muskeln, als er die Klinge schwang, und seine schön geformten Nasenflügel bebten bei jedem Schlag, bei jedem Stoß. Er war schöner als ein Bulle. Als er sich mutig wie Herakles durch die feindlichen Reihen metzelte, dampfte sein Atem in der Kälte. Wie mochte er wohl auf einen Mann gewirkt haben, der sich seinen Zorn zugezogen hatte? In jenem Augenblick war es, als stünde die Zeit kurz still. Noch niemals hatte Cäsar etwas Derartiges erlebt. Es war, als hätten die Götter beschlossen, den schnellen, linearen Verlauf des Geschehens zu verlangsamen, um ihm die wahre Schönheit der menschlichen Gestalt vorzuführen. Antonius war womöglich der einzige Mann, den Cäsar kannte, der den Akt des Tötens in eine bezaubernde Vorstellung verwandelte.

Selbstverständlich würde Cäsar das weder ihm noch einem anderen jemals anvertrauen. Manche Gedanken – vor allem jene ganz privater Natur – behielt man besser für sich. Andere in seine Gedanken einzuweihen war unsinnig – Kleopatra ausgenommen, denn eine Unterhaltung mit ihr war stets anregend. In Wahrheit war nur noch Cicero so interessant, aber eine lebhafte Diskussion mit einem hässlichen alten Mann konnte man nicht mit der Erfahrung vergleichen, die einem eine Unterhaltung mit einer schönen jungen Frau bescherte. Cicero roch stets nach irgendeiner Tinktur, und da seine Gesundheit allmählich zu wünschen übrig ließ und er schlecht schlief, war er andauernd schlechter Laune. Kleopatra hingegen roch wie eine Knospe, schlief normalerweise tief und fest wie ein unschuldiges Kind und wachte voller Energie und mit erwartungsvoller Miene auf, als hätte sie wunderbar geträumt und erwartete, dass der neue Tag ihr ein entsprechend köstliches Geschenk machte.

Er musste unbedingt ein Liebesgedicht über sie schreiben. Das war übrigens noch eines seiner Geheimnisse, denn welch respektabler römische Feldherr schrieb schon Liebesgedichte? Auch in diesem Punkt waren sie weitaus weniger kultiviert als die Griechen, bei denen Sensibilität und der Hang zu allem Schönen die Männlichkeit keineswegs schmälerten. Was seine Liebesgedichte anbelangte, war Cäsar ein wenig empfindlich. Zwar hatte er dem einen oder anderen Freund oder einer flüchtigen Liebschaft, die seine Muttersprache nicht so gut beherrschte, durchaus schon mal eines seiner Werke vorgetragen. Selbstredend hatte er eine ganze Serie von Versen über Venus verfasst, und nun wollte er ein Gedicht über diese bezaubernde Frau schreiben, die ihn so sehr an seine Ahnin erinnerte. Nicht dass Kleopatra die Schönheit der Venus besaß. Wäre sie nicht die Königin von Ägypten und besäße sie nicht die königliche Haltung und die umwerfenden Gewänder und Juwelen, würde man sie womöglich überhaupt nicht als schön erachten. Im Gesicht einer Normalsterblichen hätte ihre allzu markante Nase sicherlich fehl am Platze gewirkt, während sie bei einer Königin deren Autorität unterstrich. Konventionelle Schönheit hätte ihre Macht geschmälert. Eigentümlicherweise hob die Abweichung vom klassischen Schönheitsideal nur ihre Außergewöhnlichkeit hervor. Wäre Cäsar so eine Tochter vergönnt gewesen, hätte er eventuell sogar versucht, die römische Gesetzgebung zu ändern und sie zur Senatorin zu machen.

»Warum sprichst du nicht weiter, werter Feldherr?« Kleopatra warf ihm einen fragenden Blick zu.

»Ich muss ein Gedicht über dich schreiben«, meinte er nur. »Mir scheint, du bist Poesie.«

»Das sagst du nur, weil du unserer Abmachungen müde bist und dich in allen Punkten durchsetzen willst. Aber von deinen Schmeicheleien lasse ich mich nicht erweichen.« Sie warf ihm einen neckischen Blick zu. Da glaubte er, dass sie froh war, nicht mehr über Antonius sprechen zu müssen.

»Freut es dich nicht, wenn ich mich nicht über dein mädchenhaftes Verlangen nach Antonius ärgere?«

Mit einem Mal wirkten ihre grünen Augen einen Hauch kühler, und ihr Lächeln erstarb. »Ich habe keineswegs behauptet, dass mich mädchenhaftes Verlangen überkam. Ich sagte, sein gutes Aussehen hat mich als junges Mädchen so beeindruckt, dass es schon fast peinlich war. Als erwachsene Frau und Königin werde ich seinem Zauber nicht so schnell erliegen, dessen kannst du gewiss sein.«

»Das bezweifle ich.«

Er spürte, dass sie ihm nicht alles über Antonius erzählte. Was verbarg sie nur vor ihm? Im Alter von vierzehn Jahren hatte sie Antonius zum letzten Mal gesehen. Bestimmt hatte sie in diesem zarten Alter keine Liebelei mit ihm begonnen. Nein, Cäsar nahm an, dass sie trotz ihrer leidenschaftlichen Natur ein ziemlich keusches Leben geführt hatte. So wie er Antonius kannte, hätte dieser der jungfräulichen Königin ein Haus voller exotischer ägyptischer Dirnen vorgezogen.

Sie saßen im Königlichen Empfangssaal, den ihr Vater erbaut und dem Gott Dionysos gewidmet hatte. Hier in diesem Raum hatten Kleopatra und ihr Vater schon zahllose ausländische Gäste bewirtet. Hier, erzählte sie, pflegte ihr Vater seine Gäste des Öfteren mit seinem Flötenspiel zu erfreuen. Ein wahrer Künstler, behauptete sie, woraufhin Cäsar sich fragte, was eher zutraf: die Geschichten, die ihm über den verrückten König zu Ohren gekommen waren, oder Kleopatras Version, die ihren Vater als klugen Exzentriker beschrieb. Vielleicht war ein bisschen von beidem wahr, denn welcher Mann hatte nur eine Seite? Im Verlauf eines Tages konnte selbst Cäsar viele Gesichter zeigen – das des Kriegers, des Feldherrn, des Diktators, des Politikers, des Liebhabers, Poeten und Gelehrten. Vielleicht hätte er den König und seine Musik sogar gemocht, immerhin ließ er sich nicht von der konventionellen römischen Denkweise gängeln.

»Wie auch immer, Marcus Antonius ist mein *magister equitum*.«

»Dein Oberstallmeister? Ist das ein Kavallerierang?«

»Nein, mein liebes Kind, das ist nach dem Diktator der zweite Mann im Staat. Gegenwärtig ist er der offizielle Herrscher Roms.«

»Sollen wir mit unseren Abmachungen fortfahren, werter Feldherr? Oder möchtest du lieber noch mehr Geschichten aus meiner Vergangenheit hören, als die Musik meines Vaters durch die Gänge schallte und ich noch ein Kind war? Oder steht dir der Sinn vielleicht nach weiteren Heldengeschichten über deinen Oberstallmeister und wie er mit seinen Männern durch die karge Wüste marschiert ist, damit mein Vater auf den Thron zurückkehren konnte.«

Cäsar seufzte und sah zum Deckengewölbe hinauf, wo sich auf einem Fresko der Gott, umgeben von Nymphen und Satyren, im Wald ausruhte. Ihm war klar, dass Kleopatra den Königlichen Empfangssaal öffnete, um ihm die Pracht und den Reichtum ihres Thrones vorzuführen. Er war in der Tat phantastisch und zweifellos opulenter und schöner als jedes Bauwerk in ganz Rom. Die Marmorsäulen, die gigantischen Mosaike mit Szenen aus dem Leben des Gottes, der goldene Thron, der Adler der Ptolemäer, der sich über ihren Köpfen neigte und ihm ins Gesicht starrte, als wollte er ihn warnen, dieser großen Frau, dieser Nachfahrin aus Alexanders Geschlecht keinen Schaden zuzufügen – all dies erstaunte das eher nüchterne römische Auge. Aber falls sie dachte, Julius Cäsar ließe sich von dem Anblick von Reichtum und Macht beeindrucken, unterschätzte sie ihn. Andererseits bewunderte er sie dafür, dass sie ihre Trümpfe ausspielte.

»Ich versichere dir, ich habe alle Geschichten über die Abenteuer von Antonius gehört, denn ihm hören alle am liebsten zu und er enttäuscht seine Zuhörer nicht. Wäre er nicht ein geborener Redner und Krieger, hätte er als Schauspieler garantiert ein Vermögen gemacht. Warum, liebe Kleopatra, sollte ich wünschen, dass du mich mit deiner Schwärmerei für meinen Lieblingsleutnant aufziehst?«

»Du ermüdest mich mit dem Thema Marcus Antonius, mit diesem Mann, dem ich nur einmal in meinem Leben kurz begegnet bin. Möchtest du dich jetzt vielleicht wieder unseren Abmachungen widmen?«

Mehrere Tage hatten sie gemeinsam in der Großen Bibliothek verbracht, wo Kleopatra die Gelehrten gebeten hatte, die Schriftrollen, die Cäsar am meisten interessierten, von den hohen Regalen zu holen. Am Vortag hatte er ein Gespräch mit Sokrates gelesen, in Xenophons Handschrift festgehalten. Nachts feierten sie ihren Sieg. Sie hatten kaum geschlafen, und Cäsar machte sich nichts vor: Er war ausgemergelt, wenngleich er sich wie immer fühlte. Am Morgen waren ihm beim Blick in den Spiegel auf seinen Wangen tiefe Furchen aufgefallen, als der Barbier ihn rasierte. Kleopatras Wangen hingegen waren gerötet, was womöglich der Jugend oder kosmetischen Tricks zuzuschreiben war. Wie auch immer – sie verlieh ihm das Gefühl von Lebendigkeit. So hatte er sich seit Jahren nicht mehr gefühlt, weder während einer Schlacht noch nach einem errungenen Sieg.

»Ja, das können wir. Sag mir, in welcher Währung du Rabirius auszahlen willst? Ich möchte kostspielige Wechselverluste vermeiden.«

»Bist du mit Gold zufrieden, werter Feldherr? Soweit ich mich entsinne, sind die Römer von diesem Metall sehr angetan.«

Ebenso flink wie er stellte sie sich auf das anstehende Thema ein. Sie ist wirklich außergewöhnlich, dachte er. Mit ihrem nüchternen Verhandlungsgeschick würde sie die alten Männer im römischen Senat in den Wahnsinn treiben. Inständig wünschte er sich, sie dorthin zu bringen und diesen Narren eine Lektion zu erteilen.

»Gold ist mir genehm.«

»Es handelt sich um eine beachtliche Summe. Manch einer könnte das Erpressung nennen.«

»Dafür, dass du auf diesem hübschen goldenen Thron sitzen darfst, ist das ein lächerlicher Preis.«

»So soll es sein. Mein Vater hat die Bedingungen dieses Blutsaugers akzeptiert, und ich werde mich daran halten. Aber nun zur Anerkennung deines Sohnes.«

»Kleopatra, wie kannst du dir nur so sicher sein, dass es ein Sohn ist?«

»Die Astrologen haben es mir vorausgesagt. Ebenso meine Intuition, die normalerweise zutreffender ist als sämtliche Vorhersagen der Wahrsager.«

»Ohne dies in Frage zu stellen, wird man das Kind in Rom nicht als legitim ansehen, weil ich – wie du weißt – eine Gemahlin habe.«

»Ja, aber kann man sich in Rom nicht auf die Schnelle scheiden lassen?«

»Meine Liebe, ließe ich mich von meiner römischen Frau scheiden, damit mein im Ausland geborener Sohn anerkannt wird, gäbe es einen Aufruhr.«

»Hast du dich jemals wegen eines Aufruhrs von irgendetwas abhalten lassen?«

Er durfte nicht vergessen, dass sie niemals nachgab, es sei denn, er berief sich auf seine Autorität, und das würde alles zerstören. Außerdem fand er die Vorstellung, einen Sohn zu haben, unwiderstehlich. Warum hatte keine der Frauen, die er geheiratet hatte oder mit denen er das Bett geteilt hatte, ihm einen Sohn geschenkt? Hatten die permanente Härte des militärischen Lebens und die unausweichlichen Krankheiten, die einen auf jedem Feldzug heimsuchten, seiner Fähigkeit geschadet, einen männlichen Nachkommen zu zeugen? Laut Aussage seiner Männer konnten sie nach Malariaanfällen ihre Frauen zwei, manchmal gar drei Jahre nicht schwängern. Wie oft hatte er schon unter solchen Anfällen gelitten? Den Sümpfen hatte er sich seit längerem ferngehalten. Lag es daran oder war es seinem Sieg über Pompejus geschuldet, dass er potenter denn je war?

Er wünschte sich nichts mehr als einen Sohn. Pompejus hatte zwei gehabt. Feine, stramme Burschen, mit denen Cäsar sich irgendwann auseinandersetzen musste. Selbst Rabirius, ein Mann, der sich das Haar aufdrehte, hatte einen Sohn gezeugt. Cato, Bibulis, Gabinius, alle hatten sie Söhne. Gewiss – manch großer Mann zeugte einen männlichen Nachkommen, der dann trotz aller guten Voraussetzungen in die Rolle des Lebemanns schlüpfte und sich zum Versager entwickelte. Anscheinend driftete Ciceros Sohn Marcus, den der Redner erst kürzlich nach Griechenland zu den Philosophen geschickt hatte – er sollte dort zu lernen und auf den rechten Weg gebracht werden –, in diese Richtung. Mit so einem Kerl hätte Cäsar sich niemals zufrieden gegeben.

Vielleicht war es ganz gut, dass ihm dieses Schicksal erspart geblieben war. Welcher Junge wollte sich schon mit Julius Cäsar vergleichen lassen? Einige behaupteten, Brutus sei in Wahrheit sein Sohn, und Servilia ließ nicht davon ab, zu beteuern, dass dem so sei, wenn sie etwas von ihm wollte. Manchmal spielte sich der ernste, moralisierende Brutus tatsächlich als Cäsars Sohn auf, aber für gewöhnlich nur dann, wenn er wie seine Mutter eine Gefälligkeit einforderte. Seit der Geburt des Jungen hatte der Imperator vergeblich in dessen Gesicht nach Merkmalen gesucht, die ihm eventuell von der Cäsarenfamilie vererbt worden waren. Jedenfalls fand er nichts Eindeutiges. Weshalb hatten die Götter ihm, ihrem Liebling, diesen Wunsch nur versagt? Um ihn erst in einem späteren Lebensabschnitt mit einem Sohn aus Alexanders Geschlecht und einem Erben zu belohnen, der dem Schoß dieser wunderbaren Frau entsprang? In diesem Fall war es Cäsar unmöglich, das Geschenk der Götter nicht anzunehmen.

»Bevor wir über unseren Sohn sprechen, sollten wir erst die Einzelheiten unserer Abmachungen klären. So frage ich mich, wer wohl die Truppen, also die drei Legionen bezahlen wird, die ich nach meiner Rückkehr nach Rom hierlassen werde?«

»Schützt du mich, oder vertrittst du Roms Interessen vor mir?«

»Offensichtlich sind deine und Roms Interessen die gleichen. Ich habe gewiss nicht all die Mühen auf mich genommen, um dich wiederzusehen, und lasse dann zu, dass man dir mitten in der Nacht deinen schönen Hals umdreht.«

»Ich hätte vorgeschlagen, den Sold für deine Männer zu übernehmen, doch da eine enorme Menge Geld aus meiner Staatskasse entnommen wird, fürchte ich, dass es mir nicht möglich ist.«

»Dann werde ich sie eben wieder abziehen.«

»In dem Fall werde ich meine Armee vom Sinai in die Stadt zurückholen müssen.«

Drohte sie ihm etwa?

»Dazu verweigere ich dir meine Zustimmung. Was, wenn du deine Armee genauso unter Kontrolle hast wie dein Bruder die seine? Nein, ich fürchte, das funktioniert nicht. Anscheinend mangelt es den ägyptischen Soldaten an Gehorsam.«

»Was, fürchtest du, könnte diese Armee tun?«

»Einmal abgesehen davon, dass sie sich auf Drängen des erstbesten Eunuchen, der vor sie tritt und eine Rede schwingt, gegen dich erheben könnte? Wie ich schon sagte: Innerhalb des nächsten Jahres will ich auf dem Weg nach Parthien durch dieses Gebiet marschieren. Diese Wilden werden uns bedrohen, bis ich selbst dort eingreife. Zu diesem Zeitpunkt müssen die Tore offen stehen, die Bahn muss frei sein. Ich habe bereits einen Krieg hier geführt. Noch einen werde ich gewiss nicht führen.«

»Dann liegt es ganz eindeutig in deinem Interesse, deine Legionen hier zu stationieren. Inwieweit das auch meine Interessen abdeckt, sehe ich nicht. Ich schlage vor, du überlegst dir eine Möglichkeit, wie du sie entlohnst und ernährst. Und sie disziplinierst. Noch so eine Bande von Lüstlingen und Dieben von der Sorte, die Antonius und Gabinius mir überlassen haben, werde ich nicht dulden.«

»Das waren Söldner. Und diesmal geht es um Cäsars Soldaten. Glaub ja nicht, sie würden es wagen, mir den Gehorsam zu verweigern, selbst wenn ich nicht hier bin.«

Wie ein Kind, das eines Spieles überdrüssig wird, betrachtete sie ihn. »Wieso verleibst du Ägypten nicht dem Römischen Reich ein? Du siehst doch bestimmt nicht nur wegen deiner Geliebten davon ab? Liegt es an dem, was Cato meinem Vater erzählt hat? Dass es keinen Römer gibt, der ehrlich genug ist, um den Posten des Statthalters zu übernehmen?«

Wie schön wäre es, ihr einzugestehen, dass er Ägypten nur ihretwegen die Unabhängigkeit zugestand. Wie großherzig er ihr dann erschiene.

»Anderenfalls begreife ich es nicht, werter Feldherr.«

Doch sie würde seinen Worten niemals Glauben schenken. »Jeder, den man hierher schickt, wird seine Taschen nicht nur mit Geld aus deinem Staatssäckel füllen, sondern den Standort dazu nutzen, auch die Gebiete im Osten zu kontrollieren. Solch einen Mann müsste man fürchten und schließlich in die Knie zwingen.«

Als sie sich vorbeugte, bildeten sie und der Adler eine perfekte Linie, und ihr Antlitz wirkte fast genauso barbarisch wie das des Vogels. Cäsar hatte das Gefühl, als wollten sie beide jeden Augenblick über ihn herfallen. »Dann sei doch du dieser Mann. Hältst du das nicht für einen klugen Plan? Sei mein König, füll dir die Taschen mit meinem Geld, damit wir gemeinsam die

Gebiete im Osten bezwingen. Niemand könnte uns etwas anhaben.«

Selbstverständlich hatte er darüber längst nachgedacht, davon geträumt und mit der Idee gespielt, wenn er nachts neben Kleopatra lag. Der Gedanke war äußerst verführerisch und unkonventionell dazu, keine Frage. So war noch nie verfahren worden. Zudem entsprach er überhaupt nicht Roms Vorstellung von Regierung, was Cäsar allerdings nicht hindern würde. Aber wenn er zuvor die Parther unterwarf, diese langhaarigen bogenschießenden Reiter, die Rom seit Generationen das Leben schwermachten, war all das leichter durchzusetzen. Niemals würde Rom einen König akzeptieren, und Cäsar würde nie im Leben akzeptieren, in Rom König zu sein. Rom war jedoch nicht Ägypten. In Parthien, Judäa, Ägypten, Medien, in all den Ländern, die er für sich beanspruchte, bedurfte es der Monarchie.

»Irgendwann werden wir unser Königreich dann unserem Sohn vermachen.«

»Unmöglich ist es nicht.«

Sie schenkte ihm ein warmherziges Lächeln. »Selbstverständlich ist es nicht unmöglich. Wann immer wir uns einig sind, werden wir unseren Willen bekommen.«

Insgeheim hoffte er, dass sie zu ihm trat und sich auf seinen Schoß setzte, was er sehr mochte. Neuerdings war sie etwas voller in der Mitte. Die Schwangerschaft wirkte wie ein Weichzeichner, verlieh ihr ansprechende Rundungen. Doch anstatt zu ihm zu treten, fragte sie: »Dann wirst du also für sie aufkommen?«

»Für wen?«

»Für deine Legionen. Ist das nicht das Thema, über das wir gerade gesprochen haben?«

»Ja, ja, ich werde für ihren Sold aufkommen, wenn du sie mit Nahrung versorgst«, erwiderte er und schüttelte seine Verträumtheit ab. Lange, sehr lange war es her, dass ihn jemand entwaffnet hatte. »Deine Kornkammern quellen zurzeit uber. Das ist das Mindeste, was du tun kannst.«

»Einverstanden.«

»Wenn Cäsar in einem Jahr mit seinen Legionen zurückkehrt, vertraue ich darauf, dass uns deine Kornkammern offen stehen.«

»Einverstanden. Aber das wird teuer. Nur die Götter wissen, wie viele hungrige Männer gebraucht werden, um Parthien zu besiegen.«

»Viel werde ich nicht bezahlen. Auf jeden Fall weniger als die Exporteure.«

»Gut. Du trägst die Kosten, die Ägypten entstehen. Ich will nur kein Verlustgeschäft machen. Außerdem möchte ich Zypern. Nur weil Arsinoe das Land nicht regieren wird, heißt das noch lange nicht, dass es nicht wieder dem Reich meiner Ahnen zugeschrieben werden sollte. Du und Clodius, ihr habt euch verschworen und meinem Onkel die Insel weggenommen, um auf diese Weise Cato loszuwerden. Ihr beide habt den Tod meines Onkels verschuldet. Dafür erwarte ich eine Entschädigung – ebenso wie für die entgangenen Einnahmen, welche die Insel abgeworfen hat.«

»Hör mal, Kleopatra, ich werde bestimmt nicht im Nachhinein für irgendwelche entgangenen Einnahmen aufkommen.«

»Aber du wirst den römischen Statthalter heimschicken?«

»Ja, ja.« Was kümmerte es ihn? Wenn er seinen Plan erst in die Tat umgesetzt hatte, gehörte ihm ohnehin alles. Ihm, ihr, dem Jungen. Wie die Teile eines Puzzles, mit dem Kinder sich die Zeit vertreiben, setzten sich die Details in Cäsars Kopf zu einem Gesamtbild zusammen. Ein paar fehlten zwar noch, aber das Bild nahm langsam Gestalt an.

»Jetzt zu dem Jungen. Und dem Königreich. Und unserem Schicksal. Deinem, meinem, seinem. Weshalb handelst du so zögerlich?«

»Du willst alles viel zu schnell, Kleopatra. Das ist ein Übel der Jugend. Zehn Jahre hat es gedauert, bis ich Gallien unterworfen hatte. Ach, es wäre mir lieber gewesen, diese Aufgabe in kürzerer Zeit zu erledigen, dennoch habe ich zehn Jahre gebraucht.«

»Ich kann nicht so viele Jahre warten, bis ich weiß, welches Schicksal meinen Sohn erwartet. Und in deinem Alter bleiben dir vielleicht keine zehn Jahre mehr, um darüber zu entscheiden.«

»Da wir also ganz offen reden wollen, lass mich dir sagen, dass du dir den Zorn Roms zuziehst, solltest du in dieser Angelegenheit drängeln. Beherrsche dich und vertrau mir. Du weißt genau, wie wenig Ägypten Rom schätzt, und hast doch wohl nicht die Absicht, dein Volk gegen deinen Sohn aufzuhetzen.«

»Nein, selbstverständlich nicht. Das bringt mich auf meine letzte Bitte. Ich bin durchaus bereit, die Legitimierung deines Sohnes um ein Jahr aufzuschieben, aber es gibt da etwas, was du für mich tun musst.«

Ihm war klar, dass sie wusste, was er dachte – es gab so gut wie nichts, was Cäsar für irgendjemanden tun musste. Dennoch wollte er ihr entgegenkommen, wie einem verwöhnten Kind, wie er auch Julia und ihrem Sohn entgegengekommen wäre, wenn sie heute noch lebten. Warum sollte er die Gelegenheit nicht beim Schopf packen und ihr zu Gefallen sein? Er hatte hart gearbeitet. Manche behaupteten, er handle nur aus Eigennutz und zu seinem eigenen Vorteil. Womöglich traf das sogar zu. Dennoch erwartete er von seinen Mitmenschen kaum etwas, einmal abgesehen davon, dass er seinen Soldaten Loyalität und Einsatz abverlangte. Wieso sollte er diesem angenehmen Geschöpf nicht eine Bitte erfüllen, noch dazu, wenn sie zugleich die Stellung ihres Nachfolgers sicherte? Er war sich darüber im Klaren, dass alles, was Kleopatra von nun an von ihm verlangte, nicht für sie, sondern für den Knaben sein würde, der in ihr heranwuchs. So verhielten sich alle außergewöhnlichen Frauen von Anbeginn ihrer Schwangerschaft an. Von jenem Moment an sahen sie sich nicht mehr als Individuum, sondern übertrugen einen Großteil ihrer ehrgeizigen Wünsche und Ziele auf ihre Sprösslinge. Kleopatra bildete da keine Ausnahme.

Mit ihrer wohltönenden Stimme riss sie ihn aus seinen Gedanken. »Ach, sag einfach ja, mein Liebster. Ich möchte dir eine Erfahrung schenken, die du niemals vergessen wirst.«

* * * * *

Cäsar warf einen großen Batzen Fleisch in das riesige Maul des Krokodils, das die Beute so gierig verschlag, dass der Diktator lachen musste. Kleopatra bemerkte, dass die Jahre, die ihre Spuren auf seinem Gesicht hinterlassen hatten, in Vergessenheit gerieten, wenn er lächelte. Die Nachmittagssonne schien auf den Tempel, tauchte die Sandsteinsäulen in einen sanften Goldton und verwandelte Cäsars gegerbte Haut in den Teint eines Jugendlichen. Der Hohepriester höchstpersönlich hatte das Fleisch gesegnet, das Sobek, dem Krokodilgott, geopfert werden sollte, und dabei zugesehen, wie Cäsar die sechs dickhäutigen Biester im heiligen Teich fütterte.

»Ich glaube tatsächlich, dass sie göttlich sind«, gestand er Kleopatra. »Sieh dir nur mal den Kerl in der Mitte an, wie er mit seinen Kameraden um das Fleisch kämpft. Mindestens dreieinhalb Meter ist der lang. Ich sollte ihn zu meinem Hauptmann ernennen.«

Kleopatra übersetzte seine Worte für den Priester, der erwiderte, dieses Tier werde wirklich als etwas Besonderes erachtet. »Genau wie der große Cäsar seine Mitmenschen das Fürchten lehrt, unterjocht sein Lieblingstier die Angehörigen seiner Gattung.«

Sie merkte, wie Cäsar ein ironisches Grinsen unterdrückte, als er den bemühten Vergleich vernahm.

Hier wirkte er deutlich jünger und gelöster als in der Stadt. Er befand sich freilich nicht mehr im Krieg, doch Kleopatra dachte, die Veränderung rührte nicht nur daher, dass kein Grund zur Sorge bestand. Weder war er so zynisch wie sonst, noch gab er sich so allwissend. Die ägyptische Landschaft, die exotische Schönheit der Umgebung, die Sitten und Gebräuche, die ihm gewiss unbegreiflich waren, und vor allem die allgegenwärtige Korruption schienen ihn aufrichtig zu entzücken. Als Kleopatra ihm erklärte, welchen Sinn die verborgenen Tempeltunnel hatten, musste er laut loslachen. Früher pflegten die Priester mit den Betenden durch die Wand zu sprechen und gaben vor, die Stimme Gottes zu sein. Sie machten ganz genaue Angaben darüber, welche und wie viele Nahrungsmittel geopfert werden sollten, und verspeisten diese dann abends.

»Es freut mich, dass mein Land jemanden wie dich, der schon so viel von der Welt gesehen hat, zu begeistern vermag«, meinte Kleopatra.

»Das stimmt«, sagte er, »aber so etwas wie Ägypten ist mir noch nie untergekommen.«

Kleopatra war der Meinung – und allein aus diesem Grund unternahm sie die Reise –, dass die Botschaft direkt und nicht über Dritte in Umlauf gebracht werden sollte. Dem ägyptischen Volk musste sie die Allianz mit dem großen Mann demonstrieren. Die Menschen sollten wenigstens einen Ausschnitt dessen sehen, was dieses Bündnis für sie und ihr Land bedeutete. Sie wollte ihr Volk weder mit Proklamationen noch mit Pamphleten oder frisch geprägten Münzen abspeisen.

Zweimal hatte sich diese Methode bewährt. Alexandria, wo man ihr und Cäsar extrem feindlich gesinnt war, war nicht der richtige Ausgangspunkt. Nein, zuerst wollte sie das weite Land bereisen und dann die Graeco-Ägypter in der Stadt mit dem Zuspruch ködern, der ihr auf dem Land zuteil geworden war. Sicher dauerte es dann nicht mehr lange, bis sie auch auf die Städter bauen konnte. Wie die Strömung des von Süden nach Norden fließenden Nils schwappte sicher auch der Zuspruch von Südägypten nach Norden über. Zweifellos würde sie siegen.

Das Prunkschiff maß hundert Meter in der Länge und wurde von einer Flotte mit Cäsars Legionen begleitet. Obwohl sie den Krieg gewonnen hatten und obgleich Kleopatra sich außerhalb der griechischen Stadt Alexandria der Unterstützung der einheimischen Landbevölkerung sicher sein konnte, wussten sie nicht, was sie erwartete. Außerdem hielt Kleopatra es für keine schlechte Idee, allen das mächtige Rom vorzuführen, das sich mit dem gewaltigen Reichtum und der charismatischen Königin verbündet hatte. Zur Untermauerung dieses neuen Bündnisses hatte sie darauf bestanden, die eine Hälfte der Schiffe unter römischer und die andere unter ägyptischer Flagge segeln zu lassen. Gelangten sie zu einer Siedlung oder Stadt, präsentierten sich Cäsar und Kleopatra auf dem Vorderdeck inmitten von Aphrodite- und Apollostatuen dem Blick der Neugierigen. Manchmal standen sie auch auf dem Oberdeck in einer Art Laube, umgeben von einer riesigen Aphrodite-Statue aus Alabaster, die den kleinen Eros säugte, und einer Isis-Statue, die Horus die Brust gab. Für den Fall, dass die Menschen immer noch nicht begriffen, wie es um Kleopatras Zustand bestellt war, zeigte sie ihnen beim Auslaufen der Flotte das Bildnis des kleinen Horus, der direkt über dem Schiffsruder auf einer Lotusblüte saß.

Während einer kleinen Zeremonie in der altehrwürdigen Stadt Theben legte Cäsar den Lorbeerkranz ab, den er bei derlei Gelegenheiten immer trug, und ersetzte ihn gemäß der Tradition unter den ptolemäischen Königen durch eine Blumengirlande. Genau wie Kleopatra es geplant hatte, signalisierte Cäsar den Ägyptern damit, wie sehr er die Bräuche ihres Landes schätzte und welche Ehre es ihm war, ihre Königin im siebten Monat ihrer Schwangerschaft zu begleiten.

Morgens flohen sie vor der Hitze und nahmen das Frühstück in ihren Gemächern ein. In aller Seelenruhe verzehrten sie Datteln, Mangos, Bananen und gekühlte Ziegenmilch, lasen sich gegenseitig Gedichte vor und liebten sich, wenn sie in Stimmung waren. Abends dinierten sie gemeinsam mit Gästen – Cäsars ranghöchsten Männern, griechischen und ägyptischen Würdenträgern der Städte, die sie besuchten, und klugen Alexandrinern, die Kleopatra zu Cäsars Vergnügen eingeladen hatte. Am liebsten unterhielt er sich mit Sisogenes, dem Astronomen. Lange nachdem die Königin zu Bett gegangen war, starrte Cäsar zusammen mit dem bärtigen Wissenschaftler in den Nachthimmel hinauf. Gleich nach dem Aufwachen musste er an ihr Gespräch über die Stellung der Planeten denken, an die Länge der Tage, Wochen, Monate und an das kalendarische Jahr. Sisogenes arbeitete gerade an einem Kalender, der um einiges präziser war als der bisherige und der nicht angepasst werden musste, sondern die Tage, die am Ende des Jahres übrig blieben, schon beinhaltete. Cäsar hatte beschlossen, die Arbeit des Mannes finanziell zu unterstützen.

»Stell dir vor, wie praktisch ein Kalender wäre, der tatsächlich allen Tagen eines Jahres entspricht«, sagte er und stützte sich mit dem linken Ellbogen auf die kühlen weißen Bettlaken, während Kleopatra ihn mit Mangoschnitzen fütterte.

Sie musste an seine Tochter Julia denken, die Pompejus ebenfalls gefüttert hatte. Als Jugendliche, die noch nicht um die Leidenschaft wusste, hatte sie dies angewidert. Nun tat es ihr leid, dass sie über Cäsars Tochter, die den älteren Pompejus wahrscheinlich genauso geliebt hatte wie sie Cäsar, so hartherzig geurteilt hatte.

Cäsar betrachtete die Nilufer und die umliegende Landschaft, ohne der sich ihm darbietenden Vielfalt müde zu werden. Auf der einen Seite des Ufers war in der nährstoffreichen schwarzen Erde die neue Saat ausgesät worden, während es gegenüber nur Sand gab. Flache Hütten aus sonnengetrocknetem Lehm und Stroh durchbrachen das monotone Grün. Zuckerrohr und anderes Blattwerk, hoher Bambus und Palmenhaine säumten die Ufer. Mittags wirbelte ein heftiger trockener Wind die Hitze auf und peinigte die Menschen, woran Cäsar sich allerdings nicht weiter störte. »Das ist doch viel besser als die Kälte«, sagte er.

»Wer schon mal einen Winter im Schnee der Alpen verbracht und dort nach Nahrung gesucht hat, wird sich kaum mehr über die Hitze beklagen.«

Von Luxor segelten sie weiter nach Edfu. Dieser Ort war auch unter der Bezeichnung Schlachtfeld bekannt: Hier hatte Horus, Falkengott und Sohn von Osiris, seinen Rivalen Seth, den Gott der Götter, erschlagen und so den Mord an seinem Vater gerächt. Hier hatte er seinen hinterlistigen Onkel in sechzehn Einzelteile zerlegt. »Gnadenlos«, lautete Cäsars Kommentar.

Sie hatten den Tempel von Edfu besucht. Den dortigen Priestern stand Kleopatra besonders nah. Sie bestand darauf, für Cäsars Gattin ein großes Fass des berühmten und wohlriechenden Jasminparfüms zu erstehen, das die Tempeldiener herstellten. Dem Imperator gefiel vor allem die Horus-Statue aus schwarzem Granit. Ein Auge der Statue stellte die Sonne dar, das andere den Mond.

»Wenn Gott schläft, schließt er immer nur ein Auge«, verkündete ein Priester.

Daraufhin erwiderte Cäsar, er wisse um den Grund für dieses Verhalten, denn auch er habe sich diese Methode notgedrungen angeeignet. Gegen Ende ihres Besuches trat der Hohepriester auf das Tempelpodium, von wo er traditionell seinen Ausblick in die Zukunft kundtat. In einem silbernen Gewand, das in der untergehenden Sonne schimmerte, prophezeite er, das Kind des römischen Feldherrn und der Königin von Ägypten werde einmal ein großer Mann, der das Alte und Heilige – Ägypten – sowie das Neue und Mächtige – Rom – einte. Außerdem erinnerte er seine Zuhörer daran, dass das Heilige erhabener war als militärische Macht. »Er befürchtet wohl, dass ich das nicht so sehe«, flüsterte Cäsar der Königin zu. Der Priester endete mit einem Gebet an die Götter und bat um Frieden zwischen den Nationen, »damit die Stiefel fremder Soldaten nicht das Korn zertreten, das die Götter dem ägyptischen Volk zum Geschenk gemacht haben«. An dieser Stelle hätte Cäsar beinah laut losgelacht.

Als sie Edfu verließen, verwandelte sich das am Ostufer des Nils wuchernde Grün langsam in Wüste. Die Hitze wurde immer unerträglicher, wie Tierklauen krallten die Berge sich in den Wüstenboden. Kleopatra wollte allerdings tief nach Südägypten vordringen, um Cäsar zu zeigen, wie weit ihr Land reichte. Sie selbst war in ihrem Königreich nie bis in die Nähe des Nubier-Gebietes vorgedrungen. Hier lebte ein dunkelhäutiger Menschenschlag, der die sanft klingenden Instrumente spielte, die ihr Vater so gemocht hatte. Sie wollte Cäsar auch den Doppeltempel von Kom Ombo zeigen, den ihre Vorfahren für Horus, den Älteren, und Sobek, den Krokodilgott, erbaut hatten. Ihr Vater hatte stets große Hochachtung für diesen Tempel empfunden, ihn weiter ausgeschmückt und ein hohes Tor errichten lassen, das Zugang zum Innenhof gewährte.

Wie versteinerte alte Bäume ragten die Tempelsäulen aus dem Innenhof gen Himmel, groß und Ehrfurcht gebietend wie alle Säulen in Ägypten, wenn auch mit eleganten, geriffelten korinthischen Kapitellen. Kleopatra bat um Erlaubnis, die Gemälde zu besichtigen, mit denen man hier ihrem Vater huldigte und auf die er einst so stolz gewesen war. Sie betraten die große Halle mit den beiden Durchgängen zu den Tempeln. Die Decke zierten riesige fliegende Geier in kräftigen Farben. Auf einer Wand sah man König Auletes, wie er Sobek mit dem Körper eines hochgewachsenen Mannes und dem Krokodilkopf Opfergeschenke brachte. Auf der gegenüberliegenden Wand führte Horus über dem König ein Reinigungsritual durch. Am prächtigsten war jedoch das Wandgemälde, auf dem ihr Vater zu Gast bei den ägyptischen Göttern Sobek, Sekhmet, der Löwengöttin, Horus, Isis und der Göttin mit dem Isis-Kopf war, die Weisheit und Schrift symbolisierte.

»Ist dein Vater auf diesem Gemälde gut getroffen?«, wollte Cäsar wissen.

»So hat er vielleicht in jungen Jahren ausgesehen, als er noch nicht ganz so schwergewichtig war wie im Alter«, antwortete sie gequält. »Meines Erachtens war er zum Entstehungszeitpunkt des Wandbildes vierzig Jahre älter und an die fünfzig Kilo schwerer.«

»Wodurch unterscheiden sich der ältere und der jüngere Horus?«, fragte Cäsar.

»Der ältere ist der Falke, der heilende Gott. Zu seinem Tempel pilgern vor allem kranke oder gebrechliche Menschen. Der jüngere Horus ist der Sohn von Isis und Osiris. Sie sind eine Gottheit. Vielleicht muss man Grieche oder Ägypter sein, um das Ganze zu verstehen.«

Inzwischen lachten sie beide über die spitzen Bemerkungen, die Kleopatra stets über den Intellekt der Römer machte.

»Das werde ich dir ausnahmsweise durchgehen lassen«, sagte er, »zu Ehren deines Vaters und der Schönheit, die er hier geschaffen hat. An diesem Ort hat man das Gefühl, von dem Geist zweier großer Zivilisationen beflügelt zu werden.«

»Auf die Weise ist es meinem Vater gelungen, sich erneut die Unterstützung seines Volkes zu sichern«, führte sie aus. »Er hat immer behauptet, die Götter seien mit denen, die sie ehren, und dass das Volk diejenigen Herrscher ehrt, die ihren Göttern Ehre erweisen. Womit er recht hatte. Genauso werde ich verfahren, sobald ich nach Alexandria zurückkehre. Solltest du mich begleiten, wirst du staunen, was ich alles zu deinen Ehren erbaut habe.«

»Für ein junges Mädchen bist du außerordentlich klug«, befand er.

»Deine Überheblichkeit lasse ich dir nur durchgehen, weil du der mächtigste Mann auf Erden bist«, flüsterte sie ihm auf Zehenspitzen zu. Dabei streifte sie mit den Lippen seine Wange, errötete und fragte sich, ob es richtig gewesen war, in der frostigen und ernsten Atmosphäre, die im Tempel herrschte, ihre Zuneigung derart offen kundzutun.

* * * * *

»Eure Majestät, wenn Ihr in Eselsmilch badet, werdet Ihr weder altern noch Eure Schönheit einbüßen.« Der Blick der Priestergemahlin im Aswan-Bezirk war ernst und streng.

»Ist das dein Geheimnis für ewige Schönheit?«, fragte die Königin. Aufmerksam musterte sie die alte Frau, deren Haut faltenlos war. Wie ein Nachthimmel wölbten sich die dunklen Brauen über den Augen, und ihre Lippen waren immer noch rot und voll wie die einer Frau, die höchstens halb so alt war wie sie.

»O ja, Mutter von Ägypten. Ich werde für Euch ein großes Gefäß bereitstellen, das Ihr in Euren Palast in den Norden mitnehmen könnt, denn ich bezweifle, dass die Esel dort so nahrhaftes Futter bekommen wie bei uns.«

Mutter von Ägypten. So hatte sie bisher noch niemand genannt, und dennoch mochte sie den Klang dieser Worte. Eine Anrede, die sie unauslöschlich mit der Nation, der Landschaft, ihrem Volk in Beziehung setzte. Eine Mutter wollte sie Ägypten sein und das Land mit seinem wahren Wohltäter, dem Nil, nähren, es zum Erblühen bringen, es hegen und pflegen.

»Dafür wäre ich dir außerordentlich dankbar«, sagte Kleopatra und entließ die Priestergemahlin.

Nachmittags lud sie die wichtigsten Damen der Gemeinden, denen sie einen Besuch abstatteten, auf eine Stunde ein und labte sich in der schattigen Laube auf dem Schiff mit ihnen an leichten Erfrischungen. Nach einer Weile war sie des Geplänkels müde und kehrte in ihre Kabine zurück, wo Cäsar wie eine orientierungslose Katze auf und ab schlich.

Der Imperator drängte sie, nach Alexandria zurückzukehren. Just an diesem Morgen hatte er darauf bestanden, sofort die Segel zu setzen und kehrtzumachen, nachdem er mehrere beunruhigende Depeschen über die Lage der Dinge in Rom erhalten hatte. Monatelang war kein einziger Brief gekommen, und nun lag auf seinem Schoß ein ganzer Stapel alter Depeschen mit katastrophalen Neuigkeiten. Sie waren mit einem schnellen Boot, das ihr gemächlich reisendes Prunkschiff binnen kurzem eingeholt hatte, aus Alexandria herbeigeschafft worden. Schon am Vorabend war er in ihrem Gemach auf und ab gegangen, anstatt sich wie sonst unter dem Sternenzelt mit Sisogenes zu unterhalten. Jetzt war es um seine Laune richtig schlecht bestellt. Nun, da sich sein zynisches Naturell wieder zeigte, konnte er sich weder an Kleopatra erfreuen noch an den Dingen, die sie ihm auf dieser Reise vorsetzte. Einmal abgesehen von dem bisschen Wein, das er zur Beruhigung seiner Nerven trank, rührte er nichts an. Die Furchen in seinem Gesicht kamen wieder zum Vorschein, und er wirkte hager und angespannt.

»Ich wage nicht zu hoffen, dass diese plötzliche Bestürzung deiner baldigen Abreise geschuldet ist«, sagte Kleopatra, denn die drastische Veränderung war ihr unerträglich.

Die Depeschen ruhten noch immer an Cäsars Brust, doch über ihren Inhalt weihte er die Königin nicht ein. Befanden sich darunter etwa auch Briefe von seiner Frau Calpurnia, der Tochter seines Freundes Piso? Vielleicht hatte Piso von Cäsars Affäre mit Kleopatra erfahren und ihm geschrieben, um ihm die Leviten zu lesen?

»Ich habe mich zu lange in Eurer Gesellschaft aufgehalten, Verehrteste, was meine Feinde zu ihrem Vorteil genutzt haben.«

»Die letzte Schlacht liegt gerade zehn Tage zurück«, protestierte sie.

Wie konnte die Welt es wagen, sie in ihrem Vergnügen zu stören? Vor allem zum jetzigen Zeitpunkt, da Kleopatra sich so lebendig fühlte wie nie zuvor. Unbegreiflich, weshalb die meisten Frauen sich während der Schwangerschaft zurückzogen und taten, als litten sie unter einer geheimnisvollen Krankheit. Ihr kam es vielmehr so vor, als verleihe das ungeborene Kind ihr Energie, als wachse sie jetzt, da sie ihren Körper mit einem anderen Lebewesen teilte, über sich hinaus. Vital fühlte sie sich, stark und unbezwingbar. Wenn ihre Dienerinnen sie wieder mal ermahnten, sich nicht zu verausgaben, schob sie es deren Unzulänglichkeit und nicht ihrem eigenen Zustand zu. War sie womöglich anders als andere Frauen? Lange hatte sie sich nach einer Vertrauten gesehnt, nach einer Gefährtin, die trotz Schwangerschaft dieselbe Furchtlosigkeit verspürte wie sie. Sie vermisste Mohama. Das Mädchen aus der Wüste hätte sich bestimmt genauso verhalten wie sie, sie vielleicht sogar übertrumpft. Aber Mohama war gestorben, ehe sie ein Kind geboren hatte. Wie die Amazonen hätte sie sicher starken, kriegerischen Kindern das Leben geschenkt, in einer Welt, die es nach ihrer Erhabenheit dürstete.

Offenbar zeigte die Schwangerschaft beim daran maßgeblich beteiligten Herrn nicht dieselbe Wirkung: Cäsar warf ihr einen mürrischen Blick zu.

»Die letzten zwölf Jahre habe ich damit zugebracht, die Grenzen Roms auszudehnen und somit die wildesten Phantasien der ehrgeizigsten Männer zu überbieten. Ich habe ihre Taschen mit Geld gefüllt, ihnen Haussklaven und hübsche Frauen aus fernen Ländern in die Betten gelegt, und dennoch ist es nie genug.«

»Was ist denn, mein Liebster? Warum vertraust du dich mir nicht an? Nur dieses eine Mal. Ich kann es nicht ertragen, dich so aufgewühlt zu sehen. Mein Leben, meine Zukunft und mein Herz habe ich in deine Hände gelegt, und wenn ich dich nun so sehe, bekomme ich es mit der Angst zu tun. Ich fürchte, du liebst mich nicht mehr. Ich mache mir Sorgen, dass Ägypten dich inzwischen langweilt, dass mir nichts mehr einfällt, womit ich dich hier halten kann, und dass du deshalb weggehst.«

Ihr gefiel ganz und gar nicht, wie verletzlich sie klang, doch im Laufe der letzten Wochen war sie ihm nun mal sehr nahe gekommen. Die anfängliche Rivalität hatten sie abgelegt und sich stattdessen nach und nach ihrer Romanze hingegeben. Es würde sie sicher große Anstrengung kosten, die zarten Gefühle, die sie ihm inzwischen offenbaren konnte, seinetwegen nun wieder zu unterdrücken.

»Falls es dich interessiert, König Pharnakes, der ungeheuerliche Sohn des Mithridates von Pontos, hat es sich zur Aufgabe gemacht, sich einen großen Teil von Anatolien anzueignen. Da ich die Legionen befehligte, die dort stationiert sind, muss ich gehen. Wenn er mir gegenübertritt, wird ihm das noch sehr leid tun«, murmelte er.

»Ist es allein die Pflicht, die dich so missmutig stimmt?«

»Die Söhne des Pompejus haben sich in Afrika neu formiert und planen einen Aufstand gegen mich. Von Anatolien aus muss ich schnell nach Afrika, und zwar bevor sie nach Italien segeln. Dass sie einmal eine derart große Bedrohung darstellen könnten, hatte ich nicht erwartet. Wieso beugen sie sich nicht einfach der Realität?«

»Ich verstehe.«

»Eventuell kann ich einige Unterhändler entsenden, was ich aber bezweifle.« Der jugendliche Blick der vergangenen Tage war längst verschwunden. Cäsars Stimme, ja selbst seine Augen signalisierten Ungeduld. »Meine Anhänger wie auch meine Feinde in Rom sind dermaßen verschuldet, dass sie sich gegenseitig auf den Straßen umbringen. Keiner weiß, ob Antonius versucht, den Aufstand niederzuschlagen, oder ob er ihn schürt. Anscheinend beansprucht er das Anwesen von Pompejus, hat aber nicht vor, dafür zu zahlen. Das behauptet jedenfalls Cicero, der alte Unruhestifter. Wer weiß schon, wer die Wahrheit spricht. Ich muss so schnell wie möglich nach Rom zurück, solange es Rom überhaupt noch gibt. Es tut mir leid. Ich möchte dich nicht verlassen. Ich habe … es sehr genossen mit dir.«

Offenbar war es für ihn alles andere als leicht, diese Worte auszusprechen. Allerdings lag es nicht daran, dass es ihm schwer fiel, Gefühle zu zeigen. Vielmehr schien es ihn zu überraschen, dass er sich den Freuden ihrer Leidenschaft hingegeben hatte. Wie sehr er es bedauerte, sie und ihr Land zu verlassen, wusste sie, auch ohne dass er es aussprach. Die Aufmerksamkeit, die er ihr in den vergangenen Wochen geschenkt hatte, war Beweis genug.

»Mögen die Götter mit dir sein, werter Feldherr, und von nun an auch die alten Götter Ägyptens und vor allem das Krokodil, das du restlos überfüttert hast.«

Mit einem sanften Lächeln streckte er die Arme aus.

Sie trat zu ihm und legte den Kopf auf seine Brust, in der Hoffnung, sein Herz schlagen zu hören. »Wir werden einander niemals verlieren. Dessen bin ich mir sicher. Das lassen die Götter nicht zu. Und ich auch nicht.«

Er wich zurück und legte die Hand unter ihr Kinn. Wie kam es, dass seine Soldatenhände nicht rau wurden? Die Finger, die schon so vielen Menschen den Tod gebracht hatten, schlossen sich fest um ihr Gesicht. »Die Gewissheit der Jugend unterscheidet sich beträchtlich von der des Alters. Ganz genau kann ich es dir jedoch nicht erklären. Die eine beruht auf Erfahrung und dem, was man daraus ableitet, die andere auf Willen und Hoffnung.«

»Und wer kann schon sagen, welche von beiden stärker ist, welche eher zutrifft?«

»Ich glaube, du hast recht, Kleopatra. Wahrscheinlich sind wir tatsächlich auf immer und ewig verbunden.«

ALEXANDRIA:

KLEOPATRAS FÜNFTES REGIERUNGSJAHR

An: Kleopatra VII., Königin von Ägypten
Von: Gaius Julius Cäsar, Diktator von Rom
(Depesche aus der Stadt Athen)

Meine liebe Kleopatra,

Wie schön, so kurz nach meiner Abreise schon von dir zu hören. Dein Brief hat mich in Antiochia erreicht. Deine Kuriere sind hingebungsvolle Männer voller Entschlusskraft. Mit dem Baubeginn des Denkmals in meinem Namen und zu meinen Ehren beglückst du Cäsar sehr. Ich freue mich schon sehr darauf, von seiner Erhabenheit begrüßt zu werden, wenn ich das nächste Mal in den Großen Hafen segele.

Doch zuerst zu ein paar Dingen, die uns betreffen. Antipater habe ich für seine Unterstützung im Krieg gegen die Armee deines Bruders belohnt, indem ich seine Herrschaft über Judäa sanktioniert und das Gebiet von seinen jährlichen Steuern befreit habe. Mir wäre es recht, wenn du dich ebenfalls erkenntlich zeigen und für ein Jahr die Steuern senken könntest, die du deiner eigenen jüdischen Bevölkerung auferlegt hast. Dieser Vorschlag stammt von Antipater, und ich vertraue darauf, dass du alles Nötige veranlasst. Du solltest Cäsars Beispiel folgen und die Loyalen belohnen, vor allem wenn es sie selbst teuer zu stehen kommt.

Der lästige König Pharnakes ist zur Strecke gebracht. Kurz gesagt: Ich kam, sah und siegte. Zum Ausmaß meines Sieges hat er insofern beigetragen, als dass er seine Wagenlenker und Fußsoldaten dazu angehalten hat, meine Legionen vom Tal aus anzugreifen. Welche Überheblichkeit! Milde haben wir nicht walten lassen, zumal er die römischen Soldaten, die er geschlagen hat, kastrieren und hinmetzeln ließ zum Beweis, wie groß sein Zorn war. Denen, die es verdient haben, wird Cäsars Gnade zuteil. Ich habe einigen der Verbündeten von Pompejus in Syrien und den angrenzenden Gebieten Besuche abgestattet, sie begnadet und ihnen zum Zeichen ihrer Treue äußerst moderate Summen abverlangt. Aus freien Stücken haben die Menschen in diesen Gebieten mich mit Bergen von Gold überhäuft, gewöhnlich ein Geschenk an den Sieger. Von Marcus Brutus, der für mich wie ein rebellischer, notgedrungen gegen den Vater opponierender Sohn ist, habe ich dagegen nichts angenommen, obwohl mich sein Bündnis mit meinen Feinden sehr geschmerzt hat. Er hat mich gebeten, Gaius Cassius zu empfangen, der sich aus bloßer Schadenfreude mit Pompejus verbündet hat und dem ich weder zugetan bin noch vertraue, den ich aber auf Brutus' Drängen hin ebenfalls begnadigt habe.

Nun bin ich von Athen aus auf dem schnellsten Weg nach Rom unterwegs, um mir ein Bild davon zu machen, wie es um die Hauptstadt bestellt ist. Meine Widersacher werfen mir vor, ich hätte mich zu lange in deinem Land aufgehalten. Da ich Anatolien in vier Stunden zurückerobert habe, begreifen sie nicht, wieso ich acht Monate gebraucht habe, in Ägypten den Frieden wiederherzustellen. Nach allem, was ich für mein Land getan habe, missgönnt man mir nach acht Monaten der Belagerung und des Kampfes sogar eine Woche Ruhe.

Ich vertraue darauf, dass du wohlauf bist und mich über dein Befinden auf dem Laufenden hältst.

Dein G. Julius Cäsar

* * * * *

An: Gaius Julius Cäsar, Diktator von Rom
Von: Kleopatra VII., Königin von Ägypten

Mein lieber Feldherr,

Als Erstes möchte ich dir mitteilen, dass ich deiner Bitte in Bezug auf die jüdischen Einwohner von Alexandria nachgekommen bin, woraufhin sie mir ihre Dankbarkeit gezeigt haben, was übrigens alle anderen Bewohner der Stadt ablehnen. Ich nehme allerdings an, dass sich die Verbitterung wieder legen wird.

Die alexandrinischen Juden danken dir aus der Ferne für deine Erlaubnis, die Mauern in Jerusalem wieder aufbauen zu dürfen, und haben in ihren Tempeln das Verbot der Versammlungsfreiheit aufgehoben. Wie du sicher weißt, sind sie ein tiefreligiöses Volk, und jede Störung der ritualisierten Gottesdienste, bei denen sie zu ihrem grausamen und einzigen Gott beten, bestürzt sie sehr. Weit und breit sind sie das einzige Volk, das sich weder von den Gebräuchen der Eingeborenen noch von denen der Hellenen hat beeinflussen lassen.

Es ist mir eine Freude, die Geburt unseres Sohnes bekanntzugeben. Er verfügt über die Entschlossenheit und Angriffslust seiner Eltern, denn er ist sehr rasch auf die Welt gekommen, sogar so rasch, dass ich mich gefragt habe, ob mein Leib kein gastfreundlicher Ort war. Vielleicht hat er die Intensität gespürt, mit der ich seinen Vater vermisse, und konnte es nicht erwarten, meiner tiefempfundenen Sehnsucht zu entfliehen. Ich weiß, Männer interessieren sich nur selten für die Einzelheiten einer Entbindung, doch du bist da anders. Ich habe auf die ägyptische Weise entbunden, saß also auf einem speziellen Stuhl, der laut Aussage der Hebammen das Kind schneller auf die Welt kommen lässt. Über meinem Kopf schwebte ein großer Baldachin aus wunderschönen, wohlriechenden Girlanden und verschiedenen heiligen Amuletten. Um mich bei Laune zu halten, hat Charmion eine Statue des Wichtelgottes Bes herbeigeschafft, und wann immer ich Schmerzen litt, suchte mein Blick seine großen dreieckigen Ohren und seine lachenden Augen.

Unserem Sohn habe ich den Namen Ptolemaios XV. Cäsar gegeben. Auf diese Weise trägt er den Namen seiner Mutter und den seines Vaters. Die Griechen in Alexandria haben ihm schon den Spitznamen Cäsarion oder kleiner Cäsar gegeben, was mir ganz passend erscheint. Offenbar schwingt darin eher Zuneigung denn Ablehnung mit, was mich annehmen lässt, dass unsere Verbindung immer mehr Zuspruch findet. Von der Größe her gerät der Junge ganz nach seinem Vater. Die Hebammen behaupten sogar, noch nie einen so großgewachsenen Säugling gesehen zu haben. Seine Finger und Zehen sind dünn und elegant. Meiner Meinung nach hat er den langen Hals der Venus geerbt, der für deine Familie so typisch ist. Seine Haut ist gesund wie die seiner makedonischen Vorfahren, sein Haar ist ziemlich dunkel, und seine Augen sind blau, wie bei Neugeborenen üblich. Sein Astrologe hat mir verraten, dass sie sich später grau färben werden, wie die Alexanders. Und warum sollte unser

Sohn nicht mit Alexanders Augen in die Zukunft blicken? Sicherlich wird er eines Tages die Vision seines Ahnen verwirklichen.

Die Astrologen sehen in ihm eine nachdenkliche Persönlichkeit, er sei zwar von Natur aus ein wenig zurückhaltend, aber ein großer Denker und Intellektueller. Unser Sohn erfreut sich einer robusten Konstitution und wird keine der üblichen Kinderkrankheiten bekommen. Großes Durcheinander wird sein vierzehntes Lebensjahr kennzeichnen, doch danach soll er ein friedvolles Leben führen. Ich stelle mir vor, wie er zu einem überlegten Menschen heranwächst und womöglich zum ersten von Platons Philosophen-Königen heranreift. Selbstverständlich wird er hier im Museion von den Gelehrten unterrichtet werden, genau wie seine Mutter und all seine anderen Vorfahren. Anschließend werden wir ihn nach Griechenland schicken, wo er Militärstrategie studieren soll, und in diesem Punkt werden sich auch die Schilderungen der Schlachten, die sein Vater verfasst hat, als überaus hilfreich erweisen.

Dieser Depesche lege ich eine Münze bei, die ich aus Anlass seiner Geburt in Umlauf gebracht habe. Ich denke, das Bild der Königin als Isis – ein Bild, das meinen Untertanen bereits vertraut ist –, die den kleinen Horus stillt, wird sowohl das ägyptische als auch das griechische Volk aufmuntern und Freude über die Geburt des zukünftigen Königs in den beiden ägyptischen Reichen verbreiten. Die Griechen verbinden Isis und Horus mit Aphrodite und Eros. Im Grunde besteht für sie gar kein Unterschied zwischen den hiesigen Göttern und ihren eigenen. Hoffentlich erinnert die Münze dich an unsere gemeinsame Zeit im Horus-Tempel und an ein Land, das dich – falls mich mein Eindruck nicht täuscht – verzaubert hat.

Wirst du den kleinen Cäsar dieses Jahr noch sehen? Soll ich ihn zu dir bringen, sobald die Quarantäne aufgehoben ist? Sämtliche Nachkommen des Königshauses stellen wir nämlich sechs Monate lang unter Quarantäne. Obgleich sein astrologisches Diagramm keine Anfälligkeit für Krankheiten aufweist, dürfen wir kein Risiko eingehen. Erinnerst du dich noch, wie ich dir gestanden habe, dass ich mich als Mädchen immer auf die Märkte geschlichen habe, wo ich hoffte, von den klatschsüchtigen Händlern Neuigkeiten über den mächtigen Julius Cäsar und seine großen Taten in Rom zu erfahren? Damals dachte ich nicht im Traum daran (oder vielleicht doch?), dass Cäsar mir eines Tages spätabends zu meinem Vergnügen seine Beobachtungen ins Ohr flüstern würde. Bitte, berichte mir über all deine Reisen und Anstrengungen. Ich sehne mich nach deiner Gesellschaft, deinem Wissen, das sich über mich ergießt, über eine Frau, die – obwohl sie jahrelang unter schwierigsten Bedingungen regiert hat – vielleicht noch immer über einen Hauch von jugendlicher Unerfahrenheit verfügt. Wie gern lausche ich deinen Ausführungen über politische Schachzüge und die menschliche Natur. Außerdem vermisse ich es, dich zu becircen. Bis ich dich wiedersehe, werden deine Worte den Fingern gleichen, die mein Gesicht so liebevoll gestreichelt haben. Also, geize nicht mit deinen Worten, lieber Feldherr, denn an jedem einzelnen werde ich mich festklammern.

Unterdessen werde ich mich mit aller Kraft der Gesundheit, Sicherheit und dem Wohlergehen deines Sohnes widmen.

Deine Kleopatra

* * * * *

Von: Gaius Julius Cäsar aus der Stadt Rom
An: Kleopatra VII., Königin von Ägypten
(überstellt durch einen persönlichen Sendboten)

Meine liebe Kleopatra,

Cäsar versichert dir, dass die Nachricht von der Geburt seines Sohnes derzeit seine einzige Quelle der Freude ist. Zwar ist Cäsar siegreich nach Rom zurückgekehrt, doch die jüngsten Ereignisse schmälern seine vielen Erfolge.

Auf den Straßen Roms ist Mord inzwischen an der Tagesordnung – nicht nur unter den Feinden Cäsars, sondern auch unter seinen Freunden. Cäsar hat von Antonius verlangt, Ciceros Gunst zu gewinnen. Er hat jedoch genau das Gegenteil getan und den alten Mann für elf Monate ins Exil nach Brundisium geschickt. Während des Durcheinanders infolge der Catilene-Verschwörungen hat Cicero den Stiefvater von Antonius exekutieren lassen. Damit war ich ganz und gar nicht einverstanden, aber er hat meine Warnungen einfach in den Wind geschlagen, und Antonius, ein liebevoller Mann, der seiner Familie treu ergeben ist, wird ihm dies niemals verzeihen. Zudem sind beide von ganz unterschiedlichem Temperament – wie Feuer und Wasser. Ich habe mir große

Mühe gegeben, Cicero Kultur und Bildung einzubläuen, und zwar, obwohl er weder mir noch meiner Sache die Treue gehalten hat.

Eben dieser Cicero hat Antonius niemals eine kleine männliche Indiskretion mit einer gewissen Volumnia Cytheris verziehen, einer Schauspielerin, in deren Gesellschaft Antonius sich gern aufhält. Vor vielen Jahren, als der arme Pompejus noch lebte und Cicero sich nicht zwischen uns entscheiden konnte, ist Antonius zusammen mit Volumnia in einer offenen Kutsche an seinem Haus vorbeigefahren, was der prüde Cicero als Verbrechen gegen die Republik gewertet hat. Die Tatsache, dass Julia, Antonius' Mutter, ebenfalls anwesend war, hat seinen Zorn nur noch mehr geschürt. Cicero vertrat die These, nur ein moralisch verkommener Mensch könne eine gottesfürchtige römische Frau in eine derart peinliche Situation bringen. Ich versicherte ihm, dass ich Antonius' Freude an der Gesellschaft von Theaterschaffenden teile, auch wenn diese Menschen ziemlich temperamentvoll sind.

Cicero hat sich erst kürzlich von seiner Gattin Terentia getrennt und eine Minderjährige zur Frau genommen. Man hört auch, er raune Tiro, seinem Sekretär, einem gebildeten griechischen Sklaven, heimlich Liebesschwüre zu. Dennoch sieht er anderen ihre Leidenschaften nicht nach. Vielleicht ist ihm die hartnäckige, heftige und jugendliche Begeisterung von Antonius einfach unerträglich.

Jedenfalls ist das die Ursache ihres Zwistes. So musste ich in Brundisium verweilen und Cicero aufbauen, der sich in seiner Eitelkeit gekränkt fühlte. Während meiner Abwesenheit hat Antonius einen persönlich motivierten Rachefeldzug gegen den jungen Dolabella geführt, mit dem ihn seine Frau Antonia, von der er sich nun scheiden lässt, betrogen hat. Ich halte die Anschuldigung für berechtigt, aber der wahre Grund für die Scheidung ist folgender: Antonius will die Witwe unseres gemeinsamen kürzlich verstorbenen Freundes Clodius heiraten, mit der er schon seit Jahren heimlich das Lager teilt. Fulvia ist eine fesselnde, politisch ambitionierte Frau und hat weitaus mehr zu bieten als die vielen Bänder und Schleifen, die sie sich ins Haar flicht. Allein die Götter wissen, wie viele Männer sie schon begraben hat und wie viele sie noch verlieren wird, ehe sie in den Hades gerufen wird. Ihren letzten Gatten Curio hat der Sohn des Pompejus in Nordafrika getötet. Dennoch wird sie Antonius endlich zähmen, und er wiederum beweist gesunden Menschenverstand, wenn er sich von diesem selbstgewählten Zuchtmeister Disziplin beibringen lässt. Die erste

Regel, die sie aufgestellt hat, lautete: Gib Volumnia Cytheris auf. Antonius hat sofort klein beigegeben.

Aufgrund ihres extravaganten Lebensstils und des nachlässigen Umgangs mit Geld haben Dolabella und Antonius Schulden angehäuft, die den Staatshaushalten vieler Nationen in nichts nachstehen. Während Cäsar unterwegs war und seinem Land gedient hat, hat Dolabella ein neues, für ihn vorteilhaftes Schuldengesetz eingebracht und danach das Forum verbarrikadiert, um sicherzustellen, dass es auch durchkommt. Antonius ist gegen die Barrikaden Sturm gelaufen und hat die Plakate vernichtet, auf denen das Gesetz verkündet wurde. Hunderte Menschen mussten in dieser Auseinandersetzung ihr Leben lassen. Ich habe ihnen beiden bereits die Leviten gelesen und vor allem Antonius noch ernster ins Gewissen geredet. Außerdem habe ich ihm die Macht entrissen und Marcus Lepidus für die Dauer eines Jahres zum Ko-Konsul ernannt. Und ich habe seine zügellosen Freunde aus all den Häusern geworfen, die er für sie gestohlen hat, und diese wieder an den Staat zurückgegeben. Wahrscheinlich werden sie nun versteigert, um mit den Einnahmen Roms Legionen zu bezahlen. Antonius werde ich sicher vergeben, denn er ist gutmütig und neben Cäsar der beachtlichste Krieger in Rom. Zudem ist er leicht zu beeinflussen, allerdings erst, wenn er in Ungnade gefallen ist.

Nachdem Cäsar all diese Probleme aus dem Weg geräumt hat, musste er sich persönlich mehreren feindlich gesinnten römischen Legionen stellen, welche die Frechheit besaßen, einfach in die Stadt zu marschieren und ihren Anteil der Kriegsbeute einzufordern. Auf dem Marsfeld habe ich mich vor ihnen aufgebaut und meiner ablehnenden Haltung ihrem aufrührerischen Verhalten gegenüber Ausdruck verliehen, indem ich sie mit »Bürger« angeredet habe. Ich tat so, als würde ich sie liebend gern entlassen, woraufhin sie protestierten, sie seien keine gemeinen Bürger, sondern ehrenwerte Soldaten, Cäsars Soldaten! Und sie flehten mich an, sie nicht vom Dienst zu suspendieren.

Leider haben sich zur selben Zeit meine Feinde in Afrika gegen mich zusammengeschlossen. Ich hatte die Absicht, mich umgehend mit ihnen zu treffen und den Ehrverletzungen endlich einen Riegel vorzuschieben, doch die momentanen Zustände in der Hauptstadt machen eine Abreise unmöglich. Allem Anschein nach ist es vonnöten, dass ich mich um alle Probleme selbst kümmere, wenn sie denn gelöst werden sollen.

Es ist Cäsars ausdrücklicher Wunsch, dass dieses Schreiben dir persönlich ausgehändigt wird, damit er erfährt, wie sehr du dich freust, und Anteil nehmen kann, wenn du über die Qualen seines Lebens in der Öffentlichkeit liest. Es gibt niemanden sonst, dem er sich jemals anvertrauen wollte und dessen Trost er sich wünschte, angesichts der vielen Schwierigkeiten, die das Leben für ihn bereithält. Während seiner Abwesenheit hat er die Zeit gefunden, ein kurzes Gedicht zu schreiben, das dir gewidmet ist:

Venus, deine sanfte Miene ist eine Verlockung, eine Illusion. Aus deinem Quell strömt Eros, der wie die ungestümen kimmerischen Wogen des Schwarzen Meers das große Herz erfüllt.

Dein Julius Cäsar

* * * * *

An: Gaius Julius Cäsar, Diktator von Rom
Von: Kleopatra VII., Königin von Ägypten

Mein lieber Cäsar,

tausendmal habe ich deinen Brief gelesen und ihn danach noch tausendmal unserem Sohn vorgetragen, damit er erfährt, wie brillant, wie glorreich, wie klug sein Vater ist. Damit er weiß, dass sein Vater nicht nur ein Feldherr und Staatsmann ist, sondern auch ein Poet – nach der Definition der griechischen Philosophen also ein ganzer Mann. Am liebsten würde ich dich entführen und die vielen Sorgen, die dich plagen, von dir abwehren. Wärst du jetzt hier bei mir in Alexandria, würde ich darauf achten, dass du tagtäglich mit den dir gebührenden Ehrerbietungen überschüttet werden würdest. Gleichzeitig würde ich unser Privatleben schützen, sodass ich jeden Tag auf deinem Schoß sitzen und deinen Geschichten lauschen könnte. Jenen über ferne Länder und jenen über verlorene und gewonnene Schlachten ebenso wie jenen über die Freunde und Feinde, mit denen du dich in deiner Hauptstadt auseinandersetzen musst. Dass du mir weiterhin deine Sorgen anvertraust, freut mich über die Maßen. Oft entsinne ich mich des Glücks der wenigen Tage, die wir nach Kriegsende gemeinsam verbringen durften, als du angefangen hast, mich in deine Gedanken einzuweihen. Wäre mir doch nur mehr vergönnt, als deine fernen Gedanken in Briefform zu erfahren. Denn mich schmerzt zu wissen, dass uns Zeit und Distanz trennen, dass ich nicht weiß, was du in diesem Augenblick denkst, dass ich dir meine Gedanken und Ideen nicht mitteilen kann, während sie Gestalt annehmen und rasch etwas Neues aus ihnen entsteht. Jeden Moment werden wir neu erschaffen, ist es nicht so?

Lieber Feldherr, ich habe entdeckt, dass dies eine ganz besondere Stärke von dir ist. Jede Schwierigkeit, die das Leben bereithält, gehst du neu an und bist bei der Lösung von Problemen stets offen für die Inspiration der Götter. War es Venus, die dir geraten hat, deine Soldaten zu beschämen, indem du sie Bürger schimpfst? Mir scheint, uns beiden ist gemein, dass die Götter uns ihren Rat zuflüstern. Vielleicht haben sie uns zu Volksführern ausersehen? Jeden Tag bist du ein neuer Mensch, und genau aus diesem Grund fürchten dich all diejenigen, die sich mit dem Gestern aufhalten. Ich meine, auch dies haben wir gemein: den Wunsch, Traditionen hinter uns zu lassen, die den gegenwärtigen Realitäten nicht mehr entsprechen. Diese Veränderungen dienen nicht nur uns persönlich, sondern der gesamten Menschheit.

Um deine Gesundheit mache ich mir allerdings große Sorgen, mein Lieber. Ich frage mich, ob du eines schönen Tages in der Hitze des Gefechts oder während einer Debatte im Senat von deiner Krankheit überwältigt wirst. Warum bin ich nur nicht bei dir, um auf dich aufzupassen, um dich zu halten, wenn du deine befremdliche Reise an jenen unsichtbaren Ort antrittst, um dir die Stirn mit meinem Taschentuch abzutupfen, wenn du flach atmest und ins irdische Reich zurückkehrst? Wie kostbar sind mir jene Augenblicke, als dein Kopf in meinem Schoße lag und ich zusah, wie du von deiner Reise ins Unbekannte zu mir zurückgekehrt bist. Weißt du noch, was du damals gesagt hast? Mir ist es vorgekommen, als wärst du noch an einem Ort zwischen dieser Welt und jener anderen gewesen, als du mich mit feuchtem, fernem Blick betrachtet und gesagt hast: »Sie ist du und du bist sie.« Danach hast du die Augen wieder geschlossen, deine kraftlosen Hände sind von der Brust herab auf die Seite gefallen, und du hast friedlich wie ein kleiner Junge geschlafen, der sich sicher fühlt in Gegenwart seiner Mutter.

Den gleichen Blick habe ich in den Augen unseres kleinen Sohns gesehen.

Stark ist er, wie seine Eltern. Obgleich erst drei Monate alt, reckt er seinen schlanken Hals und mustert aufmerksam all jene, die sich um ihn kümmern. Es ist, als wollte er ihnen die Geheimnisse des Lebens verraten, die er aus seiner Zeit bei den Göttern mitgebracht hat. Immer wieder habe ich lange zu ihm über seinen Platz im Leben gesprochen, und mir scheint, als hätte er meine Worte förmlich in sich aufgesogen. Seine Miene verrät Ernsthaftigkeit und ein Bewusstsein für seine Abstammung, ebenso wie für alles andere, was er einmal erben wird. Seine Augen sind dunkelblau. Ich kann nicht behaupten, dass sie schon in Alexanders Grau leuchten. Sie werden von schweren, sinnlichen Lidern eingerahmt. Für einen Säugling hat er eine sehr ausgeprägte Stirn. Dünn wie ein Philosoph ist er, trotz seines unstillbaren Verlangens nach der Brust. Zwei Monate lang habe ich ihn gestillt, wie es Brauch ist in Ägypten. Die einheimischen Hebammen behaupten, die Muttermilch führe dem Kind in den ersten Monaten lebensverstärkende Flüssigkeiten zu. Deshalb habe ich ihm, gleich einer Bäuerin, selbst die Brust gegeben, ehe ich ihn einer Amme überließ.

Das Wissen der Ägypterinnen über Zauber- und Heilmittel ist dem der Griechinnen nämlich bei weitem überlegen. Hier nur ein Beispiel: Ich habe in der Eselsmilch gebadet, die ich auf den Rat der ägyptischen Priestergemahlin hin aus Aswan mitgebracht habe. Schon hat sich meine Haut von der Geburt erholt und wirkt wieder jugendlich. (Hoffentlich langweile ich meinen geliebten Feldherrn nicht mit diesen Einzelheiten. Aller Wahrscheinlichkeit nach würde ich ihm jeden Gedanken, ob profund oder banal, sofort erzählen, und er würde gewiss Nachsicht mit mir üben, als wäre auch ich sein Kind.)

Ich sehne mich danach, mehr von dir zu hören, wenngleich mich die finanziellen Verpflichtungen, die du mir vor deiner Abreise aufgebürdet hast, dazu zwingen, mich Tag und Nacht um Mittel und Wege zu kümmern, meine Staatskasse zu füllen. In den zyprischen Kupferminen habe ich zusätzliche Arbeiter verpflichtet, sodass sich die Einnahmen aus dem Gebiet, das du uns rückübertragen hast, in den kommenden Monaten verdoppeln müssten. Zum Leidwesen der Händler sind die Zölle gestiegen. Den Leinenfabriken habe ich höchstpersönlich einen Besuch abgestattet und mit den Handwerkern neue Farben entwickelt. Sie werden das Interesse reicher römischer Damen an unseren Stoffen garantiert steigern, und ich habe einer völlig neuen Generation von Händlern Lizenzen für den Export von Juwelen und anderem Geschmeide erteilt. Wenn dir demnächst ein hübsches römisches Mädchen über den Weg läuft, das sich mit ägyptischem Stoff und Geschmeide herausputzt, dann denk an mich. Zudem war ich versucht, den Bierpreis zu erhöhen, doch man hat mir versichert, dass sich dann die öffentliche Meinung gegen mich wenden könnte.

Wie du siehst, lieber Feldherr, bin ich dir trotz der Last, die du meinem Volk aufgebürdet hast, immer noch treu ergeben. (Ich hoffe allerdings, dass all das Geld Rabirius endlich zufriedenstellen und er dir nicht mehr mit seinen Forderungen zusetzen wird.) Unser Glück, unsere Zukunft und die meines Sohnes sind mein ganzer Lebensinhalt. Obwohl wir uns mit der momentanen Trennung abfinden müssen, bin ich mir sicher, dass es bei unserem Wiedersehen so sein wird, als hätten wir nie einen Tag ohne den anderen verbracht.

Deine Kleopatra

* * * * *

Von: Hammonius aus der Stadt Rom

An: Kleopatra VII., Königin von Ägypten

Verehrte Majestät,

Euer alter Freund und treuer Diener will Euch von den Zuständen in der Stadt berichten, in die er emigriert ist. Ja, ja, ich sehe sehr wohl vor mir, wie Ihr beim Lesen meiner Klagen süffisant lächelt, und ich will gern zugeben, dass ich reich wie ein König geworden bin, seit ich im Dienste Eures Vaters und Eurer königlichen Person in diesem merkwürdigen und entsetzlichen Land lebe. Aber, Eure Majestät, bitte glaubt mir, wenn ich sage, alles Gold dieser Welt kann mich nicht dafür entschädigen, dass ich nicht mit meinen großen Füßen fest auf olivenölgetränkter griechischer Erde stehe.

Verehrte Majestät, ich bilde mir ein, Euch erklären zu können, wieso Julius Cäsar sich in letzter Zeit nicht gemeldet hat. Vor einem Monat hat man ihn von der Lösung der Probleme in dieser Stadt abgezogen und an die afrikanische Küste entsandt. Dort sollte er seinen Feinden, den Söhnen und Pompejus' letzten Verbündeten, die sich mit König Juba von Numidien zusammengetan haben, gegenübertreten und den römischen Bürgerkrieg fortführen. Die Stärke der gegnerischen Armeen war beachtlich, ihnen standen mehrere Tausend

Bogenschützen und Reiter des Königs zur Verfügung und darüber hinaus noch eine Legion Soldaten, die auf furchteinflößenden Elefanten in die Schlacht ritten.

Wieder einmal waren die Feinde Cäsars ihm von der Zahl her überlegen. Wie man hörte, waren Nahrungsmittel und Vorräte so knapp, dass er seine Soldaten gezwungen hat, ihre Sklaven freizulassen. Außerdem ist ihm nichts anderes übriggeblieben, als seinen Streitrössern Seegras zu fressen zu geben. Dennoch war es der Wille der Götter, dass Cäsar den Sieg davontrug. Die Soldaten haben berichtet, er selbst habe die neuen Rekruten in der Kriegskunst unterwiesen. Er hat ihnen eine elegantere und subtilere Schwertführung beigebracht, ihnen gezeigt, wann man angreift, wann man sich besser zurückzieht und wie man effizient einen einzigen tödlichen Hieb austeilt. Da der große Imperator die jungen Soldaten höchstpersönlich angeleitet hat, sind sie ihm treu ergeben.

Weil die afrikanischen Soldaten den Pompejanern, die so viel verlangt und so wenig versprochen haben, nicht wirklich loyal zur Seite standen, genügte allein Cäsars furchteinflößender Ruf, dass auf seine Bitte hin ganze Legionen und Städte zu ihm überliefen. Dennoch war die Überlegenheit des Gegners schon sehr beeindruckend, und im Verlauf einer der entscheidenden Schlachten haben ein paar der weniger erfahrenen Männer versucht zu fliehen. Wie man hört, hat Cäsar hinter der Kampflinie auf sie gewartet, sie abgefangen und persönlich wieder in die vorderen Reihen geschickt. Die entscheidende Schlacht hat dann in Thapsus stattgefunden. Anschließend ist Cäsar weiter nach Utica gezogen, wo sich seine Feinde mit Ausnahme von Cato, der durch sein eigenes Schwert gestorben ist, rasch ergaben.

Nun ist Cäsar mit großem Pomp in die Stadt heimgekehrt. Doppelt so viele Menschen wie sonst waren auf den Straßen Roms und haben die vierzig Tage währende Dankesfeier (doppelt so lange wie jeder andere bis dahin gefeierte Sieg) zu Ehren von Cäsar und seinen auswärtigen Siegen begangen. Der große Imperator hatte gleich vier Triumphe zu verzeichnen: über Gallien, Ägypten, Pontos und Afrika. Die Siege über seine römischen Kameraden wurden nicht erwähnt oder zumindest nicht gefeiert. Im Anschluss an Cäsars Rückkehr nach Rom hat sich der Senat extrem großzügig gezeigt, ihn auf weitere zehn Jahre zum Diktator gewählt und ihn sogar noch mit einem zusätzlichen Amt betraut, das sie eigens für ihn aus der Taufe gehoben haben. Als Hüter der öffentlichen Meinung muss er jetzt wieder für Disziplin sorgen. Von nun an wird sein Wort auf allen Senatsanhörungen als Erstes gehört. Er wird nicht nur sämtliche Magistrate nominieren, sondern selbst ebenfalls auf der Magistratsbank Platz nehmen. Bei allen öffentlichen Spielen wird er das Startsignal erteilen, was die Heerscharen seiner Bewunderer ganz bestimmt erfreuen wird.

Jedem einzelnen Spektakel, mit dem den Triumphen gehuldigt wurde, habe ich beigewohnt und sogar ein Bankett für die Allgemeinheit besucht, wo ich auf einer der 22 000 Ottomanen lag und geschmaust habe, bis mich meine aufrührerische Milz gezwungen hat, die öffentlichen Latrinen aufzusuchen. Die gereichten Speisen wollten kein Ende nehmen. Ich glaube, das Volk hat nicht Hunderte, sondern Millionen von zarten Salzwasseraalen, Wachteln, Schweinen, Gänsen, Ziegen, Lämmern, Hasen, Kühen, Hühnern und Enten verzehrt. Ein paar Glückliche mit entsprechenden politischen Verbindungen bekamen sogar Pfauen (deren Verzehr die Unsterblichkeit fördert), Austern und zarte Happen eines Singvogels vorgesetzt, der die Leibspeise von Darius dem Perser gewesen sein soll. Sicher wird Euch freuen zu erfahren, dass die Gerichte großzügig mit seltenen, von ägyptischen Händlern importierten Gewürzen verfeinert waren. Anschließend hat Cäsar dann noch den Wohltäter gegeben, jedem Legionär zweitausend Dinar geschenkt und behauptet, diese Summe sei doppelt so hoch wie jene, die Pompejus ihnen versprochen habe. Weiterhin verkündete er, dass er zusammen mit dem römischen Volk zu Reichtum gelangen wolle, anstatt es zu berauben.

Die Paraden haben die Große Prozession Eurer Vorfahren in Erinnerung gerufen, die Euer werter Vater – Ihr wart damals zarte neun Jahre alt – aufgegriffen hat. Doch die Römer haben dem Ganzen eine Brutalität hinzugefügt, die unseren festlicheren und heiligen griechischen Feierlichkeiten fremd ist. Menschen und Tiere haben auf grausame Weise ihr Leben verloren, unter ihnen ein blonder Hüne, den Cäsar in Gallien besiegt hat. Man hat ihn erhängt, weil er seinen Stamm gegen die Römer verteidigt hat, was ein Verbrechen ist. Eure Schwester Arsinoe haben sie zusammen mit einem vierjährigen afrikanischen Prinzen, der die Menschenmenge mit seinem Spieltrieb erheiterte, bei der Parade in Ketten vorgeführt. Der Junge war offenbar in dem Glauben, man halte die Parade zu seinen Ehren ab, und winkte den Zuschauern freudig zu. Die

Soldaten, die sich beschwerten, die Kosten der Feierlichkeiten schmälerten ihre Abfindungen, wurden kurzerhand geköpft. Während verschiedener blutrünstiger Inszenierungen von Schlachten, welche die Römer gewonnen hatten, ermordeten die Gladiatoren ihre Opponenten. Und ich, ein alter Mann, der schon genug Unmenschlichkeit erlebt hat, wandte den Kopf ab, als sie viele Hundert Löwen und Giraffen einzig und allein aus brutaler Lust hingemetzelt haben. Diese bestialische Inszenierung hatte nichts, aber auch gar nichts von der ehrenhaften Absicht, die solchen Veranstaltungen sonst zugrunde liegt, und entehrte sowohl den Jäger als auch das Tier.

Auf seiner Parade haben Cäsar zweiundsiebzig hohe Beamte eskortiert. Ihre Sklaven haben Gefäße mit brennendem Parfüm getragen, das an diesem heißen Tag die übelriechenden Ausdünstungen der Menschenmassen überdeckte. Außerdem hat ihn noch ein Junge, Gaius Octavian, sein Großneffe und der Enkel seiner Schwester Julia, begleitet. Der Knabe ist ziemlich dünn und blass und dürfte etwa vierzehn Jahre alt sein. Über ihn habe ich bereits Erkundigungen eingezogen, in der Annahme, er habe in Cäsars Diensten gestanden und sich hervorragend gemacht, wenngleich er den Eindruck erweckt, als verfüge er durchaus über beachtliche militärische Fähigkeiten. Wie ich erfahren habe, ist er noch nie in den Krieg gezogen, und all jene, mit denen ich gesprochen habe, haben ebenfalls über den Ehrenplatz gestaunt, den er bei der Siegesfeier eingenommen hat. Schließlich hat der große Marcus Antonius, der in mehreren Kriegen unschätzbare Heldentaten vollbrachte, keine besondere Anerkennung erfahren.

Die Parade als solche war wirklich spektakulär. Unzählige Handwerker hatten Tag und Nacht gearbeitet und riesige Schaubilder von Cäsars Siegen gemalt, die Sklaven vor sich hertrugen. Das Volk hat die Gemälde johlend bejubelt, auf denen Roms Feinde als Feiglinge dargestellt waren. Eine letzte Anmerkung noch: Während der Feierlichkeiten wurden viele Theaterstücke aufgeführt, denen es offensichtlich an jener handwerklichen Finesse gemangelt hat, die das griechische Theater ausmacht. Außerdem, Eure Majestät, möchte ich, dass Ihr Folgendes von mir hört, von Eurem Diener, der Euch in Liebe zugetan ist. Cäsars Soldaten haben beim Marschieren ziemlich gemeine Lieder über den Feldherrn und über Eure Königliche Hoheit geschmettert. Den Imperator haben sie gar als lasterhaften Liebhaber tituliert, als Ehebrecher, der beiden Geschlechtern zugeneigt ist. Es hieß, dass er zuerst den König von Ägypten erobert und dann gleich auch noch die Königin bestiegen habe. Cäsar zeigte sich bestürzt über diese Gemeinheiten und wehrte sich offen gegen die Behauptung, er sei früher einmal der Liebhaber des Königs von Bithynien gewesen. Merkwürdig, was diese Römer so alles denken. Ich habe mir das so zusammengereimt: In Wahrheit hat die Beleidigung darauf abgezielt, dass er anscheinend irgendwann einmal in die Rolle des passiven Partners geschlüpft ist. Vermutlich ist dieses Denken auf eine Mentalität zurückzuführen, die Unterwerfung und Eroberung über alle anderen Tugenden stellt. Gott sei Dank, dass wir keine Römer sind.

Mit derlei Aktivitäten hat Julius Cäsar die vergangene Woche zugebracht. Die Kunde davon erreicht Euch an diesem heißen Augusttag aus der chaotischen Stadt Rom, von der ich mich, Dank sei den Göttern, nächste Woche in die Vorstadtvilla einer wohlhabenden Witwe zurückziehen werde. Zum Glück hat sie keinen Sohn (und wird insofern nicht beaufsichtigt) und weiß die Gesellschaft eines belesenen, leutseligen und beleibten Griechen zu schätzen.

Verehrte Majestät, ich werde Euch dienen, solange Ihr es wünscht. Wenn Ihr meiner Dienste nicht mehr bedürft, werde ich mich in Griechenland zur Ruhe setzen, dort zwei einheimische Frauen als Köchinnen einstellen und dazu fünf weitere, die mich mit Liebe überschütten.

Euer getreuer Diener und Bruder der Sippe
Hammonius

* * * * *

An: Ptolemaios XIV., König von Ägypten
Von: Arsinoe IV., Königin von Ägypten
(überstellt durch einen geheimen Sendboten)

Mein lieber Bruder,

ich muss mich kurz fassen. Ich sitze in der stinkenden Stadt Rom im Gefängnis und werde rund um die Uhr bewacht. Glücklicherweise empfinden ein paar ehrwürdige römische Damen, die entsetzt darüber waren, dass man ein

Mitglied einer königlichen Familie auf Cäsars Parade wie eine gewöhnliche Kriminelle vorgeführt hat, Mitleid mit mir. Daher lassen sie mir durch ihre Dienerinnen heimlich Essen und Schönheitsmittel zukommen. Eine dieser Frauen ist eine freigelassene Makedonierin, welche die Römer von ganzem Herzen hasst. Sie lässt dir diesen Brief heimlich durch ihren Bruder zustellen, den Diener eines Händlers, der unsere Kerzenhersteller im Palast mit Wachs versorgt. Bitte behandle ihn gut. Er setzt sich großer Gefahr aus und ist der Einzige, der mir womöglich Antwort von dir bringen kann.

Lieber Bruder, ich weiß sehr wohl, dass du erst dreizehn Jahre alt bist. Allerdings kannst nur du allein verhindern, dass unsere große, von unseren Ahnen eroberte Nation unwiderruflich in die besudelten Hände Roms fällt. Du musst endlich anfangen, dich in der Kriegskunst zu schulen, da eine Macht nur von einer größeren Macht besiegt werden kann. Behaupte einfach, du willst Militärstrategie studieren, und reise umgehend nach Griechenland. Kleopatra wird froh sein, dich loszuwerden, zumal du als Einziger ihren Plan gefährdest, Ägypten an die Römer zu verkaufen und es dann in deren Namen wie eine Hure zu regieren. Eine irregeleitete Närrin ist sie, die nicht begreift, dass sie und Julius Cäsar hier genauso verachtet werden wie in Alexandria und – da bin ich mir sicher – auch überall sonst auf der Welt.

Ich habe getan, was ich konnte, und hinter vorgehaltener Hand Geschichten über ihren Ehrgeiz und ihre Boshaftigkeit in die Ohren einflussreicher Römerinnen geflüstert. Sie hassen Kleopatra jetzt schon für ihre Beziehung zu einem Römer, der mit einer ehrenhaften Römerin verheiratet ist. Sie sprechen nicht gut Griechisch, doch es reicht aus, um ihnen das Wichtigste zu vermitteln, und ich glaube, ich war erfolgreich. Immerhin konnte ich unsere verhasste Schwester, die uns den Thron geraubt hat, einen Schritt näher an den Ruin bringen.

Dank des guten Willens dieser Frauen werde ich in die Stadt Ephesus gebracht, wo ich im Tempel der Artemis – die Römer nennen sie übrigens Diana – Zuflucht finden werde. Zwar bin ich dann immer noch eine Gefangene Roms, aber von dort aus wird es mir gewiss gelingen, mit dir in Kontakt zu treten, solltest du nach Athen gehen. Bitte fürchte dich nicht, sondern handle einfach. Wir dürfen nicht passiv sein oder gar verzagen, vielmehr müssen wir uns für jenen Augenblick bereithalten, da Kleopatra sich selbst vernichtet. Ägyptens Schicksal liegt in unseren Händen. Mach dir keine Sorgen. Wir werden immer noch von vielen unterstützt, und wir werden siegen.

In Liebe

Arsinoe,

deine rechtmäßige Schwester und Gemahlin

* * * * *

Von: Julius Cäsar, Diktator von Rom

An: Kleopatra VII., Königin von Ägypten

Meine liebe Kleopatra,

bitte verzeih mir mein langes Schweigen. Rom hat mich abberufen, um in Afrika gegen meine Feinde zu kämpfen. Wieder einmal bin ich als Sieger aus der Schlacht hervorgegangen. Dennoch muss ich mich nach meiner Rückkehr genauso vielen Feinden wie Triumphen stellen. Wie unser Freund Clodius zu sagen pflegte: Es endet nie, meine Liebste. Allerdings haben deine Briefe diesem ergrauenden Imperator während seiner vielen Prüfungen großen Trost gespendet.

Angesichts der verwickelten Lage habe ich den Plan, die Parther zu unterwerfen, um ein weiteres Jahr verschoben. Andererseits will ich nicht noch ein Jahr warten, bis ich dich und den kleinen Cäsar sehe. Daher möchte ich, dass ihr beide umgehend nach Rom kommt. Einigen meiner treuesten und einflussreichsten Anhänger habe ich ein Gesetz vorgelegt, das mir erlauben würde, mir eine zweite Frau zu nehmen, um einen Erben zu zeugen. Meine Anhänger sind einhellig der Meinung, dass die Vorlage, wenn sie nur zum richtigen Zeitpunkt eingereicht wird, ohne Schwierigkeiten durchgehen wird.

Bitte lass mich wissen, wann genau du einzutreffen gedenkst. Du kannst außerhalb der hektischen Stadt in meinem neuen Haus unterkommen. Ich besitze nun eine hübsche Villa auf dem Janiculum-Hügel, von wo aus man einen herrlichen Ausblick auf die Stadt hat, obgleich sie leider nicht die Geräumigkeit bietet, an die du gewöhnt bist. Meiner Meinung nach kann das Anwesen zehn deiner Reisebegleiter und knapp fünfundzwanzig Diener bequem beherbergen. Wann immer die Zeit es mir gestattet, werde ich dich dort besuchen.

Zu deinem Vergnügen werde ich dir außerdem eine amüsante römische Entourage zur Verfügung stellen. Manch einer fürchtet deine Ankunft, andere wiederum können es nicht erwarten, dich endlich kennenzulernen. Viele fallen jedoch in beide Lager. Ich hingegen schere mich nicht um das, was meine Mitmenschen denken, denn ich vermisse den einzigen Menschen, der mich wirklich versteht.

Auch wäre ich dir sehr verbunden, wenn du meinen Freund Sisogenes mit auf deine Reise nehmen könntest. Der römische Kalender stimmt ganz und gar nicht mit dem Sonnenjahr überein, was fast chaotische Zustände heraufbeschwört. Allein die Priester wissen, welchen Tag wir haben, und müssen dies der Bevölkerung eigens verkünden. Wenn du mich fragst, raten auch sie in aller Regel nur. Ich habe die Absicht, das Jahr zu verlängern, damit endlich Ordnung herrscht, doch um das bewerkstelligen zu können, bin ich auf Sisogenes und seine Berechnungen angewiesen.

Bis wir uns wiedersehen, verbleibe ich
dein Julius Cäsar

* * * * *

An: Gaius Julius Cäsar, Diktator von Rom
Von: Kleopatra VII., Königin von Ägypten

Mein Liebster,

in Bälde breche ich auf zu dir und beabsichtige, Mitte September im Hafen von Ostia einzutreffen. Damit ich schneller zu dir gelange, werde ich den nähergelegenen Hafen von Brundisium meiden und um den Stiefel Italiens herumsegeln. Allerdings gibt es da etwas, was mir großes Kopfzerbrechen bereitet. Würdest du bitte das Gesetz aufheben, das die Huldigung des Gottes und der Göttin, die mir am teuersten sind, unter Strafe stellt? Mir scheint es nicht richtig, eine Stadt aufzusuchen, in der die Verehrung der Isis verboten ist. Immerhin ist sie die Göttin, mit der mich mein Volk identifiziert und zu der ich täglich bete. Mein verstorbener Vater, den ich über alles geliebt habe, bis ich dich traf und unserem Sohn das Leben schenkte, hat den Beinamen Neos Dionysos getragen. Er war nicht nur der glühendste Verehrer dieses Gottes, sondern auch sein irdischer Stellvertreter – jedenfalls hat das ägyptische Volk dies von ganzem Herzen geglaubt. Ich vertraue also darauf, dass du diese religiöse Frage schnell klärst und als Pontifex maximus auch die Macht dazu hast.

Auf ewig deine

Kleopatra

* * * * *

An: Hephaestion, ägyptischer Premierminister

Von: Kleopatra VII., Königin von Ägypten

Mein verehrter Premierminister,

ich ersuche Euch dringend, all unsere Angelegenheiten im Sinai zu regeln, umgehend nach Alexandria zu kommen und wieder Euren Posten in meinem Kabinett einzunehmen. In zwei Wochen werde ich die Stadt verlassen und nach Rom reisen, da Julius Cäsar meine Anwesenheit wünscht. Selbstverständlich werde ich meinen Sohn mitnehmen, meinen Bruder, den König, allerdings in Alexandria zurücklassen. Während meiner Abwesenheit müsst Ihr an seiner statt regieren und ihn auf das strengste bewachen lassen. Erst kürzlich habe ich einen Brief an seine verräterische Schwester abgefangen, die von den Römern verbannt wurde und derzeit in Ephesus weilt. Ich vermute, es wäre unpopulär, solch ein junges Mädchen zu erhängen, doch wüssten die Römer, mit welcher Inbrunst Arsinoe sie hasst, hätten sie das Wohlwollen der Bürger gewiss auf die Probe gestellt und sie einfach ermordet. Ich werde nach Rom gehen und die Beziehung zu Cäsar und seiner Regierung auf ein solides Fundament stellen. Außerdem werde ich vom Römischen Senat verlangen, dass er meinen Sohn anerkennt. Cäsar hat angedeutet, dies sei nicht unmöglich. Seit Archimedes nicht mehr in meinen Diensten steht, seid Ihr der einzige Berater, dem ich bedingungslos vertraue. Da wir Julius Cäsars Verbündete sind und unter dem Schutz seiner Legionen stehen, gibt es keinen Grund mehr, die Söldnerarmee weiterhin aufrechtzuerhalten. Bitte übertragt jemandem aus Euren Reihen die Aufgabe, die Armee aufzulösen, und kommt rasch hierher.

Unter gar keinen Umständen werde ich den Tag meiner Abreise verschieben. Wie sagen die Römer so schön? Carpe diem. Selbstverständlich geht es nicht nur darum, den Tag zu nutzen, sondern Geschichte zu schreiben. Und ich werde gewiss keinen Augenblick zu spät eintreffen.

Eure Monarchin Königin Kleopatra VII. Philopater

ALEXANDRIA:

Kleopatras zwanzigstes Regierungsjahr

Die Königin sitzt in ihrem Gemach und starrt in den Spiegel, während der Eunuch Iras das goldene Geflecht entfernt, mit dem ihre Locken im Zaum gehalten werden. Kaum in seinen Händen, zerfällt es – eine traurige Erinnerung daran, dass es ihr nicht gelungen ist, Antonius zu verzaubern. Iras hält das glitzernde Knäuel prüfend gegen das Licht, um es im nächsten Moment mit gerunzelter Stirn und leicht angewiderter Miene wegzuwerfen. Unterdessen breitet ein Wahrsager seine Karten auf ihrem Tisch aus und spricht mit lauter Stimme düstere Prophezeiungen aus.

Ohne den Mann auch nur eines Blickes zu würdigen, betrachtet sie sich im Spiegel, während er die Worte des armseligen Astrologen wiederholt, den sie zusammen mit Antonius in die Fremde geschickt hat. Dieser Narr hatte ihm gesagt, Octavian sei unter einer günstigeren Sternenkonstellation geboren als er. Dieses Wissen ließ ihren Gemahl weitaus stärker verzagen als die Position der Sterne während seiner Geburtsstunde. Dafür, dass der Wahrsager Antonius derart großen Schmerz zugefügt und ihn mit Selbstzweifeln infiziert hat, hätte ich ihn ertränken lassen sollen, überlegt sie. Da hebt Iras eine Augenbraue, und die Königin schickt den Mann weg.

Stumm und todernst bürstet der Eunuch ihr das Haar. Er wirkt besorgt, schlimmer noch als Charmion, der die Königin jeden verzweifelten Gedanken anvertraut und von der sie keinen Trost erwartet. Iras hingegen ist zartfühlend und sentimental wie viele seinesgleichen, auch wenn es ihm an der für Eunuchen typischen Bitterkeit fehlt. Wie er der Königin gestanden hat, liebte er vor der Kastration Männer und war sich nie wirklich sicher, ob die Götter ihn überhaupt zum Manne ausersehen hatten. Er ist der festen Überzeugung, seine Mutter habe ihn noch in ihrem Leib verflucht und dadurch noch vor seiner Geburt eine Geschlechtsumwandlung bei ihm ausgelöst.

»Mir macht das gar nichts aus, Eure Königliche Hoheit. Sie waren vollkommen überflüssig«, sagte er über seine fehlenden Genitalien. »Ich vermisse sie überhaupt nicht.«

Er ist ungefähr so alt wie Antonius und muss um die vierundfünfzig sein, obschon er älter aussieht. Seine Haut ist von einem faszinierenden Netz aus Falten überzogen, was für einen Syrer recht ungewöhnlich ist. Das zähe weiße Graphitpuder, mit dem er seinen dunklen Teint aufhellt, lenkt die Aufmerksamkeit auf seine markanten Gesichtszüge. Wie die Königin umrahmt er seine dunklen Augen mit schwarzem Kajal, tönt sich die Wimpern mit Tinte und reibt Wangen und Lider mit Maulbeersaft ein. Im Gegensatz zum weiblichen Geschlecht verzichtet er darauf, Hand- und Fußflächen ocker zu färben, massiert dafür aber jeden Morgen die feinpuderige Farbe hingebungsvoll und sanft in die Haut der Königin.

Iras sieht weder männlich noch weiblich aus. Wie bei den meisten Menschen im fortgeschrittenen Alter haben seine Züge etwas Androgynes. Und wie alle Eunuchen neigt er zur Dickleibigkeit. Wenn er Kleopatra mit der Konzentration einer Spinne, die wunderschöne feine Netze webt, winzige funkelnde Gegenstände und feingearbeitete Amulette ins Haar flicht, kann es vorkommen, dass sie dabei den Kopf an seinen Bauch legt. Mittlerweile behauptet sie des Öfteren, er sei der einzige Mann in ihrem Leben, woraufhin er kichert und errötet. Sein ausschließliches Interesse gilt jedoch dem königlichen Haar, das er frisiert und schmückt, was für einen Eunuchen, der sich im Bannkreis der Macht bewegt, sehr ungewöhnlich ist.

Irritierenderweise presst Iras hin und wieder die Lippen zusammen, runzelt die Stirn und atmet vernehmlich ein. Die Königin weiß genau, er will nur von ihr hören, dass die Prophezeiung des Wahrsagers kein göttliches Gebot ist. Er verehrt Antonius, lacht viel zu laut über dessen Witze, flirtet mit ihm und hält ihn für einen bedeutenden Mann.

»Wie auch immer«, sagt sie zu ihm. »Bitte tratsch nicht mit den Priestern über mich. Die Worte der Wahrsager bedeuten mir nicht viel. Gestern war ich im Tempel und habe an einem Opfergottesdienst teilgenommen. Der Priester hat ein Riesenspektakel veranstaltet, weil in den Organen des Opfertiers ein paar Maden herumgekrochen sind. Was ist schon eine zerfressene Schafsleber im Vergleich zu der eigenen Intuition?, frage ich mich. Du musst dir ein Beispiel an mir nehmen. Richte dich nicht nach diesen Scharlatanen, sondern halte dich an das, was dir dein Verstand und dein Herz raten. Wir müssen an diesen Ritualen teilnehmen, dürfen die Vorhersagen aber nicht allzu ernst nehmen.«

»Das ist Blasphemie, Mutter Ägyptens!«

»Unsinn. Meinen Glauben an die Götter habe ich nicht verloren, ich bin nur derer müde, die auf Erden für sie sprechen.«

Iras hält ihr Haar in den Händen. »Ihr seid mein Leben, Eure Königliche Hoheit.«

»Und du, Iras, bist ein angenehmer Teil von meinem.«

Gut gelaunt hängt der Eunuch seinen eigenen Gedanken nach, während er verträumt das Haar der Königin für die Nacht aufdreht. Sie blickt unterdessen in den Spiegel und zieht Bilanz. Trotz der vielen Probleme, trotz der Schlacht von Actium ist sie immer noch eine junge Frau. Ihre strahlenden, aufmerksamen Augen sind groß und – wie sie sich gern einbildet – fast grün. Mit den entsprechenden Hilfsmitteln sind sie sogar richtiggehend grün. Unschuldig wirken sie jedenfalls nicht. Die Königin verführt mit diesen Augen, um deren Anziehungskraft sie weiß. Was verbirgt sich wohl dahinter?, fragen die Männer sich. Welches Wissen, welcher reiche Verstand warten hinter diesen grünen Augen? Falls sie neugierig sind, falls sie die Herausforderung annehmen, was große Männer immer tun, dürstet es sie nach Antworten auf diese Fragen. Genau das macht ihren Charme aus – und sie ist sich dessen bewusst.

Die Königin gleicht einem unergründlichen Berg, der erklommen werden muss, so man die Geheimnisse lüften will. Die Geheimnisse, welche die Männer gern lüften möchten, die sie aber nicht kennen. Manche behaupten, sie sei hinreißend, doch sie weiß, dass dem nicht so ist. Sie ist sich durchaus darüber im Klaren, dass Macht und Unergründlichkeit oft mit Schönheit verwechselt werden. Die Königin verlässt sich auf die traditionellen Kniffe verführerischer Ägypterinnen und auf das Talent des Eunuchen Iras, der ihren natürlichen Charme hervorhebt. Heute Abend hat sie keine Kosmetik aufgelegt. Gebadet hat sie, sich anschließend von ihren Dienern einölen lassen und ein Nachtgewand angezogen.

Das Antlitz, das sie nun betrachtet, ist ihr eigenes ungeschminktes Gesicht. Mit ihren neununddreißig Jahren sieht sie noch jung aus. Im Gegensatz zu den Warnungen ihrer griechischen Ärzte hat das aktive und anstrengende Leben, das sie führt, ihre Kraft und Jugend erhalten, anstatt sie ihrer zu berauben. Und obwohl sie vier Kinder auf die Welt gebracht hat, ist ihr Körper so straff wie der einer Vierzehnjährigen. Ich bin wie die Frauen aus dem alten Sparta, denkt sie, diese kraftstrotzenden Reiterinnen, Ringerinnen, Kämpferinnen – alles Kriegerinnen, die den Geruch des Kampfes und nicht den Duft von Parfüm atmen. So bin ich, so waren meine Schwestern, so waren alle meine weiblichen Vorfahren. Die Frauen von Makedonien, die Frauen von Sparta – die Frauen der Antike, die zusammen mit ihren Männern geritten sind, die gekämpft, regiert und diese oft sogar beherrscht haben. Unbezwingbare Frauen.

Die Dichter behaupten, Kriege würden um die Liebe solcher Frauen ausgefochten. Der trojanische Krieg jedoch wurde aus demselben Grund geführt wie der Krieg gegen Octavian – die Ursache war nicht eine Frau, sondern Gold. Das Gold der Spartaner.

Helenas Gold. Wer konnte sich schon eine spartanische Königin gegen ihren Willen zur Frau nehmen? Der herausgeputzte Paris etwa? Und wer hätte einen Mann bezwingen können, der sich eine spartanische Königin gegen ihren Willen zur Frau nahm? Nein, bei dem Krieg war es um das Territorium, um Gold gegangen, wie bei jenem Krieg gegen Octavian, wie bei allen Kriegen.

Seit je war sie der Ansicht, dass es sich auszahlte, dem Feind gegenüber eine gewisse Gefühlskälte zu bewahren. Die Philosophen, das Leid ihres Vaters und Cäsar, der mit Ratschlägen nicht geizte, haben sie das gelehrt. Auf der anderen Seite fehlt es ihr an der nötigen Disziplin, ihren Zorn auf diesen heimtückischen Intriganten im Zaum zu halten. Dabei hat er nichts unversucht gelassen, sie in seinem Drama dem römischen Volk als Schurkin vorzuführen. Völlig neu erfunden hat er sie: als Unmensch, als Verführerin, Hure, Schlange, gar als Feindin Roms. Am meisten setzte ihr die Hure zu, als stünde die von Alexander dem Eroberer abstammende Königin zum Verkauf. Er bezeichnete sie abfällig als »Orientalin«, wohl wissend, dass sie von reinem makedonischem Geblüt war.

Hinterlistig ist er, und dennoch fürchtet er mich, denkt sie. Er stellt mich als Feindin Roms dar und nutzt diese Ausrede, um hierherzukommen und mein Gold zu stehlen. So ist es immer gewesen, und so wird es bis in alle Zukunft sein. Um Gold geht es. Um mein Gold. Um das Vermögen der Ptolemäer. Um den süßen Honig, der die römischen Fliegen seit Jahrhunderten an unsere Grenzen lockt. Könnte ich doch nur Cäsar aus dem Hades zurückrufen und ihn dafür zur Rechenschaft ziehen, dass er Octavian zu seinem Nachfolger auserkoren hat. Wäre ich damals die Frau gewesen, die ich heute bin, wäre all das niemals geschehen.

Bald setzt die Morgendämmerung ein. Iras ist auf ihrem Bett eingeschlafen und schnarcht leise. Seine getuschten Wimpern zucken, wenn er träumt. Sosehr auch sie sich nach Schlaf sehnt, muss sie doch auf Nachricht von Sidonia, der Hurenmutter, warten. Lange wird Antonius nicht mehr durchhalten. So jung ist er nicht mehr. Oder doch? Führt er sich etwa nur bei ihr wie ein alter Mann auf? Jeden Augenblick muss die Sonne aufgehen. Ihr wird eng um die Brust, und sie schnappt nach Luft, die bei keinem Atemzug bis in ihre Lungen zu dringen scheint. Wenn ich nicht atmen kann, kann ich auch nicht schlafen, denkt sie.

Ruhe ist inzwischen ein seltenes, ein wertvolles Gut.

ROM:

KLEOPATRAS SECHSTES REGIERUNGSJAHR

Sie befolgten Cäsars Wunsch und trafen ein, ohne viel Aufmerksamkeit zu erregen. Jedenfalls machten sie so wenig Furore, wie das einer Königin, einem jungen Prinzen und einem Gefolge von vierzig Personen bei ihrer Ankunft in dem von Klatsch und Tratsch beherrschten Rom nur möglich war. Der Imperator brachte sie in der abgeschiedenen Villa am südöstlichen Fuße des Janiculum-Hügels unter, von wo aus die ewig neugierige Kleopatra die Stadt betrachten konnte, ohne deren Einwohnern einen Anlass zu geben, sich über die Anwesenheit der Königin zu erregen. Weder wollte Cäsar, dass ohne Grund Gerüchte über seine Geliebte die Runde machten, noch traute er den Bürgern Roms zu, seinen Sohn, den künftigen Monarchen, den künftigen König einer reichen und mächtigen Nation mit etwas anderem als einer Dolchspitze willkommen zu heißen.

Er hoffte, dass Kleopatra sich mit dem herrlichen Ausblick auf die mit Zypressen durchsetzten Olivenhaine und die sanften, von wilden Blumen überwucherten Hügel zufriedengab. Schließlich war schon Herbst und somit die schönste Jahreszeit für einen Besuch in der ewigen Stadt. Das Licht war von solcher Schönheit, dass man meinen konnte, es würde von den Augen einer wohlmeinenden Göttin gefiltert. Selbst die Herrscherin über die erhabendste aller Städte, die Bewohnerin des zauberhaften Alexandria, hatte wohl kaum Grund zur Klage.

Immerhin waren sie nun wieder vereint, und somit war ihr sehnlichster Wunsch erfüllt. In all ihren Briefen hatte sie angedeutet, wie gern sie ihren Sohn in die Stadt seines Vaters bringen wollte. Cäsar rechnete damit, dass ihre Anwesenheit durchaus Probleme heraufbeschwören könnte. Die seltsamsten Gerüchte über die Natur ihres Besuches, über den Altersunterschied zwischen ihnen, über die Pläne, die er schmiedete und in die er eine ausländische Königin einbezog, machten die Runde. Doch ihr Antlitz wiederzusehen, ihre wohlklingende Stimme zu hören, wenn sie ernste Fragen diskutierte, und sich zu vergewissern, dass an der Herkunft seines Sohnes kein Zweifel bestand (Statur und Gesicht glichen Cäsar unübersehbar), war all die Scherereien wert.

Der Knabe kam mehr nach seinem Vater als nach seiner Mutter, genau so sollte es bei einem Sohn auch sein. Kleopatra hatte recht behalten: Für einen Einjährigen hatte der kleine Cäsar einen ungewöhnlich langen Hals, und den imperialen Kopf trug er auch schon voller Stolz. Seine Augen waren blau wie die des ersten Ptolemäers und auch denen von Alexander nicht unähnlich. So sah Kleopatra es wenigstens, denn sie wusste nicht, dass sowohl Cäsars Großmutter mütterlicherseits als auch Venus Augen von der Farbe eines Abendhimmels kurz vor Einbruch der Dämmerung gehabt hatten. Aller Voraussicht nach hatte der Junge die hohe Stirn und den eher blassen Teint seines Vaters geerbt. Dabei hatte sich Cäsar so lange in der Sonne aufgehalten, dass er im Grunde genommen nicht mehr so genau wusste, von welchem Ton seine Haut ursprünglich gewesen war. Den intelligenten Blick wie auch das auffallende Selbstbewusstsein konnte der kleine Junge von beiden Elternteilen geerbt haben. Wie aufregend es war, in ein noch so unverbrauchtes Gesicht zu blicken, das dem eigenen stark ähnelte, und darin die eigene Persönlichkeit, die eigenen Charakterzüge zu erkennen. In jenen ersten Momenten, als Cäsar den Jungen hielt, während ihn die ewig skeptische Charmion beäugte, als mangele es ihm an Kraft oder dem nötigen Verstand, ein zwanzig Pfund schweres Kind zu halten, schwand durch den kühnen Blick des Knaben die Sinnlosigkeit, unter der sein Vater in letzter Zeit gelitten hatte.

Ein vortrefflicher Junge war er, ernsthaft und schön, überhaupt nicht wie ein Kleinkind, sondern eher wie jemand, der sich seiner Position durchaus schon bewusst ist. Die Betreuer des Kleinen hatte Kleopatra nach ihrer Intelligenz und Loyalität ausgewählt. Sie alle standen fortwährend und gnadenlos unter der Beobachtung von Charmion, die selbst den kleinsten Anflug von Langeweile, Ungeduld oder gar grammatikalischen Unzulänglichkeiten entdeckte, bevor sie das Ohr des Kindes erreichten. Nach Kleopatras Überzeugung hatte der Junge ihr Talent für Fremdsprachen geerbt. Cäsar dagegen war der Ansicht, solch eine bemerkenswerte Gabe werde direkt von den Göttern verliehen und nicht wie die Augenfarbe oder Struktur der Haare durch Blut und Samen vererbt.

Hoffentlich reagiert Kleopatra nicht enttäuscht, wenn der Junge ihren Erwartungen nicht entspricht, dachte Cäsar. Mehrmals hatte er miterlebt, welchen Schaden allzu ehrgeizige Mütter ihren Söhnen zufügten. Manchmal führten große Erwartungen jedoch zu herausragenden Ergebnissen, wie Servilia, Brutus und seine eigene Mutter bewiesen. Wie auch immer – er nahm sich vor, seinen Einfluss bei dieser kleinen Kreatur geltend zu machen. Er wollte ihm die Kriegskunst beibringen, wie nur Cäsar es vermochte. Die Schulung des Intellekts übertrug Kleopatra gewiss den Gelehrten des Museion.

Wie er sie gebeten hatte, brachte sie wenigstens einen der studierten Männer nach Rom mit: Sisogenes, dessen langer Bart fast den Boden berührte, als er Cäsar begrüßte. Ihr Gefolge war exquisit wie alles an ihr. Charmion, die auf die Königin und den Prinzen aufpasste wie eine Katzenmutter auf ihren zarten Nachwuchs, hatte alles und jeden im Griff. Sie wagte es tatsächlich, Cäsar mit Blicken zu drohen, als wollte sie ihm einschärfen, dass es gewiss nicht unter ihrer Würde sei, ihn mitten in der Nacht zu kastrieren, sollte er ihre Herrin enttäuschen. Ohne ihren Widerspruch hervorzurufen, munkelte man im Haus, dass ihr eigenes Leben ihr nichts bedeutete, dass sie nur lebte, um der Königin zu dienen, für die sie nur zu gern jedwede Gräueltat beginge.

Cäsar überlegte, ob er jemals einer ähnlich gebieterischen Person wie Kleopatras erster Hofdame begegnet war, kam aber zu dem Ergebnis, dass dem nicht so war. Außer Charmion und einer ganzen Gefolgschaft an Frauen hatte Kleopatra auch ihren Lieblingsastrologen mitgebracht, einen ziemlich ungestümen Philosophen, der ihrer Meinung nach die Gäste mit klugen Gesprächen unterhalten konnte, und diesen schrecklichen, allzu übertrieben geschminkten Eunuchen, den königlichen Friseur. Ohne dessen Hilfe, so behauptete sie jedenfalls, wagte sie inzwischen keinen öffentlichen Auftritt mehr. Cäsar schauderte, als er darüber nachdachte, welche Reaktion dieses Wesen bei den Römern wohl hervorzurufen vermochte. Den Friseur zeigten sie besser nicht vor.

In der Annahme, deren Ideen könnten Cäsar interessieren, präsentierte Kleopatra ihm selbstbewusst zwei griechische Ingenieure mit verkniffener Miene und zerfurchter Stirn. Zur Dienerschaft gehörten nicht zuletzt auch der Schreiber der Königin, ihre persönlichen Kuriere, die Kosmetiker, mit denen sie gemeinsam neue Puder und Duftöle herstellte, mehrere Kammerdiener, die eine besondere Weihe über sich hatten ergehen lassen, damit sie die Königin berühren durften, ein Schneider und ein ungemein beleibter alter Mann, dessen einzige Aufgabe darin bestand, im Auftrag der Königin interessante fremde Steine und Perlen zu erstehen. Da sie nicht wollte, dass die römischen Tuchwalker ihre Gewänder berührten und die Flecken mit abgestandenem Urin entfernten, brachte sie auch ihre eigene Wäscherin mit. Zudem waren zwei griechische Ärzte mit an Bord, da laut Charmions Aussage römische Medizin bei Griechen keinerlei Wirkung zeigte. Ach ja, und dann gab es da noch einen unvergleichlich arroganten griechischen Koch, der die Küchenhilfen schon mit Ratschlägen für die Speisen der Königin beleidigt hatte.

Auf Cäsar wirkten sie alle wie eine übereifrige Horde, die angesichts der militärischen Überlegenheit der Römer fröhlich griechische Erhabenheit demonstrierten. Den Reisenden folgten zahllose Koffer mit Gewändern und persönlichen Habseligkeiten der Königin und ihres Sohnes sowie kistenweise Geschenke für ihre »neuen römischen Freunde«. Weil sie wusste, dass Cicero seinen Besuch angekündigt hatte, hatte sie einige seltene und wunderschöne Manuskripte aus ihrem Besitz sowie eine Bücherkiste mitgebracht, um sie der Bibliothek zu stiften, die Cäsar gerade in der Stadt bauen ließ.

Niemand, nicht einmal seine Frau – vor allem nicht seine Frau –, konnte es erwarten, sie zu treffen. Zweifelsohne würden Kleopatras Jugend, ihr königliches Auftreten und vor allem der Junge ihr zusetzen, in dessen ovalem Babygesicht sich bereits die Züge der Cäsaren offenbarten. Dennoch siegte ihre Neugier über ihren Stolz. Fraglos hatte Servilia, die mit der Zurückhaltung eines Rammbocks auf ein Bankett im Janiculum-Haus drängte, sie aufgestachelt. Jedermann wollte die Königin treffen und sich eine eigene Meinung über sie bilden.

Angesichts des Geredes über ihren Besuch und ihren Charme fragte Cäsar sich, ob manche Männer nicht herausfinden wollten, inwieweit sie ihm Kleopatra abspenstig machen konnten. Glücklicherweise empfing er Antonius immer noch nicht, der bei einer so leidenschaftlichen Person wie seiner Königin unter Garantie ein überbordendes Maß an Interesse hervorriefe. Es käme einer Verschwendung ihrer Schönheit, ihrer Intelligenz und ihrer hübschen exotischen Geschenke gleich, missgönnte er seinen Freunden und Verbündeten diese Gelegenheit. Des Weiteren wollte er sie und den Jungen zu einer festen Größe in seinem Leben, wenn nicht gar in der Stadt Rom machen. So konnten die Römer sich auch gleich an sie gewöhnen. Seine Landsleute waren schließlich auch nur Menschen, gewiss würden sie sich ebenfalls in Kleopatra verlieben und begreifen, wie klug es von Cäsar war, dieses einnehmende und wunderbare Geschöpf in seine Welt zu holen. Kurz gesagt ein Gewinn – sowohl für Cäsar als auch für die von ihm regierte Nation und das gesamte Imperium. Nun musste er abwarten, war er gespannt, ob ihr Urteil, ihre Vision von der Königin oder dann doch nur ihre Gier über die Befürchtungen der Menschen siegte.

* * * * *

Seit einem Monat hatte Kleopatra nun keinen einzigen warmen Sonnenstrahl abbekommen. In der Ferne schien die Sonne, doch über dem Janiculum-Hügel hingen dicke Wolken, die nur darauf warteten, sich über sie zu ergießen, während das restliche Rom sich vermutlich unter einem blauen Himmel vergnügte. Sie stand auf Cäsars Terrasse, von wo aus man auf den Tiber und die chaotische, in Windeseile zu beiden Seiten des Flusses gewachsene Stadt blickte, auf jene Stadt, die nah und doch so fern war. Im Vergleich zum luxuriös weitläufigen Alexandria war Rom ein beengter, garstiger und lärmender Ort. Deshalb störte es die Königin nicht weiter, dass Cäsar sie hier untergebracht hatte, von wo aus sie das Treiben in der Stadt betrachten konnte, ohne Tag und Nacht dem ewigen Lärm ausgesetzt zu sein. Der Fluss hatte die Farbe von Erbsen und Moos, fahl und dreckig, wie ihr diejenigen versicherten, die in seinen Fluten schwammen. Ein Malariatümpel, in den man kleine römische Knaben warf, damit sie schwimmen lernten und schon in jungen Jahren die Erfahrung machten, dass man sowohl Furcht als auch Dreck mit stoischer Ruhe überlebte.

Wie sterbende Kardinäle fielen die roten Zelte zu Boden, in denen noch am Vorabend gefeiert worden war. Mehrere Sklaven rollten sie geschwind zu langen Röhren zusammen und beeilten sich mit dem Aufräumen, bevor der unvermeidliche nachmittägliche Regenguss auf das Tuch prasselte. Die Römer waren unendlich grausam zu ihren Dienern. Wie viele Schläge sie wohl austeilten, wenn auch nur ein paar winzige Tropfen Wasser auf die billige, feuchte Wolle fiel? Kein Lied kam diesen großgewachsenen, hellhäutigen Arbeitern über die Lippen, die Cäsar – wie ihr zu Ohren gekommen war –in Gallien gefangen genommen hatte. Sie unterhielten sich in keiner der zehn Sprachen, die Kleopatra beherrschte. Doch je länger sie ihnen zuhörte, desto besser verstand sie die einzelnen Wörter, etwa für »ja« und »nein«, für »beeil dich« und »bring mir das«. Immer wieder fiel in ihren Gesprächen der Name Cäsar. Sie hörte aufmerksam zu, versuchte, das Wort für Königin herauszuhören, weil sie wissen wollte, ob die Menschen über sie redeten.

Da fiel ein winziger Tropfen auf ihre Nasenwurzel. War der Himmel über Rom jemals richtig blau? Hatten die Götter die Herrschaft über diese merkwürdige Stadt unwiderruflich Helios übertragen? Es schien, als warte der Himmel trotz strahlenden Sonnenscheins nur darauf, die Schleusen zu öffnen und seine Tränen über der Stadt zu vergießen. Kleopatra schaute zu den perlgrauen Wolken über ihrem Kopf auf und stellte enttäuscht fest, dass sie sich vermutlich nicht draußen aufhalten konnte. Diese Erkenntnis behagte ihr jedoch nicht. Bei dem Gedanken, nur kurze Zeit draußen verweilen zu können und gleichzeitig schon der dunklen Regenwolken zu harren, die sie unweigerlich nach drinnen scheuchten, schauderte sie.

An diesem Ort konnte sie nichts anderes tun als warten. Sie wartete auf Cäsar, auf den richtigen Zeitpunkt, um ihre gemeinsamen Pläne in die Tat umzusetzen, auf Nachrichten aus der Heimat, auf den Besuch von Hammonius, der in dieser Stadt für sie Augen und Ohren aufsperrte. Seit ihrer ersten Begegnung mit Julius Cäsar verbrachte sie zunehmend weniger Zeit mit Handeln und dafür immer mehr Zeit mit Warten. Sie fürchtete, die Allianz mit ihm verwandele sie in eine ganz gewöhnliche Frau, die darauf wartete, dass ihr Meister Entscheidungen fällte und über ihr Schicksal bestimmte. Allein die Vorstellung trieb sie in den Wahnsinn, und wann immer sie daran dachte, rief sie sich in Erinnerung, dass auch Cäsars Freunde auf seine Entscheidungen warteten. Das stimmte sie dann wieder etwas milder, denn diese Männer genossen ganz sicher nicht die Nähe, derer sie sich als Cäsars Gefährtin, seine Geliebte und Mutter seines einzigen Sohnes erfreute.

Kleopatra hatte herausgefunden, dass Julius Cäsar durchaus so manchen Plan schmiedete, der nichts mit ihr zu tun hatte, obwohl sie ihn dazu bewogen hatte. Nach seinem Aufenthalt in Alexandria und seiner Reise durch Ägypten hatte er entschieden, die Hauptstadt umzugestalten und sie in größeren, einem Imperium angemessenen Proportionen neu zu erschaffen. Überall in der Stadt wurden seine Bauvorhaben ausgeführt. Arbeitstrupps rissen bis tief in die Nacht die Altstadt mit ihren beengten Häusern, verfallenen Tempeln und von Wanzen verseuchten Geschäften ab, um Platz für elegantere und modernere Gebäude zu schaffen. Seinen Gefolgsmann Varro beauftragte Cäsar mit dem Bau einer öffentlichen Bibliothek nach dem Vorbild der Großen Bibliothek von Alexandria. Als seine entlassenen Soldaten in die ohnehin schon überfüllten Behausungen strömten, kam er auf die Idee, in ganz Italien neue Kolonien zu bilden. Den Veteranen schenkte er Land, so sie denn wussten, wie man Ackerbau betrieb, oder er überließ ihnen Geschäfte, falls sie der Händlerklasse angehörten. Bislang hatte er achtzigtausend Soldaten angesiedelt und saß nächtens oftmals wach und zerbrach sich den Kopf, was er mit den verbleibenden fünfunddreißig Legionen tun sollte, die er noch befehligte, wenn er ihrer Dienste demnächst – hoffentlich – nicht mehr bedurfte. Auf seine Anordnung hin verrichteten bei allen öffentlichen Projekten freigelassene Arbeiter ein Drittel der Sklavenarbeit. Anschließend ließ er diesen Männern die staatlichen Almosen streichen, was bei seinen konservativen Kollegen so gut ankam, dass Cicero sogleich den Menschen erzählte, Cäsar sei »praktisch wieder ein Republikaner«. Während er mit der Organisation all dieser Dinge beschäftigt war, saß Kleopatra, die seit ihrem sechzehnten Geburtstag voller Tatendrang und Entschlossenheit die enorme Bürokratie der beiden ägyptischen Reiche regelte, untätig da und wartete darauf, dass er zu ihr kam und von seinen Fortschritten berichtete.

Auch die Stadt Rom wartete, und zwar auf das Jahresende – diesmal sogar noch länger als sonst. Cäsar hatte die Ratschläge von Sisogenes beherzigt und das laufende Jahr kurzerhand auf vierhundertfünfundvierzig Tage verlängert. Auf diese Weise begann es völlig korrekt und im Einklang mit der Sonnenzeit. Die neue Einteilung der Monate wurde nach Cäsar benannt und hieß fortan Julianischer Kalender. Auch der siebte Monat sollte von nun an seinen Namen – Julius – tragen. In Zukunft währte ein Jahr dann exakt dreihundertfünfundsechzig und einen viertel Tage. Sisogenes und Cäsar einigten sich auf einen Kompromiss und entschieden, dass alle vier Jahre ein Tag hinzugefügt werden sollte.

»Etwas Besseres ist euch wohl nicht eingefallen?«, fragte Kleopatra die beiden.

»Das ist viel besser, als wenn die Monate jedes Jahr in eine andere Jahreszeit fallen«, verteidigte Sisogenes seine Idee.

»Oder wenn allein die Priester wissen, welchen Wochentag wir haben«, knurrte Cäsar.

So führten sie offiziell den neuen Kalender ein und trugen Schuld daran, dass Roms ohnehin schon leidgeprüfte Einwohner in jenem Jahr, das zweifelsohne zu den schwierigsten zählte, siebzig weitere Tage ertragen mussten. Auf der anderen Seite waren die Römer daran gewöhnt, dass sie jedes Jahr unter Katastrophen litten, unter Bürgerkriegen und blutigen Straßenkämpfen ebenso wie unter der Ächtung der Verlierer, dem Anblick der Häupter, die den Verrätern abgeschlagen und danach im Forum aufgehängt wurden, und zu guter Letzt unter der Flut. »Wenigstens kommt die Flut dieses Jahr in der richtigen Jahreszeit«, merkte Cäsar an.

Jahr für Jahr stieg der Tiber über die Ufer, strömte in die Straßen und zwang die Bürger, ihre Möbel ins nächsthöhere Stockwerk zu schaffen, falls sie das Glück hatten, auf zwei Etagen zu wohnen. War dies nicht der Fall, standen sie bald knöcheltief in verseuchtem Wasser und wateten durch ihre nassen Behausungen, bis der Pegel wieder fiel. Die Wohlhabenderen wohnten selbstverständlich in den höher gelegenen Vierteln und waren von alldem nicht betroffen. Ganz anders in Ägypten, wo der Nil, der ebenfalls Jahr um Jahr das Land überschwemmte, die Ernte sicherte und den Menschen Nahrung und Wohlstand bescherte, als lebensspendende Kraft gesehen wurde, die man willkommen hieß und für die man betete. Wie passend, dachte Kleopatra. In Rom versetzt einen sogar der Fluss in Angst und Schrecken.

Die Römer fertigten Statuen von wunderschönen Göttern an, die den Fluss repräsentierten – ruhende, kraftstrotzende Figurinen beiderlei Geschlechts. Welch Wunder, dass die Götter da nicht rebellierten. Welcher Gott war schon damit einverstanden, eine Verschmutzung von solchem Ausmaß zu symbolisieren? Warum war das Wasser nur so trüb? Lag das am Abwasser, das die Menschen aus den Häusern einfach in den Fluss spülten? Oder vielleicht an den Leichen der zahlreichen Verbrecher und anderen unappetitlichen Zeitgenossen, die seit der Gründung der Stadt, also seit etwa vierhundert Jahren, in die Fluten des Tibers geworfen wurden?

Dies hatte zumindest Cicero am Vorabend behauptet. »Die einzig richtige Strafe für einen Gesetzesbrecher ist es, ihn zu fesseln, mit einem wilden, hungrigen Biest in einen Sack zu stecken und das schreiende Bündel, das keine Reue kennt, in den Tiber zu werfen«, verkündete er mit seiner sonoren Stimme, die keinen Widerspruch duldete.

Der Einladung zum Bankett war er mit seiner siebzehnjährigen Gemahlin Publilia gefolgt. Von seiner langjährigen Gefährtin Terentia hatte er sich scheiden lassen, um das junge Mädchen heiraten zu können, das über eine stattliche Mitgift verfügte und ihm half, seine Schulden zu begleichen. Erst vor kurzem war Kleopatra zu Ohren gekommen, dass seine geliebte Tochter Tullia gestorben war, deren Tod ihn in tiefe Verzweiflung stürzte. Das setzte wiederum Publilia schwer zu, die fand, ihr Gemahl sei schon vor Tullias Tod schwermütig genug gewesen. Cicero setzte alles daran, irgendwo Geld aufzutreiben, um die junge Frau wieder zurück zu ihrer Familie zu schicken.

»Ist so etwas denn tatsächlich möglich?«, fragte Kleopatra und versuchte gar nicht erst, ihr Entsetzen zu verbergen. In Alexandria verabreichte man den Verbrechern nach der Verhängung der Todesstrafe ein schnell wirkendes Gift, oder man köpfte sie, was zwar nicht schmerzlos, aber immerhin sehr praktisch war.

»Natürlich«, antwortete Cäsar herablassend, als spräche er mit einem naiven Kind. »Das Gesetz ist heilig. Wer es bricht, soll nicht ungestraft davonkommen. Wie werden Verbrecher denn in Ägypten bestraft?«

»Wir werfen sie gewiss nicht in den Fluss, in die Lebensader des Landes«, erwiderte sie. »In Ägypten bedeutet eine Hinrichtung eine Pflicht und keinen Spaß.«

Was hielten die kultivierten, gläubigen Ägypter wohl von dieser bestialischen Praxis? Sie hassten sogar ihre griechischen Monarchen, die sie aus der hartherzigen Tyrannei der Perser befreit und dem Land Ordnung und Wohlstand gebracht hatten. Kleopatras Beziehungen zu Rom stießen auf Ablehnung, weil die Bevölkerung nicht begriff, dass sie ihr Volk nur vor der Herrschaft dieser grausamen Männer bewahren konnte, indem sie sich mit ihnen verbündete. Wie war es wohl um das geistige Klima in einem Land bestellt, in dem der Mann, der für seine politischen und philosophischen Ansichten berühmt war, solche Spielarten des Grauens guthieß? Hätten diese verbitterten Ägypter doch nur am gestrigen Bankett teilgenommen.

Cäsars Bankett, auf dem er Kleopatra in die römische Gesellschaft einführte, war ein voller Erfolg gewesen – wenigstens glaubte die Königin das. Hoffentlich war es ihr gelungen, diese eigenartigen Menschen, die Cäsars Leben prägten, zu beobachten, ohne sich anmerken zu lassen, was sie von ihnen hielt. Ein wahrlich merkwürdiges Zusammentreffen von Familien, Verbündeten, Geliebten und Feinden war das gewesen. Cäsars Selbstbewusstsein war so groß, dass er sogar diejenigen eingeladen hatte, die Armeen gegen ihn aufgestellt hatten, und sie zuvorkommend behandelte. Insgesamt erschienen ungefähr fünfzig Gäste. Kleopatra fragte sich, ob man – von ihr und ihrer Gefolgschaft, die sich zu Cäsars Bewunderern zählte, einmal abgesehen – auch nur einen der Gäste als uneingeschränkten Freund des Imperators bezeichnen konnte.

Viele der Geladenen hatten zusammen mit Pompejus gegen Cäsar gekämpft und waren Befehlsempfänger von Männern wie Brutus und Cassius, denen gegenüber der Imperator große Nachsicht übte. Cicero hatte ihn zwar nicht direkt bekämpft, war aber zu Pompejus übergelaufen. Jedenfalls begnügte Cäsar sich nicht damit, ihnen zu verzeihen, nein, er belohnte all jene, die ihn bekämpft hatten, sogar noch mit ausgefallenen Posten. So hatte er Brutus zum Statthalter des zisalpinen Gallien ernannt. Cassius hatte einen renommierten Posten in den Provinzen erhalten, was ihn jedoch immer noch nicht zufriedenstellte. Deshalb hielt er sich zurzeit in Rom auf, um eine weitere Gefälligkeit einzufordern. Und Cicero bekam den Auftrag, den Bau von Cäsars neuem Forum zu überwachen.

Für den Imperator wäre es sehr schwierig gewesen, sich gänzlich von diesen Männern fernzuhalten, die sich wie eine Schlange in seine Politik, sein Leben und seine Geschichte gefressen hatten. Die bestehenden Verbindungen waren derart eng und verschlungen, dass sich die Grenzen zwischen Freund, Bruder und Feind auflösten. Brutus, den Gerüchten nach Cäsars und Servilias Sohn, hatte vor kurzem Porcia geheiratet, die

Tochter von Cäsars Todfeind Cato, der in den letzten zehn Jahren in einem fort gegen die Tyrannei des Imperators gewettert hatte. Cassius war mit Servilias Tochter Junia Tertia vermählt, der Halbschwester von Brutus. Servilia, die mit ihrem Gemahl Silanus erschien, machte zu Kleopatras Verdruss keinerlei Anstalten, ihre Position als Cäsars wichtigste Vertraute aufzugeben. Die Römerin hatte sich zudem dessen Gattin Calpurnia angenommen, einer ernsten, unattraktiven Frau, die schlichte Kleidung trug und auf jeglichen Schmuck verzichtete. Servilia hingegen war über und über mit Gold aus Gallien behängt, das – wie sie jedem anvertraute – von Cäsar stammte. Es überraschte Kleopatra nicht, dass Calpurnia dem Imperator keine Kinder geschenkt hatte. Ihr Gesicht und ihr Gebaren wirkten gewiss abschreckend auf seinen Samen, während Servilia mit ihren fünfzig Jahren eine Sinnlichkeit ausstrahlte, die ihr faltiges Gesicht ebenso vergessen ließ wie die überflüssigen Pfunde, welche die Kurven ihres früher zweifellos sehr anziehenden Körpers zierten.

Kleopatra trug ein vages, erstarrtes Lächeln zur Schau. Sie hatte sich fest vorgenommen, freundlich zu sein, was ihr nicht leichtfiel, da Servilia in ihrer und Calpurnias Gegenwart in einem fort über die Herkunft der goldenen Halskette plauderte.

»Sie war das teuerste Stück von Vercingetorix' Frau«, wiederholte Servilia mehrfach und fuhr mit der Hand über das funkelnde Quadrat zwischen ihren Brüsten. Die großen roten Granate erinnerten an die Augen eines Dämons.

Wenn du prahlst, siehst du noch älter aus, hätte Kleopatra gern verkündet, denn wann immer Servilia grinste, kamen Krähenfüße zum Vorschein, und ihre ohnehin schon geschwollenen Lider wirkten noch dicker. Ihrem Gesicht mangelte es an Symmetrie, weshalb die Königin sich fragte, ob es der Römerin womöglich an Energie fehlte, beide Mundwinkel zu heben. Schwerfällig und passiv wirkte sie, wie eine von Tratsch, Einsamkeit und Pflichterfüllung bedrückte Frau, wobei diese letzten beiden Wörter im Vokabular der römischen Frauen größte Priorität hatten.

Wie Kleopatra erfahren hatte, war Calpurnia die Tochter von Piso, einem von Cäsars wohlhabendsten Sponsoren. Als Beweis für diese Freundschaft – und damit er die Mitgift gänzlich für seine militärischen Ziele verwenden konnte – hatte man sie Cäsar zur Frau gegeben. Während der Imperator durch die Welt streifte, blieb Calpurnia in ihrem kleinen Stadthaus, las Bücher, webte wie jede gute römische Frau Stoffe und wartete auf seine Heimkehr. Weilte Cäsar dann endlich in Rom, verbrachte er so wenig Zeit mit ihr, dass er genauso gut hätte wegbleiben können. All jene Gerüchte trug Hammonius zusammen, indem er so viel Zeit wie möglich in den Betten reicher Römerinnen verbrachte.

Als Kleopatra sich ausmalte, wie einsam Calpurnias Leben sein musste und dass ihr nicht einmal der Trost von eigenen Kindern vergönnt war, tat Cäsars Angetraute ihr leid. Doch Hammonius versicherte ihr, eine Römerin diene in erster Linie ihrer Familie, und Calpurnia erlange allein dadurch Zufriedenheit, dass sie ihrem Vater gehorchte und dem bedeutenden Cäsar eine geduldige und willfährige Gattin war.

»Wie leicht für dich, so zu argumentieren, Hammonius, schließlich bist du überall auf der Welt zu Hause, dir sind Freiheit, Geld und Liebe vergönnt, und du bist niemandem Rechenschaft schuldig außer der Königin von Ägypten«, hatte Kleopatra den in ihren Diensten stehenden Bären von Mann gerügt. Warum glaubten die Männer nur ständig, die Frauen seien ihnen ganz und gar unähnlich?

»Die Gallier mögen Wilde sein, aber sie wissen, wie man einen Klumpen Gold bearbeitet.« Servilia ließ nicht von ihrer Halskette ab. »Noch nie habe ich so eine wunderbare Goldschmiedearbeit gesehen.« Mit dem Mittelfinger fuhr sie um den Rand des Quadrats und wagte es, die Königin anzublicken, die sie ihrerseits musterte. »Calpurnia interessiert sich nicht für Goldschmuck«, fügte Servilia hinzu. »Aber Eure Majestät weiß schönes Geschmeide offenbar zu schätzen, wenn ich das so sagen darf. Ich muss Cäsar unbedingt ermuntern, Euch seine Sammlung von den Stämmen aus Gallia Belgica zu zeigen. Allein die Ohrringe sind phänomenal. Ihr solltet ihn dazu bringen, sie Euch zu schenken. Sie würden an den zarten Ohren Eurer Majestät sicher sehr hübsch aussehen.«

»Ich frage mich, wie sie wohl im Vergleich zu den Schätzen der alten ägyptischen Pharaonen abschneiden, die in den königlichen Schatzkammern liegen«, entgegnete Kleopatra ablehnend. Was glaubte diese heimtückische Person, mit wem sie sprach?

Dennoch gab Servilia sich kaum mit weiblichen Intrigen zufrieden, und ihr Einfluss kannte keine Grenzen. Mitten in einer Diskussion mit einer alten Frau über ganz besondere Oliven, die in der Via Velabrum auf dem Aventinischen Hügel feilgeboten wurden, mischte sie sich in eine Unterhaltung zwischen Cäsar und Brutus ein. Dieser legte gerade ein gutes Wort für Cassius ein, der es sich mit höhnischem Grinsen auf einem Sofa auf der anderen Seite des Raumes bequem gemacht hatte.

»Mir ist schleierhaft, warum du ihn bei der Verteilung von Schlüsselpositionen jedes Mal übergehst«, sagte sie, drängte sich zwischen die beiden Männer und blickte mit hochgezogener Braue zu Cassius hinüber. »Er ist mit meiner Tertia verheiratet und gehört nun zur Familie, Julius. Wo bleibt deine berühmte Nachsichtigkeit, mein Lieber? Er hat sich entschuldigt. Was soll er denn noch tun, um sich zu beweisen?«

Er könnte seine arrogante Miene ablegen und ein Mindestmaß an Höflichkeit an den Tag legen, dachte Kleopatra, sagte jedoch nichts, sondern staunte nur über Servilias Unverschämtheit. Seit ihrem letzten, etwa zehn Jahre zurückliegenden Besuch in der Stadt hatte die Königin ihre Meinung über die Römerinnen nicht geändert. Entweder waren sie völlig pflichtversessen und bekamen vom Leben jenseits ihrer kleinen häuslichen Sphäre nichts mit. Den ganzen Tag kümmerten sie sich um die Kinder und umhegten ihre Männer, damit diese das harte Leben in der Öffentlichkeit durchstanden. Oder sie waren dominant und machtversessen. Auf welche Seite hätte sie sich wohl geschlagen, wäre sie als gewöhnliche Römerin auf die Welt gekommen? Sie fürchtete, die Antwort lag auf der Hand.

Servilia flüsterte Cäsar zu: »Dann gibst du also Marcus Lepidus den Vorzug, mein Liebster, weil er – soweit ich es richtig verstehe – reich ist. Das kann ich dir nicht verdenken. Auch er ist mein Schwiegersohn. Aber du verletzt Cassius' Gefühle und läufst Gefahr, dass er sich erneut von dir abwendet.« Sie wandte sich an Brutus. »Ist es nicht so?«

Brutus stimmte seiner Mutter mit einem Nicken zu. »Ich habe mich für ihn eingesetzt, Mutter, aber Cäsar ist eben Cäsar und lässt sich nichts sagen.«

»Vielleicht nicht von dir, mein Junge«, antwortete sie und sah Kleopatra unverwandt an. »Aber eine Frau findet immer Mittel und Wege.«

* * * * *

»Für unseren Ehrengast, die Königin, deren großer Ahne ihre wunderbare Stadt nach dem Traum des ehrwürdigen blinden, von ihm über alles geliebten Dichters erbaut hat.«

Als Hermogenes, der Sänger, sich vor Kleopatra verneigte, fielen ihm die kleinen Locken in die Stirn. Mit einer dramatischen Bewegung warf er den Kopf nach hinten und stimmte sein Lied an. Sein lieblicher Tenor, mit dem er Hekabes traurige Klage um den Untergang Trojas anstimmte, linderte Kleopatras Anspannung zumindest ein wenig. Wussten die ignoranten Römerinnen überhaupt, dass er damit auf Alexander anspielte, den Homer im Traum zu einem idyllischen, am Meer gelegenen Fischerdorf führte, wo er die Grenzen jener Stadt festlegte, die nun Alexandria hieß? Die gefälligen Töne des Sängers wurden nur von den zarten Saiten einer Leier begleitet. Kleopatras Mutter, die so früh gestorben war, dass die Königin sich ihr Spiel nur in der Phantasie vorzustellen vermochte, hatte dieses Instrument stets mit Hingabe gespielt.

Den Göttern gebührte Dank, denn die gute griechische Musik ließ das hämische Geschnatter der römischen Münder verstummen. Das Gift, das sie versprühten, konkurrierte mit dem Essen und dem Wein. Begriffen sie denn nicht, dass die Königin ihre Sprache ebenso gut beherrschte wie sie selbst? Dass sie jede noch so unterschwellige, auf sie und Cäsar gemünzte Beleidigung verstand? Die Lieder boten wohltuende Erholung, auch wenn die Römer während der Darbietung aßen, schmatzten und dem anmutigen, nuancierten Gesang nicht die geringste Aufmerksamkeit schenkten. Allein die Königin bedachte den Sänger mit einem breiten Lächeln und trug einem ihrer Diener auf, ihm zu bestellen, sie wolle ihn zu einem späteren Zeitpunkt empfangen und mit einem besonderen Geschenk aus Ägypten belohnen.

Da Iras ihr Haar zu eng geflochten hatte, sehnte sie sich danach, es herunterzulassen, damit die Kopfschmerzen endlich vergingen. Allerdings gab es vorerst kein Entrinnen. Sie musste sich noch gedulden, bis alle betrunken waren und sich von ihren Dienern nach Hause geleiten ließen. Nach zwei wunderbaren Liedern entließ Cicero, der nach Kleopatras Empfinden wie eine alte Echse aussah, Hermogenes mit ausgestrecktem Arm. Aus den tiefen Falten seiner Toga zog er ein Dokument. Er hatte die Absicht, den Gästen sein eigenes Werk vorzutragen. Schon im Alter von zwölf Jahren hatte sie diese grässliche römische Angewohnheit über sich ergehen lassen müssen, doch damals war es ihr immerhin vergönnt gewesen, auf dem runden Bauch ihres Vaters einzudösen. Als Königin und Ehrengast gestand man ihr dieses Privileg diesmal leider nicht zu. Cicero hatte ein langes, spitzes Gesicht und eine Nase, die vortrefflich zu seinen Zügen passte. Für sein Alter von etwa sechzig Jahren war er ungewöhnlich dünn. Auch vermisste sie – wie bei vielen Intellektuellen – jedwedes Anzeichen körperlicher Ertüchtigung, bis er den Mund aufmachte.

Er begann: »Meine Freunde, Eure Majestät, großer Cäsar, werte Gäste, ich möchte Euch einen philosophischen Dialog vortragen, den zu schreiben ich auf meinem geliebten Anwesen in der Toskana begonnen habe. Allein die Philosophie hat mir Trost gespendet, während ich um meine verstorbene Tochter trauerte.«

Sofort richteten sich alle Blicke auf Publilia, die es sich auf Ciceros Ottomane bequem gemacht hatte und mit einer Locke spielte. Ob ihr der auf sie gemünzte Seitenhieb entgangen war, war ihr nicht anzumerken.

Cicero fuhr fort: »Und so habe ich es mir zur Aufgabe gemacht, die Bedeutung dieser großartigen Disziplin im Alltag zu preisen und im Übrigen den Beweis zu erbringen, dass der kluge Mann stets auch ein glücklicher Mann ist. Dieses Werk widme ich meinem lieben Freund und Protegé, Marcus Brutus, einem Gleichgesinnten, der wie ich ein tugendhaftes Leben zu führen gewillt ist.«

Cicero rollte das Papier auf, hielt es mit ausgestrecktem Arm vor sich und las. »Würde ein Mangel an Verständnis oder Beliebtheit den Weisen daran hindern, glücklich zu sein? Nein, behaupte ich. Wir müssen uns fragen, ob Banalitäten wie Zuneigung oder Ruhm, die wir so gern gewinnen möchten, nicht eher lästig sind, denn Freude zu bereiten. Wir müssen begreifen, dass profaner Ruhm es nicht wert ist, begehrt zu werden, und Würde einzig und allein in der folgenden Erkenntnis liegt: Wahrer Ruhm besteht darin, keinen Ruhm zu haben!« Er machte eine Pause und sah sich um, ehe er fortfuhr.

»Wenn schon der Musiker seine Melodie nicht verändert, nur um den Geschmack der Mehrheit zu befriedigen, wieso sollte der weise Mann dann den Vergnügungen der Massen folgen? Letztendlich ist es der Gipfel der Dummheit, die Meinung der Massen als wichtig zu erachten, vor allem wenn man die Arbeiter für ungebildet hält und auf sie herabsieht. Am klügsten ist es, all unsere banalen Ambitionen und die Hochachtung, welche die Massen uns entgegenbringen, zu verachten. Problematisch ist nur, dass es uns nie gelingt, diese Hochachtung mit Geringschätzung zu strafen, ehe es zu spät ist oder bis wir guten Grund haben zu bereuen, dass wir sie nicht schon früher verachtet haben! Wir gehen Schwierigkeiten aus dem Weg, wenn wir uns weigern, mit dem einfachen Pöbel etwas zu tun zu haben.«

Während des Vortrags beobachtete Kleopatra Cäsar. Wie deutlich musste Cicero denn noch werden, ehe der Imperator ihn unterbrach? Warum ließ er zu, dass man ihn in seinem eigenen Haus und noch dazu mit einem Lächeln auf den Lippen für seine Nähe zum einfachen Volk kritisierte? Nach seinem Triumph hatte er 320 000 Bürgern einhundert Silbermünzen, zehn Säcke Korn und drei Liter Öl geschenkt – ein Akt außerordentlicher Großzügigkeit, für den das Volk ihn liebte. Hammonius hatte ihr den Blick der unzähligen dankbaren Gesichter beschrieben, als Cäsar seine Rede hielt und davon sprach, dass er den Ruhm und Reichtum des Imperiums mit den einfachen Bürgern teilen wolle. Wie konnte dieser Kerl es wagen, seine Taten derart zu kommentieren?

Kleopatras Blick schweifte über die Gesichter der Gäste, die selbstgefällig grinsten und dabei Cäsars Speisen aßen, seinen Wein tranken und die Geschenke von seiner Geliebten und Verbündeten annahmen. Brutus hörte Cicero so aufmerksam zu, als hätte er derlei Weisheit noch nie aus dem Mund eines Sterblichen vernommen. Servilia mühte sich mit einem halbgekochten Ei ab, Cassius hörte – falls Kleopatra sich nicht täuschte – überhaupt nicht zu, sondern beäugte Brutus' hübsche Gattin Porcia, und alle anderen widmeten sich eifrig dem Abendessen. Niemand, nicht einmal der Gastgeber, erhob Einspruch. Er lächelte die ganze Zeit nur ironisch, als halte der Sprecher einen Vortrag über Viehzucht.

Inzwischen sprach Cicero über das jämmerliche Exilantendasein und versetzte Cäsar damit erneut einen Seitenhieb. Er beschuldigte den Imperator indirekt, ihn nach dem Krieg in Griechenland elf Monate lang in Brundisium festgehalten zu haben.

»Außerdem kann man der Meinung einer Gemeinschaft, die gute und kluge Männer verjagt, wohl kaum einen Wert beimessen«, dozierte er gerade.

Kleopatra setzte sich auf ihre Hände. Sie war kurz davor, die Beherrschung zu verlieren. Ciceros Angriff und Cäsars Gleichgültigkeit bereiteten ihr Magengrimmen. Merkte denn keiner der Anwesenden, was sich hier abspielte? Oder begriffen sie es alle und ergötzten sich an der Verleumdung eines Mannes, der ihnen haushoch überlegen war? Kleopatra vermutete, dass Letzteres zutraf. Wieso stellen Cäsars Gäste seine Großmütigkeit und Nachsicht derart offen auf die Probe? Hätte sie hier etwas zu sagen, würde sie Cäsars Wachmann hereinrufen, der gleich draußen vor dem Zelt zu Abend aß, und ihn auffordern, einen nach dem anderen zu ermorden.

»Der nächste Abschnitt des Dialogs beinhaltet die Frage, ob der Blinde glücklich sein sollte«, sagte Cicero und rollte eine weitere Seite auf.

Kleopatra befand, dies sei der perfekte Augenblick, ihm die Hände zu fesseln, den Mund zu stopfen und die Augen auszustechen. Die Römer mochten vielleicht sensationsgierig sein, aber mit der vollendeten griechischen Theatralik konnten sie nicht mithalten. Sie war zugegebenermaßen wütend, machte sich jedoch auch große Sorgen. Mühelos fegte Cäsar über sämtliche Kontinente hinweg und eroberte in einem fort fremde Stämme und Länder, machte aber keinerlei Anstalten, in seinem eigenen Haus diese unverschämten Römer zurechtzustutzen. Später wollte sie ihn fragen, warum er so und nicht anders handelte. Hoffentlich schickte er Calpurnia nachher in die Stadt zurück und verbrachte die Nacht in der Villa. Sie würde einfach darauf bestehen. Glücklicherweise übernachtete keiner der Gäste in der Villa, die Kleopatras Gefolge mit Beschlag belegt hatte.

Auf einmal bekam die Königin keine Luft mehr. Sie glaubte zu ersticken. War das schwere, aufgebauschte rote Zeltdach mit einer Art Feuerwasser getränkt und drohte, sie jeden Augenblick unter sich zu begraben? Hielt man sich mit Römern lange genug in einem geschlossenen Raum auf, wurde einem irgendwann richtig schwindelig wegen des Fleckenmittels auf Urinbasis, dessen Geruch sich in den Kleidungsstücken festgesetzt hatte. Obwohl die anderen dagegen immun zu sein schienen und den Geruch mit teuren Ölen und Parfüms zu überdecken versuchten, nahm Kleopatras feine Nase den Gestank sofort wahr. Selbstverständlich war es unhöflich, den Raum noch während Ciceros Vortrag zu verlassen, aber sie konnte einfach nicht länger stillsitzen. Ihr erhobener Finger war das Zeichen für Charmion, die sofort verstand. »Ich brauche dringend frische Luft«, richtete sie das Wort an niemand Bestimmten.

Draußen glühte der Himmel übernatürlich in der Abenddämmerung. Die in Flammen stehenden Wolken schienen sich förmlich durch das tiefe Blau des Abendhimmels zu brennen. Für Kleopatra sah es aus, als würde gerade etwas geboren, als ginge in diesem Moment ein durch die Nebel rauschender, durchs Universum jagender neuer Stern an einem fernen Himmel auf.

»Seid Ihr krank?« Charmion legte eine Hand auf Kleopatras Stirn und prüfte, ob sie Fieber hatte. Das tat sie schon, seit die Königin in den Kinderschuhen steckte.

»Bitte, löse mir das Haar, Charmion. Es fühlt sich an wie ein Schraubstock, der mein Gehirn malträtiert.«

»Diesem schwatzhaften Eunuchen werde ich eine Tracht Prügel verpassen lassen«, erwiderte ihre Dienerin und zog die Nadeln aus dem eng aufgedrehten Haarknoten, der Kleopatras Nacken zierte.

In Rom bevorzugte sie schlichte Frisuren, obwohl die wohlhabenderen Römerinnen ihr Haar anscheinend gern genauso üppig schmückten wie ägyptische Huren. Kleopatra vermutete, dass sie die Frauen mit ihrer schlichten Eleganz enttäuschte. Fast kam es ihr so vor, als erwarteten alle, dass sie jeden Tag feierliche Roben trug. Sie schloss die Augen und bettete den Kopf auf Charmions Bauch, die ihr die Schläfen massierte.

»Entschuldigung!«

Porcia hatte das Bankett verlassen und stand nun verlegen vor der Königin. »Ich habe nicht gesehen, dass Ihr zusammen mit Eurer Hofdame nach draußen gegangen seid«, meinte sie. »Ihr seht krank aus, Eure Majestät, und da dachte ich, Ihr könntet vielleicht Hilfe brauchen.«

Die junge Frau war aller Wahrscheinlichkeit nach in Kleopatras Alter, hatte hellbraune Augen einen olivfarbenen Teint und wie Adlerflügel geschwungene dunkle Brauen. Die Königin suchte in dem zarten Gesicht nach Ähnlichkeiten mit Porcias Vater, aber bei ihrer zwölf Jahre zurückliegenden Begegnung mit Cato war dieser ein kranker alter Mann gewesen. Porcia, die man nur als Schönheit bezeichnen konnte, hatte eine strenge, tief gefurchte Stirn, sodass sie kein bisschen schüchtern wirkte. Wie Kleopatra gehört hatte, war sie ebenso gelehrt wie ihr Gemahl Brutus.

»Das ist sehr freundlich von Euch, Verehrteste«, entgegnete sie. »Bitte, setzt Euch doch kurz zu mir. Ich freue mich, dass wir beide Gelegenheit finden, uns unter vier Augen zu unterhalten. Ich möchte Euch sagen, wie traurig mich der Tod Eures Vaters stimmt. Als es meinem Vater seinerzeit sehr schlechtging, hat der Senator ihm ein sehr großzügiges Hilfsangebot unterbreitet. Mein Vater fühlte sich außerordentlich geehrt, dass ein so hoch angesehener Römer, ein Mann von solchem Rang, ihn so freundlich behandelte.«

»Es ist sehr liebenswürdig von Euch, dass Ihr Euch an ihn erinnert, Eure Majestät. Auch wenn Ihr es nicht glauben mögt, im Hause Catos hat man immer mal wieder von Euch gesprochen.«

»Ach ja?« Kleopatra konnte sich sehr gut vorstellen, was Cato von ihrer Beziehung zu Cäsar gehalten hatte.

»Als mein Vater von seinem Posten in Zypern zurückkehrte, hat er all seinen Kindern von der kleinen ägyptischen Prinzessin erzählt, die mehrere Sprachen beherrschte und ihren Vater als geschickte Diplomatin unterstützte, obwohl sie noch ein Kind war. Stets hat er Euch angeführt, wenn er mich wieder mal ermahnte, mehr zu lernen!«

»Hat es Euch denn auch inspiriert, Euch mehr Mühe zu geben?«

»Nein, Eure Majestät, ganz im Gegenteil. Wir waren eher versucht aufzugeben, angesichts der vielen Erfolge, die Ihr bereits erreicht hattet. Mein Vater war ein unglaublich idealistischer und tugendhafter Mann. Ich bezweifle, dass ich jemals seinen Ansprüchen genügen konnte.«

»Bestimmt hat Eure Ehe seine Zustimmung gefunden?«

Darauf erwiderte Porcia nichts. Sie betrachtete erst ihre Füße, dann die von Kleopatra und blickte der Königin schließlich unverwandt in die Augen. »Ich weiß, mein Vater hat den Tod Eures Onkels, des Königs von Zypern, mitverschuldet.«

»Der König hat seinem Leben aus freien Stücken ein Ende gesetzt«, erwiderte Kleopatra. »Es besteht kein Grund, sich zu entschuldigen.«

»Aber die Anwesenheit meines Vaters in seinem Land hat ihn dazu getrieben. Jedenfalls hat man mir das berichtet. Ich bin sicher, dass dieser Verlust seinen Bruder, Euren Vater, sehr geschmerzt hat.«

»Ja, sein Tod hat sogar einen Aufstand in unserer Stadt ausgelöst. Unsere Untertanen waren wütend, weil unser Vater seinem Bruder nicht helfen konnte. Aber was hätte er schon tun sollen? Dennoch möchte ich Euch nochmals versichern, dass der Senator uns seine Unterstützung angeboten hat. Wir hegen keinen Groll gegen ihn oder sein Andenken.«

Kleopatra fiel auf einmal wieder ein, wie peinlich die Bedingungen gewesen waren, unter denen ihr Vater sich mit Cato getroffen hatte. Der alte Mann, der nicht lange um den heißen Brei herumredete und sehr hilfsbereit war, hatte den König gezwungen, ihn in seinen Privatgemächern aufzusuchen, was allein demütigend genug war, und hatte ihn dann auf der Toilette empfangen, da er an der Ruhr erkrankt war. Die Männer des Königs waren kurz davor gewesen, ihn auf der Stelle zu erschlagen und von seinem Leid zu erlösen. Wie viele Probleme wären Cäsar erspart geblieben, hätten sie damals freie Hand gehabt! Doch nun stand diese ernsthafte junge Frau vor ihr und entschuldigte sich für ihren toten Vater, der für seine Sturheit berühmt gewesen war.

»Das ist ungemein freundlich und großzügig. Die Götter werden Euch für Eure Liebenswürdigkeit segnen«, sagte Porcia. »Dass weder Ihr noch Euer verstorbener Vater meinem alten Herrn zürnt, erleichtert mich sehr.«

»Alles andere wäre doch ein Frevel«, meinte Kleopatra. »Gar mancher unterstellt unserem Gastgeber, meinem Freund, Verbündeten und Wohltäter, eine Schuld am Tod Eures Vaters. Dennoch habe ich nicht den Eindruck, dass er bei Euch in Ungnade gefallen ist.«

»Eure Majestät, wäre Cäsar ein weniger großzügiger und mildtätiger Mann, wäre ich jetzt Witwe, und meine Kinder wären vaterlos. Mein Vater hat sich nichts und niemandem gebeugt, weder einem Regime noch einem Mann. Ihm war klar, dass er Cäsar der Freude beraubte, den Wohltäter zu spielen, indem er Selbstmord beging. Er hatte seine Gründe und verfolgte eigene Pläne, als er sich das Leben nahm. Solange er lebte, habe ich ihn verehrt, und nun werde ich sein Andenken weiter hochhalten. Doch was kann ich über Cäsar sagen? Trotz der philosophischen Differenzen war er meinem Gatten wie ein Vater.«

»Und Euer Gemahl? Hat er sich tatsächlich mit seinem Ziehvater ausgesöhnt?« Falls ja, wieso steht er dann Cicero so nah, und wieso hört er verschmitzt lächelnd zu, wie dieser den Imperator beleidigt, anstatt das Schwert zu ziehen, wie es sich für einen echten Sohn gehört?

»Seine kindliche Zuneigung für Cäsar hat er nie verloren. Ich habe ihm geraten, sich auf die gemeinsamen Interessen, die gemeinsame Geschichte zu konzentrieren und nicht auf die Differenzen.«

»Ihr sprecht wie eine Philosophin, Verehrteste«, sagte Kleopatra. »Vielleicht hättet Ihr vorhin anstelle des Redners das Wort ergreifen sollen.«

»Nein, das Kompliment gebührt mir so nicht. Ich habe mich inzwischen lediglich an den Preis gewöhnt, den Politik und Krieg nun mal fordern, Eure Majestät«, antwortete Porcia. »Es ist das Schicksal der Frauen, die Machenschaften und die Zerstörungswut der Männer zu ertragen.«

Ja, dachte Kleopatra. Genau dies ist das Schicksal einer Frau, die nicht zur Königin geboren ist. Es ist das Schicksal von Frauen, die keine Macht haben.

* * * * *

Kleopatra spähte aus dem kleinen Fenster in ihrem Gemach und beobachtete, wie Cäsar Calpurnia einen züchtigen Kuss gab, ehe der Lakai sie in ihren Wagen setzte. Die beiden pflegten einen sehr förmlichen Umgang, verhielten sich eher wie Neffe und ältere Tante denn wie Mann und Frau. Kleopatra schätzte, dass sie einander wie Fremde begegneten oder vielmehr wie höfliche, aber distanzierte Geschäftspartner, da sie so wenig Zeit miteinander verbrachten. An die Tatsache, dass es durchaus einige Hindernisse gab, die ihrem Glück mit dem Imperator im Weg standen, dachte sie nämlich nicht gern. Dazu gehörten neben Cäsars Frau auch ihr eigener Bruder Ptolemaios, dieser feige Dreizehnjährige, der ihr Gemahl war und in Alexandria bewacht wurde, und das römische Recht. All das war fraglos hinderlich, aber zum Glück ließen sich Hindernisse aus dem Weg räumen.

Als die letzten Kutschen im Dunkeln davonfuhren, leuchteten ihnen die hellen Fackeln der berittenen Leibwächter den Weg und bildeten in der undurchdringlichen Nacht einen Tunnel aus Flammen. Für einen Augenblick verspürte Kleopatra Erleichterung, bis ihr einfiel, dass der Abend längst nicht vorbei war. Mit einer kleinen Kerze in der Hand traf sie Cäsar im Korridor.

»Lass uns noch mal nach dem kleinen Cäsar sehen«, schlug sie vor.

Ihr war aufgefallen, dass sie nachts erst schlafen konnte, wenn sie sich davon überzeugt hatte, dass ihr Sohn ruhig in seinem Bett lag. Besonders wichtig war ihr das in diesem Haus, wo noch vor kurzem die Feinde des Imperators diniert hatten. Ihrer Meinung nach hatte aus Hochachtung vor Calpurnia keiner ein Wort über das Kind verloren, obwohl jedermann wusste, dass sie ihn mit nach Rom gebracht hatte und dass er mit Cäsars Zustimmung seinen Namen trug. Gewiss glaubte kein Mensch, sie hätte ihm nur aus Respekt für das politische Bündnis den Namen Cäsar gegeben. Dennoch waren sie und der Imperator übereingekommen, dass sie die Geburt ihres Sohnes nicht offiziell verkündeten, jedenfalls so lange nicht, bis Cäsar sich schnell und ohne Aufsehen zu erregen scheiden lassen konnte.

»Wie steht es mit Untreue?«, hatte Kleopatra ihn einmal gefragt. »Dieser Aspekt muss in Rom bei Scheidungen doch eine gewisse Rolle spielen.«

»Auf diese Möglichkeit habe ich bereits einmal zurückgegriffen«, hatte er geantwortet und sich damit auf seine zweite Frau bezogen, die mit seinem Freund Clodius *in flagrante delicto* erwischt worden war. »Außerdem würde niemand Calpurnia Ehebruch abnehmen.«

Einer von Cäsars Leibwächtern stand vor der Tür des Kindergemaches. Seine linke Gesichtshälfte war vollkommen entstellt und von Narben überzogen. Das Schwert an seiner Seite warf einen halbmondförmigen Schatten an die Wand. Er wartete, bis der Imperator ihn ansprach, und dann breitete sich auf seiner rechten Gesichtshälfte ein Lächeln aus.

»Ich habe den kleinen Prinzen meine Waffe halten lassen, werter Feldherr. Ich bereite ihn schon auf den Schwertkampf vor, mein Herr.«

»Sei vorsichtig, Trebonius, mein Sohn könnte schon bald so geschickt sein wie ein gallischer Schütze.«

Trebonius trat beiseite und gewährte ihnen Einlass. Kleopatra fragte Cäsar, ob man ihm nicht wenigstens nachts erlauben könne, im Sitzen Wache zu halten.

»Sie sind es gewohnt, fünfundvierzig Kilometer pro Tag zu marschieren, meine Liebe«, flüsterte Cäsar. »Die Nacht über zu stehen ist da schon wie ein Geschenk.«

Zwei synchron atmende ägyptische Diener schliefen im Gemach des Jungen auf dicken Matten und wachten nicht auf, als sie eintraten. Vermutlich hatte der kleine Cäsar sie mürbe gemacht. Der Prinz lag in einem kleinen Bettchen, das Kleopatra nicht leiden konnte, weil es sie an einen Sarkophag erinnerte. Doch er schlief tief und fest. Mondlicht fiel auf seine glänzende Haut, und er atmete leise und regelmäßig.

»Wie ernst er selbst im Schlaf aussieht«, stellte Cäsar fest.

Es stimmte. Der Junge erweckte den Anschein, als führe er mit sich selbst oder einem unsichtbaren Traumpartner einen philosophischen Dialog. Er runzelte die zarten kleinen Augenbrauen, und hinter den geschlossenen Lidern bewegten sich seine Augen lebhaft.

»Er gibt Cicero heraus«, wisperte Kleopatra.

Cäsar antwortete nicht, sondern strich sanft mit dem Zeigefinger über die Stirn seines Sohnes, als wollte er sie glattstreichen. »Ja, ja, mein Prinz. Solche Sorgen brauchst du dir noch nicht zu machen. Dein Vater wird auf dich aufpassen.«

»Zuerst muss sein Vater auf sich selbst aufpassen«, zischte Kleopatra. Sie küsste die feuchte, warme Wange des Knaben, atmete seinen Geruch ein und gab Cäsar mit einer Handbewegung zu verstehen, dass er zusammen mit ihr das Zimmer verlassen solle.

Sie führte ihn in ihr gemeinsames Schlafgemach und schickte ihre Kammerdienerinnen hinaus.

»Gute Nacht, meine Damen«, hörte sie Cäsar sagen. Er blieb kurz neben der Tür stehen, reichte seine Toga dem Kammerdiener und trat nach ihr in den Raum. Die Schwerter seiner Leibwächter klirrten ein letztes Mal, als sie ihre Posten bezogen. Die Wachen, sagte er, seien für sie. Cäsar brauchte keine Leibwächter, auch wenn Kleopatra und seine Anhänger ihn immer wieder darum baten. »Die Liebe des römischen Volks beschützt mich«, pflegte er dann zu antworten.

»Du wirkst angespannt, Kleopatra. Möchtest du ein Bad nehmen?«

»Ich bin nicht angespannt, werter Feldherr, ich mache mir Sorgen.«

»Hast du dich nicht amüsiert?«

»Ich kann nicht ruhig dasitzen, wenn die Feinde meines Partners und Verbündeten ihn in seinem eigenen Haus angreifen und er ihnen als einzige Reaktion nur noch mehr Speisen und Getränke serviert.«

»Meinst du Ciceros Vortrag?« Mit einer Handbewegung tat er ihre Sorge ab. »Er rügt mich wegen meiner Popularität, weil er sie für unschicklich hält. Er ist wie ein müder alter Vater, meine Liebste. Man muss ihn gleichermaßen respektieren und ignorieren.«

»Du sprichst oft von seinem Einfluss. Hat er denn plötzlich keinen mehr?«, fragte sie. Sie zog die letzte Nadel aus dem Haar, das Charmion zu einem sanften Knoten geschlungen hatte, und ließ die Mähne auf ihre Schultern fallen. Am liebsten hätte sie diese Unterhaltung beendet und die Kopfschmerzen mit langen

Bürstenstrichen vertrieben, doch sie fuhr fort. »Was ist mit Brutus? Er ist eng mit Cicero befreundet. Außerdem hat er sich mit Cassius verbündet und gegen dich gekämpft. Was für ein durchtriebener, arroganter Kerl er doch ist. Wieso unterhältst du deine Feinde, werter Feldherr? Warum erlaubst du ihnen, dir so nah zu kommen?«

»Brutus ist ein Intellektueller und unterscheidet sich nicht von Cicero. Seine Feindseligkeit entspringt der Hingabe an eine Regierungsform, der Hingabe an die geliebte und sterbende Republik, und ist nicht als Bösartigkeit mir gegenüber zu werten. Cassius toleriere ich, weil Brutus und Servilia mich darum gebeten haben, und auch wenn sie – theoretisch gesehen – nicht zu meiner Familie gehören, so haben sie mir doch viele Jahre lang nahegestanden.«

Kleopatra legte die Smaragdbrosche ab, welche die Falten ihres Chitons zusammenhielt, woraufhin der Stoff herabfiel und ihren Brustansatz freigab. Sie entkleidete sich nicht weiter, sondern drehte sich zu Cäsar um. »Ist Brutus dein Sohn?«

»Nein, nein, er ist genau wie sein Vater und sein Großvater und all die anderen tugendversessenen, ernsten republikanischen Männer gleichen Namens, die seit Anbeginn der Zeit Rom bevölkern. Siehst du denn nicht, dass er überhaupt nichts von mir hat, während unser Sohn mir wie aus dem Gesicht geschnitten ist?«

»Bitte, mein Liebster, jetzt ist nicht der richtige Moment, mir zu zürnen oder ungeduldig mit mir zu sein. Ich bin nicht deine Feindin. Ich liebe dich. Und meines Erachtens war ich auf dem heutigen Bankett die Einzige, die solche Gefühle für dich hegt.«

»Glaubst du nicht, dass auch meine Gemahlin mich liebt?«

Sie wusste nicht, ob er sie mit der Bemerkung nur aufziehen wollte oder ob er tatsächlich eine Antwort erwartete.

»Deine Gemahlin ist eine untadelige Frau, und ich werde gewiss nicht so tun, als würde ich ihre Gefühle kennen. Aber bei den anderen, da bin ich mir sicher. Sie schätzen dich nicht. Warum hast du meinen Feinden den Tod gebracht und behandelst deine eigenen, als wären sie nichts weiter als unerzogene Kinder oder Haustiere, an denen du hängst?«

»Weil du jung und verletzlich bist und Schutz brauchst. Ich dagegen bin alt. Ich habe lange genug gelebt. Außerdem brauche ich nichts mehr, weil ich schon alles habe.«

Du hast nichts von dem, was wir gemeinsam für unsere Zukunft geplant haben, wollte sie ausrufen, doch Cäsar anzuschreien war gewiss nicht der richtige Weg. Wollte er ihr damit klarmachen, dass allein sie von all diesen Dingen träumte und er nicht? War sie für ihn nur noch eine Person, die er beschwichtigen musste?

»Was ist mit Servilia? Ist sie in deinen Augen vielleicht auch eine Verräterin?«

»Sie ist die Mutter von Brutus. Eine Mutter zieht ihren Sohn stets ihrem Liebhaber vor.« Kleopatra war klar, dass Cäsar diese Behauptung sofort auch auf sie münzte, dennoch war sie nicht bereit, ihre Worte zurückzunehmen.

»Ist das eine allgemeingültige Gesetzmäßigkeit? Muss ich also bei dir ebenfalls damit rechnen?«

»Würdest du das nicht auch von deiner Mutter erwarten?«

»Ja«, sagte er. »Selbstverständlich.«

»Dann werde ich mich jetzt nicht für den weiblichen Instinkt entschuldigen. Wären wir Frauen nicht so beschaffen, würden die Männer nicht überleben.«

»Weshalb bist du dann so schlecht gelaunt, meine Liebe?«, fragte er. »War Cicero gemein zu dir? Das ist so seine Art. Ich habe ihn schon häufig so erlebt. Wenn er kränkelt, kritisiert er gern seine Mitmenschen.«

»Nein, nein, er hofiert mich. Schließlich will er die seltenen Manuskripte, die ich aus der Bibliothek mitgebracht habe. Und er redet hinter unserem Rücken über uns. Das ist Hammonius von mehreren Quellen zugetragen worden.«

»Ach, so ist er eben. Er steht Frauen allgemein sehr skeptisch gegenüber, mit Ausnahme seiner Tochter Tullia, die in ihrem ganzen Leben noch kein einziges Mal das Wort gegen ihn erhoben hat. Solch ein Verhalten macht seiner Meinung nach eine bedeutende Frau aus. Es ist nicht so, dass er etwas gegen deine Stellung oder dein Temperament einzuwenden hätte.«

»Mit Königinnen hat er bisher wohl nicht viele Erfahrungen gesammelt«, meinte sie.

»Und ich glaube, er hat nicht vor, etwas daran zu ändern.«

»Ich hasse ihn. Die ganze Zeit plappert er über das einfache, schlichte Leben und darüber, dass man Reichtum und die Verehrung des Volkes ablehnen solle, und gleichzeitig besitzt er überall in Italien Häuser und macht ein Vermögen mit der Kommission für das neue Forum, das er dir gerade baut.«

»Ist das so?«

»Du weißt, dass ich recht habe.«

»Woher weißt du das? Hat er es dir selbst gesagt?«

»Ich habe dir schon mal erzählt, werter Feldherr, dass ich Unsummen darauf verschwende, Augen und Ohren in der ganzen Stadt zu haben. Du erlaubst mir ja nicht, durch die Straßen zu schlendern.«

»Ich will dich und den Jungen vor körperlichem Leid und Gerüchten bewahren, die sogar noch größeren Schaden bewirken können. Abgesehen davon muss ich darauf bestehen, dass du dir nicht mehr so große Sorgen wegen Cicero machst.«

»Was ist mit den anderen? Fürchtest du nicht, dass sie sich erneut gegen dich erheben? Alles, was sie brauchen, ist ein Steigbügelhalter.«

»Was können sie mir schon tun, Kleopatra? Ganze dreihundert Schlachten habe ich überlebt. Reicht deine jugendliche Phantasie, um dir überhaupt dreihundert Schlachten vorzustellen? Warum sollte ich mich vor irgendetwas fürchten?«

Hast du nicht einmal Angst, mich zu verlieren, wollte sie fragen. »Nicht mal vor dem Tod?«

»Wie oft habe ich dir erklärt, es ist besser, einfach zu sterben, als die Zeit damit zu verschwenden, sich vor dem Tod zu fürchten. Glaubst du, ich habe das nur so dahergesagt?«

Sie merkte, dass er langsam die Geduld mit ihr verlor. »Kannst du nicht wenigstens ein bisschen Angst zulassen? Wenn schon nicht um deiner selbst willen, dann sorge dich wenigstens um mich und deinen Sohn. Was wird mit uns geschehen, wenn du nicht mehr da bist und uns beschützt?«

»Genau aus diesem Grund müssen wir uns auf unsere Zukunft konzentrieren, meine Liebe, und auf unsere Pläne. Nicht auf die mangelnde Loyalität von diesem oder jenem oder auf den grimmigen Tod. Zweifellos liegst du vollkommen richtig, wenn du denkst, dass unsere Gäste, die mit Pompejus gegen mich gekämpft haben, nicht gerade am Boden zerstört wären, wenn sie mitbekämen, wie ich in die Knie gehe. Aber sie werden wieder zur Vernunft kommen. Das müssen sie, verstehst du? Ich werde ihnen keine andere Wahl lassen.«

»Ich verstehe.« Sie gab sich Mühe, Kraft aus seiner Zuversicht zu schöpfen. »Es freut mich, dich das sagen zu hören. Der einzige Weg, wie Rom jemals Frieden erlangen wird und wir beide unsere Pläne in die Tat umsetzen können, ist nämlich jene Methode, mit der Alexander die Griechen geeint hat. Und dieses Ziel hat er nicht erreicht, indem er sie zum Abendessen eingeladen hat.«

»Ich brauche keine Nachhilfe in Geschichte von dir, Kleopatra. Die ewig meckernden und feindseligen Senatoren sind tausendmal schlimmer als die kriegführenden gallischen Stämme und werden – falls nötig – vom gleichen Schicksal ereilt.«

»Wünschen sie sich denn keinen Frieden?«

Cäsar hatte seine Tunika abgestreift und lag jetzt mit geschlossenen Augen auf dem Bett. Die tiefen Atemzüge glätteten die Furchen in seinem Gesicht. Sie fragte sich, ob sie sich in dieser Nacht wohl noch liebten. »Kleopatra, würdest du nun endlich diesen riesigen Berg weißes Leinen ablegen und zu mir kommen?«

»Soll ich ein Nachthemd anziehen?«

Er setzte sich auf und betrachtete sie mit einem lüsternen Funkeln in den Augen. Vielleicht besaß er ja doch noch nicht alles. »Ich sagte zwar, ich habe lange genug gelebt. Aber dass ich schon tot bin, habe ich nicht behauptet.«

* * * * *

Der quälenden Mischung aus Faszination, Skepsis und Ablehnung, die ihr vonseiten der Römer entgegenschlug, war Kleopatra allmählich überdrüssig. Natürlich lehnten die Menschen sie ab. Die ebenso rigiden wie obsoleten Gesetze, die Cäsar abzuschaffen gelobt hatte, verbaten es praktisch. Insofern war ihre Beziehung zu dem Imperator nach wie vor illegal. Ein Bürger Roms durfte weder eine Ausländerin zur Frau nehmen noch ein ausländisches Kind anerkennen oder einem im Ausland geborenen Nachkommen etwas vererben. War man jedoch Julius Cäsar, so gab es durchaus Möglichkeiten, diese Gesetze zu umgehen, und das wussten die Römer.

Dem Imperator war es gelungen, im Laufe seiner politischen Karriere eine ganze Menge an Gesetzen durchzubringen, indem er – was durchaus legitim war – seine Widersacher entweder von seiner Meinung überzeugte oder notfalls Druck ausübte. Die Römer zweifelten nicht daran, dass er die Macht hatte, seine Beziehung zu Kleopatra zu legalisieren und auf die gleiche Stufe zu heben wie seine drei Ehen mit römischen Frauen. Da sie diesen Tag erwarteten und fürchteten, blieb ihnen gar nichts anderes übrig, als der Königin wenigstens nach außen hin mit Respekt zu begegnen.

Dennoch war dieser Respekt Kleopatras Empfinden nach hauchdünn. Sie hatte den Eindruck, dass selbst Cäsars loyalste Bewunderer lediglich auf Schadensbegrenzung aus waren. Sie entnahm es dem leicht ironischen Ton, den sie anschlugen, wenn sie Kleopatra als »Eure Majestät« oder den Imperator als »Großer Cäsar« bezeichneten. Einzig die Sekretäre Oppius und Balbus, die Cäsars Befehle ausführten, schienen durch und durch loyal zu sein. Aber die beiden waren keine starken Männer wie beispielsweise Antonius, den der Imperator längst nicht mehr begünstigte. Kleopatra schien es, als würde man sie und Cäsar zwar bewundern und fürchten, aber nicht mögen.

Der ewigen Heuchelei war sie nun müde. Ihr kam es so vor, als verliehen ihre Gewänder ihr tagsüber die Kraft, Haltung zu bewahren, doch legte sie den Stoff abends ab, schien sie in sich zusammenzufallen, gerade so, als befreite sie Körper und Geist aus einem Gefängnis.

Als sie unvermittelt das runde Gesicht von Hammonius erblickte, dieses Antlitz aus ihrer Kindheit, die wohlmeinenden Züge des treuen Verbündeten, der ihrem Vater gedient und ihn geliebt hatte, wie er jetzt sie liebte und ihr diente, warf sie sich ihm in die Arme. Sie bedeckte sein Gesicht mit Küssen und schlug mit ihrem Verhalten die gesamte ihr zur Verfügung stehende Dienerschaft vor den Kopf. Ach, wie gut es sich anfühlte, wieder Kind zu sein und eine Vaterfigur zu haben, die sie vor allem beschützte. Nicht dass Hammonius die Macht hatte, jede Gefahr zu bannen, aber als sie die Arme um diesen liebenswerten Griechen schlang, fühlte sie sich zum ersten Mal seit vielen Jahren wieder sicher und geborgen. Es war einfach wundervoll.

»Hammonius, seid Ihr so lange in Rom gewesen, dass Ihr Euch schon wie ein Römer kleidet?«

Er trug eine Toga aus feingesponnener weißer Wolle mit hellroter Paspelierung. Der Stoff war mit dünnen Goldfäden durchwirkt, die seiner mächtigen Statur Glanz verliehen.

»Warum auch nicht? Wenn Ihr mich fragt, ist dies bei diesem schrecklichen, wechselhaften Wetter genau das richtige Kleidungsstück!« Um ihr zu zeigen, wie er sich vor dem Regen schützte, zog er sich kurzerhand die Falten der Toga über den Kopf. »Außerdem weiß man in Rom nie, wann man sich vor all dem politischen Filz und Unsinn in Acht nehmen muss!«

Wieder umarmte sie ihn, drückte die Wange an seinen weichen Bart, der mittlerweile, wie sein Haupthaar, das er aus der Stirn gekämmt trug, ergraut war. Seine Haut hingegen war immer noch zart und glatt, und die überflüssigen Pfunde, die er sich im Lauf der Jahre zugelegt hatte, veränderten seine Ausstrahlung nicht. Wie eh und je funkelte ein Schimmer in seinen dunkelbraunen Augen. Er war der beste Beweis dafür, dass einem Gesundheit vergönnt war, wenn man das Leben in vollen Zügen genoss. Hammonius mochte Speisen, Wein, Frauen, Gold, und das am besten im Überfluss – also alles, was man nach Ansicht des kränkelnden Cicero meiden musste, wenn man Weisheit und Glück für erstrebenswert hielt. Doch wer war schon wirklich weise und glücklich? Der hagere Römer, der an Schlaflosigkeit litt und mit Ausnahme des stoischen Brutus jeden kritisierte, oder dieser strahlende Bär von einem Mann, der sie gerade in den Armen hielt?

Hammonius ließ die Königin los, nahm den kleinen Prinzen hoch und setzte ihn sich auf seinen riesigen Bauch. »Ich meine, in seinem Gesicht die Züge des verstorbenen Königs zu erkennen.«

»Wie denn das, Hammonius, wo mein Vater dick, jovial und dunkelhäutig war und dieser Knabe hellhäutig, dünn und ernsthaft ist?«

Der Grieche seufzte. »Wahrscheinlich würde ich mich einfach nur freuen, das Gesicht des Königs zu erblicken. Alt zu werden und zuzusehen, wie der übermächtige, gnadenlose Gott des Todes einen nach dem anderen zu sich ruft, ist schon traurig, Kleopatra. Eines Tages werde ich zu Auletes stoßen, und dann wird er für mich endlich wieder Flöte spielen.« Eine winzige Träne, die er mit seiner großen, behaarten Hand wegwischte, kullerte ihm aus dem Augenwinkel.

»Ihr macht nicht den Eindruck, als wärt Ihr schon bereit, ins Grab zu steigen. Und wehe, Ihr sterbt. Kein anderer als Ihr kann mir den Vater ersetzen.«

»Euer Vater wäre unsagbar stolz auf Euch. Sein ganzes Leben lang war der arme Mann bestrebt, sich mit den einflussreichen Römern zu verbünden, die ihn nur ausgeblutet haben. Nun wohnt Ihr im Hause des Cäsar. Ihr werdet all Eure Vorfahren übertrumpfen, Kleopatra.«

Die Königin setzte sich neben Hammonius auf das Sofa und strich abwesend über das Haar ihres Sohnes, während sie dem Griechen ins Ohr flüsterte: »Das ist mein Ziel, mein Freund. Denn bei diesem Spiel gibt es keine Kompromisse. Entweder man regiert Seite an Seite, oder man wird komplett unterjocht. Die vielen Jahre, während derer ich mit ansehen musste, wie sie meinem Vater das Geld abgeluchst und ihn der Lebensfreude beraubt haben, bis nichts mehr zu holen und er des Lebens überdrüssig war, haben mich diese Lektion gelehrt. Hätten die Römer ihn besser behandelt, hätte er womöglich noch viele Jahre gelebt.«

»All die Probleme haben den fünfzigjährigen König in einen alten Mann verwandelt!« Hammonius schüttelte den Kopf. »Nun seht mich an. Zweiundsechzig bin ich und fühle mich immer noch wie ein neunzehnjähriger Jüngling. Und zwar in jeder Beziehung, meine Liebe!« Schmatzend drückte er dem Prinzen mit seinen vollen Lippen einen Kuss auf den Kopf. »Aber was ist denn, Kleopatra? Ihr wirkt angespannt. Ihr nehmt doch bestimmt keinen Anstoß daran, dass ein alter Mann mit seiner Manneskraft prahlt, oder?«

»Nein, nein, mein Freund. Ich muss nur gerade daran denken, dass Cäsar nächstes Jahr so alt sein wird wie mein Vater, als dieser starb. Meine Warnungen schlägt er seit je in den Wind, weil er deutlich älter ist als ich und sich einbildet, er wisse, was es mit der Macht auf sich hat. Er glaubt allen Ernstes, er könnte seine Feinde mit Freundlichkeit und Nachsicht für sich gewinnen.«

»Ein nachsichtiger Mann ist selten der Sieger«, meinte Hammonius. »Feinde sind wie Schlangen. Auch wenn man lernt, wie man mit ihnen umgehen muss, ihren Giftzahn verlieren sie nicht.«

»Cäsar hält sich für unbezwingbar!«

»Er ist auch weise, Kleopatra. Ihr müsst diesem Mann, der die halbe Welt erobert hat und seine Siege genießt, schon ein wenig Vertrauen entgegenbringen.«

»Das rät er mir natürlich auch immer. Dennoch bin ich skeptisch. Immerhin hängt die Zukunft meines Sohnes und unseres Königreiches von seiner Einschätzung der Lage ab.«

* * * * *

Die Kutsche des Griechen war sehr geräumig und verfügte über gepolsterte, mit Leinen bezogene Bänke und schwere Brokatvorhänge, die man öffnen konnte, um frische Luft hereinzulassen. Im Gegensatz zu den meisten anderen Gefährten war ihr Baldachin ganz hell, sodass der Stoff die Hitze nicht speicherte. Die Kutsche brachte sie bis vor die Tore Roms, wo sie in Sänften umstiegen, in denen sie zum neuen Forum Julianum gelangten. Julius Cäsar, der das rege Treiben auf den Straßen verabscheute, weil die Stadt rund um die Uhr verstopft war, hatte ein Gesetz erlassen, das jeden, der sich in Roms engen und überfüllten Gassen auf Rädern fortbewegte, unter Strafe stellte. Allein die Gefährte, die den Müll entsorgten und die Geschäfte und Märkte mit Waren belieferten, waren noch zugelassen. Auch der Bau des neuen, nach Cäsar benannten Forums sollte das in den römischen Straßen und Gassen herrschende Gefühl der Enge lindern.

Cäsar hatte Kleopatra eine Nachricht in die Villa schicken lassen und sie gebeten, ihn im Forum zu treffen. Er ließ sie wissen, dass er ihr jemanden schickte, der sie abholen sollte, doch sie vertraute lieber ihrem treuen Bruder der Sippe und

Freund. Normalerweise hatte Hammonius in der Stadt mehr als genug zu tun. Zu seinen Aufgaben gehörte es, die Nase in die öffentlichen und privaten Angelegenheiten der Römer zu stecken und seiner Königin darüber schriftlich Bericht zu erstatten. Er knüpfte Kontakte zu den reichsten Bewohnern der Stadt, schloss gleichzeitig lukrative Geschäfte ab und exportierte mit Kleopatras Erlaubnis, die damit dem Beispiel ihres Vaters folgte, zollfrei Waren.

Sie nahmen den Pfad, der sich kurvenreich den Janiculum-Hügel hinunterschlängelte, und holperten über die gepflasterte Landstraße, deren große Steine an Elefantennägel erinnerten. Zum Glück war die Kutsche so komfortabel, dass die Passagiere sich unterhalten konnten, ohne dabei Gefahr zu laufen, sich beim Sprechen einen Zahn auszuschlagen. Obgleich der laute Hufschlag der Pferde, auf denen die Leibwächter saßen, in die Kutsche drang, konnten sie in normaler Lautstärke miteinander plaudern. Normalerweise war man selbst nach einer kurzen Kutschfahrt heiser, falls man sich mit einem anderen Passagier unterhielt.

Bislang hatte Kleopatra das Thema Archimedes gemieden, spürte aber deutlich, dass die Stimmung zwischen ihnen deshalb leicht angespannt war. Archimedes war der Protegé, Geschäftspartner, Vertraute und Neffe von Hammonius. Sie war überzeugt, dass der Grieche alle Einzelheiten ihrer Beziehung zu ihm kannte. Dass sie ihr Verhältnis auf der anderen Seite der Erde und während Kleopatras Exil gehabt hatten, änderte daran nichts. Archimedes hatte angedeutet, dass er die Absicht hatte, nach ihrem Treuebruch bei Hammonius in Rom unterzukommen, dessen gute Laune sich bestimmt positiv auf seinen verwundeten Stolz und sein gebrochenes Herz auswirkte.

»Was ist mit Archimedes?«, platzte sie mit ihrer Frage heraus, ehe sie sich überlegen konnte, wie sehr es sie womöglich schmerzte, von ihm zu hören. Innerlich stellte sie sich darauf ein, dass Hammonius ihr den Standpunkt ihres ehemaligen

Liebhabers schilderte und ihr deutlich vor Augen führte, wie sehr sie ihn verletzt hatte. Dabei war dieser Mann ohne zu zögern bereit, sein Leben für sie zu opfern, und hätte es auch beinah getan. »Wahrscheinlich wisst Ihr nur zu gut, weshalb er nicht mehr in meinen Diensten steht.«

Der Grieche griff nach ihren schlanken Händen. »Kleopatra, was ist Euch denn anderes übriggeblieben? Ihr habt Euch für Euer Königreich entschieden, was Euch zu einer großen Königin macht. Ich sage es noch einmal: Euer Vater ist nun bei den Göttern, singt Euren Namen und bejubelt die weise Entscheidung, dass er Euch zu seiner Nachfolgerin auserkoren hat. Dafür gebührt dem ehemaligen König großer Respekt. Welche Kleopatra in der Familie hat ihrem Namen schon jemals solche Ehre erwiesen?«

»Ich kenne die Gründe für mein Handeln und bereue nichts. Dennoch frage ich Euch nach Archimedes. Geht es ihm gut?«

»Gut?« Hammonius ließ ihre Hände los und streckte verzweifelt die dicklichen Arme in Richtung Himmel. »Nein, er verhält sich wie ein liebeskranker kleiner Hund, der unablässig jault. In den dreißig Jahren, die er nun auf dieser Erde weilt, hat ihn keine einzige Frau abgewiesen, geschweige denn aus ihrem Herzen verbannt. Selbstverständlich schmerzt ihn das, aber er wird darüber wegkommen. Ich hatte sein ewiges Jammern satt und habe ihn nach Griechenland geschickt. Soll er dort seine Wunden lecken. Ich habe ihm aufgetragen, erst zurückzukehren, wenn er zum Mann gereift ist.«

»Ich habe Archimedes sehr verletzt und ihm keine Erklärung für mein Handeln gegeben. Seid nicht zu hart mit ihm.«

»Er glaubt, dass in Wahrheit er der Vater des kleinen Prinzen ist.«

Kleopatras zarte Gefühle schlugen in Furcht um. »Man muss ihn unter allen Umständen davon abhalten, solche Behauptungen aufzustellen.«

»Derlei erwähnt er nur mir gegenüber. Schließlich kennt er

die Wahrheit. Und nun, da ich das lange Gesicht und die römische Cäsarennase des Jungen gesehen habe, werde ich ihm noch einmal deutlich machen, dass er nur phantasiert.«

»Ich liebe meinen Cousin, aber falls mir jemals zu Ohren kommen sollte, dass er Cäsars Vaterschaft öffentlich in Frage stellt, werde ich gegen ihn vorgehen. Richtet ihm das aus.«

»Kleopatra, Ihr seid eine Königin und steht über allen Männern, doch Ihr dürft nicht vergessen, dass es für einen Mann ganz natürlich ist, sich einen männlichen Nachkommen zu wünschen. Archimedes wird niemals etwas tun, was Euch schaden könnte.«

»Alles, was die gemeinsame Zukunft meines Sohnes und seines Vaters gefährdet, schadet auch mir.« Begriff er denn nicht, wie zerbrechlich und gleichzeitig verwoben die Bande zu Cäsar waren – diese politische Allianz, die von ihrem Vermögen, der geographischen Lage ihres Landes und einem kleinen Jungen, der noch nicht einmal seinen Namen sagen konnte, zusammengehalten wurde? Kleopatras Pläne fußten auf den zarten Empfindungen, die der Imperator für das kleine Abbild seiner selbst entwickelte, das sie zur Welt gebracht hatte.

»Besteht die Chance, dass Cäsar den Jungen als seinen Sohn anerkennt?«

»Für sich und seine nächste Umgebung hat er das längst getan. Öffentlich verkünden wird er es jedoch erst, nachdem das eingebrachte Gesetz in Kraft getreten ist. Davor wäre es wenig sinnvoll. Das versteht Ihr doch?«

Hammonius gab dem Fahrer ein Zeichen, dass er anhalten sollte. »Die Blase eines alten Mannes ist so gebieterisch wie der Phallus eines jungen«, entschuldigte er sich und stieg aus der Kutsche, um sich zu erleichtern. Sie befanden sich immer noch auf der Westseite des Flusses, südlich von Rom und der riesigen, von Bögen durchbrochenen Wälle. Die Tiberinsel und den verdreckten Steindamm, der an eine dahintreibende Flussbarke erinnerte, konnten sie jetzt allerdings schon sehen.

Hammonius deutete auf die Insel. »Die Heimat von Asklepios, dem Heiler«, sagte er. Der Tempel des Medizingottes war vor mehr als zweihundert Jahren erbaut worden, nachdem eine schreckliche Seuche die Stadt heimgesucht hatte.

»Es ist schön und unpassend zugleich, dass inmitten eines verseuchten Flusses ein heiliger Ort existiert«, befand sie. Fluss und Himmel waren von demselben übernatürlichen irisierenden Grün. Weit und breit kein einziger Sonnenstrahl, der dem Wasser, der Erde und dem Himmel wieder die normale Farbe verliehen hätte. Kleopatra fühlte sich, als hätte sie von der Pilzbrühe getrunken, die beim Dionysos-Ritual gereicht wurde, jenem eigenwilligen Gebräu, das natürliche Dinge in absolut unnatürliche Farben tauchte. Die beiden Brücken, welche die Insel mit den Flussufern verbanden, spannten sich wie die graziös ausgestreckten Arme eines Tänzers über die Fluten.

»Wisst Ihr, wann die Brücke nach Meinung der Römer entstanden ist?«, fragte er. »Als das römische Volk den letzten Tarquinier-König wegjagte, haben die Menschen seine Weizenernte in den Fluss geworfen, und daraus ist dann diese Insel entstanden.«

»Eine nette Geschichte über Stolz und Unabhängigkeit, aber zweifellos unwahr«, erwiderte sie.

»Die Römer haben noch nie Männer gemocht, die allein regieren wollten. Das entspricht nicht ihrer Natur.«

»Warum sagt Ihr mir das?«

Hammonius lächelte sie an. »Wie damals, als Ihr noch ein kleines Mädchen wart und gebannt meinen dummen Geschichten gelauscht habt, erzähle ich Euch jetzt eine Geschichte.«

»Ich glaube, dahinter steckt etwas anderes, mein Freund. Meint Ihr denn, Ihr könnt nicht mehr offen mit mir reden, weil ich mit Cäsar das Lager teile? Ach, Hammonius, Ihr seid mein ältester Freund, mein fähigster Spion und Ratgeber. Ihr braucht nicht auf Mythen und Legenden zurückzugreifen, um mir Eure Meinung mitzuteilen.«

Auf einmal wurde seine Miene ernst, und als er die Stirn in Falten legte, glichen seine Augen zwei riesigen Tränen. »Kleopatra, Eure Majestät. Manchmal weiß ich nicht einmal, wie ich Euch anreden soll. In einem Moment seid Ihr das kleine Mädchen, das so gern auf meinem Schoß saß, und im nächsten die großartiste Frau dieser Welt, gar die Gefährtin von Roms Diktator. Mögen Euch selbst die Götter die Ehre erweisen, Kleopatra.«

»Aber es gibt noch mehr, was Ihr loswerden wollt. Kommt schon, Hammonius. Ich kenne Euch so gut wie meinen Vater, und keiner von euch beiden war je schwer zu durchschauen.«

»Als ich alt genug war, habe ich den Eid des Ersten Ordens der Brüder der Sippe abgelegt und geschworen, Euch mit meinem Leben zu schützen. Mit neunzehn Jahren hat Archimedes denselben Schwur geleistet. Glaubt Ihr, wir würden uns nicht lieber ein Schwert in den Leib rammen, als diesen Eid zu brechen?«

»Ja, das glaube ich. Sogar Archimedes, dessen Stolz ich verletzt und dessen Herz ich gebrochen habe, würde so handeln.«

»Unsere oberste Pflicht besteht darin, Euch zu beschützen und mit Ratschlägen zur Seite zu stehen, und nicht nur, Euren Plänen zuzustimmen oder Euch zu trösten.«

Kleopatra merkte, dass sie diesem Mann nicht grollen konnte, fragte sich aber, wieso er sie wie ein Kind behandelte und ob er für einen Moment ihre oder seine eigene Position vergessen hatte. »Wieso sollte ich etwas anderes wünschen? Meint Ihr, ich könnte die Wahrheit nicht ertragen? Glaubt Ihr, man müsste mich verhätscheln wie eine oberflächliche Prinzessin?«

Er bedachte sie mit einem ernsten Blick, wie ihr Vater es früher getan hatte, wenn er ihr etwas verbieten wollte, was sie sich von ganzem Herzen wünschte. Wieder wurde ihr ganz weich ums Herz, denn wie ihr Vater war Hammonius ein jovialer und harmonischer Mensch. Es kostete ihn große Überwindung, ernst und gestreng aufzutreten.

»Archimedes hat mir aus Griechenland geschrieben. Er hat Apollonia besucht, wo inzwischen der Feldherr lebt, bei dem er damals in Athen Unterricht genommen hat, und junge römische Kadetten in Militärstrategie unterrichtet. Aus einem bestimmten Grund hat er sich mit Cäsars Neffen Gaius Octavian getroffen, also mit jenem Jungen, der bei der Parade des Imperators mitgeritten ist.«

Kleopatras Herz schlug schneller. Sie hatte vorgehabt, Cäsar zu diesem geheimnisvollen Jungen zu befragen, bisher jedoch darauf verzichtet, weil sie nicht neugierig erscheinen mochte. Dass sie Hammonius üppig entlohnte, der eifrig Informationen über die Römer und deren Privatangelegenheiten sammelte, über die nicht mal er Bescheid wusste, machte ihm schwer zu schaffen. Sie begriff sehr wohl, dass ihr Netzwerk von Spionen das zwischen ihnen herrschende Einvernehmen gefährdete. Doch dieser Junge, dieser Octavian, bereitete ihr Kopfzerbrechen. Als ihr zu Ohren kam, mit welch unverdienten Auszeichnungen der Imperator diesen Jungen überhäufte, stellte sie sich unweigerlich die Frage, ob dieser blasse, zarte junge Knabe womöglich Cäsars neuer Liebhaber war. Andererseits ließ sich ein Diktator nun mal nicht sagen, wen er mit in sein Bett nehmen durfte. Aus diesem Grund hatte sie ihrer Neugier nicht nachgegeben.

Sie drückte den Rücken durch, stieß sich von dem Baum ab, an den sie sich gelehnt hatte, und packte Hammonius am Ärmel. »Fahrt fort.«

»Cäsar hat den Jungen zum Studium nach Apollonia geschickt.«

»Warum sollte Cäsar keinen Einfluss auf die Ausbildung seines Neffen nehmen? Ist es nicht eine weitverbreitete Sitte, denjenigen, die wir lieben, Bildung zukommen zu lassen?«

»Allem Anschein nach hat er die Familien von zwei vortrefflichen römischen Jungen reich entlohnt, damit sie ihre Söhne in Octavians Dienste stellen. Diese Knaben sind sehr intelligent und verfügen über mannigfaltige Fähigkeiten, stammen aber nicht aus Patrizierfamilien. Cäsar hat ihre Familien mit Reichtümern aus Gallien überhäuft, welche die Angehörigen behalten dürfen, sofern die Knaben – einer ist ein Intellektueller mit einer vielversprechenden politischen Zukunft, der andere ein militärisches Genie – seinem Neffen treu ergeben sind.«

»Ist das nicht ein Beweis für Cäsars Mildtätigkeit und Güte?«, fragte sie. »Warum sollte uns die Großzügigkeit, die er seinem Neffen zuteilwerden lässt, verdächtig erscheinen?«

In dem Augenblick, da sie die Frage stellte, kannte sie die Antwort. Wieso erwies Cäsar einem entfernten Verwandten einen Gefallen, der eigentlich seinem Sohn zustand?

»Kann es Eurer Meinung nach nicht auch sein, dass Archimedes nur aus Bosheit handelt und möchte, dass ich dies erfahre? Er hat allen Grund, sich zu wünschen, dass ich leide.«

»Sein Schwur bedeutet ihm mehr als sein Herz, Kleopatra. Er zürnt Euch, setzt sich aber immer noch für Euer Wohlergehen ein. Das ist meine feste Überzeugung. Doch für den Fall, dass ich alter Mann inzwischen weich und sentimental geworden bin, was Einfluss auf meine Urteilskraft haben könnte, habe ich mir diese Information von anderer Seite bestätigen lassen. Cäsars eigene Familie hat allen Grund zu der Annahme, dass er diesen Jungen adoptieren wird und ihn deshalb jetzt schon darauf vorbereitet, in Zukunft Macht auszuüben. Und dass er ihn in Bälde zu seinem legitimen Erben ernennt.«

* * * * *

Kleopatra und Hammonius betraten das Cäsar-Forum durch einen niedrigen Torbogen. Die Höhe des Durchgangs unterstrich die Größe des Platzes, für dessen Bau der Diktator mehrere Straßenzüge hatte abreißen lassen. Mit den Erlösen aus dem Krieg gegen Gallien hatte Cäsar mehrere Dutzend Häuser und Wohnanlagen erstanden, sie abreißen und riesige Mengen

Erde in die Gruben schütten lassen, bis der Platz wieder eben war. Er ließ selbst die Curia, wo sich der Senat gewöhnlich traf, abreißen und woanders neu aufbauen. Für seine Widersacher war dies ein erster Hinweis auf das, was noch kommen sollte.

Da die Neuigkeiten, die Hammonius ihr an den düsteren Ufern des Tibers überbracht hatte, sie nachhaltig erschütterten, hakte sie sich bei ihm unter. Der beeindruckende Venus-Tempel, die Basilika, die Cäsars Tochter gewidmet war und wo Gerichtssitzungen stattfanden, die großen Götterstatuen, die eine Kolonnade bildeten, die üppigen Gärten in der Mitte des Platzes konnten ihr Interesse nicht erregen. Im Gegenteil, sie war diesen Dingen fast feindlich gesinnt, als wäre Cäsars Versuch, die Königin von Ägypten mit dem Bau einer Anlage dieses Ausmaßes zu beeindrucken, ein arrogantes und unverschämtes Unterfangen. Immerhin herrschte sie, Kleopatra, über eine Nation, die schon Denkmäler und Bauwerke errichtet hatte, welche diese römischen Bauern gar nicht zu erfassen vermochten.

Wütend war sie, weil ihr ganzes Leben an einem seidenen Faden hing, den Cäsar jederzeit durchtrennen konnte, weil er die Macht hatte, sie so weit zu erniedrigen, bis sie am harten, dreckigen Boden kroch. Demütigung, jenes Gefühl, das ihr am verhasstesten war, hing wie eine dunkle Wolke über ihr. Sie fragte sich, ob Hammonius sie für ein einfältiges Mädchen hielt, für das Spielzeug eines alternden Diktators und nicht für dessen echte Partnerin. War sie tatsächlich so naiv zu glauben, die Vision von der Welt, die sie und Cäsar spätnachts während vieler Diskussionen entworfen hatten, könne irgendwann Realität werden? Spann er mit ihr nur wilde Phantasien, um sich die gemeinsamen süßen und romantischen Stunden nicht zu verderben? Hielt er sie gar für eine Närrin? Und würde sie dieses Spiel auch dann mitmachen, wenn die Zukunft Ägyptens und ihres Sohnes auf dem Spiel stand?

Sollte Cäsar dies so sehen, konnte er sich auf eine herbe

Überraschung gefasst machen. Sie hatte ihn gewarnt: Frauen ziehen ihre Söhne dem jeweiligen Liebhaber vor. Sie hatte keine Ahnung, wie sie den Herrscher über das Universum in die Knie zwingen sollte, doch sie würde schon einen Weg finden. Die Götter waren die wahren Herrscher, und Kleopatra schreckte gewiss nicht davor zurück, sie anzuflehen, damit sie zu ihren Gunsten entschieden. Noch nie zuvor hatten die Götter sie enttäuscht, obgleich sie manchmal schwere Zeiten hatte durchstehen müssen, bis die Götter ihre wahren und höheren Ziele verrieten.

Acht wunderschön gearbeitete korinthische Säulen stützten den Giebel des Venus-Tempels und die atemberaubenden Statuen der Göttin, die in unterschiedlichen Darstellungen auf dem Dach thronten – Venus als verführerische Geliebte, Venus als glänzende Siegerin, Venus als fürsorgliche Mutter. Im Vergleich zu den erhabenen Schreinen, die Ägypten der Göttin der Liebe gewidmet hatte, wirkte das Gebäude geradezu klein und zierlich. Dennoch fiel Kleopatra auf, dass die überdimensionierten ägyptischen Proportionen Cäsars und damit Roms Vorstellung von architektonischer Erhabenheit beeinflusst hatten. Die Königin erinnerte sich, wie klein und beengt ihr das Forum Romanum als Kind vorgekommen war. All den Römern, die es noch immer nicht verstanden hatten, signalisierte Cäsars Forum, dass eine neue, von östlicher Extravaganz geprägte Ära die Strenge der römischen Werte aufweichte und allem einen Hauch von Überfluss verlieh.

Kleopatra ließ Hammonius im Freien zurück und betrat den Tempel durch eine hohe, schmale Tür, der einzigen natürlichen Lichtquelle des Gebäudes. Fackeln an den Steinwänden leuchteten mehrere sorgfältig arrangierte Juwelen- und Edelsteinsammlungen von beachtlicher Größe aus. Wie funkelnde Geister tanzten die Lichtreflexe der smaragdgrünen, hell- und rubinroten Edelsteine und weißen Diamanten durch den leeren Raum. Dazwischen hingen Gemälde aus aller Welt. Auf einem erkannte Kleopatra die blasse Mondgöttin Hekate, die während einer Belagerung das angsterfüllte byzantinische Volk tröstete und mit ihrem Halbmond und dem Stern den Himmel erhellte. Gleich einem herrschaftlichen Gastgeber stand in der Mitte des Raumes ein goldener Brustpanzer mit silberner Einfassung und Elfenbeinintarsien. Zweifellos hatte Cäsar ihn einem besiegten König abgenommen.

Der Imperator stand allein in dem Tempel. »Gefällt er dir?«, fragte er sie wie ein nervöser Trommler bei Dienstbeginn.

»Sehr schön«, sagte sie. Insgeheim hatte sie damit gerechnet, den bevorstehenden Verrat an seinem Gesicht oder seinem Verhalten ablesen zu können. Stattdessen entdeckte sie zum ersten Mal bange Erwartung, ja beinah Hoffnung in seinem Blick. »Aber da du hier deine Kriegsbeute ausstellst, hat es den Anschein, als wäre der Tempel vielmehr der kriegerischen und siegreichen Venus denn der fürsorglichen Mutter gewidmet.«

»Wie scharfsinnig von dir«, meinte er. »Als ich nach der Schlacht bei Pharsalos ins Lager meiner Feinde geritten bin und nichts anderes gesehen habe als ihre feigen Hinterteile, habe ich versprochen, der siegreichen Venus einen Tempel zu bauen. Also habe ich sämtliche in Gallien und Britannien gesammelten Schätze gesichtet und die besten ausgewählt, wie du siehst. Aber dann hat sich etwas Unvorhergesehenes ereignet.«

»Was denn?«, fragte Kleopatra. Sie merkte, dass sie sich vor ihm fürchtete und auf der Hut war, sich unter keinen Umständen seiner Herrschaft unterzuordnen.

Er streckte die Hand nach ihrer aus, die sie ihm widerstrebend reichte. »Darf ich dir etwas zeigen?«

Er führte sie durch die Ausstellung seiner Siege zum hinteren Tempelbereich mit dem Heiligtum der Göttin. Unter einer gewölbten Decke stand eine goldglänzende Statue der Venus Genetrix. Ihr Kind, der kleine, pausbäckige Cupido mit den geheimnisvoll geschürzten Lippen, saß auf ihrer Schulter und flüsterte ihr etwas ins Ohr. An der Hand hielt sie ein römisches

Kind, das schutz- und richtungssuchend zu ihr aufsah. Mit lebhaften saphirblauen Augen blickte die Göttin der Zukunft entgegen. Ihr Körper war in goldene Falten gehüllt, die hinter ihr herwehten, als träte sie in eine leichte Brise hinaus. Rechts von ihr befand sich die Statue des hochgewachsenen, stolzen Cäsar, der zu Ehren seiner zahlreichen Triumphe einen Lorbeerkranz trug.

Der Grund, weshalb der Imperator sie in den Tempel bestellt hatte, war jedoch ein anderer. Mit seinem Schweigen schürte er ihre Neugier. Noch weiter rechts, in gebührendem Abstand zur Venus, stand eine lebensgroße Statue von Kleopatra in einem Gewand, das dem der Göttin glich. Die Statue trug das juwelenbesetzte Diadem der Königin, das sie einmal in Cäsars Gegenwart in Ägypten getragen hatte. Er hatte dem Bildhauer offenbar aufgetragen, jeden einzelnen Edelstein ihres Kopfschmucks zu kopieren. Wie kam es, dass er sich daran erinnerte? Ihr Gesicht war so friedlich wie das der Venus, ihr Körper nicht ganz so dünn, sondern voller, fraulicher, wie in den ersten Monaten ihrer Schwangerschaft. Nicht Saphire, sondern funkelnde, polierte Smaragde stellten ihre Augen dar, und ihr Haar war im Nacken zu einem goldenen Knoten aufgesteckt. Kichernd betrachtete sie die Ohrringe, die Servilias schwerem goldenem Halsschmuck glichen. Um ihre Füße schlängelte sich eine feingearbeitete Kobra mit silbernem Schwanz und irisierenden Augen, das Symbol der Pharaonenmacht. Cäsar zeigte darauf. »Falls sie deine wahre Identität vergessen.« Er wartete, dass sie das Wort ergriff. »Gefällt es dir?«, wollte er schließlich wissen.

»Ich bin sprachlos, werter Feldherr.«

»Nun kann keiner mehr die Position, die du innehast, in Frage stellen. Denn das hier sind die beiden Frauen in meinem Leben: Die eine nimmt mir die Furcht vor dem Tod, die andere gibt mir einen Grund, am Leben zu bleiben.«

Sie schalt sich dafür, jemals an Cäsar gezweifelt und ihrem

Instinkt, der ihr sagte, dass der Imperator sich ihr und ihrer gemeinsamen Zukunft verpflichtet hatte, nicht getraut zu haben. Warum er seinen Neffen förderte, vermochte sie nicht zu sagen, doch derart öffentlich zur Schau zu stellen, welchen Platz sie in seinem Herzen und Leben einnahm, war eine sehr großzügige Geste. Tränen kullerten ihr über die Wangen. Schwer und kraftlos hingen die Arme an ihrer Seite herunter.

Cäsar schlang den Arm um ihre Schulter, legte ihr eine Hand unters Kinn und drehte ihr Gesicht zu ihm herum. »Hast du nichts zu sagen?«

»Die Schönheit ist überwältigend und mir noch teurer, weil sie von dir kommt.«

»Ich bin kein König, Kleopatra. Ich kann in deinem Namen kein Denkmal errichten, jedenfalls nicht in Rom, aber ich habe getan, was mir möglich ist, um das Land wissen zu lassen, wie ich zu dir stehe.«

»Das ist mehr, als ich jemals von dir verlangt hätte, mein Liebster.«

»Wenn ich dir nun sage, dass ich Rom innerhalb weniger Tage verlassen muss, wirst du dann an das hier denken und mir nicht zürnen?« Er hatte die Hand von ihrem Kinn genommen, ihre Schultern gepackt und zwang sie, in seine traurigen Augen zu blicken.

»Du verlässt Rom?«

»Ich hatte gehofft, mein Stellvertreter Vatinius hätte die Welt endgültig von pompejanischer Bosheit befreit, doch allem Anschein nach sind seine Söhne nach Spanien zurückgekehrt und haben sich mit diesem hinterlistigen Verräter Labienus zusammengetan.«

»Musst du denn wirklich persönlich gehen? Wie kannst du Rom zu einem Zeitpunkt verlassen, da du gerade deine Regierung zusammenstellst? Das ist gefährlich, Cäsar. Du bist nicht nur von Menschen umgeben, denen du vertrauen kannst. Weil ich davon fest überzeugt bin, muss ich es dir sagen.«

»Ich habe Labienus unterrichtet, ihm die Kunst der Kriegsführung beigebracht, und nun ist er gerissen genug, dreizehn Legionen gegen mich aufzustellen. Ich fürchte, ich bin der Einzige, der diese Herausforderung annehmen kann. Es gibt keinen anderen, den ich statt meiner schicken könnte.«

»Was ist mit Antonius?«

»Weder bin ich richtig von seiner Reue noch von seiner Loyalität überzeugt und deshalb nicht bereit, ihm meine Armee zu unterstellen.« Er umfasste ihre Schultern noch fester und senkte die Stimme, als fürchte er, die Venus-Statue könnte sie belauschen. »Meine Macht über den Senat beruht ausschließlich auf der Loyalität der Armee. Diese Situation haben sie selbst heraufbeschworen, als sie mich vor zehn Jahren mit dem Auftrag losschickten, das Imperium zu vergrößern. Doch sie haben von mir nicht nur bekommen, was sie wollten, sondern auch etwas, das ihnen nicht behagte – Legionen über Legionen von Männern, die Cäsar und nicht dem Senat, dem Land oder einer Regierungsform treu ergeben sind. Sollte ich meine Armee verlieren, bin ich kein Diktator mehr, und dann werden wir beide ganz bestimmt nicht wie geplant die Einheit unserer Nationen bewerkstelligen. Ohne die unerschütterliche Loyalität meiner Soldaten bin ich nur einer von vielen römischen Senatoren, die früher einmal im Ausland ihre Pflicht getan haben.«

In diesem Moment gestattete sie es sich, zu weinen. Angesichts seines Liebesbeweises und aus Trauer darüber, dass er erneut in die Schlacht zog, vergoss sie bittere Tränen. Sie hatte sich Cäsars Glauben an seine Unbezwingbarkeit zu eigen gemacht, doch der bevorstehende Krieg zerstörte dieses Vertrauen und öffnete der Furcht ihr Herz. »Wirst du mir versprechen, dass dir nichts zustößt?«, fragte sie wie ein kleines Kind. Mit einem Mal erkannte sie, wie dumm sie sich verhielt, denn nur die Götter konnten etwas versprechen, und sie taten es selten genug.

»Das verspreche ich dir, Kleopatra.«

»Ach, mein Liebster, ich möchte es dir so gern glauben, aber ich wäre einfältig, wenn ich es täte.«

»Ich gebe dir nicht mein Wort, sondern das ihre«, sagte der Imperator und blickte kurz in das Gesicht der Göttin. »Sie hat versprochen, dass ich zurückkehre.«

»Wie das?«, fragte Kleopatra skeptisch.

»Sie ist noch nicht für mich bereit. Das hat sie mir verraten.«

»Sie spricht zu dir?« Warum auch nicht? Kleopatra hatte von den Göttern so viele Zeichen erhalten, dass sie Cäsars Gewissheit nicht in Zweifel zog.

»Niemals darfst du über dieses Thema auch nur ein Wort verlieren. Die Leute haben schon genug an mir herumzumäkeln.« Seine Hände glitten an ihren Armen hinab und umklammerten ihre Handgelenke so fest, dass sich ihre Armbänder ins Fleisch drückten. Sie riss eine Hand los.

»Du kannst mir alles erzählen. Ich denke, du weißt das. Falls nicht, frag die Göttin, sie wird sich für meine Loyalität verbürgen.«

»Sie kommt zu mir. Das ist alles. Ist das so außergewöhnlich? Sie ist die Mutter von Aeneas, dem Gründer unserer Stadt. Aeneas hat Lavinia geheiratet, und ihr erster Sohn war Iulus, der Begründer des julianischen Klans. Warum sollte sie also nicht zu mir kommen?«

»Besucht sie dich in deinen Träumen?« Kleopatra hatte Cäsar nie von dem Traum erzählt, in dem Alexander und Ptolemaios der Retter sie zur nächsten Herrscherin über die Dynastie ernannten, aber nun fiel es ihr wieder ein.

»Nicht wirklich im Traum. Sie kommt während meiner Anfälle zu mir. Sobald mir schwarz vor Augen wird, erscheint ihr Gesicht, und sie erteilt mir Ratschläge. Das habe ich noch nie jemandem anvertraut. Aber du, ein Geschöpf, das um die Verbindung zwischen Göttern und Sterblichen weiß, wirst mich verstehen.«

»Das tue ich, mein Liebster. Letztlich ist es nur ein weiterer Beleg dafür, wie sehr die Götter wünschen, dass du einen Platz in ihrer Mitte einnimmst.«

»Das römische Volk fordert dies sozusagen«, meinte er mit einem Achselzucken. »Die luperkalischen Priester gründen gerade zu meinen Ehren eine Bruderschaft. Es gibt Personen, die das gutheißen, und solche, die behaupten, das rieche nach Königtum. Der letzte Römer, dem mit einem Kult gehuldigt wurde, war Romulus.«

»Dabei ist es doch ganz natürlich, dass das römische Volk den Mann ehren möchte, dem es so viel zu verdanken hat.« Kleopatra verstand beim besten Willen nicht, weshalb der gehobene römische Stand das Verlangen des einfachen Bürgers, die Herrscher mit den Göttern in Beziehung zu setzen, so vehement ablehnte. Ihrer Vermutung nach waren die Senatoren nur eifersüchtig, da sich sowohl die Götter als auch die Bürger Roms für Cäsar entschieden und nicht einen von ihnen zum Herrscher über das Imperium gewählt hatten.

»Ja, aber den kleingeistigen Senatoren raubt das nachts nur noch häufiger den Schlaf. Sie streben nach Macht, doch wenn sie sie endlich haben, sind sie nicht bereit, irgendetwas dafür zu tun, um sie zu behalten. Ich hingegen habe mir jede Ehre, jedes einzelne Privileg verdient.«

»Genau darum wirst du ihnen auch in Zukunft überlegen sein.«

Er küsste sie sanft. »Du wirst mich erst wiedersehen, wenn ich zurückkehre.«

Sie wollte schon Einspruch erheben, spürte aber, dass jemand den Raum betreten hatte.

Cäsars Sekretär wartete geduldig. »Mein Herr? Gleich findet die nächste Versammlung statt.«

Zusammen mit Kleopatra ging der Imperator zum Tempeleingang hinüber, wo eine Gruppe Männer ihn erwartete. Auch Hammonius harrte dort noch immer ihrer Rückkehr. Cäsar nahm ihre Hand und verbeugte sich förmlich. »Eure Majestät, es war mir ein Vergnügen, mit Euch über Fragen des Staates und der Religion zu diskutieren.«

»Mir ebenfalls, werter Feldherr«, erwiderte sie und schenkte ihm ihr herrschaftlichstes Lächeln. Allerdings bereiteten ihr bei dem Versuch, Atem zu holen, die Stiche in der Brust unerträgliche Schmerzen. Stumm sprach sie ein Gebet und flehte Venus an, dass sie sich nicht täuschte. »Auf Wiedersehen.«

Rasch wandte sie den Blick von ihm ab, ehe sie in Tränen ausbrach. Solch ein Verhalten schickte sich vor diesen Männern nun mal nicht. Nur ein Blick von ihr, und Hammonius nahm sofort ihren Arm. Sein hübscher griechischer Leibwächter folgte ihnen in einigem Abstand. Kleopatras väterlicher Freund geleitete sie ins Forum, wo sie nichts wahrnahm bis auf eine lange Reihe Pinien, deren merkwürdig nach innen gebogene Äste sich dem Himmel entgegenreckten, als würden sie beten.

ALEXANDRIA:

KLEOPATRAS ZWANZIGSTES REGIERUNGSJAHR

Die Dämmerung rückt näher. Licht dringt durch die Fenster ihres Gemachs und stört den perfekten Frieden der Dunkelheit. Von dem Fenster mit Meerblick aus sieht die Königin über den Baumwipfeln im königlichen Garten die noch friedlichen Häfen und dazwischen den Damm, der wie ein silberner Finger auf die Insel Pharos zeigt. Dort, auf der Insel, wirft der Leuchtturm sein Feuer über die See, das zusammen mit den ersten Sonnenstrahlen den neuen Tag begrüßt. Ein Stück weiter die Küste hinunter liegt Antonius in den Armen der Huren.

Charmion tritt ein. Der stete Schlafmangel hat die dünnen Linien links und rechts von ihrem Mund tiefer werden lassen. Eine Dienerin folgt ihr, auf einem Tablett eine dampfende Tasse Tee aus indischen Gewürzen. Charmion zeigt auf das Fensterbrett und weist das Mädchen an, die Tasse vor der Königin abzustellen. Nachdem die Dienerin das Getränk serviert hat, zieht sie sich verängstigt zurück. Dieses Mädchen ist neu, und die Königin hat es bisher weder gesehen noch wahrgenommen. Das ist ungewöhnlich, denn normalerweise gestattet Charmion fremden Dienerinnen keinen Zutritt zu den Privatgemächern der Königin.

»Die Kleine war in der Obhut des Imperators«, sagt Charmion ernst. »Ich habe sie geschickt.«

Das Mädchen wagt es, der Königin verstohlen ins Gesicht zu blicken, senkt aber sogleich die großen Kulleraugen und fragt sich, ob Charmion sie für diesen Ungehorsam bestrafen wird. Die Königin hebt die Tasse an die Lippen, bis der aufsteigende

Dampf ihre Haut benetzt und sie erfrischt. Die Dienerin ist noch jung, vielleicht vierzehn Jahre alt, und sichtlich keine reinrassige Griechin. Ihr schlichter weißer Chiton ist wie bei den Mädchen aus Lakonien auf der rechten Seite geschlitzt. Durch den Schlitz erkennt die Königin, dass ihr rechtes Bein leicht zittert.

»Sieh mich an, mein Kind«, sagt sie.

Überrascht, wie freundlich die Stimme der Königin klingt, gehorcht die Dienerin. Als die Königin ihren Blick sucht und findet, verblüffen sie die feinen Gesichtszüge des Mädchens. Obwohl sie nicht rein griechischer Abstammung ist, entspricht ihr Antlitz dem griechischen Ideal. Die Königin nimmt sich vor, später mit Charmion über diese Dienerin zu sprechen. Schön, arglos. Sie fragt sich, ob ihr Sohn Cäsarion sie bereits gehabt hat. Vermutlich eher Antyllus. Wie sein Vater hat er die Angewohnheit, schüchterne und willige Kreaturen zu verführen, während Cäsarion, obwohl ein König, sich lieber verführen lässt.

»Was hast du beobachtet, mein Kind?«

»Ich habe nichts gesehen, Eure Königliche Hoheit, Mutter Ägyptens«, erwidert das Mädchen mit einem Seitenblick auf Charmion.

»Ich habe sie losgeschickt, damit sie an der Tür lauscht. Die Dienerschaft ist ziemlich unzuverlässig und beherrscht zudem die Sprache des Imperators nicht«, meint Charmion müde. »Das Kind dagegen spricht viele Sprachen. Ihr Vater ist ein jüdischer Gelehrter, ihre Mutter eine Ausgestoßene. Erzähl Ihrer Majestät, was du gehört hast.«

Wie Insektenflügel flattern die Wimpern des Mädchens. Tränen steigen ihr in die Augen. »Gesang, Eure Königliche Hoheit, Mutter Ägyptens«, antwortet sie äußerst zögerlich.

»Gesang?«

»Ja, Euer Gnaden. Der Im… Imperator hat den Frauen Lieder beigebracht.«

»Lieder?«

»Lieder, Eure Königliche Hoheit. Lieder, die Rätseln gleichen.

Auf Latein. B…böse Lieder. Unflätige Lieder, so wie die, welche die Soldaten singen. Über das Kopulieren mit Tieren. Solche Sachen.«

Die Königin muss schwer an sich halten, um nicht in Gelächter auszubrechen. Sie nimmt sich ein Beispiel an der gestrengen Charmion und fragt weiter: »Wann war das? Bestimmt sind sie damit inzwischen fertig.«

»Vor knapp einer Stunde«, sagt Charmion. »Als das Kind weggegangen ist, hat es gehört, wie der Imperator erneut nach Wein rief.«

Noch mehr Wein, nachdem er schon zwölf Stunden getrunken und kopuliert hat? Die Königin hat gehofft, die Melancholie ihres Gatten ließe sich nicht so leicht vertreiben.

»Mehr Wein und ein gegrilltes Schwein, Euer Gnaden.« Langsam legt das Mädchen seine Schüchternheit ab und sieht die Königin unverwandt an. »Der Imperator hat ein gegrilltes Schwein mit Pflaumensoße verlangt und dazu einen Fasan, zubereitet, wie er es am liebsten mag.«

»Ja, ja, langsam geschmort, mit Weintrauben und Rosinen. Fahr fort.«

»Außerdem eine Gans mit Konfekt, Mutter Ägyptens. Ja, genau das hat er gesagt, eine Gans mit Konfekt. Und, und, und …« Plötzlich fällt die Dienerin auf die Knie, als leide sie wie Cäsar unter einem Anfall. Wie von einer Krankheit oder lähmender Scham überwältigt, verbirgt sie das Gesicht in den Händen. Unter den Falten ihres dünnen Baumwollkleides bebt ihr Rücken.

»Raus mit der Sprache, mein Kind.« Charmion verliert allmählich die Geduld. »Reiß dich zusammen und erzähl der Königin, was der Imperator noch verlangt hat.«

Das Mädchen hebt den Kopf und atmet tief durch, bevor es weiterspricht. »Und drei junge, nackte Bedienungen, die das Fleisch tranchieren sollten«, rasselt es mit gesenktem Blick herunter. »Eure Königliche Hoheit, Mutter Ägyptens«, schiebt sie schnell nach und schöpft erneut Atem.

Diesmal kann die Königin sich nicht mehr beherrschen und bricht in schallendes Gelächter aus. Charmion bleibt ungerührt; leicht gelangweilt erduldet sie die Eskapaden von Antonius. Die Dienerin hingegen sinkt zu Boden und weint zu ihren Füßen wie eine Bittstellerin, die ihre Strafe erwartet, da sie die Königin über die Unverfrorenheit ihres Gatten in Kenntnis gesetzt hat.

»Was hast du noch gehört?«, fragt die Königin sie und gibt Charmion ein Zeichen, ihr beim Aufstehen zu helfen. »Hast du gehört, wie jemand vor Lust stöhnt? Hast du irgendetwas in der Art vernommen?«

Als Charmion schließlich ein Büschel schwarzer Locken packt und unsanft daran zieht, blickt die Königin in ein tränenüberströmtes Gesicht. »Nur Gesang, Euer Gnaden, Mutter Ägyptens. Nur Lieder. Bitte vergebt mir. Bestimmt würde ich derartige Geräusche erkennen, habe jedoch nichts dergleichen vernommen. Nur Gesang und den Ruf nach Essen und den Dienerinnen.«

Die Königin wirft ihrer Hofdame einen missbilligenden Blick zu. Mit einem Seufzer lässt Charmion den Haarschopf des Mädchens los, nimmt es am Ellbogen, richtet es auf und streicht die zerzausten Locken glatt. Dann bringt sie fast zärtlich die Falten des Kinderkleides in Ordnung und wirft ihrer Herrscherin einen Blick zu, als wollte sie sagen: »Ist es so besser?«

»Du sollst für deine hervorragenden Dienste belohnt werden. Kluge, loyale Mädchen, die mehrere Sprachen beherrschen, kann ich gut gebrauchen. Man wird sicher bald wieder auf dich zurückgreifen. Du kannst dich jetzt entfernen.«

Die Dienerin wirft Charmion einen Blick zu und wartet, ob sie den Befehl bestätigt, gerade so, als wäre diese die Königin und Kleopatra die Hofdame. Die alte Frau deutet mit dem Kinn auf die Tür, woraufhin das Mädchen zum Ausgang eilt.

Als die Tür mit lautem Knall ins Schloss fällt, dreht Iras sich schnarchend auf den Rücken, wacht aber nicht auf. Die Königin trinkt von dem süßen, heißen Aufguss, der ihre innere Leere füllt und beim Schlucken leicht brennt.

»Weiß die Kleine, dass sie darüber kein Wort verlieren darf?«, fragt sie. Da die Königin das Mädchen mag, will sie nicht, dass ihm etwas zustößt, zumal sie davon ausgeht, dass es ihr in Zukunft noch nützlich sein könnte.

»Sie weiß ganz genau Bescheid, Herrin«, antwortet Charmion monoton, aber höflich wie immer.

Schweigend sitzen sie da. Die Königin nippt an ihrem Tee, während ihre Hofdame einen hochmütigen Blick auf den schlummernden Iras wirft.

»Am frühen Morgen hat man Geräusche vernommen, die auf ein Liebesspiel hindeuteten«, verkündet Charmion.

»Also waren wir erfolgreich«, stellt die Königin ausgelassen fest. »Die erste Schlacht scheint demnach gewonnen. Dann lässt der Sieg doch nicht mehr lange auf sich warten, oder?« Als sie hört, wie hohl ihre Stimme klingt, zuckt sie zusammen.

»Möchtet Ihr Euch heute Morgen mit Sidonia treffen, sobald sie ihre Arbeit beendet hat?«

»Nichts wünschte ich mir weniger als das«, herrscht die Königin die gutmütige Frau an, die ihr ganzes Leben in den Dienst ihrer Herrscherin gestellt hat.

»Ich verstehe.«

Sie denkt, früher habe ich mit Antonius üppig zu frühstücken gepflegt. Früher haben wir uns zwischen den einzelnen Gängen, zwischen Schwein, Fasan, Gans und Wein geliebt. Früher hat er spätnachts mit mir gelacht und obszöne Kriegslieder geschmettert. Und vor gar nicht allzu langer Zeit war es mein Verdienst, dass er tagelang keinen Gedanken ans Essen verschwendet, sondern seine Gedanken über Pflichterfüllung, Familie und Vaterland mit mir geteilt hat. Früher einmal. Doch nun nicht mehr.

Sie bemüht sich, ihre Befürchtungen zu verbergen, und sagt: »Es ist durchaus möglich, dass mein Plan nicht zu dem von mir beabsichtigten Ergebnis geführt, sondern genau das Gegenteil bewirkt hat. Womöglich beschert uns das Schicksal also ein unerwartetes Ergebnis. Das ist wohl der Preis dafür, dass ich den

Göttern ins Handwerk zu pfuschen wage: Immer stärker verfällt Antonius dem Wein und den Frauen. Warte nur ab, er wird diese Vergnügungen, die ihm trotz seiner nachlassenden Manneskraft Bestätigung liefern, so berauschend finden, dass er keine Lust verspürt, jemals wieder in den Krieg zu ziehen. Warum sollte er auch?«

»Ja, das ist durchaus möglich«, antwortet Charmion angespannt. Es ist allgemein bekannt, dass sie in Antonius kein Vertrauen setzt. »Ihr könntet tun, was wir besprochen haben«, schiebt sie hoffnungsvoll nach.

Die Königin weiß, Charmion ist der Überzeugung, sie müsse mit dem Feind verhandeln. Mit dem Feind ihres Gemahls. Mit dem Rivalen ihres Sohnes. Mit dem Unmenschen, den Cäsar geschaffen und der Welt hinterlassen hat.

»Ich bin nicht bereit, für diesen Widerling in die Rolle der Speichelleckerin zu schlüpfen.«

»Die Herrscherin der beiden ägyptischen Reiche, die Mutter Ägyptens, die Königin, die von so vielen Königen abstammt, muss sich niemals unterwerfen«, entgegnet Charmion. »Sie muss nur ihren Willen verkünden. Das Königreich Eures Vaters hat von der Allianz mit Rom profitiert. Und wer ist nun Rom?«

Im Geiste hört Kleopatra, wie Charmion diese Frage selbst beantwortet: Jedenfalls kein Mann, der singt und betrunken durch das Anwesen am Meer tanzt. Nicht dieses lasterhafte Wesen, halb Mann, halb Junge, der sich mit nackten Dienerinnen vergnügt, während der Feind aus Griechenland anrückt. Für einen solchen Mann entscheidet man sich nicht. Vor allem nicht in diesen Zeiten.

»Ich verspüre nicht den geringsten Wunsch, mich mit diesem Unmenschen zu verbünden«, sagt Kleopatra finster. Charmion ist die einzige Person, die der Königin solch einen Vorschlag unterbreiten darf, ohne enthauptet zu werden. Kleopatra verdächtigt ihre Dienerin nicht, fragt sich allerdings, ob sie sich diesen Vorschlag selbst ausgedacht hat oder ob jemand damit an sie heran-

getreten ist. Ihrer Überzeugung nach sind auch schon andere im Königreich auf die Idee gekommen, Antonius aufzugeben. »Ich denke, ich habe mich klar und deutlich geäußert.«

Charmion stellt keine weiteren Fragen. Stattdessen beginnt sie damit, den Tagesablauf ihrer Herrin zu planen. »Der Kriegsminister bittet vor dem Frühstück um ein Treffen mit dem Kabinett.«

»Die Königin ist momentan indisponiert, was den Kriegsminister betrifft. Ich ertrage es einfach nicht mehr, mir seine irren Pläne anzuhören, die allesamt darauf hinauslaufen, dass ich nach Osten fliehen soll«, erwidert sie dankbar. Sie ist froh, endlich nicht mehr darüber sprechen zu müssen, wie zweckmäßig es wäre, wenn sie ihren Gatten im Stich ließe. Dennoch erscheint auch ihr dieser Plan manchmal überaus sinnvoll. »Erwartet er allen Ernstes, dass die königliche Familie und der Imperator einfach in Indien untertauchen? Sollte er weiterhin darauf bestehen, mir diesen Vorschlag zu unterbreiten, werde ich ihn in die Verbannung schicken.«

Sie atmete hörbar aus, ehe sie fortfuhr: »Sag das Frühstück mit dem Kabinett ab. Schick Sidonia ins Bett, in ihr Bett. Und lass mich in Ruhe.«

»Was werdet Ihr tun, Herrin?«

Die Königin denkt: Charmion hofft sehnlichst, dass ich dem Widerling schreibe. Sie vermutet, ich verhandle heimlich und hülle mich darüber in Schweigen. Gleich wird sie mein Gemach verlassen, vom Inneren Palast schnurstracks zum Isis-Tempel gehen, dort ein kleines Opfer darbringen und die Göttin darum bitten, dass ich meinen Gemahl verlasse.

»Das werden wir noch besprechen.«

»Wie Ihr wünscht. Soll ich den königlichen Frisör hinausschaffen?«

»Ja, das wäre gut. Die Königin muss sich kurz ausruhen.«

Charmion öffnet die Tür zum Vorzimmer. Ein großer äthiopischer Sklave tritt ein, verbeugt sich vor der Herrscherin und dreht sich zum Bett. Vorsichtig hebt er den schlafenden Eunuchen hoch, darauf bedacht, ihn so wenig wie möglich zu stören. Mit halbgeschlossenen Augen und verträumtem Blick lächelt Iras der Königin zu und legt den Kopf an die nackte, harte schwarze Brust. Wie ein Kind in den Armen des Vaters lässt er sich aus dem königlichen Gemach tragen und döst weiter.

Die Zofen der Königin treten ein. Wie Mäuse auf der Jagd nach einem riesigen Stück Käse sammeln sie die zerknitterten Bettlaken ein, beziehen das Bett neu, streifen Kleopatra den Morgenmantel ab und ziehen ihr einen neuen an. Damit legt sie sich auf das große Bett, in dem das gesamte Kriegskabinett Platz fände. Rechts und links von ihrer Schlafstatt knien sich nun zwei Mädchen auf den Boden und massieren ihre Arme und Hände mit Öl. Auf die Pflege ihrer Hände legt sie besonderen Wert. Zur Verdunkelung des Raumes werden die Fensterläden geschlossen, nur eine kleine Lampe spendet ein wenig Licht.

Mit halbgeschlossenen Augen beobachtet die Königin, wie Charmions Schatten zu einer Sklavin spricht, die den Wäschekorb auf dem Kopf trägt. Die Frau hört aufmerksam zu und verneigt sich gehorsam vor der älteren Griechin, wobei sich der Korb keinen Millimeter bewegt. Die Lider der Königin werden schwer, und innerhalb weniger Augenblicke schläft sie ein, in dem sicheren Wissen, dass der alte Feldwebel den Truppen ihre Befehle übermittelt.

Als die Geister der Vergangenheit auferstehen und von ihren Träumen Besitz ergreifen, hört sie entfernt Charmions ruhige und autoritäre Stimme, die leisen Schritte der Sklaven und das Flüstern der Dienerin, welche die Kerze ausbläst.

ROM UND ALEXANDRIA:

Kleopatras sechstes Regierungsjahr

An: Kleopatra VII., Königin von Ägypten in der Stadt Rom
Von: Hephaestion, Premierminister von Ägypten in der Stadt Alexandria

Königliche Majestät,

die jüngsten Ereignisse machen Eure sofortige Rückkehr nach Alexandria erforderlich. Unsere Kundschafter haben Beweise für eine weltweite Verschwörung gegen Euch und den Prinzen zusammengetragen. Ich vertraue nicht länger darauf, dass unsere Korrespondenz tatsächlich privater Natur ist, und werde daher erst weitere Details nennen, wenn ich persönlich vor Euch stehe. In zwei Tagen sticht eines der Schiffe des Hammonius von Ostia aus in See. Wie man mir glaubhaft versichert hat, verfügt es über eine äußerst komfortable Ausstattung und wird sowohl Euren Bedürfnissen gerecht als auch denen des Prinzen und der Mitglieder Eures Gefolges, die Ihr mitzunehmen gedenkt. Geht bitte keine Risiken ein, sondern greift auf all jene Methoden zurück, die Euch damals während Eures Exils, als die Umstände ebenfalls unsicher waren, gute Dienste erwiesen haben. Und vor allem – traut ausschließlich Euren engsten Helfern.

Veranlasst, dass Charmion den Prinzen keinen Moment aus den Augen lässt. Ich bin untröstlich, Euch derart alarmieren zu müssen, aber es ist nun mal meine Pflicht. Die derzeitige Lage erzwingt Eure Anwesenheit, da die traditionelle Thronfolge auf dem Spiel steht. Bitte informiert die Römer vorerst nicht darüber, dass es in Alexandria Probleme gibt. Zwar ist der eine oder andere Hinweis bereits zu den hier stationierten Legionen Cäsars durchgesickert, doch ich habe mich persönlich darum gekümmert, gegenteilige Behauptungen in Umlauf zu bringen.

Ich denke, in dieser Hinsicht droht keine Gefahr mehr. Als Erklärung für Eure überstürzte Abreise müsst Ihr die Erkrankung Eures Bruders, des Königs, angeben. Unserer Vermutung nach ist er an der Pest erkrankt, und sein ernster Zustand erfordert Eure sofortige Rückkehr nach Ägypten.

Vergebt mir, dass ich meinen Gefühlen so offen Ausdruck verleihe, doch ich kann es nicht erwarten, mich schon bald wieder Eurer königlichen Gegenwart zu erfreuen. Viele Hürden haben wir bereits gemeinsam genommen, und die jüngsten Ereignisse legen nahe, dass weitere Herausforderungen auf uns warten, die wir bestehen müssen. Bitte, zögert Eure Rückkehr nicht hinaus.

Auf ewig Euer Diener Hephaestion

* * * * *

Als sie das letzte Mal im Hafen ihrer Heimatstadt vor Anker gegangen war, hatte ein Pirat sie in einen staubigen Teppich eingewickelt, der ihr jede Bewegungsfreiheit nahm und in dem sie beinah erstickt wäre. Damals war sie im Geiste die Worte durchgegangen, die sie an den Diktator von Rom richten und mit denen sie ihn bewegen wollte, sie im Kampf gegen ihren inzwischen verstorbenen Bruder zu unterstützen. Wann immer die vielen zu überwindenden Hindernisse sie melancholisch stimmten, bis ihr, ihrem Sohn und dem Königreich ihrer Vorfahren Sicherheit vergönnt war, rief sie sich in Erinnerung, was sie schon alles erreicht hatte. Julius Cäsars einziger Sohn war der Prinz von Ägypten. Eine Statue von ihr stand in einem römischen Tempel, wo die Bürger nach und nach lernten, sie mit einer fürsorglichen Mutter gleichzusetzen, wie es die Menschen in ihrem Land bereits taten. Noch war Ägypten eine souveräne Nation. Und all dies hatte sie ganz allein, nur mit Hilfe der Götter, erreicht.

Die Sonne hatte deutlich mehr Kraft als die frische Meeresbrise und wärmte ihr Gesicht. Der Himmel war von jenem klaren Azurblau, das sie die letzten Monate so sehr vermisst hatte. Hie und da machte sie ein harmloses Wölkchen aus, die das

Schiff begleiteten. Schneeweiße Schwaden, die für sie bei der Ankunft im Großen Hafen tanzten.

Kleopatra unterdrückte die Anspannung, die Hephaestions kryptischer Brief heraufbeschworen hatte, und ergötzte sich an der Vorstellung, die der Himmelsgott gerade gab, und an den Wolken, seinen kleinen, rundlichen Töchtern, die zu ihrer Freude über dem Meer schwebten. Warum rief Hephaestion die Königin und den Prinzen nur in den von der Pest heimgesuchten Palast? Anstatt seine Motive zu hinterfragen, hatte sie rasch ein paar Koffer gepackt, sich bei den Römern entschuldigt, die in Cäsars Auftrag für sie sorgten und ihr während seiner Abwesenheit Gesellschaft leisteten. Mit ihrer überhasteten Abreise hatte sie seine Anhänger vor den Kopf gestoßen. Viel zu viele Mitglieder ihrer Familie hatten erst viel zu spät begriffen, dass ein abwesender Monarch bald ein gestürzter Monarch war.

Noch vor ihrem Aufbruch machte in Rom bereits die Nachricht ihrer Abreise die Runde. Cicero schickte einen Boten mit einer langen Liste all der Bücher zum Hafen, die er aus der Bibliothek von Alexandria ausleihen wollte und die sie ihm bei ihrer Rückkehr mitbringen sollte.

Das Schöne an Hephaestions düsterem Brief war, dass sie Servilia schriftlich über ihr Handeln in Kenntnis setzen konnte. Sie schrieb, ihr für die kommende Woche anstehender Besuch in der Villa sei obsolet, da die Pflicht sie zur umgehenden Rückkehr in die eigene Hauptstadt zwinge. Wie schlimm die Krise in der Heimat auch sein mag, dachte sie, wenigstens muss ich mich nicht noch mal mit dieser grässlichen Person treffen. Servilia respektierte Kleopatras Wünsche jedoch nicht. Sie ließ die Königin wissen, das Treffen könne womöglich verschoben werden, weshalb sie bereits am nächsten Tag eintreffe.

Keine zwei Tage war es her, dass Cäsar die Stadt verlassen hatte, und Kleopatra war gerade im Aufbruch, als Servilia in der Villa erschien. Auf die Ankündigung der Römerin hin hatte Kleopatra auch deren Töchter eingeladen, aber die Besucherin kam allein. Sie verkündete, die jungen römischen Frauen seien viel zu sehr mit den Kindern und dem Haushalt beschäftigt, um eine Landpartie unternehmen zu können. Kleopatra fragte sich, inwieweit Servilia damit andeuten wollte, ihr königliches Gebaren lasse auf Selbstsucht schließen. Diesen Vorwurf machten die Römer nämlich mit Vorliebe all jenen, die nicht wie sie einem fanatischen, wenn auch oberflächlichen Stoizismus frönten.

»Da ich eine reife Frau bin und meine Küken schon großgezogen habe, werde ich nun mit einem regen gesellschaftlichen Leben belohnt«, meinte Servilia.

»Ihr seid allein?«, fragte Kleopatra. »Ich hatte den Eindruck, Römerinnen müssten immer unter dem Schutz eines Mannes stehen.«

»Oder umgekehrt.« Servilia lächelte, und ihr Lächeln spiegelte sich in ihren eigenartig geformten Augen wider. Unten waren sie ganz gerade, oben stark gerundet, fast wie die Albaner Berge, auf denen Pompejus früher gelebt hatte.

Die Römerin behauptete, es sei ihre Pflicht, Kleopatra einige der Scheußlichkeiten zu erzählen, die Cäsars Feinde hinter seinem Rücken verbreiteten: Er zerstört die Republik. Er will ein *Gott* sein. Er möchte die Hauptstadt des Römischen Reiches nach Alexandria verlegen.

Die Königin wusste nicht, ob Servilia eifersüchtig war, sie warnen wollte oder ob sie sich einfach für ihren Sohn einsetzte und aus politischen Motiven versuchte, Kleopatras Verbindung zu Cäsar zu torpedieren. Wie auch immer, sie bezweifelte stark, dass sie dieser Frau trauen konnte.

»Was sagen denn seine Freunde über ihn, Verehrteste?«, erkundigte sich Kleopatra. »Verfügt Ihr da über irgendwelche Einzelheiten? Was hält beispielsweise Euer Sohn von ihm?«

»Brutus und Cäsar haben ideologische Differenzen, mehr nicht. Schon als Brutus noch ein Baby war, hat sein Vater ihm immer wieder erzählt, wie seine Vorfahren sich gegen die römischen Tyrannen erhoben haben. Er wollte ihm republikanische Ideale vermitteln, hat jedoch, wie ich fürchte, genau das Gegenteil erreicht. Ich wünschte, mein Sohn wäre nicht so nüchtern. Aber das bereitet mir keine großen Sorgen. Brutus und Cäsar verbindet eine Nähe, die familiären Bindungen in nichts nachsteht, wie ich Euch versichern kann.«

»Das muss Cäsar ein großer Trost sein«, erwiderte Kleopatra. Was für ein Spiel spielte Servilia?

»Eure Majestät, trifft es nicht zu, dass die Menschen in Eurem Land Euch als Göttin verehren?«

»Sie glauben, der Pharao stelle ihre Verbindung zu den Göttern dar und sei deren Stellvertreter auf Erden. Diese Tradition existiert schon seit vielen Jahrtausenden.«

»In Rom wird behauptet, Ihr setzt Cäsar derlei Flöhe ins Ohr! Unter anderem den Floh, er könnte ein Gott werden.«

»Ich dachte, Ihr kennt den Imperator sehr gut«, erwiderte Kleopatra.

»So gut, wie man ihn nur kennen kann, das dürft Ihr mir glauben. Unsere Freundschaft hat noch jede Herausforderung überstanden«, sagte sie und betonte die Silben des Wortes *jede*.

Bislang, dachte Kleopatra. »In dem Fall müsstet doch gerade Ihr wissen, dass Cäsar in erster Linie ein Römer ist. Er verfolgt Roms Interessen und nicht seine eigenen. Außerdem braucht er keine Frau, die ihm irgendwelche Ideen unterjubelt.«

»Wir beide, die wir ihn kennen, sind uns dessen natürlich bewusst. Aber ich habe angenommen, Eure Majestät möchte erfahren, welche Gerüchte in Umlauf sind. Sofern wir uns an die Philosophen halten, müssen wir einräumen, dass Wissen durchaus eine Form von Macht ist.«

»In der Tat. Nur wer bringt solche Gerüchte in Umlauf?«

»Oh, nicht wenige, wie ich fürchte. Eure eigene Schwester ist ebenfalls mit von der Partie.«

»Arsinoe? Seit wann hören die Würdenträger in der ewigen Stadt auf das Geschwätz politischer Gefangener?«

»Eure Schwester genießt die Gunst einer kleinen Gruppe von Römerinnen, die sich etwas darauf zugutehalten, dass sie sich um die Gefangenen kümmern. Ihr kennt diese Sorte Wohltäterinnen, die ich meine?« Mit einer Handbewegung machte Servilia klar, wie sehr sie solche Menschen verabscheute. »Frauen, die ihre Sympathien an Leute verschwenden, die es nicht verdient haben, anstatt sich um ihre eigenen familiären Belange zu kümmern.«

»Wieso sollte irgendjemand auf sie hören? Meine Schwester ist Roms Feindin. Und sie wird ihren Kampf nicht aufgeben, nur weil sie eine Niederlage erlitten hat und in Ketten ist, wie ich Euch versichern kann.«

»Das kann ich nur bestätigen! Sie hat die Gerüchte über Cäsars übertriebene Ziele geschürt und Geschichten in Umlauf gebracht, Ihr und er hättet vor, Roms Regierung zu stürzen und irgendwo im Osten, in Babylon, Alexandria, Antiochia oder Troja ein Königreich zu etablieren.« Wie eine Katze, die eine Maus in die Ecke getrieben hat, wartete Servilia auf Kleopatras Reaktion.

»Habt Ihr das Cäsar erzählt?« Weshalb macht sie sich die Mühe, mich zu informieren?, fragte sich Kleopatra. Welche finstere Absicht verbarg sich hinter dieser glatten, hohen Stirn? Warum setzte sie nicht denjenigen in Kenntnis, den es betraf?

»Ja, aber Ihr wisst, wie er ist. Er hat nur abgewinkt und meine Befürchtungen als einfältiges Geschwätz abgetan, das man ignorieren sollte.«

»Meiner Schwester dagegen schenkt man Gehör?«, fragte Kleopatra ungläubig nach. Zumindest spielte sie die Ungläubige, soweit es ihr möglich war. Ahnte Servilia, wie nah sie der Wahrheit gekommen war? Der Tatsache, wenngleich ohne diesen negativen Unterton, dass sie Roms Regierung stürzen wollten, um ihre Vorstellungen umzusetzen.

»O ja, weil sie ihr glauben möchten. Cäsar liebt das gemeine Volk sehr, aber ein paar extrem mächtige Personen fürchten ihn und das, was die Prinzessin angedeutet hat.«

»Ihr wisst doch sicherlich, dass es sich um nichts als das Geschwätz eines hysterischen und verbitterten Mädchens handelt?«

»Keine Frage. Dennoch ist es ihr gelungen, Schaden anzurichten, ehe man sie aus der Stadt geschafft hat.« Servilia umklammerte die Armlehnen ihres Stuhles, als wollte sie sich erheben, doch sie stand nicht auf. Ihre quadratischen weißen Fingernägel liefen rot an, so fest packte sie zu. »Eure Majestät, dürfte ich gegen das Protokoll verstoßen und völlig offen mit Euch sein?«

»Wie Ihr wünscht«, sagte Kleopatra und spannte die Muskeln an. Hatte diese unerschrockene alte Frau etwa vor, sich auf sie zu stürzen?

»Ihr vermutet vielleicht, ich wollte meinen – wie soll ich es ausdrücken? – früheren Platz in Cäsars Leben zurückerobern, aber ich schwöre Euch, dem ist nicht so. Als junge Frau hätte ich dieselben Vermutungen angestellt. Andererseits könnt Ihr Euch nicht ausmalen, welche Freiheit eine Frau in diesem Lebensabschnitt gewinnt, wenn solche Fragen an Bedeutung verlieren. Ich versuche Euch vielmehr Folgendes zu sagen: Seit mehr als dreißig Jahren liebe ich Cäsar, und meine Liebe ist bedeutend stärker als der Wunsch, das Objekt seiner Begierde zu sein. Wir sind seit langem gute Freunde. Wir beide haben uns immer vorgestellt, zusammen alt zu werden. Wenn wir nicht einmal mehr ohne Hilfe gehen können, wollen wir einfach nur auf unseren Stühlen sitzen und zusehen, wie die Jüngeren unsere Pflichten übernehmen, während wir nur noch Wein schlürfen und an schönen Blumen riechen. Ich störe mich nicht weiter daran, dass Ihr eine dieser vitalen jungen Personen seid und jetzt schon meinen Platz eingenommen habt. Im Übrigen überlasse ich ihn Euch gern. Ich ziehe Euch ins Vertrauen, weil ich zusammen mit Cäsar alt werden möchte. Doch falls er sich nicht in Acht nimmt, was er nicht gern tut, wird unser schöner Traum nicht wahr werden.«

Über die Vorstellung, wie Servilia ihren Lebensabend mit Cäsar verbrachte, konnte Kleopatra nur lachen. Diese Ehre würde einer anderen Frau zuteilwerden, nämlich einer hübschen jungen Königin und ganz gewiss nicht einer alten römischen Vettel.

»Welche Einwände erheben seine Feinde? Ihr müsst mir helfen. Die Feindseligkeit gegenüber diesem Mann, der seinem Land zu solcher Größe verholfen hat, ist mir unerklärlich.« Kleopatra wartete auf Servilias Antwort. Da sie nicht davon ausging, dass Brutus Cäsars Freund – oder gar Sohn – war, fragte sie sich, ob dessen Mutter allen Ernstes so weit ging, hier wirklich offen zu reden. Denn falls ein Familienangehöriger dieser Frau irgendetwas plante, wusste sie darüber garantiert Bescheid. Kleopatra bezweifelte, dass aus Servilias Küche auch nur eine einzige Olive verschwand, ohne dass die Hausherrin schon im Voraus ahnte, wer der Dieb war.

»Eure Majestät, für eine Monarchin mag es schwierig sein, unsere Art nachzuvollziehen, aber die Machtfülle, die Cäsar momentan genießt, verstößt gegen unsere Verfassung. Diesen Einwand bringt mein Sohn gegen die Diktatur vor. Was die anderen betrifft, so nehmen sie Anstoß daran, dass Cäsar Rom an Nicht-Römer verschenkt. Allen Freigelassenen in Italien hat er die römische Staatsbürgerschaft versprochen, wodurch sie dieselben Rechte und Privilegien genießen wie echte Römer. Er hat Gallier in den Senat berufen, römische Beamte von nobler Herkunft ihrer Posten in den Provinzen enthoben und sie durch Einheimische ersetzt.«

Verbrecher!, hatte Cäsar die Römer genannt, die er der Macht enthoben und heimgeschickt hatte, *Verbrecher, undankbares Gesindel, tölpelhafte Diebe!* Was sie vor Servilia, die zweifellos ebenfalls zu dieser Gruppe gehörte, gewiss nicht wiederholte.

»In letzter Zeit hat er in der Öffentlichkeit verkündet, es sei sein Ziel, jedem Bürger im gesamten Imperium die römischen

Rechte zu verleihen! Ich muss Euch sagen, diese Idee und nicht zuletzt auch diese gallischen Kreaturen, die allen Ernstes in *Hosen* im Senat auftauchen, haben seine konservativen Kritiker, die unter allen Umständen Rom sauber halten wollen, in Rage versetzt.«

»Die gallischen Senatoren waren Cäsar, soweit ich mich richtig entsinne, im Krieg treu ergeben«, führte Kleopatra an. »Weshalb sollten sie dafür nicht belohnt werden? Da Gallien inzwischen zu Rom gehört, sollten die Gallier durchaus auch Römer sein dürfen. Die Römer müssen schließlich keine Gallier werden.«

Servilia reagierte schockiert und zog fragend die Augenbrauen hoch. »Wollt Ihr etwa, dass Eure eigenen Untertanen eines Tages ebenfalls römische Bürger werden?«

Kleopatra hoffte tatsächlich insgeheim, dass man ihren Untertanen irgendwann die römische Staatsbürgerschaft verlieh. Dann wären sie römische Graeco-Ägypter und würden die drei interessantesten Zivilisationen der Welt in sich vereinen. Aus ihrer Sicht war dies durchaus ein erstrebenswertes Ziel und keine furchterregende Vision. Ohne Veränderung gab es schließlich keinen Fortschritt. Dennoch hielt sie es nicht für klug, dieser Frau, die Neuigkeiten aufsaugte wie ein Schwamm, ihre Ansichten kundzutun.

»Verehrteste, wie Euer Sohn mit Geschichten von siegreichen Tyrannen aufgewachsen ist, so habe ich auf dem Schoß meines Vaters gesessen und Geschichten über unseren Vorfahren Alexander und seine Vorstellungen gehört, wie man ein Weltimperium ausgewogen regieren kann. Alexander hat die Völker der von ihm eroberten Nationen – bildlich gesprochen – in die Arme geschlossen, und offenbar hat Cäsar vor, seinem Beispiel zu folgen. Das kann doch kein Fehler sein, oder?«

»Theoretisch nicht, Eure Majestät. Allerdings sprechen wir gerade von Rom. Ihr habt nicht viel Zeit auf unseren Straßen verbracht. Ihr habt nicht gehört, wie der Mob ›Führt die Republik wieder ein! Gebt Rom den Römern zurück!‹ schreit, wenn Cäsar vorbeikommt.«

Der Imperator hatte Kleopatra erzählt, dass einige konservative Senatoren das Volk dafür bezahlten, diese Parolen auf den Straßen zu rufen. »Sie möchten die Zeit zurückdrehen, aber das wird niemals passieren«, hatte Cäsar gesagt. »Auf der ganzen Welt sind Männer fasziniert von der Vorstellung, dass alle Menschen dieselbe Staatsbürgerschaft haben.«

»Dafür habe ich gehört, wie das Volk auch ›Heil dem König‹ ruft, wenn Cäsar vorbeikommt. Ich vermute mal, dass derjenige die Parolen bestimmt, der sie gerade bezahlt.«

Servilia tat gekränkt. Ihre Augenbrauen senkten sich, ihr breit lächelnder Mund verwandelte sich in zwei schmale Linien.

»Verehrteste, die Welt verändert sich. Ist es dann nicht umsichtig, sich ebenfalls zu verändern? Mir kommt es so vor, als hätten selbst Cäsars Feinde von den Fortschritten, die er erzielt hat, mehr als profitiert. Aber allem Anschein nach wollen seine Widersacher die Früchte des Fortschritts genießen, ohne den Preis der Veränderung zu bezahlen.«

Servilia erhob sich. »Ich habe gesagt, was ich sagen wollte. Ihr habt recht, Eure Majestät. Viele Menschen werden Cäsars rasante Umwälzungen mittragen. Auf der anderen Seite gibt es einige wenige, die die These vertreten, wir müssten – und ich glaube, er weiß, wer Catos Ansichten hochhält – wie die Kletten am Althergebrachten festhalten. Mein Sohn hört auf sie, wenngleich er Cäsar nach wie vor treu ergeben ist. Daher möchte ich Euch Folgendes raten: Falls Ihr wünscht, dass sich alles nach Euren Vorstellungen entwickelt, solltet Ihr den Diktator veranlassen, nicht länger so zu tun, als ob das Althergebrachte nichts mehr zählt, sondern den alten Hunden frisches Fleisch zum Fraß vorzuwerfen. Anderenfalls fürchte ich, dass sie ihre Fänge in seine Schenkel schlagen werden.«

* * * * *

Im Großen Hafen von Alexandria begrüßte Kleopatra die mächtigen Statuen ihrer Vorfahren, Ptolemaios Philadelphus und seine Gemahlin Arsinoe II. Mochte Cäsar auch versuchen, Rom in Anlehnung an Alexandrias Proportionen und Erhabenheit neu zu gestalten, in dieser stickigen und überfüllten Stadt gab es nichts, was mit diesem Anblick mithalten konnte. Selbst Titanen und Götter überragten die beiden. Obwohl man ihre makedonischen Züge ein wenig verändert hatte, damit sie dem Geschmack des eroberten Volkes entsprachen, wachten sie wie die erhabensten alten Pharaonen eindrucksvoll über Menschheit und Natur. Das provinzielle Rom muss sich ganz schön anstrengen, bis es hiermit gleichziehen kann, befand die Königin.

Träge breitete sich die weiße Stadt am felsigen Ufer und auf den Hügeln hinter dem Hafen aus. Cäsars Denkmal, das Cäsareum, war wohl während ihrer Abwesenheit fertiggestellt worden. Im Vergleich zu dem dominierenden Bauwerk am Südufer wirkte der Isis-Tempel geradezu klein. Wie eine griechische Phalanx starrten die zwölf auf der Vorderseite hochgezogenen Säulen mitsamt ihren reglosen schwarzen Schatten auf das Meer hinaus. Der Himmel war klar, und die Pan-Statue auf dem Hügelkamm streckte der Königin zur Begrüßung den Arm entgegen.

Kleopatra konnte gerade noch die Umrisse der Menschen ausmachen, die sich auf dem wie ein Kiefernzapfen geformten Hügel im Schatten der Weiden ausruhten. Sie musste an Servilias Warnung denken und machte folgende Feststellung: Aufgrund der geographischen Lage, der beeindruckenden Kulturgeschichte, der anmutigen Proportionen, der schieren Schönheit und des jahrtausendealten überlieferten Wissens, das in ihren Institutionen beheimatet war, taugte Alexandria wesentlich besser zur Hauptstadt eines Imperiums als Rom. Selbstverständlich war diese Ansicht für die römischen Senatoren, diese alternden Männer, denen die Macht so schnell aus den Händen glitt, wie das Blut aus einem geschlachteten Tier sickerte, eine Bedrohung.

Während Cäsar die Grenzen des römischen Imperiums immer weiter in exotische Länder verschob, wo man ihn sofort zum König ausrufen würde, so wie sie früher Alexander zum König ausgerufen hatten, bluteten die Senatoren Tag um Tag ein wenig mehr aus. Obgleich Cäsar nie hatte verlauten lassen, dass er König werden wolle, hielt Kleopatra dies für den unvermeidbaren nächsten Schritt in seiner Entwicklung.

Bis Sonnenuntergang warteten die Passagiere im Hafen darauf, an Land gehen zu dürfen. Nuth, die Himmelsgöttin, färbte den Horizont und verwandelte die tanzenden weißen Wolken des Zeus in kleine lohfarbene Finger, die das Schiff ans Ufer geleiteten. Im letzten Glühen des Tageslichtes, als Himmel und Stadt zu einem dämmrig-blauen Traum verschmolzen, betrat Kleopatra ägyptische Erde. Nachdem die Besatzung von Bord gegangen war, die Erde geküsst und Ra angerufen hatte, wünschte sie, sie könnte es den Männern gleichtun.

Die Königin vermochte es nicht länger zu erwarten, die von ihren eigenen Köchen zubereiteten Speisen zu sich zu nehmen. Angesichts der auf dem Schiff geltenden Sicherheitsvorkehrungen war ihr der Appetit gründlich vergangen. Jedes Gericht für sie und den Prinzen hatte mehrere Vorkoster, und selbst danach roch Charmion noch skeptisch an allem, ehe sie auch nur einen Bissen kosten durften. Manchmal bat die Dienerin sie sogar zu warten, da eine giftige Substanz erst mit zeitlicher Verzögerung ihre Wirkung zeigen könnte, und wenn Kleopatra dann endlich ihr Gericht essen durfte, war es oftmals schon kalt. Kleopatra und Cäsarion teilten sich eine Kabine, vor deren Tür mehrere Wachen standen. Drinnen lagen außerdem einige Diener zu ihrem Schutz auf Strohmatten. Da der Knabe unruhig schlief, fand sie nachts kaum Ruhe. Außerdem knurrte ständig ihr leerer Magen. Nach zwei Tagen auf See sehnte sie sich nach ein bisschen Privatsphäre, nach einer Mahlzeit, die ihr ohne großes Trara vorgesetzt wurde, nach einem einsamen Spaziergang an Deck, ohne die beiden Matrosen, die ihr auf Schritt und Tritt folgten. Am liebsten hätte sie ihnen gesagt, sie beherzige Cäsars Philosophie und fürchte den Tod nicht, sondern ziehe ihn der Angst vor, umgebracht zu werden. Dabei fürchtete sie den Tod sehr wohl, nicht um ihretwillen, sondern wegen des blauäugigen Kleinkindes, das weder die Jauchegrube römischer Politik noch die Schlangengrube der ägyptischen Monarchie ohne mütterlichen Schutz überleben würde.

Und nun, da weder eine feindliche Miliz noch ein aufrührerischer Mob, noch eine murrende Bürgerschaft sie am Hafen empfing, fragte sie sich, welchen Problemen sie sich nach ihrer Rückkehr wohl stellen musste. Ihre Ankunft in Alexandria hatte Hephaestion wohlweislich geheim gehalten. Daher empfing sie auch kein Begrüßungskomitee am Hafen. Nur der vornehme Eunuch, ein Teil seines Personals und ein Wagen mit Dienern, die halfen, die königlichen Habseligkeiten in den Palast zu bring, waren erschienen.

»Seid Ihr zu erschöpft, um Euch heute Abend noch über die Ereignisse unterrichten zu lassen?«, fragte er, als sie in die Kutsche stiegen. Augenscheinlich hatte er dafür gesorgt, dass sie allein waren.

»Fragt Ihr nur aus Höflichkeit, Hephaestion? Ich kenne Euch zu gut. Ihr habt bereits entschieden, dass wir keine Zeit verschwenden dürfen. Ich wette, Ihr habt längst angeordnet, dass uns das Abendessen in der Bibliothek serviert wird, damit wir uns dabei unterhalten können.«

»Eure Majestät glänzt durch Weisheit. Ich würde Euch gewiss nicht behelligen, erforderten die Ereignisse nicht sofortiges Handeln.«

Er war gealtert, seit er in ihren Diensten stand. Als ihr Vater ihn zehn Jahre zuvor in Amt und Würden gebracht hatte, war er dünn gewesen, sein Gesicht faltenlos, und stets hatte ein Schmunzeln seinen Mund umspielt. Eigentlich hätte das Amt jedes Jahr einem neuen Berater übertragen werden sollen, aber da die königliche Familie schon mehrmals vom höchsten Staatsdiener betrogen worden war, hatte ihr Vater dem Eunuchen diese Stellung lebenslänglich aufgebürdet. Inzwischen war er etwa fünfzig, ungefähr so alt wie Cäsar und fast so alt wie ihr Vater bei seinem Tod. Hephaestion wirkte immer noch gesund, trotz des Gewichts, das er an Bauch, Hals und Wangen zugelegt hatte und das ihm eine gewisse Ähnlichkeit mit einem stolzen alten Hahn verlieh. Mit Ausnahme des dünnen Kajalstriches, der seine schönen braunen Augen umrahmte, griff er noch nicht auf kosmetische Hilfsmittel zurück, wie das viele seiner alternden Kollegen taten. Seine Haut war nicht mehr so straff wie damals, als sie ihn in ihrem Kriegslager unweit des Forts bei Pelusium zurückgelassen hatte, um sich mit dem Piraten Apollodorus davonzuschleichen und Julius Cäsar zu treffen. Nun lugten graue Strähnen zwischen den kleinen schwarzen Locken hervor. Wie viele Runzeln in seinem ehemals glatten Gesicht waren wohl der Hingabe zuzuschreiben, mit der er ihr diente?

Diesmal hielt sie nicht wie sonst beim Isis-Tempel inne, um als Dank für die sichere Heimkehr ein kleines Opfer darzubringen. Auch warf sie im Palast keinen Blick in das herrschaftliche Schlafgemach, das sie in Rom so sehr vermisst hatte. Stattdessen begab sie sich ohne Umschweife mit Hephaestion in den Raum, wo sie schon so oft den Staat betreffende Fragen erörtert hatten. Der Eunuch entließ rasch alle Schreiber und Diener, die vor der Tür standen, und drängte Kleopatra hinein. Sie nahm auf ihrem gepolsterten Lieblingsstuhl mit den goldenen Armlehnen Platz, die an genüsslich ausgestreckte Löwentatzen erinnerten. Hephaestion holte einen kleinen Metallgegenstand aus einer schwarzen Kiste auf seinem Schreibtisch und lockerte damit einen Stein in der gemauerten Wand. Vorsichtig löste er den Stein heraus, legte ihn auf den Boden, griff in die Öffnung und zog einen Stapel Briefe hervor.

»Ist diese Geheimnistuerei wirklich vonnöten?«, fragte Kleopatra. Sie war erschöpft und fühlte sich leicht schwindelig. Da ihr das ständige Auf und Ab der See noch nachhing, drückte sie die Füße fest auf den Fliesenboden, um sich wieder an das Festland zu gewöhnen. Zudem war sie hungrig und sehnte sich nach einem heißen Bad in ihren Privatgemächern. Sie konnte fast spüren, wie warmes Wasser sie umspülte, und kam ins Träumen, als sie sich dieses genüssliche Vergnügen ausmalte. Hephaestion breitete die Briefe vor der Königin auf dem Schreibtisch aus, doch anstatt sich damit zu befassen, schloss sie die Augen. »Muss ich die jetzt lesen?« Ihre Augen brannten vom beißenden Meerwind, dem sie viel zu lange ausgesetzt gewesen war, und wegen des Schlafmangels an Bord des unruhigen Schiffes.

»Ich werde Euch den Inhalt vortragen. Diese Sendschreiben belegen die Korrespondenz zwischen Prinzessin Arsinoe, die sich Königin von Ägypten nennt, und dem König. Dank eines treulosen Mitarbeiters des königlichen Kerzenmachers, dessen Schwester der Prinzessin während ihrer Gefangenschaft in Rom als Kammerzofe gedient hat, wurden die Schreiben an unseren Zensoren vorbeigeschleust. Selbst von Ephesus aus, wo die Prinzessin eigentlich von den Römern bewacht werden sollte, sind Briefe nach Ägypten gelangt. Ganz offensichtlich hat sie unter ihren Wachen den einen oder anderen gefunden, der mit ihr konspiriert.«

Kleopatra konnte sich sehr gut vorstellen, welcher Methoden sich ihre hübsche Schwester bedient hatte, um sich ihre Aufseher gefügig zu machen. Gewiss hatte Arsinoe sie im Schlafzimmer ihres jüngeren Bruders perfektioniert, den sie ebenfalls manipuliert hatte. Würde ihre Schwester sie jemals mit diesen heimtückischen Ränkespielen verschonen?

»Prinzessin Arsinoe hat der römischen Armee hier in Alexandria einige Abgesandte mit der Aufforderung geschickt, sich gegen Eure Majestät zu erheben und die Stadt in ihrem Namen zurückzuerobern.«

»Bildet diese Närrin sich etwa ein, Julius Cäsars Männer verrieten ihren Feldherrn so ohne weiteres?«, fragte Kleopatra verärgert.

»Einige von ihnen sind Söldner aus den östlichen Provinzen, die früher Pompejus unterstanden, und sie sind eher auf Gold aus als darauf, Roms Ruhm zu mehren. Bei diesen Männern hatte Eure Schwester leichtes Spiel. Sie hat einige leidenschaftliche Dekrete verfasst, mit denen sie ihnen im Gegenzug für ihre Kooperation Gold, Land, die Staatsbürgerschaft und die Ehe mit alexandrinischen Frauen verspricht. Außerdem ist es ihr gelungen, die Briefe unmittelbar den Führern der Männer zukommen zu lassen.«

Kleopatra schüttelte den Kopf. »Selbst in Gefangenschaft beharrt sie noch darauf, die Königin zu sein.« In der Hoffnung, ihre Lebensgeister wiederzuerwecken, rieb sie sich die Ohren, so wie die Masseurin es ihr gezeigt hatte, und arbeitete sich mit den Fingern über den Nacken bis zu der besonders verkrampften Schultermuskulatur vor. »Wir müssen also wieder mal davon ausgehen, dass ein Aufstand bevorsteht? Habt Ihr mich deshalb zurückgerufen? Was ist denn los, Hephaestion? Wieso habt Ihr so großen Wert darauf gelegt, dass ich behaupte, mein Bruder sei an der Pest erkrankt? Warum durfte ich nicht einfach die Wahrheit sagen und ihn einen Verräter nennen?«

»Es ist nicht ganz unzutreffend, dass bei ihm die ersten Anzeichen dieser Krankheit aufgetaucht sind.«

Mit Bedacht hatte Hephaestion seine Worte gewählt, aber er war auch ein vorsichtiger Mann. Anscheinend hatte er die Absicht, der Königin nur die halbe Wahrheit zu erzählen, was ihr überhaupt nicht gefiel. Er war kein Ränkeschmied und auch kein Intrigant, wie die meisten seiner Kollegen, die der ptolemäischen Dynastie gedient hatten. Auch hatte er nie versucht, mehr Macht an sich zu reißen, als sein Amt ihm zugestand. Auf der anderen Seite bewies er uneingeschränkte Loyalität und verfügte über die beinah unheimliche Fähigkeit, geniale Pläne zu schmieden. Nicht zum ersten Mal war er Kleopatra einen Schritt voraus. Keinen Moment zweifelte sie daran, dass das Puzzle, das er gerade zusammensetzte, allein ihrem Wohlergehen diente. Unzählige

Male hatte er seine Ergebenheit schon unter Beweis gestellt, sein Leben aufs Spiel gesetzt und sie aus Alexandria fortgebracht, nachdem die Regierung ihres Bruders sie zur Gefangenen im eigenen Palast gemacht hatte. Auch im Exil hatte er ihr noch gedient, selbst als ihre Finanzmittel aufgebraucht waren.

»Wieso habt Ihr mich und meinen Sohn in ein von Pest verseuchtes Territorium gerufen?« Ihr war klar, dass ihre Worte wie eine Unterstellung klangen. »Doch wartet, als ich in den Hafen gesegelt bin, habe ich keine Warnflaggen gesehen. Und auf den Straßen keine Krankenpritschen. Was, in Gottes Namen, geht hier vor?«

»Vor ein paar Monaten hat es ernstzunehmende Anzeichen gegeben, dass die Pest umgeht, wozu es allerdings nicht gekommen ist, weil wir sofort eine Quarantäne ausgerufen haben.« Hephaestion ging die Briefe durch, zog das Schreiben heraus, das er gesucht hatte, und legte es ihr zum Lesen vor. Verfasst hatte es ihr Bruder, der gegenwärtige König, und es hernach an einen römischen Feldherrn gesandt. Er versprach ihm eine große Summe Geld und ein Anwesen in der Nähe von Faijum, falls er seine Truppen dazu überreden konnte, Julius Cäsars Befehle nicht auszuführen, und Arsinoe Zugang zur Stadt gewährte. Kleopatra las: »Mit Euren Kameraden in Ephesus sind die Vereinbarungen bereits getroffen. Die wahre Königin von Ägypten wartet nur auf ein Wort von Euch, um heimzukehren.«

»Hier ist noch ein Brief, der gewiss Euer Interesse wecken wird. Nachdem der Kerzenmacher uns seinen Untergebenen überstellt hat, haben wir die Korrespondenz der römischen Soldaten abgefangen. Hier setzt ein römischer Feldherr im Namen ›eines ranghohen ägyptischen Beamten eintausend Talente für die Ermordung des Prinzen und Kleopatras‹ aus, die sich ›gerade in Rom aufhält und dort an der Zerschlagung des Römischen Reiches arbeitet‹. Wie groß wären ihre Chancen gewesen, hätten wir ihre Ränke nicht entdeckt?«

»Welcher einfache Mann würde nicht alles riskieren, um tausend Talente zu kassieren?«, fragte Kleopatra. »Das ist mehr, als die meisten Stadtverwaltungen in der Kasse haben. Doch wem soll man hier die Schuld geben? Ist mein Bruder bloß Arsinoes Marionette? Oder handelt er aus freien Stücken?«

»Er ist jetzt in dem gleichen Alter wie Euer Bruder damals, als er eine Armee gegen Euch aufgestellt hat.«

Kleopatra nahm das Schreiben noch mal zur Hand. Zu lesen, dass man auf Geheiß eines anderen ermordet werden sollte, war beängstigend. Sie legte es mit einem Seufzen weg, lehnte sich erschöpft und benommen zurück. Vielleicht war sie ja tatsächlich tot, und dieses bizarre Treffen war nichts weiter als ein Traum der Lebenden.

»Eure Königliche Hoheit, erinnert Ihr Euch an den Rat, den ich Euch vor langer Zeit, nach dem Tod Eures Vaters, gegeben habe, als wir zur Sicherung Eurer Position zu drastischen Mitteln greifen mussten?«

»Ihr habt damals gesagt: Entscheidungen, die den Staat betreffen, müsst Ihr kaltblütig fällen. Eure Worte habe ich nie vergessen.«

»Fandet Ihr, dass dies ein kluger Rat war?«

»Klüger, als mir lieb war.«

Mit einer Miene, starr wie eine Totenmaske, kniete Hephaestion vor seiner Königin nieder. »Ich bitte Euch um Vergebung für das, was ich während Eurer Abwesenheit getan habe.«

»Premierminister, bitte, erhebt Euch. Für derlei dramatische Gesten bin ich zu erschöpft. Außerdem passen sie nicht zu Euch.«

»Ägypten verkraftet es nicht, wenn wieder ein Ptolemäer Krieg gegen einen anderen Ptolemäer führt.«

»Mit der Allianz, die ich mit Rom geschlossen habe, wollte ich genau dies verhindern.«

»Doch wie wir inzwischen gesehen haben, wird Arsinoe nichts unversucht lassen, die Macht an sich zu reißen. Und vor Ort ist der König ihr wichtigstes Instrument.«

»Aber Ihr behauptet doch, er sei krank.«

»Er ist krank, weil ich es veranlasst habe. Der Alchemist, der für meine Mutter allerlei verjüngende Mittel hergestellt hat, hat mir verraten, dass er ein Gift mit derselben Wirkung wie die Pest entdeckt hat. Ich habe die Götter um eine Möglichkeit angefleht, den König stillschweigend loszuwerden, und dann das! Selbstverständlich habe ich es als Zeichen gewertet. In der Stadt herrschte die Pest, das Volk war bereits gewarnt. Ich wusste, niemand würde Verdacht schöpfen, wenn auch der König erkrankt. Also habe ich dafür gesorgt, dass ihm diese Substanz ins Essen gemischt wird. Ich kann das sofort unterbinden, falls Ihr es wünscht, obwohl ich Euch nicht dazu raten würde.«

»Was ist mit meiner Schwester? In Wahrheit ist sie doch die Anstifterin.«

»Auf Euren Befehl hin werde ich dafür sorgen, dass Prinzessin Arsinoe dieselbe Substanz erhält«, sagte er. »Sie ist nicht die Einzige, die in Ephesus über Beziehungen verfügt.«

* * * * *

Königliches Dekret, herausgegeben am fünften Tag im April im Jahre 734 nach der ersten Olympiade und im achten Regierungsjahr von Königin Kleopatra VII., Theas Philopater, Neos Isiis, Tochter des Amun-Re, Pharao der beiden ägyptischen Reiche. Nachfahrin von König Ptolemaios I. und Königin Berenike I., von Soter, dem Retter der Götter, von Ptolemaios II. Philadelphus und Arsinoe II., Bruder und Schwester der Götter, von Ptolemaios III. und Berenike II., den wohltätigen Göttern, die dem Volk mannigfaltige Wohltaten zuteilwerden ließen, von Ptolemaios IV. Philopater und Arsinoe III., von Ptolemaios V. Epiphanes und Kleopatra I., den offenkundigen Göttern, von Ptolemaios VI. Philomater, Ptolemaios VIII. Euergetes und Kleopatra II., Großenkelin von Ptolemaios XI. Soter, Tochter des Ptolemaios XII. Theos Philopater Neos Dionysos Neos Osiris und Kleopatra V. Tryphaena. Das königliche Geschlecht der Lagiden erweist diesem Land unzählige Wohltaten.

An die Bürger Alexandrias und seine jüdischen Einwohner:

Königin Kleopatra ist aus der Stadt Rom zurückgekehrt, wo sie den heiligen Titel »Freundin und Verbündete des römischen Volkes«, den ihr der Römische Senat zuteilwerden ließ, erneut bestätigt hat. Es ist der Erhabenheit, Wohltätigkeit und dem Einfluss der Königin geschuldet, dass das römische Volk von nun an wieder zu der Göttin Isis und dem Gott Dionysos beten darf. Heil der Königin Kleopatra, die dem römischen Volk dazu verholfen hat, seinen Glauben wieder ausüben zu dürfen.

Königin Kleopatra lädt euch ein, zusammen mit ihr am zwanzigsten Tag des April mit Spielen und Theateraufführungen, die um zwölf Uhr mittags beginnen und bei Sonnenuntergang im Cäsarium enden, der Erinnerung an den vor kurzem verstorbenen König Ptolemaios XIV. zu huldigen, welchen die Götter zu sich gerufen haben. Alle Bürger und jüdischen Einwohner werden gebeten zu erscheinen.

Geehrt werden soll auch König Ptolemaios XV. Cäsar, Philopater und Philomater, Mitregent und Sohn von Kleopatra VII. aus dem königlichen Haus der Lagiden und von Gaius Julius Cäsar, Diktator von Rom, Nachfahre der Cäsaren von Italien und dem griechischen Helden Aeneas, dem Begründer der Stadt Rom und Sohn der Aphrodite.

Auf Einladung der Königin werden die besten und begabtesten Athleten, Musiker und Tragiker aus der ganzen Welt auftreten und miteinander in Wettbewerb treten. Die Gewinner werden mit Preisen ausgezeichnet.

Heil der Königin Kleopatra, die mit dem Segen der Götter alles möglich macht!

* * * * *

Die Stadt Narbo in Gallien:

Kleopatras sechstes Regierungsjahr

Cäsar fiel es schwer, zu sagen, ob er gerade eben seinen dreihundertvierten oder dreihundertfünften Sieg errungen hatte. Sein Gedächtnis, das normalerweise jedes Detail speicherte, ließ ihn immer öfter im Stich. In Spanien vergaß er manchmal sogar, gegen wen er eigentlich kämpfte, obwohl er die Söhne des Pompejus und deren Legionen unterworfen hatte. Er kämpfte einfach weiter, erteilte den Männern Befehle und verließ sich nicht allzu sehr auf seinen Verstand. Im Kampf diente der Instinkt ihm besser. Doch die Schlachten, die blutverschmierten Gesichter seiner Männer, die verstümmelten Gliedmaßen, die so pathetisch an den Leibern der Toten hingen, die vergeblichen Schmerzensschreie, die weitaus vergeblicheren, an die Götter gerichteten Gebete, auf die sie ihren letzten Atem verschwendeten, die edlen Streitrösser, die den Männern so treu gedient hatten und dann über ihre eigenen Hufe stolperten und ihre Reiter niedertrampelten, all diese Bilder kannte er nur zu gut aus all den anderen Schlachten, in die er gezogen war.

In Spanien gab es allerdings einen Unterschied: *Sie* war zu ihm gekommen, mitten in der Schlacht, hatte ihm befohlen, das Schwert sinken zu lassen, und ihn aus dem heillosen Durcheinander geführt. Schlagartig legte der Lärm sich, als hätte er das Gehör verloren. Er sah, wie die Männer vor Zorn und Schmerz den Mund aufrissen, vernahm jedoch keinen Laut. Plötzlich lag über allem ein Flüstern, wie in den Alpen, wenn frühmorgens Schnee fiel. Er folgte diesem unirdischen Wesen über das

Schlachtfeld zurück zum Lager. Wie schön sie aussah mit ihrer samtenen Haut, den rosigen Wangen und den strahlend blauen Augen. Ihr Körper, in feingewebtem Stoff gehüllt, glitzerte in der Nachmittagssonne, die durch die jungen Blätter der dickstämmigen Bäume fiel und ihren Körper durch das Kleid schimmern ließ.

Wie der Frühling ist sie, dachte er, und als sie den Kopf drehte und ihn mit einem Blick aufforderte, ihr zu folgen – dieser urweiblichen Gestalt mit den weichen Kurven, den wunderschönen, hoch angesetzten Brüsten und den langen nackten Füßen mit dem hohen Spann, den er so gern streicheln wollte –, da wusste er nicht, ob sie ihn von der Schlacht wegführte, weil er tot war oder weil sie die Absicht hatte, ihn zu verführen. Als er von seinem schweißnassen Pferd stieg, streckte er die Hand nach ihrer Taille aus, doch sie löste sich in dem Moment in Rauch auf, als er sie umschlingen wollte. Als er wieder zu Bewusstsein kam, lag er in seinem Zelt, und ein Arzt mit dem Gesicht einer neugierigen Krabbe blickte mit zusammengekniffenen Augen auf ihn herab. Der Medicus setzte ihn davon in Kenntnis, dass ihn einer seiner Männer gefunden habe, nachdem er vom Pferd gefallen war und das Bewusstsein verloren hatte.

Wieso hatte sie ihn in diesem Augenblick nicht einfach zu sich geholt? Wie gern hätte er die Hülle seines Körpers im Wald zurückgelassen und sich in ihre Arme geflüchtet.

Wie immer erholte er sich und blieb in Spanien, um den Austausch einer Provinzregierung zu überwachen, was unweigerlich Chaos hervorrief. Er fällte Urteile, bestrafte Kriegsverbrecher, vergab den Reuigen, etablierte ein neues Steuersystem, verschaffte sich einen Überblick, wer bestochen worden war, um die richtigen Personen in Amt und Würde zu bringen, kassierte einen angemessenen Tribut und begab sich schließlich auf den Heimweg.

Wieder einmal hatte er es geschafft, hatte er einen Sieg errungen, und inzwischen hatten sich viele Senatoren hinter ihn gestellt – die meisten aus Furcht, das war ihm sehr wohl bewusst. Dennoch freute es ihn, zu sehen, wie die Zahl seiner Feinde beständig schrumpfte. Eine stattliche Gruppe Senatoren hatte die Mühe auf sich genommen, ihn in der Küstenstadt Narbo zu treffen und ihn dort mit weiteren Ehren zu überschütten, als wäre es eine Beleidigung, damit zu warten, bis er in Rom einmarschierte. Sie ernannten ihn zum Diktator auf Lebenszeit, verliehen ihm gar die Macht, Konsuln, Zensoren und Tribunen zu bestimmen. Auch machten sie ihn zum obersten Finanzverwalter des Imperiums, und er konnte fortan die Statthalter und höchsten Provinzbeamten selbst auswählen. Sie ließen öffentlich verkünden, dass Cäsar von nun an auf einem goldenen Stuhl sitzen werde, wenn er Beamte empfing. Was kommt wohl als Nächstes?, fragte er sich. Würden sie ihn trotz all des Geredes, dass man die alte Republik erhalten müsse, tatsächlich bitten, ihr König zu werden? Das brächte Cicero doch gewiss um. Und wie sehr würde die Seele des verstorbenen Cato leiden, der gewiss niemals Ruhe fände, sollte Cäsar in Rom eine Krone tragen.

Aber sie sagten nicht, dass sie ihn zum König ausrufen wollten, zumindest noch nicht. Wie Cäsar vermutete, wollten die Mitglieder des Begrüßungskomitees zuerst ihre Posten in seiner Regierung und ihren Anteil an der in Spanien gemachten Beute sichern, ehe die anderen Senatoren und Knechte ihren Teil erhielten. Es überraschte ihn nicht, unter ihnen auch Gaius Trebonius zu sehen, den er eigentlich hätte köpfen lassen sollen für die verabscheuungswürdige Vorstellung, die jener als Statthalter des fernen Gallien gegeben hatte. Trebonius war nicht als Einziger gekommen, um seinen Kopf zu retten. Als sie da so vor ihm im Sand standen, entdeckte Cäsar die Häupter mehrerer Bittsteller, die sich früher einmal zusammengerottet hatten, um ihm zu schaden.

Selbst Marcus Antonius war gekommen und hatte die Reise in einem – man stelle sich das nur vor – Triumphwagen zurückgelegt. Wie ein olympischer Athlet sprang er von seinem Gefährt und setzte all seinen Charme ein, als er Cäsars Wagen sah. Antonius wirkte geradezu demütig, als er mit geneigtem Haupt und lächelnden Augen dastand. Dann ging er auf den Imperator zu, pries in einer Rede die vielen Taten, die dieser vollbracht hatte. Dabei gestikulierte er wild mit seinen muskulösen Armen und betonte jede einzelne Silbe, wie das so seine Angewohnheit war, wann immer er in seinem affektierten griechischen Redestil etwas vortrug. An diesem verheißungsvollen sonnigen Tag glänzte einfach alles an Antonius – Augen, Zähne, Worte, Haut. Selbst die Luft, die ihn umgab, schien vor Energie zu knistern und Funken zu sprühen. Cäsar war sich unsicher, ob ihm wieder einer seiner Anfälle drohte, und als die beiden Männer dann fast voreinander standen, fiel er tatsächlich in Antonius' Arme. Natürlich wertete das jeder als Zeichen der Aussöhnung, allen voran Antonius, der den Imperator so fest drückte, dass dieser schon fürchtete, er wolle ihm die Lungen zerquetschen.

»Gesegnet seien die Götter, Julius Cäsar, ich bin wieder dein Sohn«, flüsterte Antonius ihm ins Ohr.

Dieser Gefühlsausbruch spendete Cäsar Trost, wusste er doch, dass er bei seiner Rückkehr nach Rom das Wohlwollen eines jeden mächtigen Mannes brauchte. In der ewigen Stadt erwarteten ihn nicht so viele freundliche Gesichter wie hier in Narbo, und Antonius war genau der Richtige, ihm den Rücken zu stärken, wenn er jene traf, die sich über den außergewöhnlichen Machtzuwachs des Imperators ereiferten. Antonius war genau der Sohn, den ein Diktator brauchte. Er war ein Mann, dessen Mut und einschmeichelnde Worte noch den feigsten Soldaten in einen kühnen Kämpfer verwandelten, bis dieser es nicht mehr erwarten konnte, sich den schwierigsten Aufgaben zu stellen.

»Der Senat hat einen Eid geschworen, dich zu schützen, Cäsar«, verkündete Antonius. »Alle wissen, wie wichtig deine

Gesundheit und dein Wohlergehen für das Reich sind. Selbst diejenigen, die sich früher deine Feinde genannt haben, haben nun gelobt, den Göttern täglich für deine Existenz zu danken.«

Cäsar lud Antonius ein, zusammen mit ihm in seinem Wagen zurückzufahren, woraufhin sein Neffe Octavian gezwungenermaßen in einem anderen Wagen unterkommen musste. Er meinte, gesehen zu haben, wie der Junge deshalb zusammenzuckte, doch gewiss begriff er, dass der wesentlich ältere Antonius ein Anrecht darauf hatte, gemeinsam mit dem Diktator in Rom Einzug zu halten. Der leicht verletzliche Stolz seines Neffen und dessen eher labile Konstitution bereiteten ihm Sorgen. Andererseits war die Konstitution nicht entscheidend: Cäsar hatte bewiesen, dass man in der Jugend dünn und blass sein und als Erwachsener dennoch Macht erlangen konnte.

Hatte er sich nicht noch mit fast dreißig Jahren bei seinen Freunden beklagt, er habe bislang so wenig erreicht, wohingegen Alexander in diesem Alter schon fast die ganze Welt erobert hatte? Octavian war nun mal ein Spätzünder, genau wie er selbst. Die Miesepetrigkeit des Jungen schob er dessen Jugend zu. Mit seinen knapp sechzehn Jahren war Octavian genau an dem Punkt, an dem jeder Junge sich verzweifelt wünscht, ein Mann zu sein. Vor Männlichkeit und Kraft strotzende Männer wie Antonius zogen einen dann entweder in ihren Bann oder brachten einen in Verlegenheit.

In Cäsars Augen war Begeisterung gesünder als jene Eifersucht, die er nun über Octavians Miene huschen sah. Der Junge hatte noch keine einzige Schlacht gewonnen, was den Imperator jedoch nicht davon abgehalten hatte, ihn gleich mit mehreren unverdienten Auszeichnungen zu überschütten. Nun wollte Cäsar ihn umgehend zurück in die Schule nach Apollonia schicken, wo er das eine oder andere lernen konnte. Und so lange hatte er eigentlich keinen Grund zur Klage, oder?

Nachdem Cäsar jahrelang keinen Erben gehabt hatte, hatte er auf einmal viele Söhne. Antonius, Brutus, Octavian. Doch all diese Männer verfolgten eigene Ziele, hatten Hintergedanken. Dann war da noch der Sohn, in dessen Adern sein Blut floss und den er wegen der bestehenden römischen Gesetze nicht anerkennen konnte. Falls ihm noch genug Zeit blieb, konnte er das vielleicht ändern. Falls die Götter ihm in diesem Punkt überhaupt zustimmten. Allmählich war er es müde, die Götter immer wieder auf seine Seite zu bringen. Seiner Meinung nach sollten sie ihm das Leben ein wenig leichter machen, nach allem, was er erreicht hatte. Ihn verlangte nach einer Belohnung. In Spanien hatte er zunächst gedacht, ein Teil der Belohnung käme in Gestalt der Königin Eunoe, der lebenslustigen Gemahlin des mauretanischen Königs, die ihm so manchen Gefallen erwies und ihm bei seinen spanischen Operationen hilfreich zur Seite stand. Zu seinem Bedauern unterschied sie sich jedoch nicht von all seinen anderen Geliebten: Auch sie legte es nur darauf an, ihren alternden Gemahl mit einem anderen alternden Mann zu betrügen, der mächtiger war und ihr den Schutz gewähren konnte, den sie suchte. Jedes Mal, wenn er auf ihr lag, meinte Cäsar, ihren Verstand rattern zu hören. Die Menschen handelten ja so vorhersehbar. Nur eine vermochte ihn immer wieder, noch dazu auf eine überaus angenehme Weise zu überraschen. Er hoffte, seine Kuriere beeilten sich, Kleopatra seinen Brief zu überstellen. Er hatte keine Lust, nach Rom zurückzukehren, ohne sich sicher sein zu können, dass ihr Antlitz eines der ersten war, deren er gewahr wurde.

* * * * *

ROM:

Kleopatras siebtes Regierungsjahr

»Kommt mir vor, als wäre ich erst gestern in Alexandria gewesen«, meinte Antonius, warf die Toga mit seinem bloßen schönen Arm nach hinten und verbeugte sich. »Dennoch kann das nicht sein, denn die Zeit gereichte der jungen Prinzessin zum Vorteil, die ich dort getroffen habe, und hat sie in ein äußerst majestätisches Exemplar des weiblichen Geschlechts verwandelt.«

Sie reichte ihm die Hand zum Kuss. Er nahm sie, neigte sich darüber und blickte ihr unverwandt in die Augen. »Eure *Majestät*. Es ist mir eine große Freude, Euch so zu nennen, da Ihr allein der Bedeutung des Wortes gerecht werdet.«

Während Cäsar seinen Freund beim Flirten mit seiner Geliebten beobachtete, setzte er ein breites Grinsen auf, wie bei einem Kind, dem er sehr zugetan war. Kleopatra fand, er benahm sich wie ein stolzer Vater, dessen Erstgeborener gerade eine kleine Meisterleistung vollbracht hatte. Sie fragte sich, ob ihr Liebhaber wohl genauso großzügig reagierte, wenn er wüsste, dass das würdevolle Gebaren, mit dem sie auf Antonius' Koketterie antwortete, nur ihren inneren Aufruhr übertünchte.

Bei ihrem letzten Zusammentreffen mit ihm war sie noch ein unsicheres junges Mädchen gewesen und hatte bei jedem seiner Blicke weiche Knie bekommen. Ihrer Meinung nach war ihm das nicht entgangen, schließlich hatte er mit ihrer mädchenhaften Zuneigung gespielt. Er hatte sie mit seinen tiefgründigen, unerschrockenen Augen angeblickt, sie geneckt und zum Erröten gebracht. Daher hatte sie diesem Wiedersehen entgegengefiebert, um ihm zu beweisen, dass sie als erwachsene Frau sehr wohl in der Lage war, die Wirkung, die andere auf sie ausübten, zu kontrollieren. Sie wollte ihm zeigen, dass sie nicht nur über eine Nation und deren Volk herrschte, sondern auch sich, ihr Herz, ihren Körper und ihren Verstand im Griff hatte.

Antonius hatte sich im Lauf der Jahre allerdings zu seinem Vorteil verändert, sodass er sie im Alter von siebenunddreißig Jahren noch genauso zu beeindrucken vermochte, wie ihm das vor zehn Jahren gelungen war. Mehr noch als Cäsar besaß er die Gabe, mit Frauen auf mehreren Ebenen gleichzeitig zu kommunizieren. Kleopatra kam es so vor, als behandele er sie mit jedem Blick, den er ihr zuwarf, und mit jedem Satz gleichzeitig wie ein Mädchen, eine Königin, eine Mutter, die Geliebte eines anderen Mannes und selbstverständlich als potenzielle Gespielin. Ihr schien, als wollte er ihr selbst dann, wenn er das Wort an Cäsar richtete, unterschwellig etwas mitteilen. Sie konnte nicht genau erklären, was er ihr sagte, war sich aber permanent bewusst, dass er sie meinte und dass – obgleich die beiden Männer sich über den Krieg unterhielten – bei jeder Strategie von Verführung die Rede war. Der Besucher vermochte also die um Gelassenheit bemühte Kleopatra ebenso zu provozieren wie Cäsar, der buchstäblich jeden mit seiner undurchsichtigen Ironie verwirrte. Antonius dagegen stiftete auf ganz andere Art Verwirrung, die wesentlich stärker unter die Haut ging und körperlich deutlich spürbarer war.

Cäsar und Antonius pflegten einen überaus höflichen Umgang, verhielten sich wie ein verheiratetes Paar, das unlängst einen ernsten Streit beigelegt hatte und nun um jeden Preis vermeiden wollte, die neue Harmonie zu gefährden. Der Imperator hatte ihr Antonius als »meinen Sohn« vorgestellt, was sie sofort als Bedrohung für ihren eigenen Sohn wertete. Nun, da man Cäsar auch noch den Titel »Vater der Nation« verliehen hatte, nannte er jeden Römer Sohn. Wie viele Söhne brauchte ein

Mann? Cäsar hatte ihr erzählt, er habe vor, den Knaben Octavian zu adoptieren, um seiner Schwester zu demonstrieren, wie treu er der Familie ergeben war. Das sei eine alte römische Sitte, behauptete er. Nur eine Formalität, mit der man die Familienmitglieder ins öffentliche Leben einführte. Wie sonst sollte es ein junger Mensch zu etwas bringen?

Der Imperator nannte auch Brutus seinen Sohn, obwohl dieser gegen ihn gekämpft hatte und in aller Öffentlichkeit die Erinnerung an Cäsars Feind Cato pflegte. Ebenso verfuhr er mit Marcus Lepidus, seinem Oberstallmeister, was Kleopatra allerdings weniger störte, nachdem Cäsar ihr ganz privat gestanden hatte, er nehme den Mann nur wegen seines Geldes in seinen engeren Kreis auf. Und nun titulierte er auch Antonius so, diesen großartigen, stattlichen Krieger, der erst kürzlich wieder in das Leben des Diktators getreten war und absolut nicht den Eindruck erweckte, auf einen Förderer angewiesen zu sein, geschweige denn einen Vater zu brauchen. Welchen Platz nahm der kleine Cäsar inmitten all dieser Söhne ein? Wie sollte ein Kind, ein politisches Fliegengewicht, in dieser Schlangengrube überleben?

Wieso tauchten auf einmal so viel Söhne auf, noch dazu gerade in dem Moment, da sie der Sicherung ihrer eigenen Position einen Schritt näher gekommen war? Voller Hoffnung war sie gewesen, als sie ihr am Meer gelegenes Paradies verließ, um ins stickige und chaotische Rom zurückzukehren. Nach dem Tod des jungen Königs war der kleine Cäsar zum Mitregenten ernannt worden. Nun gab es in der gesamten Dynastie keinen Mann mehr, der ihm seinen Titel streitig machen konnte. Mit einem Mal war der Knabe stets gut gelaunt, als ahne er, welch großes Geschenk man ihm gemacht hatte. Als sie von Alexandria lossegelten, lachte er in den Armen seiner Gouvernante, streckte die Zunge in den Wind und gebärdete sich auf einmal unbeschwert und fröhlich wie ein Kind.

»Jetzt, da er sich der Krone sicher sein kann, verhält er sich überhaupt nicht mehr wie ein König«, meinte Kleopatra zu Charmion.

»Ich finde, er verhält sich genau wie viele andere Könige vor ihm«, sagte die Dienerin, woraufhin sie in Gelächter ausbrachen. Beide entsannen sich nicht nur der weniger rühmlichen Ereignisse in der Familiengeschichte, sondern auch der Eigenheiten von Kleopatras Vater, der sich gern kindisch aufgeführt hatte.

Ähnlich wie die Pest hatte sich auch die ihrem Bruder verabreichte Substanz als schnell wirkendes Gift erwiesen, und er verstarb innerhalb weniger Tage. Sein Leichnam war während einer spektakulären Trauerfeier auf einem Scheiterhaufen verbrannt worden, da kein Einbalsamierer ein Pestopfer anrührte und nicht mal für einen König eine Ausnahme machte. Zusammen mit einer stattlichen Anzahl von Schätzen und den kleinen roten Gewändern, die er als Kind so gern getragen hatte, wenn er den Herrscher über die von seinen Vorvätern eroberten Länder im Osten mimte, wurde seine Asche in einen goldenen Sarkophag gegeben. Der königliche Leichnam und die Schätze wurden in die königlichen Katakomben unweit des Isis-Tempels am Meer gebracht. Niemand verstand, wieso Ptolemaios das Pech gehabt hatte, an der Pest zu erkranken, die eher in billigen Absteigen und abgelegenen Hafengassen lauerte, sich jedoch nicht im Palastviertel ausgebreitet hatte. Bald kursierten Gerüchte, der junge König müsse wie viele seiner Vorfahren im Geheimen ein ausschweifendes Leben geführt haben. Deshalb sei er mit vielen zwielichtigen Gestalten in Berührung gekommen, welche die Krankheit wahrscheinlich irgendwo anders aufgeschnappt und sie dann in seine Gemächer getragen hatten.

Nachdem sie sich des Königs so mühelos entledigt hatten, wollte Hephaestion Arsinoe dieselbe Substanz verabreichen, doch das ließ Kleopatra nicht zu. Da ihre Schwester Cäsars Gefangene war, oblag es allein ihm, über ihr Schicksal zu entscheiden.

Der Diktator war jedoch momentan viel zu beschäftigt, um sich der Rivalitäten in Ägypten anzunehmen. Er war bereit, den letzten kühnen Schritt zu wagen, um mit dem überaus erfolgreichen Alexander gleichzuziehen. Dies bedeutete, dass er das weitläufige, tief im Osten gelegene Parthien unterwerfen musste, das den römischen Eroberern jahrzehntelang schwer zugesetzt hatte. Allein aus diesem Grund, so erkannte Kleopatra, hatte er Antonius wieder in sein Leben zurückgeholt. Er ernannte den römischen Befehlshaber zum Statthalter von Makedonien, das im Kampf gegen Parthien eine Schlüsselposition einnahm.

Die Königin kannte auch den wahren Beweggrund für die Aussöhnung. Antonius waren die römischen Legionen voll und ganz ergeben. Es ging nicht an, dass Cäsar im entferntesten Winkel der Erde Krieg führte, während ein Mann vom Format eines Antonius in Rom ausharrte und wer weiß wie viele Truppen rufen konnte, die ihm blind gehorchten. Vielleicht lautete sein Befehl ja, sich mit seinem reichen Freund Lepidus und ein paar von Cäsars mächtigsten römischen Feinden zusammenzutun und im Namen der Republik die Stadt für sich zu beanspruchen. In dem Fall wären der Imperator und seine Legionen aus Rom verbannt – es sei denn, sie legten Tausende von Kilometern bis in die Heimat zurück und trugen dort einen Bürgerkrieg aus. Kleopatra wusste, dass, wenn sie diese Möglichkeit schon in Betracht zog, Cäsar garantiert auch darauf gekommen war.

Antonius' Natürlichkeit machte es einem allerdings schwer, ihm die Beteiligung an einer Verschwörung zu unterstellen. Sein – wenn auch laszives – Lächeln schien von Herzen zu kommen und ließ keine Hintergedanken an amouröse oder politische Eroberungen zu. Falls Antonius darauf abzielte, Kleopatra zu verführen, dann vermittelte er dabei zumindest den Eindruck, es gehe ihm ausschließlich um sie als Frau und um die Befriedigung seines starken männlichen Verlangens.

Falls er unterschwellig den Verdacht hegte, die ihm von Cäsar entgegenbrachte Zuneigung basiere nicht allein auf Sympathie, sondern beinhalte auch Argwohn, so ließ er es sich nicht im Geringsten anmerken. Dem Imperator gegenüber gab er sich wie der bewundernde Feldherr, wie der reuige Sohn.

Kleopatra konzentrierte sich wieder auf das eigentliche Thema. Das hier war kein Katz-und-Maus-Spiel um die Liebe der Königin. Die Frage war vielmehr, wie sie ihr Königreich und die ihr zu Verfügung stehenden Ressourcen bei dem Vorhaben, einen mächtigen Feind zu schlagen, nutzen konnten. Es ging nicht darum, wer sich mit einer jungen Frau vergnügte.

So behutsam, als lüfte er das Nachtgewand einer Jungfrau, faltete Cäsar eine Landkarte auf. Mit wachen Augen überflog Antonius die darauf abgebildeten Territorien, als handele es sich um die bisher unberührten Brüste eines jungen Mädchens. Nachdem Cäsar das Pergament glattgestrichen hatte, fuhr er mit seinen langen Fingern über die vielen Länder, in die er bereits einmarschiert war und die er im Namen Roms erobert hatte. Mit welcher Selbstverständlichkeit seine Hände die Welt in Besitz nehmen, dachte Kleopatra, die ihn dabei beobachtete. Nun befestigte er die Kartenecken mit Metallstiften und deutete mit dem Zeigefinger auf Parthien.

Er erläuterte seinen Plan. Am 18. März wollte er durch die nördlichen Territorien marschieren, auf dem Weg ungefähr sechzehn Legionen und zehntausend Kavalleristen einsammeln und danach dem Flusslauf des Euphrat folgend nach Süden vorrücken. Von dort aus plante er zum ersten Angriff überzugehen, dann durch Karrhä zu ziehen und den schändlichen Mord an seinem ehemaligen Verbündeten Crassus zu rächen. Nach seiner schmachvollen Niederlage war dessen Kopf in einer Vorstellung von *Die Bakchen* präsentiert worden, sehr zur Freude des parthischen Königs, der über einen barbarischen Humor verfügte.

»Die Götter werden uns verfluchen, wenn wir Crassus nicht

bald rächen«, meinte Cäsar. »Manchmal bilde ich mir nachts ein, ihn als armen enthaupteten Geist vor mir zu sehen.«

Nachdem Crassus gerächt war, wollte er durch Dakien nach Norden marschieren, sich dort mit Antonius und seinen Truppen vereinen und den barbarischen Führer Burebista zum Kampf herausfordern, der in Illyricum mehrere römische Siedlungen überfallen hatte. Anscheinend verabscheute er den Genuss von Wein, hielt dies vielleicht für schamlos, denn er hatte sämtliche römischen Weingüter in dieser Region abgefackelt.

»Der Mann ist gefährlich«, sagte Antonius. »Es kostet mich einige Überwindung, zu warten, bis du ihn erledigt hast, Cäsar.«

»Vergiss nicht, wie stark wir sind, wenn wir unsere Legionen vereinen, mein Sohn«, meinte Cäsar. »Da ergibt eins und eins nicht zwei, sondern etwas viel Größeres.«

Wie Katzen, die sich einen erlegten Vogel teilen, grinsten sie sich an. Kleopatra wusste nicht, ob dieser übertriebene Eifer, den die beiden Männer an den Tag legten, ihr verdächtig vorkam, weil sie um die Stellung ihres Sohnes fürchtete, oder ob der Beziehung der beiden Männer eine gewisse Unaufrichtigkeit anhaftete, die sie mit kalkulierter Zuneigung zu verschleiern suchten. Andererseits überkam die Königin längst nicht dieses unheimliche Frösteln wie in der Gegenwart von Brutus. Selbst wenn diesem Mann wohlmeinende Worte über die Lippen kamen, verwandelten sich seine Augen in traurige kleine Schlitze, wann immer sein Blick auf Cäsar fiel. Vielleicht handelte es sich wirklich nur um eine unterschwellige Rivalität zwischen zwei Männern, die um ihre Aufmerksamkeit buhlten und bei ihr ein Kribbeln in der Magengegend hervorriefen. Irgendetwas fehlte, doch was es war, konnte sie nicht mit Bestimmtheit sagen.

»Werter Feldherr, ich dachte, du hattest ursprünglich vor, auf dem Weg nach Osten durch Alexandria zu kommen und dort einige Vorräte mitzunehmen.« Kleopatra hielt es für besser, dieses Thema jetzt anzusprechen und nicht erst später, wenn sie wieder allein waren. Wie viel Zeit würde wohl verstreichen, bis sie ihn wiedersah, falls er nicht nach Ägypten kam? Sie hatte bereits entschieden, mit ihm bis nach Judäa zu reiten, die Nabatäer zu besuchen und mit ihnen die Pacht ihrer Ländereien neu zu verhandeln, da dort Dattelhaine angepflanzt werden sollten.

»Es gibt schon zu viele Gerüchte, dass die Hauptstadt dorthin verlegt werden soll, meine Liebe. Wenn ich mit hunderttausend Soldaten an deiner Palasttür vorbeimarschiere, nähre ich diese unsinnigen Behauptungen nur. Es käme mir vielmehr sehr gelegen, wenn du diesen Krieg unterstützt, indem du deinen Beitrag – Getreide, Waffen, Tiere und Pferde, wie wir es besprochen haben – direkt nach Antiochia bringen lässt. Dolabella wird sich um den Transport kümmern.«

Das war also der Plan. Kleopatras Beitrag sollte enorm sein, ihre Teilhabe dagegen kümmerlich – unerlässlich für den Sieg, doch für die Welt so gut wie unsichtbar.

»Die Route durch Alexandria ist zu lang, Eure Majestät«, erläuterte Antonius. »Obwohl sie gewiss sehr lohnend wäre.«

»Für Alexander war sie nicht zu lang«, platzte es aus ihr heraus. Ihr Tonfall ließ sein Lächeln ersterben. Sie hatte ihn beleidigt, was sie im Augenblick jedoch nicht kümmerte. Die beiden Männer griffen nach der Welt und verlangten von ihr, der Königin, im Hintergrund ihrem Ruhm zuzuarbeiten.

Kleopatra fürchtete, dass ein Keil zwischen sie und Cäsar getrieben werden sollte. Wer oder was dahinter steckte, wusste sie nicht. Sie glaubte nicht mal, dass Antonius die Ursache dafür war – dennoch hatte sie sich stets auf ihren Instinkt verlassen können. Bei all ihren Gesprächen unter vier Augen hatte Cäsar bisher immer an der Vision eines Imperiums festgehalten, das sie beide gemeinsam geschaffen hatten – der Diktator von Rom und die Königin von Ägypten, vereinigt im Körper eines kleinen Jungen. Von Alexandria aus plante Cäsar den östlichen Gebieten des römischen Imperiums vorzustehen, von Rom aus den westlichen, und zwar zusammen mit einer Königin, deren Herr und Meister er eben nicht war. Irgendwann, wenn ihr gemeinsamer Sohn alt genug war, wäre er König von Ägypten und erbte die Macht seines Vaters. Immer hatte Cäsar behauptet, niemand könne sie aufhalten, wenn Parthien erst einmal erobert war. Kleopatra glaubte ihm, musste allerdings auch erkennen, dass sein Plan ihm am Ende – ob nun mit ihr oder ohne sie – ein riesiges Imperium einbrachte.

Cäsar hatte sie nach Rom zurückgerufen und sie auch gedrängt, möglichst schnell zu kommen, allerdings gab er sich seit ihrer Ankunft ziemlich reserviert. Eine Veränderung war eingetreten. Wie gewöhnlich ging er seinen Pflichten nach, auch denen im Schlafgemach, doch die Distanz, die er stets zu anderen hielt, war noch größer geworden. Es war nicht so, als hätte er das Interesse an seinen Aufgaben verloren, doch ihr schien es, als husche er wie ein Schatten, der die Erde streift, durch die Tage. Es war, als führe er jenes Leben, das er früher gelebt hatte, und wäre doch kaum mehr als die Illusion seiner irdischen Hülle. Gealtert war er. Er, der niemals ein begeisterter Esser gewesen war, hatte in Spanien deutlich an Gewicht verloren. Leeren Satteltaschen gleich hingen die Wangen in seinem schmalen Gesicht. Violette Ringe umrahmten seine Augen. Verglichen mit Antonius, mit dessen rosiger Haut, dem von Muskeln gestrafften Körper, dem strahlend weißen Teint, in dem seine Augen wie glänzende braune Murmeln funkelten, wirkte Cäsar gelblich und krank. Auf einmal erinnerte sie sich daran, wo sie diese erbärmliche Gesichtsfarbe schon einmal gesehen hatte: bei ihrem Vater, und zwar während seiner letzten verzweifelten Tage.

»Nachdem wir in Dakien für Ordnung gesorgt haben, werden wir an der Donau entlangmarschieren, bis die germanischen Stämme unterjocht sind. Auf diese Weise könnten wir bis nach Gallien vorstoßen, sollte Brutus bei der Friedenssicherung Unterstützung brauchen. Von dort aus geht es dann weiter in Richtung Süden bis in die Heimat.«

»Das ist ein sehr ehrgeiziger Plan, Cäsar«, befand Antonius. »Ich fürchte nur, ich werde dich nicht auf der gesamten Strecke begleiten können.«

»Das Römische Reich ist zu groß und es gibt zu wenig kompetente Männer, um es zu verwalten«, erwiderte Cäsar. »Das ist unser Hauptproblem. Ich habe dich dort stationiert, wo du am dringendsten gebraucht wirst. Wie dir aufgefallen sein dürfte, bist du nicht so weit von mir entfernt, dass ich dich nicht im Notfall rufen könnte.«

Er wandte sich an Kleopatra. »Oder dich, meine Liebe.« Cäsar betrachtete seine beiden Protegés. »Was für strahlende Sterne ihr doch seid. Wie wunderbar wir zu dritt sind. Erkennt ihr denn nicht das Potenzial?«

Antonius und Kleopatra sahen nicht zu Cäsar hinüber, sondern schauten sich an. Irgendetwas tauschten die beiden aus, zwar konnten sie es nicht benennen, doch sie spürten, dass es echt und real war. Irgendwie hatte es alles und nichts mit Cäsar zu tun. Obwohl es sich nach einem Sekundenbruchteil verflüchtigte, spürte Kleopatra, dass das, was in diesem vergänglichen Augenblick gesät wurde, in ihrer Welt für immer Bestand haben würde. Auch Antonius war sich dessen bewusst, glaubte sie, denn mit einem Mal verstummte er und lächelte nur noch steif. Keiner von beiden wagte einen zweiten Blick, keiner hatte den Mut, die Frage des Diktators zu beantworten. Stattdessen warteten sie darauf, dass Cäsar fortfuhr, doch er starrte nur gedankenverloren auf die Karte.

»Das Potenzial, werter Feldherr?«, fragte Kleopatra und brach schließlich das Schweigen.

Der Imperator nahm ein Stück Kreide und zog eine Linie von Italien nach Griechenland, dann eine von Griechenland nach Ägypten und eine von dort nach Rom. »Dabei müssen wir es nicht mal belassen, oder?«

Antonius' Lächeln versiegte. »Nein, das müssen wir nicht«, erwiderte er todernst.

Mit der Linken nahm Cäsar Kleopatras Hand, mit der rechten ergriff er die von Antonius. »Auf meiner Siegesparade werdet ihr beide atemberaubend aussehen.«

* * * * *

Kleopatra saß im Forum in der für ausländische Würdenträger reservierten Loge und musste in dem gleißenden Sonnenlicht die Augen zusammenkneifen. Ihren Sohn hatte sie in der Villa zurückgelassen, da Cäsar sich um dessen Sicherheit sorgte, doch das heutige Spektakel wollte sie unter keinen Umständen verpassen, schließlich hatten sie es zu dritt sorgsam geplant, als Triumvirat, wie sie es insgeheim und scherzend nannten. Cäsar, Kleopatra und Antonius waren eine Partnerschaft eingegangen, die eines Tages ein gewaltiges Bündnis mit unbezwingbarer Macht darstellen sollte, und die drei hatten den Ehrgeiz, einen großen Teil der Welt zu beherrschen.

Die Königin hatte schon befürchtet, nicht bis zum Forum zu gelangen. Horden von Menschen drängten sich auf der gepflasterten Via Sacra dicht an dicht. Die Wachen, welche die Sänftenträger flankierten, mussten sich durch die Massen zwängen, wobei sie immer wieder Befehle ausstießen, damit man sie durchließ, und Menschen beiseiteschoben, um überhaupt voranzukommen. Zwar konnte Kleopatra in der Sänfte rein gar nichts sehen, dafür hörte sie allerdings die unflätigen Schmähungen der Betrunkenen, die ihre Männer über sich ergehen lassen mussten, während sie die Königin durch die Straßen zum Forum brachten.

Als Kleopatra endlich aus der Sänfte steigen konnte, die sie trotz der üppigen Polsterung an ein Grab erinnerte, sah sie, dass sich im Forum noch mehr Menschen versammelt hatten: Männer jedes Ranges und jeder Klasse, vom Senator bis zum Bettler, dazu Milizen, um die Senatoren zu beschützen, während die Bettler die Schutzlosen ihrer Münzen beraubten. Kinder saßen auf den Schultern ihrer Väter, um besser sehen zu können, und junge, ganz in Weiß gekleidete Frauen drängten sich nach vorn, damit sie an den Feierlichkeiten teilnehmen konnten. Eine merkwürdige Energie machte sich im Forum breit, rastlos, unruhig, und sie entsprach keineswegs einer religiösen Zeremonie. Dieselbe Energie hatte sie vor langer Zeit schon einmal in ihrer Heimatstadt gespürt, als sie vor den Palasttoren festsaß, während eine Horde aufgebrachter Bürger die Quartiere ihres Vaters mit brennenden Pfeilen und heißblütigen Drohungen bombardierte. Und obgleich nichts auf einen bevorstehenden Aufruhr hinwies, gab es an der Stimmung nichts zu deuteln.

Nach dem neuen Kalender fand das Lupercalia-Fest am 14. Februar statt. Kleopatra versuchte etwas über den Ursprung des Rituals in Erfahrung zu bringen, doch kein Römer schien wirklich Bescheid zu wissen. Es handelte sich um ein überliefertes Ritual, das die Menschen offenbar vor vielen Hundert Jahren erstmalig zu Ehren der heiligen Wölfin begangen hatten. Das Tier hatte die beiden Begründer der Stadt, Romulus und Remus, damals gestillt, nachdem der Vater die beiden Zwillinge ans Flussufer gebracht hatte, damit die Strömung sie mit sich fortriss und sie untergingen. Andere wiederum behaupteten, die Zeremonie sei sogar noch älter und werde zu Ehren von Inuus (so hatten die alten Römer den Gott Pan früher einmal genannt) abgehalten, also zu Ehren jenes Gottes, der dem Land und den dort lebenden Menschen und Tieren Fruchtbarkeit schenkte.

Julius Cäsar präsidierte der Menge. In einer prächtigen Toga – rot wie die Farbe des Sieges – saß er auf einem goldenen Thron und blickte von hoch oben auf die Versammlung hinunter. Der Thron stand auf einem neuen Podest, das er erst kürzlich hatte bauen lassen. Antonius hatte den Bau des Podiums persönlich überwacht, und zum Dank hatte Cäsar seinen Namen in die Plattform meißeln lassen. Der Imperator beugte sich vor und unterhielt sich mit den Menschen, die an ihn herantraten. Während er leise mit denjenigen sprach, die ein Wort mit ihm wechseln wollten, ruhte ein Arm auf seinem Knie.

»Wieso wird Cäsar nicht bewacht, wo doch die Gerüchte über gegen ihn geplante Attentate wie die Fliegen durch die Stadt schwirren?«, fragte Hammonius die Königin. »Ein mächtiger Mann sollte stets Vorsicht walten lassen. Und wer so sehr gefürchtet wird wie er, muss seine Gegner ernst nehmen.«

»Wie ein Sechzehnjähriger freut er sich über seine wiedererwachte Manneskraft. Er hält sich für unbezwingbar!«, flüsterte Kleopatra dem Eunuchen zu.

»Alte Männer benehmen sich gern so närrisch wie Jugendliche«, meinte Hammonius. »Diese Tendenz muss ich an mir selbst erkennen, trotz der Weisheit meiner späten Jahre.«

»Ihr seid nicht alt. Ich gestatte Euch nicht, so zu reden«, erwiderte sie.

»Alt bin ich, aber um die Weisheit ist es weniger gut bestellt«, entgegnete er lachend.

Kleopatra stimmte in das Gelächter des Bruders ihrer Sippe ein, doch es war ein hohles Lachen, das nicht von Herzen kam. Von Tag zu Tag gab ihr Cäsar, der ihr die Welt versprach, mehr Anlass zu Sorge und Zweifel. Ob sie an seiner Loyalität, an ihrem oder seinem Verstand zweifelte, konnte sie nicht sagen. Sie wusste nur, sie musste das warnende Frösteln ernst nehmen, das sie jedes Mal überkam, wenn sie von seinen neuesten Taten hörte. Irgendjemand – niemand wusste, wer – hatte Cäsars Statuen auf dem neuen Podium Königskronen aufgesetzt, woraufhin die Volkstribunen angeordnet hatten, diese umgehend wieder zu entfernen. Tags darauf verhafteten dieselben Tribunen eine Gruppe Raufbolde, die gegen die Entfernung der Kronen protestierte, sich vor den Statuen versammelte und nach dem König rief. Die Verhaftung der Bürger ärgerte Cäsar derart, dass er die Tribunen mit sofortiger Wirkung ihrer Ämter enthob und sie aus dem Senat ausschloss. Am darauffolgenden

Tag versammelte sich eine noch größere Menge vor dem Forum und protestierte gegen die Absetzung der Männer.

»Die wissen einfach nicht, was sie wollen«, hatte Cäsar gestöhnt. »Darum muss ich tun, was mir richtig erscheint.«

»Ja, tu, was du willst, aber nimm dich vor jenen in Acht, die nicht deiner Meinung sind!«, riet ihm Kleopatra. »Die Geschichte Roms ist blutgetränkt.«

Die Königin erzählte dem Diktator von Servilias Warnung, doch er behauptete, Frauen sorgten sich ständig wegen derlei Dingen, weshalb es ihnen, mit Ausnahme der Amazonen, auch nicht gestattet sei, an Kriegen teilzunehmen. Selbst Calpurnia, diese arme, alte, gutmütige Frau, forderte ihn dieser Tage immer wieder auf, sich vorzusehen.

»Ich glaube, ihr drei Frauen habt euch gegen mich verschworen«, sagte Cäsar, »und nicht diese paar undankbaren Senatoren, die andauernd etwas brauchen, worüber sie sich beklagen können.«

Ein Astrologe hatte sich die Mühe gemacht, den Imperator zu warnen, er sei von Menschen umgeben, die ihm übel mitzuspielen gedachten. Cäsar hörte nicht auf ihn. »Dann müssen sie nach Parthien marschieren, wenn sie ihre Pläne in die Tat umsetzen wollen«, erwiderte er lachend. »Erst müssen sie gegen mehrere Legionen meiner Männer kämpfen, ehe sie zu mir vordringen.«

Mit der Begründung, es sei ihm unerträglich, immerzu die Schritte hinter ihm zu hören, entließ er die spanische Elitegarde, die er während des letzten Krieges rekrutiert hatte und die sich ausschließlich um seine Sicherheit kümmerte. Doch diese Entscheidung verschlimmerte die Lage nur noch. »Der Lärm stört mich beim Denken«, begründete er sein Handeln.

»Du forderst das Glück allzu sehr heraus«, meinte Kleopatra.

»Dieses Privileg habe ich mir redlich verdient«, lautete seine Erwiderung.

Auch jetzt gab er wieder sein immerwährendes Lächeln

zum Besten, während er mit den Römern sprach, die sich dem Thron näherten. Thron! Obschon die Römer dieses Wort und alles, was damit in Verbindung stand, abgrundtief hassten, gewährten die Senatoren Cäsar vor den Augen der gesamten Stadt dieses Privileg. Wann immer er inzwischen vor einer großen Versammlung sprach, saß er wie ein König auf dem vergoldeten Stuhl, hoch droben über allen. Cäsars Anblick, der den Untertanen Ehrfurcht einflößte, dieser Anblick eines erlauchten Wesens, dem die Götter Macht verliehen und das sie über alle anderen irdischen Kreaturen stellten, rief bei seinen Landsleuten ein beinah greifbares Unbehagen hervor. Cäsar und sein Thron waren demnach das Gesprächsthema schlechthin in der Stadt.

In Kleopatras Augen war all das nichts als ein Teil der Ränke seiner Feinde: Sie köderten den Imperator mit den Emblemen der Monarchie und stellten es dann so hin, als reiße er die Macht einfach an sich. Hoffentlich half das bevorstehende Drama, die Wünsche der Mehrheit der Bevölkerung herauszufiltern. Hätte sie an diesem Tag doch nur ihre Spione ausgesandt, damit sie ihr berichten konnten, was die Römer so redeten.

Der hohe, helle Klang einer Trompete riss die Königin aus ihren sorgenvollen Gedanken. Mit erhobener rechter Hand leitete Cäsar die Zeremonie ein, und drei Dutzend Priester der Wolfsabwehrer marschierten ins Forum. Zwei von ihnen trugen eine große weiße Ziege, deren Beine an einem Stock festgebunden waren, und hatten nichts weiter als einen Lendenschurz aus Ziegenfell an. Ihre rasierten Körper hatten sie eingeölt, bis die Haut glänzte. In ihren Reihen entdeckte Kleopatra auch ein paar Senatoren. Aus Respekt vor Cäsar hatte man diese ranghöchsten Römer erst vor kurzem in die Priesterschaft aufgenommen. Zwei von ihnen banden die Ziege los, deren tiefe, heisere Schreie zunehmend anschwollen. Die Meute fing an, das Tier nachzuäffen, und erstickte so sein Klagen.

»Määh, määh, määh«, riefen sie, als wollten sie sich über das Tier lustig machen.

Der Hohepriester – das nahm Kleopatra zumindest an, denn er trug als Kopfschmuck einen Ziegenkopf – nahm die Arme hoch und bat um Ruhe. Nachdem die Menge verstummt war, stimmte er ein Gebet an: »Inuus, der du die Männer und Frauen im mächtigen Rom fruchtbar machst, nimm unser Opfer entgegen und erhöre unsere Gebete. Empfang die Ehren, die wir dir heute erweisen, wie du das seit je getan hast. Versprich uns heute, dass jeder Römer seine gottgegebene Männlichkeit entdecken und jede römische Ehefrau die Saat empfangen wird, damit sie Mutter werden kann. Zu Ehren des Gottes und zu Ehren von Rom!«

Die Menschen fingen an, den Namen des Gottes zu singen, und der Rhythmus der Silben hallte durch das Forum. Während ein Priester die Hinterbeine der Ziege festhielt, schlitzte ein anderer ihr die Kehle auf. Blut floss in eine silberne Schale zu Cäsars Füßen. Obgleich er ein ganzes Stück weiter oben saß, musste der Imperator seine langen Beine einziehen, damit das Blut nicht auf seine Toga spritzte. Bald ging der Gesang in lautes Geschrei über, und Kleopatra fürchtete, dass jeden Moment ein Tumult ausbrach. Ihr Herz schlug schneller. Cäsar saß allein auf seinem Thron – schutzlos wie immer. Ihr erster Impuls war es, von der Tribüne zu springen und sich auf ihn zu werfen, aber Cäsar lächelte selbstsicher und schien sich nicht im Geringsten bedroht zu fühlen. Daher umklammerte die Königin nur Hammonius' Arm. Der Bruder der Sippe tätschelte ihre Hand und zeigte zum Nordende des Forums.

Zwei Reihen Männer in Lendenschurzen kamen die Via Sacra entlang, stürmten ins Forum, riefen den Namen des Gottes und schwenkten Ziegenlederpeitschen über den Köpfen. Für diese Zeremonie mussten sie die Kräftigsten ausgesucht haben, denn die meisten waren jung und stramm wie Olympioniken, wenngleich es ihnen an der für diese Athleten typischen Würde fehlte. Kleopatra kam es vor, als ob sie betrunken wären. Sie brüllten laut, schrien die Frauen in ihrer Nähe an und schlugen mit den Peitschen auf sie ein. Die Gepeinigten wichen nicht zurück, sondern streckten den Männern die Handflächen entgegen und rangen miteinander um den nächsten Peitschenschlag. Manche schlugen sogar auf die Körper ein und zielten auf empfindlichere Stellen als die ihnen dargebotenen Hände, was den Frauen jedoch nichts auszumachen schien. Im Gegenteil: Sie wollten ausgepeitscht werden.

Zu Kleopatras Erstaunen sah sie in der Menge nicht nur gewöhnliche Frauen, sondern auch zahlreiche hochstehende Bürgerinnen Roms. Ganz vorn erkannte sie sogar Porcia und ihre Schwester Junia Terentia, die ihre weißen Hände ausstreckten und mit stolzer Brust lachend die Züchtigungen entgegennahmen.

»Was soll das?«, fragte Kleopatra.

»Sie glauben, die Peitschenschläge schenkten ihnen Fruchtbarkeit«, erläuterte Hammonius. »Jedes Jahr kursieren nach der Feier wundersame Geschichten über Frauen, die im Grunde zu alt waren, um noch Kinder zu empfangen, und die nur wenig später mit dicken Bäuchen herumliefen. Schwangeren sollen die Peitschenschläge außerdem zu einer schnellen und leichten Geburt verhelfen.«

»Seltsam, dass Calpurnia nicht unter ihnen ist und die Peitsche sucht«, sagte sie.

Umgeben von einigen Frauen ihres Alters, die ebenfalls nicht teilnahmen, harrte die Römerin auf ihrem Platz ganz rechts von Cäsars Thron aus.

Nach Beendigung des Rituals flanierten die Männer nacheinander an dem Podest vorbei und grüßten den Imperator. Wie ein König hob er die Hand und erwiderte ihren Gruß.

Der einzige Läufer, der keine Peitsche trug, war Antonius, doch er sah auch anders aus als die anderen. Er war älter und schwerer, seine Brust war breiter und kräftiger, seine Schenkel beinah fleischig. Die Jünglinge verfügten über die filigranere Muskulatur von Knaben, die gerade zum Mann reiften, Antonius dagegen war längst ein reifer Mann. Ein geradezu prachtvolles Mannsbild war er – das fand jedenfalls Kleopatra, als ihr Blick ihm folgte. In Händen hielt er eine weiße, mit Lorbeerblättern geschmückte Krone, den Kopfschmuck eines Monarchen. Hoch über den Kopf hielt er sie, damit alle sie sehen konnten. Er zeigte sie der Menge, als böte er sie zum Verkauf feil. Dann kniete er sich vor Cäsar, neigte in einer dramatischen Geste den Kopf und bot ihm die Krone dar.

Auf einmal herrschte absolutes Schweigen, es war von ebensolcher Intensität wie der Lärm, der gerade noch getost hatte. Kleopatra stockte der Atem. Das war die Probe aufs Exempel, die sie so sorgfältig geplant hatten. Vor jeder bedeutenden Persönlichkeit Roms und der weitaus weniger wichtigen Mehrheit der Einwohner würde Cäsar die Krone zurückweisen. Sollten die Anwesenden dagegen protestieren und ihn ermutigen, die Krone zu tragen, würde er sie annehmen – in aller Öffentlichkeit und nicht etwa heimlich, wie bei einer Verschwörung, die seine Opponenten hernach kritisieren und anfechten konnten.

Kleopatra hatte diesen Plan von Anfang an unterstützt. »Falls Rom eine Republik ist und die überwältigende Mehrheit der Menschen sich einen König wünscht, musst du ihrem Wunsch Folge leisten.«

»Paradox, aber wahr, meine Liebe«, hatte er gesagt. Antonius hatte zugestimmt und sich ausgedacht, wann und wo das Ganze vonstattengehen sollte. Nachdem Antonius die Einzelheiten skizziert hatte, meinte Cäsar, er besitze das dramatische Gespür eines Euripides, woraufhin Antonius wie ein kleiner Junge grinste.

»Nimm sie weg, mein Sohn!«, rief Cäsar nun Antonius zu.

Die Menge explodierte. Manche bejubelten sein Verhalten, andere flehten ihn an, sie anzunehmen. Antonius tat so, als hätte der Imperator ihn beleidigt. Er richtete sich auf und warf zuerst Cäsar, dann der Menge zornige Blicke zu. Dabei drehte er sich einmal ganz nach rechts und danach so weit wie möglich nach links, damit alle seine unzufriedene Miene sehen konnten. Dann rief er drei seiner Kollegen herbei und ließ sich von ihnen auf ihre Schultern heben. Wie ein schwerfälliges Tier trugen sie Antonius zum Podium, und dieses Mal versuchte er, Cäsar die Krone auf den Kopf zu setzen. Der Imperator wartete einen Augenblick, dann wehrte er mit der Hand ab und schob die Krone beiseite. Nun jubelte die Menge noch lauter und sang Cäsars Namen.

Kleopatra fiel es schwer, die Reaktion der Menschen zu deuten. Sie fand, es grenze beileibe nicht an Übertreibung, wenn sie zu dem Schluss kam, dass die Anwesenden wünschten, Cäsar möge die Krone annehmen. Auch sie selbst wünschte, dass er es tat, weil sie auf die Reaktion des Volkes gespannt war. Sollte sie negativ ausfallen, konnte er sie ja immer noch zurückgeben. »Falls die Mehrheit Einwände erhebt, kannst du dir die Krone vom Kopf reißen, sie auf den Boden werfen und darauf herumtrampeln!«, hatte sie ihm vorgeschlagen.

Doch Cäsar beschritt den konservativen Weg. Noch einmal bot Antonius ihm die Krone an, und dieses Mal schlug er das Angebot mit einem langsamen, dramatischen Kopfschütteln aus, wie jedermann sehen konnte. Anschließend rief er wie abgesprochen nach Lucius Cotta, der den Vorfall protokollieren sollte.

»Festgehalten werden soll, dass an diesem Tag, dem 14. Februar, Cäsar vor dem römischen Volk dreimal die Krone eines Monarchen angeboten wurde und er sie dreimal ausgeschlagen hat.«

Selbst eine Königin, die lieber etwas anderes gehört hätte, musste ihm zugestehen, dass das römische Volk seine Worte frenetisch bejubelte.

* * * * *

Die Vestalischen Jungfrauen, die römischen Hohepriesterinnen und Hüterinnen der Herdflamme der Göttin Vesta, waren über

Bestechung nicht erhaben. Sie hüteten nicht nur die Flamme, die jedes römische Feuer entfachte und Tag und Nacht oben in ihrem Tempel brannte, sondern verwahrten in ihrem Tempel auch alle offiziellen römischen Dokumente. Hammonius hatte sich mit der jüngsten Priesterin namens Belinda in Verbindung gesetzt. Sie war zutiefst verbittert darüber, dass ihre Familie sie gezwungen hatte, auf die Liebe eines Mannes zu verzichten und ihnen mit dieser Position Ehre zu erweisen. Zwar war sie aus diesem Grund durchaus geneigt, Verrat zu begehen, doch da sie um ihr Leben fürchtete, verlangte sie hundertprozentige Diskretion. Diese schwor ihr der Eunuch im Namen der Götter und setzte alles daran, dass selbst die Königin sich zur Verschwiegenheit verpflichtete, obschon er nur ihr Diener war und sie zu nichts zwingen konnte. »Ich bitte Euch, schwört es im Namen Eures Vaters«, flehte er sie an. »Die junge Frau wird in den Tiber geworfen, falls man sie erwischt.«

Und so legte Kleopatra das Versprechen ab, wohl wissend, dass die Information, nach der es sie dürstete, nicht für Dritte bestimmt war.

Cäsar hatte inzwischen sein Testament gemacht. Er zog sich auf ein Landgut zurück, legte seine letzten Wünsche schriftlich fest und weigerte sich, über den Inhalt des Testaments zu sprechen. »So alt bin ich noch nicht«, sagte er zu Kleopatra, »dass wir uns darüber Sorgen machen müssten, was im Falle meines Ablebens passiert. Doch immerhin habe ich die Absicht, in einen zwei Jahre währenden Krieg zu ziehen, und es ist durchaus möglich, dass die Götter entscheiden, dieser Kampf solle mein letzter sein. Ich will nicht, dass jemand mein Vermächtnis anficht. Rom kann keinen weiteren internen Kampf um Geld und Besitz gebrauchen. Außerdem habe ich dir schon gesagt, dass es nach römischem Recht illegal ist, einem Ausländer Grundbesitz zu vermachen. Aber als solcher wird unser Sohn nun mal bedauerlicherweise angesehen, bis wir dieses Gesetz ändern können.«

»Das nimmst du einfach so hin?«, fragte sie.

»Ja, meine Liebe, das nehme ich erst mal so hin.«

Sobald er den Sieg über Parthien verkünde, so versprach er, werde sein Freund und Anhänger Lucius Cotta zusammen mit einigen anderen ein Gesetz einbringen, welches ihm als Diktator von Rom das besondere Privileg verlieh, so viele Frauen zu ehelichen, wie es ihm beliebte, um einen Erben zu zeugen. Und niemand, weder Cicero noch Brutus, noch die hartnäckigsten Konstitutionalisten würden sich dagegen verwehren, wenn er, Cäsar, sich erst das riesige und bislang nicht zu erobernde Gebiet der Parther im Namen des Imperiums einverleibt hatte.

»Das ist die beste Lösung, Kleopatra. Ich werde meine Landsleute nicht vor den Kopf stoßen, indem ich mich von Calpurnia lossage. Wir beide werden in Ägypten heiraten, dann werde ich dein König sein. Und ich werde Roms Diktator bleiben, bis jemand einen anderen Vorschlag macht. Auf diese Weise wird unser Sohn mein legitimer Nachkomme, du wirst meine Gattin, und danach werden wir weitersehen.«

Die Königin war sich darüber im Klaren, dass sie nicht mehr erwarten konnte, dennoch verlangte es sie nach einer gewissen Garantie, die ihr weder Cäsar noch die Götter geben konnten. Wieder einmal musste sie ein Wagnis eingehen, wie schon so oft in ihrem Leben, das ihr manchmal wie eine einzige Aneinanderreihung von Risiken vorkam.

»Meine Liebste, dein Blick ist so mitleidheischend, dass man meinen möchte, unser Sohn wäre auf mein Vermögen angewiesen, um überleben zu können«, sagte Cäsar. »Im Gegensatz zu dir besitze ich keinen Titel, den ich ihm vermachen könnte. Es handelt sich also nur um Geld – um weitaus weniger Geld, als du besitzt. Sei bitte vernünftig. Mehr können wir zurzeit nicht erhoffen.«

Da sie sich dennoch fragte, ob er irgendetwas zu verbergen hatte, gab sie Hammonius einen schweren Beutel mit Gold. Der Eunuch händigte ihn verschwiegen Belinda aus, die ihm dafür wenig später den Inhalt des Testaments verkündete. Laut Auskunft der Priesterin war das römische Volk Cäsars Haupterbe, denn er hinterließ einen Großteil seines Vermögens den Römern. Der zweite Begünstigte, der buchstäblich alles andere bekam, war Octavian, sein schlechtgenährter Neffe.

»Es ist nur Geld, Eure Majestät«, meinte Hammonius, und die Königin stimmte ihm zu. »Euer Sohn ist ein König mit dem Schatz eines Königs. Vermögen ist bei seiner Machterlangung die einzige Komponente, bei der er nicht auf seinen Vater angewiesen ist.«

* * * * *

Marcus Lepidus besaß das schönste Haus in ganz Rom – oder, wie Antonius gern scherzte, das schönste, das er bezahlt und sich nicht einfach im Krieg angeeignet hatte. In diesem Haus war Kleopatra eine Woche lang zu Gast, damit sie mit Cäsar vor seiner Abreise mehr Zeit verbringen konnte. Der kleine Cäsar blieb unterdessen in der Villa, wo ihn Charmion beaufsichtigte. Der Königin wäre es lieber gewesen, sie hätten diese letzten Tage zu dritt verbracht, damit ihrem Sohn die volle väterliche Zuneigung zuteilwurde, doch Cäsar wollte nicht, dass der Junge sich in der Stadt aufhielt, in der er fremdartigen Krankheiten und Cäsars Feinden ausgesetzt war.

Sie hatten sich um zehn große runde Tische geschart. Entsprechend der römischen Sitte lagen die Männer auf Sofas, während die Frauen auf Stühlen saßen. Man schrieb den 14. März, den Monat des römischen Kriegsgottes Mars, und in vier Tagen sollte Cäsar losziehen und den größten Feldzug in der siebenhundertjährigen Geschichte Roms einläuten. Lepidus hatte Cäsars treuste Freunde und Anhänger zu einem Abendessen zu Ehren des Imperators geladen. Fraglos würden zwei Jahre verstreichen, ehe sie diesen großartigen Mann wieder auf römischem Boden sahen.

»Es ist doch auffällig, dass Marcus Brutus nicht erschienen ist«, flüsterte Kleopatra Cäsar und Lepidus im Verlauf des Abends zu. »Überhaupt kein Mitglied von Servilias Familie ist hier.«

»Ach, wir haben deutlich mehr Spaß, wenn wir uns nicht mit diesem Spaßverderber Brutus und dessen sauertöpfischer Miene herumschlagen müssen«, erwiderte Lepidus.

»Er ist nun mal von Natur aus eher ernst«, sagte Cäsar. »Es ist nicht leicht, diese Wesensart in Gesellschaft abzulegen.«

Während des Mahls war Antonius ausgelassen, gab Trinksprüche auf die Zukunft zum Besten und überschüttete seine Gemahlin Fulvia mit jener charmanten Aufmerksamkeit, die auch schon Kleopatra zuteilgeworden war. Sie war eine großgewachsene Frau, hatte fast schwarze Augen, rotbraunes Haar und einen blassen Teint. Alles in allem war sie eine eindrucksvolle Erscheinung, die Antonius' Freunde offensichtlich respektierten. Den ganzen Abend über war sie mit dem einen oder anderen Senator in eine Unterhaltung vertieft und sprach leise, aber emphatisch über Politik und kommunale Themen. Mehrfach fragten die Männer sie nach ihrer Meinung und schätzten sie zweifelsohne hoch. Doch trotz des Respekts, mit dem sie ihr begegneten, und des Lächelns und der Zärtlichkeiten, mit denen ihr gutaussehender Gatte sie immer wieder bedachte, neigte sie dazu, die Stirn zu runzeln. Eine tiefe Furche zog sich von einer Augenbraue zur anderen und unterbrach die Symmetrie ihres schönen Antlitzes. Allem Anschein nach war sie so ernsthaft, wie Antonius verspielt war, und ihr Gatte setzte alles daran, sie bei Laune zu halten.

Vor ein paar Nächten hatte Cäsar Kleopatra im Schlafgemach gestanden, er könne sich auf einen Mann wie Antonius keinen Reim machen. Auf der einen Seite befehligte er Legionen von Männern, ließ sich andererseits jedoch so leicht von Frauen beeindrucken. »Als Antonius vor Jahren unter dem Einfluss einer Schauspielerin stand, hat er sich vollkommen zügellos gegeben.

Jetzt, da er mit Fulvia verheiratet ist, diesem Paradebeispiel einer gestrengen Zuchtmeisterin, ist er ein vorbildlicher Staatsmann.«

»Vielleicht haben wir Frauen einen größeren Einfluss, als die Römer gerne zugeben möchten«, entgegnete Kleopatra und fragte sich, wie Cäsar wohl den Einfluss bewertete, den sie auf ihn ausübte.

»Immer wieder muss ich an diese alten Rituale denken, bei denen Männer Frauenkleider angezogen haben, um ihnen so etwas von ihren geheimnisvollen, lebensspendenden Kräften zu stehlen«, meinte Cäsar. »Sicherlich hatte das auch Clodius im Sinn, als sie ihn während der Feierlichkeiten zu Ehren der Guten Göttin mit meiner Frau Pompeia erwischt haben. Er hatte sich Frauenkleider übergeworfen, sich ins Haus geschlichen und sich mit meiner Frau auf dem Sofa vergnügt. Meiner Meinung nach war er entweder hinter ihrer oder hinter meiner Macht her.«

»Die Göttin schenkt allen Leben«, sagte Kleopatra. »Es ist kein Fehler, ihre Weisheit und Stärke in ihren menschlichen Ebenbildern zu suchen.«

»Meine Liebe, davon brauchst du mich nicht zu überzeugen«, erwiderte er.

Nach dem Essen arbeitete Antonius sich zum Tisch der Königin vor und flüsterte ihr ins Ohr, er müsse sie dringend sprechen.

»Was haltet Ihr davon, im Garten ein wenig frische Luft zu schnappen, Majestät?«, fragte er sie laut.

Kleopatra war aufgefallen, wie Fulvias Blick ihrem Gemahl durch den Raum bis zur Königin folgte. Sie reichte ihm ihre Hand und gestattete ihm, sie nach draußen zu geleiten, wohl wissend, dass Fulvias schwarze neugierige Augen auf ihnen ruhten, bis sie den Bankettsaal verlassen hatten.

Antonius führte sie in einen winzigen Garten. Leider verfügten die Häuser innerhalb der Stadtgrenzen nicht über diese weitläufigen, gepflegten Außenanlagen, die sie aus Alexandria kannte. Allerdings gab es zahllose Zitrusbäumchen in Töpfen und wildwuchernde Rosensträucher, die an den Gartenmauern hochrankt. Das süße Duftpotpourri roch angenehm, als Antonius sie zu einem schattigen Plätzchen führte.

»Was gibt es, Antonius?«, fragte Kleopatra. »Ihr schaut so finster drein. Welche ernsten Angelegenheiten bringen Euch dazu, von Eurem Vergnügen abzusehen und den Argwohn Eurer Gattin heraufzubeschwören?«

Antonius gestattete sich ein Lächeln, hatte sie aber offensichtlich nicht nach draußen gebeten, weil er um ihre Aufmerksamkeit buhlen wollte. »Ist Euch aufgefallen, dass Cäsar keinen Bissen zu sich genommen hat?«

»In letzter Zeit isst er nur selten. Ich vermute, die Planung des Feldzuges und die Frage, in welche Hände er Roms Schicksal legen soll, verderben ihm den Appetit.«

»Nein, es ist mehr als das. Ich glaube, er ist zu krank, um das Land zu verlassen, aber auf mich will er nicht hören. Ich vermute, Euch leiht er eher sein Ohr.«

Kleopatra schnitt eine Grimasse. Sie hatte nämlich gehofft, dass die Bedenken, die Cäsars Zustand bei ihr auslösten, unbegründet und – wie er so oft andeutete – lediglich das Ergebnis ihrer übergroßen weiblichen Fürsorge waren. »Ich habe den besten Arzt von ganz Alexandria mitgebracht, ein medizinisches Genie. Und ich habe Cäsar mehrmals gebeten, sich von ihm untersuchen zu lassen, aber er weigert sich, sosehr ich ihn auch bitte oder anflehe. Er behauptet, allein der Verstand rufe Krankheiten hervor. Falls sein Verstand sich weigere, darüber nachzudenken, komme der Körper gar nicht erst auf die Idee, krank zu werden.«

»Trotzdem ist sein Gesundheitszustand bedenklich. Vor ein paar Tagen habe ich eine Gruppe Senatoren begleitet, die mit ihm einige dringende Fragen diskutieren wollten. Als wir zu ihm kamen, saß er auf seinem Thron und hielt den Kopf in die Hände gestützt. Er hat nicht mal richtig wahrgenommen, dass wir da waren, fast so, als stünde wieder einer seiner Anfälle bevor. Auch die anderen sahen deutlich, dass er sehr krank war. Und das ist das Schlimmste an der Sache, denn sie werden einen Weg finden, diese Schwäche gegen ihn zu verwenden. Nach dem Treffen vertraten manche Senatoren allerdings die Meinung, Cäsar sei inzwischen völlig abgehoben und lege keinen Wert mehr darauf, sich vor ihm ebenbürtigen Männern zu erheben. Andere haben verbreitet, er sei krank und nicht in der Lage, einen Krieg, geschweige denn ein Imperium zu führen. Wie auch immer, der Vorfall gereicht ihm mit Sicherheit zum Nachteil.«

Sie wagte es nicht, Antonius von den verräterischen Anzeichen zu erzählen, die darauf hindeuteten, dass es mit Cäsars Gesundheit nicht zum Besten stand. Vor ein paar Tagen war er – und das war neu – nicht in der Lage gewesen, den Liebesakt mit ihr zu vollziehen. Der Imperator hatte es auf seine Ermüdung geschoben und Kleopatra auf seine Sorgen, aber insgeheim überlegte sie, ob dies –, wie auch die gelbliche Gesichtsfarbe und das leere Lächeln – nicht ein weiterer Beweis für seinen physischen Verfall war.

»Was sollen wir nur tun? Er hört auf niemanden.« Sie merkte, wie hilflos und enttäuscht Antonius war. Vielleicht war er ihrer Meinung. All ihre Pläne beruhten auf Cäsar. Was würde geschehen, wenn der Diktator versagte, wenn er den Krieg verlor, wenn sich sein Gesundheitszustand weiter verschlechterte? Diese Frage schwebte unausgesprochen im Raum.

Antonius neigte den Kopf zu ihr, während er hastig und drängend auf sie einredete. Er roch nach Wein, wirkte aber nicht betrunken. »Ich glaube, Verehrteste, auf Euch würde er hören. Was wird passieren, wenn ich in Makedonien bin, Ihr in Alexandria weilt und Cäsar – mögen die Götter das verhindern und mir vergeben, dass ich es überhaupt äußere – auf der Reise erkrankt? Was passiert, wenn er stirbt? Wisst Ihr, wie viele

Gruppen sich bekriegen werden, um seine Macht zu erlangen? Die ganze Welt wäre in Aufruhr.«

»Wo würdet Ihr dann stehen?«, fragte sie spitzfindig. »Würdet Ihr Euch auf meine Seite und die meines Sohnes schlagen? Oder Euch hinter Brutus und seinesgleichen stellen? Oder gar zu Lepidus und seinem Vermögen überlaufen?«

Antonius neigte seinen Kopf noch weiter, sodass sie seinen warmen Atem auf ihrem Gesicht spürte. »Ich finde, der weibliche Verstand arbeitet stets schneller als jener der Männer. Ihr seid kühn, Eure Majestät, und werdet von den Göttern weitaus stärker begünstigt als meine Gemahlin. Sie sollte eigentlich im Senat sitzen, hatte aber das Pech, als Frau geboren zu werden.«

»Ich möchte Euch bitten, nicht zu vergessen, dass eine Königin nicht einfach nur Glück hat, sondern von den Göttern auserwählt wird. Eure Fulvia hatte kein Pech – sie wurde schlicht nicht auserkoren.«

»Habe ich Euch beleidigt, obwohl ich Euch doch nur ein Kompliment machen wollte?« Sein Lächeln sprühte vor Charme und fand sich auch in seinen Worten wieder.

»Ihr habt mich nicht beleidigt, allerdings auch nicht meine Frage beantwortet.«

»Sollte Cäsar irgendetwas zustoßen, muss ich mich bemühen, zu werden wie er – obschon ein Mann allein in der Lage sein wird, seinen Platz auszufüllen. Bei diesem Bemühen werde ich natürlich *alle* seine Pflichten übernehmen müssen.«

Als sie begriff, was er meinte, stockte ihr der Atem. Er nahm ihre Hand, die seine beiden riesigen Pranken beinah verschluckten. Seine Haut war fest und fühlte sich im Vergleich zu ihrer, die recht kühl war, heiß an.

»Sollte Cäsar entweder geschlagen werden oder sterben, werde ich Euch und den Prinzen selbstverständlich beschützen. Egal, mit wem ich mich verbünden werde.«

»Ich bin erleichtert, dies zu hören, Antonius, und werde Euch beim Wort nehmen.« Sie entzog ihm die Hand und fragte sich, was diese Zärtlichkeit sie in Zukunft wohl noch kostete.

»Was ist mit Euch, Majestät? Werdet Ihr unsere Allianz aufrechterhalten? Oder werdet Ihr Euren Freund, der im fernen Makedonien weilt, im Stich lassen und zu den Senatoren überlaufen, die einzig und allein darauf erpicht sind, sich Eure Staatsschatulle und Ressourcen zu sichern?«

Das war eine interessante Frage. Inwieweit waren sie mit ihrer Allianz ohne den mächtigen und genialen Cäsar, der ihnen den Weg wies, in der Lage, ihre Träume und Ziele zu realisieren? Das konnten nur die Götter beantworten, und obgleich sie stumm zu ihnen betete, sprachen sie in diesem Augenblick nicht zu ihr. Sie musste Antonius' penetrantes Starren ebenso in ihre Antwort einbeziehen wie seinen Ruf, ein tapferer Krieger zu sein, der viele Tausend Männer führen konnte, seine blumige Redekunst, mit der er jeden Opponenten auf seine Denkweise einschwören konnte, und das Gefühl, dass dieser Mann, was auch immer geschah, vom Schicksal dazu auserwählt war, in ihrem Leben eine Rolle zu spielen.

Als sie an all die dachte, die versuchen würden, Cäsars Macht an sich zu reißen – Brutus, Cassius, Lepidus, Cicero –, schien es ihr unvorstellbar, sich mit einem von ihnen dauerhaft zu verbünden. Natürlich waren die Männer höflich zu ihr, aber sie hassten und fürchteten sowohl sie als auch ihren Sohn. Und hier stand Antonius, gelobte ihr Treue und bat im Gegenzug um nichts weiter als ihre Loyalität. Ob er sein Versprechen hielt, vermochte sie nicht zu sagen, denn die Zukunft kannte sie nicht. Männer gaben nun mal schnell Versprechen ab und brachen sie, sobald das Glück sie verließ. Gut möglich, dass Antonius versuchte, Cäsars Platz in ihrem Bett einzunehmen, nur um sie hinterher an seine römischen Verbündeten zu verraten. Doch dieses Risiko musste sie eingehen, bis sich eine bessere Alternative bot. Auf der anderen Seite glaubte sie, dass Cäsars Meinung über Antonius ihre Entscheidung rechtfertigte.

Falls er sich von Frauen tatsächlich so leicht beeinflussen ließ, warum sollte an einem gewissen Punkt nicht sie ihren Einfluss geltend machen?

»In ganz Rom seid Ihr, Marcus Antonius, mein einziger Freund und Verbündeter. Ich möchte nicht, dass sich daran etwas ändert, egal was die Zukunft bringt.«

Wieder nahm er ihre Hand. Der Schalk in seinen Augen erwachte wie aus einem tiefen Schlaf. Er küsste ihre Finger, öffnete sie und malte eine Linie auf die Handfläche. »Kleopatra, am liebsten würde ich mit Euch Blutsbrüderschaft schließen, wie früher, als ich mit meinen Jugendfreunden einen Pakt schloss, aber ich kann Euch wohl kaum blutüberströmt zu Cäsar zurückschicken, oder?«

Bei ihrer Rückkehr in den Bankettsaal waren zwar ein Dutzend Augenpaare auf sie gerichtet, doch niemand machte eine Bemerkung über ihre Abwesenheit. Cäsar aß eine Birne und trank ein Glas Wein. Er sah besser aus als in den letzten Tagen.

»Werter Feldherr, hat meine Abwesenheit Euch den Appetit zurückgebracht?«, erkundigte Antonius sich lachend. Die anderen stimmten in sein Gelächter mit ein.

»Dein Appetit ist stärker als der aller anderen Männer, mein Sohn«, entgegnete Cäsar, woraufhin die Anwesenden noch lauter lachten, allen voran Fulvia, die den Kopf nach hinten warf und Kleopatra einen Blick auf ihre Zähne ermöglichte.

»Wir haben gerade ein Spiel gespielt«, sagte Fulvia. »Wir gehen im Raum herum, und jeder muss folgende Frage beantworten: Welcher Tod ist dir am liebsten?«

»Was für ein düsteres Vergnügen, Verehrteste«, erwiderte Kleopatra verwundert. »In meinem Land ist die Unterhaltung bei Tisch fröhlicher, wenn auch oft philosophischer Natur.«

»Ihr werdet schon sehen, was für ein Spaß das ist, Eure Majestät. Marcus Lepidus wünscht, dass sein Herz zu schlagen aufhört, während er eine schöne Frau entjungfert. Lucius Cotta dagegen möchte bei Morgengrauen im Galopp von seinem Lieblingspferd fallen.«

»Verstehe. Ich möchte gerne eine steinalte Frau werden und eines Tages auf den Schwingen des Pegasus in den Himmel fliegen.«

»Ein solcher Tod gebührt einer Gottheit, Eure Majestät«, befand Fulvia.

»Ganz genau, Verehrteste«, erwiderte Kleopatra. »Nur dass Götter unsterblich sind.«

Antonius beeilte sich, den Wortwechsel der beiden Frauen zu unterbinden. »Ich möchte sterben, während ich meine Frau liebe, denn im Gegensatz zu allen anderen Erfahrungen ist dieses Erlebnis unvergleichlich und lässt einem alles andere langweilig erscheinen. Das ist mein Wunsch.«

Er küsste Fulvia auf die Nase. Umgehend glättete sich die Furche auf ihrer Stirn, und ein Lächeln überzog ihr Antlitz. Kleopatra überlegte, ob er tatsächlich meinte, was er da sagte. Ebenso unvermittelt wie unerwartet spürte sie den Stachel der Eifersucht und hinterfragte das intensive Gefühl, das sie vorhin empfunden hatte, als Antonius all seine Aufmerksamkeit ihr geschenkt hatte.

»Und Ihr, Cäsar?«, fragte Fulvia.

Der Imperator zögerte keine Sekunde, drehte die Handflächen nach oben und breitete die Arme wie zwei Schwingen aus. »Die Methode ist nicht von Bedeutung. Der beste Tod, meine Lieben, kommt plötzlich und schnell.«

* * * * *

Er ging allein zum Senatstreffen, denn Calpurnia hatte sich am Morgen nicht wohl gefühlt. Sie hatte sich mit den düsteren Träumen der vergangenen Nacht herumgequält und ihn angefleht zu bleiben, um sie zu trösten. Als er das Haus verließ, hatte sie ihn am Saum seines Gewandes zurückgehalten und behauptet, der dunkle Himmel habe etwas Unheilvolles, er solle im Haus bleiben, bis die Sonne wieder schien. Doch er wollte seinen Gegnern keinen weiteren Anlass zur Kritik liefern. Ließ er sich nicht blicken, deuteten sie es inzwischen so, dass er zu abgehoben und mächtig war, um den Versammlungen der Senatsmitglieder beizuwohnen.

Zaudern kam nicht in Frage. Er war seinem Ziel zu nah, stand kurz davor, Rom mit Hilfe der größten Armee, die jemals ein Feldherr aufgestellt hatte, zu Ruhm zu verhelfen. Nicht mehr lange, und das Reich war fast so groß wie das von Alexander. Der Weg dorthin war lang, aber wenn er ihn erst einmal gegangen war, gab es niemanden mehr, der ihn kritisieren konnte. Seine Anhänger hatten eine alte Prophezeiung aus den heiligen Sibyllenbüchern hervorgekramt, die da lautete, nur ein König sei fähig, die bösartigen Parther in die Knie zu zwingen. Deshalb hatte der Senat kurzerhand ein Dekret erlassen, dass Cäsar, solange er sich nicht in der Hauptstadt aufhielt, König genannt werden dürfe. Dies war nur der erste von vielen Schritten, die er zurücklegen musste, bis er sein Ziel erreichte.

An diesem Morgen litt er unter Müdigkeit, als wäre er in der Nacht nicht wirklich zur Ruhe gekommen. Er war nicht in der Lage, die Ermattung abzustreifen, was sehr untypisch für ihn war. Schon seit langem schlief er nicht mehr gut. Kaum hatte er die Augen geschlossen und begann wegzudämmern, gelangte er an einen ihm fremden Ort, wo *sie* wartete. Sie fragte ihn nach seinen Plänen und wollte wissen, ob er sich sicher sei, dass er sich lange und gut genug vorbereitet hatte. Selbstverständlich bin ich mir sicher, entgegnete er jedes Mal und starrte in ihre tiefblauen Augen, bis ihm angesichts ihrer Macht schwindelte. Sie war die Frau, die alle suchten, die Schöne, die Starke, die das Sein symbolisierte. Nacht um Nacht stattete sie ihm einen Besuch ab und spendete ihm Kraft. Sie war die Liebe seines Lebens.

Er dachte über Calpurnias närrische Sorgen nach. Was bedeutete schon ein schwarzer Himmel, wenn Venus, die ewige Sonne, darüber schwebte?

In einer engen Gasse neben der Kammer kam er an Antonius vorbei, der mit dem ausschweifenden Brutus Albinus in eine hitzige Diskussion verstrickt war. Cäsar war unschlüssig, ob er Antonius ermuntern sollte, weiter zu argumentieren und somit zu verhindern, dass der langweilige Albinus ihm mit einer seiner endlosen Hasstiraden den Tag verdarb, oder ob er Albinus unterbrechen und Antonius der lästigen Pflicht entbinden sollte, diesem zuzuhören. Letztlich wählte er den Weg des geringsten Widerstandes, winkte Antonius kurz zu und ging einfach weiter.

Er trat in die Kammer, die an das von Pompejus erbaute Theater grenzte. Der Senat hatte die heutige Sitzung hier anberaumt, was ihn auf die Frage brachte, ob die Wahl Symbolcharakter hatte. Musste er sich etwa schon wieder eine dieser ewig währenden Debatten über die Restauration der Republik anhören, bei der die Erinnerung an Pompejus und all die anderen in die Jahre gekommenen Werte, für die dieser gestanden hatte, endlos beredet wurden? Die Republik war so tot wie Pompejus, daran konnte auch der ausschweifende Wortschwall einer Horde geistig umnachteter Greise nichts ändern. Nein, daran war nichts mehr zu deuten, jedenfalls nicht in ihrem Leben und auch nicht in Cäsars Leben. Die lebensecht wirkende, elegante Statue von Pompejus stand auf einem Podest und hieß ihn willkommen. Mit erhobener Hand grüßte Cäsar seinen alten Freund und entsann sich glücklicherer Zeiten, als sie beide Julia an der Hand gehalten und sich Glück gewünscht und ewige Treue geschworen hatten.

Bei seinem Eintreten erhoben sich die Senatoren von ihren Plätzen, scharten sich auf der Stelle um ihn und überreichten ihm sogleich ihre Petitionen. Tillius Cimber, dessen Bruder im Exil lebte, übergab Cäsar die Bitte um seine Rückkehr und ließ einen Sermon vom Stapel, mit dem er den Diktator an seine berühmt-berüchtigte Mildtätigkeit erinnerte. Auch die anderen kamen zu ihm herüber, riefen ihm ihr Anliegen zu und übertönten Cimber.

»Meine Herren, bitte!«, rief Cäsar entrüstet. Ihre Stimmen dröhnten so laut, dass ihm die Ohren klingelten, was unerträglich war. Schützend legte er die Hände auf die Ohren. »Heute nicht.« Am liebsten wäre es ihm gewesen, sie wären einfach gegangen. Ihm schwindelte. Stand er etwa kurz vor einem Anfall, oder wurde ihm bloß mulmig, weil er auf das Frühstück verzichtet hatte, um Calpurnias Gejammer so schnell wie möglich zu entfliehen?

Cimber zog den Arm zurück, steckte sein Bittgesuch in die Tasche, musterte Cäsar und riss sich energisch die Toga vom Hals. Der Imperator fragte sich, ob Cimber seinen Posten niederlegen und auf diese Weise gegen die Verbannung seines Bruders protestieren wollte. Momentan hatte Cäsar wenig Geduld mit solch pathetischem Gehabe – hoffentlich brach der Mann keinen Streit vom Zaun.

Schweigen breitete sich im Senat aus, was zumindest Cäsar als segensreich empfand, doch im nächsten Moment kam Publius Longinus, einer der Casca-Brüder, auf ihn zu. Schon fürchtete Cäsar, dass dieser ihm die nächste Petition überreichen wollte, denn Casca wirkte nervös, schwitzte und griff in seine umbrafarbene Toga, vermutlich auf der Suche nach dem Schriftstück. Mit erhobener Hand wollte Cäsar ihn vom Sprechen abhalten. Doch Casca zog mit seiner zittrigen, von Sommersprossen überzogenen Rechten einen funkelnden Gegenstand hervor, den der Imperator nicht genau erkennen konnte, und stieß ihn Cäsar in den Hals.

Ein unglaublicher Schmerz, schlimmer als alles, was ihm je auf dem Schlachtfeld widerfahren war, durchzuckte ihn, und er sah, wie das Blut aus seinem Hals spritzte. Schnell riss er eine Hand hoch, um sich vor dem nächsten Messerstich zu schützen, umklammerte mit der anderen den Dolch, an dem sein Blut klebte, und blickte in Cascas wild funkelnde Augen. »Was soll das?«, fragte er und verdrehte den Arm des Senators, so weit es seine Kraft zuließ.

Trotz des Schmerzes und des vielen Blutes war er – wie er erleichtert feststellte – nicht schwer verletzt. Entsetzt blickte er sich in dem Raum nach jemandem um, der zumindest Anstalten machte, diesem Wahnsinnigen Einhalt zu gebieten. Alle starrten ihn angsterfüllt an, doch zu Hilfe kam ihm niemand.

»Bruder, hilf!«, schrie Casca nun, und plötzlich sah Cäsar, wie sich ihm gleich mehrere Männer mit gezückten Dolchen näherten. Die eine Klinge traf ihn ins Bein, die andere in den Magen, ein paar stachen von hinten auf ihn ein, sodass er nach vorn auswich und damit gleich in den nächsten Dolch lief. Jeder Hieb, dem er auswich, trieb ihn in die nächste Klinge. Wie ein gehetztes, in die Enge getriebenes Tier fühlte er sich, während Cassius mit kalter, entschlossener Miene und halb zusammengekniffenen Augen auf ihn einstach. Cäsar packte ihn bei den Haaren, zog seinen Kopf zu sich herunter und biss ihn so fest ins Ohr, bis er ein Stück Fleisch im Mund hatte. Er spuckte aus und stieß mit dem Ellbogen in einen Hintermann, der ihm gerade einen Dolch in den Rücken gerammt hatte. Wie ein wilder Löwe kämpfte er und hielt verzweifelt nach Antonius Ausschau, konnte ihn aber nirgendwo entdecken.

Stattdessen blickte er in das Gesicht direkt vor seinen Augen. Es gehörte Brutus, der seine Toga packte und ihn zu sich heranzog. Würde Brutus ihn retten? Doch als Cäsar seinem Gegenüber unverwandt in die Augen blickte, sah er nur seinen nahen Tod.

»Du auch, mein Sohn?«, fragte er Brutus auf Griechisch, der Sprache, in der sie sich zu unterhalten pflegten.

Brutus' Gesicht war angsterfüllt, seine buschigen Augenbrauen erinnerten an wogendes Korn, sein Mund war zu einem weit aufgerissenen Loch verzerrt. Cäsar bemerkte die Verwirrung des Mannes und lächelte ihn an, was die Mordlust des Angreifers jedoch erst recht schürte, da er sich nicht ernst genommen fühlte. Mit einen leisen Schrei stieß Brutus den Dolch tief in Cäsars Bauch.

Der Imperator drohte am Schmerz zu ersticken und gab heisere Klagegeräusche von sich, die allerdings niemand zur Kenntnis nahm. Umringt von Männern, die er ein Leben lang gekannt hatte, war er auf einmal völlig allein.

Er warf einen Blick aus dem Fenster und sah, wie ein Sonnenstrahl durch eine schwarze Wolke brach und ein Lichtkreuz bildete. Das Licht wurde heller und breitete sich zunehmend aus, bis Cäsar nichts anderes mehr sehen konnte. Selbst seine Schmerzensschreie verstummten, obgleich er sich bewusst war, dass sein Körper Höllenqualen litt und seine Stimme immer noch um Hilfe rief. Nichts hörte er mehr, bis auf das vertraute leise Raunen, das seine Anfälle stets begleitete. Er konnte nicht anders – wie gebannt musste er in das Licht starren, weißer als alles, was er je erblickt hatte, weißer als die Wolken, die sich wie Pelzkragen an die italienischen Berggipfel schmiegten. Weißer als Schnee und mit goldschimmernden Rändern.

Seine körperliche Hülle ließ er auf dem Fußboden im Senat zurück und hielt auf die funkelnde Lichtsäule zu. Auf einmal trat sie unvermittelt aus dem Lichtschein, ihre Erscheinung schöner und strahlender, als er sie je gesehen hatte. Riesig war sie jetzt, größer als er, größer als alle Sterblichen, umrahmt von Licht, als wäre es ein Teil ihres Wesens. Als sie sich Cäsar näherte, folgte ihr das Licht und umgab sie wie ein strahlender Mantel.

Gefällt dir das Licht des Himmels?, fragte sie ihn lächelnd. Es war die Schönheit, die ihm ein Leben lang Glück und Sicherheit geschenkt hatte, und ihm dräute, dass sie diesmal nicht mit ihm spielte wie in der Vergangenheit. Endlich war sie bereit, mit ihm auf immer diese perfekte und göttliche Verbindung einzugehen. *Komm mit mir*, schien sie ihn lächelnd aufzufordern. *Nimm deinen Platz unter uns ein.*

Cäsar warf einen Blick zurück, auf seinen zuckenden Körper, der sich vor den Angriffen der Senatoren zu schützen suchte, und fällte die letzte bewusste Entscheidung, indem er beschloss, von dieser Hülle abzulassen. Als letzte menschliche Geste breitete Gaius Julius Cäsar, Diktator von Rom, seinen Umhang über seinen Körper und ließ ihn sterben. Denn nur so konnte er den Schmerz hinter sich lassen und sich der Heiterkeit nähern, die *sie* ihm zum Geschenk machte.

Bist du bereit, dich auf alle Ewigkeit zu den Göttern, denen du ebenbürtig bist, zu gesellen?, fragte sie.

Endlich der Beweis. Die Tatsache, dass er die ganze Zeit über recht behalten hatte, dass er tatsächlich ein Gott gewesen war, der wiederum von einer Göttin abstammte, erfüllte ihn mit großer Zufriedenheit. Alle hatten an ihm gezweifelt, doch wie üblich hatte er mal wieder zuletzt gelacht. »Dann habe ich mich also nicht getäuscht?«, wollte er wissen.

O doch, erklärte sie. Denn nicht nur er, sondern alle Sterblichen waren Götter. Nur waren sie ihrer göttlichen Herkunft entfremdet, sodass ihr irdisches Selbst seine wahre Identität vergessen hatte. Genau dies machte sie ihm nun klar: Er war einer der wenigen gewesen, dem die Verbindung zu seinem göttlichen Selbst nicht entfallen war und der seine irdische Existenz wie ein Gott geführt hatte.

Zusammen mit der Göttin stand Cäsar am Eingang zur Kammer und beobachtete, wie Antonius immer noch versuchte, sich von Albinius loszureißen. Wenigstens dieser Sohn war loyal. Octavian sollte Cäsars Vermögen, Antonius dagegen sollte seine Macht erben, und damit war alles gut. Die Göttin las Cäsars Gedanken.

Das ist nur eine von Abertausenden von Möglichkeiten, sagte sie. Dann öffnete sie den Himmel und zeigte ihm die unzähligen Optionen, welche die Zukunft für diejenigen bereithielt, die er zurückließ. Ehrfürchtig und mit einer Klarheit, die ihm in seinem irdischen Dasein nicht vergönnt gewesen war, sah er alle möglichen Variationen des Dramas, das sich dort unten abspielte, vor Augen. Er sah, wie das Geschehen sich veränderte, wie die Geschichten variierten, je nachdem, welche Entscheidung die Spieler fällten, wie sie ihr Leben in die eine oder andere Richtung steuerten, wie jede Handlung Einfluss auf sie und ihre Mitmenschen nahm. *Siehst du, großer Cäsar*, sagte sie, *mit jeder irdischen Wahl, die sie treffen, bewahren Menschen sich göttliche Macht.*

»Aber das ist doch paradox«, behauptete er. »Die Menschen können alles und nichts kontrollieren.«

Ja, antwortete sie mit einem verschmitzten Lächeln. *So einfach ist es.*

Cäsar konzentrierte sich wieder auf die Gegenwart, die ihm auf einmal wie ein kleiner Punkt auf der langen Geraden der Vergänglichkeit erschien – jener Vergänglichkeit, die er in Kürze für immer hinter sich lassen sollte. Er begriff, dass er endgültig Abschied nehmen musste, dass er in die Ewigkeit eintrat und unsterblich wurde, worum er im Leben vergeblich gerungen hatte.

In der Kammer wachte die Statue des Pompejus über den Mord, beobachtete ihn vom Podest aus und starrte ungerührt auf Cäsars blutigen Leichnam hinab. Wie entfesselt stachen die Männer in ihren blutbespritzten weißen Togen unablässig auf ihn ein. Fürchteten sie sich etwa davor, aufzuhören, weil sie sich dann für ihr Tun verantworten mussten? Wie Marionetten, an deren Fäden ein wahnsinniger Puppenspieler zog, machten sie weiter und fügten dem leblosen Körper immer neue Wunden zu.

»Das ist jetzt auch egal, oder?«, fragte Cäsar sie. In ihrer strahlenden Gegenwart fiel jede Traurigkeit von ihm ab.

Sie stimmte ihm zu. *Ja, Cäsar, all das wird sich in Luft auflösen. Sollen wir gehen? Auf der anderen Seite erwarten sie dich freudig.*

»Auch Julia?«, fragte er hoffnungsvoll.

O ja, sie und viele andere. Sie werden für dich eine Siegesparade veranstalten, wie du noch keine gesehen hast. Doch diesmal ist der Sieg süß, er wird von niemandem in Zweifel gezogen, und Feinde gibt es hier auch nicht. Nur Ehre.

Ganz leicht war ihm auf einmal ums Herz und ein wenig schwindelig. Er merkte, wie er sich unwiederbringlich von allem entfernte, was ihm vertraut war, doch plötzlich rief ihn irgendetwas ins Diesseits zurück. Mit einem Mal sah er im Haus von Marcus Lepidus, wo er erst am vergangenen Abend gespeist hatte, Kleopatra auf einem Balkon stehen und in dasselbe Lichtkreuz starren wie er zuvor. Blanke Furcht spiegelte sich auf ihrem Gesicht, und er hörte, wie seine Mörder schreiend durch die Straßen liefen. Freiheit! *Freiheit!* Kleopatra vernahm die Rufe ebenfalls, und er wusste, dass sie in diesem Moment begriff, was sich zugetragen hatte. Wie sehr verlangte es ihn danach, sie festzuhalten, sie seine tiefempfundene Liebe spüren zu lassen und ihr mitzuteilen, wie im himmlischen Glanz alles Irdische verblasste.

»So kann unsere Beziehung doch nicht enden«, protestierte er. Hoffentlich gewährte die Göttin ihm eine letzte Minute mit dieser Frau, die er fortan ihrem Schicksal überließ.

O doch, das kann sie, mein Lieber. Deine Zeit ist abgelaufen, erwiderte die Göttin.

Mit einem Seufzer wandte er den Blick von Kleopatra ab, als die Göttin ihn an die Hand nahm und nach Hause führte.

* * * * *

Kleopatra spürte, wie sich eine eisige Kälte ihrer bemächtigte, die ihr das Blut in den Adern gefrieren ließ. Sie atmete tief durch, erschauderte und schlang die Arme fester um den Körper. Panik spiegelte sich in ihrem besorgten Gesicht wider. Sie badete in Cäsars Geruch, der wohlriechenden Eukalyptusessenz, mit der sein Kammerdiener ihm morgens nach dem

Bad immer seine Schultern und Arme eingerieben hatte, und seinem ureigenen Geruch, den sie trotz des aromatischen Öls wahrnahm. Sie breitete die Arme aus, wollte ihn an sich drücken und hoffte, dass so ein Teil von ihm zu ihr kam, sie hielt, sie mitnahm. Doch ihre Arme blieben leer. Für einen flüchtigen Augenblick hatte sie ihn gespürt, genau wie nachts, wenn sie im Bett lagen und sie ihn festhielt. Das war unverkennbar er gewesen, aber innerhalb von Sekunden war er fort. Nun musste sie sich ohne ihn der Zukunft stellen.

Den eigenen Körper konnte sie kaum mehr spüren. Ihr war eiskalt. Mit um den Rumpf geschlungenen Armen merkte sie, wie ihre Knie weich wurden und sie zu Boden fiel. Sie presste die Hände auf die kalten Fliesen, doch ihr Leib war kälter. Verzweifelt versuchte sie, sich aufzurichten, fand aber nicht die Kraft dazu. Daher drehte sie sich auf die Seite, lag wie ein Baby auf dem harten Boden, mit angezogenen Beinen, die Arme um den Leib geschlungen. Mehrmals biss sie sich in die Hand, spürte aber keinen Schmerz.

Sie hörte, wie der Lärm in den Straßen anschwoll. *Freiheit! Freiheit! Der Tyrann ist tot. Lang lebe die Republik!* Die Menschen schrien vor Angst, stöhnten, jammerten und klagten, als sie die Neuigkeit erfuhren. Sie fragte sich, wer wohl die Erde von Julius Cäsar befreit hatte. Welcher Sohn hatte den Vater gemeuchelt, um dessen Erbe antreten zu können? Die Antwort fand sich schnell: Sie wusste, wer bereit war, für eine Ideologie zu morden. Falls er diesen kaltblütigen Schritt tatsächlich gewagt und den Mann, den er Vater nannte, umgebracht hatte, den Mann, der ihn von Anbeginn an gefördert, der mit ihm in sanftem melodischem Griechisch über Philosophie und Poesie gesprochen, der ihm verziehen hatte, dass er sich auf die Seite von Pompejus geschlagen und zusammen mit ihm gegen Cäsar gekämpft hatte – falls also Brutus dazu in der Lage gewesen war, wischte er dann nicht in diesem Augenblick Cäsars Blut von seinem Dolch, um ihn im nächsten gegen sie und ihren Sohn zu erheben? Falls sie den

Vater getötet hatten, erkoren sie dann nicht Cäsars wahren Sohn, in dessen Adern das Blut des Diktators floss, zwangsläufig zum nächsten Opfer aus? Und wenn der Sohn sterben musste, dann sicher auch seine Mutter, damit niemand überlebte und Rache üben konnte. Sohn und Mutter mussten beide ausgelöscht werden. Nur so konnten die Mörder verhindern, dass ein anderer ein Anrecht auf das erhob, was sie für sich beanspruchten.

Was war mit Antonius? Kleopatra schien es unvorstellbar, dass jemand Cäsar Schaden zufügen konnte, solange Antonius in der Nähe war – es sei denn, er gehörte zu den Verschwörern. Einen Moment grübelte sie über diese Möglichkeit nach, bis sie meinte, sich übergeben zu müssen, doch sie konnte es sich jetzt nicht leisten, krank zu werden. Also atmete sie mehrmals tief durch, bis der Brechreiz sich legte.

Eine ganze Weile lag sie auf dem Boden und war unfähig, sich zu rühren. Die kühle Morgenluft ließ sie frösteln, und die Kacheln waren mit Morgentau benetzt. Selbstverständlich musste sie sofort handeln und Vorbereitungen treffen. Ihre Sicherheit hatte nun höchste Priorität, dennoch wusste sie nicht, was zu tun war. Nicht zum ersten Mal fühlte sie sich hilflos, nicht zum ersten Mal wurde sie in eine derart brenzlige Situation hineingezogen und musste zusehen, wie sie mit heiler Haut davonkam. Nach dem Tod ihres Vaters war sie als jugendliche Königin von ihr feindlich gesinnten Fraktionen umgeben und völlig allein gewesen. Sie hatte sich nicht länger auf seine Macht, unter deren Schutz sie stand, verlassen können. Gab es keinen sicheren Ort auf dieser Welt? Gab es denn wirklich niemanden, an den sie sich schutzsuchend wenden konnte?

Sie ballte die Hand zur Faust und biss noch fester zu, damit sie den Schmerz endlich wieder spürte. Ihre Zähne bohrten sich in die weiche Haut, bis die Pein unerträglich wurde. Nein, so jemanden gab es nicht auf dieser Erde. Niemand besaß so viel Macht und Größe, dass er die Ereignisse zu ihren Gunsten beeinflussen konnte. *Allein kommen wir auf diese Welt, und genau so verlassen wir sie auch wieder.* In der Zwischenzeit gab es nur selten Erlösung von diesem einsamen Schicksal. Demnach, so schloss sie, gab es nur sie und die Götter – keinen Vater, keinen Cäsar, keinen Sterblichen, auf dessen Macht sie vertrauen konnte. Niemand vermochte ihr abzunehmen, was sie aus eigener Kraft allein mit Hilfe der Götter leisten musste. Daher betete sie zu ihnen, denn sie allein hatten die Macht, jede auch noch so verfahrene Situation zu meistern.

Mutter Isis, Göttin der Anteilnahme, wieder einmal hast du mich der Quelle meiner Kraft beraubt und mich allein, ohne Mutter, Vater, Gatten, auf dieser Erde zurückgelassen. Jetzt kann nur noch ich das Königreich meiner Vorfahren und meinen kleinen Sohn, den wahren Prinzen von Ägypten und einzig wahren Sohn Cäsars, beschützen. Auch diesmal flehe ich dich an, mir Kraft zu spenden, damit ich und nicht ein anderer an meiner statt dafür Sorge tragen kann, dass dein Wille auf Erden geschehe. Wir allein können mein Handeln und Schicksal bestimmen. So bitte ich, deine demütige Tochter, dich in aller Heiligkeit: Lass mich nicht sterben.

Heiße Tränen liefen ihr übers Gesicht, rollten ihr wie kleine warme Flüsse über die kalten Wangen. Jetzt, da es so viel zu tun gab, durfte sie sich nicht gehenlassen. Später, viel später, wenn sie und ihr Sohn in Sicherheit wären und sich auf ägyptischem Boden befänden, konnte sie immer noch weinen. Sie zwang sich dazu, sich aufzusetzen, und wischte die Tränen weg. Zitternd richtete sie sich auf und hielt sich am Holzgeländer fest.

Trotz des Lärms auf den Straßen vernahm Kleopatra ein unverkennbar rhythmisches Klappern. Dieses Geräusch hatte sie schon so oft gehört, dass sie wusste, es waren die Sandalen römischer Soldaten, die ins Stadtzentrum vorrückten. Nun gab es bestimmt Krieg, und sie war viele Kilometer von ihrem Sohn entfernt. *Göttin, bitte, er ist doch noch ein Kind. Hilf ihm!* Der Königin mangelte es sowohl an Energie wie an Vorstellungskraft, sich die Schrecken auszumalen, die sie zu dem Gebet bewogen hatten.

Plötzlich stürmte ein Hüne in einem zerfledderten Bauernumhang auf den Balkon. Sie wich vor ihm zurück, aber als er die Kapuze abnahm, erkannte sie Antonius.

Er legte den Arm um sie. »Schnell«, sagte er. »Ihr müsst nach drinnen.«

Ihre Erschöpfung ließ kein Misstrauen zu, und es bestand auch kein Grund, an ihm zu zweifeln, denn sie ahnte sehr wohl, welch unglückliche Verkettung von Umständen ihn in diesem Aufzug zu ihr geführt hatte.

»Wisst Ihr, was geschehen ist?«, fragte Antonius.

»Es tönt durch alle Straßen«, sagte sie.

»Begreift Ihr denn auch, was das bedeutet? Wir müssen Euch aus Rom fortbringen.«

»Erzählt mir erst, was passiert ist«, sagte sie und erstickte beinah an den Worten. »War es Brutus?«

»Jetzt nicht, Kleopatra. Uns bleibt keine Zeit zum Reden. Lepidus hat seine auf der Tiberinsel stationierten Truppen zusammengetrommelt. Sie marschieren gerade jetzt in die Stadt.«

»Werdet Ihr gegen Cäsars Mörder Krieg führen?«

»Nein, ich werde mit ihnen verhandeln.«

Kleopatra war zutiefst schockiert. »Wie könnt Ihr nur?«

In der Miene des Römers blitzte eine Energie auf, die die Königin zum ersten Mal bemerkte. Ganz ruhig schien er und gleichzeitig hellwach, und er hatte eine Aura, als brenne ein Licht in seinem Innern.

»Gefühle sind jetzt fehl am Platz. Ein Krieg muss um jeden Preis vermieden werden. Jemand muss die Macht ergreifen. Die Erhabenheit, die Julius Cäsar symbolisiert hat, ist mit seinem Tod ausgelöscht worden.«

»Nun sagt schon, war es Brutus?«, hakte sie nach. Sie hatte Cäsar gewarnt, doch der hatte ihre Warnungen stets in den Wind geschlagen. Er musste den Tod gewollt, ihn sogar unbewusst geplant haben. Wieso hatte er sie nur verlassen?

»Ja, Brutus. Gemeinsam mit vielen anderen. Doch sie haben

Schelte anstatt Lob erhalten, als sie durch die Straßen liefen und die Nachricht verbreiteten. Die Menschen warfen Steine nach ihnen, jagten sie weg. Offenbar wussten sie nicht, was sie nach der Tat tun sollten. Meiner Meinung nach rechneten sie mit Dank für das begangene Verbrechen.« Die Ironie des Ganzen zauberte ein bitteres Lächeln auf Antonius' Lippen. Er legte eine große Hand auf Kleopatras Gesicht. Seine sanften Finger fühlten sich auf ihrer kalten Wange warm an. »Keine Tränen jetzt. Ich muss jetzt los, zuerst zu Calpurnia und danach zu den Mördern.«

»Um sie zu trösten?«, fragte Kleopatra in einem Ton, der in ihren eigenen Ohren fremd klang.

Wieder lächelte Antonius. »Sie ist im Besitz von Cäsars privaten Dokumenten und verfügt nun über einen stattlichen Betrag, der für die Entlohnung seiner Soldaten bestimmt war. Wer sich diese Papiere und das Vermögen sichert, wird auch Cäsars Macht erben. Seine Truppen haben Lepidus und mir bereits die Treue geschworen.«

»Was soll ich tun? Mein Sohn und die Kindermädchen sind in der Janiculum-Villa.«

»Ihr werdet nach Ägypten zurückkehren und warten, bis Ihr von uns hört. Die Vorbereitungen für Eure Heimreise sind in vollem Gange. Das hat mir jedenfalls der Grieche draußen vor Eurer Tür bestätigt. Eine Wache hält ihn in Schach, bis wir wissen, wer er ist.«

»Hammonius?«, fragte sie. »Ist er alt und dickleibig?« Ihr alter Freund und Bruder der Sippe war ihr wieder einmal zu Hilfe geeilt. Kannte denn seine Güte, seine Loyalität keine Grenzen?

»Nein, jung und schlank ist er und recht hübsch für einen Griechen.«

Als sie Archimedes erblickte, sah sie nicht ihren früheren Liebhaber vor sich, sondern den guten Freund und Beschützer aus Jugendtagen. Alles, was sich zwischen ihnen ereignet hatte – ihr Betrug im Namen der Politik und seine Verbitterung darüber, dass er sie verloren hatte –, verblasste beim Anblick seines vertrauten Antlitzes. »Mein lieber Vetter! Gott sei Dank, du bist es.« Sie wollte schon die Arme um ihn schlingen, doch irgendetwas in seinem Verhalten hielt sie davon ab. Er lächelte nicht. Angestrengt rang sie um Haltung und harrte reglos an der Seite von Antonius aus.

»Liebe Base.« Archimedes verbeugte sich, wie die Etikette es vorschrieb. Die beiden Soldaten an seiner Seite traten einen Schritt zurück.

»Dann ist er also ein Bruder Eurer Sippe?«, fragte Antonius.

»Ja, das ist er«, sagte sie und lächelte ihn an. Obschon ich ihm das Herz gebrochen und seinen Stolz verletzt habe, ist er immer noch mein treuer Bruder der Sippe. Sie merkte, wie ihr die Tränen in die Augen stiegen. Sie wollte hier und jetzt nicht weinen, konnte sich aber nicht beherrschen, als sie ihn musterte.

»Es tut mir leid«, entschuldigte Antonius sich bei Archimedes. »Ich meinte mich zu erinnern, dass Ihr im Dienst des Königs steht, doch seit meinem Aufenthalt in Alexandria sind viele Jahre vergangen.«

»Für Eure Vorsichtsmaßnahmen bin ich Euch dankbar«, meinte Archimedes.

»Ich muss nun gehen, Kleopatra«, sagte Antonius und schloss sie brüderlich in die Arme. Die Geste hatte nichts Sinnliches, genauso hatte er Cäsar in ihrem Beisein wiederholt in die Arme geschlossen. »Diese Tragödie ändert nichts an unserer Allianz. Ihr werdet in Kürze von mir hören.« Er berührte sie am Ellbogen, sah sie ein letztes Mal an, zog sie an sich und flüsterte ihr ins Ohr: »Die Söhne Cäsars werden Rache nehmen.« Dann ließ er sie los, gab seinen Männern ein Zeichen und eilte von dannen.

* * * * *

Im Forum herrschte Dunkelheit. Obwohl es Tag war, färbte sich der Himmel schwarz wie die nächtliche See. Ambossen gleich hingen die rosafarbenen Wolken über dem Platz.

Kleopatra stand neben ihrem Vetter und hatte sich als dessen Wache verkleidet. Sie trug einen kurzen Chiton, grobe Ledersandalen und einen weißen Umhang mit griechischem Goldmuster. Sie hatte die Dienerin von Lepidus gezwungen, ihr die Haare zu schneiden und sich dabei an Archimedes' Frisur zu orientieren. Nun zierten kleine Locken ihre Ohren und die Stirn. In den vergangenen Monaten hatte sie in ständiger Furcht gelebt und an Gewicht verloren. Nun sah sie wie ein fünfzehnjähriger Knabe aus, der zusammen mit seinem Onkel dem ermordeten Diktator die letzte Ehre erwies.

Durch alle Eingänge strömten die Menschen auf den Platz und legten ihre Gaben neben Cäsars Leichnam nieder. Soldaten brachten die Waffen, mit denen sie unter seinem Kommando gekämpft hatten, Frauen ihren Familienschmuck und die vor Unheil schützenden Amulette ihrer Kinder. Die Armen boten einfaches Haushaltsgerät, alte Töpfe und Kessel dar, zweifellos das Einzige, was sie entbehren konnten, während die Diener der Wohlhabenden Kelche und Schüsseln aus Bronze, silberne Becher, Weinkaraffen und Statuen der heimischen Götter herbeischafften.

Hammonius hatte die Stadt verlassen und war zum Janiculum-Hügel vorausgefahren, um Caesarion und die Reisetruppe abzuholen und sicher nach Ostia zu geleiten. Dort sollten sie an Bord des Schiffes gehen, mit dem sie am kommenden Morgen nach Alexandria reisten. Archimedes hatte mit Antonius vereinbart, dass eine Wachmannschaft so lange am Hafen ausharrte, bis das Schiff in sicherem Gewässer segelte.

Wie Kleopatra gehört hatte, erregte Cäsars Tod den Zorn der Bürger Roms. Auf dem Marsfeld hatte die Menge schon ein Feuer entfacht – wie vor vielen Jahren, als sie Julias Leichnam aus dem Haus des Pompejus geholt und ihm mit großem Pomp in Rom verbrannt hatten, um sie auf diese Weise zu ehren und die Erinnerung an sie wachzuhalten. Die Trauernden hatten sich im Forum versammelt, hielten öffentliche Reden, brachten Opfer dar und warteten, bis Cäsars Leichnam hergeholt wurde. Ihm zu Ehren wollten sie ein riesiges Bestattungsfeuer entfachen. Und sie, seine Geliebte, Partnerin, Verbündete, war nicht bereit, die Stadt zu verlassen, ohne an diesem Spektakel teilzunehmen und zusammen mit dem römischen Volk Abschied von Cäsar zu nehmen.

»Ich dachte, die Zeiten, in denen ich mich mit dir in einem fort wegen deiner unvernünftigen Forderungen streiten muss, lägen endgültig hinter mir«, kommentierte Archimedes ihre Entscheidung gefühllos. Nicht mal Demut schwang in seinen Worten mit. »Brauchst du Abenteuer und Gefahr so sehr, dass du das Risiko eingehst, deinen Sohn womöglich zur Waise zu machen?«

»Cäsar würde nicht wollen, dass ich mich wie ein verängstigtes Kind aus dem Staub mache«, entgegnete sie. »Es gibt immer eine Möglichkeit, lieber Vetter, trotz herrschender Gefahr allzu große Risiken zu vermeiden. Ich muss mich ja nicht als Königin Kleopatra im Forum zu erkennen geben.«

Zum ersten Mal grinste er. »Du bist immer noch das kleine Mädchen, das davon träumt, mit dem Sklaven Spartakus davonzulaufen. Du wirst dich nie ändern.«

Inzwischen strömten ganze Menschenhorden, Römer und Ausländer gleichermaßen, ins Forum. Jeder trauerte auf seine eigene Art um Cäsar. Die Juden in ihren langen schwarzen Roben und den Käppchen marschierten langsam zum Gesang ihrer Frauen, die abwechselnd in einer fremden, gutturalen Sprache Klagelieder anstimmten. Blonde Gallier und Briten in seltsamen Beinkleidern, die sie Hosen nannten, hoben ihre goldenen Brustschilde gen Himmel und stießen immer wieder kurze Schreie aus.

Berittene römische Wächter trotteten die Via Sacra hinunter, bliesen in ihre Trompeten und riefen: »Macht Platz für den Leichnam von Julius Cäsar! Macht Platz für unseren Führer!«

Die Menge teilte sich. Angeführt von Antonius und seinen Soldaten, trug eine Prozession von hohen Beamten den Leichnam auf einer Bahre aus Elfenbein. Ihnen folgten Musiker, die eine traurige Melodie spielten und Gewänder trugen, wie Cäsar sie anlässlich seiner Siegesparaden angelegt hatte. Kleopatra kannte die Roben, weil sie in seinem Arbeitszimmer ausgestellt waren und er sie ihr gezeigt hatte. Langsam und stumm bewegte sich der lange Zug zum Podium, wo sie den Toten ablegten. Der leblose Körper war auf purpurnen und goldenen Stoff gebettet, und um den Kopf des Diktators war das zerrissene, blutgetränkte Gewand drapiert, in dem er ermordet worden war. Der Wind erfasste den Stoff und blähte ihn auf, als wohne Cäsars Geist darin. Vier Männer trugen die große Statue der Göttin Venus aus dem Tempel herbei – die Göttin sollte über die Beerdigung wachen. Genau wie die Statue des Pompejus über den Mord gewacht hatte, raunte die Menge.

Antonius stieg auf das Podium und bat um Ruhe. In seinem Senatorengewand glich er eher einem ernsten Staatsmann als einem entschlossenen Kämpfer. Er hob die Arme, bis die Menge sich beruhigt hatte.

»Viele von euch haben mich gebeten, heute Abend das Wort zu ergreifen und unseren verstorbenen Führer mit einer Lobrede zu preisen.« Kraftvoll wie sein Körper war auch seine Stimme – tief, intensiv, durchdringend. »Aber vielleicht kann ich Cäsar am ehesten Ehre erweisen, wenn ich euch den Inhalt seines Testaments verkünde, das mir seine zutiefst betrübte Gemahlin heute vorgelesen hat. Hier und jetzt sollt ihr erfahren, wie groß seine Liebe für die Bürger Roms war. Bürger von Rom! Wer ist Cäsars Erbe?«

Viele riefen: »Du, Marcus Antonius! Dir werden wir folgen!«

Lachend schüttelte Antonius den Kopf. »Nein, meine Freunde, ich bin es nicht. Ihr seid seine Erben. Ihr alle. Denn der wohlwollende, allwissende Cäsar hat jedem Bürger Roms, egal ob reich oder arm, drei Goldstücke aus seinem persönlichen Vermögen hinterlassen.«

Jubel machte sich breit, nur eine Frau, die unmittelbar neben Kleopatra stand, riss ihren kleinen Sohn an sich und begann zu weinen.

Wieder bat Antonius um Ruhe. »Das ist nicht alles. Er hat uns auch seine Ländereien am Tiber hinterlassen, die in Kürze in öffentliche Parks umgewandelt werden. Dort sollen wir uns vergnügen und sein Andenken bewahren.«

Nun intonierte der Mob: »Cäsar, Cäsar, Cäsar. Tod seinen Mördern!« Mit lauter Stimme wandten sich die Menschen an Antonius und baten ihn um Hilfe, die Mörder ihres Führers zu töten. Selbst die Soldaten, die bis zu diesem Augenblick still gestanden hatten, meldeten sich auf einmal zu Wort. »Rächt Cäsar! Rächt Cäsar!«

Antonius schüttelte langsam den Kopf, als habe er Verständnis für ihre Forderungen, machte allerdings keine Anstalten, sich ihnen anzuschließen.

»Vergesst nicht, Bürger und Soldaten Roms, Cäsar war kein Mann, der Rache nahm. Er ließ Gnade walten. Selbst jenen, die sich mit Pompejus zusammenschlossen, die Dolch und Schwert gegen ihn erhoben und gegen ihn Krieg führten, hat er vergeben. All diese Verräter hätte er töten lassen können, doch er hat es nicht getan. Vielmehr hat er ihnen verziehen und dafür gesorgt, dass sie prosperierten, denn er glaubte, Großmut säe Großmut.« Er holte Luft und musterte die Menschenmenge vor ihm. »Doch lasst mich von dem Mann Cäsar sprechen. Bürger von Rom, er hat euch finanziell unterstützt, dabei hätte er das Geld auch in den eigenen Taschen lassen können, nicht wahr? Stattdessen hat er jeden Sieg, jede Beute mit euch geteilt. Getreide gab er euch, Öl, Wein und Geld. Nicht nur seinen Günstlingen, sondern allen, sodass jeder Einzelne von euch einen kleinen Teil von Roms Ruhm mit nach Hause nehmen und seine Familie ernähren konnte.«

Inzwischen vergossen sämtliche Zuhörer in Kleopatras Nähe Tränen, und auch sie hätte am liebsten geweint. Archimedes stand neben ihr, ohne sie zu berühren, und lauschte vollkommen reglos der Lobrede auf seinen Rivalen, auf den Mann, der ihm so viel Schmerz zugefügt hatte. Dennoch war der Grieche gekommen – wie immer, wenn die Königin ihn brauchte. Vor ihrem Vater hatte er einst den Eid abgelegt, die königliche Familie zu schützen, und trotz allem, was Kleopatra ihm angetan hatte, hielt er sich an sein Versprechen. Da die Königin ihn nicht anzurühren wagte, schlang sie die Arme um ihren Körper.

Antonius fuhr fort: »Freunde, vor sechsundfünfzig Jahren wurde Gaius Julius Cäsar in ein Rom geboren, das mehr oder minder eine Ansammlung italienischer Staaten war. Das Rom, das er uns heute hinterlässt, ist dagegen ein Imperium, das die Träume und Vorstellungen gewöhnlicher Sterblicher bei weitem übertrifft. Inzwischen ist Rom überall – und das haben wir allein Cäsar zu verdanken, der noch in den letzten Winkel der Welt marschiert ist und die dortigen Länder unter dem Namen Rom geeint hat. Weil er zudem großmütig und weise war, hat er die Unterworfenen nicht einfach unterdrückt, sondern sie aufgerichtet und zu Bürgern, Senatoren und Staatmännern ernannt. All das tat er gegen den Willen seiner Gegner im Senat, ebenso gegen den Willen der Männer, die nun ihrem Hass Luft gemacht und ihn gemeuchelt haben. Wieso? Weil sie seine ehrgeizigen Pläne fürchteten.

Freunde, Julius Cäsar hat den einfachen Mann zum König gemacht und genau an dieser Stelle, vor den Augen von ganz Rom, auf die Ehre verzichtet, König zu werden. Dennoch haben sie ihm das hier angetan. Bürger von Rom! Wer sind Cäsars Mörder?«

Die Menschenmenge rief die Namen der Mörder im Chor: »Brutus, Cassius, Casca, Cimber.«

»Ja, ihre Namen kennen wir, aber wer sind sie, frage ich euch. Ganz einfach: Sie sind diejenigen, die am meisten von Cäsars Siegen, von seinen Leistungen, von seiner Bereitschaft, sein Leben in einem weiteren Land aufs Spiel zu setzen, profitiert haben. Sie haben den Mann getötet, der ihnen in vielerlei Hinsicht das Überleben gesichert hat.

Bürger von Rom, unser Vater ist tot. Der Mann, der unseren Bürgerkriegen ein Ende gesetzt hat, der einer Nation, die mit sich selbst im Krieg lag, Frieden geschenkt hat, der in unserem Namen und für uns die Welt erobert hat, ist tot. Cäsar war unsere Lösung, und nun wurde unsere Lösung ermordet. Bürger von Rom. Jeder von uns, und zwar jeder Einzelne, soll um ihn trauern wie um den eigenen Vater, denn das ist er für uns gewesen. Nicht nur der Vater seines Landes, sondern der Vater eines jeden römischen Bürgers.

Junge Männer, vergießt eure Tränen, denn ihr habt nun keinen Vater mehr, der euch auf dem Weg zur Mannwerdung begleitet. Frauen von Rom, schlagt euch vor Trauer auf die Brust, denn ihr habt nun keinen Vater mehr, der euch beschützen wird. Alte Männer! Eure Trauer ist am tiefsten, denn ihr habt miterlebt, wie Roms Größe durch die unablässigen Anstrengungen von Julius Cäsar weiter und weiter gewachsen ist. Ihr habt schon so viele Kriege miterlebt, die Cäsar alle beendet hat. Was wird jetzt kommen?

Bürger von Rom, ich habe mich mit den Mördern des Cäsar getroffen.«

An dieser Stelle begannen die Menschen zu johlen und zu buhen. Sie beschimpften Antonius als Verräter und machten klar, dass er die Mörder des Imperators hätte töten sollen, im Namen von Cäsar, im Namen von Rom. Antonius reagierte auf das Geschrei mit einem Kopfschütteln, das Verständnis für ihre Gefühle, nicht aber Zustimmung signalisierte.

»Bürger von Rom, Cäsars Mörder, unsere *Befreier*, gehören zu denjenigen, die seinen Tod am meisten betrauern.«

Ein Raunen ging durch die Menge nach dieser unerwarteten Neuigkeit, und wieder beschwor Antonius die Menschen, zu schweigen.

»Warum trauern sie so sehr um den Mann, dessen Leben sie mit den eigenen Schwertern ein Ende bereitet haben?« Antonius grinste breit, als gebe er einen Witz zum Besten und steuere nun auf die Pointe zu. »Sie trauern, Bürger von Rom, weil jeder von ihnen seinen Posten Cäsar zu verdanken hat. Indem sie den Imperator getötet und gefordert haben, dass seine Regierung, wie es die Verfassung vorsieht, außer Kraft gesetzt wird, führte jeder Einzelne von ihnen seine eigene Position ad absurdum. Sollten Cäsars Entscheidungen zurückgenommen werden, dann werden auch all jene ihrer Ämter enthoben, die sie ihm zu verdanken haben.«

Antonius wartete, bis seine Zuhörer die Ironie der Situation begriffen. Kleopatra beobachtete, wie die Männer um sie herum entweder traurig lächelnd oder wutentbrannt ihren Söhnen und Frauen die Lage erklärten.

»Bürger von Rom, so weit ist es also gekommen«, fuhr Antonius fort. »Um ihre Posten zu behalten, verfechten die Mörder, unsere *Befreier*, nun die Meinung, die von Cäsar erlassenen Gesetze sollten weiterhin bestehen.« Traurig schüttelte er den Kopf. »Schon komisch, dass sie nicht begriffen haben, wie weise Cäsars Entscheidungen waren, ehe sie ihn ermordeten.« Erneut machte er eine Pause und ließ seine Worte wirken. »Was bedeutet das nun für uns, meine Freunde? Uns bleibt das Vermächtnis, welches dieser große Mann der Geschichte wie einen Stempel aufgedrückt hat und für dessen Fortbestand jetzt sogar seine Mörder kämpfen. Der einzige Unterschied besteht darin, dass wir von nun an auf Cäsar, unseren Führer, verzichten müssen. Er war weder ein junger noch ein gesunder Mann, dennoch wollte er in drei Tagen losziehen und im Namen Roms – in eurem Namen – das riesige und barbarische Parthien erobern, das seit vielen angsterfüllten Jahrzehnten die Sicherheit unseres Imperiums bedroht. Cäsar wünschte nämlich, dass die ganze Erde Rom sein möge, dass jeder freie Bürger ein Bürger Roms sei, dass jedes Kind, welches das Licht dieser Welt erblickt, den Ruhm des Imperiums vergrößere. Dergestalt waren die Ziele, die er in eurem Namen verfolgte, Bürger von Tom. Nun wissen wir, dass seine große Liebe für uns alle das Fundament seiner ehrgeizigen Pläne war. Doch der Mann, der laut dem heiligen Buch die Parther in die Knie zwingen sollte, ist ermordet worden.

Von nun an müssen wir, die wir zurückgeblieben sind, seine Aufgaben erfüllen und ihm Ehre erweisen – allerdings ohne seine Führung. Zu den Göttern müssen wir beten, dass sie uns etwas von der Weisheit, der Kraft und dem Genius schenken, mit denen sie Cäsar überhäuft haben.«

Kleopatra umklammerte den Arm von Archimedes. »Er will sich zu Cäsars Nachfolger ausrufen lassen.«

Archimedes riss sich los und warf ihr einen frostigen Blick zu. »Ich frage mich, verehrte Base, wie du ihm helfen wirst, diesen Anspruch einzulösen.«

Sie wollte ihn gerade für seine Unverfrorenheit zurechtzuweisen, als etwas Strahlendes, Funkelndes blitzschnell wie der Pfeil eines Kriegers am Himmel vorbeischoss. Alle hoben die Köpfe, um den kosmischen Strahl zu bewundern, der wie ein schimmernder weißer Schweif durch die schwarze Nacht zuckte. Zwei Männer eilten zum Podium. Antonius beugte sich tief hinab und lieh ihnen sein Ohr. Alle Augen ruhten auf ihm, und niemand sprach, bis er das Schweigen brach.

»Die Heiligsten der Heiligen haben mich gerade davon in Kenntnis gesetzt, dass Cäsar zum Himmel aufgestiegen ist und seinen Platz neben den Göttern eingenommen hat.«

Als die Bürger von Rom die Nachricht über den Aufstieg des Diktators hörten, stockte ihnen unisono der Atem. Antonius suchte den Himmel nach einem weiteren Zeichen, nach einer neuerlichen Erscheinung des Geistes von Julius Cäsar ab, doch die Dunkelheit war undurchdringlich.

»Ich werde jedenfalls zu Cäsar beten«, sagte er. »Nicht für mich – mein Herz kennt den Diktator. Nein, ich werde für seine Mörder beten. Ich werde dafür beten, dass Julius Cäsar, der nun neben den Göttern sitzt, die gleiche Milde und Nachsicht walten lässt wie zuvor als Sterblicher, als er noch einer von uns war.«

Nach einer Schweigeminute drängten die Menschen nach vorn zur Bahre und überhäuften Cäsars Leichnam mit Geschenken. Ein Horde Männer stürmte in die Arenen, wo die Senatoren sich trafen, rissen die Richterbänke und Besuchertribünen aus ihrer Verankerung und warfen sie ins Feuer. Antonius machte den Soldaten Platz. Sie steckten die hohen Geschenkeberge neben Cäsar mit Fackeln in Brand, die sofort in Flammen aufgingen. Die Anwesenden rannten wild durcheinander, um ihre für den Diktator bestimmten Gaben in die Flammen zu werfen.

Ein kleiner Bauernjunge aus der Provinz mit einem Werkzeug in der Hand stieß Kleopatra beiseite und rannte an ihr vorbei.

»Wir verschwinden von hier«, sagte Archimedes, nahm sie am Arm und zog sie weg. »Keine Widerrede, Majestät, sonst werde ich Gewalt anwenden, auch wenn ich später in Alexandria die Konsequenzen dafür tragen muss.«

Kleopatra wusste, dass sie alle Hoffnungen, alle Pläne, denen sie und Cäsar nachgehangen hatten, fahren ließ, wenn sie jetzt wegging. In dem Moment, da sie dem Feuer den Rücken zuwandte, würde alles, was sie sich in ihrem Leben aufgebaut hatte, in sich zusammenfallen. Dann stünde sie wieder ganz am Anfang – die Zukunft wäre nichts als eine leere Karte, auf der sie für sich, ihren Sohn und ihre Nation einen Platz finden müsste.

»Ich kann nicht gehen«, sagte sie. »Bring Caesarion nach Ägypten und warte dort auf mich.«

»Ja, Eure Majestät«, erwiderte Archimedes und versuchte, seinen Spott zu zügeln. »Da Ihr weder in Rom noch in der

Heimat Feinde habt, bin ich sicher, dass Euch nichts geschehen wird.«

Selbstverständlich hatte er recht, selbstverständlich musste sie all ihre Träume aufgeben oder sie zumindest verschieben und nach Ägypten zurückkehren, um neue Pläne zu schmieden. Sie ließ sich von ihm durch die Menge führen und blieb dicht bei ihm. Sein Körper bot ihr Schutz vor den Menschenmassen, die an ihnen vorbei zu Cäsars Leichnam drängten. Sie bekam kaum Luft, als er sie an der Hand nahm und von dem Spektakel wegführte. Gemeinsam kämpften sie sich durch die Horden, vorbei an der Julia gewidmeten Basilika, die das Volk nun einriss, um das Feuer zu speisen, vorbei am Venus-Tempel, wo Kleopatras Statue stand.

Wie lange wird sie wohl noch dort stehen?, fragte Kleopatra sich. Sie malte sich aus, wie die Menschen sie herausholten und ins Feuer warfen, wie sich das Gold über Cäsars Leichnam ergoss, als würden sie gemeinsam bestattet. Archimedes brachte sie zum Ausgang des Forums. Mit Ausnahme von ihnen beiden ging niemand weg. Dort angekommen, hielten sie kurz inne, drehten die Köpfe und ließen den Blick zum Podest schweifen, auf dem Antonius stand und zusah, wie seine Landsleute das Feuer in ein riesiges Flammenmeer verwandelten und die Flammen – einem Feuerstern gleich – in den Himmel aufstiegen. Obwohl die Menschenmenge außer Kontrolle war, das Forum zerstörte und Mann gegen Mann kämpfte, um Cäsar ein letztes Geschenk zu machen, obgleich sie lauthals Rache forderten, harrte Antonius furchtlos und beherrscht in ihrer Mitte aus und wich keinen Schritt vor der zunehmenden Hitze zurück. In diesem Moment erinnerte er Kleopatra zum ersten Mal an Cäsar.

TEIL 2

ALEXANDRIA:

Kleopatras achtes Regierungsjahr

Nervös schritt Kleopatra auf dem Schiffsdeck auf und ab. Gleich am ersten Tag ihrer Mission wartete das Wetter mit unheilvollen Zeichen auf. Kein Wölkchen am Himmel, der von einem düsteren Grau war, so weit das Auge reichte. Falls sich ihnen ein Sturm näherte, dann schnell und gewiss mit tödlicher Gewalt.

Sie fühlte sich nicht gut. Ihr Magen reagierte selbst auf die einfachste Nahrung rebellisch. Inzwischen war sie dünner als in ihrer Jugend. War dies auf ihre Angst zurückzuführen oder darauf, dass es keinen Mann in ihrem Leben gab, den sie mit ihren weiblichen Reizen beeindrucken konnte? Mit beiden Händen fuhr sie über ihre hart hervorspringenden Beckenknochen. Langsam sorgte sie sich wegen ihres Gewichts. Zerbrechlichkeit konnte sie sich nicht leisten. Ihr Sohn war noch ein Kleinkind, sein Vater tot. Welches Schicksal würde dem Jungen in dieser heimtückischen Sickergrube namens Weltpolitik widerfahren, falls seine Mutter dahinschwand?

Die Ereignisse des vergangenen Jahres hatten ihre Gesundheit beeinträchtigt. Nach Cäsars tragischem Tod war sie in ein von Seuchen, Pest und Hungersnot heimgesuchtes Land zurückgekehrt. In diesem Jahr war der Nil nicht über die Ufer getreten, was zu erheblichen Ernteausfällen geführt hatte. In den ländlichen Gebieten herrschte fast überall Hungersnot. In der Stadt hatte die seit mehreren Jahren in der Hafengegend wütende Pest ihre zerstörerische Kraft entfaltet und war selbst in die hintersten Winkel Alexandrias vorgedrungen. Überall wurden mit schwarzen Beulen übersäte Leichen auf Karren aus der Stadt gefahren und jenseits ihrer Grenzen auf einem pausenlos brennenden Scheiterhaufen verbrannt. Tag und Nacht loderten die Flammen, in denen Ägypter, Juden, Griechen eingeäschert wurden. Das Feuer war der große Gleichmacher – auf die Bestattungsriten der einzelnen Kulturen, von denen manche gar viele Tausend Jahre alt waren, konnte keine Rücksicht genommen werden.

Ägypten darbte in Finsternis, und an seinen Landesgrenzen lauerte noch schlimmeres Unheil. Nachdem Antonius Cäsars Mörder aus Italien vertrieben hatte, lauerten Marcus Brutus und Cassius nun in den östlichen Gebieten und bedrohten Kleopatras Königreich. Cassius, der sich unweit der ägyptischen Küste versteckt hielt, hatte tatsächlich die Dreistigkeit besessen, einen Boten mit der Forderung zu schicken, Kleopatra solle die von Cäsar in Alexandria zurückgelassenen Legionen freigeben, damit sie ihn unterstützten. Er hatte gedroht, in Alexandria einzumarschieren, falls die Königin seiner Bitte nicht entsprach. Damit nicht genug: Falls sie ihm nicht die volle Unterstützung ihrer Armee, der Marine und der Staatskasse zusicherte, würde er sich mit ihrer Schwester Arsinoe verbünden, die im Exil lebte und nach wie vor Anspruch auf Ägyptens Thron erhob.

Obwohl Kleopatra nicht über genügend Streitkräfte verfügte, um es mit den Legionen des Römers aufzunehmen, entschied sie, ihn hinzuhalten, seine Forderungen zu ignorieren und ihm eine Nachricht mit einer einzigen Frage zu schicken: »Handelt Cäsars Mörder klug, wenn er die Mutter seines Sohnes um Beistand ersucht?« Anschließend setzte sie ihr ganzes Vertrauen in Antonius, der sie ebenfalls um Hilfe gebeten hatte.

Als sie nun mit sechzig Kriegsschiffen zu ihm nach Kleinasien segelte, hatte sie ihr Schicksal besiegelt. Hoffentlich hatte sie die richtige Wahl getroffen. Nach Cäsars Tod warteten alle zivilisierten Menschen – und die Königin von Ägypten bildete da keine Ausnahme – gespannt darauf, wer als Sieger aus dem wilden Gerangel um die Macht in Rom hervorging. Die ganze Welt fiel auseinander, und es hatte den Anschein, dass Antonius sie als Einziger zusammenhalten konnte. Aller Wahrscheinlichkeit nach war das in ihn gesetzte Vertrauen gerechtfertigt, dennoch fürchtete sich Kleopatra davor, dass Roms eiserne Faust Ägypten in die Knie zwang und ihr eigenes Schicksal besiegelte. Trotzdem war sie losgesegelt und setzte ihre Zukunft ebenso wie die ihrer Flotte und ihrer Nation aufs Spiel, indem sie Rom unterstützte.

Ein Jahr lang hatte sie von Ägyptens Küste aus den harten Machtkampf um Cäsars Erbe verfolgt und auf ein baldiges Ende gewartet. In diesem Zeitraum hatten alle Beteiligten ihren wahren Charakter offenbart, doch keiner so deutlich wie Cäsars Erbe Octavian. Antonius und Lepidus stellten sich offen gegen Cäsars Mörder, während Octavian, der sich inzwischen zum neuen Cäsar ausgerufen hatte, auf beiden Seiten geschickt lavierte. Er verkaufte den gesamten Besitz des Imperators und bestach mit dem Erlös dessen Soldaten, um sie auf seine Seite zu ziehen. Er zahlte jedem Bürger von Rom die Summe aus, die Cäsar ihm testamentarisch versprochen hatte. Mit dem Rest finanzierte er ausschweifende Spiele in der ewigen Stadt, die vordergründig zu Ehren Cäsars abgehalten wurden, in Wahrheit aber nur der Mehrung seines Ansehens dienten. Auf der anderen Seite verbündete er sich auch mit ein paar von Cäsars Feinden und Mördern. Vor allem Cicero schenkte er große Aufmerksamkeit. Dabei appellierte er an die Eitelkeit des alten Mannes und behandelte ihn wie einen Mentor.

Kleopatra und ihren Ratgebern fiel es schwer, sich in dem ganzen Durcheinander zurechtzufinden: Cäsars Stellvertreter führte nun Krieg gegen dessen Erben, der sich wiederum mit den Mördern zusammengetan hatte und sich gleichzeitig als neuer Cäsar präsentierte. Schließlich erfuhren sie, dass die Mörder gemeinsam mit Octavian in der Schlacht von Mutina gegen die Streitkräfte von Antonius gekämpft und ihn anscheinend geschlagen hatten.

Doch Antonius, der so schnell nicht aufgab, stellte die größte Armee auf, die Rom je gesehen hatte. Als Octavian erkannte, dass er seinen Widersacher nicht noch mal besiegen konnte, schickte er seine Mutter Atia zu Antonius' Mutter Julia, damit die beiden Frauen in aller Verschwiegenheit eine Allianz aushandelten. Antonius, Octavian und ihre Mütter, die als Vermittlerinnen fungierten, trafen sich heimlich am Ufer des Po und bildeten eine neue Koalition, in die sie aus finanziellen Gründen auch Lepidus aufnahmen. Antonius besiegelte die Allianz dadurch, dass er seine Stieftochter Clodia mit Octavian vermählte. Wenig später fiel er mit 90 000 Mann in Italien ein und trieb die Mörder nach Osten.

Nachdem Antonius und die beiden anderen Mitglieder seines Triumvirats die Herrschaft in Rom übernommen hatten, gaben sie lange Listen mit den Namen der Vogelfreien heraus, auf denen unter anderem Cäsars Verräter aufgeführt waren. Unter den Ersten, die exekutiert werden sollten, befand sich auch Cicero, der bei dem Versuch, aus Rom zu fliehen, von Soldaten enthauptet wurde. Obwohl der alte Mann dem jungen Octavian seine volle Unterstützung gewährt hatte, ließ dieser ihm Kopf und Hände abhacken und ihn im Forum auf Cäsars Podest nageln.

Nun segelte Kleopatra mit ihrer Flotte Antonius entgegen, der um Verstärkung für Kleinasien und Griechenland gebeten hatte. Man hatte sie davon in Kenntnis gesetzt, dass Cassius mehrere Schiffe und eine Legion aus Kap Taenarum losgeschickt hatte, die sie abfangen sollten, aber sie hatte beschlossen, sich von seiner Drohung nicht abhalten zu lassen. Wie die ihr von Cäsar unterstellte Legion reagierte, wenn sie auf hoher See gegen eine andere römische Legion kämpfen musste, war unklar. Doch Kleopatra hatte persönlich zu den Soldaten gesprochen und sie daran erinnert, dass sie immer noch Cäsars Männer waren und dass eben jener Cassius ihrem Führer den Dolch in den Leib gerammt und ihn somit auf dem Gewissen hatte. Die Legionäre hatten behauptet, den großen Marcus Antonius mit Freude zu unterstützen, und sie hoffte, dass sich das Versprechen, das sie ihr im friedlichen Alexandria gegeben hatten, beim Anblick ihrer römischen Kameraden an Bord der Schiffe des Cassius nicht in Schall und Rauch auflöste.

»Eure Majestät«, wandte sich ihr Admiral Euphranor nun an sie. »Ich glaube, seit die persische Königin Artemesia mit ihrer Marine gegen die Griechen Krieg geführt hat, seid Ihr die Erste, die wieder auf See kämpft.«

»Ich frage mich, ob das Wetter Artemesias Pläne ebenfalls vereitelt hat«, entgegnete die Königin und blickte zu dem verhangenen Himmel hinauf. Der Wind frischte merklich auf, pfiff durch Kleopatras Haare, bauschte ihr Kleid und ihren Umhang auf und ließ sie frösteln. Euphranor hielt ihren Arm, damit sie bei den unberechenbaren stürmischen Wellen nicht den Boden unter den Füßen verlor. Sie fand ihr Gleichgewicht wieder, doch als sie sah, wie die sie flankierenden Schiffe auf der tosenden See schwankten, wurde ihr auf einmal schwindelig und ganz flau im Magen.

»Fühlt Ihr Euch nicht wohl, Majestät?«, fragte der Admiral.

Kleopatra fand zwar, dass sein Teint auch einen ungesunden Gelbton annahm, doch seine Stimme klang fest, und er zuckte nicht mal mit der Wimper, während er sie stützte.

Da fiel ihr ein Wassertropfen auf die Nase. Als sie in die bedrohlichen metallgrauen Wolken schaute, fiel ihr ein weiterer Tropfen mitten ins Auge. Kurze Zeit später öffnete der Himmel seine Schleusen, und dichter Regen trommelte auf die Schiffsplanken. Euphranor geleitete die Königin umgehend unter Deck.

In ihrer Kabine legte sie sich in die Koje und klammerte sich an den Laken fest, während die Wellen das Schiff wie eine Kinderwippe hin und her schaukelten. Das Blut floss vom Kopf in ihre Füße und wieder zurück, als das Boot tief in die Wellentäler sackte und dann wieder hochgerissen wurde. In dieser Nacht würde sie bestimmt keinen Schlaf finden. Draußen hatte sich der Himmel inzwischen bedrohlich purpurrot verfärbt, und man konnte kaum mehr sagen, ob gerade Tag oder Nacht war. Auf dem schwankenden Boot flackerte die Lampe, Öl schwappte über den Rand und tropfte auf den Kabinenboden.

Kleopatra erhob sich und warf sich ihren Umhang über, wurde aber gleich zu Boden geschleudert. Sie wartete, bis das Schwanken kurz nachließ, richtete sich erneut auf, rutschte auf dem verschütteten Öl aus und streckte geistesgegenwärtig die Hand nach der Kabinentür aus. Langsam hangelte sie sich an den Wänden des schmalen Korridors entlang und arbeitete sich so zu Euphranors Quartier vor.

»Eure Majestät, ich war gerade im Begriff, Euch eine Nachricht zukommen zu lassen.« Seine Pupillen waren dermaßen vergrößert, dass das Braun seiner nun von dunkelgrünen Schatten eingerahmten Augen nicht mehr zu erkennen war. »Ich halte es nicht für richtig, wenn wir weitersegeln. Der Wind ist so stark, wie ich ihn jenseits der afrikanischen Küste noch nie erlebt habe. Auch fürchte ich, dass zu viele Besatzungsmitglieder erkrankt sind.«

»Dennoch können wir nicht umkehren, Admiral. Was soll Antonius denken, wenn wir einfach nicht erscheinen? Er hat uns um Hilfe gebeten.«

»Wir werden ihm eine Nachricht schicken und ihm berichten, wie übel das Wetter uns mitgespielt hat. Der Mann ist schließlich ein Krieger, und Krieger wissen, wie gefährlich einem das Wetter werden kann.«

Kleopatra wollte nicht sagen, was ihr durch den Kopf ging, sie wollte nicht zugeben, dass es vielleicht besser war, auf See zu sterben, als Antonius den Eindruck zu vermitteln, sie hätte nicht alles darangesetzt, seinem Ruf nach Hilfe zu entsprechen. Zwar hatte der Feldherr ihr Unterstützung zugesichert, aber zu viele

Römer hatten – das lehrte sie die eigene Familiengeschichte – schon zu viele Versprechen gebrochen. Falls man ihr Feigheit unterstellte oder dass sie die Schlacht aussaß, bis es einen Sieger gab, konnte sie sich seiner Gunst nicht mehr sicher sein.

»Können wir den Sturm nicht umschiffen?«, fragte sie. »Wie groß wird der Schaden sein, wenn wir nicht umkehren?«

»Darüber habe ich mit meinen Offizieren bereits gesprochen«, erwiderte der Admiral. »Falls wir nicht kehrtmachen und die Winde nutzen, die uns nach Alexandria zurückbringen werden, laufen wir meiner Meinung nach Gefahr, die gesamte Flotte und auch dieses Schiff zu verlieren.«

Mit einem bekümmerten Nicken gab Kleopatra Euphranor die Erlaubnis, den Befehl zum Rückzug zu erteilen. Anschließend ging sie wieder in ihre Kabine und zerbrach sich den Kopf über ihre Entscheidung.

Die Söhne Cäsars werden Rache nehmen. Antonius' Schwur. Antonius' Versprechen. Sie vertraute ihm. In ihrer Situation blieb ihr gar keine andere Wahl. Wiederholt hatte Cäsar auf den Römer gebaut, ihm sein Leben anvertraut. Dennoch wollte ihr eine Frage nicht aus dem Kopf gehen: Welche Söhne hatte Antonius gemeint?

SYRIEN:

Kleopatras zehntes Regierungsjahr

Mehrere große Palmwedel verschafften Kleopatra ein wenig Linderung. Die lähmende Augusthitze, die am Tigris herrschte, war schier unerträglich. Die Staatsbarke bewegte sich so langsam, als müsste sich ihr Bug auf der Fahrt durch die Hitze pflügen. Der siedend heiße Wind, der durch ihr Gewand drang und die Haut kühlte, veranlasste sie, die Augen zu schließen. Zu einem Zeitpunkt, zu dem sie über menschliche Schwächen erhaben sein musste, durfte sie einfach nicht in Schweiß ausbrechen. Fragte man Charmion, so sagte sie, eine Göttin schwitze nicht. Kurz vor ihrer Abreise aus Alexandria – während noch Schätze, Gold- und Silberplatten, vergoldete Sofas, Juwelen und riesige Kisten mit Gewändern, die von einem Dutzend königlicher Schneiderinnen in aller Eile entworfen und genäht worden waren, zusammengepackt wurden – war Charmion auf die brillante Idee verfallen, auch Cupidos mitzunehmen: zwanzig Knaben, keiner von ihnen älter als zwölf Jahre, die der Königin mit Palmwedeln, so groß wie die Burschen selbst und mit schillernden Farben bemalt, Luft zufächelten.

Die Vorbereitungen waren gleichermaßen von Hast und Akribie geprägt gewesen. Lange hatte Kleopatra auf diesen Augenblick gewartet, da sie den Mann wiedersah, der als Sieger aus dem Machtkampf hervorgegangen war und nun das Machtvakuum füllte, das nach Cäsars Tod entstanden war.

Endlich hatte der römische Bürgerkrieg ein Ende. Bei Philippi in Thrakien hatten Cassius und Brutus ein letztes Mal gegen Antonius und Octavian gekämpft. In der Schlacht hatte Antonius die Armee geführt und Octavian seinen wahren Charakter gezeigt. Der im Kampf unerfahrene Neuling, der – wie Kleopatra annahm – zudem noch ein Feigling war, wurde vom Feind aus seinem Lager gescheucht und schaffte es gerade noch, zu Antonius zu flüchten. Anschließend täuschte er Krankheit vor und ging so allen weiteren Konfrontationen aus dem Weg.

Nachdem Antonius mit der Armee einen überwältigenden Sieg über Cäsars Mörder errungen hatte, verübten sowohl Brutus als auch Cassius Selbstmord. Wie es Cäsars Art gewesen war, warf Antonius seinen purpurnen Umhang über den Leichnam von Brutus und gewährte ihm eine standesgemäße Beerdigung. Vor der Bestattung ließ Octavian allerdings Brutus' Kopf abtrennen und nach Rom schicken, wo er einer der Statuen Cäsars vor die Füße geworfen werden sollte. Als Porcia zu Ohren kam, welche Schmach man ihrem Gemahl zugefügt hatte, und vielleicht auch, weil sie ahnte, welche Behandlung sie im Anschluss an die Rückkehr Octavians nach Rom zu erwarten hatte, nahm sie sich ebenfalls das Leben.

Porcias Tod stimmte Kleopatra traurig, dennoch glaubte sie, dass sie Octavian richtig eingeschätzt hatte. Der Königin kam zu Ohren, dass Octavian mit den politischen Gefangenen in Philippi grausame Spielchen trieb, dass er einen Vater und seinen Sohn zwang zu wählen, wer von beiden sterben sollte, und sie aufforderte, Strohhalme zu ziehen, um so zu bestimmen, wer am Leben bleiben durfte. Der Vater opferte sich für den Sohn, der aus Gram über dessen Tod Selbstmord beging. Octavians Boshaftigkeiten setzten Antonius und dem überwiegenden Teil seiner Männer stark zu, hieß es.

Kleopatra begriff nicht, warum Antonius nicht das ganze Imperium für sich beanspruchte, wo er doch zusammen mit seiner Armee diesen Sieg errungen hatte. Wieso teilte er die Macht immer noch mit Octavian und Lepidus? An Octavians Charakter gab es nichts mehr zu deuteln, und Lepidus war alles andere als ein Machtmensch. Gereicht die Loyalität Antonius etwa zum Nachteil?, fragte sie sich und hoffte, bei ihrer Begegnung seine Gedanken zu erfahren und seine Beweggründe zu verstehen. Immerhin hatte er auf sie stets den Eindruck eines aufrichtigen Mannes gemacht. Oder wirkte er nur nach außen hin so?

In der syrischen Stadt Tarsus sollte Kleopatra mit einem noch erfolgreicheren Antonius zusammentreffen: Er hatte Makedonien, Griechenland, Asien sowie die Königreiche Kleinasien und Syrien für sich beansprucht und Octavian Italien und Lepidus Afrika überlassen. Danach war er nach Ephesus gereist, wohin er die Führer der ihm unterstehenden Nationen gebeten hatte. Mit diesen traf er mehrere außergewöhnliche finanzielle und Handelsvereinbarungen, die es den jeweiligen Gebieten erlaubten zu prosperieren, nachdem Brutus und Cassius ihnen Unsummen von Geld und beträchtliche Mengen an Rohstoffen abverlangt hatten.

Für diese Art der Herrschaftsausübung ernannte die Bevölkerung von Ephesus Antonius zum Gott und verlieh ihm den Beinamen »Neuer Dionysos« – also denselben Titel, den Kleopatras Vater getragen hatte. Die Menschen von Ephesus proklamierten ihn zum lebenden Gott, zum Sohn von Ares und Aphrodite, zum Retter der gesamten Menschheit. Außerdem bezeichneten sie ihn wegen seiner Gutmütigkeit, seines Wohlwollens und der Liebe zu seinen Soldaten und allen Menschen als Freudenspender. Er schätzte ihre Kulturen, besuchte ihre Theater und Vorträge, diskutierte mit ihren Philosophen und Wissenschaftlern, verehrte und förderte ihre Dichter. Kleopatra entging nicht, dass Antonius nach Osten zog und zum Gott wurde, Octavian hingegen nach Rom zurückkehrte und sich »Sohn des göttlichen Julius« nannte.

Jetzt, da er über einen unvergleichlichen Ruf verfügte, war die Königin davon überzeugt, dass Antonius sich zielstrebig daranmachte, Cäsars Mission zu erfüllen und das Reich der Parther zu erobern. Er würde die östliche Welt im Namen Roms befrieden und sich danach Kleopatra und der Rolle widmen, die sie in seinen Plänen spielte.

In den Augen der Welt hatte er Cäsars Platz längst eingenommen, was sie ohne Wenn und Aber anerkannte. Doch sie musste ihn noch stärker, noch nachhaltiger beeindrucken, als ihr das bei Cäsar gelungen war. Antonius, der nicht über die Nonchalance des Diktators verfügte, ergötzte sich eher an weltlichen Dingen. Zum Staunen bringen wollte sie ihn, ihm vorführen, was sie ihm als Verbündete alles bieten konnte. Außerdem war sie bereit, sich ihm anzubieten, denn seine Schmeicheleien hatte sie keineswegs vergessen. Ganz im Gegenteil, da sie momentan mit niemandem das Bett teilte, hatte sie seine Werbung längst in ihre Tagträume eingebaut.

Zugegeben – Antonius war verheiratet. Und nicht mit einem zurückhaltenden Geschöpf wie Calpurnia, die nichts weiter als ein Bauer in einem Schachspiel war. Fulvia war ebenso attraktiv wie intelligent und hatte deutlich gezeigt, von welcher Tragkraft ihr politischer Einfluss war. Ihr Antlitz prangte auf Antonius' Münzen, und soweit Kleopatra das beurteilen konnte, war diese Ehre bislang keiner Römerin zuteilgeworden. Die römischen Senatoren behaupteten schnippisch, die ehrgeizige Fulvia beherrsche die Herrscher. Endlich, dachte Kleopatra, habe ich eine ernstzunehmende Rivalin. Doch war sie das tatsächlich? Eine Römerin, die in der Regierung ihres Landes kein offizielles Amt einnehmen durfte? Die buchstäblich keine Rechte besaß? Fulvia war es nicht einmal erlaubt zu wählen, während Kleopatras Wille in Ägypten Gesetz war. Sollte Antonius ruhig eine Frau mit wahrer Macht kennenlernen. Würde er sich danach noch mit seiner Gemahlin zufriedengeben?

Julius Cäsar hatte die Möglichkeiten gesehen, die eine Union zwischen ihm und der Königin von Ägypten darstellte, und Kleopatra glaubte, dass Antonius, immerhin ein gelehriger Schüler, sich längst überlegt hatte, welche Vorteile eine Verbindung mit ihr brachte. Hatten sie nicht zu Cäsars Lebzeiten einen geheimen Dreierbund geschlossen? Jeder Schritt, den Antonius machte, kündete von seinen ehrgeizigen Plänen, und Kleopatra hatte diese Schritte genauestens verfolgt. In den östlichen Territorien des Römischen Reichs hatte er Münzen herausgegeben, auf denen er als Sonnengott verewigt war, den die gesamte graeco-ägyptische Welt als höchsten Gott und Herrscher verehrte. Nun verbreitete jede Hand, die diese Münze weitergab, die Nachricht von seinem Höhenflug. Die goldenen Strahlen, die seinen Kopf einrahmten, der Adler des Zeus zu seinen Füßen, der – wie Kleopatra fand – große Ähnlichkeit mit dem ptolemäischen Adler besaß, kündeten der Welt, dass der neue, aus dem Osten kommende Gott den Völkern all den Reichtum verhieß, den Mensch und Natur hervorbrachten.

Um die Verteilung der versprochenen Gaben zu sichern, war der Zugang zu den Reichtümern Ägyptens vonnöten. Und um sich diese Schätze zu sichern, musste sich der neue, freigiebige Gott mit der Königin dieses Landes gutstellen. Soll er nur kommen, dachte Kleopatra. Ich freue mich jetzt schon auf die Verhandlungen.

Abgesehen von ihrem fünfjährigen Sohn hatte die Königin seit knapp drei Jahren niemand mehr angerührt. Archimedes war in Alexandria geblieben, um sie zu beraten und ihr zu dienen, hatte sich aber hartnäckig geweigert, sie in ihrem Bett aufzusuchen. Da sie wusste, wie stolz er war, hielt sie sich viele Monate zurück, eine Einladung auszusprechen. Stattdessen trauerte sie um Cäsar und beklagte den persönlichen wie den politischen Verlust, den sie erlitten hatte. Mit der Entschlossenheit einer Witwe hatte sie sich vornehmlich ihrem Sohn und staatlichen Pflichten gewidmet, alle menschlichen Gefühle unterdrückt und sich voll und ganz auf das Wohlergehen ihres Volkes konzentriert. Von überall her hatte sie die fähigsten Ärzte geholt und sie mit der Betreuung der Pestopfer betraut. Mit Ingenieuren war sie den Nil hinuntergefahren, weil dringend

Wasser auf die vertrocknenden Felder geleitet werden musste. Sie hatte dafür gesorgt, dass die Kornernte neu aufgeteilt wurde, damit die Menschen in den Provinzen, die keine Ernte einbrachten, nicht verhungerten. Sie hatte die Bitten von Cäsars Mördern abgewiesen und gleichzeitig Antonius und seine Verbündeten unterstützt. Und sie hatte während zahlloser Treffen neben Archimedes gesessen und sich immer öfter eingestehen müssen, dass sie in seinen traurigen braunen Augen nach einem Zeichen der Einsicht, wenn schon nicht der Vergebung suchte, dass sie, sobald er sprach, den Blick nicht von seinen schön geschwungenen Lippen abwenden konnte, dass sie ihn am liebsten in den Arm genommen hätte und das ihm zugefügte Leid ungeschehen machen wollte. Ein Jahr nach Cäsars Tod gestand sie ihm schließlich ihre Gefühle.

Er fiel ihr jedoch sogleich ins Wort. »Kleopatra.« Wie ein Schulmeister hob er den Zeigefinger. »Es ist vorbei. Ich habe dich einmal verloren und bin nicht bereit, dieses Risiko erneut einzugehen und diese Episode in meinem Leben zu wiederholen. Dein König kann ich nicht sein, und dein Spielzeug will ich nicht sein.«

»Mein lieber Vetter, ich kann niemanden heiraten. Meine Brüder sind tot, und jede Wahl, die ich von nun an treffe, wird ein politisches Nachspiel haben. Wie du mir einmal vor vielen Jahren gesagt hast: Wenn wir schon nicht heiraten dürfen, wieso können wir dann nicht wie Mann und Frau zusammen sein? Warum müssen wir uns dieses Vergnügen versagen? Diese Liebe?«

Er blickte sie mit versteinerter Miene an und sagte ohne den geringsten Anflug von Humor: »Du kannst vieles von mir verlangen, Kleopatra, aber nicht einmal du kannst meinem Glied befehlen, hart zu werden.«

Von da an ließ sie ihn in Ruhe. Ihr kam zu Ohren, wie er die Frauen Alexandrias eroberte, die ganz erpicht darauf waren, sich mit diesem schönen Mann zu vereinen, der früher einmal der Liebhaber der Königin gewesen war, wie man ihm nachsagte.

»Viele Frauen bezahlen für das, was Ihr ihm angetan habt«, rügte Charmion. Nicht, dass es Kleopatras Hofdame lieber gewesen wäre, hätte die Königin Archimedes Cäsar vorgezogen. Wäre es nach der Dienerin gegangen, hätte Kleopatra sich nie auf diese Affäre mit Archimedes einlassen dürfen. Die Königin seufzte. Sie hatte ihm das Herz gebrochen. Anscheinend wollte das Schicksal, dass sie die Rollen tauschten.

* * * * *

Auch wenn Kleopatra aufgebrochen war, die wichtigste politische Verhandlung ihres Lebens zu führen, hing ein Hauch von Sinnlichkeit in der Luft. Heraufbeschworen hatten ihn Antonius' erste Briefe, von dem Gelehrten und Hedonisten Quintus Dellius überbracht, der für seine beidgeschlechtlichen Neigungen berüchtigt war. Die Wahl des Boten lieferte der Königin einen versteckten Hinweis. Er hätte ihr durchaus irgendeinen missmutigen Diplomaten mit seinen Forderungen senden können, stattdessen schickte er Dellius, in dessen Ausführungen permanent ein anzüglicher Unterton mitschwang. »Der Imperator würde sich an Eurer Anwesenheit in Taurus *ergötzen*. Er hofft, dass ihm dieselben *Gefälligkeiten* zuteilwerden, mit denen Ihr Cäsar im Übermaß verwöhnt habt. Im Gegensatz zu Cäsar ist Antonius im *besten* Mannesalter und somit in der Lage, die ihm erwiesenen Gefälligkeiten zehnfach zu vergelten.«

Kleopatra nahm das Angebot an, sich mit Antonius in Syrien zu treffen, und schickte seinen Boten anschließend in die alexandrinischen Bordelle, in denen er sich eine ganze Woche lang aufhielt. Völlig berauscht würde er zu seinem Herrscher zurückkehren, in dem festen Glauben, Antonius habe die Königin sozusagen in der Tasche.

Danach ließ sie ihn warten. Sie hätte schon einen Monat zuvor eintreffen sollen, konnte aber die Vorstellung, dass irgendjemand, selbst ein Mann wie Antonius, sie einfach zu sich rief, nicht ertragen. Hätte sie sich beeilt, ihn zu treffen, würde sie ihm direkt in die Hände spielen. Er wäre sich ihrer Allianz sicher, ebenso wie ihrer Ressourcen, auf die er im Krieg gegen die Parther angewiesen war. Außerdem hätte er Zugriff auf ihre Armee, ihre Marine und ihren Körper – denn sie war sich sicher, dass er Cäsars Platz in ihrem Bett für sich beanspruchte. Was bliebe ihr dann? Das Privileg, ihm all dies zu geben. Nein, da wartete sie lieber noch eine Weile und sorgte dafür, dass sie ihn unter Bedingungen traf, die sie gewählt hatte.

Mochten die Völker Kleinasiens ihn auch zum Neuen Dionysos ausgerufen haben – das beeindruckte sie nur wenig. Fast sein ganzes Leben lang hatte ihr Vater diesen Titel getragen und ihn sich nicht mit einem gewonnenen Krieg verdienen müssen. Ihr ganzes Leben lang hatte sie mit auf Erden weilenden Göttern verkehrt. Sie selbst war die irdische Stellvertreterin von Isis und Aphrodite und die Geliebte eines Sterblichen gewesen, der von der Göttin Venus abstammte. Ganz zu schweigen von der Tatsache, dass sie die Mutter seines Sohnes war. Sie würde zu diesem Neuen Dionysos gehen, allerdings nicht als Bittstellerin, die Rom um einen Gefallen ersuchte und zur Geliebten von Antonius wurde.

Stattdessen wollte sie ihm als ebenbürtige Partnerin gegenübertreten. Wenn er schon Dionysos war, sollte er ruhig mit Aphrodite verhandeln, der griechischen Venus, der Mutter allen Lebens und der gesamten Schöpfung. Die Bedeutung würde jedem ins Auge stechen. Ägypter, Griechen, Römer, Syrer – alle, die sie sahen, würden wissen, dass sie, die Inkarnation der Göttin Isis auf Erden, gekommen war und mit dem siegreichen Gott – Osiris für die Ägypter, Dionysos für die Griechen, Bacchus für die Römer – ein heiliges Bündnis einging. Und zwar nicht nur das Bündnis zweier Nationen, sondern auch eines zwischen Mann und Frau, zwischen Gott und Göttin, damit auf der Welt Frieden und Nächstenliebe herrschten.

»Das wird das größte Ereignis, das die Welt je erlebt hat«, meinte sie zu Charmion, während die beiden Frauen hastig die Gewänder für die Schneiderinnen entwarfen.

Beim Pläneschmieden spürte Kleopatra, wie die Trauer der Witwe und der tiefsitzende Schmerz von ihr abfielen, den Archimedes' Zurückweisung und seine amourösen Eroberungen ihr zufügten. Zum ersten Mal seit Cäsars Ermordung fühlte sie sich wieder lebendig.

Innerhalb eines Monats organisierte sie ein Riesenspektakel. Das königliche Prunkschiff, das seit ihrer Nil-Kreuzfahrt mit Cäsar niemand mehr genutzt hatte, erhielt ein neues goldenes Heck, die Ruder wurden versilbert, neue Segel genäht – nicht in dem für die Seefahrt typischen Weiß, sondern in sattem königlichem Purpur.

»Ich will, dass mein Schiff eine einzige Huldigung des Lichts ist«, wies Kleopatra die Konstrukteure an. »Tagsüber sollen Gold und Silber die Kraft der Sonne einfangen und den Menschen diesen Schimmer schenken, und nachts möchte ich ein jedes Auge mit meinem Lichterglanz verwöhnen.«

Den Zeitpunkt ihrer Ankunft durfte sie nicht dem Zufall überlassen. Nach Sonnenuntergang würde sie gewiss nicht in der Dunkelheit den Fluss hochfahren. Nein, wie ein dahingleitendes Feuer wollte sie in den Hafen von Taurus segeln. Die Zusammenkunft musste dieselbe Wirkung haben, als träfen sich zwei strahlende Heiligkeiten. Bei ihrem Aufeinandertreffen durfte kein Zweifel mehr bestehen, dass diese Begegnung nicht nur den Frieden und die Zusammenarbeit zweier Nationen symbolisierte, sondern die aller Nationen und aller Völker. Unterstrichen und vermittelt werden musste, dass die Götter diese Allianz persönlich in die Wege geleitet und arrangiert hatten und dass die Vereinigung von Aphrodite und Dionysos auf Erden all jenen, die sie respektierten, Sicherheit und Wohlstand brachte.

Wie eine ruhende Göttin lag sie nun auf ihrer mit goldenem Stoff bezogenen Liege. Ihr Körper war in weißes, von winzigen Metallfäden durchwirktes Leinen gehüllt. Sie hatte sich für eine schlichte Frisur entschieden, für einen einfachen Nackenknoten, wie die Göttin ihn auf allen Gemälden trug. Ein paar vereinzelte Löckchen rahmten ihr Gesicht ein. Am linken Ringfinger trug sie einen riesigen Amethyst, den Stein des Gottes Dionysos. An der rechten Hand steckte der Ring ihrer Mutter, der Ring des Bacchanten, auf dem er als ausgelassener Gott dargestellt war. Genauso ausgelassen würde es zugehen, wenn sie und der Neue Dionysos einander begegneten. Ihre Halskette bestand aus edlen Perlen, jede einzelne so groß wie eine Murmel. Iras hatte ein Netz aus kleineren weißen und schwarzen Perlen geflochten, das ihr Haar zusammenhielt. Ihr Aussehen war von großer Bedeutung. Schließlich traf sie sich nicht nur mit einem Mann, der sich wie jeder andere liebend gern von den Reizen einer schönen Frau verführen ließ. Ihre Unsicherheit, hervorgerufen durch die Weigerung ihres Vetters Archimedes, für sie den Liebhaber zu spielen, quälte sie wie eine unsichtbare Wunde.

War sie womöglich nicht mehr begehrenswert? Ihr Spiegelbild legte das Gegenteil nahe. Sie war so schlank wie vor der Geburt des kleinen Cäsar. In den vergangenen Monaten hatte sich ihr Begehren zurückgemeldet, und nun haftete ihrer Weiblichkeit eine auserlesene Sinnlichkeit an. Trotz der Pflichten, die sie oft bis spätnachts wach hielten, und der Tatsache, dass sie jeden Morgen vor Sonnenaufgang aufwachte, war ihr Gesicht faltenlos. Wenn sie sich betrachtete, entdeckte sie nicht mehr den glühenden Enthusiasmus der Jugend, vielmehr strahlte sie Weisheit und Erfahrung aus.

Als Iras ihr beim Ankleiden half, pries er ihr Aussehen, doch das Lob eines Eunuchen, der sich ausschließlich für sein eigenes Geschlecht interessierte, spendete ihr wenig Trost. Als Königin durfte sie sich nicht nur auf die Meinung anderer verlassen, nein, sie musste sich ihrer Anziehungskraft, ihrer Fähigkeiten sicher sein und aus diesem Selbstvertrauen Kraft schöpfen. Nun denn, all dies würde auf die Probe gestellt.

Die Sonne ging langsam im grünbraunen Fluss unter. Der Kapitän informierte die Königin, dass sie in knapp einer halben Stunde in den Hafen einlaufen würden. Kleopatra hatte mehrere Boten vorausgeschickt, die in Taurus ihr Erscheinen ankündigten und zudem Antonius meldeten, dass Aphrodite gekommen sei, sich zum Wohle Kleinasiens mit Dionysos zu vereinigen. Wie es schien, hatte die Botschaft ihr Ziel erreicht. Die Stadtbewohner strömten an die Ufer und ergötzten sich an dem atemberaubenden Anblick, den die ägyptische Königin bot, die allen wie die den Fluss entlangtreibende Liebesgöttin erschien. Ihre in strahlendes Weiß gehüllten Dienerinnen standen neben den Ruderern. Von fern sah es aus, als lenkten die Grazien das Schiff. Zwar wurde die eigentliche Arbeit unter Deck verrichtet, doch Kleopatra wollte den Eindruck erwecken, als würde die Barke allein von göttlicher Energie angetrieben. Aus riesigen Schalen stieg süßer Jasminduft auf und durchdrang die Luft, als triebe die Barke in einem himmlischen Äther.

Im fahlen Abendlicht zündeten sie die Lampen an. Nacheinander hielten die Frauen ihre Fackeln ins Feuer und schufen ein geometrisches, von Kleopatra ersonnenes Muster aus Kreisen und Quadraten. In dessen Mitte stand der Nemenische Löwe, was ganz gewiss Antonius' Gefallen fand. Er war unter dem Sternzeichen des Löwen geboren, der auch Herakles symbolisierte, also jenen Gott, von dem abzustammen er behauptete. Als die Fackeln entzündet waren, ging ein Raunen durch die Menschenmenge. Gewiss hatten die Wartenden noch nie solch einen Anblick geboten bekommen. Hoffentlich drang die Kunde davon bis zum Imperator vor, solange die Feuer lichterloh brannten und sie absolut umwerfend aussah. Ihr Antlitz war makellos, ihr Gewand bar jeder Falte, ihr Atem süß, ihr Haar noch nicht vom Wind zerzaust. Wenn sie gewusst hätte, welcher Gott für die Wahl des richtigen Zeitpunkts zuständig war, sie hätte ihm in diesem Augenblick ein Stoßgebet geschickt. Stattdessen schloss sie die Augen und betete stumm zur Göttin Isis, da sie die Macht hatte, über das Schicksal zu entscheiden.

Als die Königin die Augen wieder öffnete, sah sie, dass sich eine große Menschenmenge am Kai eingefunden hatte. Die Gewänder der Anwesenden verrieten, dass sowohl Syrer als auch Römer aller Stände gekommen waren. Manche trugen Regierungsroben, andere Arbeitertuniken. Anscheinend hatte sich Arm und Reich auf den Weg gemacht, um ihrer Ankunft beizuwohnen. Sie entdeckte die Uniformen römischer Soldaten, die üppigen Gewänder reicher Händler, die hellen Leinenkleider syrischer Frauen – nur der Imperator war nirgends zu sehen. Zürnte er ihr etwa, weil sie zu spät eintraf? Hatte er womöglich seine Reise durch die östlichen Provinzen fortgesetzt? Hatte sie dieses Spektakel völlig umsonst initiiert? Von solch einer Blamage würde sie sich niemals erholen.

Kleopatra bemühte sich, die Miene einer Göttin zur Schau zu stellen, während ihr Magen rebellierte. Lächelnd, anmutig, wenn auch vielleicht ein wenig lustlos winkte sie den Menschen zu, die ehrfürchtig das erleuchtete goldene Schiff betrachteten, das sich von dem dunklen Himmel abhob. Der Fluss reflektierte den Lichtschein und tauchte die Barke in einen Strahlenkreis. Wo steckt er nur?, fragte sie sich wieder und wieder und musterte jedes einzelne Gesicht am Kai. Gleichzeitig bemühte sie sich, möglichst entrückt zu erscheinen. Endlich entdeckte sie Quintus Dellius, der sich ihr mit wiegenden Hüften näherte. Er streckte den Hofdamen die Hände entgegen und ließ sich von ihnen an Bord helfen.

Sofort nahmen die Cupidos die Palmwedel hoch, damit er sich der Königin nähern konnte. Mit einer ausladenden Verbeugung verneigte er sich vor Kleopatra und richtete sich ganz langsam wieder auf, als wäre ihm das Blut zu Kopf gestiegen. Mit weit aufgerissenen Augen stand er vor ihr. War er etwa betrunken?

»Eure Majestät!«

Machte er sich gar über sie lustig?

»Wie schön, Euch zu sehen, Dellius«, begrüßte sie ihn. »Wo ist der Imperator?« Sie war einfach nicht in der Verfassung, um den heißen Brei herumzureden. Für den Fall, dass Antonius Taurus verlassen hatte, musste sie blitzschnell reagieren und Entscheidungen treffen.

»Ach je, er ist auf dem Marktplatz und hört sich die Probleme der Leute an, obgleich ich mir vorstellen könnte, dass er dort inzwischen ganz allein ist. Wie Ihr seht, ist die ganze Stadt erschienen, um Euch zu begrüßen.«

»Nur der Imperator nicht?«

»Ach, er möchte Euch am Abend in seiner Unterkunft empfangen. Gar nicht erwarten kann er es, Euch endlich zu sehen.«

Nein, so lief das nicht. Kleopatra entsann sich eines lange zurückliegenden Vorfalls, als ein römischer Würdenträger namens Cato ihren Vater, den König, in seine Unterkunft bestellt hatte. Solch ein Verhalten war schon damals demütigend gewesen – und heute war es keinen Deut besser. Sie hatte nicht die Absicht, sich zu Antonius zu begeben, schon allein aus Respekt vor der Erinnerung an ihren Vaters. Sollte er den Wunsch haben, mit ihr zu verhandeln, musste er schon zu ihr kommen. Er musste einen Eindruck davon erhalten, wie eine Königin auftrat, die sich bereit erklärte, mit einem römischen Feldherrn Geschäfte zu machen. Kleopatra war nicht mehr das im Exil lebende Mädchen, das sich in einen Teppich wickeln ließ, um Cäsar zu treffen. Heute verfügte sie, die Herrscherin über eine beachtliche Nation, über ein beträchtliches Maß an Selbstbeherrschung. Ihr Thron war nicht in Bedrängnis. Nein, sie würde auf dieser Liege ausharren und so lange die Göttin spielen, bis er sich zu ihr bequemte.

»Aber, Dellius, ich habe die Abendunterhaltung des Imperators bereits bis in alle Einzelheiten geplant. Ich werde nicht zulassen, dass die Bürde der Gastfreundschaft auf seinen ohnehin überbeanspruchten Schultern lastet, so breit und stark sie auch sein mögen«, verkündete sie. Die Botschaft, die Dellius Antonius übermitteln sollte, war gerade zweideutig genug, um den Imperator zu einem Besuch bei ihr zu bewegen.

»Das werde ich ihm sofort bestellen«, sagte Dellius, wandte sich von ihr ab und entfernte sich in Windeseile.

* * * * *

Inzwischen war der Himmel nachtschwarz. Kleopatra blieb auf ihrer Liege, harrte in dieser Position aus und hoffte inständig, dass ihr Kajalstrich nicht verschmierte. Mittlerweile hatte es sich zwar etwas abgekühlt, aber die Knaben mussten mit den Palmwedeln immer noch die vor ihrem Gesicht herumschwirrenden Insekten vertreiben. Wann tauchte er endlich auf? Am liebsten hätte sie sich nach unten in ihre Kabine zurückgezogen, das Gesicht gewaschen, eine kleine Mahlzeit eingenommen und sich hingelegt.

Sie hörte seine laute, heisere Stimme, bevor sie ihn sah. Er unterhielt sich mit seinen Kumpanen. Das hohle Klappern der römischen Sandalen auf den Holzbohlen war unverkennbar, ebenso wie Antonius' Gelächter. Die Stimmen und Schritte kamen näher und verstummten dann abrupt. Schweigen machte sich breit. Nur die leise zischelnden Palmwedel waren zu hören. Dann lachte Antonius, wie nur er es konnte. Sein Lachen kam nicht aus der Kehle, sondern von ganz tief drinnen, als lache er mit dem ganzen Körper. Die Schritte wurden wieder schneller, kamen näher. Sie rührte sich nicht.

»Eure Königliche Hoheit!«

Die Hofdame, die zuvor geübt hatte, wie sie den Imperator ankündigen sollte, wollte gerade seinen Namen aussprechen, als sie jäh unterbrochen wurde.

»Kein Grund, einen alten Freund anzukündigen«, meinte Antonius, eilte zu der Liege, blieb dann wie angewurzelt stehen und machte große Augen. Er vergaß sogar, sich zu verbeugen, stand einfach nur reglos da, sperrte den Mund auf und war sprachlos. Kein Wort brachte er hervor, so sehr überraschte Kleopatras Anblick ihn. Jedenfalls hoffte sie das.

Nach einer Weile hatte er sich wieder gefangen. »Genau wie sie es auf dem Marktplatz erzählt haben. Aphrodite ist nach Taurus gekommen.«

»Um sich mit dem neuen Gott zu treffen«, entgegnete sie und setzte sich auf.

Sie lud ihn nicht ein, Platz zu nehmen. Ihr gefiel, wie er da so unbeholfen vor ihr stand.

»Ist dies das Schiff, dessen Luxus Cäsar so tief beeindruckt hat?«, fragte er.

»Ja, aber es war alt und reparaturbedürftig, als er mit mir gereist ist. Ich habe es für Euch herrichten lassen, werter Imperator, zu Ehren Eures triumphalen Sieges über Cäsars Mörder. Das war das Mindeste, was ich tun konnte, um mich dafür erkenntlich zu zeigen, dass Ihr die Feinde meines Sohnes bezwungen habt. Ich habe mich bemüht, Euren Geschmack zu treffen. Unglücklicherweise drängte die Zeit. Ihr müsst mir mein verspätetes Eintreffen verzeihen. Wie Ihr seht, war ich ganz und gar davon eingenommen, es Euch recht zu machen.«

Dass es diesem Mann der tausend Worte, der stets blumige Reden schwang, gern übertrieb und Zoten riss, einmal die Sprache verschlagen könnte, hätte sie nicht gedacht. Stumm stand er vor ihr, zog die buschigen braunen Augenbrauen fragend zusammen, was drei tiefe Furchen auf seine hohe, wohlgeformte Stirn zauberte. In das frisch gewaschene lockige Haar, das ihm bis über die Ohren fiel und sein Gesicht einrahmte, hatte er keine Pomade gegeben. Sein breiter, muskulöser Körper wirkte nach dem anstrengenden Krieg noch kräftiger. Wie üblich saß der Gürtel seiner Tunika ungewöhnlich tief, was er sich bei Herakles abgeschaut hatte. An seiner Seite hing ein breites Schwert.

Was für ein prächtiges Mannsbild, was für ein treffliches Exemplar seines Geschlechts, fuhr es ihr durch den Sinn. Nicht schlank und elegant wie Archimedes, dessen makellose Männlichkeit von einem Hauch Weiblichkeit verfeinert wurde. Antonius war durch und durch maskulin. Nun erst lud sie ihn ein, sich neben sie zu setzen. Beinah schüchtern folgte er ihrer Aufforderung und schlug seinen Umhang zurück. Sie musste daran denken, wie sie ihm im Alter von vierzehn Jahren zum ersten Mal begegnet war. Auch damals hatte er den Umhang über die Schulter geworfen und die kräftigen Arme entblößt. Die Schönheit dieser Bewegung hatte sie tief beeindruckt. Da er dicht neben ihr saß, stieg ihr sein Moschusduft in die Nase.

»Wir haben viel zu besprechen«, sagte er. »Die Welt hat sich seit unserer letzten Begegnung ziemlich verändert.«

»Ja, und wir auch. Werdet Ihr und Eure Männer heute Abend mit mir speisen? Ich habe meinen Köchen aufgetragen, ein zwölfgängiges Menü für vierzig Personen zuzubereiten.«

»Für vierzig? Wir sind doch nur fünfzehn«, antwortete er.

»Schätzen Eure Männer denn die Gesellschaft von Frauen nicht?«, fragte sie mit einem Blick auf ihre weißgewandeten Hofdamen, die sie alle aufgrund ihrer Schönheit und ihrer Fähigkeit, eine anregende Unterhaltung zu führen, ausgesucht hatte.

»Habt Ihr etwa vor, sie zu verzaubern?«, wollte er wissen.

»Ich wollte ihnen die Zeit vertreiben, während sich ihre Führer mit der Politik befassen«, erwiderte sie ernsthaft.

»Cäsar hat die vielen unterschiedlichen Seiten Eurer Persönlichkeit bewundert, Kleopatra. Wie sagte er immer zu mir: »Antonius, sie ist nicht nur eine Frau, sie vereinigt alle Frauen in sich.«

»Das gehört dazu, wenn man eine Königin ist. Die meisten Frauen haben nur einen Mann in ihren Bann zu ziehen. Ich dagegen muss ein ganzes Königreich becircen.«

»Habt Ihr irgendetwas dagegen einzuwenden, Eure gesamte

Aufmerksamkeit einem Mann zu schenken?«, fragte er und rückte so nah, dass sie seine Hitze spüren und die Wolle seines Gewandes riechen konnte. Er sah zu ihr hinab, ließ den Blick schnell über ihren Körper wandern, betrachtete ihr Gesicht, ihre Brüste, Beine und Füße, ehe er ihr wieder in die Augen schaute.

»Das kommt ganz darauf an, werter Imperator«, meinte sie, »ob ich mir im Gegenzug seiner ungeteilten Aufmerksamkeit gewiss sein kann.«

»Und was genau verlangt nach ungeteilter Aufmerksamkeit?«

Sie lächelte ihn an. Die Zeit war nun reif für Frivolitäten. »Sollen wir uns jetzt dem Abendessen widmen?«

* * * * *

Wie viele Fasane, Wachteln, Tauben, Wildschweine und Lämmer mussten gebraten, gedünstet und gekocht werden, ehe ihre Bedingungen akzeptiert wurden? Wie viel Fisch musste geschuppt, gehäutet und in Soßen gegart werden? Wie viele Salatköpfe gewaschen und gesalzen werden? Wie viele Datteln und Feigen geerntet, wie viel Käse geschnitten und serviert werden? Wie viele große Krüge Wein mussten in goldene Kelche gegossen werden und in römische Kehlen fließen, bis Kleopatra ihren Willen bekam?

Ihre Köche hatten ausreichend Speisen zubereitet, um eine ganze Legion zu verköstigen, jedenfalls glaubten sie das. Doch am dritten Tag der Feier schickte Kleopatra sie auf die syrischen Märkte, wo sie weitere Lebensmittel einkauften, dafür unverschämt hohe Preise zahlten und die lokalen Käufer niederschrien, weil es weiterer Delikatessen bedurfte, um das römische Kontingent zufriedenzustellen.

Wie viele Gold- und Silberteller mit passenden edelsteinverzierten Kelchen mussten den Männern noch zum Geschenk gemacht werden? Am vergangenen Abend, gegen Ende des dritten Festes, überraschte die Königin ihre römischen Gäste mit dem extravagantesten Geschenk. Sie überließ ihnen kleine Sänften aus Ebenholz mit Perlmuttintarsien, die mit den Daunen junger Gänse gepolstert und mit roter und goldener Seide bezogen waren, für den Rückweg und sagte jedem Einzelnen, er dürfe die seine behalten. Als Beweis ihrer Freundschaft. Doch weil diese Römer schrecklich grausam und gierig waren, kam sie nicht umhin, ihnen zu sagen, dass sie die ägyptischen Fackelträger, die ihnen den Weg leuchteten, wieder zurückschicken mussten.

Anscheinend wurden sie der königlichen Gastfreundschaft nicht müde – warum auch, schließlich war sie zweifellos die großzügigste Gastgeberin, die ihnen je begegnet war. Ihr waren Geschichten von der am Hofe des Darius herrschenden Opulenz zu Ohren gekommen, aber sie glaubte, ihn übertroffen zu haben. Auch an diesem Abend verteilte sie kartonweise die wertvolle, aus Ägypten mitgebrachte Fracht. Wahre Unsummen verschwendete sie allein auf die knöchelhoch auf dem Fußboden des Speisesaales ausgestreuten Rosenblätter. Womöglich war das in den Augen der Römer etwas übertrieben, doch auf der anderen Seite schienen sie sich zunehmend mit der graecoägyptischen Raffinesse anzufreunden.

Während der vergangenen drei Abende hatte sie an der Seite des Imperators, der ebenfalls Unmengen vertilgte und literweise ihren Wein trank, in ihrem Essen herumgestochert und versucht, mit seinem Riesenappetit Schritt zu halten, während sie zugunsten ihres Königreiches verhandelte. Dass Antonius sie sofort in die Defensive brachte, überraschte sie. Manch einer, so verriet er ihr, vertrat die These, nicht der Sturm habe sie zur Rückkehr gezwungen, nachdem sie mit ihrer Flotte losgesegelt war, um ihn im Krieg gegen Cäsars Mörder zu unterstützen. Vielmehr habe sie sich diese Ausrede nur einfallen lassen, damit sie sich während des römischen Bürgerkrieges nicht für eine Seite entscheiden musste.

Fassungslos darüber, dass er es wagte, so etwas auch nur anzudeuten, stürzte sich Kleopatra wutentbrannt auf ihn. »Wie könnt Ihr nur glauben, dass ich mit Cäsars Mördern konspiriert habe. Dreimal hat Cassius von mir Unterstützung verlangt, und dreimal habe ich seine Boten fortgejagt, obwohl er gedroht hat, in Alexandria einzumarschieren!«

»Das bezweifle ich ja gar nicht«, meinte Antonius. »Ich möchte nur diesen Gerüchten einen Riegel vorschieben.«

»Aus welchem Grund sollte ich Männer unterstützen, die den Vater meines Sohnes erdolcht haben? Ihr Sieg würde den Tod meines Sohnes bedeuten.«

»Ich verstehe Euch gut, Eure Majestät. Es besteht kein Grund, mir zu zürnen.«

Da sie sich mit Antonius unter vier Augen unterhalten wollte, schickte sie alle anderen Tischgäste weg. Seine Männer und ihre Hofdamen trugen ihre Stühle auf das Deck, wo sie im Lichtschein ihrer Lampen weitertranken und mit noch mehr Inbrunst flirteten.

»Antonius, wir haben einen Pakt geschlossen, erinnert Ihr Euch denn nicht mehr? Einen Dreierpakt, den Ihr nach Cäsars Tod sogar noch einmal bestätigt habt. Oder habt Ihr mich etwa nur mit Worten zu umgarnen versucht, um mich zu beruhigen?«

Lächelnd nahm er ihre Hand. »Das neue Triumvirat. Das Dreieck der Macht. Ich entsinne mich sehr wohl, Kleopatra, und jedes meiner Worte war ernst gemeint. Auch Cäsar meinte, was er sagte. Selbstverständlich musste ich in der Zwischenzeit Mitglied eines römischen Triumvirates werden. Zur Wahrung des Friedens, versteht Ihr?«

Hatte er etwa die Absicht, sich über sie lustig zu machen? »Wie viele Seiten des Dreiecks haben sich geändert, werter Imperator? Eine Seite, zwei oder gar alle drei?«

»Cäsar ist tot, und die Ausgangsposition ist auch nicht mehr dieselbe. Lasst uns einfach sagen, dass andere Schauspieler die

Hauptrollen übernehmen werden. Wir müssen uns der veränderten Lage anpassen, dennoch besteht kein Grund, den ursprünglichen Plan ad acta zu legen. Falls ich unsere kleine Theatermetapher weiterspinnen darf: Die Worte sind dieselben, bekommen aber eine neue Bedeutung, wenn andere Schauspieler sie vortragen.«

»Falls zwei Spieler dieselben wie früher sind, muss lediglich die dritte Rolle neu besetzt werden. Glaubt Ihr, Eure neuen Partner werden diese Rolle übernehmen, oder meint Ihr, sie wollen die ganze Aufführung neu besetzen?«

»Vielleicht wünschen sie eine Neubesetzung. Das gilt vor allem für einen von ihnen, den Jüngeren, der am liebsten den gesamten Text umschreiben würde. Allerdings kann er das nicht tun, weil ich es nicht zulassen werde. Ich gehe davon aus, dass er, wenn er sich erst mal mit seiner Nebenrolle abgefunden hat, sich zufriedengeben und die Zeilen vortragen wird, die man ihm in den Mund legt. Danach können wir beide ungestört den Plan weiterverfolgen, den wir mit Cäsar geschmiedet haben. Wieso sollten wir seine ehrgeizigen Vorstellungen nicht verwirklichen? Indem wir Parthien in seinem Namen unterwerfen und die Allianz, die er mit Euch geschlossen hat, aufrechterhalten, erweisen wir diesem großen Mann die ihm gebührende Ehre.«

Diesen Octavian, den neuen Mitspieler, kannte sie nicht, doch dafür kannte sie Lepidus. Dieser war alles andere als ein Führer, aber er war bereit, sein Vermögen und seine Truppen demjenigen zur Verfügung zu stellen, der sich seiner Meinung nach durchsetzte. Octavians Beweggründe waren weniger klar umrissen. Er war noch jung, gerade mal einundzwanzig Jahre alt, und wirkte auf den ersten Blick nicht sonderlich beeindruckend. Allerdings bedeutete das nicht, dass er eine Welt akzeptierte, in der eine der drei mächtigsten Personen über ein finanzstarkes Königreich in einer strategisch günstigen Position herrschte und noch dazu einen Sohn hatte, der ebenfalls Cäsar hieß.

»Ich möchte Euch einen Vorschlag unterbreiten, werter Imperator«, begann Kleopatra. »Um zu zeigen, wie fest unser Bündnis ist, solltet Ihr Euer östliches Hauptquartier in Alexandria aufschlagen. Ich werde Euch mit allem versorgen, was Ihr für den Krieg gegen die Parther braucht. Männer, Schiffe, Proviant, Pferde, Sättel – all das bekommt Ihr von mir. Selbst eine Legion ägyptischer Huren könnt Ihr haben, falls Eure Männer während des Feldzuges weibliche Gesellschaft brauchen. Aber das Zentrum Eurer Operationen, das Ihr dauerhaft in meinem Land errichtet, soll die Welt über unsere Partnerschaft in Kenntnis setzen.«

»Schon lange bereue ich, Eure Stadt in all den Jahren nie besucht zu haben. Sie ist der ideale Ort, um einen Feldzug zu organisieren. Ich nehme Euer Angebot also gerne an. Ihr macht es einem leicht, sich Euch gegenüber großzügig zu erweisen, wo Ihr so viel zu bieten habt. Was noch?«

»Ich verlange, dass Ihr den Römischen Senat bittet, die Unterstützung anzuerkennen, die ich Euch während des Bürgerkrieges gewährt habe. Außerdem müsst Ihr die Senatsmitglieder bitten, meinen Sohn als Cäsars Nachkommen anzuerkennen.«

»Das erfordert zwar etwas mehr Fingerspitzengefühl, doch auch in diesem Punkt sehe ich kein Problem. Ist das alles, Eure Majestät? Denn ich möchte ebenfalls ein paar Forderungen an Euch richten.«

Kleopatra zögerte. Sie hatte Hephaestion versprochen, nicht nach Alexandria zurückzukehren, ehe Antonius eingewilligt hatte, ihre Schwester aus dem Weg zu räumen. *Politische Entscheidungen müsst Ihr kaltblütig treffen.* Wann immer sie eine schwierige Frage diskutierten, erteilte Hephaestion ihr diesen Rat. Es war nicht leicht, stets kaltblütig zu handeln, aber Hephaestions Ansicht hatte sich noch jedes Mal bewährt. Dennoch war es nicht einfach, jemanden darum zu bitten, ein Familienmitglied auszuschalten. Auf der anderen Seite gab es in Ägypten genug unzufriedene Menschen, die sofort bereit wären, die

Forderungen eines rebellischen Aufwieglers zu unterstützen. Abtrünnige Ptolemäer hatten nie Probleme, in der einen oder anderen Region oder Fraktion Unterstützung zu finden. Unter den Ägyptern, denen die herrschende Klasse verhasst war, und den gern parteiischen Griechen konnte jemand wie Arsinoe jederzeit genug Anhänger um sich scharen und gravierende Probleme hervorrufen.

Bedauerlicherweise war Antonius Cäsar sehr ähnlich: Auch ihm widerstrebte es, eine Frau zu exekutieren.

»Ich bin ein großzügiger Mann«, sagte er. »Daher bin ich entschlossen, dem Beispiel meines Mentors zu folgen und gnädig zu handeln.«

»Darf ich Euch darauf hinweisen, dass Arsinoe den Statthalter von Zypern überredet hat, sich während des Bürgerkrieges auf die Seite von Cäsars Mördern zu schlagen? Die beiden und der Hohepriester von Ephesus, der sie momentan beherbergt, haben Arsinoe wiederholt zur wahren Königin Ägyptens ausgerufen. Hätte Cäsar in dieser Situation ebenfalls Gnade vor Recht ergehen lassen?

Ich glaube nicht, dass Ihr Euch der Gefahr bewusst seid. Arsinoe ist keine Bürgerin Roms, die ihre Meinung an die sich schnell verändernden Machtverhältnisse anpasst. Eine Verräterin, eine Betrügerin ist sie, und noch dazu die Tochter Theas, die den Thron ihres Gatten an sich gerissen hat, als dieser in Rom um sein Königreich kämpfte.

Wisst Ihr eigentlich«, fuhr Kleopatra fort und ging dabei wie ein Anwalt, der seine Argumente vorträgt, auf und ab, »dass Arsinoe Cäsar und mich im alexandrinischen Krieg hintergangen hat? Entgegen Cäsars Befehl ist sie aus dem Palast geflohen und hat sich dem Eunuchen Ganymedes angeschlossen, der Roms Versuche, die Ordnung wiederherzustellen und den ägyptischen Thron zu sichern, arglistig hintertrieben hat? Sie hat unseren Bruder Ptolemaios den Älteren so weit gebracht, dass er sie für seine Verbündete hielt, während sie die ganze

Zeit gegen ihn konspirierte. Als wäre dies nicht genug, hetzte sie auch noch ihren jüngeren Bruder gegen mich auf, bis der Premierminister ihn ausschaltete. Diese Frau wird erst Ruhe geben, wenn ich tot bin und sie in meinem Bett liegt«, behauptete die Königin. »Manchmal spüre ich nachts ihre boshafte Aura in meinen Träumen, als wollte sie vorab prüfen, wie sich meine Matratze unter ihrem Rücken anfühlt.«

»Mir kommt sie eher wie ein energiegeladenes Mädchen vor, das keine Macht besitzt, aber viel und laut herumtönt«, erwiderte Antonius.

»Unterschätzt Ihr die Macht der weiblichen Stimme denn so sehr?«, fragte sie. »Wie ich gehört habe, hängen in Rom die wichtigsten Persönlichkeiten in Politik und Gesellschaft an den Lippen Eurer Gemahlin.«

Womöglich hatte sie ihn beleidigt, doch andererseits schien es unmöglich, diesen gutmütigen Mann zu kränken. Er lachte lieber über sich selbst, als dass er sich auf Kosten anderer amüsierte. Ihre Worte zauberten erneut ein Lächeln auf seine Lippen. Er rückte ganz nah an sie heran. »Und die Männer aller Nationen hängen an Euren Lippen. Aber welcher Mann wollte nicht, dass der süße Atem Eurer Majestät sein Ohr liebkost? Sanft mag er sein und wohlriechend, doch ruft er bei einem Mann Zittern und Beben in jeder Faser, in jedem Glied seines Körpers hervor.«

Fast wäre sie in schallendes Gelächter ausgebrochen, doch mittlerweile hatte sie sich an die derben Anzüglichkeiten von Antonius gewöhnt. Er gehörte zu diesem offenen, sinnlichen, überschwänglichen Typus Mann, der mit derlei Unschicklichkeiten durchkam, ohne dabei verletzend zu wirken.

»Selbst wenn dieser süße Atem eine Bitte haucht, die der betreffende Mann als unangenehm empfindet?«

»Vor allem dann. Gerade wenn eine blutrünstige Forderung in solch lieblichem Gewand hervorgebracht wird, verwirrt das die Sinne.«

»Sollte ich den Imperator verwirrt haben, so bin ich untröstlich«, erwiderte sie kokett.

»Ich hingegen bin hochgradig erfreut, diese Verwirrung zu spüren«, entgegnete er. »Hoffentlich nicht zum letzten Mal.«

»Wie Ihr wünscht, werter Imperator. Aber gewisse Dinge müssen selbstverständlich in Betracht gezogen werden.«

»Selbstverständlich. Dennoch sehe ich nicht, wie ich einwilligen könnte, Eure Schwester für vogelfrei zu erklären.«

Mit einem zuckersüßen Lächeln gab sie vor, seine Position zu respektieren, doch als der Abend sich dem Ende zuneigte und die Morgendämmerung anbrach, weigerte sie sich, ihn in ihr Bett einzuladen. »Ich bin nur eine Frau und dementsprechend schwächer als Ihr. Ich werde nicht in der Lage sein, die Interessen meines Volkes nachhaltig zu vertreten, nachdem ich Eurem männlichen Charme erlegen bin.«

Er legte einen Finger unter ihr Kinn und hob es so weit an, bis er ihr in die Augen blicken konnte. »Einen solchen Einwand kann in diesem Fall eher ein Mann vorbringen, Kleopatra«, behauptete er. »Ich bin sehr skeptisch, ob der Charme eines Mannes irgendeinen Einfluss auf Eure Verhandlungsstrategien hat.«

Sie war dankbar für ihre Erschöpfung, denn es verlangte sie von ganzem Herzen nach ihm. Er war aufregend groß, breitschultrig und intelligent. Sie fand, dass er immerzu sinnlich roch, wusste jedoch nicht, wie er das bewerkstelligte. Alles an ihm weckte ihre Sinnlichkeit. Unvermittelt musste sie daran denken, wie sie als Vierzehnjährige nicht mal seine nackten Waden betrachten konnte, ohne zu erröten. Nun übten sein Gesicht, sein Brustkorb, selbst die sich kräuselnden braunen Haare auf dem muskulösen Unterarm dieselbe Wirkung aus.

Dennoch hinderte all das sie nicht daran, sich am Ende des Abends zu beherrschen, sich in ihre Kabine zurückzuziehen und ihn vollkommen verblüfft und allein zurückzulassen. Jedenfalls bildete sie sich das ein. Allerdings fand sie bald heraus, dass er eilig zwei Huren aus der Stadt herbeirufen ließ, die sich seiner Bedürfnisse annahmen, ehe er gegen neun Uhr morgens einschlief, nur um drei Stunden später im Forum der Stadt der Anhörung von Gerichtsfällen beizuwohnen.

Nun ging sie also über ihre Rosenblätter, betrachtete das Muster, das sie auf dem Boden, auf den Banketttischen und den Sofas bildeten. Mit jedem Schritt wurde der süße Blumenduft im Raum intensiver. Hatten die schweren römischen Sandalen die Blüten erst einmal zertrampelt, steigerte sich der Duft gewiss ins Unermessliche. Sie hoffte inständig, dass die Blütenblätter von den eher schlichten, der Stadtküche entliehenen Gedecken ablenkten. Mit ein bisschen Glück würden ihre Gäste, die sich unweigerlich betranken, das Geschirr nach dem Abendessen nicht mit nach Hause nehmen.

Die Königin wollte kein Urteil über das Verhalten der Römer fällen, hatte allerdings nicht vorausgesehen, dass sich die Feiern und Verhandlungen über mehrere Tage hinzogen. Dieser mangelnden Voraussicht war es geschuldet, dass sie ihren Gästen längst schon jeden aus Ägypten herbeigeschafften Teller geschenkt hatte. Egal, dachte sie. Jetzt war nicht der richtige Zeitpunkt, sich über Geschenke oder schlichtes Geschirr den Kopf zu zerbrechen. Alles, was auf diese Festlichkeiten folgte, konnte sich ein Leben lang auf sie und den kleinen Cäsar auswirken.

Alles, was ich tue, tue ich für meinen Sohn. Diese Worte sprach sie stumm vor sich hin, während sie über die duftenden Rosenblätter schritt. Es gab nichts, was sie nicht tun würde, um das Leben und das Königreich des Jungen abzusichern und um zu verfolgen, wie er zum Mann reifte und die Macht übernahm, die ihm von Geburt her zustand, die ihm von seiner Mutter und seinem Vater vererbt worden war. Wie wird Caesarions Leben wohl verlaufen?, fragte sie sich und erinnerte sich an die vielen Hindernisse, die sie hatte überwinden müssen, um diesen Moment zu erleben, da sie als Königin von Ägypten den mächtigsten Römer seiner Zeit unterhielt. Ihr Vater hatte seine illegitime Geburt, seine umstürzlerische Frau, seine Tochter und Rom überstanden. Das Imperium hatte so viel Geld aus ihm herausgepresst, dass er schon meinte, ihm werde alles Blut abgezapft. Er hatte seine verräterische Familie überlebt, nur um von den Römern, die ihn seines Vermögens, seiner Energie, seiner Würde beraubt hatten, langsam und hinterhältig in den Tod getrieben zu werden.

Kleopatra hatte an dem Punkt das Zepter übernommen, als ihr Vater für das Königreich und gegen die Familie kämpfte. Sie hatte ihren Vater sogar übertrumpft und mit Cäsar ein Bündnis geschmiedet, das nicht nur auf ihrem Reichtum basierte. Da sie den Weitblick gehabt hatte, so zu handeln, würde ihr Sohn nicht all die Kämpfe austragen müssen, die sie und sein Vater durchgestanden hatten. Doch gewiss erwarteten ihn andere Auseinandersetzungen, denn kein Herrscher über eine große Nation konnte sich kampflos an der Macht halten. Allerdings dienten seine Kämpfe dann einem höheren Ziel, einer geeinten Welt.

Alles, was ich tue, tue ich für meinen Sohn – auch wenn ich darum bitte, dass seine hinterhältige Tante hingerichtet wird. Eines war nämlich klar: Sollte Arsinoe jemals an die Macht kommen, würde sie sich als Erstes an ihr rächen und sich dann den kleinen Cäsar vornehmen.

Was auch immer erforderlich war, um Arsinoe loszuwerden, Kleopatra musste handeln, und zwar schnell. Ihre Schwester besaß nicht nur die Gabe, bei anderen Mitleid zu erregen, sie war auch klug und heimtückisch dazu. Hatte sie nicht alle ihre Brüder hinters Licht geführt? Hatte sie nicht die Herzen der kühlen römischen Matronen erobert und sie gegen Kleopatra aufgehetzt? Hatte sie nicht den Hohepriester von Ephesus, einen Mann von beachtlichem politischem Einfluss, für ihre Sache gewonnen und ihn so sehr von sich überzeugt, dass er sie mit »Königin« titulierte? Falls Kleopatra sich Antonius hingeben musste, damit er ihr versprach, Arsinoes elendes Leben zu beenden, würde sie dies tun. Einen Fehler konnte sie sich allerdings nicht erlauben. Die Männer des römischen Imperators amüsierten sich bereits über Glaphyra, die Prinzessin von Kapadokien, die versucht hatte, Antonius zu verführen und dadurch ihre politische Stellung zu sichern. Offensichtlich konnte sie, nachdem der Römer aus ihrem Bett gestiegen war und ihr den Rücken gekehrt hatte, nicht mehr Territorium ihr Eigen nennen als die Zentimeter, die sein Phallus maß. Zumindest stellten seine Männer die Begebenheit so dar.

Mit Antonius war Kleopatra verwundbarer als mit Cäsar – da machte sie sich nichts vor. Nicht nur, dass die Macht des neuen Imperators längst nicht so gefestigt war wie die seines Vorgängers, nein, Kleopatra begehrte Antonius auf eine Weise, wie sie ihren verstorbenen Geliebten niemals begehrt hatte.

* * * * *

An diesem Abend verhielt sich Antonius ganz anders als sonst. Er wirkte weniger entspannt als bei den vorangegangenen Mahlzeiten, bei denen er lange, blumige Reden geschwungen, das Bankett überschwänglich gelobt und immer wieder Fleischstücke hochgehalten hatte, bis jemand den Koch aus der Küche holte, damit dieser ihm jeden einzelnen Schritt der Zubereitung darlegte. Normalerweise trank er einen Kelch Wein nach dem anderen, erzählte Witze und Geschichten, als wäre er nicht der Herrscher der Welt, der sein Imperium bereist, sondern ein redseliger Vagabund, der kein Ziel und auch sonst nicht viel zu tun hatte.

Nun hingegen starrte er stumm auf den mit Speisen reichgedeckten und mit Rosenblättern geschmückten Tisch, nickte kurz, setzte sich und begann zu essen, jedoch ganz methodisch und nicht mit der Leidenschaft, die er an den vergangenen Abenden zur Schau gestellt hatte.

»Mundet es Euch denn nicht, werter Imperator?«, fragte

Kleopatra und zuckte zusammen, als sie hörte, wie unsicher ihre Stimme klang. War er ihrer Spielchen etwa überdrüssig geworden?

»Doch, doch«, antwortete er mechanisch.

»Ihr scheint heute nicht Ihr selbst zu sein.«

»Genau wie Ihr, Eure Majestät, merke ich, dass ich nicht eine, sondern mehrere Rollen gleichzeitig spielen muss. Die Pflicht ruft. Ich werde mich Eurer Gesellschaft nicht mehr lange erfreuen können.«

»Wohin geht Ihr?«, wollte sie wissen. Ja, sie klang überrascht und verzweifelt, und sie verfluchte sich dafür, weil sie offensichtlich nicht in der Lage war, ihre Gefühle zu verbergen. Wieder kam sie sich vor wie ein verunsichertes Mädchen, wieder war es wie damals, als die Intuition ihr leise und die Sehnsucht ihr wesentlich deutlicher sagten, dass sie alles hatte, was sie brauchte, um Königin zu werden.

»Die Probleme in Judäa nehmen kein Ende. Ich muss dort einige Reibereien schlichten und mich vergewissern, ob meine Verbündeten in dieser Region auch tun, was ich sage. Da Syrien momentan keinen Statthalter hat, werde ich mich auch darum kümmern müssen. Außerdem muss ich, wie Ihr wisst, allmählich die Vorbereitungen für den Marsch nach Parthien treffen.«

Wie ein Fremder sprach er mit ihr. Jede Einzelheit des geplanten Angriffs auf Parthien hatte er mit ihr durchdiskutiert. Darüber hinaus sollte sie eine wichtige strategische Rolle in diesem Feldzug einnehmen. Wieso tat er auf einmal so, als hätten sie diese Unterhaltung nie geführt? Was hatte sich geändert?

»Wann werdet Ihr Taurus verlassen?«, fragte sie.

»Übermorgen.«

»Wann kann ich mit Eurer Ankunft in Alexandria rechnen?«

Antonius wich ihrem Blick aus, schob den letzten Bissen Wachtel in den Mund, tauchte die Finger in die Wasserschale, trocknete sich die Hände mit der Serviette ab, trank seinen

Kelch aus und knallte ihn so fest auf den Tisch, dass seine Männer zu ihm herübersahen.

»Das Abendessen ist vorbei, meine Herren«, verkündete er. »Da die Königin und ich noch einige dringliche Angelegenheiten zu besprechen haben, müsst ihr entschuldigen, dass wir euch nun bitten zu gehen.«

Die Männer murrten und fingen an zu tuscheln, aber niemand wagte es, der Bitte des Imperators zu widersprechen. Kleopatra mochte ihnen keinen Anlass bieten zu denken, diese unhöfliche Bitte entspringe ihrem Wunsch. Daher erhob sie sich und wandte sich mit einem Lächeln an die Anwesenden.

»Bitte verzeiht uns, dass wir Vaterland und Königreich über Euer Vergnügen stellen.« Die Mienen der Männer verrieten ihr, wie enttäuscht sie waren, und enttäuschte Römer hatten bekanntlich einen Hang zu übler Nachrede. »Als Erinnerung an die schöne Zeit, die wir zusammen verbracht haben, möchte ich jedem von Euch das Sofa schenken, auf dem Ihr an diesen wunderbaren Abenden gelegen habt. Falls Ihr Hilfe benötigt, sie in Eure Unterkünfte zu schaffen, steht Euch mein Hofstaat gerne zur Verfügung.«

Daraufhin applaudierten die Männer laut, sprangen fröhlich von ihren Sofas, untersuchten die gebogenen Beine, die dick gepolsterten Kissen und den glänzenden Seidenstoff, als hätten sie nicht schon seit Abenden darauf gelegen, sondern sähen sie zum ersten Mal.

Antonius schwieg, bis sie allein waren. Kleopatra wartete. Sie hatte nicht die geringste Ahnung, was er ihr mitteilen wollte.

Schließlich ergriff er das Wort. »Ich habe mich darum gekümmert, dass Eurer letzten Bitte entsprochen wird.«

Sie sagte nichts und zeigte auch sonst keinerlei Regung. Unter gar keinen Umständen sollte er merken, wie dankbar sie ihm war.

»Ich habe an Euren Sohn gedacht, Kleopatra, ebenso wie an meine Söhne. Wir müssen alles in unserer Macht Stehende tun, um unser Söhne zu beschützen. Ich habe eingesehen, dass Eure Schwester, solange sie am Leben ist, eine Gefahr für Euren Sohn darstellt. Aus diesem Grund werde ich um Euretwillen von meiner Politik der Nachsicht abrücken.«

»Dafür bin ich Euch sehr dankbar«, antwortete sie leise. Als sie ihn anschaute, sah sie einen dunklen Schatten über sein Antlitz huschen.

»Was bereitet Euch Sorgen, werter Imperator? Liegt es an der Qualität der Unterhaltung, die ich Euch biete?«

»Es gibt Probleme in Rom«, meinte er. »Gerade eben habe ich eine sehr beunruhigende Depesche von meiner Frau erhalten.« In ihrem Brief berichtete Fulvia, während Antonius alles daran setze, die östlichen Territorien des Imperiums zu befrieden, versuche sein vermeintlicher Verbündeter Octavian in Rom, Antonius' Anhänger auf seine Seite zu ziehen.

»Wie stellt er das an?«, fragte Kleopatra.

»Er geht ganz traditionell vor. Er besticht die Soldaten«, erwiderte Antonius.

Fulvia, die sich über die Lage der Dinge sehr besorgt äußerte, machte sich mit ihren Kindern auf den Weg zu den Legionen ihres Gemahls und erinnerte die Männer an ihren Treueschwur. »Sie befindet sich in einer schwierigen Situation. Eine der Bedingungen für unser Bündnis lautete, dass Octavian Clodia heiratet, Fulvias Tochter aus ihrer Verbindung mit Clodius. Mittlerweile ist das Verhältnis zwischen Octavian und Fulvia jedoch sehr angespannt, was ihre Tochter unweigerlich in Gefahr bringt.«

»Was ist dieser Octavian für ein Mann?«

»Das weiß niemand so genau. Er gibt immer vor, genau das zu sein, was die anderen in ihm sehen möchten. Wahrscheinlich hat er geglaubt, es sei einfach, meine Soldaten auf seine Seite zu ziehen, wenn ich erst mal in der Ferne weile. Mit Fulvias Hartnäckigkeit und Kühnheit hat er nicht gerechnet.«

»Eure Gemahlin ist eine bemerkenswerte Frau«, sagte Kleopatra und hoffte, respektvoll zu klingen. »Unter anderen Umständen hätte sie eine Königin sein können.«

»Es gibt nichts, was ich nicht für sie tun würde«, gestand er.

Kleopatra konnte nicht sagen, ob er mit diesem Satz sie oder vielmehr sich selbst überzeugen musste. »Das glaube ich gern«, erwiderte sie daher nur und fragte sich, ob sie sich verschätzt hatte und Antonius gar kein Interesse hatte, ihr Liebhaber zu werden.

»Wisst Ihr, warum Ciceros Kopf im Forum zur Schau gestellt wird?«

»Weil er Euren Stiefvater unter dem falschen Vorwand der Verschwörung hat exekutieren lassen?«

»Das habe ich ihm nicht lange nachgetragen. Auch hat er meiner Mutter große finanzielle Probleme bereitet und sie in den Schmutz gezogen. Aber das ist ebenfalls nicht der Grund.«

»Weil er sich vor dem Senat gegen Euch ausgesprochen hat?«, mutmaßte sie. »Ich hätte ihn exekutieren lassen, wenn er derart abwegige Anschuldigungen gegen mich erhoben hätte.«

»Deshalb zürne ich ihm auch nicht. Das war nur politisches Gerede. Ich wollte, dass sein Leichnam geschmäht wird, weil er nicht aufgehört hat, schlecht von meiner Gemahlin zu sprechen.«

»Eure Loyalität ehrt Euch, werter Imperator«, antwortete sie übertrieben förmlich.

Kleopatra merkte, wie der Mut sie verließ.

Er hatte mit ihr verhandelt, sich mit ihr verbündet, und nun wollte er dieses Kapitel abschließen und sie wegschicken. Er hatte mit ihr gespielt, wie Frauen so oft mit Männern spielen, hatte seinen Charme eingesetzt, um aus den Vereinbarungen als Gewinner hervorzugehen. Doch er hatte offenbar nie die Intention gehabt, ihren tiefer sitzenden persönlichen Hunger zu stillen. Mit einem Mal wurde sie zur Freundin und Verbündeten Roms degradiert, genau wie ihr Vater. Nicht mehr und nicht weniger. Brauchte Antonius in Zukunft Geld aus der ägyptischen Staatsschatulle, benötigte er Soldaten der ägyptischen Armee oder beanspruchte er einen Teil der ägyptischen Kornernte für sich, um seine Männer zu ernähren, wenn sie auf dem Weg nach Parthien durch das Land Kleopatras marschierten, so würde er ihr einfach einen Brief mit seinen Forderungen schicken. Genauso machte er es schließlich auch bei jedem anderen östlichen Potentaten, über den er Macht ausübte.

»Ich fürchte, ich habe sie enttäuscht«, meinte er. »Ihr Brief war ziemlich schroff und sarkastisch. Das Schreiben endete mit den Worten, sie hoffe, ihre Neuigkeiten hinderten mich nicht daran, meine Triumphe auf fremdem Boden zu genießen.«

»Werden sie Euch denn davon abhalten?«, Kleopatra blickte ihm unverwandt in die Augen.

»Nein, Eure Königliche Hoheit, das werden sie nicht. Ehe ich gehe, muss ich jedoch einen weiteren Triumph erzielen.« Er erhob sich, nahm sie wie ein kleines Mädchen in die Arme, hob sie von dem Sofa und drückte sie an sich.

Sie hätte schwören können, dass ihre erstaunte Miene ihn an diesem Abend zum ersten Mal zum Lachen brachte. »Leicht wie eine Feder seid Ihr, Kleopatra. Wenn Ihr mich fragt, schuldet Ihr Euer Gewicht allein Eurem Verstand.«

Sie öffnete den Mund, ohne genau zu wissen, ob sie Antonius für die Art und Weise, wie er mit einer Königin umging, rügen oder ihn auffordern sollte, diskret zu sein, da die Diener sonst alles mitbekamen. Während sie noch überlegte, was sie sagen sollte, drückte er auch schon seine Lippen auf ihre und küsste sie fordernd. Schlagartig vergaß sie die Angst, beobachtet zu werden. Vor dem Morgengrauen würde ohnehin das gesamte Personal Bescheid wissen. Im Leben einer Königin blieb kein Raum für Geheimnisse.

Sie erwiderte seinen Kuss und saugte heftig an seiner Zunge, als könnte sie so ihren Hunger stillen. Genau das tat sie dann auch. Seit Ewigkeiten war sie nicht mehr geküsst worden. Wie ein Kind an der mütterlichen Brust kam sie sich vor, als sie seine

Zunge spielerisch umkreiste und sie mit den Lippen neckend umschloss, während Antonius sie aus ihrem fordernden Mund zog, um sie kurz darauf wieder hineinzuschieben. Sie schlang ihm die Arme fester um den Hals, presste ihren Körper an seinen und konnte den nächsten Schritt kaum erwarten. Jeden Gedanken, alle Verantwortung und Sorgen sollte sein straffer Körper sie vergessen lassen.

Stumm trug Antonius sie die Treppe hinunter in ihr Gemach und bedeckte ihr Gesicht mit Küssen. Als er den Raum betrat, flohen die Kammerdiener wie aufgescheuchte Mäuse und machten sich ganz klein. Er schloss die Tür im Vorbeigehen mit dem Fuß, stellte Kleopatra vor sich auf die Füße, presste sie an die Wand und schob ihr das Gewand hoch. Dabei verschloss er ihr die Lippen mit einem weiteren Kuss und glitt mit den Fingern so tief in sie, dass sie gleich noch mal den Boden unter den Füßen verlor. Mit lustvollem Stöhnen schlang Kleopatra die Beine um ihn und wunderte sich, dass er sie hochheben konnte, obwohl sie sich auf seine Hand setzte. Mit seinen kräftigen Schenkeln hielt er sie gegen die Wand gedrückt, und ehe ihr klar war, was er tat, hatte etwas Größeres, Heißeres, Härteres den Platz seiner Finger übernommen. Als er in sie eindrang, entlud sich ihr Schrei in seinem Mund, und sie war dankbar, dass seine Lippen den Laut dämpften und die neugierigen Ohren draußen vor der Tür ihn nicht hörten.

Antonius befreite sie mit einem Ruck von ihrem Gürtel, dessen Edelsteine abfielen und über den Boden kullerten, zog ihr das Gewand über den Kopf, bis sie bis splitterfasernackt und am ganzen Körper bebend vor ihm stand. Sie hielt sich an seinen Schultern fest, während er in sie eindrang, und meinte, jedes Mal wieder zu sterben, doch der Schmerz war so süß, dass sie gar nicht oft genug sterben konnte.

Furcht mischte sich unter ihre Ekstase. Bald, irgendwann in dieser Nacht, wahrscheinlich schon innerhalb der nächsten Stunde, war das hier vorbei, und sie musste sich erneut dem

Leben mit all seiner Pein und Unsicherheit stellen. Doch in diesem Augenblick war sie nicht Kleopatra, sondern das Gefäß, in das sich die Leidenschaft dieses Mannes ergoss, und auch sie ließ dem Feuer ihrer Lust freien Lauf. Sie konzentrierte sich auf ihr wachsendes Verlangen, biss ihn in den Hals, umarmte ihn noch fester, ließ ihn tiefer und tiefer in sie eindringen wie einen Forscher, der ihr half, die Geheimnisse tief in ihrem Innern zu lüften. Seine Hände lagen unter ihren Pobacken, und er bewegte sie auf und ab, als wäre sie ein Musikinstrument und er der Musiker, der mit ihrer Lust spielte. Zu solcher Hingabe war sie bislang nicht fähig gewesen. Zwar war sie stets das Objekt der Begierde ihrer Liebhaber gewesen, hatte die eigene Lust aber noch nie ganz und gar den Händen eines Mannes überantwortet.

Als Antonius spürte, dass sie ihren Höhepunkt erreichte, trug er sie rasch zum Bett, legte sie wie ein Baby auf die Matratze und streifte sich die Kleider ab. Während er aus den Sandalen schlüpfte, reckte sich ihr sein Phallus entgegen. Wie ein Sternenbild überzogen mehrere gezackte kleine Narben die gebräunte Haut, die sich über seinen Brustkorb spannte. Er hatte einen kleinen Bauchansatz, der darauf schließen ließ, dass er im Alter zur Fettleibigkeit neigen würde, doch jetzt stand er ihm gut und ließ ihn im Gegensatz zu manch einem schmächtigen Knaben maskuliner wirken. Gleich einem Blitz zog sich eine schlecht genähte Narbe über seine linke Brust.

Als er sich zur ihr legte, fuhr sie mit den Fingern darüber.

»Habe ich abbekommen, als ich noch Cäsar gedient habe«, meinte er. Er nahm ihre Finger, führte sie an seinen Mund und saugte vorsichtig daran. »In Gallien gab es leider nur miese Flickschuster.«

»Du hättest einen griechischen Arzt gebraucht«, erwiderte sie lächelnd.

»Die ja so viel besser sind als die römischen?«

»Genau.«

»Ach, Eure Majestät, spielst du schon wieder die Überlegene?« Er zog sie an sich, rollte sich auf sie und drang schnell in sie ein. »Wir müssen wohl wieder Demut beibringen.«

* * * * *

EPHESUS:

Kleopatras zehntes Regierungsjahr

Obwohl Arsinoe keine Ahnung hatte, wohin sie fliehen sollte, war ihr klar, dass sie den Tempelbezirk umgehend verlassen musste. Wie der Hohepriester in Erfahrung bringen konnte, hatte der Imperator höchstpersönlich ihr Todesurteil unterzeichnet. Wenn die Flucht gelingen sollte, musste sie sich verkleiden. Doch wohin konnte sie gehen? Sie stand unter Bewachung, man folgte ihr auf Schritt und Tritt, selbst wenn sie nur in den Tempel wollte, um dort ein Opfer darzubringen. Bestimmt hätten die Römer sich ihren Gebeten angeschlossen, wenn sie gewusst hätten, dass sie Tag für Tag die Göttin anflehte, ihre Schwester, die Hure Roms, dahinscheiden zu lassen.

Die Anweisungen, mit denen Julius Cäsar bestimmt hatte, wie mit ihr umzugehen war, verrieten mehr Anteilnahme, als sie einem Römer zugetraut hätte. Man stellte sie unter Hausarrest, durfte ihr aber kein Haar krümmen. Kein Haar krümmen. Jeder wusste, was das bedeutete, selbst die Soldaten, die ihren Körper gierig beäugten und ihr überallhin folgten. Den Männern war untersagt, die Gefangene zu schänden, was sie selbstredend gern getan hätten. Weshalb Cäsar ihnen dies verboten hatte, war Arsinoe ein Rätsel. Was kümmerte den Imperator ihr Wohlergehen? In Ketten hatte er sie auf seiner widerwärtigen Siegesparade vorgeführt. Doch dabei hatte er sich weitaus mehr erniedrigt als sie. Dessen war sie sich sicher. Die römischen Matronen, die sie regelmäßig im Gefängnis besuchten, waren entsetzt, dass er eine gebildete junge Prinzessin von ausgesuchter Herkunft wie eine Wilde, wie ein Tier vorführen ließ. Selbstverständlich hatte sie alles darangesetzt, diese schwatzhaften Weiber darüber zu informieren, wer für diese Behandlung verantwortlich war. Es war nicht Cäsar. O nein, erklärte sie ihnen, der arme alte Feldherr war von ihrer Schwester verhext worden, die sich in dunklen Nächten, wenn anständige Menschen schliefen, mit Zauberern zusammentat und all jene, die sie zu beherrschen wünschte, mit einem Bann belegte und verzauberte.

Der arme Cäsar war nur eins der vielen Opfer Kleopatras. War er nicht in den letzten Jahren vor seinem Tod extrem dünn und schwach geworden? Hatte er nicht unter einer merkwürdigen, sich ständig verschlimmernden Krankheit gelitten? Entweder hatte Kleopatra dies mit Hilfe ihrer Zauberkünste bewirkt, oder sie hatte sich Cäsars Schwäche zunutze gemacht und ihn manipuliert. Ihren geschätzten verstorbenen Vater hatte sie sein ganzes Leben lang mit ihrer schwarzen Magie hinters Licht geführt. Aller Wahrscheinlichkeit nach hatte sie ihn mit einem Fluch belegt, woran er in Wahrheit auch gestorben war, nachdem er sie zur Königin gemacht hatte. Wussten die Frauen denn nicht, dass Kleopatra auch zwei ihrer Brüder umgebracht hatte?

Arsinoe bereitete es ein wahrhaft diebisches Vergnügen, zu beobachten, wie die Römerinnen, denen Verwandtschaftsverhältnisse über alles gingen, angewidert die Mienen verzogen, sobald sie ihnen neue Geschichten über ihre verbrecherische Schwester erzählte. Was auch immer jetzt mit ihr geschah, zumindest hatte sie die Gewissheit, Kleopatra bei denjenigen, die sie am meisten zu beeindrucken wünschte, nämlich bei den Bürgern ihres geliebten Rom, in Misskredit gebracht zu haben.

Doch nun war Julius Cäsar tot, und der Befehl, Arsinoe kein Haar zu krümmen, war null und nichtig. Gegenwärtig lag ihre Schwester mit diesem selbstgefälligen, ungeschlachten Kerl im Bett, dem Arsinoe in Rom schon einmal begegnet war. Der

Mann bestand aus Fleisch und Größenwahnsinn – aus mehr nicht. Kannte die Hure Kleopatra denn gar keine Grenzen? Sie, Arsinoe, wäre lieber tot, als sich diesem widerlichen Monster mit den Haifischzähnen hinzugeben.

Das hatte sie auch diesem Kretin Helvinius mehr als deutlich gemacht, der entgegen Cäsars Befehl andauernd ihre Brüste anstarrte. Wahrscheinlich fielen ihm bald vor lauter Starren die Augen aus dem Kopf. Einmal, als er glaubte, alle schliefen schon, schlich er sich in ihre Kammer, kroch auf ihr Bett und versuchte, ihr seinen Phallus in den Mund zu schieben, woraufhin sie ihn packte, ihn hochriss und so fest sie konnte in einen seiner Hoden biss. Noch niemals hatte sie jemanden so laut schreien gehört. Binnen Sekunden rauschte der Priester, gefolgt von mehreren römischen Wachen, durch die Tür herein. Sie schafften den sich zusammenkrümmenden Helvinius eilig weg und versetzten ihn auf einen anderen Posten. Dass sie so fest zugebissen hatte, bis sie sein salziges Blut auf der Zunge spürte, bereute sie allerdings. Eine Woche lang war sie nicht in der Lage gewesen, auch nur einen Bissen zu sich zu nehmen, aber wenigstens hatte sie römisches Blut vergossen, was ihr große Genugtuung verschaffte.

Drei kurze Klopfzeichen an der Tür – das war ihr Signal. Arsinoe verhüllte ihren Kopf, sprach ein kurzes Gebet und wickelte sich einen langen Schal um. Sie und ihr treuester Verbündeter, der Hohepriester, wollten sich nachts davonschleichen und mit einem Boot nach Zypern gelangen. Dort wollte der Gouverneur ihnen so lange Unterschlupf gewähren, bis die Römer herausbekamen, wo sie steckten. Was dann kam, wussten nur die Götter. Falls es nötig war, wollte Arsinoe sich als Palastsklavin ausgeben und die Böden des Gouverneurs schrubben, bis die Zeit reif war, sich ein weiteres Mal Unterstützung zu sichern und ihr Königreich zurückzuerobern. Solange ein Römer das Sagen hatte und ihre Schwester ihn beherrschte, konnte sie sich nirgendwo sicher fühlen.

Sie öffnete die Tür. Der Hohepriester befand sich im Gewahrsam zweier römischer Wachen, die sie nie zuvor gesehen hatte. Einer von ihnen war deutlich größer und breiter als der andere. Der Kleinere hatte das Schwert gezogen und sah irgendwie gemeiner aus. Der Priester wagte es nicht, Arsinoe in die Augen zu blicken. Der kleinere Römer packte sie am Arm. »Euer Freund hat Euch im Gegenzug für seine Begnadigung verraten«, verkündete er.

»Das stimmt nicht, Eure Hoheit«, wehrte sich der Hohepriester, wobei er immer noch ihrem Blick auswich. »Wir beide sind zum Tode verurteilt worden.«

»Aber nur einer von Euch wird sterben«, konterte der Römer. »Ist das nicht interessant?«

Er drehte ihr die Arme auf den Rücken, während der stumme Große sie mit einem rauen Seil fesselte.

»Was soll das?«, schrie sie und versuchte, sich loszureißen. Dabei stieß sie gegen den Priester, der zurückzuckte, als hätte sie die Pest. »Was haben die mit mir vor?«, fragte sie ihn, woraufhin er noch weiter zurückwich.

»Da spiele ich nicht mit«, sagte er zu den Wachen und versuchte wegzulaufen, doch der Kleinere packte ihn rasch am Arm und hielt ihn fest.

»Du hängst da mit drin, ob es dir nun passt oder nicht. Du hast dich den Befehlen der römischen Triumvirn widersetzt und dich auf die Seite von Cäsars Mördern geschlagen. Dafür wirst du nun bezahlen.«

Reglos stand der Priester da, sah Arsinoe zum ersten Mal an und rang um Würde. »Eure Hoheit, mir wird die Ehre zuteil, mit Euch zu sterben.«

»Nein, da irrst du dich«, brach nun der größere Römer sein Schweigen. Er sprach, als bedauere er seine Worte. Ob ihm nicht gefiel, was er zu sagen hatte, oder ob er seinen Auftrag nicht mochte, war nicht zu erkennen. »Wir haben den Befehl, dich zu verschonen«, verkündete er langsam und verbittert.

»Jemand, ich weiß nicht wer, hat darum gebeten, dein Leben zu verschonen. Vielleicht hat dich deine Aufgabe im Tempel gerettet.«

»Allerdings wirst du dem Tod derjenigen beiwohnen, die du Königin von Ägypten nennst«, sagte der andere. »Damit du nie vergisst, welche Schuld dir an ihrem Ableben zukommt. Du bist ein heiliger Mann, du hättest ihr bessere Ratschläge erteilen sollen.«

Mit diesen Worten schoben die Römer Arsinoe und den Priester den langen Gang hinunter, wo die Fackeln an den Wänden dunkle Schatten auf den Boden malten. Als sie in die kühle Nachtluft hinaustraten, fiel Arsinoes Schal zu Boden. Sie blieb stehen, sah erst den einen, dann den anderen Römer an und wartete darauf, dass ihn einer aufhob.

»Dort, wo Ihr hingeht, braucht Ihr ihn nicht mehr«, meinte der Kleinere nur.

Der Priester hob den Schal auf und legte ihn um Arsinoes Schultern. »Solltet Ihr heute Nacht sterben, dann als rechtmäßige Königin von Ägypten«, flüsterte er ihr zu. »Und sollte ich tatsächlich überleben, werde ich den Rest meiner Tage darauf verwenden, genau dies der Welt zu verkünden.«

»Die rechtmäßige Königin von Ägypten liegt in den Armen von Marcus Antonius, dem römischen Imperator«, sagte einer der Wachposten. »Wärt Ihr klüger gewesen, könntet Ihr jetzt ihren Platz einnehmen.«

Arsinoe blickte sich um. Weit und breit war niemand zu sehen, nur die Säulen im Tempelbezirk, die bei Tag wunderschön waren, nun aber steinernen Zeugen gleich ihrer Schmähung beiwohnten. Im Angesicht ihres Todes dachte sie an Berenike. Voller Hass, Zorn, ja selbst Mitleid starrte sie diejenigen an, die sie zum Tode verurteilt hatten, und zwar bis zu der Sekunde, da die Klinge ihren Nacken berührte. Arsinoe wollte sich Berenikes würdig erweisen. Sie hatte nicht die Absicht, die Erinnerung an ihre Schwester zu entweihen und diesen Römern zu zeigen, dass sie Angst hatte. Das Leben konnten sie ihr nehmen, ihre Würde nicht.

Arsinoe ging auf den kleineren der beiden Männer zu und starrte ihm in die Augen. »Lieber sterbe ich, als dass ich die Geliebte eines Römers werde.«

Er riss den rechten Arm zurück und wollte sie ins Gesicht schlagen, doch sein Begleiter hielt ihn davon ab. »Befolge die Befehle«, meinte er, drehte Arsinoe um und scheuchte sie vor sich her. »Du zögerst die ganze Angelegenheit nur hinaus.«

Die junge Ägypterin straffte die Schultern und richtete den Blick geradeaus. Am Ende des Hofes, hinter dem Opferstein, wartete ein römischer Centurio. Seine Gesichtszüge konnte Arsinoe zwar nicht genau erkennen, doch sie sah, dass er ein großer Mann war und mit gegrätschten Beinen dastand. Wollte man sie etwa auf demselben Stein hinrichten, auf dem die Römer der Göttin Tiere opferten? Keine Verhandlung, niemand, der ihren Tod bezeugte, nur diese Barbaren und der Priester, der sie verraten hatte? Die Wachen schoben sie aus den Schatten nach vorn. In diesem Augenblick erkannte sie das Gesicht von Helvinius. Mit breitem Lächeln stand er da und zog sein Schwert, das mit seinen geraden weißen Zähnen im Licht der Mondgöttin um die Wette funkelte.

ALEXANDRIA:

Kleopatras zehntes Regierungsjahr

Kleopatra fragte sich, ob ihre Vernunft und ihr Intellekt – wie die Philosophen stets warnten – auf Nimmerwiedersehen in den Wogen der Lust untergingen. »Ich habe mich dir ergeben, werter Imperator«, verriet sie Antonius, »mitsamt meinem Geist, meinem Körper und meinem Königreich.«

»Ebenso wie ich mich dir, Eure Königliche Hoheit«, entgegnete er.

Gerade eben hatten sie sich noch, zum wiederholten Male, in ihrem Bad geliebt. Danach machte sie Anstalten, zu Bett zu gehen, aber Antonius bestellte eine Mahlzeit.

»Um Mitternacht?«, fragte sie staunend.

»Die Zeit muss sich den Begierden eines Mannes unterordnen«, erklärte er. »So funktioniert das nun mal.«

Hoffentlich befolgten die Köche ihre Befehle und hielten Tag und Nacht frische und üppige Mahlzeiten bereit. Der Appetit des Römers war nämlich völlig unberechenbar. Sicher war nur, dass er irgendwann hungrig wurde. Wann, wo und wonach es ihn gelüstete, war stets eine Überraschung. Noch nie war Kleopatra einem Menschen mit solch einer Leidenschaft für die Arbeit und das Leben begegnet. Den größten Teil des Tages verbrachte Antonius mit der Vorbereitung des geplanten Einmarsches in Parthien, wobei ihm seine militärischen Berater halfen. Eine Besprechung nach der anderen führte er mit seinen Kavallerieoffizieren, Waffenspezialisten, Belagerungsstrategen und Kartographen und kümmerte sich noch um das kleinste

Detail selbst, bis die Kriegsmaschinerie endlich in Gang gesetzt war.

Nachmittags ruhte er sich nicht aus, sondern verlangte mit Sport, Vorträgen, Theatervorstellungen, Liebesspielen oder mehreren dieser Dinge gleichzeitig unterhalten zu werden. Vor dem Abendessen traf er sich mit einigen herbeigereisten Würdenträgern und hörte sich ihre Sorgen an. Abends gaben er und Kleopatra ausschweifende Essen für Alexandrias wohlhabendste und interessanteste Bürger und seine römischen Begleiter. Die Alexandriner bewunderten ihn und nannten ihn einen »nachahmungswürdigen Lebemann«, denn er war ein Mann mit grenzenloser Liebe zum Leben, agierte stilvoll und leidenschaftlich und konnte buchstäblich gar nicht anders, als mit dem Bauch und dem Kopf alles zu erfahren, was es zu erfahren gab. In der ganzen Stadt war Antonius hoch geschätzt für seine Großzügigkeit, seinen Sinn für Humor, seine Liebe für alles Griechische und dafür, dass er bei seinen Unternehmungen ihre Königin zur Partnerin machte.

Diejenigen, die seinerzeit miterlebt hatten, wie sich Kleopatras Vater vor den römischen Führern erniedrigt hatte, registrierten erstaunt, dass ihre Königin den Krieg der Römer gegen die Parther nicht nur zum Großteil finanzierte, sondern die Kriegsstrategie ganz offensichtlich mit dem Imperator gemeinsam festlegte. Wenn ihre Gäste sich im Morgengrauen verabschiedeten, holten Antonius und Kleopatra die Pferde aus den Ställen und ritten quer durch die wilde, südlich der Stadt gelegene Landschaft, wie die Königin es vor etlichen Jahren mit dem Wüstenmädchen Mohama getan hatte. Nach dem temporeichen Ausritt schlief Kleopatra ein paar Stunden. Antonius hingegen nahm ein Bad, widmete sich seinen täglichen Pflichten und legte zwischen den einzelnen Aktivitäten immer wieder kurze Ruhepausen ein. Trotz seines rastlosen Naturells döste er gelegentlich auch mal während einer Präsentation ein, was seine Untergebenen durchaus bemerkten.

An diesem Abend dinierten sie in einem der Speisesäle, wo ihr Vater nach dem Abendessen mit seiner Gemahlin des Öfteren eine kleine Mahlzeit mit einer seiner Mätressen einzunehmen pflegte. Antonius lag auf demselben roten, von Auletes heiß geliebten Seidensofa, und Kleopatra ergötzte sich an der Symmetrie der Dinge. Beide Männer hatten sich entschieden, die Macht mit ihr zu teilen, und beide liebten es, in diesem kleinen Saal zu essen und es sich bequem zu machen.

Antonius sah allerdings wesentlich besser aus. Seine hellbraune Haut schimmerte nach dem Bad rosig, sein Gesicht war von den warmen Mahlzeiten und dem ungekühlten, würzigen Wein gerötet. Da er seit Monaten nicht mehr kämpfte und tagtäglich königlich speiste, hatte er ein paar Pfund zugelegt. Dennoch war er in Kleopatras Augen wunderschön. Sie wusste nicht, wieso, aber jedes zusätzliche Pfund steigerte seine maskuline Anziehungskraft. Die Königin schmiegte sich an ihn, lehnte sich an seine Schenkel und wandte ihm das Gesicht zu. Gelegentlich zog er sie nach einem Schluck Wein an sich und küsste sie mit seinen heißen, nach Gewürzen duftenden Lippen.

»Von all den Philosophen – Platonikern, Aristotelikern, Epikuräern und Stoikern –, die ich studiert habe, empfiehlt keiner, dass man sich so vehement seinen Passionen verschreibt, wie wir es derzeit tun«, sagte Kleopatra. Sie leckte sich die eben geküssten Lippen ab, griff nach einem kleinen Fasanenflügel und knabberte daran.

»Nein, das tun sie nicht«, entgegnete Antonius nonchalant. »Ihr Ziel ist es vielmehr, allem zu entsagen, wofür man lebt, dem Essen, dem Trinken und der Freundschaft ebenso wie dem Krieg und der Liebe. Ich habe bei ihnen in Griechenland studiert und kann mit Stolz behaupten, dass man mir meine Begierden nicht auszutreiben vermochte. Ein verschrumpelter alter Sophist drängte mich, ihm meine ›verruchten Gelüste‹ zu beichten und meine Seele, die davon gepeinigt war, zu befreien. ›Ich verspüre nicht den Wunsch, meine Begierden abzulegen‹, sagte ich ihm. ›Ich verehre meine Begierden und sie mich.‹«

»Glaubst du nicht auch, dass Leidenschaften ausgemerzt werden müssen, wenn man vernünftige Entscheidungen treffen will?« Natürlich wollte sie ihn nur herausfordern. Sie schätzte die gemeinsamen Stunden mit Antonius sehr, sie mochte es, mit ihm zu jagen, zu reiten, zu feiern, zu lachen, ihn zu lieben. Seit ihrer Jugend hatte ihr nichts mehr ein solches Vergnügen bereitet. Deshalb war sie auch keineswegs bereit, sich wie die Philosophen zu mäßigen und auf all diese Vergnügungen zu verzichten. Andererseits fragte sie sich durchaus, inwieweit es möglich war, auch in Zukunft dermaßen ausschweifend und rücksichtslos zu leben, kostbare Zeit zu verschwenden und gemachte Erfahrungen nicht zu nutzen.

»Wie gelehrt du klingst, Kleopatra. Das ist sehr erotisch.«

Der lüsterne Blick, den er ihr zuwarf, verriet ihr, dass er seine Worte genauso meinte, wie er sie sagte.

»Flirte nicht mit mir, werter Imperator. Du hast mich heute Abend bereits wie eine gewöhnliche Hure genommen. Mehr Unterhaltung dieser Art bekommst du gewiss nicht mehr.«

Sie warf ihm ein Lächeln zu und empfand große Dankbarkeit, dass ihre Strategie, mit der es ihr gelungen war, ihn nach Alexandria zu locken, aufgegangen war. Das Liebesspiel mit ihm in Tarsus hatte sie vollkommen aus der Bahn geworfen, in einem ihr bis dahin nicht gekannten Ausmaß von ihr Besitz ergriffen. Sie fürchtete, in Gesellschaft dieses Mannes, der mit seiner ungestümen Leidenschaft jeden klaren Gedanken mit Leichtigkeit vertreiben konnte, ihre Selbständigkeit zu verlieren. Sich ihm hinzugeben war berauschend, aber sie wollte sich nicht damit abfinden, sich in die lange Schlange seiner Huren einzureihen. Als Archimedes ihr Liebhaber und das Liebesspiel neu und aufregend gewesen war, hatten sie die gleichen Sorgen geplagt, aber bei Antonius waren sie wesentlich angebrachter als damals. Über Archimedes hatte sie Macht gehabt, über Antonius nicht. Sie durfte nicht zulassen, dass der Römer sie beherrschte. In politischer Hinsicht war sie dem schon gefährlich nahegekommen. Falls sie sich ihm auch in der Liebe ergab, war sie verloren.

An ihrem letzten Abend in Tarsus hatte er darauf bestanden, sie in sein Quartier einzuladen. Er wollte ihr beweisen, dass er ihr ebenbürtig war und ebenfalls königliche Diners ausrichten konnte. Bei ihrem Eintreffen verkündete er dann jedoch, seine Diener seien gezwungen gewesen, ein schlichtes römisches Mahl zuzubereiten, weil Ihre Majestät sämtliche Lebensmittel und Köstlichkeiten in der Region aufgekauft hatte. Sie speisten mit einer kleineren Gruppe als sonst, und nachdem er die wenigen Gäste weggeschickt hatte und Anstalten machte, sie in sein Bett zu tragen, protestierte sie. Eilig gab sie vor, müde zu sein und bald aufbrechen zu müssen, da sie tags darauf die Segel setzen wollten und sie noch einige letzte Vorbereitungen treffen müsste. Falls er den Wunsch verspüre, noch mal das Lager mit ihr zu teilen, laute ihr Vorschlag, dass er zunächst seine Angelegenheiten in Syrien zufriedenstellend regelte und gleich danach nach Alexandria kam. Damals war es ihr gelungen, ihn zu überrumpeln, und ihr wurde auch nicht gemeldet, dass er nach Huren schickte.

Ja, Kleopatra war kein geringes Risiko eingegangen, was sich allerdings bezahlt gemacht hatte. Nun war Antonius hier und stillte seine unersättlichen römischen Gelüste, während er überdachte, was sie über die Dichotomie von philosophischer Vernunft und sinnlicher Leidenschaft verlauten ließ. Er knabberte einen letzten Rest Fleisch vom Knochen, spülte ihn mit einem großen Schluck Wein hinunter und wischte sich mit einer Serviette die Hände ab, ehe er nach den Trauben griff. »Du hast die Zyniker vergessen«, meinte er.

»Ach, die Zyniker. Wie stehst du zur Philosophie der Zyniker, werter Imperator?«

»Offenbar bedeutet mir Geld nicht viel, es sei denn, ich kann andere damit überschütten. Ist das nicht eine der Tugenden, die man nach Ansicht der Zyniker kultivieren sollte?«

»Ja, aber nur, um zu erkennen, dass materielle Dinge keinen Wert darstellen.«

»So sehe ich das auch. Materielle Dinge haben keinen Wert, deshalb macht es auch keinen Unterschied, ob wir sie wegwerfen oder genießen. Läuft es am Ende nicht auf das Gleiche hinaus? Übrigens halte ich mich für einen vorbildlichen Zyniker.«

»Ja, mein Liebster, du bist ein perfekter Vertreter dieser Philosophie. Hat Diogenes nicht behauptet, Herakles sei das Paradebeispiel des perfekten Zynikers? Ein einfacher Soldat, der diszipliniert gelebt und hart trainiert hat?«

»Behaupten die Bürger unserer großartigen Nationen nicht, ich hätte starke Ähnlichkeit mit diesem Gott?« Antonius hob das Gesicht, damit Kleopatra sein Profil bewundern konnte.

»O ja, aber du bist weit davon entfernt, ein einfacher Soldat zu sein, auch wenn du andere mit dieser Rolle zu täuschen suchst. Außerdem – und das sage ich dir nicht gern – war Diogenes wahnsinnig.«

»Das stimmt nicht. Er hat sich einfach nur geweigert, sich irgendwelchen Regeln und Vorschriften zu beugen, weshalb die Menschen, die derlei Dinge verfechten, dachten, er sei wahnsinnig. So läuft das nämlich immer, weißt du? Menschen, die Regeln hochhalten, können Andersdenkende nicht ertragen. Wir jagen ihnen Angst ein.«

»Aber sein Schüler Krates war auf jeden Fall verrückt.«

»Nein, das stimmt auch nicht. Er war ein Hofnarr, ein Darsteller, der mit Hilfe der Komödie Weisheit gelehrt hat.« Antonius schenkte Kleopatra noch einen Kelch Wein ein und hielt ihn ihr an die Lippen. »Hier, trink. Du mäßigst dich zu sehr.«

»Ja, ich mäßige mich in aristotelischem Sinne«, erwiderte sie. »Das ist kein Zufall, sondern Teil meiner Philosophie.«

»Aber unser Krates hätte deine Zurückhaltung nicht gutgeheißen. Er pflegte seine Frau Hipparchia im Freien zu lieben und scherte sich nicht um Zuschauer. Das nenne ich wahre Freiheit – sich nicht von Regeln, Scham oder Zwängen einschränken zu lassen.«

»Was müssen die beiden sich vergnügt haben«, sagte Kleopatra. »Hipparchia, die Aristokratin, schleicht mit ihrem wahnsinnigen, buckligen, philosophierenden Gatten Krates durch die Straßen. Der klopft an die Türen der anständigen Bürger Athens, erteilt ihnen philosophische Ratschläge oder spielt ihnen einfach nur einen Streich. Stell dir nur mal diese Freiheit vor.«

»Die Menschen sind frei, weil sie sich die Freiheit nehmen, Kleopatra. Ich dachte, du wüsstest das.«

»Worin besteht dann der Unterschied zwischen Freiheit und Hedonismus? Zwischen Freiheit und Wahnsinn?«

»Nun ja, er war all das. Ein Hedonist, durchaus. Aber er hat nur seine Leidenschaften ausgelebt, beherrschen ließ er sich von ihnen nicht. Er verschenkte sein und ihr Vermögen, nur um den Menschen zu beweisen, dass Liebe und Schlichtheit alles sind. Genau wie ich, findest du nicht?« Mit angehaltenem Atem und herausgestreckter Brust wartete Antonius auf ihre Zustimmung.

»Das ist doch nicht alles, oder?«, fragte sie. »Unterbreite diese Philosophie mal deinem Senat. Sie werden dich garantiert für verrückt halten.«

»Nein, nein, die Senatoren tun durch die Bank so, als wären sie Stoiker, in Wahrheit leben sie aber wie Sybariten.« Antonius grinste hinterlistig. »Doch wir sind hier nicht in Rom, oder?«

Ehe Kleopatra es sich versah, nahm der Römer sie an der Hand und zog sie quer über den Palasthof, vorbei an den erstaunten Wachen, in die Stallungen. Er stürmte in den Schlafraum der Stallburschen, die tief und fest schliefen, weckte sie auf und verlangte, dass sie hinausgingen. Die Burschen warfen Kleopatra fragende Blicke zu, zogen sich die Nachtgewänder herunter und stoben aus ihren Betten. Die Königin war nicht weniger verwundert. Auch sie hatte nicht die geringste Ahnung, welche absurde Idee Antonius durch den Kopf ging. Er scheuchte die Männer durch die Tür und trieb sie wie Hühner mit wedelnden Armen vor sich her. Als der letzte Knabe verschwunden war, schloss er die Tür, zündete eine Lampe an und forderte die Königin auf, ihre Kleider abzulegen.

»*Hier* nicht«, sagte sie. Jedenfalls nicht mit zehn Stallburschen vor der Tür, die verschlafen aus den Augen blickten. Auch sie kannte ihre Grenzen.

»Nein, nicht das«, beruhigte er sie. Er öffnete die Truhen der Burschen, wühlte ihre Habseligkeiten durch, zog einen kurzen Chiton und einen Umhang mit Kapuze heraus und warf beides der Königin zu. »Zieh das an«, sagte er in einem Ton, als erteile er einem seiner Soldaten einen Befehl. Dann widmete er sich wieder den Truhen, durchsuchte sie erneut und wählte ein paar Kleider in seiner Größe aus. Kleopatra drückte die Sachen an ihren Körper, regte sich aber nicht, bis Antonius nackt und lachend vor ihr stand, ihr die Kleider wegnahm, sie auszog und ihr die sackartige Kluft eines Stallburschen überstreifte.

»Perfekt«, meinte er schließlich und zog ihr die Kapuze über den Kopf.

»Was führst du im Schilde, werter Imperator?«, wollte sie wissen.

»Hipparchia.« Er warf sich einen großen braunen Umhang um, machte einen Buckel und blickte sie – wie sie fand – mit den Augen eines Verrückten an. »Und Krates. Dann wollen wir mal losziehen und unsere Schüler treffen.«

Antonius stand im offenen Wagen. Für eine Herbstnacht war es sehr warm. Sterne funkelten am schwarzen Himmel und bildeten den perfekten Rahmen für sein theatralisches Gehabe. Er trank aus einem Lederschlauch, als der Wagen durch die gepflasterten Straßen polterte, bespritzte die Königin aus Versehen mit Wein und lachte, weil sie die Spritzer sogleich wegwischte und ihn mit strafenden Blicken bedachte. Er gab sich verspielter als ihr siebenjähriger Sohn, der stundenlang über seinen Büchern kauerte und beim Lesen mit der vom Vater ebenso wie von der Mutter vererbten Ernsthaftigkeit die Stirn runzelte. Antonius dagegen, der Sohn, der Cäsars Macht übernommen hatte, führte sich auf wie ein Junge, der die ganze Welt geerbt hatte und sie nun in einen Spielplatz verwandelte.

»Hier anhalten«, befahl er nun dem Wagenlenker, und das Gefährt kam zum Stehen. Antonius sprang heraus und streckte Kleopatra helfend die Arme entgegen. Seine Männer, die ihnen zu Fuß gefolgt waren, holten sie grinsend ein und warteten, welchen Unfug ihr Befehlshaber nun anstellte. Antonius hetzte, immer zwei Marmorstufen auf einmal nehmend, die Treppe hinauf und klopfte forsch an die Tür. Ein Lakai öffnete und wich beim Anblick des großen, ärmlich wirkenden Mannes hastig zurück.

»Sag deinem Herrn, die Philosophie ist an der Tür«, verkündete der Römer theatralisch.

Kleopatra schlug die Hand an die Stirn. »Für deinen Schabernack hast du dir den ernsthaftesten Mann im ganzen Königreich ausgesucht«, meinte sie. »Er wird uns für verrückt halten. Humor ist ihm völlig fremd.«

Hephaestion. Der Erste Minister. Der treue Eunuch, der die Königin ins Exil begleitet, der Leben und Ruf riskiert hatte, um für sie den Thron zu sichern. Der Mann, dessen Motto lautete: *In der Politik muss man kaltblütig Entscheidungen treffen.* Sosehr Kleopatra diesen Mann schätzte und ihm verpflichtet war, glaubte sie doch, dass er zu keiner Tages- und Nachtzeit, in keiner Situation die Beherrschung verlor.

»Ganz genau«, meinte Antonius und drehte sich zu ihr um. »Er ist der Bürger, der am dringendsten der Komik bedarf.« Antonius zog die Kapuze über den Kopf und hüpfte wie ein Buckliger die Stufen hinauf.

Da tauchte Hephaestion an der Tür auf, flankiert von seinen Gästen, dem Hohepriester aus dem Museion und einem wunderschönen jungen Mann von etwa achtzehn Jahren (einem bekannten Athleten, der bereits mehrere Wettbewerbe gewonnen hatte).

Wegen dieses Sportlers brachen nicht wenige Männer einen Streit vom Zaun oder kamen überein, ihn sich zu teilen. Seufzend zog Kleopatra die Kapuze tiefer in die Stirn und hoffte vergeblich, nicht erkannt zu werden. Aber wer sonst würde es wagen, hier mitten in der Nacht betrunken, mit einem philosophischen Diskurs auf den Lippen und in Begleitung der römischen Miliz des Imperators aufzutauchen?

»Erster Minister!«, ertönte Antonius' Stimme. »Der Gott der Heiterkeit hat mir eine ganz besondere Mission übertragen und mich zu Euch geschickt.«

Hephaestion wechselte einen Blick mit seinen Gästen. Ein kaum wahrnehmbares Lächeln umspielte seine Lippen.

»Was ist Sinn und Zweck dieser heiligen Aufgabe?«

»Euch zum Lachen zu bringen.«

Der Priester hob eine Augenbraue, aber Kleopatra entging nicht, wie der Junge ein Lächeln unterdrückte.

»Die Götter haben ein Dekret erlassen, dass es Eurer Philosophie an Humor mangelt, und obschon Ihr der Königin und dem Land trefflich gedient habt, habt Ihr dies ohne Heiterkeit getan. Dies dulden die Götter nicht länger.«

»Warum nicht?«, fragte der Priester. »Die Götter sind nicht dafür bekannt, Witzbolde zu sein.«

»Sie fürchten, die gedrückte Stimmung sei ansteckend und könne sich gar bis auf den Olymp auswirken.«

Hephaestion sah zu Kleopatra hinüber, die mit den Achseln zuckte. Die Römer lachten. Antonius trat vor den Jungen. »Sieh an, du bist der berühmte Diskuswerfer. Ich war bei den Spielen von Ephesus und habe dich siegen gesehen.« Antonius kniff ihm in die Wange, woraufhin der Junge errötete und lachte. »Du darfst nicht bei diesen ernsten alten Männern bleiben. Das bekommt weder deiner Gesundheit noch deinem Humor.

Wenn du morgen aufwachst, wirst du schlechte Laune haben, und deine Hoden werden völlig verschrumpelt sein! Nein, mein Junge, komm lieber mit uns. Zieh mit uns durch die Straßen und verkünde die Botschaft.«

Der Junge warf seinem Gastgeber einen fragenden Blick zu.

»Du darfst gehen«, erlaubte Hephaestion.

»Nein, nein, Ihr alle werdet uns begleiten«, beharrte Antonius. »Kommt schon, holt Eure Umhänge. Hier habt Ihr keine Zukunft. Mitternacht ist längst vorbei, und Ihr seid alle noch nüchtern.« Er warf einen Blick über die Schulter und musterte Kleopatra. »Um den Staat ist es nicht gut bestellt. Da muss dringend Abhilfe geschaffen werden.«

Antonius scheuchte Hephaestion, den Priester, den Jungen und die Königin durch die Straßen und flößte ihnen im Gehen immer wieder Wein ein. Der Erste Minister blickte dabei so mürrisch drein, als hätte er noch nie aus einem Schlauch getrunken. Unbeholfen riss er den Mund auf, damit ja kein Tropfen auf seine makellosen Kleider fiel. Der Priester hingegen ergriff Antonius' Arm und nannte ihn den Neuen Dionysos und einen Mann der Philosophie. Er trank mit ihm, als säßen sie beide an einer wilden Grenze fest und feierten, noch am Leben zu sein. Arm in Arm schlenderten sie zum nächsten Haus, wo der Römer anklopfte und forderte, den Herrn des Hauses zu sprechen.

»Mein Herr, wir sind gekommen, um Euer philosophisches Dilemma zu lösen«, verkündete er, als Cleon, der Finanzminister, mit geschwollenen Augenlidern in der Tür auftauchte.

Der Mann blickte verwirrt in die Runde.

»Ich bitte vielmals um Entschuldigung, Cleon«, sagte Kleopatra. »Der gute Philosoph hier sorgt sich um Euer seelisches Befinden.«

»Wie sieht es aus?«, fragte Antonius. »Was ist? Habt Ihr Eure Zunge verschluckt?«

»Ich stecke in keinem philosophischen Dilemma, mein Herr.

Meiner Seele und meinem Körper ging es vortrefflich, bis Ihr an meine Tür geklopft habt.«

»Lasst es mich mal so ausdrücken. Wird ein Mann mitten in der Nacht aus dem Bett geholt und erhält die Chance, ein paar heitere Stunden zu verbringen, sollte er da allen Ernstes rational entscheiden und auf die Uhrzeit Rücksicht nehmen, zu der er am nächsten Morgen aufstehen muss, oder auf die Pflichten, die ihn am kommenden Tag erwarten?«

»Wer das Geld der Königin zählt, sollte dies stets ausgeschlafen tun«, erwiderte Cleon.

»Ach, das ist doch die Ausrede eines alten Mannes! Wir wollen es mal so formulieren, Cleon: Plötzlich erinnert die Seele sich an etwas. In dem Moment, da er seinem Verführer in die Augen blickt, entsinnt er sich, wie sich – ehe er ein gelehrter Philosoph oder eine wichtige Persönlichkeit wurde – in seiner Jugend das Herz in seiner Brust geregt hat. Bevor er seine Leidenschaft abschüttelte und sich an die Regeln hielt, die ihm Vernunft, Pflicht und Geld diktierten. Lasst uns annehmen, da regt sich auf einmal etwas im Körper. Eine Erinnerung an die verlorene Jugend ergreift Besitz von ihm, und mit einem Mal möchte er bis zum Morgengrauen mit seinen Freunden durch die Straßen ziehen, mit ihnen trinken und lachen. Was sollte so ein Mann tun?«

Cleon riss die Arme hoch. »Was, wenn dieser Mann seiner Regierung verpflichtet ist und am Morgen wichtige Fragen zu klären hat?«

»Lindert vernunftbetontes Handeln menschliches Leid? Lässt der gute, der tugendhafte Mann zu, dass die Pflicht die Flammen der Leidenschaft, der Begierden erstickt?«

»Überlegt Euch die Antwort gut, Cleon!«, rief Kleopatra. »Die hier Anwesenden werden der Königin Meldung erstatten.«

Cleon schlang die ausgestreckten Arme um Antonius. »Das tut er nicht, mein Bruder!« Daraufhin hob der Römer den Finanzminister hoch, warf ihn sich über die Schulter und trug ihn auf die Straße hinaus.

So machten sie stundenlang weiter, schlenderten durch die Straßen im nobelsten, ans Palastviertel grenzenden Stadtbezirk und holten Diplomaten, reiche Händler, Landbesitzer und hohe Beamte aus ihren Häusern, damit sie sich ihnen anschlossen. Antonius stürmte in ihre Küchen, beschlagnahmte ihren Wein, verteilte ihn an seine Männer, gab ihren Dienerinnen einen Klaps aufs Hinterteil, machte sich über ihre Gattinnen lustig und führte die gesamte Truppe von insgesamt dreißig Personen in den Palast. Als er die Küchentüren öffnete, erblickten sie acht Wildschweine, die sich – weil man mit seinem Hunger und seinen Überraschungsgästen gerechnet hatte – gerade am Spieß drehten. Dass Kleopatra vor Stunden einen Boten geschickt und die Köche entsprechend angewiesen hatte, ahnte er nicht.

»Deine Küchen sind verzauberte Orte, wo Feste von magischer Hand vorbereitet werden«, rief er der Königin mit funkelnden Augen zu und ließ den Blick über seine Gäste schweifen. Die saßen noch bei Sonnenaufgang da, lachten, tranken und aßen, als wäre dies die normalste Sache der Welt.

Sie schenkte ihm ein Lächeln und entschied, ihn in diesem Glauben zu lassen.

»Sieh dir doch nur mal deinen Premierminister an, wie er sich ganz ernsthaft und betrunken mit diesem Jungen unterhält. Bilde ich es mir nur ein, oder lächelt er?«

»Selbst er hat genug Wein getrunken, um einmal sein Stirnrunzeln abzulegen.«

»Ja, der Wein lässt ihn an sein Glück glauben. Er ist absolut sicher, dass er diesen Diskuswerfer mit in sein Bett nehmen wird.«

»Siehst du, wozu dein Rezept zur Erlangung von Heiterkeit bei meinen Untertanen geführt hat? Selbst die größten Pessimisten haben sich in Romantiker verwandelt.«

Antonius zupfte eine Haarsträhne aus ihrem Nackenknoten und wickelte sie sich um seinen großen Zeigefinger. »Ich fühle mich hier wirklich heimisch, Eure Majestät. Heimischer als in meinem Land. Wie kommt das?«

»Das liegt daran, dass du in deinem Herzen ein Grieche bist, Liebster. Du bist sogar mehr als ein Grieche. Du bist wie ich, denn du vereinigst alle Nationalitäten in dir. Du liebst das, was in jedem Land, in jedem Volk am besten und schönsten ist.«

»Weißt du, was man in Rom sagt, Kleopatra? Sie behaupten, dein Hof sei dekadent und beschäftige sich konsequent mit allem, was falsch ist. Ich dagegen finde, du beschäftigst dich nur mit den richtigen Dingen. Oder sind die Liebe zum Leben, die Schönheit und die Vergnügungen, die es bereithält, etwa dekadent?«

»Die meisten deiner Landsleute denken so. Doch das Leben ist nicht so einfach, wie sie es gern hätten. Die Ägypter haben alles darangesetzt, die Mysterien des Todes zu entschlüsseln, während die Griechen sich den Mysterien des Lebens verschrieben haben. Für die Römer dagegen gibt es keine Geheimnisse. Sie kennen nur Eroberung und Unterwerfung. Und Geld.«

Antonius lachte. »Du hast den Kern der Sache genau getroffen, Eure Majestät.«

»Du gehörst zu uns, weil du liebst, was wir lieben.«

»Die ganze Welt sollte sich an dem erfreuen, was wir hier genießen. Üppige Mahlzeiten, die mit süßem Wein hinuntergespült werden.«

»Und Poesie, die der Verdauung förderlich ist.«

»Athleten, so beweglich und grazil wie die Götter, und Künstler, welche die Weisheit der Ahnen besingen.«

»Ja, und überall Statuen von unseren ruhmreichen Vorfahren und illustren Göttern.«

»Und schöne, mit Juwelen behängte Frauen, die Seide und feinstes Leinen tragen.«

»O ja, ohne sie würde es deiner Welt an etwas fehlen, nicht wahr?«

Antonius drückte sie an sich. »Ja, Majestät, das wäre eine

ganz arme Welt. Nicht mal die Wogen der großen grünen See können einen Mann, der in einer Welt ohne Frauen lebt, fröhlich stimmen.«

»Verstehst du jetzt, wieso du hier zu Hause bist, werter Imperator? Weil du alles, was du siehst, liebst und weil diese Liebe erwidert wird. So einfach ist das.«

Sein breites Lächeln verwandelte sich in ein zynisches Grinsen. »Für dich, Kleopatra, sind die Dinge immer so einfach, aber ein Römer, der sich in alles Schöne verliebt hat, das die Welt ihm bietet, hat es ganz und gar nicht leicht, fürchte ich.«

ROM:

KLEOPATRAS ELFTES REGIERUNGSJAHR

Julius Cäsar war niemals davor zurückgeschreckt, in einen Krieg zu ziehen, um herauszufinden, wer seine Freunde waren. »Ach, es lohnt die Mühe«, hatte er seinem Ziehsohn mehrfach versichert. »Die meisten Männer tun es ihren Kameraden gern gleich und erweisen dir bei Feierlichkeiten Ehre, oder sie liegen auf einem deiner Sofas und loben und bewundern dich in einem fort, während sie deine Speisen verzehren und deinen Wein trinken. Dennoch wird keiner dem gezogenen Schwert entgegentreten, nur um falsche Loyalität zu demonstrieren.«

Das klinge logisch, erwiderte Octavian.

Krieg sei in vielerlei Hinsicht hilfreich, erklärte sein Onkel ihm daraufhin. Die Loyalität werde auf die Probe gestellt, Geld fließe in Taschen, Krieg vertreibe die Monotonie und bringe das Blut in Wallung.

Viele Jahre später erinnerte Octavian sich an jene Augenblicke, als sein Onkel und Ziehvater in der kurzen Zeit, die ihnen vergönnt gewesen war, seinem Neffen *cum* Sohn die eine oder andere Weisheit mit auf den Weg gegeben hatte.

Octavian gestattete sich einen Moment der Nostalgie und dachte an seinen verstorbenen Wohltäter zurück. Wie schön wäre es gewesen, hätte er heute seiner Hochzeit beiwohnen können. Wie stolz wäre Cäsar auf die listigen Winkelzüge seines Neffen gewesen. Auf der anderen Seite stünde er, Cäsars Erbe, jetzt nicht in diesem großartigen Haus, wäre der Imperator noch am Leben. Auch würde er nicht diese anmutige junge Frau heiraten, die das Blut in seinen Adern kochen ließ. Nein, gewiss ginge er dann noch auf die Militärschule in Griechenland und studierte Kriegsführung, anstatt all die Erkenntnisse in die Tat umzusetzen, die sein Onkel ihm während der wenigen, dafür aber ausführlichen Unterredungen zu vermitteln versucht hatte. Inzwischen war Octavian vierundzwanzig Jahre alt und hatte nicht nur das Vermögen seines Onkels geerbt, sondern auch dessen furchterregende Armee. Davon abgesehen war es ihm gelungen, mit Einfluss, Verschlagenheit und Bestechung dessen Verbündete auf seine Seite zu ziehen.

Octavian war davon überzeugt, dass sein Onkel, der nun ein Gott war und bei den anderen Göttern im Himmel weilte, mit ihm zufrieden war. Er hatte den Rat des Imperators befolgt, einen Krieg geführt und herausgefunden, wer seine wahren Freunde waren. Außerdem hatte er Cäsars Mördern in die Hände gespielt, die sich schlussendlich erhängt hatten. Sein Plan hatte so gut funktioniert, dass er sich ihrer inzwischen entledigen konnte, was er zum Teil auch seiner Mutter zu verdanken hatte. Sie hatte ihm nämlich geraten, mit Antonius ein Bündnis zu schließen.

Sich mit dem Vertrauten seines Onkels zusammenzutun war einfach gewesen. Die Logik der Situation erforderte, dass er sein zartes junges Ego zurückstellte und Antonius in dem Glauben ließ, er hätte aufgrund seines Alters und seiner Erfahrung in der Allianz das Sagen. Octavian hatte selbst Cicero, seinen sogenannten Mentor, manipuliert und für seine Zwecke missbraucht. Dabei war Cicero ein echtes Genie. Wieso sollte er bei dem wichtigtuerischen Antonius nicht dieselbe List anwenden? Diese Rolle konnte er so lange spielen, wie es ihm beliebte.

So kam es, dass er lange und sorgfältig überlegte, ehe er handelte, als Lucius Antonius, der lächerliche Bruder von Antonius, unter der Führung von Fulvia die Waffen gegen ihn erhob. Ob die Römerin den Verstand verloren hatte und ohne den Segen ihres Gemahls handelte oder ob die beiden heimlich miteinander korrespondierten und Fulvia schriftlich Anweisung erhielt, das Bündnis mit Octavian aufzulösen, damit Antonius für nichts geradestehen musste, war noch unklar. Octavian hatte schon ganz offen mit Fulvia gebrochen, mit Feldherrin Fulvia, wie er sie nannte. Mit diesem Schimpfnamen sorgte er dafür, dass niemandem entging, wie lächerlich es war, wenn eine Römerin einer Armee vorstand.

Zudem hatte er ihre weinerliche Tochter Clodia zurückgeschickt, ohne sie auch nur einmal angerührt zu haben. Nicht, dass er sie nicht hätte anrühren wollen, aber ihr ewiges Gewimmer, sie fürchte sich, und ihr stures Beharren, ihre Mutter und ihr Stiefvater hätten sie ihm zum Opfer gebracht, hatten dazu geführt, dass sein Phallus sich nicht regte. Falls die Situation es erforderte, konnte er seine Beweggründe jederzeit einem Mann wie Antonius darlegen, der dafür sicherlich Verständnis aufbrachte.

Es dauerte nicht lange, bis Octavian Scribonia zur Frau nahm. Zwar war sie alt und hässlich, aber sie verfügte über die richtigen politischen Kontakte. Mit zugehaltener Nase schwängerte er sie, und kurz bevor er gegen Fulvia und Lucius in den Krieg zog, gebar sie ihm ein äußerst niedliches Mädchen, das sie auf den Namen Julia taufen ließen. Die Freude Octavians war groß, als er sah, dass die Kleine nach ihm und nicht nach der alten Hexe kam, die sie ausgetragen hatte. Als er das Kind betrachtete, musste er über seine närrischen Ängste lachen, denn er hatte angenommen, die Kleine erblicke mit den Runzeln und den zornigen Augen der Mutter das Licht der Welt. Dabei hatte er völlig vergessen, dass es einer jahrelangen Verbittung bedurft hatte, bis sich diese tiefen Furchen in Scribonias Gesicht gegraben hatten.

Der Anblick Livia Drusillas verbannte Scribonia unwiederbringlich aus seinem Gedächtnis. Die Umstände, unter denen die Werbung und die Heirat stattgefunden hatten, waren höchst ungewöhnlich, doch sie dienten allein dem Zweck, dem Ziel, sie zu bekommen. Zum ersten Mal sah er sie in Perusia, wo er die Verbündeten von Fulvia und Lucius belagerte und aushungerte. Nach dreimonatiger Hungersnot öffneten die Renegaten die Stadttore und gewährten ihm Einlass. Livia war mit ihrem Gatten zusammen, einem von Antonius' ältesten Anhängern, der zu Fulvia und Lucius übergelaufen war. Der Gemahl musste vierzig Jahre älter sein als sie. Kaum hatte Octavian diese Frau mit der makellosen blassen Haut, den ausgeprägten Wangenknochen und den dunkelbraunen Augen, die aus ihrem eingefallenen, vom Hunger gezeichneten Gesicht förmlich herausstachen, erblickt, war ihm klar, dass er sie von dieser fettwanstigen, altväterlichen Gestalt, die sie geheiratet hatte, erlösen und in seine jungen Arme schließen musste.

Livia vereinte in sich alles, was Rom darstellte. Nicht nur die noblen etruskischen Gesichtszüge, sondern auch ihre Haltung und die großgewachsene Gestalt übten eine enorme Anziehungskraft auf ihn aus. Er konnte es zwar nicht genau benennen, aber irgendetwas an ihr erinnerte ihn an Cäsar. Hinter ihrer Schönheit und Weiblichkeit spürte er einen ruhelosen, wachen Verstand, der alles erfasste und sich dennoch jedes Kommentars enthielt. Die junge Frau verfügte über jene Zurückhaltung, die Cäsar jederzeit an den Tag legen konnte, ob inmitten einer Schlacht oder während der zähesten Verhandlungen. Livia trug die gleiche Maske zur Schau, die Cäsar so oft aufgesetzt hatte und die ihm stets von großem Nutzen gewesen war.

All das begriff Octavian, kaum dass er einen Fuß in die Stadt gesetzt hatte und sah, wie ihre dunklen Augen unruhig von einem Punkt zum nächsten wanderten. Er war förmlich darin versunken, und irgendetwas ganz tief in seinem Innern hatte darauf reagiert. Seinen Onkel hatte er viel zu früh verloren, noch ehe er genug von ihm gelernt hatte. Ihm war nicht vergönnt gewesen, Cäsars Verstand in Gänze zu durchdringen. Nicht dass dies irgendjemandem gelungen wäre. Denn wer hatte seinen Onkel schon wirklich gekannt? Falls Cäsar sich nicht getäuscht hatte, war die Königin von Ägypten, die im Bett ebenso wie am Schreibtisch gerade eine Allianz mit Antonius schmiedete, die Einzige, der er sich anvertraut hatte. Andererseits bezweifelte Octavian, dass Cäsar irgendjemandem, geschweige denn einer Ausländerin seine Gedanken wirklich verraten hatte, auch wenn er dies behauptete.

Der Augenblick, in dem Octavian Livia sah, hatte etwas Prophetisches. In den Iden des März hatte er mit seinen Männern das von einem Wall umgebene Perusia betreten – als wäre das allein nicht schon eine Botschaft des Gottes Julius. Kurz darauf winselten die greinenden Feiglinge, diese elenden Verräter, die sich seinen Feinden angeschlossen hatten, ihn um Gnade an. Sie überhäuften ihn mit Lobpreisungen, bewunderten seine Fähigkeiten, beklagten, dass sie ihn wegen seiner Jugend unterschätzt hatten, gestanden ihm mit einem Mal zu, Cäsars geistiger Erbe zu sein, und gelobten ihm Treue bis in den Tod.

Wie würde mein Onkel jetzt wohl reagieren?, fragte er sich und entsann sich der beispiellosen Gnade, die Cäsar stets hatte walten lassen. Sollte er sich an der fast schon selbstverständlichen Großzügigkeit seines Onkels ein Beispiel nehmen und allen erlauben, in ihre Häuser zurückzukehren? In ganz Italien würde man über seine Nachsichtigkeit sprechen! Aber dann erinnerte er sich an das, was er selbst so dringend brauchte. Cäsars Soldaten waren immer noch nicht für den Krieg gegen Pompejus und die Republikaner entlohnt worden. Im gegenwärtigen Konflikt hatten sie zu Octavian gehalten, denn er hatte ihnen versprochen, sie nicht nur mit Geld, sondern auch mit Ländereien zu entschädigen. Octavian hatte große Mühen auf sich genommen, wenigstens ein paar der Soldaten zu beschwichtigen, doch der größte Teil stand immer noch mit ausgestreckten Händen da und wartete. Woher sollte er das ihnen versprochene Land nehmen?

Octavian musterte die Gesichter seiner Feinde, dieser einst dickleibigen Römer, die in Italien einem üppigen Lebensstil gefrönt hatten. Ihre inzwischen tief in den Höhlen liegenden Augen beschworen ihn zu glauben, dass sie ihn nicht noch mal hintergehen würden. Als er ihre Gesichter betrachtete und sich fragte, ob sie es ernst meinten oder ihn erneut hinters Licht führten, überlegte er, wie viele Hunderttausende Morgen Land sie wohl zusammen besaßen und wie leicht sich diese Ländereien unter den Tausenden von Soldaten aufteilen ließen. Dann kalkulierte er, wie lange es dauern mochte, bis die zornigen und müden Soldaten sich gegen ihn wandten, sollte Antonius sich irgendwann entschließen, aus Kleopatras Bett zu kriechen und nach Italien zu kommen, um die Niederlage seiner Frau und seines Bruders zu rächen. Falls der neue Imperator heimkehrte, würden dieselben Männer, die nun um Gnade winselten, ihn innerhalb von einer Sekunde verraten.

All dies ging Octavian durch den Kopf, als er zu seinen Feinden sprach: »Solltet Ihr bereit sein, mir Treue bis in den Tod zu schwören, haltet Ihr sogar Euer Wort, denn Ihr alle werdet auf der Stelle sterben.« Dann wandte er sich ab, um nicht in ihre angstverzerrten Mienen blicken zu müssen.

Ach, Cäsar hätte gewiss nicht so entschieden, aber was hatte seine Mildtätigkeit ihm gebracht? Zwanzig Dolchstiche ins weiche, nachgiebige Fleisch, zwanzig Dolchstiche von jenen Männern, denen seine Gnade zuteilgeworden war. Außerdem konnte Cäsar es sich weitaus eher als Octavian leisten, Gnade vor Recht ergehen zu lassen. Schließlich war der Diktator nie in der Position gewesen, sich dem Zorn von Antonius stellen zu müssen.

Octavian befahl seinen Männern, die Gefangenen zum Opferaltar zu bringen. Dort hielt er eine kurze Rede über den Gott Julius, ließ sich über all jene aus, die ihre Waffen gegen dessen rechtmäßigen Erben erhoben hatten, und behauptete, sie hätten ihn in gewisser Hinsicht ein weiteres Mal ermordet. Auch verkündete er, sie würden an Cäsars Todestag geopfert, um ihn versöhnlich zu stimmen.

Anschließend befahl er seinen fassungslosen Männern, dreihundert ihrer römischen Landsleute, allesamt Senatoren und Aristokraten, gleich hier und jetzt dem Gott Julius Cäsar zu opfern. Viele der Soldaten hatten unter Cäsar gedient und wollten protestieren, doch manch einer hatte schon denselben Schluss wie Octavian gezogen: Jeder dieser Männer besaß große Landparzellen, die nach ihrem Tod an den Staat und somit an die übrigen Soldaten fielen.

Diese Einsicht wirkte durchaus motivierend auf die Legionäre, und die Zeremonie nahm ihren Lauf. Unbewaffnet und vom Hunger so sehr geschwächt, dass sie sich nicht wehren konnten, versuchten ein paar Männer zu fliehen. Die meisten von ihnen schrien ihn an und verfluchten ihn in der Stunde ihres Todes, was Octavian nicht im Geringsten kümmerte. Sobald er in die Augen von Livia Drusilla blickte, verstummte der Lärm, und er hörte nur noch das Pochen seines Herzens. Sie erwiderte seinen Blick ohne Wut oder Bitterkeit, ohne sich ein Urteil über ihn zu erlauben, obwohl ihr Mann zum Kreis der Verurteilten gehörte.

Octavian ahnte nicht, was sich hinter diesen Augen verbarg, wusste jedoch, dass er es herausfinden und – was auch immer es war – besitzen musste. Unbeschreiblich, was ihr Blick bewirkte, und trotzdem war er sich darüber im Klaren, dass er schnell handeln, sofort zugreifen musste. Als das Todesurteil verkündet wurde, stand sie neben ihrem Gemahl, der mit geschlossenen Augen sein Schicksal annahm. Wie ein Wächter, der einen Angriff abwehrt, streckte sie einen dünnen, langen Arm aus und legte die geöffnete Hand auf seine Brust. Hinter ihr stand die Gouvernante mit ihrem kleinen Sohn auf dem Arm, die sich an das Kind klammerte und Tränen über den bevorstehenden Tod des Vaters vergoss. Livia zeigte keine einzige Regung. Sie stand einfach nur da, den ausgestreckten Arm auf der Brust ihres Gatten. Entweder untersagte die Geste ihm, sich zu bewegen, oder den Soldaten, sich ihm zu nähern. In diesem Augenblick kam sie Octavian jedenfalls wie eine Göttin oder zumindest wie ein von den Göttinnen inspiriertes Wesen vor. Niemals wäre es einer Sterblichen gelungen, seinen Willen zum Sklaven ihrer Augen zu machen.

Wie von ihrem Blick verzaubert, ging er auf sie zu. »Ihr dürft Eurer Anführerin nach Griechenland folgen«, sagte er. Dorthin war Fulvia nämlich geflohen, als sie einsah, dass ihr Ringen um die Macht erfolglos war. »Ihr könnt Eure Familie mitnehmen, müsst aber innerhalb eines Monats nach Rom zurückkehren oder einen hohen Preis zahlen.«

Die junge Frau sagte nichts, sondern kniff zum Schutz vor der Sonne, die Octavian von hinten anstrahlte, die Augen zusammen. Ihr Mann, Tiberius Nero, schwieg ebenfalls, vielleicht aus Verwunderung darüber, dass man ihm dieses Privileg einräumte. Doch da er ein reicher Mann war, bildete er sich wahrscheinlich ein, es habe etwas mit seinem Vermögen zu tun. Allein die Gouvernante bedankte sich wimmernd bei Octavian und den Göttern, hob das Baby gen Himmel und rief den Knaben zum gesegnetsten aller Kinder aus.

»Habt Ihr mich verstanden?«, fragte er Livia. Sie ließ ihren Arm, diese Barriere zwischen ihrem Mann und Octavian, nicht sinken und auch kein Wort des Dankes verlauten.

»Ja, das habe ich«, erwiderte sie.

Dabei hatte sie ihn eben nicht richtig verstanden, denn als Octavian in Rom seine Forderungen erneut stellte, reagierte sie erstaunt. Dabei war doch alles so einfach. Sie musste sich umgehend von Tiberius scheiden lassen und ihn heiraten. In aller Heimlichkeit hatte Octavian sich bereits von Scribonia getrennt und seine Anhänger im Senat davon überzeugt, den gesamten Prozess zu beschleunigen. Also hoben sie die Frist auf, die vor einer erneuten Heirat verstreichen musste. Eine ganz einfache Sache, erklärte er Tiberius und Livia, und wohl kaum ein hoher Preis für ihr Überleben.

»Aber sie ist von mir schwanger«, wandte Tiberius ein.

»Das habe ich ebenfalls bedacht«, meinte Octavian. »Falls es ein Junge wird, werde ich ihn Euch schicken, damit er bei Euch aufwachsen kann.«

»Ich weiß nicht, was ich sagen soll«, gestand Tiberius.

»Das Todesurteil wurde nicht bedingungslos ausgesetzt«, erwiderte Octavian. »Nur weil wir jetzt in Rom sind, heißt das nicht, dass es nicht vollstreckt wird. Wir haben einen Handel geschlossen, falls Ihr Euch erinnert.«

»*Ich* erinnere mich«, antwortete Livia. »Garantiert Ihr mir die Sicherheit meiner Kinder und ihnen das Recht, den Namen ihres Vaters zu tragen und in seinem Hause aufzuwachsen?«

»Das tue ich, Verehrteste«, versprach Octavian. »Gern sogar. Ich gebe Euch mein Wort und schwöre beim Gott Julius Cäsar.«

»Dann trefft unverzüglich alle Vorbereitungen für unsere Vermählung. Wir werden uns hier im Haus meines Gatten und mit seinem Segen trauen lassen.«

Tiberius zitterte und zuckte, erhob jedoch keine Einwände. Livias Worte erwärmten Octavians Herz, versetzten es – um bei der Wahrheit zu bleiben – gar in helle Aufregung. Andererseits gab er sich nicht der Illusion hin, dass die junge Frau sie im Geist der Liebe gesprochen hatte. In diesem Augenblick war sie mehr Feldherrin, als Fulvia es jemals gewesen war, denn Letztere ließ sich trotz ihrer berechnenden und geschickten Vorgehensweise von Gefühlen hinreißen. In Livias Worten schwangen keine Emotionen mit, sie besiegelten lediglich ein Geschäft. Ob die junge Römerin diese Vereinbarung aus Furcht, Pflichtgefühl oder Ehrgeiz einging, konnte er nicht sagen.

Nun saß Octavians Braut wie versteinert und mit deutlich sichtbarem Bauch neben ihm. Hin und wieder schaute sie in seine Richtung und schenkte ihm ein vages Lächeln, das unecht und freudlos wirkte. Obschon sie im sechsten Monat war, verlor niemand ein Wort über ihren Zustand. Im Gegenteil – die Heirat fand zwar unter besonderen Umständen statt, aber alle aßen, tranken und feierten vergnügt die Verbindung, selbst Tiberius, der Vater des Wesens, das in ihrem Bauch heranwuchs. Octavian würde tun, was richtig war. Nach der Geburt wollte er das Kind, vor allem wenn es ein Sohn war, wie angekündigt zum Vater schicken. Ein Mädchen dagegen fiele Tiberius womöglich zur Last und könnte seiner kleinen Julia eine Gefährtin sein.

Gut möglich, dass die Menschen hinter Octavians Rücken tuschelten. Den einzigen Schnitzer auf der Hochzeit machte ein zehnjähriger Diener, ganz in Weiß gekleidet und mit rotgeschminkten Bäckchen, wie Cupido. Er informierte Livia darüber, dass sie neben dem falschen Gatten saß. Sein Scherz erheiterte zwar den einen oder anderen Gast, doch Octavian gab nichts weiter darauf. Wie er die Lage zu seinen Gunsten manipuliert hatte, erfüllte ihn mit großem Stolz. Seinem Onkel wäre es gewiss nicht anders ergangen. Immerhin hatte Cäsar höchstpersönlich und voller Schadenfreude von den geheimen Plänen erzählt, die er zusammen mit seinem Kameraden Clodius ausgeheckt hatte und die gegen das Gesetz, die Verfassung und sogar gegen die Natur verstießen.

Vor lauter Zufriedenheit und Vergnügen kam Octavian ein Seufzer über die Lippen. Die Frau seiner Wahl saß an seiner Seite, und sie würde sicher bald lernen, ihn zu lieben. Cäsars Armee stand hinter ihm. Die Feldherrin Fulvia war längst in Griechenland, was diesem militärischen Genie Marcus Agrippa zu verdanken war, einem der beiden jungen Männer, die Cäsar persönlich ausgesucht und zu Octavians Beratern auserwählt hatte. Seine Feinde waren ausgemerzt, ihr Tod war eindeutig ihm zuzuschreiben. Das einzige Problem, das noch immer einer Lösung harrte, war Antonius. Konnte Octavian sich auf eine Konfrontation mit seinem Rivalen einlassen? Was würde Antonius tun, wenn er erfuhr, dass Fulvia in seinem Namen einen Krieg angezettelt und das Bündnis mit Octavian ohne die Zustimmung ihres Gemahls aufgelöst hatte? Das behaupteten jedenfalls alle.

Wusste Antonius tatsächlich nichts über Fulvias Taten, oder sanktionierte er diese von Kleopatras Bett aus? War Fulvia so ehrgeizig, dass sie für ihren Gemahl in den Krieg zog, während er sich mit einer anderen Frau vergnügte? Mit einer Frau, die erst dann Ruhe gab, wenn sie seine Partnerin – seine Herrscherin – in Roms östlichem Imperium war? Vielleicht hatten sie heimlich eine Abmachung getroffen: Fulvia sollte Octavian besiegen, sodass Antonius in Rom beim Zugriff auf die absolute Macht kein Hindernis zu überwinden hatte, während Kleopatra ihn mit allem ausstattete, was er brauchte, um die Länder im Osten zu beherrschen. Übte Antonius eine derart große Anziehungskraft auf Frauen aus, dass sowohl Fulvia als auch Kleopatra ihm jeden Wunsch von den Augen ablasen?

Diesen Gedanken schob Octavian sofort beiseite. Er wollte einfach nicht glauben, dass sein Rivale so außergewöhnlich war. Wie auch immer – nahm Antonius allen Ernstes an, er könnte sich gleichzeitig mit dem von Cäsar ernannten Erben und der Frau verbünden, die behauptete, die Mutter von Cäsars einzig wahrem Sohn zu sein? Der nächste Schritt des Imperators würde diese Frage zweifelsohne beantworten. Dass Cäsars Armee gegen Antonius, der sie schon mehr als einmal in die Schlacht geführt hatte, die Waffen erhob, war eher unwahrscheinlich. Nein, er musste eine andere Möglichkeit finden, mit der er Antonius schachmatt setzte. Einen konkreten Plan hatte er noch nicht parat, war sich aber sicher, in Kürze einen Weg zu finden.

Dann fiel ihm ein, dass er nicht allein war. Er erinnerte sich an die Gelassenheit, mit der Livia Drusilla die Einwände ihres Gatten ignoriert und eingewilligt hatte, ihn zu heiraten. Er dachte daran, wie sie kaum merklich, aber nachdrücklich alle Fragen dazu vom Tisch gefegt hatte, als hätte sie sich das alles ausgedacht. Eines Tages würde er sie bitten, ihm zu erzählen, welche Gedanken sie veranlasst hatten, diese Entscheidung zu treffen. Eines Tages, aber nicht an diesem Abend. An diesem Abend würde er die Ehe mit ihr vollziehen und danach mit seiner neuen Gemahlin über Antonius sprechen, um in Erfahrung zu bringen, welche Gedanken sich hinter dieser schönen, unglaublich glatten Stirn verbargen.

ALEXANDRIA:

Kleopatras zwanzigstes Regierungsjahr

An diesem Morgen blendet das Licht stärker als sonst und malt einen grellen weißen Fleck auf ihren Schreibtisch. Kleopatra hält eine billige, eilig auf der Töpferscheibe gefertigte, bemalte Vase in der Hand. Auf Octavians Geheiß hin werden diese Behältnisse massenhaft hergestellt und für einen lächerlich geringen Betrag feilgeboten. So kann sich jeder diesen Gegenstand leisten, der sie verhöhnt. Das Bildnis auf der Vase hat nur wenig Ähnlichkeit mit ihr. Die riesige, ungeschlachte Gestalt verspottet mit ihrer Größe und Macht den Gott Herakles. Sie hat ihm Stock und Prügel entrissen, die sie nun besitzergreifend umklammert. In der anderen Hand hält die alte Vettel einen Weinkelch, den sie dem gedemütigten Gott entgegenstreckt, damit er ihr nachschenkt. Herakles, der die Züge von Antonius trägt, kauert vor seiner Herrin. Die Botschaft ist eindeutig: Kleopatra hat Antonius seiner Männlichkeit beraubt und sich seine Macht einverleibt.

Gibt es irgendetwas, was sie den derzeit auf der ganzen Welt kursierenden Lügen entgegensetzen kann? In ihrem Königreich ist sie nach wie vor Kleopatra VII. Theas Philopater, Neos Isis, die vaterliebende Königin von Königen, die Inkarnation unserer Göttin auf Erden und Pharaonin der beiden Reiche Ägyptens. Ihre Kinder dagegen kennen sie nur unter einer Bezeichnung: Mutter. In ihrer Blütezeit rief man ihren königlichen Namen und nannte sie Königin der Söhne, die Könige sind. Für die Wohltaten, die sie dem Volk, über das sie herrschte, angediehen ließ, verlieh man ihr gar den Titel Retterin. Auch ihre Vorfahren wa-

ren damit geehrt worden. Doch nun hat dieser Schurke in Rom ihr andere Namen gegeben: Monster, Hure, Verführerin, Roms Todfeindin.

Sie fragt sich, welches Bild sich wohl dauerhaft halten wird. Der Sukkubus auf der Vase? Die Frau, die den leibhaftigen Herakles vernichtete? Das Monster, das Octavian geschaffen und den Menschen zum Fraß vorgeworfen hat? Nach ihrem Tod wird sie in den Schatten der Unterwelt als Erstes Cäsar wegen der Wahl seines Erben zur Rede stellen. Er muss sich erklären, sonst wird ihre Seele niemals Ruhe finden.

Sie bringt die Vase dem gestürzten Titanen, der allein dasitzt und auf das Meer hinausblickt, das er in fröhlichen Zeiten wie die Einheimischen das »Große Grün« nannte. Sie zeigt ihm das Gefäß und beobachtet aufmerksam sein Gesicht, als er es in die großen Hände nimmt, anstarrt und schließlich etwas weiter weghält, um es besser betrachten zu können. Sie hofft inständig, dass sich ein Gespräch zwischen ihnen entspinnt, dass Octavians Hinterhältigkeit und dieser Angriff auf seine Männlichkeit seinen Zorn entfachen. Stattdessen lacht er. »Kommt uns beiden sehr nah«, sagt er und wendet sich ab.

Sie ist erstaunt. Schweigt. Das liegt nicht an seiner Reaktion – denn er dreht ihr nicht zum ersten Mal den Rücken zu.

Wie ein Eindringling bei Nacht taucht die Erinnerung auf, und sie ist zu schwach, um sich dagegen zu wappnen. Jahrelang hat sie diese dunkle Phase in ihrem Leben verdrängt, jene Zeit in ihrem von Konflikten, Herausforderungen und Unglück geprägten Leben, als sie jede Hoffnung verloren hatte. Seit Ewigkeiten gestattet sie es sich nicht, an jene Zeit zu denken, an all die Jahre, in denen sie ohne Antonius durchhalten musste. Seit langem redet sie sich ein, dass damals seine Loyalität gegenüber Rom am stärksten war, dass er ihre Liebe und ihre Ambitionen opferte, weil dies – wie er glaubte – der Welt Frieden brachte. Sie rief sich auch ins Bewusstsein, dass sie ebenfalls mehr als einmal der Liebe den Vorzug gegeben hatte. So dachte sie nur kurz daran, wie schrecklich Octavian

Antonius hinters Licht geführt hatte, und schon vergaß sie, dass der Imperator sie betrog.

Doch jetzt, da Antonius sie wieder links liegenlässt, kehren all die Erinnerungen zurück. Sie fühlt den heißen Rausch der Liebe, den sie in jenem ersten Winter immer dann spürte, wenn Antonius in ihr war. Sie weiß noch genau, dass Antonius damals keine Nachricht aus Rom bekam, weil die artesischen Winde die Postzustellung unmöglich machten, wie ihre Liebe blühte, da Rom und seine Probleme so fern waren. Auch entsinnt sie sich ihrer Enttäuschung, als das Wetter sich besserte und sie erfuhren, dass die Parther mehrere römische Provinzen angegriffen und einen römischen Statthalter ermordet hatten. Und sie muss an die Trauer und an die Hoffnung denken, die in ihr aufkeimte, als Antonius mit seiner Armee in See stach und sie ihm die freudige Nachricht ins Ohr flüsterte, dass sie wieder schwanger war. Sie weiß noch ganz genau, wie er sie in seine mächtigen Arme schloss und ihr zuflüsterte, dass der Sohn Cäsars nun den Sohn des Antonius zum Spielgefährten bekam.

Sie sieht noch immer seinen breiten Rücken vor sich, denselben Rücken, den sie jetzt anstarrt, als er sich mit einem beträchtlichen Teil ihres Vermögens, ihren Armeepferden und ägyptischem Getreide auf den Weg machte und es ihr überließ, Schiffe zur Verstärkung seiner Marine zu bauen und für die letzte Schlacht gegen die Parther Söldner aus den umliegenden Territorien anzuheuern.

Dann änderte sich schlagartig alles. Ein einziger Brief genügte, nur ein kurzer Augenblick, und wieder einmal war alles, wofür Kleopatra gekämpft, woran sie geglaubt hatte, auf immer dahin. Irgendwo in Tyre erhielt Antonius die niederschmetternde Nachricht von Fulvias Aufbegehren: Da sie Octavians zunehmenden Einfluss in Rom fürchteten und sahen, wie er gegen das mit Antonius und Lepidus geschlossene Abkommen verstieß, zogen Fulvia und sein Bruder gegen Octavians Streitkräfte in einen blutigen Krieg.

Fulvia. Wie viel Mut braucht es, so zu handeln? Liebte sie Antonius so sehr, dass sie bereit war, ihr Leben für ihn zu geben? Oder vertraute sie so sehr auf die Beliebtheit ihres Gemahls, auf die

Männer, die er ihr unterstellt hatte, und auf ihre eigenen Fähigkeiten, eine Armee zu führen? Doch die vielen Hundert Senatoren und Staatsmänner, die Rom verlassen und sich Fulvias Sache angeschlossen hatten, wurden auf einem Opferaltar geschlachtet, auf dem normalerweise Tiere den Tod fanden. So hatte Octavian in Cäsars Namen gehandelt. Im Namen des Imperators, der für seine außergewöhnliche Milde bekannt war. Sollte es im dunklen Reich des Hades so etwas wie Gerechtigkeit und Vergeltung geben, wird Cäsar womöglich Rache an seinem Erben üben, der seinen Namen missbraucht hat.

Nachdem Perugia gefallen war, floh die hungerleidende Fulvia nach Griechenland. Als Antonius davon erfuhr, machte er sich sofort auf den Weg nach Athen, um sie dort zu treffen. Er fand eine gebrochene Frau vor. Hunger, Niederlagen und der Tod, den Octavians dämonische Hände über ihre Freunde und Anhänger gebracht hatten, hatten ihre Gesundheit stark beeinträchtigt. Antonius rügte sie sehr für ihre Mühen, und da sie derart geschwächt war, konnte sie sich nicht rechtfertigen.

Wie oft hat Kleopatra Antonius seit damals seine Reaktion auf Fulvias Engagement schon vorgeworfen? Wie oft hat sie ihm klarzumachen versucht, dass die Tat seiner Gemahlin von ihrer Weitsicht zeugte? Sie musste gewusst haben, dass Octavian niemals den mit Antonius ausgehandelten Frieden einhalten würde, sondern alles daransetzte, ihn in die Knie zu zwingen, ehe sein Einfluss wuchs.

Plötzlich merkt Kleopatra, dass ihr schwindelig wird. Bis heute hat sie es sich nicht erlaubt, zu glauben, sie könnte einmal dieselbe Erfahrung wie Fulvia machen, doch nun lässt sich dieser Vergleich nicht mehr von der Hand weisen. Wie eine Zecke setzt er sich in ihrem Kopf fest. Sie darf gar nicht erst über die Möglichkeit nachdenken, dass die Geschichte sich wiederholt, wie das so oft der Fall ist. Nein, das darf einfach nicht sein. Ihr bleibt keine Zeit, über derlei Dinge zu sinnieren. Kleopatra schließt die Augen, reißt sich zusammen und zwingt sich weiterzumachen.

Was geschah danach? Antonius verließ seine trauernde Frau und eilte nach Italien, um sich selbst ein Bild von der Situation zu machen. In Brundisium musste er feststellen, dass er zur Persona non grata geworden war, was er Octavians Einfluss zu verdanken hatte. So erteilten ihm die örtlichen Staatsdiener nicht die Erlaubnis, im Hafen vor Anker zu gehen, woraufhin er zusammen mit seinen Männern ganz in der Nähe von Bord ging und wartete. Bald darauf tauchte Octavian auf und schlug unweit von ihm sein Lager auf.

Antonius war bereit, jederzeit zuzuschlagen. Ach, wieso hatte er das nur nicht getan? Fatalerweise wollten die Soldaten, die schon unter beiden Befehlshabern gedient hatten, nicht wählen und zwangen deshalb ihre Feldherrn, das Bündnis zu erneuern. Zum Beweis, wie ernst es ihm war, stellte Octavian Antonius zwanzigtausend Mann für den Krieg gegen die Parther zur Verfügung und begnadigte darüber hinaus sogar noch Fulvia. Aber ehe Octavian seine Versprechen in die Tat umsetzen konnte, kam aus Griechenland die Nachricht, dass die Römerin gestorben war.

Noch ehe Fulvias Leichnam erkaltet, geschweige denn verbrannt war, machte Octavian einen Vorschlag, der Kleopatra mitten ins Herz traf – wie die Dolche, die Cäsar getötet hatten. Zum Beweis, dass auch Antonius hinter dem neuen Bündnis stand, sollte er Octavians Schwester Octavia heiraten. Der Römer, der um jeden Preis Frieden wollte, akzeptierte den Vorschlag auf der Stelle und gab Octavian damit die Möglichkeit, ihm eine äußerst treue Spionin ins Bett zu legen.

Doch was war mit Kleopatra, die Antonius' militärische Anstrengungen unterstützt hatte? Was war mit der Frau, mit der er weitreichende Pläne geschmiedet hatte, die laut seines Schwurs für seine Ziele und Wünsche von allergrößter Bedeutung waren? Was war mit Kleopatra, die ihm gerade eben erst Zwillinge geschenkt hatte? Die ihn über alle Maßen liebte? Ihre Briefe beantwortete er schon seit einer Weile nicht mehr.

Nun schwelgt Kleopatra in dem Elend, das sie über Jahre zu vergessen suchte. Sie erinnert sich, dass sie aus der Ferne verfolgte, wie Octavia sich ihren Platz im Leben von Antonius eroberte. Dass sie zur Göttin betete, Octavia möge eine Frau vom Schlage Calpurnias sein, die ein Mann nur aus politischen Gründen heiratete, sie möge eine stumme Maus sein, eine römische Hausfrau, die Wolle spann, zu Hause blieb und Hesta anbetete, während ihr Gemahl durch die Welt streifte und seinen Feinden auf der Nase herumtanzte. Doch so sollte es nicht kommen. Antonius verliebte sich in Octavia, obgleich er es leugnete, immer noch leugnet. Er nahm sie mit nach Athen und verehrte sie als Athene, als jene Göttin, die über die Stadt herrschte.

Die Erinnerung schmettert Kleopatra noch immer nieder. Genauso schmerzlich war es, als sie erfuhr, dass Antonius seine römische Frau nach Griechenland brachte, um den Völkern im Osten und Westen gleichermaßen zu demonstrieren, dass er zugunsten der züchtigen Athene auf die Allianz mit Aphrodite, der Göttin der Liebe, verzichtete. Den Römern gefiel diese Vorstellung mehr als gut. Sie sind, was ihre Neigungen anbelangt, zwar barbarisch und roh, gleichwohl gefällt es ihnen, sich nach außen hin so züchtig und zurückhaltend wie Athene zu geben. Kriegsgöttin, Enthaltsamkeit, Geburt. Gibt es für eine römische Matrone ein besseres Vorbild? Wie oft hat Antonius später geschworen, das alles sei nur Theater gewesen? Und wie sehr war Kleopatra entgegen ihrer Intuition geneigt, ihm zu glauben? Obwohl die Tatsachen das Gegenteil bewiesen: Münzen mit Octavias Antlitz wurden herausgegeben, Münzen mit dem jungen Paar als Athene und Dionysos, die Antonius' Beziehung zu Kleopatra verspotteten. In Griechenland veranstalteten er und Octavia Spiele, für die sie überall großes Lob erhielten. Schließlich der stichhaltigste Beweis von allen: Schnell, sehr schnell wurde Octavia schwanger, und die Welt brach in Jubel aus. Der Dichter Virgil schrieb gar einen Vers darüber, der um die Welt ging. Entweder würde das Kind von Antonius und Octavia oder das Kind von Octavian und Scribonia der neue Messias werden, der Begründer einer goldenen, von Frieden und Freude geprägten Ära. Unglücklicherweise hatte Octavian sich längst von Scribonia getrennt und trieb inzwischen seine Spielchen mit dem Ziel, Livia ihrem Mann zu stehlen, als das Gedicht sich verbreitete. Doch die Römer wollten unbedingt einen eigenen neuen Messias haben, denn das goldene Kind, das am ehesten den Prophezeiungen gerecht wurde, war Caesarion, der Sohn von Kleopatra und Cäsar.

Wie ein Schleier fällt der lange verdrängte Kummer auf sie herab. Der Astrologe, den sie dem Kreis von Antonius zuführte, versuchte mehrfach, sie mit der Behauptung zu trösten, das Kind sei nicht aus Antonius' Samen hervorgegangen, sondern auf Octavias Magie zurückzuführen. Sie weiß noch genau, wie sie ihn anlächelte, wohl wissend, dass er ihr gerade eine Lüge auftischte. Sie kannte die leidenschaftliche Natur des Imperators und glaubte nicht, dass Octavia, selbst wenn sie nur im Auftrag ihres Bruders spionierte, ihr widerstehen konnte oder wollte.

In den Augen der Welt waren die beiden Mann und Frau, während Kleopatra mit ihrem Herzschmerz allein war und betete, dass das ägyptische Volk ihre unehelichen halbrömischen Kinder als Thronfolger anerkannte.

Antonius versuchte immer noch, eine geeignete Armee für den Einmarsch in Parthien aufzustellen. Als er mit seiner Gattin nach Osten reiste, wusste Kleopatra nicht, ob die beiden zusammen nach Ägypten kamen und sie das Paar empfangen musste, oder ob er allein kam und mehr Getreide, finanzielle Unterstützung und Truppen von ihr verlangte. Vielleicht marschierte er aber auch einfach mit seinen Männern in ihr Land ein und erklärte das Land ihrer Vorfahren zum Klientelkönigreich, über das er dann gemeinsam mit Octavia als Königin des Ostens herrschte.

Ausgeschlossen war das nicht.

Syrien:

Kleopatras fünfzehntes Regierungsjahr

Falls Antonius glaubte, Antiochia sei neutrales Territorium, irrte er sich. Sie wusste genau, was er im Schilde führte. Er hatte seine römische Gemahlin, seine römischen Kinder, seine römische Armee und die Hälfte des Römischen Reiches. Sie dagegen hatte in den vergangenen Jahren versucht, ihn aus ihrem Herzen, aus ihrer Seele zu verbannen. Da sie sich irgendwann endlich mit einem Leben ohne ihn abgefunden hatte, ärgerte es sie, dass er sie nun zu sich »rief«. Falls er sich jetzt einbildete, er müsste für ihr Erscheinen keinen Preis zahlen, täuschte er sich gewaltig.

Sie war es überdrüssig, herbeigerufen zu werden – von ihm, von den Römern, von Männern generell. Solch einer Aufforderung leistete sie diesmal wahrlich zum letzten Mal Folge. Normalerweise riefen Königinnen andere zu sich und wurden nicht gerufen. Doch als Capito im Namen von Antonius äußerst respektvoll an sie herangetreten war – wenigstens hatte er nicht wieder diesen zügellosen Dellius geschickt –, besprach Kleopatra sich mit Hephaestion, und sie kamen überein, dass sie der Bitte entsprechen sollte.

Dass er sich für Antiochia entschieden hatte, also für jene von Seleukos, dem Gefährten Alexanders und ihres Vorfahren Ptolemaios, gegründete Stadt, versetzte sie in gute Laune. An der Mündung des Orontes und der Kreuzung zweier wichtiger Handelsstraßen gelegen, glich die aufstrebende Stadt Alexandria in vielerlei Hinsicht. Ein makedonischer Feldherr hatte sie gegründet, es gab zahlreiche Bibliotheken, Parks, griechische wie römische Statuen, dichtbevölkerte Märkte, auf denen man jeden erdenklichen Luxus erstehen konnte, sowie hohe weiße Häuser und breite Straßen. Die Juden, die einen nicht unbeträchtlichen Anteil der Bevölkerung stellten, lebten harmonisch mit den Syrern und Griechen zusammen.

Kleopatra beherrschte alle in Antiochia vertretenen Sprachen: Griechisch, Syrisch, Hebräisch und den arabischen Dialekt, dessen sich ein Teil der Händlerklasse bediente. Sie hatte die Stadt nicht nur während ihrer Jugend mehrmals besucht, ihre Familie besaß dort auch einen Palast. Antiochia war die Hauptstadt Syriens, des Seleukiden-Reiches. Cäsar hatte diese Stadt ins Herz geschlossen und ihr Autonomie zugestanden, nachdem Pompejus sie im Namen Roms annektiert hatte. Zusammen mit seiner Mutter hatte Kleopatras Vater einen Großteil seiner Jugend dort verbracht und hier auch seine erste Frau, Kleopatras Mutter, kennengelernt. Die Königin entschied, in dem opulenten Palast abzusteigen, den ihre Eltern einmal bewohnt hatten, und Antonius zu sich »rufen« zu lassen.

Sie hatte nicht die Absicht, die Stadt klammheimlich zu betreten. Dreizehn Seemeilen vor Antiochia empfing sie daher eine königlich-syrische Gesandtschaft. Sie verlangte einen Araberhengst mit dem schönsten juwelenbesetzten Sattel, den die hiesigen Handwerker anzubieten hatten, um den Weg in den Palast hoch zu Ross zurückzulegen. Der Kopf des Schimmels war mit flammend roten Troddeln geschmückt, Sattel und Zügel mit Rubinen verziert. Dergestalt ritten Kleopatra und ihre Gefolgschaft mitten am Vormittag, als die Märkte gut besucht waren, in Antiochia ein. Mehrere Pfeifenspieler aus Alexandria kündigten ihr Kommen den die Straßen säumenden Menschen an, welche die Königin auf dem schneeweißen Ross gebannt erwarteten. Kleopatra gefiel der erhabene Gang des stolzen Hengstes. Hätte sie sich entschieden, zu Fuß zu gehen, dann wäre auch sie stolz und erhaben die Straßen hinuntergeschritten.

Antonius brauchte sie, und sie kannte auch den Grund. Sie wusste von seiner Armee, von den hunderttausend Soldaten, die das parthische Reich ein für alle Mal in seinem Namen erobern sollten. Auch war sie im Bilde, was er alles brauchte, um solch eine Ansammlung von Menschen auszustaffieren, zu bewaffnen, mit Schuhen zu versorgen und zu ernähren. Sie kannte die Kosten für die Fütterung und den Unterhalt der Pferde und Hunde, die Kosten für das Nähen und Verbinden der Wunden, die Kosten für die erforderlichen Lebensmittel. Schließlich mussten die Soldaten die Kraft haben, zu kämpfen und ihre Toten am Ende eines siegreichen Tages auf dem Schlachtfeld zu begraben. Wäre es da nicht äußerst praktisch, wenn Nahrung und Geld ganz problemlos aus einem Nachbarland flössen, das zufälligerweise noch die größte Kornkammer der Welt besaß?

Kleopatra wusste also nur zu gut, was Antonius brauchte und wo er es sich beschaffen wollte. Sie hatte sich innerlich auf seine geschickten Winkelzüge eingestellt, auf den oberflächlichen Charme, den er jederzeit einsetzen konnte, auf die Verse, die ihm mühelos über die Lippen kamen, als wäre er der Schreiber von Euripides, auf die glühenden Blicke, die das Herz einer Frau im Nu zum Schmelzen bringen konnten und dafür sorgten, dass ihre Knie weich wurden, ihr Wille brach. Vier Jahre war sie ohne diese Annehmlichkeiten ausgekommen, vier Jahre hatte sie sich gezwungen, all dies kein bisschen zu vermissen. Nachdem sich Antonius so lange Zeit von ihr ferngehalten hatte, hatte sie endlich eingesehen, was seine Schmeicheleien und seine Lust am Ende wert waren: nichts.

Das hier war ein rein politisches Treffen, und alles drehte sich nur ums Geld.

Diesmal ließ keiner von beiden den anderen warten. Auf die Minute pünktlich erschien Antonius in Begleitung von Capito, der steif neben ihm stand, im Palast. Vielleicht war er nur deshalb nicht allein, damit die Folgen ihrer früheren Beziehung nicht zur Sprache kamen: die nichtanerkannten Kinder, die

Gründe, weshalb Antonius sie im Stich gelassen hatte. Allem Anschein nach sollten jegliche Spielchen, theatralischen Ausbrüche, überflüssigen Scharaden vermieden werden. Kleopatra hatte schlichte Gewänder gewählt, gleichwohl sie keine Anstrengung unterlassen hatte, so schön wie möglich auszusehen. Seit der Geburt der Zwillinge badete sie in Eselsmilch aus Assuan, die ihrer Haut wieder die alte Spannkraft zurückgab.

Inzwischen war sie nicht mehr das gebräunte Mädchen, das den ganzen Tag auf dem Rücken eines Pferdes saß, sondern blasser, rundlicher, aber auch strahlender als bei ihrer letzten Begegnung. Um bei der Wahrheit zu bleiben: Hätte man sie gefragt, so hätte sie geantwortet, dass sie – trotz ihrer vierunddreißig Jahre und auch als Mutter von drei Kindern – anziehender denn je wirkte. Sie mochte die weicheren Kurven, die sie den Zwillingen zu verdanken hatte. Ihre Brüste waren üppiger, und die zusätzlichen Pfunde hatten die drohenden Falten geglättet. Momentan fühlte sie sich wohler in ihrem Körper als früher, irgendwie lebendiger, vitaler, und athletisch war sie immer noch. Ihre Schenkel waren muskulös, ihre Arme lang und dünn, und mit einem widerspenstigen Pferd wurde sie nach wie vor genauso gut fertig wie jeder ihrer männlichen Bekannten.

Im Gegensatz zu früher hatte sie jedoch die Vorspiegelung falscher Tatsachen nicht mehr nötig. Sie brauchte nicht mehr auf üppige Gewänder, Kosmetik und Schauspielerei zurückzugreifen, damit die anderen sie so sahen, wie sie es wünschte. Sie war die geworden, die zu werden sie lange gehofft hatte: eine Frau, deren natürlicher Charme und bestechende Intelligenz ins Auge stachen und die allein und unabhängig über eine große Nation herrschte.

Auch Antonius war nicht mehr der Alte. Kleopatra hatte sich im Voraus zwar gegen sein Charisma gewappnet, musste allerdings feststellen, dass allein sein Anblick sie entwaffnete. Er war gealtert. Eine tiefe Furche vom Haaransatz bis zur Nase zierte seine hohe Stirn und verriet, dass er sich zu oft Sorgen machte. Er hatte an Gewicht zugelegt, und Kleopatra fand nicht, dass die zusätzlichen Pfunde ihm schmeichelten, obwohl er ihr so besser gefiel. Die Bürde seiner menschlichen Natur hinterließ deutliche Spuren in seinen gottgleichen Zügen.

»Eure Majestät.« Weder ging er auf sie zu noch lächelte er.

»Werter Imperator.«

Sie konzentrierte sich so sehr darauf, keine Regung zu zeigen, dass Kleopatra gar nicht registrierte, in welcher Sprache sie sich unterhielten. Unglücklicherweise erwiesen sich ihre Gefühle als unerwartet stark, allein sein Blick brachte sie aus der Fassung. Sie sprach ein stummes Gebet und flehte darum, er möge es nicht bemerken. Seine Augen glichen denen der Zwillinge, und darauf war sie überhaupt nicht vorbereitet gewesen. Diese tiefen braunen Augen, in denen man versinken und direkt bis in die Unterwelt schwimmen, in denen man sich auf immer verlieren konnte. Wie oft hatte sie in die Augen ihrer Kinder geblickt, sich von ihnen verzaubern lassen, ohne zu begreifen – oder begreifen zu wollen –, dass sie derart an Antonius erinnerten. Sie wartete, bis er das Wort ergriff.

»Wir haben viel zu besprechen. Bist du bereit?«

Was glaubt er, mit wem er es zu tun hat?, fragte sie sich. Sie war nicht gewillt, sich auf ein intimes Geplänkel mit ihm einzulassen, ehe sie nicht alles bekommen hatte, was sie haben wollte. Doch ihr dämmerte, dass sie mit seichter Plauderei den Ton der Unterhaltung vorgeben musste. Kleopatra bat Antonius, Platz zu nehmen, und legte Capito nahe, sich zu entfernen.

»Ich denke, der Bote hat seine Mission erfüllt«, sagte sie und nickte ihm zu. Er verstand die Aufforderung der Königin als Befehl und entfernte sich, ohne Antonius um Erlaubnis zu bitten, was ihre Stimmung hob.

»Nun denn«, sagte sie.

»Kleopatra«, begann der Römer, doch sie fiel ihm ins Wort.

»Werter Imperator, ich weiß, warum Ihr mich gerufen habt.

Mit großem Interesse habe ich Euer Treiben unweit meiner Grenzen verfolgt. Sehr klug. Ihr habt Euch formidabel aufgestellt.«

»Wie meint Ihr das, Verehrteste?«, fragte er förmlich.

»Ihr habt sämtlichen Königen, Prinzen und Adligen, die Ihr Eurer Meinung nach kontrollieren könnt, Macht verliehen. Nicht weil Ihr von Natur aus großzügig seid, sondern weil Ihr einseht, dass Ihr in Kleinasien und den arabischen Territorien auf starke Länder angewiesen seid, von denen keine Gefahr ausgeht, so Ihr denn die parthische Invasion verhindern wollt. Herodes habt Ihr zum König der Juden gemacht. Auf lange Sicht jedoch keine strategisch sinnvolle Wahl, auch wenn ich die Entscheidung nachvollziehen kann. Dann habt Ihr Artavasdes von Armenien in seiner Position gefestigt, damit Ihr auf Cäsars Strategie zurückgreifen könnt, die vorsieht, von Norden aus nach Parthien einzumarschieren. Ich glaube allerdings nicht, dass Ihr die Macht habt, ihn auf Eurer Seite zu halten. Der Mann ist berüchtigt für seinen Mangel an Loyalität. Beim König von Media habt Ihr intelligenter gehandelt, obgleich Ihr auch da ein gewisses Risiko eingeht. Monaeses habt Ihr zu viel von Syrien überantwortet, doch er interessiert sich mehr für den Handel als für Euren Krieg und kann leicht gekauft und wieder abgestoßen werden. Was noch? Das Königreich von Kappadokien. Das ganze Land bis zur parthischen Grenze habt Ihr Archelaus überlassen, dem Sohn des unehelichen Prinzen, der meine Schwester Berenike geheiratet und zusammen mit ihr gegen meinen Vater gekämpft hat. Vertraut Ihr tatsächlich darauf, dass er Euch treu ergeben sein wird? Steht er nicht vielmehr unter dem Einfluss von Glaphyra von Galatien? Aber gewiss habt Ihr Euch in ihrem Schlafgemach ihrer Treue versichert, auf dass sie Euch nicht hintergehen wird. So haltet Ihr es doch immer mit den Frauen, nicht wahr?

Nun braucht Ihr noch die Königin von Ägypten, dieses fehlende Glied in der Kette. Aus diesem Grund seid Ihr hier. Um Euch ein Bild davon zu machen, wie sehr sie Euch zürnt, da Ihr sie verlassen habt. Und um mit ihr zu verhandeln.«

»Wie ich sehe, sind Eure Spione immer noch ihr Geld wert, Kleopatra von Ägypten.« Antonius lächelte. »Und Euer Verstand ebenso.«

»Was habt Ihr erwartet? Ich bin noch nicht fertig. Soweit ich weiß, habt Ihr in Kleinasien große Landparzellen zwei fähigen griechischen Pflanzern übertragen. Wie heißen sie noch gleich? Polemo und Amyntas? Fast könnte man meinen, sie seien Figuren in einem Drama von Aristophanes.«

»Worauf wollt Ihr hinaus, Eure Majestät?«

»Auf Folgendes: Die Königin von Ägypten wird sich gewiss nicht mit weniger zufrieden geben als Eure plebejischen Emporkömmlinge oder gar Herodes, den Ihr zum König ausgerufen habt. Ich entstamme einem alten Königsgeschlecht, falls Ihr Euch entsinnen könnt. Daher brauchte ich keinen Römer, der mich auf diesen Thron setzt. Ich weiß, was Ihr von mir haben wollt, und wie immer, wenn Ihr etwas von einer Frau verlangt, werdet Ihr es bekommen. Doch im Gegenzug werde ich einige Forderungen an Euch stellen.«

Kleopatra rief ihren Schreiber. »Die Karte, bitte.«

Der Mann kehrte mit einer dicken Rolle zurück, die er aufrollte und vor Antonius ausbreitete. Schweigend zog der Römer die Augenbrauen hoch.

»Hier seht Ihr das Reich meiner Vorfahren. Die schwarzen Grenzen repräsentieren die Länder, die uns im Laufe der Jahre die gierigen Römer weggenommen haben.«

»Danke, dass Ihr mich Geschichte und Geographie lehrt, Kleopatra.«

»Ich verlange die Rückübertragung sämtlicher Gebiete an mich.«

Sie war sich nicht sicher, denn Antonius wich ihrem Blick aus, aber sie hätte schwören können, dass er die Augen verdrehte. Eindringlich musterte er die Karte, sammelte sich und ergriff das Wort.

»Ich weiß, das ist seit Ewigkeiten Euer Ziel, aber momentan ist nicht der richtige Zeitpunkt, solche Forderungen zu stellen. Sollten wir in Parthien siegreich sein, werdet Ihr die Länder Eurer Vorfahren zurückbekommen.«

»Wir, werter Imperator? So wie ich die Lage einschätze, ziehe ich nicht in den Krieg. Und ich rechne auch nicht damit, Königin von Parthien zu werden, solltet Ihr denn siegen.«

Antonius legte die Hände auf die Armlehnen seines Stuhles und beugte sich vor. »Habt Ihr etwa unsere gemeinsamen Ziele vergessen, Eure Majestät?« Er schäumte fast über – nicht vor Wut, sondern vor Intensität.

»Seit Jahren habe ich nichts davon gehört. Vielleicht waren es einmal die Träume von närrischen Liebenden, aber diese Menschen existieren nicht mehr. Jetzt nehmen wir ihren Platz ein. Ich werde meine Forderungen wiederholen. Den Regenten in den Ländern jenseits meiner Grenzen habt Ihr große Macht verliehen, mich dagegen habt Ihr geschwächt. Das sind meine Forderungen. Bitte seht auf die Karte. Ich will die nördliche Grenze von Syrien. Sie gehörte einst Ptolemaios Soter und ist von Rechts wegen mein. Außerdem will ich Ptolemais Ake, und ich verlange Ituräa. Glaubt mir, falls Ihr mir Ituräa gebt, wird man mich in Damaskus als Königin empfangen, so viel ist sicher. Im Süden will ich Hippos und Gadara, ebenso wie die angrenzenden Gebiete. Meinetwegen kann Herodes Gaza behalten, aber ich verlange die Kontrolle über die Dattelhaine. Sie sind sehr lukrativ und wurden Ägypten vor langer Zeit genommen. Davon abgesehen fordere ich mehr Kontrolle über das Rote Meer. Seht Ihr, was ich vorhabe, werter Imperator? Ich verlange die Meere, die mich umgeben. Falls ich Euren Krieg unterstützen soll, ist das unabdingbar. Ich weiß, dass Euer Verbündeter in Rom kein wahrer Verbündeter ist, und genau aus diesem Grund werde ich mich ihm auch nicht ausliefern und ihm einen Einmarsch ermöglichen, während Ihr ihm in Parthien den Rücken zukehrt.«

Antonius schüttelte den Kopf. »Wie ich sehe, hattet Ihr genug Zeit zum Nachdenken.«

»Reichlich, werter Imperator.«

»Darf ich mich nach dem Befinden unserer Kinder erkundigen?«

»Kinder sind nicht Gegenstand dieser Verhandlungen. Falls Ihr eine Antwort auf Eure Fragen wollt, müsst Ihr irgendwann nach Ägypten kommen.«

»Kleopatra, bitte sei nicht so grausam.«

»Wagt es ja nicht, mit mir über Grausamkeit zu sprechen.«

»Ihr glaubt, Eure Informanten hätten Euch über alles auf dem Laufenden gehalten, doch nicht einmal sie können herausfinden, was im Herzen eines Mannes vorgeht.«

Hätte sie nicht gewusst, was für ein einnehmender Schauspieler Antonius war, hätte sie sich womöglich auf die Wendung eingelassen, die das Gespräch nahm. Vielleicht hätte sie sogar Hoffnung geschöpft und zu glauben gewagt, es ginge um mehr als um die Wiederherstellung des ptolemäischen Reiches. Sie hätte sich womöglich gewünscht, dass auch ihre Beziehung, ihre Träume eine Zukunft hätten. Nein – Antonius war mit einer jungen Römerin vermählt, die gerade zum zweiten Mal schwanger war. Zugegeben, er hatte sie erst vor kurzem zurück nach Rom geschickt, aber das bedeutete längst nicht, dass er bereit war, die Seiten zu wechseln. Antonius brauchte eine treue Frau, die über seine Interessen in Rom wachte. Genau diese Rolle hatte früher die bedauernswerte Fulvia eingenommen. Und wer konnte dieser Aufgabe besser gerecht werden als die Schwester seines Rivalen? Wer kam schneller und leichter an Informationen heran? Wer konnte die Umtriebe seines Gegenspielers geschickter überwachen? Eine Frau. Eine Frau, die treu war, die in Wahrheit keine Macht hatte und die insofern niemals Antonius' Interessen gefährdete.

»Auch Euer Herz ist nicht Gegenstand dieser Verhandlungen, werter Imperator.«

»Genau in diesem Punkt täuscht Ihr Euch.«

»Wo war Euer Herz, als Ihr die Briefe ignoriert habt, die Euch die Geburt Eurer Kinder verkündeten? Als Ihr Euch von allem, was wir so sorgfältig geplant hatten, abgewendet habt? Ihr habt kein Herz. In Eurer Brust schlagen vielmehr die Trommeln des Ehrgeizes.«

Kleopatra hatte sich offenbar zu weit vorgewagt. Mit einem Mal war die Situation emotional aufgeladen, waren die Gefühle beinah greifbar. Sie versuchte, die Empfindungen, die Angst, die Bitterkeit zurückzudrängen, aber nun waren sie freigesetzt und nicht mehr zu zügeln.

Antonius sprang unvermittelt von seinem Stuhl auf. Wollte er sich etwa auf sie stürzen? Die Königin zuckte zurück, doch er riss nur die Arme hoch und baute sich wie ein riesiges Tier vor ihr auf.

»Ihr jagt mir Angst ein, werter Imperator. Bitte, setzt Euch wieder.«

Der Römer hörte nicht auf sie, doch immerhin nahm er die Arme herunter und starrte sie an. »Ich frage mich, was Ihr unter den gegebenen Bedingungen getan hättet, Kleopatra. Ihr, der es ausschließlich darum geht, den ägyptischen Thron für Euch und Eure Kinder zu sichern. Ich frage mich, wie Ihr reagiert hättet, wenn Ihr erfahren hättet, dass der Mensch, dem Ihr am meisten vertraut habt, dieses Vertrauen gebrochen hat, nur um den eigenen Ehrgeiz zu befriedigen.«

»Ich weiß, was ich getan hätte, werter Imperator, denn genau das ist auch mir widerfahren. Dennoch sitze ich hier und verhandle erneut mit diesem Menschen.«

Aus Verzweiflung holte Antonius tief Luft. »Da man einen Streit mit Euch unmöglich gewinnen kann, werde ich mich nicht erklären. Ich werde Euch nicht das Grauen schildern, von dem unsere Freunde und Verbündeten nach Fulvias Tat heimgesucht wurden. Die bedauernswerte Frau. Ich werde jetzt nicht im Detail ausführen, wie die Niederlage ihr allen Mut genommen, wie mein Zorn sie umgebracht hat. Schon gut. All das ist hier und jetzt nicht von Bedeutung. Auch werde ich Euch nicht erzählen, wie man mich manipuliert hat, damit ich eine schüchterne, ewig lächelnde Römerin heirate, was Teil der Friedensverhandlungen war. Wisst Ihr, was der Frieden dem römischen Volk bedeutet, Kleopatra? Wisst Ihr, seit wie vielen Jahren wir auf der ganzen Welt in Konflikte verstrickt sind? Wie viele von unseren Freunden und Verwandten wir haben sterben sehen? Mein Großvater wurde ermordet und enthauptet, mein Stiefvater exekutiert, mein Mentor Julius Cäsar umgebracht. Wie viele der Toten auf dem Schlachtfeld sind wohl einmal meine Freunde gewesen? Die Welt sehnt sich nach Frieden. Und ich habe geglaubt, ich könnte durch die Allianz mit Cäsars Neffen und die Heirat mit dessen Schwester diesen Frieden schaffen. Nur war dem leider nicht so.«

»Was glaubt Ihr jetzt?«

»Ich habe nichts getan, was Ihr nicht auch getan hättet, um Eure Zukunft, Eure Position und das Wohl Eures Volkes zu sichern. Ich weiß um die Risiken, die Ihr einzugehen bereit seid. Auch Ihr habt mir von den schwierigen Entscheidungen berichtet, die Ihr treffen musstet. ›In der Politik musst du kaltblütig Entscheidungen treffen.‹ Nicht ich habe diesen Spruch erfunden, Kleopatra, ich habe lediglich Euren Rat beherzigt, in dem Glauben, dass vor allem Ihr dafür Verständnis haben würdet.«

»Wie ich sehe, kennt Ihr mich allzu gut, werter Imperator, und das ist allein meine Schuld. Ihr scheint mich durch und durch zu kennen, dennoch weiß ich nicht, wem Ihr Euch verbunden fühlt. Mir ist dieses Herz fremd, von dem Ihr so offen sprecht.«

Antonius lief auf und ab, die Hände an den tief auf den Hüften sitzenden Gürtel gelegt. Wie ihr auffiel, trug er kein Schwert.

»Ich habe allen Grund zu der Annahme, dass mein Partner und Verbündeter vorhat, mich zu hintergehen. Wahrscheinlich hat er mich sogar schon hintergangen und lässt nichts unversucht, den Krieg gegen die Parther zu sabotieren. Im Rahmen unserer Vereinbarung habe ich versprochen, ihm für den Kampf gegen Sextus im Mittelmeer hundertfünfzig Schiffe zu senden. Diese Flotte habe ich ihm noch vor meiner Abreise aus Rom gesandt. Octavian hat mir zwanzigtausend Soldaten, ganze vier Legionen für den Krieg versprochen, sie mir jedoch trotz wiederholter Anfragen noch immer nicht geschickt. Keine Frage, er versucht mich zu schwächen. Entweder interessiert er sich keinen Deut für seine Schwester und hört nicht auf ihre Bitte, wir möchten doch Frieden schließen, oder die beiden ziehen hinter meinem Rücken an einem Strang. Da ich keine Möglichkeit sehe, die Wahrheit herauszufinden, habe ich entschieden, diese Frage zu vergessen. Sie ist unwichtig. Die Ehe mit ihr hat weder den Frieden gesichert noch war sie der Loyalität förderlich. Ich habe sie nach Hause geschickt, damit wir uns wieder auf unsere früheren Strategien und auf all die Dinge konzentrieren können, die wir geplant haben, als Cäsar noch am Leben war, ebenso wie auf alles, was wir nach seinem Tod ausgeheckt haben.«

Er kam zum Ende und wartete gebannt, wie Kleopatra reagierte. Am liebsten hätte sie ihn weiter ausgefragt, aber sie schwieg mit ernster Miene.

»Akzeptiert Ihr?«

Nach Ansicht der Königin führte er dieses Drama nicht ihretwegen auf. Antonius, der begabte Darsteller, hatte immer etwas Spielerisches. Antonius, der begnadete Imperator, war dagegen ein aufrichtiger Soldat, ein Mann, der sagte, was er meinte, und der mit seiner Ehrlichkeit die Herzen seiner Mannen gewann. Sie hatte zwar keine Garantie, dass er seine Meinung nicht bald wieder änderte, musste sich aber auch eingestehen, dass er in einem Punkt recht hatte: Wäre sie vor dieselbe Wahl gestellt worden wie er, sie hätte gewiss genauso gehandelt. Immerhin hatte sie damals Archimedes verlassen, nachdem er mit ihr ins Exil gegangen war und sie auf den Krieg gegen ihren Bruder vorbereitet hatte. Ihr war keine andere Wahl geblieben, wohl wissend, dass die Götter dafür irgendwann einen Preis fordern würden. Das taten sie dann auch, indem sie Antonius zurück nach Rom schickten und ihm eine schöne und gebärfähige Römerin zur Gemahlin gaben.

Nach Cäsars Tod hatte Kleopatra sich mit Antonius zusammentun müssen, und auch jetzt blieb ihr kaum Spielraum. Ein stabiles Königreich war wichtiger als alles andere. Antonius erging es nicht anders. Unter allen Optionen hatte er sich dafür entschieden, dass Kleopatra am besten zur Verbündeten taugte. Sie versuchte, die aufkeimende Hoffnung, das Gefühl, doch noch gesiegt zu haben, zu unterdrücken, merkte allerdings deutlich, dass ihr Stoizismus nach all den Jahren der Einsamkeit und Unsicherheit wie ein Kartenhaus in sich zusammenfiel. Dennoch war es nicht geboten, derart angreifbar zu erscheinen. Daher bemühte sie sich, so vernünftig wie irgend möglich aufzutreten.

»Ich habe Euch meine Forderungen vorgetragen, werter Imperator. Eure Bedingungen werde ich nur akzeptieren, wenn Ihr die meinen akzeptiert.«

Wieder warf Antonius einen Blick auf die Karte. »Eigentlich ist es zu früh, aber unter diesen Umständen willige ich ein. Es wird allerdings schwer werden, meinen Mitstreitern zu erklären, was ich getan habe.«

»Werter Imperator, Ihr habt keine Mitstreiter. Wann werdet Ihr Euch endlich damit abfinden? Sollten wir in Parthien siegen, wird es niemanden geben, der mit Euch auf einer Stufe steht.«

Antonius kniete sich neben Kleopatra und nahm ihre Hand. »Mit Ausnahme von Euch.«

Sie entzog ihm die Hand nicht.

»Kommt, nun erzählt mir schon von meinen Kindern. Haben sie mein gutes Aussehen geerbt?«

»Ich habe Euch schon einmal gesagt, Ihr müsst Euch selbst ein Bild von Euren Kindern machen, wenn Ihr wissen wollt, wie es ihnen geht. Sie sind bereits sehr gespannt auf Euch.«

Die besorgte Miene, mit der er zum Treffen erschienen war, verflüchtigte sich. Er lächelte sie an und sah auf einmal wieder ganz wie der alte Antonius aus oder zumindest wie der Mann, den sie die letzten vier Jahre in Erinnerung behalten hatte.

»Dann werde ich jetzt nach Hause zurückkehren und alles für meine Ankunft vorbereiten.« Plötzlich war da wieder dieses vorwitzige Lächeln. »Man muss mich eben erst richtig aufpäppeln, bevor ich in den Krieg ziehen kann.«

Alexandria:

Kleopatras zwanzigstes Regierungsjahr

Ein Treffen mit dem Kriegrat bei Sonnenaufgang. Kleopatra sucht in dem Raum nach dem einen Menschen, dessen Meinung Gewicht hat, aber der schnarcht wahrscheinlich gerade in das Ohr einer Hure. Die Ironie des Ganzen zaubert ein Lächeln auf ihre Lippen. Immerhin hat sie nicht die geringste Macht über den Mann, von dem die Römer behaupten, er werde vollkommen von ihr beherrscht. Die Gesichter, in die sie jetzt blickt, verraten jedoch großen Optimismus. Canidius Crassus, ihr treuester römischer Freund, und Hephaestion, ihr treuester Erster Minister, bringen die Königin auf den neusten Stand der Dinge und teilen ihr mit, wie weit der Plan gediehen ist, die Flucht über das Rote Meer anzutreten.

Ich will nicht fliehen, möchte sie ihnen am liebsten zurufen. Ich will kämpfen. Sie haben die Möglichkeit, eine noch größere Armee als beim letzten Mal aufzustellen, aber Antonius ist dem nicht gewachsen, und Kleopatra weiß, dass die Mehrheit seiner römischen Soldaten – vor allem die Befehlshaber, die man für einen Sieg nun mal braucht – nicht noch einmal für eine ägyptische Königin gegen eine andere römische Armee kämpfen wird. Blut ist eben doch dicker als Wasser und manchmal sogar stärker als Geld, wie die Geschichte bewiesen hat. Daran lässt sich ihrer Meinung nach nicht rütteln.

Sie kann die Männer zwar entlohnen, doch die Römer bekämpfen sich nun schon sehr lange auf den unterschiedlichsten Schlachtfeldern. Der Kampf reicht bis zu Sulla zurück, lange bevor Julius Cäsar diesen kleinen italienischen Fluss überquerte und römisches Blut mit römischen Schwertern vergoss. Kleopatra ist durch die Reihen der Soldaten marschiert – entgegen den Einwänden gewisser römischer Feldherrn, die es nicht ertragen können, wenn eine Frau an der Macht ist – und hat zu ihnen in ihrer Muttersprache gesprochen. Manche haben ihr ganzes Leben lang gekämpft und sind darüber alt geworden. Sie wollen Geld, Land, Frieden. All die Dinge, die Julius Cäsar ihnen versprochen hat. Unglücklicherweise hat er nicht lange genug gelebt, um sein Versprechen auch einzulösen.

Und so lässt sich Kleopatra von ihren Ratgebern von den leichten Schiffen erzählen, die zurzeit für ihre Flucht gezimmert werden. Man wird sie auf schwere Wagen laden, die ebenfalls gerade gebaut werden. Eine Armee Sklaven soll sie dreißig Kilometer weit bis zum Roten Meer ziehen, wo die Königin, ihre Familie und ihr Gefolge in See stechen werden.

Wohin werden wir segeln?, fragt sie die Männer.

Verliert Eure Ziele nicht aus den Augen, Eure Majestät, raten sie ihr, als wäre sie ein Kind, das an seine Lektionen erinnert werden muss.

Doch man braucht sie nicht an das zu erinnern, was sie getan hat. Wieder einmal hat sie versucht, sich und ihre Familie zu schützen. Nichts hat sie unversucht gelassen, ihre Allianz mit dem König von Media auf ein festes Fundament zu stellen. Außerdem haben sie einige geheime Abmachungen getroffen, von denen Antonius nichts weiß. Auf der anderen Seite ist die Königin sich darüber im Klaren, dass sie einen Notfallplan braucht. Niemals wird sie Antonius aufgeben, wenngleich er derzeit Anstalten macht, sich selbst aufzugeben. Für wen hält man sie eigentlich? Für ein Sklavenmädchen, das sterben muss, wenn sein Herrscher stirbt? Nein, sie wird durchhalten, selbst wenn Antonius so weitermacht und nicht mehr mit Hilfe von Wein und Leidenschaft zu vergessen versucht, sondern Selbstmord als einzigen Ausweg sieht.

Nach Media wird sie fliehen, den König heiraten und gemein-

sam mit ihm die Parther bezwingen. Dann werden sie ein Königreich gründen, das von Ägypten über Arabien bis nach Indien reicht, gleich jenem Imperium, das Alexander sich ein Leben lang erträumte. Media stellt nur eine Forderung zur Festigung des Bündnisses: Exekutiert Antonius' Gefangenen, den König von Armenien. Der König von Media hasst diesen aus vielen Gründen, unter anderem auch, weil beide Männer den Namen Artavasdes tragen und der König von Media es satthat, mit seinem Gegenspieler verwechselt zu werden.

»Sollen wir der Forderung entsprechen, Eure Majestät?«, fragt Hephaestion.

»Aber er ist doch der Gefangene des Imperators«, antwortet sie. Sie ist immer noch bemüht, nicht an der Autorität des Römers zu rütteln.

»Sollen wir dann ihn fragen?«, erkundigt Hephaestion sich höflich.

Als sie Antonius um Erlaubnis bittet, den Gefangenen töten zu dürfen, erhält sie eine trotzige Nachricht. »Töte, wen du töten willst. Warum fängst du nicht gleich mit mir an?«

Der Kriegsrat schweigt betroffen. Ganz offensichtlich tut sie den Männern leid. Mit einem Seufzer unterzeichnet sie das Todesurteil und schickt ihren Sekretär Diomedes los, damit das Urteil vollstreckt wird.

Den Rest des Tages verbringt sie damit, sich in ein günstiges Licht zu stellen. Ihr Frühstück nimmt sie im Gemeinschaftsraum des Museions ein. Dieses den Musen gewidmete Gebäude, in dem Wissen geboren wurde, hat ihr ein Leben lang Trost gespendet. Gern bricht sie in Gesellschaft dieser Männer des Geistes das Brot, wie sie es von Kindesbeinen an, seit ihrer ersten Unterrichtsstunde, getan hat. In ihrer Familie war es Sitte, die Gelehrten nicht nur finanziell zu unterstützen, sondern darüber hinaus mit ihnen engen Kontakt zu pflegen. Hätte Eratosthenes in seine Autobiographie so illustre Geschichten über Arsinoe III. aufnehmen können, die auch noch Kleopatras Kinder lasen, hätte die große

Königin dann nicht auf die Etikette verzichtet und ihn eingeladen, ihren Gedanken zu lauschen? Nein, so frönt man in ihrer Familie der Leidenschaft für die Literatur und wissenschaftliche Fragen. Und nun, in diesen bewegten Zeiten, ist es besonders wichtig, die Traditionen aufrechtzuerhalten und wenigstens vordergründig den Anschein von Normalität zu wahren.

Die Königin wird mit einer gewissen Nervosität empfangen. In der Stadt kursieren Gerüchte, sie habe Antonius verlassen und die gemeinsamen Pläne aufgegeben. Sie kündigt ihr Kommen nicht an, stürmt wie damals als junges Mädchen ohne Begleitung in den Raum und unterbricht die leisen Gespräche der Anwesenden. Beim Eintreten Kleopatras springen alle von ihren Plätzen auf, Brot fällt zu Boden, und dem jungen Nikolaus läuft, als er sie begrüßt, die Milch aus dem Mund. Mit vollem Mund schütteln sie ihr die Hand und bleiben, nachdem die Königin sich gesetzt hat, noch eine ganze Weile stehen, bis sie die Männer freundlich auffordert, wieder Platz zu nehmen. Sie versucht, eine lockere Atmosphäre zu schaffen und den Gesprächsfaden wieder aufzunehmen.

Kleopatra nutzt die Möglichkeit und beruhigt die Anwesenden. Sie schildert ihnen, wie die Schlacht bei Actium verlaufen ist, und versichert ihnen, sie habe immer noch die Absicht, am Ende zu siegen. Ihr wird klar, dass sie dies schon vor Wochen hätte tun sollen. Zweifellos haben die Männer mehr als einmal über die Konsequenzen der Schlacht diskutiert. Durchaus vorstellbar, dass sich einige von ihnen schon um den einen oder anderen Posten in Rhodos oder Athen beworben haben, während die anderen sich fragen, wie lange es wohl noch dauert, bis sie Octavians Ring küssen müssen. Wahrscheinlich haben sie seit ihrer Rückkehr, wenn nicht gar schon vorher, mit ihren griechischen Mitstreitern korrespondiert und sie um Neuigkeiten über die Schlacht bei Actium ersucht. Niemand interessiert sich so sehr für die Einzelheiten einer Niederlage und tratscht so gern wie Intellektuelle.

Zweifellos ist es Kleopatra gelungen, die Männer mit ihrer guten Laune zu überraschen. Die Gelehrten haben sich die Geschich-

ten der Diener über Antonius' Zustand angehört und vermutlich erwartet, sie sei in der gleichen Verfassung, zumal nicht wenige Gerüchte über ihre »Niederlage« kursierten. Jedenfalls behandeln sie die Königin wie eine Kranke oder trauernde Witwe.

Tapfer lächelt sie den jungen Nikolaus an, der sich heimlich die Milch vom Bart tupft, und dann den alten Philostratus, ihren ehemaligen Lehrer. Er ist dankbar. Wahrscheinlich hat er mit einer Privataudienz gerechnet – wie früher, als sie seinen Rat suchte. Inzwischen hält sie seine Redekunst für ausschweifend und unerquicklich. Auf der anderen Seite ist Philostratus sehr betagt und erinnert sie an jene Zeiten, als ihr Vater noch lebte und sie sich noch auf den König und dessen Autorität verlassen konnte. Bei dem Gedanken empfindet sie plötzlich wieder große Zuneigung zu dem Philosophen. Sie bemüht sich um Höflichkeit gegenüber Arius, einem von Caesarions Lehrern, den sie nicht mag und dem sie nicht traut, den sie aber ihres Sohnes wegen toleriert.

Cäsars Sohn schätzt Arius' Arbeit, der die philosophischen Schulen nach Logik, Physik und Ethik unterscheidet. Der Junge hat zwar den Verstand seines Vaters geerbt, nicht aber dessen Urteilsfähigkeit. Hatte Cäsar nicht diesen eitlen Narren Cicero gefördert, der ihn gleich mehrmals hinterging und der seinen Ehrgeiz so lange kritisierte, bis die Senatoren zu den Dolchen griffen? Cäsar hatte den intellektuellen Disput stets über die Loyalität gestellt, und Kleopatra fällt auf, dass ihr Sohn die gleiche Richtung einschlägt. Wie soll man jemandem die Gabe vermitteln, einen Charakter zu beurteilen? Kann man einem Menschen Urteilskraft beibringen? Hat sie in diesem Punkt versagt, weil sie sich mit einem Mann eingelassen hat, der nur noch in seinem Haus am Meer sitzt und dessen Männlichkeit, die früher im Krieg und bei den Frauen große Wirkung entfaltete, mittlerweile den Kurtisanen vorbehalten bleibt?

Kleopatra beendet die Unterhaltung mit den Philosophen und überlässt die Männer wieder sich selbst, damit sie sich auf die für die Mittagsstunde angesetzte Zeremonie vorbereiten können. Die

Idee dafür kam ihr, als sie in den Hafen ihrer großartigen Stadt einlief. Noch ehe das Schiff vor Anker ging, erteilte die Königin folgenden Befehl: Die Dichter sollten für ein stattliches Entgelt mehrere Lieder über ihren Sieg verfassen. Die Männer, die als Erste von Bord gingen, machten sich sofort auf den Weg in die Viertel, in denen die Poeten wohnten, die derlei Lobpreisungen schreiben konnten.

Als sie und Antonius dann jedoch erfuhren, dass einige ihrer Soldaten zu Octavian übergelaufen waren, sah sie, wie die Miene ihres Gemahls sich verdüsterte, wie er in sich zusammenfiel, wie seine Arme schlaff herunterhingen, als wäre er ein kranker Affe und nicht der Befehlshaber der größten Armee, die diese Welt je gesehen hatte. In jenem Augenblick hatte sie einen weiteren Einfall – sie musste den Lauf der Dinge beschleunigen. Irgendwann würden ihre Söhne sowieso die Macht ihres Vater beanspruchen.

Antyllus und Caesarion sind inzwischen junge Männer von vierzehn und sechzehn Jahren und damit nicht jünger als Alexander, der in diesem Alter bereits ganze Städte unter seine Kontrolle brachte, wozu sein Vater, der große Krieger König Philip, nicht fähig gewesen war. Vielleicht verbanden sich das Selbstvertrauen und die Frechheit von Antyllus mit Caesarions scharfem Verstand und ergaben den Führer, der ihr Vater nicht mehr sein konnte. Die Jungen sind mehr als Brüder, repräsentieren zwei Seiten einer großen Persönlichkeit und sind den beiden Seelen des Platon nicht unähnlich. Außerdem streiten sie nie. Zusammen ergeben sie ein großes Ganzes. Das Blut des Cäsar und das Blut des Antonius, vermischt mit dem Blut von Alexander und dem der Ptolemäer. Wie könnten sie da scheitern?

All dies hat Kleopatra ihnen immer wieder eingebläut. Mit dem Enthusiasmus, der jungen Männern eigen ist, saugen sie die Worte in sich auf. Beide sind mehr als willig, den Mantel, den ihre Mutter über ihre jungen und starken Schultern legt, zu tragen. Antyllus verspricht der Königin kurz und knapp, er werde die Männer seines

Vaters in dessen Namen zum Sieg führen. Er küsst ihr die Hand, neigt sich über sie, als wäre sie seine kleine Mutter, und küsst ihre Stirn. Für eine Sekunde wünscht sie, dass alles anders wäre, dass sie noch einmal von vorn anfangen, mit dem Mut und der Energie dieses jungen Mannes ihre Pläne in die Tat umsetzen könnte. Ihr eigener Sohn, der König der Könige, nimmt voller Dankbarkeit das Schicksal an, das ihm durch die Verbindung seines erhabenen Vaters mit seiner königlichen Mutter auferlegt wurde. Er lächelt nicht, sondern verbeugt sich förmlich. Gleich einem jungen Ast im Wind streckt er einen langen Arm aus. Selbst die Arme hat er vom Vater geerbt.

Canidius hat versprochen, den Imperator dem Anlass entsprechend anzukleiden und herzurichten, was ihm auch gelungen ist. Als Antonius auftaucht, ist er rasiert, eingeölt, trägt seine wunderschöne purpurne Feldherrnuniform und ist nüchtern, was allerdings nur denen auffällt, die ihn so gut kennen wie die Königin. Dennoch kann Kleopatra ihn nicht ansehen, ohne dass sich ihr Herz verkrampft. Seine einst schönen Züge versinken in aufgequollenem Fleisch. Seine braunen Augen, gegen die sie sich früher wappnen musste, weil schon ein einziger Blick sie am ganzen Körper erschauern ließ, starren hohl geradeaus. Zwei verschrumpelte Pilze haben den Platz eingenommen, wo früher die kühnen Augen eines Adlers wohnten.

Er lässt sich neben ihr auf einen Stuhl sinken. »Ich weiß, warum du das tust«, sagt er.

»Du hast mir keine andere Wahl gelassen«, erwidert sie. »Ich würde lieber den Vater als die Söhne unterstützen, aber der Vater ist verschwunden und hat einen Bettler in seinem Bett zurückgelassen«.

Daraufhin schweigt er.

Das Wetter an diesem leicht kühlen Septembertag ist ihnen glücklicherweise wohlgesonnen. Eine sanfte Brise vom Meer kommt während der Zeremonie auf, weht durch die Fenster der Halle und bauscht die Toga virilis auf, die Antyllus von seinem

Vater als Symbol seiner Mannwerdung erhält. Caesarion neigt das Haupt und nimmt aus der Hand seiner Mutter die Krone des Pharao entgegen. Jetzt ist er erwachsen. Innerhalb eines Augenblicks werden die beiden Knaben zu Männern.

Das war's, denkt Kleopatra, als sie in die erfreuten Gesichter ihrer Untertanen blickt. Mit großer Begeisterung spüren die Menschen die Kraft und Virilität der jungen Männer, die sie in die Zukunft führen werden. Jugend ist gleichbedeutend mit Hoffnung, und angesichts der Gerüchte, die über Antonius' Niedergang in der Stadt kursieren, klammert das Volk sich an diese Hoffnung. Kleopatras Plan geht auf. Die Menschen ignorieren den schlaffen, dickbäuchigen Vater und haben nur Augen für die kraftsprühenden, aufrechten Söhne.

Bevor Antonius sich abwendet und wieder zu seinen Orgien zurückkehrt, legt er die Hand auf den Arm seiner Frau. »Gib mir Zeit«, bittet er. »Ich weiß, es fällt dir schwer, Kleopatra, aber ich brauche einfach Zeit.«

Wider besseres Wissen keimt Hoffnung in ihr auf. Besteht etwa doch noch die Möglichkeit, dass er wieder der Mann wird, der er vor sechs Monaten noch gewesen war, als sie ihre Absicht feierten, auf Samos ein goldenes Reich zu errichten? Wie konnte die Seele dieses Mannes so schnell abtauchen? Wie gern würde sie seinen Worten Glauben schenken, doch seine Augen gleichen toten Seen, auch wenn der Ton seiner Stimme so klingt, als meine er es ernst.

PHÖNIZIEN:

Kleopatras sechzehntes Regierungsjahr

Charmion hielt die Schüssel, über die sich die Königin beugte. Hundeelend fühlte sie sich. Stets hatte Kleopatra geglaubt, nicht seekrank zu werden, doch sie war auch noch nie so kurz nach einer Geburt über eine dermaßen aufgewühlte See gesegelt.

Ptolemaios Philadelphus, der den Namen seines berüchtigten Vorfahren trug, hatte die Statur seines Vaters geerbt. Er war das größte von Kleopatras vier Kindern, hatte bei der Geburt zehn Pfund gewogen, und sein Kopf hatte das Ausmaß eines Diskus. Als die Königin den zukünftigen Prinzen auf die Welt brachte, meinte sie sterben zu müssen, rief währenddessen jeden Gott um Beistand an und fluchte lautstark, als die Gebete nicht fruchteten. Da ihr widerborstiger Sohn den Geburtskanal anscheinend nicht verlassen wollte, begann sie keuchend und verzweifelt, mit ihm zu reden, und versprach ihm, er würde eines Tages König werden, wenn er nur endlich auf die Welt käme. Unter höllischen Schmerzen erläuterte sie ihm, wer seine Vorfahren waren, von welchen Göttern er abstammte und erzählte von den großen Taten, die sein Vater als Kriegsherr und Soldat vollbracht hatte. Es hatte beinah den Anschein, dass der Junge sich erst bereiterklärte, das Licht der Welt zu erblicken, als sie ihm gelobte, er werde von seinen Brüdern das gesamte Imperium erben.

In dem Moment, als sein Kopf zum Vorschein kam, rief die Hebamme: »Was für ein Haupt der zukünftige Kaiser hat! Und was für Haare!« Der Junge hatte unverkennbar die braunen Locken von Antonius. Man hätte meinen können, er hätte schon dem Barbier seines Vaters einen Besuch abgestattet. Auch dessen Appetit schien er geerbt zu haben, denn kaum hatten sie ihn der rituellen Reinigung unterzogen, fing er an zu schreien, bis die Amme aus dem Bett geholt war und er endlich an ihrer Brust lag.

Kleopatra war immer noch völlig erschöpft von der Niederkunft, und ihre geschwollenen Brüste drohten vor lauter Milch zu bersten. Ausgerechnet in dem Zustand erhielt sie die niederschmetternde Nachricht von Antonius. Sie verlangte, das Kind selbst zu stillen, doch die Hebamme versicherte ihr, dass dies die Milchproduktion nur noch steigere. Es sei besser, etwa eine Woche zu leiden, bis der Körper verstand, dass die Milch nicht gebraucht wurde. Inzwischen waren drei Wochen verstrichen, und ihr Körper verstand immer noch nicht. Auch plagten sie nach wie vor heftige Unterleibsschmerzen, weil sie sich nicht richtig von der Tortur erholte. Die anderen drei Geburten waren zwar auch nicht gerade leicht, aber dennoch erträglich gewesen. Jedes Mal war sie schnell zu Kräften gekommen und saß zwei Wochen später schon wieder im Sattel. Waren die Schwierigkeiten bei dieser Geburt ihrem fortgeschrittenen Alter oder der Größe des Jungen zuzuschreiben? Alles in allem war es eine enorme Strapaze gewesen, die sie sich in diesen kritischen Zeiten eigentlich nicht erlauben konnte.

Die Botschaft ihres Gemahls war einfach und knapp: *Ein Drittel der Soldaten sind gefallen, die anderen brauchen dringend Kleider, Schuhwerk und Nahrung. Bitte komm so schnell wie möglich nach Leuke Kome an der phönizischen Küste, nördlich von Tyre.*

Hielt er sie etwa für eine Zauberin? Woher sollte sie auf einen Schlag Nahrung und Kleidung für sechzigtausend Männer nehmen? Und welchem Fehler in ihrem Schlachtplan war es geschuldet, dass sie unmittelbar nach Kriegsbeginn von einer Katastrophe solchen Ausmaßes heimgesucht wurden?

Dennoch plünderte sie die Vorräte ihrer eigenen Armee, ihr Vermögen, ihre Kornkammern sowie die Leder und Wolle verarbeitenden Manufakturen des gesamten Landes. Drei Schiffe hatte sie beladen lassen und ihren malträtierten Körper auf das vierte geschleppt.

Glücklicherweise rief ihr Treiben in der Stadt keinen Protest hervor, obgleich ihre Untertanen letztlich die Rechnung für das Scheitern ihres Gemahls begleichen mussten. Ihre Strategie war aufgegangen. Als Antonius nach ihrer Versöhnung in Antiochia nach Alexandria zurückgekehrt war, hatte sie ihn im Stil ihrer Vorfahren im Rahmen einer aufwändigen Zeremonie geheiratet. Nur stand diesmal kein Bruder, Vetter oder aufgeschwemmter Ptolemaios an ihrer Seite, sondern der bedeutendste Feldherr Roms. Nach der Zeremonie feierten die Alexandriner wie von Sinnen und eiferten dem neuen Gemahl der Königin nach, der wie Dionysos einen Kelch Wein nach dem anderen hinunterstürzte.

Die Reichen überhäuften Antonius mit atemberaubenden Geschenken, mit Gold, Juwelen, Statuen und Abschriften seiner Lieblingsdichter und -philosophen. Die Armen verneigten sich voller Ehrerbietung vor ihm. Sie liebten Antonius, seit er einundzwanzig Jahre zuvor mit Gabinius' Armee nach Ägypten gekommen und Kleopatras Vater wieder auf den Thron verholfen hatte. Sie hatten nicht vergessen, dass er den König überredet hatte, die ägyptischen Aufrührer zu begnadigen, wodurch er sich als barmherziger Sieger erwies. Dennoch konnte Kleopatra sich nicht sicher sein, dass ihre Untertanen seine Anstrengungen unterstützten, zumal sie bestimmte Güter und Luxusgegenstände deutlich höher besteuern musste, wenn sie diese Auseinandersetzung bis zum endgültigen Sieg finanzieren wollte. Allein deshalb musste Antonius, wenn schon nicht König, dann zumindest der Gefährte der Königin sein, also eine Art König, dem man abnahm, dass er nicht nur für die römischen, sondern auch für die ägyptischen Interessen kämpfte.

Mit der Heirat und der öffentlichen Anerkennung ihrer Kinder hoffte Kleopatra, ihre Untertanen in dieser Angelegenheit für sich gewinnen zu können.

Sie hatte sich nicht getäuscht. Nach der Hochzeitszeremonie wurden die neuen Namen ihrer Kinder verkündet – Alexander Helios und Kleopatra Selene, Bruder Sonne und Schwester Mond –, was die Untertanen zu stürmischem Jubel veranlasste. Die Bedeutung entging niemandem: Der Knabe Alexander war nun nicht nur der Namensvetter des mächtigsten Königs, der je gelebt hatte, sondern darüber hinaus auch noch Ra, die Sonne selbst, die göttliche Kraft, die das Getreide wachsen ließ, den Städten und Feldern Wärme schenkte, die Dunkelheit und Kälte der Nacht linderte und der Erde Licht brachte. Kleopatra Selen dagegen trug den bedeutungsvollen Namen ihrer Mutter und aller Königinnen, die vor ihr Kleopatra geheißen hatten. Zudem war sie die Mondgöttin, also jene Kraft, die Licht in die dunkle Nacht brachte und alle irdischen Geheimnisse barg. Antonius' Feind, der parthische König, nannte sich Bruder der Sonne und des Mondes. Als Kleopatra auf die Idee verfiel, ihren Kindern weitere Namen zu geben, waren sie und Antonius in schallendes Gelächter ausgebrochen, weil ihre Nachkommen nun diese Macht usurpierten und den parthischen König noch überflügelten.

Nach den Feierlichkeiten, als sie endlich allein waren, machte Antonius großes Aufheben um sein Hochzeitsgeschenk, eine Kette mit riesengroßen cremefarbenen Perlen aus dem Kaspischen Meer, die Kleopatra bis zum Bauchnabel reichte. Sie behauptete, noch nie so große Perlen gesehen zu haben, woraufhin er ihr erklärte, dass keine größeren existierten, da die Austern sich seinem Befehl gebeugt und eigens für ihn Perlen produziert hätten, die dem Hals einer Königin würdig waren. Anschließend bat er sie, ihm die Perlen so vorzuführen, wie er es sich beim Kauf vorgestellt hatte. Sie forderte ihn auf, ihr den Schmuck umzuhängen, was er nicht tat. Er ließ sie raten, wie er die Kette vorgeführt bekommen wollte, und sie ließ ihn zappeln, tauchte in unterschiedlichen Gewändern und immer neuen Frisuren auf, bis er sie rügte, sie sei offenbar doch nicht so klug, wie es den Anschein habe. Erst dann ließ sie langsam ihr Kleid zu Boden sinken und machte einen Schritt auf ihn zu, damit er ihr das Geschmeide um den nackten Hals legen konnte. Mit den Fingern fuhr er die beiden Stränge hinab bis zu ihrem Bauchnabel und legte dann beide Hände auf ihren Bauch.

»Schon wieder?«, fragte er lächelnd und ungläubig.

»Ja«, antwortete sie.

Er zog die Nadel aus ihrem Haar und drapierte es um ihre Schultern. »Du bist so fruchtbar wie der Nil, Mutter Ägyptens«, meinte er lachend.

Dann hob er sie hoch, trug sie zum Bett und liebte sie ganz sanft, was sonst gar nicht seine Art war, doch anscheinend wollte er Rücksicht auf das Kind in ihrem Bauch nehmen. Von da an legte er Abend für Abend die Lippen auf ihren Bauch, sprach mit dem Ungeborenen und entschuldigte sich im Voraus, dass er bei der Geburt im Krieg sein würde. Er erzählte ihm Geschichten von Göttern und Göttinnen, vom Krieg und – für den Fall, dass es ein Junge wurde – von ausschweifenden Orgien mit Prostituierten. »Über solche Dinge muss ein Mann Bescheid wissen«, erklärte er Kleopatra.

»Was, wenn es ein Mädchen wird?«

»Dann wird sie ebenso erhaben sein wie ihre Mutter und sich taub stellen.«

Kleopatra stellte sich nicht taub. Die Geschichten ihres Gemahles schürten vielmehr ihr Verlangen, und ihr Verlangen nach diesem Mann war unersättlich. Sie ließ nicht zu, dass seine vierjährige Abwesenheit ihr weiterhin zusetzte, sondern vergaß das Geschehene während ihrer leidenschaftlichen Versöhnung. Sie hatte sogar Hephaestion konsultiert, obschon er nicht der richtige Ansprechpartner für persönliche Belange war. Diese

Angelegenheit betraf aber nicht nur ihr Herz – auch ihr Königreich und die Zukunft ihrer Kinder hingen davon ab, dass Antonius das Vertrauen, das sie ihm schenkte, auch verdiente.

»Ich bin mir bewusst, dass Ihr den politischen Ratgeber und nicht den Philosophen um Rat bittet, Eure Majestät«, antwortete der Eunuch. »Wenn Ihr mich fragt, stellt Euer Leben mit dem Imperator ein durchaus kalkulierbares Risiko dar, und die Chancen stehen gut für Euch. Außerdem wirken Eure Majestät, wie soll ich es ausdrücken, glücklich.«

Sie war tatsächlich glücklich, glücklicher als jemals zuvor. Alles trug dazu bei, ihre Zuneigung zu Antonius noch zu verstärken: seine spielerische Art im Umgang mit den Kindern, seine Loyalität jedem gegenüber, dem er sein Wort gab, ob es ein guter Schuhmacher war, dessen Geschäft er zu fördern gelobte, oder der König einer Nation. Auch sein Sinn für Humor, während er den ganzen Tag hektisch von den ranghöchsten zu den einfachen Soldaten hetzte und sie auf den Krieg vorbereitete, und schlussendlich seine klare Vision von einem alle Völker der Welt einenden Reich spielten eine Rolle.

Bevor er den langen Marsch nach Parthien antrat, gaben er und Kleopatra eine Münze mit ihren Köpfen heraus. Auf der einen Seite stand das traditionelle Datum, Kleopatras fünfzehntes Regierungsjahr, die andere trug die Gravur »Jahr eins«. Die Münze sollte das erste Jahr des Goldenen Zeitalters der gemeinsamen Herrschaft der ägyptischen Königin und Nachfahrin Alexanders und des römischen Feldherrn, des geistigen Nachfolgers des Königs, symbolisieren.

»Das Fundament ist gelegt, mein Liebster«, sagte Kleopatra. Sie begutachteten gerade ein Muster der Münze, ehe sie in der königlichen Münzanstalt in Serie ging. »Unser Reich wird das Höchste und Beste aller Völker auf Erden in sich vereinen.«

Diese Ansicht setzten sie auch ihren Nachkommen auseinander. Sie erwarteten nicht, dass die Kinder es verstanden, doch sie wollten ihnen von Anfang an klarmachen, dass sie einer wichtigen Sache dienten, die größer und kühner, schöner und bedeutsamer als jeder Einzelne von ihnen war. Mit Interesse saugte Antyllus die Worte seiner Eltern in sich auf. Caesarion, der Philosoph, fragte Antonius, ob es immer nötig sein werde, in den Krieg zu ziehen, um Frieden zu schaffen.

»Die Starken tun, was ihnen gefällt, die Schwachen dagegen müssen das ihnen aufgezwungene Schicksal ertragen. Dieser Ausspruch ist berühmt, auch Cäsar hat ihn oft gewählt. Doch dass dieser Satz schon oft zitiert wurde, bedeutet noch lange nicht, dass er nicht wahr wäre. Sind wir schwach, so haben wir keine Macht. Wenn wir nicht schwach sein wollen, gibt es nur einen Weg, nämlich stärker als alle anderen zu sein. Es wird immer Menschen geben, die uns die Macht entreißen möchten. Deshalb existiert für uns nur ein Weg, den Frieden zu wahren, was in unseren Augen das höchste Gut ist: unbeirrbare Stärke. Julius Cäsar hat auch stets behauptet, dass es einen unanfechtbaren Herrscher geben müsse, weil sonst das Chaos regiert. Roms jüngste Geschichte beweist eindeutig, dass er recht hatte.«

»Aus welchem Grund sind ausgerechnet wir zu solchen Herrschern auserwählt?«, fragte Caesarion. Die ernste Miene des Zwölfjährigen erinnerte an die eines alten Mannes.

»Unsere Herkunft und Erfahrung verleihen uns dieses göttliche Recht«, antwortete Kleopatra. »Wir halten die Prinzipien Alexanders hoch, die der Welt und ihren Bewohnern Größe verleihen werden: Harmonie soll herrschen unter den Nationen, alle Götter, Religionen und Völker müssen respektiert werden. Und wir müssen nach den griechischen Idealen Wissen, Tugend, Intelligenz und Schönheit streben.«

»Wie werden wir dies erreichen?«

Kleopatra fragte sich, ob ihr Gemahl die Situation genauso empfand wie sie, ob auch er den Eindruck hatte, dass der Junge sich wie ein Lehrer aufführte, der seine klügsten Schüler einer Prüfung unterzog.

Antonius antwortete: »Vor einigen Jahren habe ich mit allen Herrschern dieser Welt, die ich zusammenrufen konnte, eine Konferenz abgehalten. Damals habe ich entschieden, dass es die beste und menschlichste Methode sei, Roms Territorien, die unter meiner Jurisdiktion standen, zu verwalten, wenn ich den Menschen weiterhin erlaubte, sich selbst zu regieren. Anstatt ihnen einen römischen Statthalter vor die Nase zu setzen, einen Mann, dessen Gier ihn veranlassen könnte, das Volk zu knechten, gab ich den bereits existierenden Regierungen ihre Macht zurück. Nun haben sie noch mehr Grund, mir die Treue zu halten, anstatt hinter meinem Rücken eine Rebellion anzuzetteln. Dennoch spüren sie meine ganze Macht, die ihnen zur Verfügung steht, wann immer sie diese benötigen.«

»Das ist ein brillantes System«, fügte Kleopatra hinzu. »Außerdem entspricht es voll und ganz Alexanders Vorstellungen.«

»Ich verstehe, werter Vater«, meinte Caesarion. Er hatte um Erlaubnis gebeten, den Imperator Vater nennen zu dürfen. Daraufhin hatte Antonius erwidert, es sei ihm eine große Ehre, vom Sohn des Mannes, den er Vater genannt hatte, so angeredet zu werden. »Was ist mit jenem anderen Mann, der sich Cäsar nennt? Wird er dieses Reich zusammen mit uns regieren wollen?«

Antonius und Kleopatra wechselten einen Blick. Sie hatten sich darauf geeinigt, ihre Kinder nicht mit Erzählungen über den heimtückischen Octavian zu ängstigen. Außerdem hofften sie, dass Octavian klug genug war, mit ihnen zu kooperieren, nachdem sie die Parther besiegt und die Kontrolle über das Gebiet vom Indus bis zur Westgrenze Ägyptens, vom Sudan bis zu den nördlichen Territorien, die Griechenland und den Balkan markierten, erlangt hatten.

»Er wird über die Stadt Rom, Italien und die Länder am westlichen Mittelmeer herrschen«, entgegnete Antonius. »Sie sind sehr weit weg und müssen aus der Nähe regiert werden. Wir werden hier in Alexandria leben und uns um die östlichen Territorien kümmern.«

»Ich will mir Mühe geben, dich bei deinen Anstrengungen nach aller Kraft zu unterstützen«, versicherte Caesarion.

Kleopatra lächelte, denn genau dies hätte sie in demselben ernsten Ton ihrem Vater versprochen.

»Komm her, mein Junge«, sagte Antonius, umarmte Caesarion und fuhr ihm durchs Haar. »Du bist viel zu ernst für dein Alter. Warum vergnügst du dich zur Abwechslung nicht mal?«

»Ich möchte mit dir in den Krieg ziehen«, sagte der Junge und strich sein Chiton glatt. »Ich wäre gern dabei, wenn du das alte Phraaspa einnimmst, wo sich die Schatzkammer der Parther befindet!«

»Wenn die Zeit reif ist«, antwortete der Imperator. »Wenn die Zeit reif ist, werde ich all meine Söhne bitten, mich zu unterstützen. Dann und nur dann können sie sich zu Recht Männer nennen.«

»Wirst du mir gegenüber auch keine Vorurteile hegen, weil ich als Soldat nicht so gut bin wie mein Bruder?«, fragte Caesarion und betrachtete den größeren, deutlich muskulöseren Antyllus. »Tag für Tag besiegt er mich im Schwertkampf und im Wettlauf. Wäre ich nicht sein Bruder, würde er mich töten!«

»Lass mich dir mal etwas sagen, mein Junge«, begann Antonius. »Im Kampf hat es keinen klügeren und entschlosseneren Mann gegeben als deinen Vater. Auch keinen, der dünner oder ungesünder war. Cäsar hat uns eine wichtige Kriegslektion erteilt: Die schärfste Waffe eines Mannes ist sein Verstand. Diesen Verstand hast du geerbt, genau wie er wirst du daher lernen, deine Physiognomie zu deinem Vorteil einzusetzen. Dessen bin ich mir sicher.«

Voller Selbstvertrauen ging Caesarion nach diesem Gespräch von dannen. Wie alle anderen Männer, die Antonius unterstehen, dachte Kleopatra. Niemand war gewappnet gegen den Charme des Römers. Niemanden machte er nieder, sondern er baute so gut wie alle auf. Das war eine seltene Gabe. Genau wie Cäsar anderen Ehrfurcht einzuflößen vermochte, schenkte

Antonius seinen Mitmenschen Selbstvertrauen. Kleopatra bewunderte beide Stärken, war sich allerdings nicht ganz sicher, welche ihrer Sache besser diente.

* * * * *

Als Kleopatra mit ihrer Lieferung in Leuke Kome eintraf, bettete Antonius seinen Kopf auf ihren Schoß und weinte wie ein Kind. Seine Verzagtheit irritierte sie. Ausgerechnet der Mann, dem sie ihr Leben und ihre Zukunft anvertraut hatte, vergoss Tränen über die vielen Tausend verlorenen Männer, die entweder im Pfeilhagel der Parther oder in Schneemassen, von denen sie in Armenien heimgesucht worden waren, gestorben waren. Die meisten Männer stammten aus wärmeren Regionen, sagte er, und hätten noch nie unter solchen Bedingungen gekämpft. Doch damit nicht genug, Monaeses hatte sie verraten, da er den Bündnispartner gewechselt hatte und den Wagenzug mit der Belagerungsausrüstung befehligte, während Antonius mit einem Großteil seiner Legionen nach Phraaspa vorausmarschiert war. Bei ihrer Ankunft war die Stadt befestigt und die nötige Ausrüstung für die Belagerung vernichtet worden. Sie versuchten, mit Holz und Steinen aus der Gegend ein eigenes Fort zu errichten, das jedoch nicht standhielt. Da es ihnen nicht gelang, Phraaspa einzunehmen, zogen sie sich zurück und mussten sich in den Bergen den Schneestürmen und den parthischen Bogenschützen stellen. Außerdem litten sie Hunger.

Nun saß Antonius da und weinte, weil er die Lage falsch eingeschätzt hatte. »Den Tod all dieser Männer habe allein ich zu verantworten. Hätte ich doch nur eher die Entscheidung getroffen loszumarschieren, dann hätten wir vielleicht vor dem Wintereinbruch siegen können.«

»Aber du konntest nicht wissen, dass die Stürme dieses Jahr schlimmer werden würden als in den letzten Jahrzehnten«, meinte Kleopatra. »Es ist unmöglich, so etwas vorherzusehen.

Zudem musstest du warten, bis Canidius mit Media verhandelt hatte und die Gebiete für den Durchmarsch gesichert waren. Deine Strategie war richtig, werter Imperator. Man zieht nicht übereilt in einen Krieg!«

Antonius ließ sich nicht beschwichtigen. Hätte er nur nicht entschieden, die schweren und spärlich bewachten Gerätschaften zurückzulassen.

»Dir ist gar keine andere Wahl geblieben«, befand sie. »Du konntest wohl kaum einer ganzen Armee die schwere Ausrüstung aufbürden und ein langsameres Tempo einschlagen, zumal du im Wettlauf mit dem Wetter warst.«

»Kann sein«, meinte er. »Aber ich habe mit Monaeses einen Vertrag geschlossen und war von seiner Loyalität überzeugt, auch wenn er damit nur seine eigenen Interessen verfolgte.«

In diesem Punkt vermochte sie ihn nicht zu trösten. Man konnte zugegebenermaßen nicht auf die unabdingbare Treue eines Dritten hoffen. Der Kampf innerhalb ihrer eigenen Familie um die Herrschaft über Ägypten war immer wieder von Verrat geprägt gewesen. Warum also sollte ein barbarischer König anders handeln?

»Cäsar hat auch solche Fehler begangen«, erinnerte sie Antonius. »Wie viele Bündnisse hat er mit den gallischen Führern geschlossen, die sich gegen ihn wandten, kaum dass er ihrem Dorf den Rücken kehrte?«

Dennoch fühlte Antonius sich verantwortlich.

»So wie ich mir die Schuld gebe, wenn der Fluss nicht über die Ufer steigt, das Getreide nicht wächst und mein Volk hungert und leidet«, sagte sie. »Aber auch von diesem Rückschlag wirst du dich wieder erholen.«

Sie versuchte, ihren Gemahl aufzumuntern, erzählte ihm von dem Neugeborenen, seinem Sohn, der ihm wie aus dem Gesicht geschnitten war. Doch Antonius erwiderte nur, er sei froh, dass der Junge noch so klein sei und nicht begreife, welche Schande sein Vater über ihn gebracht hatte.

»Ich habe mich kürzlich länger mit Canidius Crassus unterhalten, und er behauptet, die Art und Weise, wie du deine Mannen geführt hast, sei ihm immer eine Inspiration gewesen. Wärst du nicht so ein guter Führer gewesen, wären sie gewiss alle durch die Hand des Feindes gestorben. Oder sie wären verhungert oder hätten, um diesem Schicksal zu entgehen, Verrat begangen.«

»Ich sollte Canidius für seine Lügen auspeitschen lassen.«

Als er endlich genug Tränen vergossen, sich genug Vorwürfe gemacht hatte, nachdem er die längste Zeit auf und ab gelaufen war, gestöhnt und mit den Fäusten gegen die Wand geschlagen hatte, schlug seine Stimmung um, und er fing an, über zukünftige Siege zu sprechen. Er war vollkommen anders als Cäsar und auch ganz anders als die anderen Römer, die Kleopatra kennengelernt hatte. Antonius war durch und durch ein Gefühlsmensch und ähnelte in dieser Hinsicht sehr den Griechen. Indem er seinen Gefühlen freien Lauf ließ, war er anscheinend auch in der Lage, seine Trauer zu überwinden. Ein paar Stunden später saßen sie jedenfalls mit Canidius zusammen, tranken Wein und planten den nächsten Schritt.

»Sind die Männer im syrischen Winterquartier bequem untergebracht?«, wollte Kleopatra wissen.

»Wenn sie erst Eure großzügigen Vorräte erhalten haben, dann ja«, meinte Canidius.

»Gut. Wir werden also den nächsten Schritt in Alexandria ausarbeiten.«

»Ich kann mich deinem Volk nicht zeigen«, meinte Antonius. »Ich habe den Menschen den Sieg versprochen, und nun muss ich auf Knien vor ihnen rutschen.«

»Dann werden wir eben so tun, als hätten wir gesiegt, werter Imperator. Du lebst und bist gesund. Für mich ist das Sieg genug.«

»Kleopatra, den Göttern sei Dank, dass du auf meinen Hilferuf so schnell reagiert hast.«

»Was hätte ich denn tun sollen? Du bist mein Gemahl«, meinte sie. »Du kannst über alles verfügen, was mein ist.«

»Wenn meine anderen Partner doch nur genauso ehrenhaft handelten«, warf er verbittert in die Runde.

»Genug der Trauer über Monaeses' Verrat, werter Imperator!«, sagte sie. »Dieser Mann besitzt kein Ehrgefühl, sondern folgt stets demjenigen, in dessen Taschen er greifen kann. Diesmal bist du dafür einfach zu weit weg gewesen.«

»Ich meinte meine Frau.«

Kleopatras Herz pochte heftig in ihrer Brust. Hatte etwa jemand Gerüchte in Umlauf gebracht, sie habe die Absicht, das Vertrauen von Antonius zu missbrauchen? »Was um alles in der Welt meinst du? Bin ich nicht mit allem, was du verlangt hast, hierhergekommen, und das so kurz nach der Geburt unseres Kindes?«

»Meine Liebste, es tut mir leid. Ich meinte Octavia.«

»Octavia hat dich verraten?«

»Sie oder ihr Bruder. Oder beide zusammen. Als ich im syrischen Hauptquartier eintraf, erhielt ich einen Brief von Octavia. Sie war in Athen, wollte sich mit mir in Syrien treffen und zu meiner Unterstützung zweitausend Soldaten mitbringen.«

»Ich verstehe«, sagte Kleopatra und fühlte sich auf einmal hundsmiserabel. Erwartete man womöglich von ihr, dass sie Octavia empfing?

»Nein, das tust du nicht. Octavian hat mir *zwanzigtausend* Männer versprochen. Nun speist er mich mit einem Zehntel ab. Er will mich allmählich zugrunde richten.«

»Wie hast du darauf reagiert?«

»Ich habe zurückgeschrieben und sie aufgefordert, nach Hause zu gehen und die Männer mitzunehmen. Schließlich bin ich kein Narr. Mir ist sonnenklar, was er vorhat.«

»Was hat er denn vor?«

»Er will unser Bündnis auflösen, ist aber nicht Manns genug, es offen zu tun.«

»Wir haben gewusst, wie er sich verhalten würde«, meinte Kleopatra.

»Damit nicht genug. Er hat Lepidus aus unserer Koalition entlassen, ohne sich mit mir zu besprechen. Eine unerhörte Dreistigkeit! Das ganze nordafrikanische Territorium hat er Lepidus weggenommen und sich einverleibt. Natürlich habe ich sofort eine Nachricht nach Rom geschickt und von ihm eine Entschuldigung und meinen Anteil an den konfiszierten Ländern verlangt. Weißt du, was er gewagt hat, mir zu antworten? Er schrieb, er sei entzückt, Nordafrika mit mir zu teilen, wenn er seinen Anteil an Armenien erhalte.«

»Nachdem du ein derart schreckliches Jahr erlebt und so viele Männer, die Rom treu dienten, verloren hast? Der Mann ist wahrlich niederträchtig.«

»Ja, manche Männer können so unehrenhaft sein, dass es schon an Niedertracht grenzt. Keine fünfundzwanzig Jahre ist er alt, dieser kleine, heimtückische Lustknabe. Und in jeder Schlacht täuscht er Krankheit vor, wusstest du das? Kaum dass der Kampf beginnt, zieht er sich mit einem plötzlichen Fieberanfall in sein Zelt zurück!« Antonius zitterte am ganzen Körper, als müsste er den Ekel abschütteln. »Hätte er nicht Marcus Agrippa, der seine Armeen führt, wäre er ein Niemand.«

»Dann ist das also der Schlüssel zum Erfolg«, meinte Kleopatra. »Wir müssen Agrippa ermorden lassen. Ich frage mich, ob Ascanius noch am Leben ist?« Sie musste an den Mann mit der finsteren Miene denken, der eines kalten Morgens in Puteoli zwanzig Feinde ihres Vaters ohne großes Aufheben aus dem Weg geräumt hatte. Selbst als Zwölfjährige hatte seine außerordentliche Zielstrebigkeit sie tief beeindruckt.

Mit einem Mal richtete Antonius seinen ganzen Zorn auf sie. »Glaubst du allen Ernstes, ich würde mich an der Ermordung eines römischen Feldherrn beteiligen, der nicht mein Feind ist? Für wen hältst du mich? So handelt ein Octavian, aber nicht ich.«

»Vielleicht müssen wir uns seine Taktik zu eigen machen, wenn wir ihn besiegen wollen. Schließlich triumphiert nicht immer der Ehrenmann. Können wir nicht mit Agrippa verhandeln?«

»Einen Versuch ist es wert, aber ich glaube nicht, dass wir damit Erfolg haben werden. Für seine Loyalität hat er nicht nur auf das Vermögen seiner Familie, sondern auch auf seine Stellung verzichtet. Ich vermute, die beiden sind auf ewig verbündet.«

»Warum nur hat Cäsar uns diesen Fiesling aufgebürdet?«, fragte Kleopatra leise. »Ich habe gebetet, um eine Antwort auf die Frage zu erhalten, aber keine bekommen.«

»Ich dachte, du kanntest den Mann, Kleopatra.«

»Das dachte ich auch, doch manchmal konnte ich seine Gedankengänge nicht nachvollziehen.«

Die Miene des Römers erstarrte, und er kniff wütend die Augen zusammen. Kleopatra glaubte, er versuche den Schmerz zu unterdrücken, der an ihm nagte, seit Cäsar seinen kraftlosen jugendlichen Neffen zu seinem Nachfolger ernannt hatte, und nicht den Mann, der mit Leib und Seele an Cäsars Seite gekämpft hatte. Den Mann, dessen Mut, Tapfer- und Waghalsigkeit er einige seiner größten Triumphe zu verdanken hatte. Sie beide teilten etwas, was sie auf eine Art und Weise zusammenschmiedete, wie es kein Eheversprechen vermochte: Cäsar hatte sie beide geliebt und in der Stunde seines Todes verraten.

Irgendwann brach Antonius das Schweigen. »Ich habe meinen Frieden mit Cäsar geschlossen und mich entschieden zu glauben, dass er keinen Augenblick lang daran dachte, Octavian könnte für uns oder deinen Sohn je eine Bedrohung darstellen. Ich kann mir einfach nicht vorstellen, dass er wusste, wozu dieser Junge fähig ist.«

Entweder das, dachte Kleopatra, oder er hat es doch gewusst, ihn dafür bewundert und beschlossen, ihm freie Hand zu lassen.

ROM:

KLEOPATRAS SIEBZEHNTES REGIERUNGSJAHR

War diese Königin eine Art ägyptische Zauberkuh? Wie schaffte sie es nur, immer wieder Söhne zu gebären? Höchstwahrscheinlich wandte sie schwarze Magie an, die bekanntlich in diesen verfluchten Ländern im Fernen Osten, an jenen Orten, wo dickleibige Potentaten ihr Volk verhexten und auf dem Rücken ihrer armen, verzauberten Untertanen ihrem dekadenten Luxus frönten, gang und gäbe war. Zuerst hatte sie ihren Zauber eingesetzt und Cäsar einen Sohn geschenkt, was nur bewies, dass sie mit dunklen Mächten zusammenarbeitete. Der Diktator war in die Betten von vielen Hundert Frauen in aller Herren Länder gestiegen, und keine einzige von ihnen hatte je behauptet, ihm einen Sohn geschenkt zu haben. Er hatte nur ein Kind gezeugt, ein Mädchen, danach hatte sein Samen kein Leben mehr entstehen lassen.

Octavian fragte sich, ob Cäsars gleichgeschlechtliche Affären sich negativ auf seinen Samen ausgewirkt hatten, und falls ja, ob ihm das gleiche Schicksal bevorstand. Octavian hatte nur getan, was er tun musste, und wer hätte an seiner Stelle anders entschieden? Der Preis für das, was danach kam, war gering gewesen und – um bei der Wahrheit zu bleiben – auch nicht unangenehm, zumal es sich um sein erstes Liebesabenteuer mit einem Mann gehandelt hatte. Zweifellos hatte Cäsar jede Kunstform, jede Philosophie, jedes Theaterstück, jede Komödie und jede Tradition geliebt, die dieses winzige Land hervorbrachte. Gewiss hatte er an Plato und das Symposium gedacht, als er in

Spanien Octavian mit in sein Zelt nahm und ihm auseinandersetzte, wie ein Mann von Rang einem Jungen seiner Wahl seine Macht übertrug und ihn richtig auf sämtliche gesellschaftlichen Pflichten vorbereitete.

Der Vorschlag hatte Octavian überrascht, aber seine Mutter hatte ihm aufgetragen, Cäsar *in jeder Hinsicht* zufriedenzustellen, und ihn gewarnt, es komme nicht in Frage, dass er nicht gehorchte, unangenehm auffiel oder unsympathisch erschien. »Julius richtet über deine Zukunft«, hatte sie offen gesagt. »Fördert er dich, wirst du über allen anderen Männern stehen. Falls er sich jedoch entschließt, sich einem anderen gegenüber großzügig zu erweisen, wirst du auf dich allein gestellt sein und in Zukunft ausschließlich auf deine Talente und deine Fähigkeiten bauen können.« Dann hatte sie ihn mit einem Blick bedacht, der ihm unmissverständlich klarmachte, dass die zweite Option angesichts seiner bislang an den Tag gelegten Fähigkeiten alles andere als verlockend war. Tja, hatte er gedacht und in sich hineingelacht, so viele Männer haben weitaus mehr für weitaus weniger geopfert.

Kleopatra, die sich nicht damit zufriedengab, einen Bastard zu gebären, der Octavians Macht für sich beanspruchen konnte, hatte Antonius inzwischen jedoch nicht nur einen, sondern gleich zwei Söhne geschenkt. Der Römer hatte bereits zwei Söhne, Antyllus und den jüngeren Antonius, diesen großen mutterlosen Knaben, der bei Octavia im römischem Zuhause seines Vaters lebte. Wieso machten die Götter ihm zwei weitere Söhne zum Geschenk? Hatte diese forsche Königin, die von sich behauptete, die auf Erden wandelnde Isis zu sein, da etwa an Stelle der Götter über das Schicksal entschieden? Es kam nicht von ungefähr, dass der Senat dic Verehrung der Isis immer wieder verbieten musste. Diese Göttin trieb die Frauen richtiggehend in den Wahnsinn. Sie flehten sie an, ihnen jeden Wunsch zu erfüllen und ihnen zu geben, was ihre Männer, Söhne und Regierungsvertreter ihnen vorenthielten. Mitunter verlangten sie

Dinge, die anständige, ehrliche Frauen nicht brauchten und nicht begehren sollten. Und sie hegten Wünsche, denen die unnachgiebigeren römischen Götter kein Ohr liehen.

Ich bin Isis. Ich bestimme das Schicksal. Das Schicksal beugt sich mir. Diese Worte sangen die Frauen in ihrem Tempel. Jeder halbwegs vernünftige Mensch begriff sofort, wie ungehörig so etwas war.

Octavian konzentrierte sich wieder auf die Spiele. Da die Sonne hoch am Himmel stand, war die Hitze unter dem Baldachin, unter dem er mit Livia saß, unerträglich. Auf sein Zeichen hin wurden die Leoparden in die runde Arena getrieben. Was für ein Aufwand, diese wilden Tiere eigens für das Spektakel herbeizuschaffen. Es kostete ein Vermögen, die Biester in Afrika zu jagen und zu fangen, sie in Käfige zu stecken, zu füttern und nach Rom zu bringen. Menschen, die mit diesen Tieren umzugehen wussten, waren rar und lebten oft nicht lange. Sie mussten nur eine Hand oder einen Fuß verlieren, und schon war ihr erfolgreiches Dasein vorbei.

Kein Wunder, dass die aufwändigen Vorbereitungen Cäsar ermüdet hatten. Wie sehr müssen sie einen Krieger gelangweilt haben. Dennoch betonte Cäsar die Bedeutung dieser Veranstaltungen. Er war letztlich auch auf die Idee gekommen, die Gladiatorenkämpfe, ursprünglich ein fester Bestandteil von Totenfeiern, in Triumph- und Siegesfeiern umzuwandeln. Auf ihn selbst übten die Spektakel keine Faszination aus. Der Imperator verbrachte seine Freizeit lieber mit Intellektuellen und Künstlern. Andererseits wies er Octavian darauf hin, dass die Wettkämpfe ein notwendiges Übel waren. Er hatte recht behalten, denn die Menschen waren ganz erpicht darauf. In manchen Vierteln forderten die Frauen sogar, ihre Männer begleiten zu dürfen, doch dieses Anliegen gedachte Octavian nicht zu unterstützen. Schließlich pflegten Frauen schon bei der kleinsten Kleinigkeit die Beherrschung zu verlieren. Brachte allein die Verehrung einer Göttin sie schon zur Raserei, wozu waren diese

Wesen dann wohl erst fähig, wenn sie zusahen, wie so viel Blut vergossen wurde?

Octavian verdrängte die Leidenschaften der Frauen und widmete sich voll und ganz den Leidenschaften jenes Weibsbildes, das in seinen Augen nur bewies, wie schlimm es um das weibliche Geschlecht bestellt war. Ach, wie eine Kaiserin paradierte sie durch die Territorien von Antonius. Und sie hatte keine Ahnung, wie wirkungsvoll Octavian ihre Pläne konterkarierte. Nach der Niederlage des Imperators in Phraaspa hatte Octavian eine traurige kleine Rede im Senat gehalten. Armer Antonius, rief er. Wie können wir diesen bedeutenden Mann nur aus den Fängen dieser heimtückischen Frau retten? Derart verzaubert hat sie ihn, dass er seinen Feldzug Monat um Monat verschob, nur um noch länger in ihren Armen liegen zu können! Lieber nahm er den weißen Tod im armenischen Winter in Kauf, als auf ein kurzes Schäferstündchen im Bett seiner Geliebten zu verzichten. Nach dem in Phraaspa erlittenen Rückschlag wartet er nicht etwa, bis der Winter vorbei ist, um im Frühjahr erneut anzugreifen, sondern er ruft sie zu sich und fordert sie auf, nach Leuke Kome zu eilen, weil er es nicht erwarten kann, sie wiederzusehen! Nicht einmal den weiten Weg nach Alexandria konnte er auf sich nehmen, so sehr verlangte es ihn nach ihr. Betet für ihn, Senatoren! Betet darum, dass er wieder zur Vernunft kommt!

Mit der Wirkung seiner Rede war Octavian mehr als zufrieden. Schon bald bedauerte ganz Rom das Schicksal von Antonius, und jeder sah den Unterschied zwischen dem zügellosen Ehebrecher, der seine Tage in Kleopatras luxuriösem Bett verbrachte, und dem treuen Octavian, der mit der zurückhaltenden, liebenswerten Livia lebte.

Trotz Octavians Bemühungen überwanden Antonius und Kleopatra die Krise schnell. Die Königin hatte ihren Gemahl mit nach Alexandria genommen, sein angeschlagenes Ego gestärkt und dafür gesorgt, dass er wieder zu Kräften kam. Im

Frühling begleitete sie ihn nach Syrien, ritt wie sein Stellvertreter neben ihm und benahm sich fast schon wie Fulvia! Danach marschierte er allein in Armenien ein. Den ganzen Sommer über reiste sie mit ihrem aus Hunderten von Griechen und Ägyptern bestehenden Gefolge kreuz und quer über den Globus, tischte ihren Begleitern die üppigsten Mahlzeiten auf, schenkte ihnen Gold und Juwelen, machte ihren Gastgebern die teuersten Geschenke und tat ihnen gar manchen Gefallen. In sämtlichen von Seleukos gegründeten Städten war sie zu Gast und rief allen in Erinnerung, dass ihr Vorfahre Ptolemaios Alexanders Befehlshaber und sein Nachfolger gewesen war. Apamaea, Emesa, Damaskus. Keine Stadt ließ sie aus. Allen führte sie ihre dekadente Überlegenheit vor.

Schließlich kam sie nach Judäa, wo sie versuchte, Herodes auf ihre Seite zu ziehen. Das fruchtbarste Ackerland hatte sie ihm gestohlen und ihn praktisch des Zugangs zum Meer beraubt. Dennoch forderte sie von ihm, seinen Schwager zum Hohepriester zu ernennen. Fast hatte es den Anschein, dass Herodes' Schwiegermutter Alexandra vom selben Schlag wie Kleopatra war. Die beiden Diktatorinnen schlossen Freundschaft. Und als die eine Diktatorin der anderen vorschlug, ihr Sohn solle zum Hohepriester ernannt werden, war die Sache besiegelt. Herodes hatte Octavian heimlich geschrieben und ihn in dieser Sache um Rat gebeten. Octavian antwortete ihm kurz und knapp: Falls Euch keine andere Möglichkeit bleibt, hievt den Knaben auf den Posten und lasst ihn danach töten. Fürchtet Euch nicht, nicht einmal vor dem Zorn Kleopatras. Pläne, sie auszuschalten, werden schon geschmiedet. Ohne zu zögern setzte der junge Herodes Octavians Anregung in die Tat um. Kurz darauf ertrank der Hohepriester, ein siebzehnjähriger Junge, unter mysteriösen Umständen.

Dennoch erwies Antonius sich als standfest. Obgleich Octavian heimlich mit dem König von Armenien in Verhandlungen getreten war, um den Einmarsch des Römers zu verhindern, nahm Antonius Armenien und Media im Sturm, setzte die armenische Königsfamilie fest und brachte sie als seine Gefangenen nach Alexandria. Von seinem neuen Hauptquartier aus schickte er anschließend die Nachricht von seinem Erfolg nach Rom. Da er im Namen des Imperiums Media und Armenien erobert hatte, musste Octavian nun ihm zu Ehren diese Wettkämpfe veranstalten.

Trotzdem unterlief Antonius ein schwerer Fehler. Anstatt nach Rom zurückzukehren – was ihm im Grunde genommen unmöglich war, da er noch immer das riesige Reich der Parther unterwerfen musste –, hielt er seine Siegesparade in Alexandria ab. Als Octavian begriff, welches Geschenk Antonius ihm damit gemacht hatte, schwebte er im siebten Himmel. Gewiss, er würde sämtliche Spiele ausrichten, die Antonius zu seinen Ehren ausgerichtet haben wollte. Wen kümmerte es, wie viele Tiere ihr Leben im Namen des Imperators lassen mussten? Er, Octavian, würde dessen Anhängern in Rom deutlich machen, dass der erfolgreiche Feldherr seinen Sieg nicht mit dem römischen Volk auf römischem Boden feierte, sondern in Alexandria, mit Kleopatra. War das nicht ein eindeutiger Beweis für seine finsteren Machenschaften? Gegenüber einigen wenigen hatte er dies bereits angedeutet und beobachtet, wie sich ihre Mienen langsam verdüsterten. Kleopatra war es gelungen, aus Antonius einen Verräter zu machen. Gepriesen seien die Götter! In den Augen der Römer war Antonius immer noch ein Held, ein großer Mann, der nicht offen angegriffen werden konnte. Doch Kleopatra – das war eine ganz andere Geschichte.

Die beiden waren wohl nicht mehr ganz bei Sinnen und erfreuten sich offenbar bester Stimmung, doch er würde sie langsam, aber sicher auf den Boden der Tatsachen zurückholen. Als Antonius Octavia nach Rom zurückschickte, was einer Beleidigung gleichkam, war Octavian seinem Ziel schon ziemlich nah gewesen. Antonius hatte ihr klägliches Hilfsangebot ausgeschlagen und – was Octavian inständig gehofft hatte – um die Scheidung gebeten. Octavian nutzte die Gelegenheit und bestand trotz der Einwände seitens seiner Schwester darauf, dass sie die Rolle der zu Tode betrübten und verletzten Gattin spielte, die er ihr persönlich auf den Leib schrieb.

Zuerst appellierte Octavian öffentlich an seine Schwester, umgehend aus dem Haus seines Widersachers auszuziehen, gelangte jedoch schnell zu der Einsicht, dass er einen taktischen Fehler begangen hatte und es ihm deutlich mehr nutzte, wenn er ihre Demütigung immer wieder vorführte. Deshalb überredete er sie, sich in aller Öffentlichkeit zu weigern, seiner Aufforderung Folge zu leisten, und in Gegenwart aller Senatoren, denen er habhaft werden konnte, darauf zu beharren, dass sie Antonius, ihrem rechtmäßigen Gatten, weiterhin treu zur Seite stand. Immerhin war er der Vater ihrer zwei kleinen Mädchen und hatte seine beiden Söhne in ihre Obhut gegeben. Welch wundervolles Schauspiel das gewesen war!

Nein, hatte Octavia gesagt, ich werde diese beiden mutterlosen Knaben nicht im Stich lassen. Octavian hatte ihr zugeraten, mit zitternden Lippen und gesenktem Blick genau so weiterzumachen. Schwer zu sagen, ob sie dazu tatsächlich in der Lage war. Doch sie erhob sich und verkündete: »Auch wenn mein Mann eine Schwäche für Frauen hat, so flehe ich dennoch die Götter an, dass er endlich aufwacht, aus dem Bett der Königin steigt und zu seiner rechtmäßigen römischen Gemahlin zurückkehrt.« Als ihr auch noch die Tränen in die Augen stiegen, senkten alle Männer, die Zeugen ihrer Pein wurden, den Blick. Mit einem Mal wetterten sie unisono gegen Antonius und gegen dieses heimtückische Weibsbild, das ihn von der rechtschaffenen Römerin weggelockt hatte.

Gab es etwas Kostbareres auf dieser Welt als die Liebe einer Schwester?

Viele Senatoren schickten Antonius Briefe und forderten ihn persönlich auf, das Bündnis mit Kleopatra aufzukündigen, was er – wie Octavian wusste – niemals tun würde. Warum sollte er auch, wo in ihren Schatzkammern ein Großteil des Goldes dieser Welt lag, wo der größte Teil der jährlichen Ernte, die in allen Ländern dieser Erde eingebracht wurde, aus ihrem Land kam? Wo sie für ihn eine Marine aufbaute, die sogar Jasons Flotte in den Schatten stellte? Nein, Antonius formulierte lange Antworten, mit denen er bei seinen Anhängern für seine Einstellung warb: Die Königin war eine von Roms treuesten und wichtigsten Verbündeten und für die Feldzüge im Osten von entscheidender Bedeutung. Er lud die Männer nach Alexandria ein, wo sie sich selbst ein Bild davon machen konnten, wie sehr die Königin seinen Unternehmungen nutzte.

Zwar gelang es Octavian nicht, alle Briefe abzufangen, doch er schaffte genug beiseite, um bei den stärksten Befürwortern des Römers den Eindruck zu erwecken, er weigere sich, ihnen zu antworten. So dauerte es nicht lange, bis die allgemeine Verwirrung in Enttäuschung umschlug. Octavian hatte sein Ziel noch immer nicht ganz erreicht, gab sich aber fürs Erste mit der bestehenden Situation zufrieden.

Octavian sprach ein kurzes Gebet für Apollo und dankte ihm, dass er ihm mehr Kaltblütigkeit in die Wiege gelegt hatte als Antonius. Gleich nach ihrer Allianz hatte Antonius die östlichen Gebiete für sich verlangt, und Octavian hatte seinem Wunsch entsprochen. Was kümmerte es ihn, wenn Antonius unbedingt die Niederlagen erben wollte, die Rom in Parthien erlitten hatte. Für ihn bestand kein Zweifel daran, dass die Unterwerfung dieses wilden Landes unvorstellbare Anstrengungen erforderte. Das hatte Cäsar ihm einst verraten. Manchmal fragte Octavian sich, ob Cäsar seine Ermordung nicht billigend in Kauf genommen hatte. Vielleicht war ihm das immer noch lieber gewesen als die Schmach, von parthischen Pfeilen getötet und danach wie der arme alte Marcus Crassus geköpft und öffentlich zur Schau gestellt zu werden. Folglich reagierte Cäsars Neffe hocherfreut, als Antonius darauf bestand, sich der parthischen Sache anzunehmen.

Octavian merkte, dass alle Zuschauer die Augen auf ihn richteten. Jetzt musste er mit einer Handbewegung den Teil der Spiele eröffnen, dem er selbst am meisten abgewinnen konnte: den Kampf zwischen Tieren unterschiedlicher Arten. Tiere aus vollkommen verschiedenen Gegenden Erde reagierten zuerst ziemlich verwirrt beim Anblick eines Wesens, das ihnen vollkommen fremd war. Es dauerte einen Moment, bis ihr Überlebenstrieb sich meldete. *Was geht nur in diesen Tierschädeln vor?*, fragte er sich. Handelten sie instinktiv, wenn sie sich gegen den unbekannten Gegner verteidigten? Langweilig war solch ein Zusammentreffen jedenfalls nie.

Als Erstes wurde ein Krokodil in die Arena geführt und freigelassen, worüber sich das Tier zu wundern schien. Da es keinerlei Regung zeigte, hätte man fast meinen können, es wäre tot. Auch die Zuschauer waren beängstigend still. Das Krokodil ließ sich von dieser Stille beeindrucken und fing an, über das Gras zu einem Fleck in der Sonne zu kriechen. Ganz langsam, wie in einem Traum, wanderte das Licht zentimeterweise über seinen Körper und färbte die stumpfe braune Haut golden. Schließlich verharrte das Krokodil in der Sonne und sah sich um, als habe es die Absicht, einen ruhigen Nachmittag zu verbringen. Doch das arme unwissende Tier hatte keine Ahnung, was es erwartete.

Zwei Abrichter ritten auf Pferden in die Arena und führten an Metallketten einen großen rehbraunen Löwen mit sich, dessen Schädel mächtiger war als der eines Bären. Die Bestie zerrte heftig an der Leine, und ihr wütendes Brüllen hallte durch die Arena. Das Krokodil reagierte nicht. Die Männer ließen den Löwen auf ein Zeichen hin in der Mitte des Platzes frei und ritten schnell weg. Da sich beide Tiere lange Zeit nicht rührten, fragte Octavian sich schon, ob der Löwe sich wie das Krokodil in die Sonne legen und einschlafen wollte. Dann mussten die Gladiatoren den Ring betreten und sie aufstacheln. Falls die beiden Bestien auch dann nicht aufeinander losgingen, würden die Männer versuchen, sie mit rohem Fleisch, das sie in die Arena warfen, zum Kampf zu bewegen. Sollte auch das nicht funktionieren, traten die Gladiatoren in den Ring und hackten mit ihren Dreizacken auf sie ein oder schlugen sie mit ihren Äxten tot. Bedauerlicherweise siegte ein bewaffneter Gladiator jedoch immer, und das Ganze machte einfach keinen Spaß.

Die Zuschauer wurden allmählich unruhig und fingen an, den Löwen aufzuziehen, der nun nervös umherlief. *So geht das nicht*, dachte Octavian. *Dieser schnelle, bewegliche, große Löwe wird das Reptil in Windeseile verschlingen.* Der Löwe ließ sich ganz eindeutig von der lärmenden Menge in Rage bringen und brüllte laut, als wollte er die spottenden Zuschauer herausfordern. Als er den Kopf hin und her warf und die riesigen Zähne fletschte, hätte man beinah glauben können, er empfinde den Hohn des Publikums als Beleidigung. Er war zugegebenermaßen eine prächtige Kreatur. Das Krokodil hingegen rührte sich keinen Zentimeter von der Stelle. Irgendwann ging wie bei einer Schlange ein kaum wahrnehmbarer Ruck durch seinen Schwanz. Irritiert von dieser winzigen Bewegung, fiel der Löwe über das Reptil her. Octavians Herz pochte heftig. Endlich passierte etwas, selbst wenn es nur von kurzer Dauer war und die beiden Tiere eigentlich keine ebenbürtigen Gegner waren. Hemmungslos fiel der Löwe über das Krokodil her, bis nur noch dessen Schwanz zu sehen war. *Jetzt ist das Reptil erledigt*, dachte Octavian, aber da riss der Löwe den Kopf hoch. Unvermittelt schloss das Krokodil seinen mächtigen Kiefer um das Genick des Löwen, woraufhin tiefrotes Blut auf den grünen Rasen spritzte und sich über das Reptil ergoss. Das Krokodil, das vermutlich nur halb so viel wog wie der Löwe, warf seinen Gegner auf den Rücken, drückte noch fester zu und biss dem Löwen kurzerhand die Kehle durch, der daraufhin am eigenen Blut erstickte.

Die Zuschauer verfielen in begeisterte Raserei. Es kam nicht oft vor, dass ein Löwe im Ring besiegt wurde. Octavian musste unbedingt herausfinden, welcher kluge Kopf auf die Idee gekommen war, diese beiden ungleichen Gegner zusammenzubringen, und ihn reich belohnen. Wann kam es schon mal vor, dass man bei diesen Spielen eine echte Überraschung erlebte?

Alexandria:

Kleopatras siebzehntes Regierungsjahr

Für Kleopatra war dies der krönende Moment in ihrem Leben, in dem sich all ihre Träume und Ziele verwirklichten. Endlich kam zum Abschluss, was sie zusammen mit Julius Cäsar vor vielen Jahren begonnen hatte. In der großen Halle hatte sie zur Proklamation des Östlichen Imperiums geladen. Erst vor wenigen Tagen, nach der Eroberung Armeniens, hatte Antonius die Siegesparade in Alexandria angeführt. Für Kleopatra hingegen war dieser Triumph erst der Anfang. Sinn und Zweck der Proklamation war es, dem ägyptischen Volk vorzuführen, wie klug und umsichtig es von seiner Königin gewesen war, sich mit dem römischen Feldherrn und davor mit dem römischen Diktator zu verbünden. Kleopatra war sich stets darüber im Klaren gewesen, dass sie die Allianz mit den Römern nur zum Wohle ihres Volkes geschlossen hatte. Diese Entscheidung hatten ihre Untertanen allerdings nicht immer gutgeheißen. Ihr Vater war wegen seiner Treue zu Rom gar aus seinem eigenen Land gejagt worden. Nun konnte sie allen beweisen, wie sie Ägypten und seinen Einwohnern mit Hilfe dieser Verbindung zu mehr Achtung verholfen hatte.

Während der Proklamationszeremonie saßen Antonius und Kleopatra auf goldenen Thronen, die wiederum auf silbernen Podesten standen. Ihre Kinder hatten zu beiden Seiten Platz genommen. Nur Antyllus, den sie nach Rom geschickt hatten, damit er dort weiterstudierte, war nicht anwesend. Wieder einmal präsentierten sie sich als Aphrodite und Dionysos. Unter den

Augen der zahlreich erschienenen alexandrinischen Einwohner machte Antonius Kleopatra und den Kindern die Gebiete zum Geschenk, die einst dem riesigen Reich ihrer Vorfahren genommen worden waren.

»Mit der Macht, die man mir als Imperator von Rom und als Befehlshaber der östlichen Streitkräfte des Reiches verliehen hat, erkläre ich Kleopatra VII. Ptolemaios zur Königin der Könige und ihrer Söhne, die ebenfalls Könige sind.«

Antonius war von Natur aus und aufgrund seiner Herkunft ein begnadeter Redner. Sein Großvater war einer von Roms berühmtesten Rhetorikern gewesen. Nun schallte die Stimme des Imperators durch den Saal und hallte unter der stark gewölbten Decke wider. *Er besitzt die Autorität eines Gottes*, fuhr es Kleopatra durch den Kopf, und genau so reagierten die Menschen auf ihn. Alle erhoben sich und wiederholten Kleopatras neuen Titel so fröhlich, dass es sich anhörte, als schmetterten sie ein für diesen Anlass geschriebenes Lied. »Heil dir, Mutter Ägyptens, Königin der beiden Reiche, Herrscherin über die Insel Zypern und Koile-Syrien. Königin der Könige! Königin der Könige!«

Etwas benommen und leicht zerstreut erlebte Kleopatra die Zeremonie. Vor ihren Untertanen gab sie sich ernst und erhaben, doch sie verfolgte ganz genau, wie all die Teile, die sie in ihren Träumen schon so oft zusammengesetzt hatte, endlich ein Bild ergaben. Der dreizehnjährige Caesarion, dessen purpurnes Zeremoniengewand seine schlaksige Gestalt kaschierte, wurde zum König der Könige gekrönt.

»Tritt vor, Sohn des Cäsar«, rief Antonius.

Der Knabe verneigte sich vor seinem Stiefvater, der ihm die goldene Krone aufs Haupt setzte und ihm eine dünne Haarsträhne aus den Augen strich, als er den Kopf wieder hob. Alexander Helios (»Mein Sohn«, wie Antonius vorsichtig sagte) wurde zum König Armeniens, Medias und aller Gebiete östlich von Parthien ausgerufen. Kleopatra Selene (»Meine Tochter«)

wurde zur Königin von Cyrenaika gekrönt. Die beiden Zwillinge, gerade mal sechs Jahre alt und ungewöhnlich groß für ihr Alter, nahmen mit ernster Miene ihre neuen Titel entgegen, verneigten sich und winkten in die Menge, wie Kleopatra es ihnen aufgetragen hatte. Sie trugen Roben aus den Regionen, die man ihnen gerade zugesprochen hatte, und wurden von Soldaten in den Uniformen der jeweiligen Länder flankiert. Der noch nicht mal dreijährige Ptolemaios Philadelphus mit seinem hellroten Umhang und der kleinen goldenen Tiara eroberte die Herzen der Menschen auf Anhieb. Sein Schuhwerk glich den Stiefeln, die alle Alexanderstatuen in der Stadt trugen. Er wurde zum König von Syrien, Phönikien und Kilikien ernannt. Als er seinen Namen hörte, funkelten seine Augen. Er glaubte, all der Pomp gelte nur ihm, und freute sich maßlos darüber.

Mit der Proklamation war das Bild komplett: Jeder Quadratzentimeter des Reiches ihrer Vorfahren fiel an Kleopatra, die rechtmäßige Erbin der Ptolemäer, zurück und war nun auch ihren Nachkommen sicher. Sie hatte nicht nur dafür gesorgt, dass Ägypten wieder so groß war wie zu seinen besten Zeiten, sondern kontrollierte künftig auch einen großen Teil des Reiches, das einmal Seleukos, dem Gefährten Alexanders und Freund von Ptolemaios I., gehört hatte. Sie hatte mehr erreicht, als alle anderen Ptolemäer vor ihr sich jemals erträumt oder umgesetzt hatten.

Sie dachte an ihren verstorbenen Vater und wie seine Frohnatur und seine Gesundheit unter Roms Tyrannei und Gier, die ihn das Wohlwollen seines Volkes kosteten, Schaden genommen hatten. An ihrem achtzehnten Geburtstag hatte er sie zur Königin ausgerufen, hatte auf ihre Loyalität und Fähigkeiten vertraut und sie über alle anderen Frauen gestellt. Am Totenbett hatte sie ihm versprochen, ihrem Namen alle Ehre zu machen, und nun löste sie ihr Versprechen endgültig ein.

Das Einzige, was ihre Freude an diesem Tag leicht zu trüben

vermochte, war seine Abwesenheit. Ehre hin oder her, sie vermisste ihn, sehnte sich danach, an ihrem Hof sein leises Flötenspiel zu hören. Hatte es je solch einen künstlerisch veranlagten König gegeben? Seit seinem Tod hatte sich kein Musiker gefunden, dessen Spiel sie mochte. Rom hatte ihn stets verspottet, zum einen wegen seiner künstlerischen Neigungen und zum anderen, weil er Dionysos huldigte. Genau wie Antonius jetzt von Rom dafür verspottet wurde, weil er keinen Hehl aus seiner Liebe zu dem ägyptischen Volk, für dessen Lebensweise und für die von ihm regierten östlichen Gebiete machte. Kleopatras Vater war fettleibig und weibisch gewesen, Antonius dagegen war muskulös und sehr männlich, aber erst jetzt erkannte sie, wie groß die Ähnlichkeit zwischen den beiden Männern war. Dazu gehörte auch die Bereitschaft, ihre Fähigkeiten als Königin anzuerkennen und mit ihr gemeinsam zu regieren.

Erst als sie spürte, wie Antonius ihr mit rauem Finger eine Träne wegwischte, merkte sie, dass sie weinte.

Zu guter Letzt, nach all den Mühen, all den Kämpfen, hatte sie ihr mehr als zwanzig Jahre zuvor im Artemis-Tempel in Ephesus gegebenes Versprechen eingelöst. Sie hatte zudem die Absicht, in Bälde als Königin der Könige und ihrer Söhne und als einzig wahre Partnerin des größten römischen Feldherrn in diese Stadt zurückzukehren. Genau wie sie es der Göttin damals versprochen hatte, hatte sie sich von der Erniedrigung und der Unterjochung, die das grausame Rom ihren Vorfahren aufgebürdet hatte, nicht zermürben lassen. Stattdessen hatte sie sich und ihrem Königreich eine Position gesichert, die der der Römer ebenbürtig war. Ihre fortwährenden Bemühungen gipfelten in diesem Augenblick, da die Proklamation des Östlichen Imperiums verkündet wurde. Genau das hatte sie zu erreichen gesucht, und nun war es getan.

Wochen später fand Kleopatra heraus, wie wenig Rom ebenbürtige Partner zu schätzen wusste. Octavian verkehrte die politischen Erfolge von Antonius in ihr Gegenteil und sorgte dafür, dass man ihm all sein Streben falsch auslegte, bis es hieß, er zerschlage das römische Imperium, um Kleopatras Eroberungshunger zu stillen.

»Aber du hast nichts für mich getan, was du nicht in der einen oder anderen Form auch für jeden anderen deiner verbündeten Monarchen getan hättest«, protestierte sie.

»Stimmt. Wenn ich dir mehr gegeben habe als ihnen, dann nur, weil auch du mir mehr angeboten hast.«

Viel mehr, dachte sie. Mehr Geld. Mehr Soldaten. Mehr Schiffe. Mehr Getreide. Sämtliche Ressourcen ihres Landes hatte sie ihm zu Füßen gelegt. Außerdem war Antonius, nachdem er wie so viele römische Feldherrn vor ihm in Parthien eine Niederlage erlitten hatte, zu der Einsicht gelangt, ohne sie den Krieg nicht gewinnen zu können. So hatte Cäsar es damals auch gesehen. Hatte sie demnach nicht das Recht, für ihre fortwährende Unterstützung Roms im Kampf gegen seinen stärksten Feind eine Gegenleistung zu verlangen?

Unglücklicherweise brachte Octavian andere Geschichten in Umlauf. Kleopatras Hilfe beim Aufbau der östlichen Streitmacht diente ihm als Beweis, dass sie die Absicht hatte, einen Krieg gegen Rom anzuzetteln. Da er diese Behauptung sehr geschickt gestreut hatte, meinte Kleopatra schon, ihr bliebe gar nichts anderes übrig, als seine Theorie in die Tat umzusetzen. Antonius hatte unzählige Versuche unternommen, Frieden mit Octavian zu schließen, aber niemand konnte leugnen, dass Cäsars Neffe keinen Frieden wünschte, zumindest nicht mit dem römischen Imperator. Auch hatte Antonius zahllose Briefe nach Rom geschickt und mehrfach dargelegt, wieso seine Allianz mit Kleopatra einer gewissen Logik folgte und was sie alles für das Reich geleistet hatte. Leider erreichten diese Sendschreiben nie den Senat.

An seinem fünfzigsten Geburtstag entschied Antonius, er müsse ein Testament verfassen, was er auch tat. Seine römischen Kinder ernannte er in Rom zu seinen Erben (von

Rechts wegen blieb ihm gar nicht anderes übrig), und in Alexandria traf er die entsprechende Vorsorge für seine Kinder mit Kleopatra. Antonius ließ sein Testament von einem römischen Anwalt in Rom aufsetzen und es, wie es der Brauch verlangte, bei den Vestalischen Jungfrauen hinterlegen, also in jenem heiligen Tempel, in dem private Dokumente verwahrt wurden. Doch Octavian, der inzwischen nicht mehr ohne Leibwächter auf die Straße ging, suchte den Tempel auf und nahm das Testament gegen den Willen der Hohepriesterin an sich. Kurze Zeit später las er dem Senat den Inhalt vor, obgleich die Zeilen, die er vortrug, keinerlei Ähnlichkeit mit dem ursprünglichen Schriftstück hatten. Er verkündete, Antonius habe seine römischen Kinder zugunsten von Kleopatras Kindern enterbt, und es sei sein sehnlichster Wunsch, in Alexandria bestattet zu werden, damit er nie mehr auf die Gesellschaft der Königin verzichten müsse.

Octavian fing an, Antonius Briefe zu schreiben und ihm vorzuwerfen, dass er mit Kleopatra das Bett teilte. In all diesen Briefen, Pamphleten und Reden stellte Octavian immer wieder dieselbe Frage: Begriff Antonius denn nicht, dass seine Liaison mit der Königin gegen den römischen Moralkodex verstieß? Antonius war erbost und fragte Octavian in seinem Antwortschreiben, wieso dieser neun Jahre gebraucht habe, um zu befinden, dass es moralisch verwerflich sei, sich mit Kleopatra einzulassen. Abschließend listete er jede einzelne von Octavians Geliebten namentlich auf.

»Seine Bediensteten ziehen durch Rom und entreißen den Familien die Töchter, damit er sich mit ihnen vergnügen kann«, erklärte Antonius Kleopatra. »Dabei geht er so rücksichtslos vor wie ein Bordellkönig. All das, nachdem er eine perfekte und legale römische Ehe zerstört hat, aus der zwei männliche Erben hervorgegangen sind. Und den Ehemann gezwungen hat, seine Frau aufzugeben! Geschieht ihm ganz recht, dass sie nicht schwanger wird.«

»Nachdem sie einem anderen Mann zwei Söhne geschenkt hat?«, fragte Kleopatra. »Livia ist nicht unfruchtbar. Sie hasst Octavian und nimmt heimlich Kräuter, die eine Schwangerschaft verhindern.«

»Interessant«, sagte Antonius. »So etwas funktioniert?«

»Sofern man sich mit der traditionellen Medizin auskennt«, meinte Kleopatra. »Die griechischen Ärzte wissen davon nichts. Die alten Frauen halten die Rezeptur geheim und geben sie nur mündlich an ihre Schülerinnen weiter. Sie behaupten auch, dass eine Frau manchmal nicht schwanger wird, wenn sie unglücklich ist.«

»Daraus schließe ich, dass Eure Majestät überglücklich ist«, sagte Antonius, und sie mussten beide lachen. »Aber wenn man dich zwingen würde, dich von deinem Mann scheiden zu lassen und deine Söhne herzugeben, wärst du dann nicht auch unglücklich?«

»Ja, nur gibt es keinen Mann auf dieser Welt, der mich dazu zwingen könnte«, erwiderte sie, legte die Hände auf sein Gesicht und küsste ihn. Da der Winter nahte und er sich gerade wieder einen Bart stehenließ, fuhr sie durch den Flaum. »Entweder seine Frau bestraft ihn, oder die Götter tun es. Was zutrifft, weiß ich nicht. Aber wie auch immer, es ist nicht genug der Strafe für all seine Bosheiten.«

* * * * *

An: Kleopatra VII., Königin der Könige
Von: Hammonius aus der Stadt Rom

Verehrteste Majestät,

ich schreibe Euch, um Euch darüber zu informieren, dass ich zusammen mit diesem Brief endgültig die Stadt Rom verlassen werde. Viele Jahre lang lebe ich nun schon hier und diene Eurem Königreich, wie ich zuvor Eurem Vater gedient habe. Obzwar ich mich als Händler erfolgreich etabliert habe, wissen doch viele um die wahre Natur meiner Aufgabe. Für einen Diener der ägyptischen Königin ist es auf römischem Boden nicht mehr sicher.

Daher werde ich mit Eurer Erlaubnis, derer ich mir so sicher bin, dass ich die Stadt heute schon verlasse, zum Hafen von Piräus fahren und eine kurze Pilgerfahrt nach Eleusis antreten, wo ich mein Wissen über die Mysterien auffrischen werde.

Danach will ich zu meinem Alterssitz reisen, einer Olivenplantage außerhalb von Athen. Dort werde ich alles andere als einsam sein, denn der Schwiegervater von Archimedes lebt dort. Archimedes hat endlich geheiratet und eine hübsche junge Griechin, die keine zwanzig Lenze zählen dürfte, zur Frau genommen. Wann immer er einen Raum betritt, liegt Bewunderung in ihren Blicken, als wäre er ein Held, der gerade aus dem Trojanischen Krieg heimkehrt. Ich bin sicher, sie werden viele wunderbare Kinder bekommen, die – wenn ich einmal alt bin – auf meinem Schoß sitzen werden, so wie Ihr das früher als kleines Mädchen getan habt.

Eure Majestät, ich bin nun siebzig Jahre alt, immer noch dickleibig, gesund und erfreue mich der Freuden der Liebe, wann immer sich die Gelegenheit dazu bietet. Doch bald werde ich alt und blind sein und einen Gehstock brauchen. Ich hoffe, Euch stets gut gedient zu haben. Archimedes und ich haben geschworen, Euch zu schützen und zu dienen bis zum letzten Atemzug, aber inzwischen steht Ihr unter dem Schutz des großen Marcus Antonius. Mit solch einem Mann als Gemahl und Verbündetem an Eurer Seite und mit den hunderttausend Mannen, die ihm unterstehen, wie sollen da zwei arme Griechen, ein alter und ein Mann mittleren Alters, der jetzt in Frieden leben will, Euch noch von großem Nutzen sein? Dennoch – falls es eine Mission gibt, die Ihr uns übertragen möchtet, stehen wir Euch jederzeit zu Diensten.

Nachdem wir viele Jahre lang auf die unterschiedlichsten Arten in Verbindung geblieben sind, möchte ich Euch nun bitten, auf herkömmlichem Wege an mich heranzutreten. Ihr findet mich auf der Plantage des Demonsthenes in Brauron, jener heiligen, von den Kindern des Orestes gegründeten Stadt. Dort will ich Oliven essen und in der Sonne Wein trinken, während junge Mädchen – die da alle Iphigenie heißen – sich um meine Gesundheit sorgen. Das hat Archimedes mir jedenfalls versprochen.

Ich hoffe, Euch noch einmal zu sehen, ehe Ihr bei meiner Bestattung in die Flammen schaut. Und ich werde in Eleusis in Eurem Namen ein Opfer bringen.

Euer für immer ergebener Bruder der Sippe und Diener

Hammonius

EPHESUS:

Kleopatras achtzehntes Regierungsjahr

»Neos Dionysos!«, riefen die Bewohner von Ephesus, die sich am Hafen eingefunden hatten, sobald Antonius am Bug der *Antonia* auftauchte. »Königin der Könige! Königin der Könige!«, hörte Kleopatra die Menschen jubeln, als sie zu ihrem Gatten eilte.

Mit der gesamten Flotte waren Antonius und Kleopatra in den großen Hafen von Ephesus in Kleinasien gesegelt. Achthundert Schiffe aus der ganzen Welt waren gekommen und hatten sich ihnen angeschlossen. Zweihundert Schiffe, die unter der ptolemäischen Flagge mit den Farben Rot und Weiß segelten, die wiederum Ägypten symbolisierten, hatte Kleopatra bauen lassen. Die *Antonia*, ihr Flaggschiff, führte die nautische Parade an. Beim Anblick des prunkvollen Schiffes stockte den Menschen der Atem. Der Königin war klar, dass diejenigen, die am Hafen gewesen waren, hinterher allen erzählten, was für eine mächtige Streitmacht an ihren Ufern gelandet war.

Sie und Antonius gingen von Bord und schlenderten gemeinsam die breite Hafenstraße hinunter. Unter einem wolkenlosen blauen Himmel streuten die Einwohner von Ephesus Rosenblätter für sie aus. Schon einmal war sie diese Straße hinuntergegangen, bei Nacht. Damals hatten fünfzig Laternen die gigantischen Schatten der Kolonnaden auf die großen quadratischen Steine gemalt. Ephesus, wo der Artemis-Tempel stand, war einer der heiligsten Orte dieser Region. Auch war es genau der richtige Ort, die Gnade der Götter zu erbitten, ehe man in den Krieg zog. Strahlend weiße Säulen entlang des Weges hießen Besucher der Stadt willkommen und forderten sie auf, sich einer Waschung zu unterziehen, ehe sie durch die Tore traten. Fremde waren gern gesehen, ihre Krankheiten hingegen nicht. Ephesus war ganz und gar aus Marmor und funkelte in der Mittagssonne wie ein erhabene Fata Morgana. Nur die kargen Feigenbäume und die beschnittenen Zypressen, aus der Erde ragenden Speeren nicht unähnlich, verliehen der Stadt eine gewisse Erdverbundenheit.

Die königliche Prozession zog durch die Straßen. Als Kleopatra den Blick hob, konnte sie am Berghang das von Lysimachos erbaute Theater erkennen. Weiter vorn stand eine riesige Wildschwein-Skulptur, das Schutztier der Stadt, mit seinem weit aufgerissenen Maul. In den Säulengängen drängten sich die Menschen, die nach vorn zu gelangen versuchten, um einen Blick auf die erhabene Königin und ihren römischen Begleiter zu erhaschen. Ein kleiner Junge mit zwei Ziegen übernahm die Rolle des Anführers der Prozession. Er lief vor Kleopatras Gefolge her und versetzte den Ziegen immer mal wieder einen Klaps, damit sie Distanz zu der königlichen Wache hielten.

Die Menschenmenge folgte ihnen bis zu einer Pinienallee, die den eigentlichen Tempel überragte. Dort bestiegen sie einen Wagen, der sie in ihr Winterquartier, einen im griechischen Stil erbauten und am Hang gelegenen Palast, bringen sollte. Von dort aus hatten sie einen herrlichen Ausblick auf das Meer und konnten jederzeit ihre Flotte sehen.

In diesem Moment kam es Kleopatra vor, als wäre die ganze Welt mit ihnen, als wäre selbst der Himmel ihrer Sache zugetan. Auf der Reise hierher hätten Wetter und Wind idealer nicht sein können, sodass sie problemlos am weißen Sandstrand der alten Stadt vor Anker gehen konnten. Doch nicht nur die einheimische Bevölkerung war gekommen, um sie zu begrüßen.

Eine stattliche Anzahl römischer Senatoren, die aus Wut über Octavians Taten aus ihrer Heimat geflohen waren und die Absicht hegten, sich Antonius und Kleopatra anzuschließen, hatte ihr Hauptquartier in Ephesus aufgeschlagen.

»Wenn Octavian Krieg will, soll er ihn bekommen«, verkündete Kleopatra resolut. Sie stellte sich auf die Zehenspitzen und flüsterte Antonius ihre Worte ins Ohr. Gleichzeitig lächelte sie und winkte den Menschen zu.

Octavian hatte zwar nicht den Mut gehabt, dem großen Antonius offen den Krieg zu erklären, dafür war er aber mit anderen Mitteln in die Schlacht gezogen. Er bediente sich der üblen Nachrede, der Propaganda und Sabotage, erfand abstruse Geschichten und vergiftete die Gedanken derer, denen es an Diskretion mangelte oder die zu einfältig waren, eigene Schlüsse zu ziehen. Er beauftragte widerliche Maulhelden, die verkündeten, Kleopatra habe es sich zur Angewohnheit gemacht, jeden Satz mit dem Schwur *So wahr ich im Kapitol Recht sprechen werde* zu beenden.

Als der Königin das zu Ohren kam, musste sie lachen. »Erstens ist dieser Satz viel zu sperrig, um ihn an jeden anderen zu hängen«, meinte sie.

»Und zweitens«, fuhr Antonius fort. »Selbst wenn du die Absicht hättest, dieses Ziel zu verfolgen, wärst du gewiss nicht so ungeschickt, ihn laut auszusprechen.«

Wie tief war der einigermaßen kluge Römer gefallen, dass er derart lächerliche Geschichten für bare Münze nahm? Nicht nur, dass die Menschen derlei Märchen für wahr hielten, sie regten sich auch noch unverhältnismäßig darüber auf. Die neuesten Lügen waren noch dreister, was Antonius' Feinde in Rom allerdings nicht daran hinderte, sie wie ein Lauffeuer in der Stadt zu verbreiten. Nun wurde behauptet, die unersättliche Gier des Imperators nach ägyptischem Luxus habe sich derart gesteigert, dass selbst Kleopatra ihn wegen seiner Extravaganzen rüge. Angeblich urinierte er sogar nur noch in goldene Nachttöpfe. Obwohl dies einer der unwichtigsten Vorwürfe war, die Octavian streute, brachte er die Römer interessanterweise mehr auf als vieles andere.

Bei Banketten erzählte man sich auch, Kleopatra löse kostbare Perlen in Essig auf und trinke dieses Gebräu auf die Gesundheit ihres Gemahls, Antonius öle wie ein Kammerdiener Kleopatras Füße ein, er habe die Bibliothek in Pergamon geplündert, um ihren unstillbaren Durst nach gestohlenen Manuskripten zu stillen, und die beiden schrieben sich Liebesbriefe auf kostbaren Onyx- und Silbertabletts. Kleopatra fragte sich, ob auch die ungebildetsten und abergläubischsten Palastdiener diesen Unsinn, den die römischen Aristokraten sich erzählten, geglaubt hätten. Die Geschichten verfügten über alle Elemente von Märchen, mit denen man kleinen Kindern Angst einjagte, damit sie in Zukunft besser gehorchten, aber sie vermutete, dass sie ihre Wirkung nicht verfehlten. Intellektuell gesehen waren die Römer, von einigen wenigen Ausnahmen abgesehen, griechischen Schuljungen allemal unterlegen.

Insgeheim störten diese Gerüchte und Dreistigkeiten dennoch Kleopatras Seelenfrieden. Hatten sie und Antonius etwa taktische Fehler begangen? Diese Frage hatte sie sich während der Reise nach Ephesus wiederholt gestellt. Ihren Gatten weihte sie in ihre Sorgen nicht ein, denn bei ihm führten ganz normale Fragen oft dazu, dass sich seine Stimmung verdüsterte und sein Humor auf der Strecke blieb. Da er ein Mann war, dem Optimismus wichtiger war als alles andere, gab sie sich in seiner Gegenwart stets zuversichtlich, was sie allerdings nicht davon abhielt, sämtliche getroffenen Entscheidungen einer erneuten Prüfung zu unterziehen. Soweit es sie betraf, gab es nichts, was irreversibel war. Was heute gesagt wurde, konnte man morgen zurücknehmen. Jedenfalls schienen die Römer dies zu glauben. Antonius hatte vor, von Ephesus aus nach Rom zu reisen und dort Octavian der Lüge zu überführen. Kleopatra sollte mit Armee und Marine in Ephesus warten, da ihr Eintreffen in Rom nach allem, was Octavian über sie in Umlauf gebracht hatte, eine zu große Bedrohung darstellte.

Dergestalt war der Plan – bis Octavian den letzten Schritt wagte, endgültig mit Antonius brach und Kleopatra öffentlich zur Feindin Roms erklärte. Von da an war es Antonius nicht mehr möglich, die Ewige Stadt in friedlicher Absicht aufzusuchen.

»Selbstverständlich konnte er mit dem Imperator nicht so verfahren. Mindestens die Hälfte der Senatsmitglieder, die östlichen Streitkräfte und eine stattliche Anzahl von Angehörigen der begüterten Klasse stehen noch auf Antonius' Seite«, behauptete Ahenobarbus. Er zählte zu jenen Männern, die aus Rom geflohen waren und sich Antonius und Kleopatra in Ephesus angeschlossen hatten.

Kleopatra saß mit ihrem Gemahl und seinem Kriegsrat zusammen, als Ahenobarbus gerade von Octavians neuesten Schandtaten berichtete. »Obwohl die Verfassung es ihm nicht erlaubt, hat er dem Imperator den Titel des Konsuls aberkannt, immerhin ein Amt, in das man gewählt wird, und erklärt, der große Marcus Antonius sei nicht länger ein römischer Beamter, sondern ein Söldner, der im Dienst einer ausländischen Königin steht!«

»Dafür, dass er Eure Majestät in dieser Weise beleidigt, wird er bestraft werden«, fügte Canidius hinzu.

Kleopatra fragte sich, inwieweit Ahenobarbus' Zorn echt war oder ob er nur schauspielerte, um seine Loyalität zu bekräftigen. Ihr Gemahl, der sich aus dem Disput heraushielt, saß ruhig da und hörte sich die verabscheuungswürdigen Taten seines größten Feindes an. Fassungslosigkeit spiegelte sich in seiner Miene wider, als wisse er nicht recht, ob er Octavians bizarre Vorgehensweise ernst nehmen müsse. Auch sie wunderte sich, wie es Octavian gelungen war, in einem Land, das seine Verfassung höher schätzte als alles andere, mit einer solchen Taktik zu Werk zu gehen. Immerhin hatten sie Cäsar umgebracht, weil sie glaubten, er verstieße gegen die Verfassung. Nun erlaubten sie seinem blassen Neffen, dass er die unumstößlichen, seit fünfhundert Jahren existierenden Gesetze neu auslegte. Auf der anderen Seite ging Octavian erstaunlich klug vor und wahrte öffentlich die strengen römischen Regeln, während er die Verfassung nach Belieben auslegte. Sehr geschickt, fand sie.

Indem er sich auf die römischen Traditionen berief, die ihm gerade einfielen, entwarf er ein Drama, in welchem er Kleopatra die Rolle der bösen Gegnerin und Zauberin auf den Leib geschrieben hatte, der Antonius und viele seiner Anhänger auf den Leim gegangen waren. Sich selbst stellte er als Verfechter der Verfassung dar und forderte die Römische Republik im Namen der Götter auf, gegen die ägyptische Bedrohung vorzugehen.

»Er hat sein Priestergewand angelegt und ist auf das Marsfeld gelaufen, wo er ein in Blut getauchtes Schwert gen Osten geschleudert hat«, sagte Ahenobarbus. »Einige waren der Ansicht, er könne nicht weit werfen, so schwach sei er. Dennoch hat er zum heiligen Krieg gegen Euch aufgerufen, Kleopatra.«

Der Königin passte es ganz und gar nicht, dass Ahenobarbus sie mit ihrem Vornamen ansprach, was allein engen Freunden vorbehalten war. Sein Verhalten schürte ihren Argwohn. Wenn er nicht einmal in der Lage war, sie mit ihrem Titel anzureden, was hielt er dann in Wahrheit von ihrer Partnerschaft mit Antonius? Dennoch verlor sie kein Wort darüber und drängte ihn, mehr zu erzählen.

»Danach ist er mit einer riesigen Armee durch Italien gezogen und hat die Bevölkerung gezwungen, einen Eid auf ihn zu schwören.«

»Was für einen Eid?«, wollte Kleopatra wissen.

»Den Eid, den ein Römer einem Feldherrn schwören muss. ›Ich werde meine Loyalität gegenüber dem Sohn des göttlichen Julius Cäsar höher halten als meine Loyalität gegenüber meiner Familie, meinen Kindern und Freunden. Ich erkläre, dass die

Feinde des Sohnes des göttlichen Julius Cäsar auch meine Feinde sind, und schwöre, so lange zu kämpfen, bis sie vernichtet sind.‹ So geht es ewig weiter, aber das zeigt, in welche Richtung es weist.«

Entgegen ihrem Willen zuckte Kleopatra zusammen, als sie hörte, dass Octavian sich Sohn des göttlichen Julius Cäsar nannte. Vielleicht, weil ihr Sohn der einzig wahre Sohn Cäsars war. Vielleicht handelte es sich aber auch um mütterliche Fürsorge. Doch wann immer sie dies hörte, schauderte sie.

»Er hat die Menschen so lange in Angst und Schrecken versetzt, bis sie die Behauptung unterschrieben, der Imperator und die Königin hätten die Absicht, Rom zu zerstören und Alexandria zur neuen Hauptstadt der Welt zu machen.«

Antonius hatte immer noch nicht viel gesagt. Er warf Kleopatra einen Blick zu. »Vielleicht sollten wir genau das tun.«

Sie lachte. »Die Stadt Rom zerstören?«

»Nein, ein neues Rom in Alexandria errichten. Wir haben genug römische Senatoren auf unserer Seite, um ein eigenes Rom zu gründen. Was ist Rom denn? Ein Ort auf der Karte. Sind es nicht die Familien und Bürger, die es groß gemacht haben? Die Nachfahren dieser Familien sind jetzt hier bei mir und nicht bei dem Sohn eines Ladenbesitzers, diesem Jungen, aus dem nur etwas geworden ist, weil der Imperator ihn adoptiert hat. Meiner Überzeugung nach hat Cäsar ihn während einer seiner Anfälle zu seinem Erben ernannt.«

»Werter Feldherr, das kann doch nicht Euer Ernst sein?«, fragte Canidius leise.

»Dass Octavian der Sohn eines Ladenbesitzers ist? Sein Großvater hat Salben für die Leute von Aricia hergestellt. Dergestalt ist seine edle Herkunft.«

Kleopatra merkte, wie sich allmählich Antonius' Ingrimm regte. Es nagte an seinem Stolz, sich auf einmal mit diesem Jungen auseinandersetzen zu müssen, nachdem er so viele beachtliche Feinde besiegt hatte.

»Nein. Ich meinte, es ist doch wohl nicht Euer Ernst, die Hauptstadt nach Alexandria zu verlegen.«

»Das ist sogar mein voller Ernst. Rom ist der Senat, die Verfassung, die herrschende Klasse. Der Senat ist hier, bei mir. Nicht ich habe gegen die Verfassung verstoßen und einen rechtmäßig gewählten Konsul seines Amtes enthoben. Falls ich mich aufgrund meines Vorfahren Anteon auf meine Abstammung von Herakles berufen darf, während Octavian von einem Pillendreher abstammt, dann frage ich Euch allen Ernstes: Wer ist Rom? Octavian oder ich?«

»Würde der Senat denn einer neuen Hauptstadt zustimmen?«, fragte Kleopatra. Sie und Antonius hatten immer vorgehabt, Alexandria zu seinem östlichen Hauptquartier zu machen, jedoch nie darüber gesprochen, die Hauptstadt des Römischen Reiches dorthin zu verlegen. Warum nicht?, dachte sie. Eignete sich Alexandria nicht besser zum Zentrum eines großen Imperiums als diese laute, chaotische und gewalttätige Stadt am Tiber?

»Werter Feldherr, Ihr geht zu weit«, warnte Ahenobarbus.

»Sollen wir sie fragen?«, entgegnete Antonius. Er war ganz ruhig, lachte und wandte sich an Kleopatra. »Vielleicht sollten wir alle nach Hause bringen und ihnen ihre neuen Quartiere in Alexandria zeigen.«

»Das ist nicht ratsam, werter Imperator«, befand Canidius. »Das ist einfach zu radikal.«

»Wie kann in dieser Situation irgendetwas zu extrem sein? Mein Opponent geht mir an die Gurgel, greift zu weitaus drastischeren Mitteln, und meine Anhänger und Ratgeber mahnen mich zur Vorsicht und zu einer angemessenen Reaktion. Das soll weise sein?«

»Octavian würde dies nur als weiteren Beweis ansehen, dass Ihr Euch von Rom abgewendet habt und lediglich den Willen der Königin ausführt. Ihr habt in Rom noch zu viele Anhänger, als dass Ihr solch drastische Maßnahmen ergreifen müsst.«

Ahenobarbus beschwor Antonius, wie Kleopatra es nie zuvor erlebt hatte.

Sie entschied, sich nicht an der Diskussion zu beteiligen, denn sie traute Ahenobarbus nicht wirklich und vermutete, dass alles, was sie sagte, falsch ausgelegt und dann direkt an Octavian weitergeleitet werden könnte.

»Ich verstehe. Dann werde ich eben zurückhaltender vorgehen. Alle Könige und Prinzen der östlichen Gebiete müssen mir einen Treueeid schwören, gleich dem, den Octavian in Italien verlangt hat. Diesen Männern und meinen römischen Anhängern werde ich geloben, Octavian in einem kompromisslosen Krieg zu vernichten. Anschließend, sechs Monate nach dem Krieg, werde ich die Macht, die man mir als Mitglied des Triumvirats übertragen hat, dem Senat und dem römischen Volk zurückgeben.«

* * * * *

Alle Anhänger von Antonius hießen diese Vorgehensweise gut. Sie umarmten ihn, verbeugten sich vor ihm oder ließen ihn hochleben, ehe sie sich verabschiedeten, um sein Vorhaben in die Tat umzusetzen. Nur Kleopatra und Canidius blieben zurück.

»Werter Imperator, was du versprichst, ist unmöglich«, erklärte Kleopatra. »Wer soll das östliche Reich führen, wenn du deine Macht abgibst? Der Senat? Genau aus diesem Grund stehen wir hier vor diesem Durcheinander.«

»Das weiß ich auch, und es wird natürlich nie geschehen«, erwiderte Antonius. »Aber wenn Octavian verspricht, die Republik wieder so groß zu machen, wie sie einmal war, was bleibt mir dann anderes übrig? Erinnerst du dich noch an das, was Cäsar zugestoßen ist? Er hat das Reich größer gemacht, als Rom es sich je erträumt hat, und dann haben sie ihn umgebracht, weil er ihre Ziele verwirklicht hat.«

Nicht einmal Cäsar war es gelungen, Roms Gegensätze zu vereinen. Einerseits war das Imperium besessen davon, die ganze Welt zu beherrschen, auf der anderen Seite definierte es sich als ein Volk von einfachen, erdverbundenen und genügsamen Bauern.

»Obwohl ich Octavian für absolut verabscheuungswürdig halte, muss ich ihn fast dafür bewundern, wie er sein Fähnchen in den Wind hängt«, meinte Kleopatra.

»Immer öfter spielt er den einfachen Mann, der keinen Sinn für Luxus hat«, berichtete Canidius.

Von den vielen Anhängern, die Antonius hatte, war Canidius inzwischen sein engster Vertrauter. Ihre eigenen Leute hatte Kleopatra in Alexandria zurückgelassen, wo sie sich um die Regierungsgeschäfte kümmerten. Wie sehr hatte sie sich nach einem Menschen wie dem besonnenen Hephaestion gesehnt. Jemandem, dem sie sich in diesen schwierigen Zeiten anvertrauen konnte, wenn die Gefühle bloßlagen, Bündnisse sich ständig änderten und Entscheidungen schnell getroffen werden mussten. Doch Hephaestion war zu Hause und unabkömmlich, und Canidius verfügte – wie Cäsar und Antonius – über eine Qualität, die ihn in ihren Augen auszeichnete und von seinen Landsleuten unterschied: Er war bereit zu akzeptieren, dass eine Frau über Autorität verfügte.

»Zweifellos will er sich damit von unserem Imperator abgrenzen. Nicht umsonst schildert er ihn als Mann, der sich vom Luxus im Osten hat verführen lassen«, erklärte Canidius weiter.

»Angeblich soll das Haus, in dem er mit Livia lebt, wie das eines kleinen Händlers ausgestattet sein. Die arme Livia muss die ganze Hausarbeit allein verrichten, um allen zu beweisen, dass sie eine altmodische Römerin ist. Ist an diesen Geschichten etwas Wahres dran?«, fragte die Königin fassungslos.

»Ja, aber das ist nichts weiter als eine einzige riesige Fassade, die er da errichtet!«, rief Canidius. »Hinter verschlossenen

Türen hat er ein Bankett für sich und seine engsten Freunde gegeben. Alle waren als Götter verkleidet. Und genau das wirft er dem Imperator vor, obwohl in Alexandria die Mächtigen mit Göttern gleichgesetzt werden.«

»Ich dachte, in Rom seien die Lebensmittel knapp«, sagte Kleopatra. »Was denken die Bürger, wenn ihr Führer zum Festessen lädt, während sie nicht mal Brot haben? Ich entsinne mich noch sehr gut, wie die Menschen in meinem Land reagiert haben, als mein Bruder sich so verhielt.«

»Das mit dem Festessen hat sich herumgesprochen und haftet nun wie ein Makel an ihm. Die Menschen meinten voller Hohn, in der Stadt herrsche Hunger, weil die Götter das ganze Brot aufgegessen hätten. Octavian beeilte sich, alles abzustreiten, und von da an musste Livia noch schlichtere Kleider tragen. Er hat sogar ihre geerbten Juwelen weggeschlossen, und sie darf sich das Haar nicht mal mehr mit Perlen schmücken.«

»Die arme Frau«, sagte Kleopatra. »Zuerst muss sie sich von ihrem Gatten und den Kindern trennen, und dann zwingt man sie, wie eine Bettlerin herumzulaufen.«

»Der Mann kann einen zur Raserei treiben«, meinte Antonius. »Auf der einen Seite legt er mit großem Brimborium alle Macht ab und spielt den Privatmann, und andererseits hat er den Senat dazu gebracht, ihm so viel Macht zu verleihen, wie sie normalerweise nur ein Diktator besitzt.«

Canidius warf den Stock über den Tisch, mit dem er auf die Karten gezeigt hatte. »Dennoch erscheint er täglich im Senat und schwört, sein einziges Ziel sei es, die traditionellen römischen Werte wiederherzustellen. Einfachheit! Der Kerl ist so einfach wie ein Spinnennetz!«

Und er irrt sich gewaltig, falls er denkt, ich sei eine seiner kleinen Fliegen, sagte sich Kleopatra. Das Gespräch mit Canidius hatte sie auf eine Idee gebracht, auf eine ziemlich aufregende sogar. Noch am selben Abend erzählte sie Antonius davon.

»Werter Imperator, Canidius hat mich darüber informiert,

dass die Lebensmittelknappheit in Italien die Leute dazu veranlasst, über Octavian zu schimpfen. Stimmt das?«

»Ja, es ist wahr. Gepriesen seien die Götter. Doch das reicht nicht, sie müssten ihn an seinem Tisch erschlagen.«

»Wieso packen wir die Gelegenheit nicht beim Schopfe und tun genau das?«

»Was führst du im Schilde, Kleopatra? Spielst du etwa mit dem Gedanken, den alten Ascinius anzuheuern, den Auftragsmörder deines Vaters? Falls ja, so mach bitte Gebrauch von deinen Rechenkünsten. Entweder schleicht er inzwischen an einem Stock durch die Straßen, oder er dient den Göttern als Mörder.«

»Lass mich dir etwas von meinen Rechenkünsten erzählen. Sofern ich mich nicht vertan habe, stehen uns achthundert Schiffe zur Verfügung, fünfundsiebzigtausend Mann warten nur auf deinen Marschbefehl, und dann wären da noch zwölftausend Reiter, die sich gleich morgen auf Geheiß des großen Antonius in die Sättel schwingen würden. Wenn du nicht aufpasst, werter Imperator, werde ich diese Männer persönlich besuchen und mich mit ihnen in ihrer Sprache unterhalten. Das sind Soldaten, und sie wollen endlich wieder kämpfen.«

»Danke, dass du unsere Truppen aufzumuntern gedenkst«, bemerkte er sardonisch.

»Wenn Rom schwach ist und wir stark sind, worauf warten wir dann noch? Wir müssen Italien angreifen, solange die Menschen Octavian zürnen.«

»Darüber habe ich auch schon nachgedacht und mich sogar mit meinen Feldherrn beraten. Will heißen, den römischen Feldherrn. Wir sind zu folgendem Ergebnis gekommen: Cäsar ist auf der Erde seiner Väter und Vorväter in den Kampf gegen seine Landsleute gezogen, was die Menschen ihm nicht vergessen haben, bis ihn der Dolch erwischte. Ich vermisse ihn wirklich sehr, verspüre jedoch nicht den Wunsch, mich zu ihm zu gesellen. Daher werde ich Italien nicht angreifen.«

»Aber du hast es damals auf Cäsars Befehl hin getan? Wieso willst du es dann jetzt nicht tun?«

»Seinerzeit habe ich unter ihm gedient. Inzwischen gebe ich die Befehle.«

»Ich verstehe dich nicht. Willst du denn nicht über deinen Feind triumphieren?«

Der Blick, den er ihr zuwarf, gefiel ihr gar nicht. Niemals, nicht mal bei ihrem ersten Zusammentreffen, hatte er ihr misstraut. Und dieses gegenseitige Vertrauen war wichtiger als alles andere. Dennoch wandte er nun den Blick von ihr ab, als müsste er sein Innerstes vor ihr verbergen. Es passte ihr überhaupt nicht, seinen Hinterkopf anzustarren, wo sie doch ganz genau wusste, dass sich seine Gedanken überstürzten.

»Womöglich hat Ahenobarbus recht.« Er drehte sich nicht um.

»Recht womit?«

Als Antonius ihr wieder in die Augen sah, wurde sein Blick weich. »Meine Liebe, die römischen Feldherrn möchten, dass du nach Alexandria zurückgehst.«

Nun war es ja nicht so, dass Kleopatra damit nicht gerechnet hätte. Den Mienen der Männer hatte sie durchaus entnommen, wie sehr es ihnen widerstrebte, dass eine Frau anwesend war, wenn der Kriegsrat tagte. Einmal war ihr das feindselige Schweigen mehr als sonst gegen den Strich gegangen, und sie hatte die Anwesenden daran erinnert, dass sie noch vor ihrem zwanzigsten Geburtstag eine Armee aufgestellt und befehligt hatte, dass sie seit achtzehn Jahren über ein Königreich herrschte, dass ihre Mannen jederzeit ihr Leben gaben, wenn sie es verlangte. Abgesehen davon hatte sie unzählige Schiffe bauen lassen, die nun im Hafen lagen und nur darauf warteten, gegen ihre Feinde zu kämpfen. Sie war die Monarchin, der wenigstens die Hälfte der Soldaten, die in den Lagern stationiert waren und von denen viele für die Ziele der Feldherrn in diesem Zelt sterben würden, bedingungslose Treue geschworen hatten. Es war ihr gelungen, die Römer für einen Moment zum Schweigen zu bringen, aber sie ahnte, dass es nicht lange so bleiben würde.

»Wer hat sich dafür ausgesprochen?«

»Alle bis auf Canidius, der sich sehr eloquent über deine Intelligenz und deine vielen Vorzüge ausgelassen hat.«

»Wie steht es mit dem Imperator? Welche Meinung vertritt er in dieser Angelegenheit?« Auf einmal kehrte die Erinnerung daran, dass Antonius sie schon einmal im Stich gelassen hatte, mit voller Wucht zurück. Kam nun etwa wieder der Mann zum Vorschein, der sich vier Jahre zuvor von ihr und Ägypten abgewandt hatte?

»Ich habe lange über diese Frage nachgedacht«, antwortete er langsam. Kleopatra hasste sich dafür, dass sie es nicht erwarten konnte, seine Antwort zu hören, denn es führte ihr erneut vor Augen, wie sehr sie von seinem guten Willen abhängig war. »Und ich bin zu dem Ergebnis gekommen, dass ich Octavian zu einem Sieg verhelfen würde, sollte ich dich tatsächlich wegschicken. Genau das möchte er, und er würde es zu seinem Vorteil nutzen. Bin ich nicht länger der Söldner im Dienst einer fremden Königin, leite ich unwillkürlich einen neuen Bürgerkrieg ein. Und es gibt nichts, was das römische Volk weniger wünscht als einen weiteren Bürgerkrieg. Nein, ich habe bestimmt nicht die Absicht, in die Rolle des Sündenbocks zu schlüpfen.«

»Wenigstens hast du das gesamte Szenario durchgespielt, das muss man dir lassen.« Seine Worte schmerzten sie so sehr, dass sie fürchtete, in Ohnmacht zu fallen, was er unter gar keinen Umständen merken durfte. Es kostete sie große Überwindung, keine Miene zu verziehen. Zeigte sie jetzt auch nur die kleinste Regung, würde diese einen Gefühlsausbruch auslösen. Sie biss sich so fest auf die Innenseite ihrer Wangen, bis Blut floss und der salzige, metallische Geschmack sich in ihrem Mund ausbreitete.

»Außerdem gehe ich stark davon aus, dass die halbe Armee kehrtmachen und dir folgen würde, falls du nach Hause gingst.«

»Dann muss ich wohl den Göttern danken, dass du glaubst, ich könnte dir immer noch von Nutzen sein, werter Imperator.« Sie machte auf dem Absatz kehrt und wollte den Raum verlassen.

Antonius hielt sie am Arm fest. »Kleopatra, reiß dich zusammen. Das hier ist kein Streit zwischen Liebenden. Hier geht es darum, eine Kriegsstrategie zu entwerfen.«

Damit hatte er recht. Dennoch grämte sie das Wissen, dass er sie – so er denn wollte – jederzeit wie einen Diener, der seinem Herrn und Meister nicht zu Gefallen war, nach Hause schicken konnte.

»Ich habe allen Männern gesagt, wo ich stehe. Welcher kluge Feldherr schickt seinen stärksten Verbündeten weg? Seinen brillantesten Ratgeber? Seinen reichsten Anhänger?« Er grinste breit. »Und die Frau, die er über alles liebt und schätzt?«

»Na gut, werter Imperator. Wieder einmal bin ich deiner ach so grenzenlosen Anziehungskraft erlegen.« Sie riss sich von ihm los. »Aber ich dachte, wir hätten gerade darüber gesprochen, Italien anzugreifen.«

»Ich werde mein eigenes Land ganz gewiss nicht an den Rand des Abgrundes bringen. Die letzten beiden Kriege um die Macht in Rom sind auf griechischem Boden ausgetragen worden. Den einen habe ich mit Cäsar gewonnen, den anderen mit Octavian. Und auf griechischem Boden werde ich auch künftig siegen.«

Damit war alles zu diesem Thema gesagt. Wenn Kleopatra weiterhin darauf verwies, welchen Vorteil eine Schlacht auf römischem Boden hatte, obgleich sie immer noch fand, dass dies, strategisch gesehen, der richtige Schachzug war, stand zu befürchten, dass Antonius Octavians Propaganda auf den Leim ging und irgendwann glaubte, ihr Ziel sei es, Rom in die Knie zu zwingen. Da ihr Gemahl nicht bereit war, Octavian die Genugtuung zu verschaffen und sie wegzuschicken, war Kleopatra klar, dass sie Octavian tatsächlich zu einem Sieg verhalf, falls sie in die Rolle schlüpfte, die er ihr auf den Leib geschrieben hatte. Antonius war der Oberbefehlshaber über alle Streitkräfte des östlichen Imperiums. Sollte er doch die Befehle erteilen, die er für angemessen hielt.

Samos:

Kleopatras neunzehntes Regierungsjahr

Nunmehr war der Kampf unausweichlich. Zusammen mit ihrer Armee und der Flotte hatten Antonius und Kleopatra Ephesus verlassen und waren auf die griechische Insel Samos gesegelt. Dort gab es anlässlich des Zusammenschlusses einer stattlichen Anzahl von Königen und Völkern unter ihrem Oberbefehl Brot und Spiele. Seit Wochen fanden in den Arenen athletische Spiele, Theater- und Musikaufführungen statt, und hinterher feierten alle öffentlich und privat weiter. Jeder Staatsführer hatte Schauspieler und Musiker für den Festakt und mehrere Ochsen als Schlachtopfer geschickt. Tag und Nacht erklang Musik auf der Insel, Menschen aus aller Welt kamen und wohnten den Feierlichkeiten bei, welche die neuen Herren der Welt zu ihren Ehren ausgerichtet hatten.

»Hat es jemals solche Siegesfeiern *vor* einem Krieg gegeben?«, fragte Canidius. Er saß im Theater von Samos auf dem Ehrenplatz neben der Königin.

»Wir feiern nicht den Sieg. Wir führen der Welt vor, wie das Leben nach unserem Sieg aussehen wird«, erwiderte die Königin. »Wir werden jedem Mann, jeder Frau, jedem Kind, Körper und Seele zugleich Nahrung geben.«

Kleopatra freute sich, dass so viele Römer aus alten und noblen Geschlechtern Antonius unterstützten, konnte aber nicht umhin festzustellen, dass es ihre Aufgabe war, sie zu verköstigen, solange sie in ihrem Lager nächtigten. Daher hatte sie schnell ihre Köche herbeigerufen und alles in ihrer Macht Stehende getan, damit mehr Lebensmittel, Wein, Teller, Sofas, große Zelte, Öllampen, Kerzen und Leinen aus dem fernen Ägypten in ihr Hauptquartier geliefert wurden. »Da es sich um Römer handelt, dürft ihr nicht vergessen, die doppelte Menge dessen zu bestellen, was ihr für zivilisierte Menschen benötigt.«

Jetzt betrachtete sie die Anwesenden, die aus allen Winkeln der Erde nach Samos gekommen waren, um sich ihrer Sache anzuschließen. Wie konnten sie verlieren? Jeder König, Prinz, Vasall und Häuptling hatte seine Armee mitgebracht und wollte an der Seite des Antonius kämpfen. Wer nicht persönlich erscheinen konnte, hatte einen hochrangigen Befehlshaber samt Truppen, Kavallerie und Waffen gesandt.

Antonius, der wie Cäsar der Ansicht war, dass alle Erdenbürger die römische Staatsbürgerschaft erhalten sollten, hatte zu Ehren der Nationen, die sich ihm angeschlossen hatten, Münzen herausgegeben. Darauf waren die Banner der einzelnen Länder zusammen mit dem römischen Adler und den Standarten abgebildet. Jeder Mann, der sein Leben riskierte, tat dies mit dem Ziel, die Staatsbürgerschaft des großen Römischen Reiches zu erhalten, und nun hatten alle Theaterbesucher diese Münzen, sozusagen ein Unterpfand ihrer Loyalität, in der Tasche.

Kleopatra und Antonius erhoben sich und begrüßten ihre Verbündeten. König Bogud von Mauretanien, Cäsars mächtiger Anhänger, war von Octavian, der seine Gebiete konfisziert hatte, nachdem er Lepidus aus Afrika vertrieben hatte, aus seinem Land gejagt worden. Der König und seine Männer trugen goldene Tuniken, die auf ihrer tiefbraunen Haut in der Sonne funkelten. Tarcondimotus, der Prinz von Kilikien, brachte eine Kiste Münzen mit, auf denen Antonius als Freund und Wohltäter seiner Nation verewigt war. Aus Kleinasien war Archelaos von Kappadokien mit derselben schlagkräftigen Streitmacht angereist, die sein Vater zur Verteidigung von Kleopatras aufrührerischer Schwester Berenike aufgestellt hatte.

Seit Jahren verband Antonius und die Familie von Archelaos

eine enge Freundschaft, obwohl deren Mitglieder die unehelichen Erben des römischen Erzfeindes Mithridates waren. Antonius hatte stets darauf vertraut, dass Archelaos ihn nicht im Stich ließe, auch wenn dessen Vater einst mit Berenike befreundet gewesen war und bei dem Versuch des rebellischen Mädchens, den Thron zu übernehmen, sein Leben gelassen hatte. Antonius hatte sich nicht getäuscht. Diesmal salutierte der schöne, große, in Begleitung seiner Männer erschienene Archelaos ihm und der Königin. Berenike hatte immer viel vom guten Aussehen seines Vaters gehalten, und nun konnte Kleopatra sich mit eigenen Augen davon überzeugen, dass der Sohn dessen eindrucksvolle Größe und ebenmäßige Züge geerbt hatte.

Aus ganz Kleinasien, aus Paphlagonien, Pontos, Galatien und Kommagene waren die Prinzen herbeigereist und schwenkten ihre Fahnen. Landes- und Stammesstandarten schwebten wie ein Regenbogen über dem Amphitheater. Beim Anblick der großgewachsenen, hellhäutigen Thrakier fiel Kleopatra wieder ein, mit welcher Begeisterung sie als kleines Mädchen für den thrakischen Sklaven Spartakus geschwärmt und wie sie davon geträumt hatte, eines Tages solch einem Kämpfer zu begegnen und sich mit ihm zusammenzutun. Im wahren Leben hatte sie mehr erreicht, als sie in Kindertagen zu träumen gewagt hatte. Denn sie kämpfte nicht an der Seite eines aufrührerischen Rebellen und dessen Armee, sondern gemeinsam mit einem Mann, den die ganze Welt als Imperator verehrte.

Jede Gruppe war zu den Spielen geeilt, als wollte die Welt vorab schon einmal kosten, wie schön das Leben nach dem Sieg sein würde, wenn sie nicht länger den grausamen römischen Statthaltern ausgeliefert wären, wenn sie nicht mehr unter Steuern und Abgaben zusammenzubrechen drohten und keine feindlichen römischen Armeen mehr erdulden müssten, die durchs Land zogen, die Ernte vernichteten, ihre Söhne rekrutierten, ihre Töchter schändeten und die Tempel und Schatzkammern plünderten. Die ganze Welt würde vereint sein unter Antonius und Kleopatra. In Zukunft würden nicht mehr Unmengen von Menschen- und Tierblut in den Arenen vergossen werden, wie es bei den Römern so Sitte war. Vielmehr würden sie Spiele veranstalten, die nicht Grausamkeit, Unterwerfung und Tod zelebrierten, sondern Kunst, Musik, Poesie und athletische Leistungen. Alles, was erhaben, gut und schön an den Menschen war.

Zum Schutz vor der Sonne und dem Wüstenwind trugen der arabische Prinz Iamblichus aus der heiligen Stadt Emesa und seine Männer weite schwarze Gewänder und Turbane. Während Antonius sie begrüßte, standen sie wie eine Reihe Falken vor ihm, zogen die Dolche und streckten sie in Richtung Rom. Die Sonne spiegelte sich im Metall der Klingen, die das Licht zurückwarfen. Die Soldaten aller anderen Nationen sprangen auf und jubelten. Armeen aus Gebieten so nah wie Pontos und so fern wie Judäa und Media erhoben sich, um Antonius und Kleopatra Tribut zu zollen.

»Seit Alexander haben sich nicht so viele Länder der Erde hinter einen einzigen Mann gestellt«, flüsterte Kleopatra Antonius zu.

Als er die Hand unter ihr Kinn legte und ihr Gesicht zu sich herumdrehte, begannen ein paar Männer zu pfeifen.

»Und hinter eine Frau«, fügte er hinzu. »Alexander mag vielleicht eine vergleichbare Armee und Marine gehabt haben, aber so jemanden wie dich, Kleopatra, hatte nicht mal er.«

PATRAE:

KLEOPATRAS ACHTZEHNTES REGIERUNGSJAHR

Wir werden entlang der ionischen Küste eine Reihe von Marineaußenposten errichten, einen für jede Perle deiner Halskette.« So höflich hatte Antonius sich ausgedrückt, als sie ihren Kriegsschauplatz für den Rest des Winters nach Patrae verlegten, einem von mehreren wichtigen am Meer gelegenen Stützpunkten.

Patrae, unweit des Golfs von Korinth, war nur einer von vielen Standorten, von wo aus Antonius seine Feldzüge dirigierte. Der Römer hatte seine Legionen weit im Norden auf Korfu, auf der Insel Leukas, in Zakynthos, Methone und im Süden Griechenlands auf Kreta und in der Kyrenaika stationiert, sodass die Stützpunkte eine Art Halbmond bildeten. Auf der Karte zeigte er Kleopatra, dass man sie weder vom Land noch vom Meer her anzugreifen vermochte. Dennoch konnten ihre Schiffe mit den Vorräten aus Ägypten sie weiterhin erreichen und gefahrlos für Nachschub sorgen. Nun mussten sie nur noch warten, bis Octavian mit seinen Streitkräften das Meer überquerte. Aufgrund des rauen Wetters war damit zu rechnen, dass ihr Gegner dabei mehrere Schiffe verlor.

»Sie machen sich im Winter auf den Weg und setzen sich zum ungünstigsten Zeitpunkt der See aus. Da ich diese Reise in Cäsars Auftrag schon einmal unternommen habe, weiß ich, wovon ich spreche. In Italien sind derzeit Nahrungsmittel und Geld knapp. Sollten Octavians Männer die Küste erreichen, werden sie vor Hunger halbtot sein. Es wäre besser, wenn wir für sie genug zu essen bereithielten, denn sie werden unter aller Garantie desertieren, sobald sie griechischen Boden betreten, und erwarten, dass man sie verköstigt.« Antonius strotzte nur so vor Selbstsicherheit.

So hatte Kleopatra ihn noch nie erlebt. Beinah die ganze Welt stand ihm zur Seite, so groß war seine Macht, und seine Freunde in Alexandria waren dermaßen beeindruckt, dass sie ihn statt »Der Einzigartige« inzwischen »Der Unbezwingbare« nannten.

»Falls Octavians Fußvolk desertiert, müssen wir sofort die Flotte angreifen. Dann brauchen wir nicht mal auf dem Festland zu kämpfen. Im kommenden Sommer werden wir auf der Terrasse in deinem Palast in Alexandria sitzen und ein Glas Limonensaft genießen, während uns der Wind vom Meer ins Gesicht bläst.«

»Hoffentlich steht deine Weitsicht deiner Macht in nichts nach«, erwiderte Kleopatra.

Wieder betrachtete er die Karte, fuhr mit dem Finger über die Stützpunkte der Kriegsschiffe und beschrieb eine lange Kurve. »Das ist der kostbarste Halsschmuck, den ich dir je geschenkt habe, meine Liebste, und er wird dir hervorragend stehen. Die Welt gehört dir.«

All das sagte er ihr natürlich unter vier Augen, da man ihm die öffentliche Zurschaustellung von Zuneigung inzwischen als unangemessene Vertrautheit auslegte. Damals mit Cäsar hätte ich meine Lektion lernen sollen, dachte Kleopatra. Wann immer er die Rechte und Privilegien eines Königs für sich in Anspruch nahm – wenngleich er einige Eroberungen vollbracht hatte, die eines Königs durchaus würdig waren, und über die Armee eines Königs befahl –, erntete er heftige Kritik. Kleopatra indes gab sich nicht wie eine Königin, sie *war* eine Herrscherin. Warum machte dies den römischen Feldherrn nur so sehr zu schaffen? In Rom beschränkte die Macht einer Frau sich darauf, ihren Gatten herumzukommandieren. Gleich einer Fliege war Fulvia zerquetscht worden, als sie versuchte, sich ein Quäntchen mehr Einfluss zu sichern. Man hatte sie letztlich am meisten dafür kritisiert, dass sie nicht die Erlaubnis ihres Gemahls einholte, ehe sie zuschlug, sondern sich auf ihren eigenen Verstand verließ.

Die Römer hatten noch nie eine Frau erlebt, die so viel Macht und so weitreichenden Einfluss besaß wie Kleopatra. Sie war der festen Überzeugung, dass genau die Trümpfe, mit denen sie die Bewunderung der Menschen zu erlangen suchte – wie ihre Ressourcen und die Treue, mit denen ihr die eigenen Truppen und die aus den weiter östlich gelegenen Gebieten dienten –, nur dazu führten, dass die Gegenseite jetzt Front gegen sie machte. Je länger sie mit den römischen Freunden von Antonius im Lager lebte, desto deutlicher wurde, wie sehr die Männer ihre königliche Autorität fürchteten. Selbstverständlich waren sie auch davon fasziniert, doch sie versteckten ihre Bewunderung hinter einer Mauer aus Angst. Manchmal verwandelte die Furcht sich gar in Abneigung, wie damals in Athen, als Antonius einen Mann beinah tätlich angegriffen hätte, weil er sie beleidigt hatte.

Auf dem Weg nach Patrae hatten sie in Athen haltgemacht. Seit der Beerdigung ihrer Freundin Mohama hatte Kleopatra die Stadt nicht mehr betreten. Zum ersten Mal seit vielen Jahren ging sie zu dem Grab und säuberte den Stein. Dabei lief ihr eine Träne über die Wange. Sie hatte darauf bestanden, für ihre ermordete Gefährtin ein Monument zu errichten, und musste nun lächeln, als sie an den halbseidenen Priester dachte, der damals ihr Geld genommen hatte, und an die zwielichtigen Handwerker, die für ihn arbeiteten. Da niemand damit gerechnet hatte, dass die Königin eines Tages zurückkommen würde, um die in Auftrag gegebene Arbeit zu begutachten, hatten sie ihre Anweisungen für die Grabinschrift verdreht, Kleopatra als kleine libysche Prinzessin aufgeführt und Mohama gar nicht erwähnt. Damals war Kleopatra elf gewesen.

Inzwischen waren fünfundzwanzig Jahre vergangen, und Mohama, die auf ewig sechzehn blieb, wäre jetzt Anfang vierzig. Kleopatra konnte sich das Wüstenmädchen von damals gar nicht als erwachsene Frau vorstellen. Falls ein früher Tod etwas Gutes hatte, dann schenkte er dem Verstorbenen zumindest ewige Jugend. Mohama, diese starke, kraftvolle und sinnliche Frau, würde niemals altern. Ihre schöne braune Haut würde sich niemals in eine verschrumpelte Kastanie verwandeln, die irgendwann und unweigerlich den frischen Tau der Jugend vergessen macht. Keine Geburt konnte ihren schönen Brüsten, ihrem straffen Bauch etwas anhaben.

Kleopatra wünschte sich die Macht, die Toten auferstehen zu lassen. In Mohamas Gegenwart hatte sie sich nie gefürchtet. Was würde ihre alte Freundin von der Königin der Könige und ihren Söhnen, die ebenfalls Könige waren, halten? Was dächten wohl die Männer, die derzeit die Autorität der Königin in Frage stellten, über sie, würde ihre ehemalige Gefährtin, diese dunkelhäutige Sirene, die wie eine skythische Kriegerin mit dem Krummdolch kämpfte, noch immer nicht von ihrer Seite weichen? Unvorstellbar, welche Geschichten sich um einen so außergewöhnlichen Menschen wie Mohama gerankt hätten. Die Feldherrn hätten versucht, sie zu verführen, und gleichzeitig Geschichten über Kleopatras grässliche Amazone in Umlauf gebracht. Genau das Richtige, um in Rom für Klatsch und Tratsch zu sorgen.

Als Kleopatra sich vom Grab ihrer Jugendfreundin abwandte, sah sie, wie Charmion eine Hand auf den Stein legte und flüsterte: »Auf Wiedersehen, Wüstenmädchen. Mögen die Götter mit dir sein.« Die Worte ihrer Dienerin rührten Kleopatra zu Tränen, und Charmion legte spontan den Arm um die Königin. »Ihr trauert um die verlorene Jugend und die sorgenfreien Tage, die Ihr in Mohamas Gesellschaft verlebt habt. All das war jäh mit ihrem Tod zu Ende.«

Charmion hatte recht: An jenem Tag legte die kleine Prinzessin, die sich so gern verkleidete und durch die Straßen von Alexandria lief, all ihre Kostüme weg und verabschiedete sich endgültig von ihren Abenteuern. »Aber was wäre, wenn die Götter mir Mohama schickten, um mich auf später vorzubereiten? Die Abenteuer, die wir uns ausgedacht haben, habe ich später tatsächlich erlebt. Meine Zeit mit ihr war wie eine Vorbereitung auf meine Pflichten als Königin.«

»Die Götter meinen es gut mit denjenigen, die sie verehren. Ihr und Euer Vater habt die Götter stets verehrt, und für die Hochachtung, die Ihr ihnen entgegengebracht habt, seid Ihr reicher gesegnet worden als andere Frauen.«

Zu Ehren von Kleopatras Ankunft in Athen hatte man eine Statue von ihr im Gewand der Isis auf der Akropolis aufgestellt, dem heiligsten Ort der ganzen Stadt. Dort oben stand nämlich auch Athene in ihrem atemberaubenden Tempel. Die Königin vermutete, dass es sich dabei um eine Art Wiedergutmachung handelte, denn hier war Octavia als Athenes Stellvertreterin auf Erden verehrt worden. Nun waren die Straßen nahezu übersät von Münzen mit Antonius' und Kleopatras Antlitz. Außerdem gab es so viele Statuen von den beiden, dass sie auf Schritt und Tritt ihrem Ebenbild begegneten. Bei allen Feierlichkeiten priesen sie Kleopatra als Königin der Könige und als erste ägyptische Königin, die ihre Stadt mit ihrer göttlichen Anwesenheit beehrte. Am Hafen erwartete sie eine ganze Schar von Würdenträgern und Priestern, die ihr zu Ehren Gedichte verfasst hatten. Athleten, Schauspieler, Sänger und Philosophen widmeten ihre Kunst allein Ihrer Majestät. Kleine Mädchen streuten Blumen, wo immer sie ging, und die Dienerinnen trugen bei den förmlichen Einladungen, denen sie folgte, stets ägyptische Gewänder.

Antonius sprachen sie zwar mit seinem Titel als Imperator an, doch auch er erhielt alle Ehren eines zurückkehrenden Königs. Wollten die Einheimischen, die sich mit Leib und Seele der Demokratie verschrieben hatten, ihr damit etwa zu verstehen geben, dass sie eine von den Griechen inspirierte Monarchie der Herrschaft der Römer vorzogen? Warum auch nicht? Eine griechisch geprägte Monarchie würde ihren Ländern Tribut zollen, während die Römer lediglich ihre Tempel ausrauben wollten. Nachts, nach den Feierlichkeiten, wenn sie und Antonius endlich allein waren, sprachen sie über ihre Vorstellung eines graeco-ägyptischen Reiches, über das sie gemeinsam zu herrschen gedachten, das die Einheimischen aber unter ihrer Aufsicht regieren sollten. Allein bei Rom gedachten sie eine Ausnahme zu machen: Die republikanische Staatsform sollte zur Beschwichtigung des Volkes erhalten bleiben, zumindest bis diese sentimentalen Menschen den vergangenen Zeiten nicht mehr nachtrauerten.

Kleopatra fühlte sich, als wären sie beide ein und dieselbe Person. Sie war Antonius eine Freundin, Verbündete, Wohltäterin, Geliebte, Gattin und die Mutter seiner Kinder gewesen, doch nun war ihr, als wäre sie über alle diese Rollen hinausgewachsen und mit ihm zu einem Wesen mit einer gemeinsamen Mission verschmolzen. Zusammen waren sie größer als jeder von ihnen allein. Zusammen waren sie unbezwingbar. Dies erflehte sie jedenfalls in ihren Gebeten.

Zwei Besucher aus Rom gefährdeten allerdings ihre fröhliche Stimmung. Zuerst kam Antyllus, der zu seinem Vater Antonius »zurückgeschickt« worden war, nachdem Octavia lange genug die Verstoßene gespielt hatte und aus dem gemeinsamen Haus ausgezogen war. Den jüngeren Antonius brachte sie dagegen zu seinen Verwandten in Rom.

»Octavian versteht sich hervorragend darauf, den Vätern die Söhne zurückzusenden«, meinte Kleopatra. Sie erinnerte sich noch sehr gut daran, wie er Livias Sohn nach der Geburt dem Vater überlassen hatte.

Antyllus freute sich, wieder in der Nähe seines Vaters zu sein, redete aber ohne Unterlass über Octavias Güte. »Wie einen Sohn hat sie mich behandelt«, berichtete er, ohne zu merken, wie sehr seine Worte die Königin trafen. »Sie ist eine durch und durch ehrenwerte Frau. Außerdem ist sie in großer Sorge wegen des Streits zwischen ihrem Bruder und ihrem Gatten.«

Kleopatra hatte Antyllus seit Jahren nicht gesehen und war entsetzt darüber, wie sehr er an Octavia hing. »Dein Freund und Bruder Caesarion sehnt sich nach deiner Gesellschaft«, sagte sie nur. »Und die Zwillinge reden andauernd mit ihrem kleinen Bruder über dich, den du noch gar nicht kennst.«

Antyllus bedankte sich überaus förmlich bei ihr. Hatte er die beiderseitige Zuneigung und die mit Caesarion verbrachte Zeit, als die beiden Knaben den ganzen Tag lang durch den Palast getobt waren, denn gänzlich vergessen?

Als Antonius merkte, wie enttäuscht seine Gemahlin war, schickte er seinen Sohn zu Bett. »Der Junge ist in Rom gewesen,« erklärte er ihr, »und hat über Jahre bei unseren Feinden gelebt. Wer weiß, welche Lügen sie ihm über dich aufgetischt haben? Wir werden ihn nach Ägypten schicken. Dort ist er sicher.«

Kleopatra stimmte seinem Vorschlag zu, in der Hoffnung, dass ihre Kinder bis dahin nicht unzählige Geschichten über die wundervolle Octavia zu hören bekamen. Jemand musste dem Jungen die Augen öffnen und ihm klarmachen, dass seine Ziehmutter sich schon vor langer Zeit zwischen Octavian und Antonius entschieden hatte. Ihre Freundlichkeit gegenüber Antyllus war, wie Kleopatra nur zu gern glauben wollte, reine Formsache.

Gabinius Germinius, ein dünner und arroganter Mann, hatte Antyllus zu seinem Vater nach Athen gebracht. Kleopatra unterstellte ihm, für Octavian und dessen Schwester zu spionieren, sonst hätten sie ihn bestimmt nicht mit dieser Aufgabe betraut.

Als sie ihre Vermutung Antonius mitteilte, antwortete er: »Das würde mich nicht überraschen. Er ist dünn und blass und sieht ganz wie einer von ihnen aus. Wir sollten ihn heute Abend beim Essen ganz weit weg von uns setzen. Morgen werden wir ihn dann wegschicken.«

Die Stimmung beim Abendessen war ausgelassen und fröhlich. Dennoch ließ Kleopatra Germinius nicht aus den Augen. Der Mann trank kaum Wein und wohnte mit säuerlicher Miene der vergnügten Runde bei. Nach dem Essen schickte er Antonius einen Boten, der den Imperator darüber informierte, dass er eine Nachricht aus Rom brachte und deshalb um eine Audienz bat.

»Was habe ich dir gesagt?«, zischte Kleopatra, als Germinius an ihren Tisch trat. »Er wird uns Octavians vergiftete Botschaft übermitteln.«

»Was habt Ihr mir mitzuteilen, Gaius Germinius?«, fragte Antonius, ohne den Mann zu begrüßen oder ihm einen Platz anzubieten.

»Vielleicht sollten wir warten, bis Ihr wieder nüchtern seid«, meinte er mit einem Blick auf den Weinkelch vor Antonius.

Kleopatra raste innerlich vor Zorn. Wie konnte diese Kreatur es wagen, sich vor ihren Gatten zu stellen und ihn wie Cicero zu beschuldigen, er trinke zu viel.

»Vielleicht werdet Ihr nicht lange genug leben, um mich wieder nüchtern zu erleben.« Antonius legte beide Hände um den Kelch und drückte fest zu. »Insofern würde ich Euch raten, Eure Nachricht schnellstens zu übermitteln und danach zu verschwinden.«

Mit einem Mal herrschte Schweigen im Raum. Die meisten Anwesenden richteten den Blick auf Antonius, doch manch einer fürchtete seine Reaktion und hielt den Blick gesenkt.

»Die Botschaft ist folgende: Die Anhänger des Antonius in Rom schwören ihm auch weiterhin Treue, sofern er die Königin auffordert, sein Lager zu verlassen.«

»Wer hat Euch geschickt?«, wollte Antonius wissen, ohne auf die Nachricht einzugehen.

»Ich repräsentiere Eure Fraktionen in Rom. Geschickt haben mich Eure Freunde, die nicht länger Eure Freunde sein werden, falls Ihr diesen Wunsch nicht respektiert.«

Der Imperator erhob sich, bedrängte den Mann so sehr, dass er nach hinten taumelte, packte ihn und zog ihn hoch, bis dessen Gesicht nur noch wenige Zentimeter von seinem entfernt war. »Ihr seid ein Vertreter des Teufels in Menschengestalt. Ihr und Eure Freunde seid nicht meine Freunde. Nun verschwindet von hier, ehe ich Euch zu Tode foltere.« Er schubste Germinius weg. »Fort mit Euch.«

Der Bote wagte nicht, Antonius denselben geringschätzigen Blick zuzuwerfen wie bei seinem Eintreten. Er stolperte über seine Toga und floh aus dem Saal.

Antonius verlor kein weiteres Wort über den Vorfall, doch Kleopatra war zutiefst erschüttert und verließ Athen deprimiert, obwohl die Menschen sie hier mit Ehren überhäuft hatten. In jedem zweiten Land der Welt waren Münzen im Umlauf, auf denen Kleopatra als Königin abgebildet war. Selbst die römischen Provinzen Makedonien und Achaia prägten voller Wagemut das Antlitz der Königin auf ihr Silber und demonstrierten so der Welt, dass sie rechtmäßig wieder über die Geburtsstätten ihrer Ahnen herrschte. Dennoch war es diesen Römern unmöglich, ihre Autorität zu respektieren.

Nun sorgte sie sich, ob sich ihre Anwesenheit zunehmend ungünstig auswirkte, nur was blieb ihr anderes übrig? Wie würde ihr Land reagieren, wenn sie Antonius verließ und nach Ägypten zurückkehrte? Wenn sie an dem Krieg nicht mehr teilnehmen durfte? Es war ihr unmöglich, in diesem Fall alle Nachschubgüter zurückzulassen, und ohne sie war Antonius nur halb so stark.

Zweifellos musste sie nach dem Ende des Krieges große Zugeständnisse an all jene machen, die durchgehalten und den Sieg errungen hatten, falls sie nicht hier ausharrte und sich ausschließlich darauf verließ, dass Antonius ihre Interessen schützte. Den Lauf der Dinge konnte niemand ändern.

Antonius wäre eher denen verpflichtet, die ausgeharrt und an seiner Seite gekämpft hatten, als ihr. Persönliche Verpflichtungen verloren an Bedeutung, wenn dic Fakten erst geschaffen waren. Noch vor kurzem hatte sie sich und ihren Gemahl als ein Wesen gesehen. Nun musste sie sich der Realität stellen und einsehen, dass Liebe in diesem Konflikt keine Rolle spielte. Daran gab es nichts zu rütteln. Hatte Antonius das nicht auch schon einmal behauptet? *Welcher Feldherr schickt seinen engsten Verbündeten weg?* Mit diesen Worten hatte er sie zu trösten versucht und sie wissen lassen, dass er nicht so einfältig war, ihren Wert falsch einzuschätzen.

Inzwischen wusste sie die Antwort auf die Frage, die er ihr damals gestellt hatte.

Ein Feldherr, der zu dem Schluss kommt, dass dieser Verbündete nicht länger von Vorteil für ihn ist. Die Frage lautete daher vielmehr: War Antonius ein solcher Feldherr?

ALEXANDRIA:

Kleopatras zwanzigstes Regierungsjahr

Hand in Hand schleichen sie leise wie ein Liebespaar durch die Straßen. Zum Schutz vor dem Winterwind haben sie sich in schwere Umhänge gehüllt. Nur die beiden Männer mit den hell brennenden Fackeln kennen ihre wahre Identität. So etwas haben sie seit Jahren nicht mehr getan. Wie immer fühlt sich ihre Hand in der seinen klein, weich, beschützt. Sie haben gemeinsam Wein getrunken, den sie noch immer auf der Zunge schmeckt. Sie zieht ihn an sich und küsst ihn. Und genießt es, endlich wieder seine Lippen zu spüren. Als sein Mund ihren Kuss fast hungrig erwidert, spürt sie auf einmal wieder dieses lang vergessene Beben in ihrem tiefsten Innern.

Es ist der vierundzwanzigste Dezember, eine ganz besondere Nacht: Heute wird das Kind der Sonne begrüßt, dessen Geburt die Wintersonnenwende einläutet. Ab jetzt werden die Tage wieder länger und heller. Am Abend vor dieser wunderbaren Nacht hat die Göttin ihr einen Traum zum Geschenk gemacht, einen Traum von ihm als jungem Mann. Seine wärmende Liebe wieder zu spüren ist dermaßen berauschend, dass sie in Tränen ausbricht, als sie aufwacht und ihn nicht neben sich vorfindet. Den ganzen Tag lang weint sie, und erst als die letzte Träne vergossen ist, fällt ihr auf, dass sie sich diese Schwäche trotz der vielen schweren Prüfungen, die sie bestehen musste, nie zugestanden hat. Jahrelang hat sie ihre Tränen zurückgehalten, die jetzt fließen, bis auch die letzte versiegt ist.

Statt eines prächtigen Gewandes zieht sie ein schlichtes Leinen-

kleid an, damit er sich nicht so unbedeutend fühlt. Anstelle einer aufwendigen Frisur steckt sie die Haare lediglich seitlich mit kleinen Silberkämmen fest. Dann gibt sie etwas Rot auf Lippen und Wangen, in der Hoffnung, dass er sich an ihre Jugend erinnern möge, an jene Zeit, bevor die Furcht sie eitel gemacht hat. Da sie keinen Hunger mehr verspürt, ist sie wieder so dünn wie damals als junges Mädchen. Ein Blick in den Spiegel zeigt ihr früheres Ich, und sie fragt sich, wem oder welchem Umstand sie die Rückkehr dieses jugendlichen Antlitzes zu verdanken hat. Ich sehe so aus, weil ich wieder Hoffnung geschöpft habe, sagt sie sich.

Ganz allein geht sie zu ihm, ohne zu wissen, was sie ihm sagen wird. Keine Reden, keine Anschuldigungen, weder Drohungen noch Geschenke oder Huren. Sie trifft ihn ebenfalls allein und nüchtern an, während er gerade auf die riesige rote Sonne starrt, die im Meer versinkt. Sie stellt sich hinter ihn, lehnt den Kopf an seinen Rücken und sagt kein Wort. Reglos und stumm harrt sie aus und tut, als hätte es die Ereignisse der vergangenen sechs Monate nicht gegeben. Sie tut, als hätten sie Alexandria nie verlassen, keine Armee aufgestellt, als wären sie nicht in den Krieg gezogen, als hätten sie niemals ein anderes Ziel gehabt, als einander zu spüren, die Haut des anderen auf der eigenen zu fühlen. Weil sie nicht möchte, dass dieser Augenblick endet, schweigt sie, in der Hoffnung, wieder zu träumen. Ja, sie schweigt und hofft tatsächlich, dass sie schon tot und dies das Leben nach dem Tod sein möge, damit sie endlich auf ewig zusammen sein können und weder in den Krieg ziehen noch über Königreiche herrschen müssen.

Der Abend dämmert schon, als er endlich das Wort ergreift. »Ich habe dich im Stich gelassen«, sagt er. Das letzte violette Glühen ist am Horizont zu sehen, und seine Worte schallen auf die offene See hinaus. »Dich und viele andere. Das wird nicht noch einmal passieren.« Er dreht sich um, schlingt, ohne sie anzusehen, die Arme um sie und drückt sie so fest an sich, bis ihr der Atem stockt. Sie keucht leise, woraufhin der Druck nachlässt, aber sie möchte sich keinen Zentimeter von der Stelle bewegen. Träumt sie? Lange hat sie jedwede Zuversicht fahrenlassen, und nun fragt sie sich, ob der heutige Tag bloß ein Teil ihres Traumes ist. Wird sie wieder aufwachen und feststellen, dass das Bett leer, dass der Krieg verloren ist, dass ihre Pläne hinfällig sind? Wieder wird sie aufwachen und ein ganzes Meer von Tränen der Trauer vergießen. Aber dazu ist sie eigentlich gar nicht mehr in der Lage, denn sie hat alle Tränen vergossen und sich hinterher vollkommen leer gefühlt, als hätte ihr jemand ein Loch in den Bauch geschnitten und die ganze unerträgliche Furcht hinausgelassen. Hier und jetzt spürt sie, wie sich eine befremdliche Ruhe ihrer bemächtigt.

Irgendwann nimmt er ihr kleines Gesicht in seine harten Hände und betrachtet sie. Wie ein Geist ist er von den Toten auferstanden. Trauer hat sich in sein Antlitz eingegraben, doch es scheint, als sei der Zorn verraucht, die Erniedrigung vergessen. Auch er strahlt eine eigenartige Ruhe aus. Dann lieben sie sich, in diesem Moment innerer Gelassenheit. Die verzweifelte Leidenschaft der vergangenen Wochen und Monate keimt nicht wieder auf. Weder von Lust noch von Ehrgeiz, noch von dem aufpeitschenden, alles überlagernden Kriegsgetrommel, sondern von einer nahezu befremdlich anmutenden Wonne lassen sie sich anstecken. Ohne Kraftanstrengung, ohne Kampf, ohne in der Lust zu ertrinken oder krampfhaft nach Erlösung zu streben, lieben sie sich wie zwei unschuldige Wesen, die einander in einem Zustand der Verwunderung begegnen und zögernd das Geheimnis der Liebe entdecken.

Wie lange sie einander lieben, wie lange sie sich im Arm halten, vermag sie nicht zu sagen. Die Zeit steht still, kein Wort wird gesprochen. Inzwischen ist es Nacht. Niemand wagt es, ihr Gemach zu betreten und die Lampen anzuzünden. Da fällt das Licht des langsam aufsteigenden Mondes in den Raum, taucht ihre warme Haut in kaltes Weiß. Um der Wärme willen schmiegt sie sich an ihn und legt ein Bein über seinen Bauch, während er sie an die Brust drückt. Sie wickelt sein Brusthaar um einen Finger wie ein kleines Mädchen, das mit seinen Locken spielt. Da sie sich seit einer halben Ewigkeit danach gesehnt hat, so mit ihm dazuliegen, kostet sie ihre Nacktheit aus.

Kurz vor Mitternacht hören sie, wie auf der Straße gesungen wird. Die Menschen strömen aus den Tempeln und rufen: »Die Jungfrau ist niedergekommen! Das Licht ist geboren!« In ihren Stimmen schwingen Freude und Glück mit, was sie bewegt und in ihr den Wunsch aufkeimen lässt, sich unter ihr feierndes Volk zu mischen.

»Komm mit mir auf die Straße«, sagt sie. »Das haben wir schon lange nicht mehr gemacht.«

Sie streift das schlichte Kleid über, und er legt einen einfachen Chiton an. Dann werfen sie die Umhänge über. Die Feier zur Geburt der Sonne hat etwas Volkstümliches. Es widerstrebt ihnen, die Feiernden zu stören, indem sie sich offen als diejenigen zu erkennen geben, die sie sind. Außerdem sind sie nicht mehr durch die Straßen geschlendert, seit sie die Bürde des Krieges auf ihre Schultern geladen haben. Zwei Wachen mit Fackeln folgen ihnen unauffällig. Lichtkegel tanzen unter ihren Füßen, und sie versuchen, in die hellen weiterziehenden Kreise zu springen. Wie Kinder ergötzen sie sich an diesem Spiel und holen schließlich die Prozession des Sonnenkindes ein.

Jahr um Jahr wird ein Kind ausgesucht, das den Sohn der erhabenen, im fernen Osten verehrten Göttin Astarte darstellt. Der Säugling, auf den dieses Jahr die Wahl gefallen ist, hat ein runzliges Gesicht. Der kleine Junge weint nicht, wie seine Vorgänger das für gewöhnlich getan haben, sondern liegt mit großen Augen und gut gelaunt wie ein kleiner König in seiner Sänfte, während er durch die von den Fackeln der Gläubigen erhellte Straße getragen wird. Wie schön meine Stadt bei Nacht ist, denkt sie. Wie hell die weißen Säulen, Wände und Häuser vor dem Hintergrund des nachtschwarzen Himmels strahlen. Einen Moment lang glaubt sie, den Blick des Jungen aufzufangen, und erinnert sich, wie es war, als sie ihre eigenen Kinder zum ersten Mal sah. Auch muss sie daran denken, wie sie bereits bei der Geburt ihrer Kinder über deren Zukunft die und Rolle nachdachte, die jedes von ihnen einmal in ihrem Land spielen würde.

Freude spiegelt sich auf den Gesichtern der Menschen wider, in deren Gesellschaft sie sich befinden. Machen die Götter ihr und ihrem Gatten an diesem heiligen Tag ein Geschenk? Haben die Allmächtigen sie wieder zum Leben erweckt, oder ist ihre wiedererwachte Liebe so groß, dass die Menschen sich davon anstecken lassen? Ihrer Meinung nach werden solche Ereignisse von dem unergründlichen Willen der Götter und, falls man den Astrologen Glauben schenken darf, der Sternenkonstellation dirigiert. Was morgen sein wird, wer weiß? Heute Nacht sind ihre Wünsche im Einklang mit dem Himmel, und das scheint mehr als genug zu sein.

Die Prozession endet am Tempel des Serapis, des Gottes über Ost und West, den ihr Ahne Ptolemaios der Retter einst erschuf. Serapis war Ptolemaios' Geschenk an sein Volk. Ihm entging nicht, dass die Menschen in Delos und Ägypten diesen Gott verehrten und dass Serapis von beiden Völkern geliebt wurde. In dieser Liebe sah er die Chance zur Einigung, und die Menschen empfanden es nicht anders. Sie machten Serapis zum Gefährten der Isis, der Göttin der Schöpfung und Genesung, der Kriegerin und barmherzigen Herrin. Die Verschmelzung glückte. Ptolemaios der Retter einte alle Menschen in dem Wissen um die Macht des Göttlichen. Als der Nachfolger Alexanders schließlich zum König von Ägypten ausgerufen wurde, ließ er weder Tempel zerstören noch Gläubige verfolgen.

Einheit. Viele träumten diesen Traum: Alexander, Ptolemaios der Retter, Kleopatra und Cäsar, Kleopatra und Antonius. Ehrt alle Götter dieser Welt und eint die Völker in diesem Glauben. Diese Vision ist ihr von mehreren Generationen vererbt worden, und trotz aller leidvollen Erfahrungen lebt der Traum von der Einheit in ihr fort.

Sie besinnt sich auf die Diskussionen mit den großen Philosophen, die einen Glauben vorschlagen, in dem alle Götter – auch dieser eine strenge Gott, den die Semiten verehren – zu einem göttlichen Wesen verschmelzen. Haben diese These womöglich ihre Vorfahren entwickelt? Ihr Vater, ein hingebungsvoller Anhänger des Dionysos, war solch einem Glauben sicher nicht abgeneigt. Sie erinnert sich, dass ihr Vater sie einst als Neunjährige in den Tempel des Serapis mitnahm und die Priester aufforderte, ihr zu zeigen, dass die Magie des Tempels auf wissenschaftlichen Erkenntnissen beruhte. Daraufhin führte man ihr vor, wie Magnete und Drähte den Gott in die Arme der Göttin schoben, wie sie mit Hilfe von Siphons vortäuschten, dass Wasser sich in Wein verwandelte, wie Maschinen das große Altarfeuer entfachten. All diese Dinge hielt Polybius, der mit großem Verdruss zur Kenntnis nahm, wie die Priester die Menschen durch geschickte Täuschungen dazu brachten, die Götter zu fürchten, in seinen Geschichten fest. Kleopatra indes glaubt nicht, dass sich auf diese Weise Furcht säen lässt. Für sie dienen diese Mittel allein der Beschwichtigung, sind sie ein stofflicher Beweis für die Magie der Götter, die die Menschen im Herzen fühlen und als real empfinden.

»Dann hat der Gott also gar nicht die Macht, Wunder zu bewirken?«, fragte sie damals ihren Vater mit grimmiger Miene und voller Empörung.

Auletes antwortete: »Die Menschen bezeichnen es als Wunder, die Wissenschaftler als Erfindung. Aber auch Erfindungen haben oft etwas von einem Wunder, nicht wahr? Du darfst weder die Menschen noch dich selbst des Glaubens an die göttliche Macht berauben.«

Kleopatra hält die Hand ihres Gatten, ohne dem Blick des kleinen Jungen auszuweichen. Seine Augen gleichen zwei dunklen, mit Weisheit gefüllten Schalen. Als sie in diese Augen schaut, ist sie nicht Königin und nicht Göttin, sondern nichts weiter als eine Mutter, die für ihre Kinder eine sichere, gefahrlose Zukunft erbittet. Eine demütige Anhängerin des Glaubens, erfüllt von einer Ehrfurcht, die sie zwar nicht begreift, aber dennoch hinnimmt.

Actium, an der griechischen Küste:

Kleopatras zwanzigstes Regierungsjahr

Obschon Antonius es ihr verboten hatte, besuchte Kleopatra die sterbenden Soldaten, redete in ihrer Muttersprache zu ihnen und gelobte, dafür Sorge zu tragen, dass man sich um sie kümmerte. Auch versprach sie den Männern, falls es zum Schlimmsten käme, dass ihre Mütter erfuhren, wann sie gestorben und wo sie begraben worden waren. Antonius zürnte ihr, weil sie ihre Gesundheit aufs Spiel setzte, aber sie steckte sich nie an. Zudem meinte sie, in den Mienen der Römer einen Hauch von Bewunderung dafür zu entdecken, dass sie den Kranken ihr Mitleid bekundete. Mutiger als jeder andere war sie allemal. Kein gesunder Soldat, gleich welchen Ranges, wagte sich in die Nähe der Kranken.

Seit knapp vier Monaten saßen sie im Golf von Ambrakia fest. Die Soldaten litten an der Ruhr, einer Krankheit, die den Tod auf groteske Weise hinauszögerte. Wenn dann auch noch Malaria hinzukam, ließ der Tod doppelt so lange auf sich warten und trug noch grauenvollere Züge. Zwei Monate zuvor hatte es ihre Ruderer erwischt. Dies war nun die dritte Katastrophe in Folge, die überraschend und unerwartet über sie hereinbrach und an den Rand der Verzweiflung trieb. Zum Schutz vor dem Gestank des Todes drückte Kleopatra ein Halstuch auf Mund und Nase. Das Krankenlager platzte aus allen Nähten, und wegen der Blockade war es ihnen unmöglich, weitere Ärzte herbeizurufen und die nötigen Medikamente zu besorgen. Nun besuchte sie die vielen Kranken und überzeugte sich vom

Ausmaß des Unheils. Die Hälfte der Ruderer hatten sie bereits verloren, und gar mancher, der überlebte, würde niemals wieder so weit zu Kräften kommen, dass er seine Aufgabe erfüllen konnte. Folglich blieben ihnen nur zwei Optionen: Entweder sie verbrannten die Hälfte ihrer Schiffe, oder sie überließen sie Octavian, der sie dann garantiert seiner Flotte einverleibte. Im Grunde hatten sie keine andere Wahl – sie mussten in ihrem mitten im Marschland aufgeschlagenen Lager ausharren.

»Wie kommt es nur, dass wir, obwohl wir alles bis ins letzte Detail geplant haben und im Vorteil waren, nun gezwungen sind, über einen Rückzug nachzudenken?«, fragte sie Antonius. Kleopatra wusste so gut wie jeder andere, was geschehen war, hoffte aber, eine unvorhergesehene Lösung zu finden, wenn sie die Situation immer wieder aufs Neue analysierten.

»Ich habe versucht, Octavian in eine Schlacht auf dem Festland zu verwickeln, aber darauf hat er sich nicht eingelassen.«

Das entsprach den Tatsachen. Zweimal in den vergangenen beiden Monaten hatte Antonius den Golf überquert, einmal in der Hoffnung, Octavian zum Kampf zwingen zu können, ein weiteres Mal, um ihn von seinen Wasservorräten abzuschneiden. Beide Versuche waren fehlgeschlagen. Octavian und seine Legionen warteten auf den Hügeln und ließen sich nicht dazu bewegen, ihr Lager zu verlassen.

»Manch einer behauptet hinter vorgehaltener Hand, die Götter hätten mich im Stich gelassen«, bekannte Antonius leise. Sein spöttischer Ton schien diesen Gedanken zu verhöhnen, doch Kleopatra wusste, insgeheim meinte er es ernst.

Hoffentlich hatte Cäsar Octavian nicht vererbt, was er stets als seinen wertvollsten Trumpf erachtet hatte: das Glück, das ihm stets hold gewesen war. Hatte Fortuna etwa gleich nach dem Tod des Imperators nach jemandem Ausschau gehalten, den sie unter ihre Fittiche nehmen konnte, und war bei ihrer Suche auf Octavian gestoßen? Vielleicht hatte die Göttin angenommen, dieser Junge, dem es an angeborenen Fähigkeiten mangelte, sei eher auf ihren Beistand angewiesen als ein Mensch vom Format eines Antonius, den das Schicksal mit Alter, Erfahrung, Tapferkeit und Mut, Staatskunst, handwerklichem Geschick, Redegewandtheit und Schönheit bereits reich beschenkt hatte.

Womöglich hatte Fortuna auch Antonius in die engere Wahl gezogen und befunden, er benötige ihre Hilfe nicht, weshalb sie ihre Gunst diesem langweiligen Knaben schenkte, den Cäsar per Testament zu seinem Nachfolger auserkoren hatte. Bis zu jenem Moment, da Fortuna beiseitetrat und zuließ, dass Cäsars Feinde ihre Dolche in seinen Körper stießen, hatte sie ihm treu zur Seite gestanden. Ohne seine Forderungen musste sie sich ein wenig verloren gefühlt haben. Wie eine Mutter, deren einziger, über alles geliebter Sohn zum Studium an einen anderen Ort geschickt wurde, sodass sie auf einmal gar nicht mehr wusste, wohin mit all der Liebe.

Selbst wenn Octavians Verbindung zu Fortuna nicht ganz so eng war wie damals bei Cäsar, bestand kein Zweifel daran, dass sie ihm Marcus Agrippa geschickt hatte. Agrippa verfügte über Cäsars geniales strategisches Geschick und war stets bereit, große Risiken einzugehen. Niemand mochte Agrippa, was aber offenbar nicht weiter von Bedeutung war. Ein ernster Mann war er, und angeblich besaß er keinerlei Anziehungskraft. Somit war er das absolute Gegenteil von Antonius, der buchstäblich nur seinen Charme einsetzen musste, und schon parierten seine Männer.

»Ich weiß nicht, ob es dem Glück oder der Weisheit zuzuschreiben ist, aber Agrippas Strategie war brillant«, meinte Antonius. »Er greift Methone im Süden an, damit unsere Seestreitkräfte Korkyra, unseren Stützpunkt im Norden, verlassen müssen, um uns Beistand zu leisten. Auf einmal ist der Seeweg frei für Octavian. Er hat uns von unserem Nachschub abgeschnitten und ist gleich mit all seinen Streitkräften gelandet. Kann er etwa unsere Gedanken lesen? Danach hetzen wir zum Golf von Ambrakia, um Octavian zu stellen, und kaum sind wir weg, nimmt Agrippa Patrae ein! Ich kann einfach nicht glauben, dass sie das geplant haben. So klug ist Octavian nicht. Meiner Meinung nach haben die Götter sich auf seine Seite geschlagen.«

Zusammen mit einer kleinen Flotte hatte Agrippa den umständlichen Seeweg gewählt und König Bogud überrascht, den Führer von Antonius' Streitkräften in Methone. Er lockte Bogud in einen Hinterhalt und tötete ihn. Kaum war ihr König tot, waren die Männer wie von Sinnen und ergaben sich Agrippa. Zwar war dies nur ein einzelner Sieg, doch Agrippa hatte alles auf eine Karte gesetzt und den Stützpunkt gesichert, der als Tor nach Ägypten fungierte. Dadurch hatte Antonius keine Möglichkeit mehr, an Geld, Nahrung und Gerätschaften heranzukommen. Seit Monaten mussten die einheimischen Griechen die Nahrungsmittel nun auf dem Rücken über enge und steile Pfade schleppen und wurden von den Soldaten ausgepeitscht, wenn sie nicht schnell genug vorankamen. Diese Nachricht überraschte Kleopatra nicht. Hungrige Männer sind weder für Geduld noch für Gutmütigkeit bekannt. Da es in dem Sumpfgebiet, wo sie kampierten, von Insekten nur so wimmelte, fielen die vom Hunger geschwächten Männer schnell den im Marschland kursierenden Krankheiten zum Opfer.

»Dann müssen wir unverzüglich handeln und die Gunst der Götter zurückerlangen«, meinte die Königin ungeduldig. Sie hatte keine Lust, über den Willen der Götter zu diskutieren – es war schon schmerzlich genug, sich mit ihren eigenen Gedanken herumzuplagen. Was der Feldherr wollte, interessierte sie. »Wir hätten ihnen zuvorkommen und sie angreifen sollen und ihnen nicht die Gelegenheit bieten dürfen, uns zu attackieren!«

»Du bist sehr gut darin, Vorschläge zu machen, wie wir hätten vorgehen sollen, nachdem du weißt, zu welchem Ergebnis unser Handeln geführt hat. Wäre es dir lieber gewesen, dass wir Octavian in die Hände spielen, der noch immer behauptet, du gäbest nicht eher Ruhe, bis du wie eine irregeleitete Kriegsgöttin auf dem Kapitol stehst? Hast du das gewollt, Kleopatra? Wolltest du mit einer Armee in Rom einmarschieren und das Imperium in die Knie zwingen? Ist das deine wahre Mission? Glaubst du, die Soldaten wären dir in ihr Heimatland gefolgt?« In letzter Zeit griff er sie immer öfter ziemlich hart an. Die von den vielen Rückschlägen ausgelöste Furcht wirkte sich offenbar negativ auf den warmherzigen Umgangston aus, den sie normalerweise pflegten.

»Dann hättest du mich eben zurücklassen und alleine angreifen müssen.«

»Glaub ja nicht, ich hätte diese Option nicht in Betracht gezogen«, sagte er. »Aber sie hat sich als nicht umsetzbar erwiesen. Immerhin verfügst du über die Kriegskasse und die Flotte.«

»Den Göttern sei Dank, dass ich wenigstens noch zu irgendetwas von Nutzen bin.«

Anscheinend hatte Antonius ihrer Miene entnommen, wie verletzt sie war, denn nun schlug er einen sanfteren Ton an. »Kleopatra, wir wissen beide, dass diese Männer Italien nicht freiwillig angreifen werden, jedenfalls keine römischen Legionen, und ohne sie haben wir keine richtige Armee.«

»So wie es aussieht, haben wir uns in eine unhaltbare Lage manövriert. Mit mir kannst du den Krieg nicht gewinnen und ohne mich auch nicht«, entgegnete sie verbittert, denn sie wusste, dass ein wahrer Kern in ihren Worten steckte.

»Das trifft nicht ganz zu. Es gibt durchaus noch einige andere Faktoren. Du siehst ja selbst, wie die Männer sich seit Octavians Eintreffen gebärden. Sie hatten viel zu viel Zeit, um über den Kampf nachzudenken. Das will ich gern zugeben. Daran hätte ich vorher denken müssen. Monatelang haben sie in den Lagern gesessen und über die bevorstehende Schlacht sinniert, haben an ihre Cousins, Brüder und Freunde, denen sie auf dem Schlachtfeld unweigerlich begegnen würden. Derlei Gedanken stimmen selbst gestandene Männer nicht gerade auf die nächste Schlacht ein.«

»Den ganzen Winter über haben wir hier herumgesessen und zugesehen, wie ihr Siegeswille ebenso schnell schwand wie unser Nachschub an Nahrung versickerte«, klagte Kleopatra. »Hast du gehört, wie Dellius sich gestern Abend beim Essen über die mangelnde Qualität des Weins beklagt hat? ›Wieso müssen wir dieses saure Gebräu trinken, Eure Majestät, wenn selbst den Pagen, die Octavian in seinem Lager bewirten, die besten und ältesten Weine vorgesetzt werden?‹ Er wird als erster Römer in die Geschichte eingehen, der wegen eines qualitativ höherwertigen Weines seinen Treueschwur bricht.«

Sie befanden sich in ihrem Privatquartier. Antonius saß auf der einen Seite des Raumes, Kleopatra auf der anderen, als befänden auch sie sich im Krieg. Die Königin war sich sehr wohl darüber im Klaren, dass sie sich versöhnen mussten, ehe sie sich dem äußeren Feind stellten.

»Aber er wird nicht als Erster zur gegnerischen Seite überlaufen, oder?«

Nichts deprimierte Antonius mehr, als im Stich gelassen zu werden. Er lebte für die Bewunderung seiner Männer. Verwehrten sie ihm diese, verwandelte er sich auf der Stelle in ein zurückgewiesenes Kind, das die Zuneigung seiner Spielkameraden verloren hatte. Das war das Schlimmste, was ihm passieren konnte. Und in diesem Punkt war Kleopatra völlig machtlos.

»Mein Gemahl, quält dich etwa immer noch der Verrat dieses dickleibigen griechischen Bauern?«

Antonius hatte Dellius mit dem Auftrag losgeschickt, zusammen mit Amyntas die Truppen zu befehligen. Erst unlängst hatte er Amyntas in den Stand eines Landadeligen erhoben, indem er ihm mehrere große Ländereien in Pontus übertrug. Zusammen sollten die beiden Männer weitere Soldaten in Makedonien anheuern. In Wahrheit hatten sie mit diesem Schachzug allerdings darauf abgezielt, Octavians Armee abzulenken, damit Gaius Sosius mit der Flotte von Antonius Agrippas Blockade durchbrechen und aus dem Golf von Ambrakia segeln konnte. Amyntas unterstanden zweitausend Reiter, dennoch mussten sie die Mission kurze Zeit später abbrechen. Dellius kehrte zu Antonius zurück und berichtete, dass er und seine Mannen beobachtet hatten, wie Amyntas sich weigerte, die Straße nach Makedonien einzunehmen, und stattdessen seine Soldaten auf direktem Weg in Octavians Lager führte. Dem fassungslosen Dellius rief Amyntas entgegen: »Kommt, lasst uns zu den Siegern überlaufen.«

»Und ich hatte angenommen, meine Großzügigkeit geriete nicht so bald in Vergessenheit«, meinte Antonius.

»Wir sollten in Zukunft charakterlosen Männern also nicht mehr solch großzügige Geschenke machen«, erwiderte Kleopatra. »Amyntas vergessen wir jetzt besser und lassen uns nicht länger davon betrüben. Schließlich müssen wir etwas unternehmen, auch auf die Gefahr hin, einen Fehler zu begehen. Handeln ist immer noch klüger, als uns von der Gegenseite noch länger schachmatt setzen zu lassen und zuzusehen, wie die Malaria unsere Männer dahinrafft. Selbst die Befehlshabenden melden sich schon krank. Hast du in letzter Zeit eigentlich Ahenobarbus zu Gesicht bekommen? Tagsüber versteckt er sich in seinem Zelt, doch ich habe beobachtet, dass er sich zu den Latrinen schleicht. Grün wie der Golf ist er. Und er hat erschreckend viel Gewicht verloren.«

»Ich dachte, du schätzt ihn nicht sonderlich«, meinte Antonius. »Vielleicht sollte ich mich auch krankmelden, damit du mir wieder gut bist.«

Kleopatra riss der Geduldsfaden. »Wieso stellst du dich gegen mich, wo ich deine Freundin, Verbündete und Ehefrau bin? Wieso richtest du deine Feindseligkeit nicht auf deinen Gegner? Vielleicht könnte er uns wenigstens in diesem Punkt von Nutzen sein.«

Antonius erstarrte. Sie hasste diese Situationen, wenn seine Gefühle von einer Sekunde auf die andere ins Gegenteil umschlugen. In jenen Momenten fürchtete sie sich gar vor ihm.

Er besaß große Ähnlichkeit mit ihrem Vater, der ganz und gar nicht beängstigend wirkte, wenn er schrie und mit den Armen herumfuchtelte, der jedoch die kaltblütigsten Entscheidungen traf, wenn er sich ruhig und beherrscht gab. Sie rechnete schon damit, dass Antonius sich wie damals bei Germinius gleich auf sie stürzte. Glücklicherweise rührte er sich jedoch nicht von der Stelle. Ja, sie hatte ihn in seiner Männlichkeit verletzt und hätte einiges darum gegeben, ihre Worte zurücknehmen zu können. Fälschlicherweise hatte sie ihn beschuldigt, eine Frau zu attackieren, weil er nicht in der Lage gewesen war, es mit einem Mann aufzunehmen. Dafür musste sie nun die Zeche bezahlen: Entweder lief sie Gefahr, seine Zuneigung zu verlieren, oder ihr Vorwurf schmälerte sein Selbstvertrauen. Nach kurzer Überlegung entschied Kleopatra, sich nicht bei ihrem Gatten zu entschuldigen, sondern seinen Rat zu suchen.

»Antonius, was sollen wir denn nur tun?« Die Frage war einfach und ehrlich gemeint. Mit einem Mal merkte sie, dass sie es nicht gewohnt war, anderen Menschen Fragen zu stellen, ohne schon im Voraus selbst die Antwort darauf gefunden zu haben.

»Wir werden einen Kriegsrat einberufen, bei dem alle Anwesenden ihre Meinung kundtun dürfen. Jeden Einzelnen werde ich anhören, denn ich möchte vermeiden, dass noch mehr Männer desertieren. Anschließend werden wir festlegen, was zu tun ist.«

Sein Vorschlag behagte ihr gar nicht, zumal sie der Überzeugung war, dass sie beide konsequent dieselbe Meinung vertreten mussten. Stellten sie sich nicht als standhafte Einheit dar, schwächte das ihre Position bei den anderen beträchtlich. Zweifellos hatte die Königin mit ihrer Einschätzung recht, doch die Miene ihres Gatten und die Kälte, die dieser ansonsten so warmherzige Mann auf einmal ausstrahlte, machten deutlich, dass er seine Meinung nicht mehr ändern würde.

Im Kriegszelt hörte Kleopatra aufmerksam zu, was die Feldherrn zu berichten hatten. Jede einzelne Schilderung des Elends und der Niederlagen quälte sie, doch das war im Grunde nicht weiter von Belang. Aus Erfahrung wusste sie, dass sie noch die schlimmsten Nachrichten verkraftete. Folgende Frage stellte sich nun: War ihr stoisch lauschender Gatte aus dem gleichen Holz geschnitzt?

»Die auf Kreta stationierten Legionen sind zum Feind übergelaufen.«

Darauf ging Antonius gar nicht weiter ein. »Hat jemand einen Bericht aus der Kyrenaika erhalten?«, fragte er stattdessen. »Sind die dort stationierten Legionen ebenfalls in Octavians Lager desertiert?«

»Nein, sie haben den Treueschwur nicht gebrochen, was allein ihrem Führer Lucius Scarpus zu verdanken ist«, erklärte Canidius.

Antonius ließ den Blick in die Runde schweifen. »Wo steckt Ahenobarbus? Ist er so krank, dass er dem Kriegsrat fernbleiben muss?«

Canidius und Sosius wechselten schnell einen Blick, was Kleopatra allerdings nicht entging. Dann ergriff Sosius das Wort. »Ahenobarbus hat heute Morgen ein kleines Boot gestohlen und ist allein zu Octavians Lager hinübergerudert.«

»Er war wirklich sehr krank, mein Herr«, merkte Canidius an. »Ich vermute, das Fieber ist ihm zu Kopf gestiegen.«

»Als ich ihm das letzte Mal begegnet bin, war er zu schwach, mir zu salutieren. Und nun behauptet Ihr, er sei allein über den Golf gerudert?« Antonius war weniger verärgert als erstaunt.

»Ja, so ist es.«

»Na gut, dann sind wir ihn endlich los. Ein Kranker weniger, um den wir uns kümmern müssen. Schickt ihm ein Schiff mit seinem Gepäck und einer Karte mit meinen besten Wünschen nach.«

»Ist das wirklich nötig?«, fragte Kleopatra.

»Er soll sich nicht einbilden, dass wir ihn vermissen«, herrschte Antonius sie an. »Tu, was ich sage«, befahl er einem seiner Sekretäre. »Sorge dafür, dass die Sache erledigt wird, und zwar schnell.«

Antonius musterte jeden einzelnen der Anwesenden, auch Kleopatra. »Möchte sich vielleicht noch jemand den Legionen auf der anderen Seite des Golfes anschließen, ehe wir unser weiteres Vorgehen besprechen?«

Keiner erhob sich, aber die Frage hatte sichtlich Unbehagen ausgelöst. »Quintus Dellius, ist der Wein gut genug, dass Ihr uns treu bleibt, oder wird Euer Verlangen nach guten alten Tropfen Euch doch noch in die Arme unserer Feinde treiben?«

»Lieber saurer Wein als saure Trauben, werter Imperator«, erwiderte Dellius und versuchte mit einem Lächeln, seine kryptische Antwort als Scherz zu verkaufen.

Weder reagierte Antonius auf seine Worte noch kommentierte er sie.

»Das war taktlos, Dellius«, meinte Kleopatra.

»Es war ein Scherz, Eure Majestät«, entgegnete der Römer kühl.

Mit einem Räuspern kehrte Antonius zur Tagesordnung zurück. »Es ist nicht von der Hand zu weisen, dass wir in diesem von Insekten heimgesuchten Höllenloch nicht länger ausharren können. Wir müssen die Blockade durchbrechen, selbst wenn dies zahlreiche Opfer fordert.«

»Werter Imperator, ich habe die Karten studiert und unsere Soldaten gezählt«, begann Canidius. »Warum geben wir die Flotte im Golf nicht auf und verwickeln Octavian in einen Krieg auf dem Festland? Uns stehen genauso viele Fußsoldaten zur Verfügung wie ihm, und es gibt keinen fähigeren Kavallerie- und Infanteriebefehlshaber als Euch. Octavians Legionen haben acht Jahre lang auf dem Meer gegen den Piraten Sextus gekämpft. Seine Ruderer sind gesund, seine Männer diszipliniert. Eine Seeschlacht können wir nicht gewinnen, aber auf dem Festland wird er Euch niemals besiegen. Dazu ist er weder erfahren noch gerissen genug.«

Obgleich Antonius nicht sofort antwortete, war Kleopatra klar, dass er diesem Plan nicht zustimmen konnte. Weder Canidius noch sonst einer der anwesenden Männer wusste, dass Kleopatra auf ihrem Flaggschiff Antonia einen beträchtlichen Schatz mitführte. Gut fünfhundert Pfund Gold, unzählige Säcke mit Diamanten und Juwelen und zwanzigtausend Talente warteten in verschlossenen Kisten in den mit Brettern zugenagelten Privatkabinen, bewacht von ihren treuen makedonischen Wachen aus Alexandria. Kleopatra vertraute, abgesehen von Antonius, keinem Römer an, was sich in ihrem Besitz befand. Auch die Bewachung des Schatzes würde sie niemals einem Römer übertragen. Die handverlesenen Männer, die mit dieser Aufgabe betraut waren, stammten alle aus ehrwürdigen Familien, die den Ptolemäern seit Generationen treu dienten, und gehörten der königlich-makedonischen Garde an. Sie waren die Mannen der Königin, daran bestand kein Zweifel. Viele von ihnen standen in ihrem Dienst, seit sie knapp zwanzig Jahre zuvor ins Exil gegangen war.

Das Schiff mitsamt dem Schatz aufzugeben kam nicht in Frage, deshalb konnten sie auch nicht die Flotte aufgeben, aber dies durfte Antonius seinen Befehlshabern nicht verraten.

Canidius fuhr fort. »Mindestens die Hälfte unserer Ruderer sind tot, werter Imperator. Den übrigen geht es alles andere als gut. Auch gibt es weder genug zu essen noch Medizin, um sie wieder auf den Damm zu bringen. Wer soll die Schiffe übers Wasser rudern?«

»Es fällt uns schwer, zu begreifen, weshalb ein Mann mit Eurer Erfahrung nicht gewillt ist, einen Landkrieg zu führen. Habt Ihr vor kurzem etwa Neptun die Treue geschworen und beharrt deshalb weiterhin darauf, dem Feind auf hoher See entgegenzutreten?«, fragte Dellius.

Die Wortwahl des Römers brachte selbst Antonius zum Lachen, und als er in Gelächter ausbrach, folgten einige der Männer seinem Beispiel. Kleopatra misstraute Dellius, genoss

Lächeln zu schenken, mit dem sie ihm früher signalisiert hatte, dass sie möglichst rasch ihr Quartier aufsuchen und ihn lustvoll lieben wollte. Er hatte versucht, sie aufzumuntern, und sie gedachte es ihm gleichzutun, fand aber, dass ihre Stimme hohl klang.

Seit ihrem Entschluss, sich zurückzuziehen und neu zu formieren, war Antonius bester Stimmung. Den Verrat von Ahenobarbus und Amyntas hatte er bald vergessen und blickte stattdessen zuversichtlich in die Zukunft. *Er schätzt die Freiheit eines Soldaten hoch*, rief sich Kleopatra in Erinnerung, *und steht anderen so lange zur Seite, wie er glaubt, gebraucht zu werden.* Das Gefängnis, das die Seeblockade ihm auferlegt hatte, musste für ihn unerträglich gewesen sein, deutlich schlimmer, als er ihr oder seinen Männern eingestanden hätte. Wie ein eingesperrter Löwe war er durch ihr Quartier gestrichen, was sie ihm nachsah, denn ein Mensch wie er reagierte nun einmal so unter solchen Umständen.

Am Morgen des Rückzugs war der Himmel wolkenlos und blau, und die frischeren Herbstwinde aus dem Norden bannten die Sommerhitze. Selbst wenn sie darum gebeten hätten, hätte der Himmelsgott ihnen kein besseres Wetter zum Geschenk machen können.

»Wären uns doch nur mehr Tage wie dieser vergönnt gewesen«, meinte Antonius, während er sich für die Seeschlacht ankleidete. Seine Truhen waren bereits gepackt und auf Kleopatras Flaggschiff gebracht worden. Tags zuvor hatte Charmion alle Wertgegenstände aus ihrem Zelt fortgeschafft. Nichts von Bedeutung sollte zurückbleiben. Sie setzten alles auf den Erfolg. »Dann hätten wir diesen Sommer nicht so viele von unseren Männern beerdigen müssen.«

»Die Götter entscheiden, wer lebt und wer stirbt, mein Liebster«, entgegnete sie.

»Kann sein. Aber die Bürde tragen oftmals diejenigen, die von den Göttern auserwählt wurden, ihre Mitmenschen zu führen«, sagte er. »Es ist nicht immer angenehm, diese Verantwortung mit den Göttern zu teilen.«

Unter vier Augen verabschiedeten sie sich hastig voneinander. Als die königliche Eskorte eintraf, die Kleopatra an Bord ihres Flaggschiffes bringen sollte, bat Canidius Crassus um Erlaubnis, ihr Quartier betreten zu dürfen.

»Werter Feldherr, die Männer murren.« Der Römer war glattrasiert, hatte aber einige rote Bartstoppeln am Hals.

Selbst die Messer der Barbiere werden langsam stumpf, fuhr es Kleopatra bei seinem Anblick durch den Kopf.

»Seid Ihr sicher, dass Ihr nicht bloß das Knurren ihrer Mägen hört? Wissen die Soldaten denn nicht, dass wir sie hier herausholen und sie sich bald wieder den Bauch vollschlagen können?« Antonius hatte es eilig und war demnach nicht gewillt, eine Störung hinzunehmen.

»Werter Feldherr, von den Landstreitkräften will ich gar nicht reden. Es geht vielmehr um die auf den Schiffen diensttuenden Legionäre. Die Männer wissen, dass Ihr befohlen habt, die Segel unter Deck zu verstauen. An einer Hand können sie abzählen, was das bedeutet. Flucht. Trotzdem verlangt Ihr von ihnen, den Feind in einen Kampf zu verstricken.«

»Ja, wir werden uns wie Soldaten freikämpfen. Glauben die Männer etwa, Agrippa stellt uns eine Eskorte zur Verfügung, die uns aus dem Golf geleitet?«

»Nein, werter Feldherr. Die Hälfte der Männer will bleiben und kämpfen. Ich habe sie schimpfen und grölen hören. Sie wollen kämpfen, falls auch nur die geringste Aussicht auf einen Sieg besteht. Keiner möchte, dass sich der Krieg noch ein weiteres Jahr hinzieht.«

»Wollt Ihr mir etwa sagen, die Männer führen meine Befehle nicht aus?«, fragte Antonius leise, aber mit drohendem Unterton.

Kleopatra spürte ganz deutlich, dass er diese Situation keinen Tag länger durchzustehen vermochte. Er dachte an nichts anderes mehr als an Flucht. Jeder, der dies zu vereiteln suchte, musste mit dem Tod rechnen.

»Nicht unbedingt. Aber die Männer sind wegen der widersprüchlichen Ziele dieser Mission verwirrt.«

»Es gibt keine Widersprüche«, brüllte Antonius. »Wir haben zweihundert Schiffe, Octavian vierhundert. Die Aussichten sind alles andere als gut, Canidius, selbst für jemanden wie mich. Der Befehl an die Marine lautet daher, den Feind in einen Kampf zu verstricken, bis den sechzig Schiffen der Königin die Flucht gelungen ist. Danach sollen sie kehrtmachen und uns folgen. Ist das denn so schwer zu verstehen? Die Armee marschiert unterdessen nach Norden, durch Makedonien und dann weiter nach Syrien und Ägypten. Einfacher geht es nicht, oder?«

»Wir werden mehrere Schiffe verlieren.«

»Um Himmels willen, Canidius, selbstverständlich werden wir Verluste erleiden. Wir sind, verflucht noch mal, im Krieg!« Nun war Antonius endgültig der Geduldsfaden gerissen.

Kleopatra gefiel es gar nicht, dass er vor einem derart wichtigen Manöver, das Gelassenheit und einen glasklaren Verstand erforderte, so sehr in Rage geriet.

»Ich melde Euch nur pflichtgemäß, was mir zu Ohren kommt.«

Kleopatra mochte Canidius immer noch, obwohl auch er sich gegen ihre Teilnahme an diesem Krieg ausgesprochen hatte. Er war ein ehrenwerter und loyaler Mann, so loyal wie ein Eunuch, sinnierte sie, während er geduldig Antonius' Zorn über sich ergehen ließ. Dieser Charakterzug war ihr bisher nicht bei vielen Römern aufgefallen. Canidius nahm die Rolle ein, die Antonius einst bei Cäsar ausgefüllt hatte. Wäre der Diktator nicht ermordet worden, hätte Antonius sich auf immer mit seiner Rolle als Cäsars Stellvertreter zufriedengeben müssen. Doch die Umstände und das Schicksal hatten Antonius gezwungen, Cäsars Platz einzunehmen. Canidius zählte zu den wenigen, der die Männer selbst führen konnte, dennoch würde er sich niemals vorwagen und auf diesen Posten drängen. Das war in der Tat außergewöhnlich. Kleopatra fragte sich, ob dieser Marcus Agrippa, der für Octavian die Siege errungen hatte, seinem Herrn auf Dauer loyal zur Seite stand oder ob Octavian wie sein Onkel schon bald mit den Dolchhieben seiner sogenannten römischen Freunde rechnen musste.

»Ich habe nicht die Absicht, meinen Plan wegen ein paar murrender Soldaten zu ändern«, sagte Antonius. »Vielmehr werde ich, für alle sichtbar, die Geschwader auf der Rechten führen. Ich übernehme die Aufgabe, gegen den Flottenverband zu kämpfen, der unter Agrippas Befehl steht, obwohl er mir an Legionen weit überlegen ist. Ich verlange nichts von meinen Männern, was ich mir nicht selbst abverlange, und zwar trotz meines fortgeschrittenen Alters.« Er lächelte seiner Gemahlin zu. »Wir werden so lange kämpfen, bis wir ihr Zentrum geschwächt haben. Dann werde Kleopatras Geschwader die Segel setzen und den Wind nutzen, der gegen Nachmittag auffrischt, um aufs offene Meer zu gelangen. Erst dann werde ich den Rückzug antreten und fliehen. Die Schiffe, die bis dahin noch nicht gesunken sind, werden mir folgen.«

Kleopatra glaubte, dass Canidius sie immer noch respektierte. In Gegenwart von Römern pflegte sie mit Antonius keinen persönlichen Umgang mehr, doch Canidius' Urteil fürchtete sie nicht. Sie fasste ihren Gemahl an der Toga. »Du hast die Armee von Gabinius überzeugt, einen Monat lang durch eine trockene Wüste zu marschieren, damit mein Vater auf seinen Thron zurückkehren konnte. Es wird dir zweifelsohne gelingen, auch deinen eigenen Männern heute Mut zuzusprechen.«

Antonius hauchte ihr einen Kuss auf die Lippen, nahm ihre Hände und löste sich von ihr. »Ich werde dich am Kap Taenarum treffen. Mögen die Götter mit uns sein.«

* * * * *

Während ihr Schiff sich vom Ufer entfernte, betrachtete Kleopatra den üppigen grünen Landstrich, den sie zurückließen. Hier und da waren vereinzelte braune Stellen zu erkennen, wo die gleißende Sonne das Gras versengt und die Soldaten gelagert hatten. Einige junge Schafhirten hatten ihre Herden auf die leicht abschüssigen Hügel getrieben und beobachteten das Spektakel. Die Königin beobachtete einen von ihnen, der sich in der Mittagshitze unter einer schattigen Zypresse niederließ. Von fern sah es aus, als esse er zu Mittag, während seine Schafe, die nichts von der bevorstehenden Konfrontation ahnten, die saftigen Grashalme auf dem Hügel fraßen. Da sie in der Aufregung völlig vergessen hatte, etwas zu sich zu nehmen, wäre sie am liebsten von Bord gegangen und hätte sich zu dem jungen Schafhirten gesetzt, mit ihm Brot, Trauben und Käse geteilt und süßen Landwein getrunken.

Für den Fall, dass die gegnerische Flotte die Schiffe des Antonius zurück an Land drängte, hatte seine Armee am Ufer entlang Stellung bezogen. Die Mannen waren kampfbereit, für den Fall, dass die Strategie es erforderte. Octavians Armee hatte sich am gegenüberliegenden Ufer eingefunden. Wie Figuren in einem Schachspiel standen sich die Legionen zu beiden Seiten des Golfs gegenüber.

Antonius wartete, bis der Maestro auffrischte, ehe er seinen Männern das Zeichen gab, sich in Bewegung zu setzen. Langsam drängten seine drei Geschwader mit einhundertundsiebzig Schiffen in den Golf. Die Flügel schoben sich langsam vor die Mitte, in der Hoffnung, dass Agrippas Schiffe ihrem Beispiel folgten. Auf diese Weise wollten sie im Zentrum Platz schaffen, damit Kleopatras Schiffe, wenn der Befehl kam, dem Seegefecht schnell ausweichen und durch die ungeschützte Mitte aus dem Golf aufs offene Meer hinaussegeln konnten.

Agrippa reagierte jedoch nicht wie erhofft, sondern verteilte seine Flotte großzügiger, schickte seine Südflanke in Richtung offenes Meer und verhinderte damit die schnelle Flucht der weiter hinten wartenden Schiffe, die den Schatz geladen hatten. Kleopatra sorgte sich, dass Agrippa ihrem Plan auf die Schliche gekommen oder gewarnt worden sein könnte, aber nun war es zu spät, sich über Verrat Gedanken zu machen. Antonius' Schiffe waren bald sowohl im Norden als auch im Süden von Agrippas Flanken umfasst. Die Königin hatte nicht erwartet, dass es derart schwierig werden könnte, sich aus den Kampfhandlungen herauszuhalten. Nun musste sie zusehen, wie Agrippas Kriegsschiffe ihre Marine angriffen und lädierten. Sie waren dem Gegner zahlenmäßig so stark unterlegen, dass mehrere gegnerische Schiffe gleichzeitig Front gegen eines der ihren machten.

Wie sollte sie sich in dieser Situation zurückhalten? Könnten ihre sechzig immerhin mit Waffen und Soldaten bestückten Schiffe nicht wenigstens einen Teil ihrer Flotte retten? Kleopatra hastete auf der Suche nach Eumenes über das ganze Schiff, nur um festzustellen, dass der graeco-ägyptische Befehlshaber des Geschwaders sich den Befehlen ihres Gatten widersetzte. Er hätte nämlich mit ihrer Mannschaft unter Deck bleiben oder sich hinten am Schiffsheck verstecken sollen.

»Admiral!«, brüllte sie gegen den Lärm der rhythmischen Ruderschläge an. »Wir müssen die Frontlinie stärken. Wir haben bereis zwölf Schiffe verloren. Wenn wir schon nicht fliehen können, so wollen wir wenigstens kämpfen und in Würde sterben.«

Eumenes schüttelte nur den Kopf. »Der Imperator hat damit gerechnet, dass Ihr auf diese Idee verfallt. Er hat mir gedroht, mich eigenhändig umzubringen, falls ich mich seinen Befehlen widersetze. Und das war sein voller Ernst.«

Am liebsten hätte Kleopatra Eumenes jedes seiner schönen schwarzen Barthaare einzeln ausgerissen. »Seht Ihr denn nicht, dass unser Vorhaben scheitert? Vielleicht sollte ich Euch wegen Eurer Renitenz hier noch jetzt, während unsere Männer sterben, exekutieren lassen.«

»Eure Majestät, ich versichere Euch, der Imperator hat all diese Gefahren durchaus in Betracht gezogen. Ich bitte Euch. Er wird uns hier heil herausbringen. Ihr dürft Euch nicht von kleinen Rückschlägen beeindrucken lassen, die nichts weiter sind als ein harter, aber notwendiger Schritt auf dem Weg zum Sieg.«

Er behandelte die Königin von oben herab, was sie im Handumdrehen zur Raserei brachte. Auf der anderen Seite musste sie sich eingestehen, dass er durchaus recht hatte: Sie brachte es tatsächlich nicht übers Herz, zuzusehen, wie die ihr dienenden Männer starben. Die Römer verstanden sich vortrefflich darauf. Vielleicht waren sogar alle Soldaten dazu in der Lage. Hatte es etwa mit der Geburt ihrer vier Kinder zu tun, dass sie anders fühlte, dass sie dieses schreckliche Blutvergießen, dieses sinnlose Sterben nicht ungerührt mit ansehen konnte? Bei den Göttern, sie musste sich gegen das Kommende wappnen. Schließlich würden an diesem Tag noch viele Männer ihr Leben lassen.

»Wie Ihr wünscht«, meinte sie. »Doch ewig können wir nicht warten. Ist das Zentrum gegen Abend noch immer nicht frei für die Flucht, werden wir kämpfen. Solltet Ihr Euch dann nicht meinem Willen beugen, so werde *ich* Euch eigenhändig umbringen.«

»Eure Majestät.« Er verbeugte sich. Falls er die Absicht hatte, sich ihr später zu widersetzen, ließ er es sich in diesem Augenblick zumindest nicht anmerken.

Kleopatra kehrte zu ihrem sicheren Platz im Heck des Schiffes zurück und geriet in Panik, als sie Antonius nicht mehr sehen konnte. Er war nicht auf seinem Flaggschiff, sondern führte das Kommando von einem kleinen, leichteren Boot aus, denn er rechnete damit, dass der Feind als Erstes versuchen würde, sein Flaggschiff zu stürmen. Hatte der Gegner ihn erst einmal gefangen genommen, war die Schlacht verloren. Nun begriff sie erst, wie wohldurchdacht die Strategie ihres Gatten war.

Zwei von Agrippas Booten mit Belagerungswiddern näherten sich blitzschnell dem Flaggschiff und dreht seitlich bei. An Bord von Antonius' Schiff begannen mehrere Bogenschützen auf hohen Türmen, die Männer hinter den Belagerungswiddern mit Pfeilen zu beschießen. Unglücklicherweise konnten sie gegen die Sturmböcke jedoch nichts ausrichten. Die Ersatzmänner, die bereitstanden, um für die Toten oder Verwundeten einzuspringen, hielten die glatten Holzpflöcke fest, als die beiden metallenen Schiffsbuge kollidierten. Leewärts rammte Agrippas zweites Schiff das Flaggschiff, während dessen Mannschaft zu verhindern versuchte, dass die feindlichen Soldaten an Bord kamen. Wie die Ameisen drängten die römischen Soldaten auf Antonius' Schiff, sprangen aufs Deck und landeten mit gezogenen Schwertern auf den Planken.

Die ägyptischen Schiffe waren deutlich größer als Agrippas. Diesen Vorteil hatte Antonius genutzt und so viel Fußvolk wie nur irgend möglich an Bord gebracht. Wenn ihnen schon eine kleinere Flotte zur Verfügung stand, mussten sie dies dadurch ausgleichen, falls an Bord stärkere Kampfverbände warteten. Antonius hatte sich zudem ausgerechnet, dass eine größere Anzahl Soldaten die gegnerischen Schiffe leichter überwältigen konnte, so sie denn das Glück hatten, diese in die Enge treiben und an Bord gehen zu können.

Doch nun stürmten die Angreifer von beiden Seiten auf das Flaggschiff, zwei Legionen wohlgenährte Römer, die den ganzen Sommer über Octavians köstlichen Wein getrunken hatten und nicht von den Seuchen heimgesucht worden waren, die Antonius' Soldaten jegliche Kampfbereitschaft geraubt hatten. Andererseits befanden sich auf dem Flaggschiff einige der fähigsten und loyalsten Männer des Imperators. Aus der Ferne konnte Kleopatra in dem ganzen Durcheinander aus klirrenden Metallklingen und aufeinanderstoßenden Leibern nicht erkennen, welche der Männer nun die ihren waren, geschweige denn, wer momentan die Oberhand hatte. Sie richtete den Blick nach Norden, wo Octavians Schiffe sich ihrer Frontlinie näherten.

Bald schon war der Gegner so nah, dass er ihre Schiffe beschießen und sich dann zurückziehen konnte, um neue Wurfgeschosse zu laden. Da die feindlichen Schiffe leichter waren als die ihrer eigenen Flotte, konnten sie sich schneller in ruhigeres Gewässer zurückziehen. Im Süden sah die Lage dagegen besser aus. Hier führte Antonius das Kommando. Seinem aus fünfzig Schiffen bestehenden Geschwader war es gelungen, Agrippas weitaus stärkere Flotte in einen erbitterten Kampf zu verwickeln. Von den Gefechtstürmen aus schossen die Bogenschützen mit gutplatzierten Pfeilen auf die hilflosen Männer an Deck.

Wieder stürmte Kleopatra zum Bug und bat Eumenes, die rechte Flanke zu stärken, da Antonius an Bord eines dieser Schiffe war. Trotz der ungünstigen Ausgangsposition gaben er und seine Mannen nicht klein bei, so viel war sicher. Die Frage war nur, wie lange sie durchzuhalten vermochten. Mussten sie etwa wie Zuschauer bei einem Gladiatorenkampf zusehen, wie die Soldaten kämpften, bis sie tot umfielen? Die Königin wollte schon den Mund öffnen und den Admiral harsch anfahren, als sie seinem Blick folgte und aufs offene Meer hinaussah. Die detaillierten Zeichnungen, die Antonius in ihrem Kriegszelt erstellt hatte, erwachten mit einem Mal auf dem Meer zum Leben. Antonius hielt Agrippas gesamte Marinestreitmacht von gut vierhundert Schiffen mit seinen knapp einhundertundsiebzig Schiffen in Atem. In der Mitte des Golfs war plötzlich nichts weiter als die leise wogenden Schaumkronen der Wellen auf dem Wasser zu sehen. Kleopatras Flotte hatte freie Bahn, und nichts konnte sie mehr davon abhalten, die Segel zu setzen, den Wind zu nutzen und auf die Freiheit zuzuhalten.

»Segel!«, rief der Admiral seinen Taklern zu, die unverzüglich das weiße Leinen hissten. Dann nahm er Kleopatra am Arm. »Eure Majestät, bitte geht jetzt nach unten. Der Wind frischt auf. Wenn Ihr Euch nicht vorseht, wird ein unachtsamer, hektischer Takler Euch noch einen Schlag auf den Kopf verpassen.«

»Wo ist der Imperator?«, wollte sie wissen. »Wir können ihn nicht im Stich lassen.«

»Eure Majestät, der Imperator weiß selbst, was am besten für ihn ist. Er wird nachkommen, sobald er den Feind abgeschüttelt hat.«

Bei der Vorstellung, Antonius allein zurückzulassen, ohne zu wissen, welches Schicksal ihn ereilte, verließ Kleopatra auf einmal jeglicher Mut. Wie einfach es gewesen war, all die Pläne zu schmieden, und wie schwierig, sie nun in die Tat umzusetzen. Ihr Gemahl würde rasen vor Wut, falls sie die günstigen Winde nicht zur Flucht nutzte. Und seine Soldaten würden sie hassen, falls sie ihretwegen erneut im Golf festsaßen. Womöglich wären sie dann sogar in der Lage, ihren Befehlshaber zu überwältigen und sie zu töten. Sie hatten nicht genügend Medizin für die Kranken und Sterbenden, kaum etwas zu essen für die Hungernden und nichts, womit sie die schwindende Moral ihrer Mannen stärken konnten. Ihr blieb keine andere Wahl, sie musste durchhalten und den Schatz in Sicherheit bringen.

»Wenn ich den Golf schon ohne den Imperator verlassen muss, dann verlangt wenigstens nicht von mir, unter Deck zu gehen«, sagte sie zu Eumenes. »Ich werde hier bei Euch bleiben. Auf welchem Schiff ist Antonius?«

»Er springt von einem Deck zum anderen, um seinen Männern Mut zu machen und der Gefangennahme zu entgehen.« Kleopatra fiel auf, wie viel Bewunderung im Blick des Admirals lag. »Er ist zu klug, um sich gefangen nehmen zu lassen, und zu stark, um zu sterben.«

Vor dem wolkenlosen blauen Himmel sahen die Segel wie weiße Dreiecke aus, die sich im Wind wie Hefeteig aufblähten. Auf der Suche nach ihrem Gemahl wanderte Kleopatras Blick von Schiff zu Schiff. Sie hielt Ausschau nach seinen Standarten, nach den Befehlshabern, die ihm am vertrautesten waren, nach seinem funkelnden metallenen Brustpanzer mit dem eingravierten nemenischen Löwen, nach dem strahlenden Schwert, das er hochhielt, um die Aufmerksamkeit seiner Soldaten auf sich zu ziehen. Doch leider konnte sie ihren Gemahl in dem ganzen Durcheinander nicht entdecken. Als der Wind sie durch die Meerenge auf das unruhige Ionische Meer hinaustrieb, suchte ihr Blick immer noch nach ihm.

Kap Taenarum an der griechischen Küste:

Kleopatras zwanzigstes Regierungsjahr

Als ich einen Blick über die Schulter geworfen und gesehen habe, wie Agrippas Flotte sich meinen zurückgelassenen Schiffen näherte, hat mich grenzenlose Verzweiflung gepackt«, gestand Antonius freimütig. Niedergeschlagen saß er in Kleopatras Privatkabine auf dem Bett. Durch die schmale Türöffnung fiel ein dünner Lichtstrahl. Obwohl die Dämmerung noch nicht eingesetzt hatte, herrschte in der Kabine tiefste Dunkelheit. Die Königin hatte ihre Diener fortgeschickt, bevor sie die Lampen anzünden konnten. Mit hängenden Schultern saß ihr Gemahl vor ihr, weigerte sich, das Essen oder den Wein anzurühren, und wehrte sich gegen jede Berührung. Mit auf den Oberschenkeln aufgestützten Ellbogen sah er traurig zu ihr hoch. »Normalerweise verlasse ich das Schlachtfeld als Letzter und nicht als Erster.«

»Mein Liebster, du hast einen Erfolg erzielt, wo jeder andere gescheitert wäre«, sagte sie und lief vor ihm auf und ab. »Du hast es geschafft, uns aus einer schier aussichtslosen Lage zu befreien. Denk lieber an all die Menschenleben, die du gerettet hast. Daran, wie viele unserer Schiffe du in Sicherheit gebracht hast, von dem Schatz und von mir ganz zu schweigen. Unter dem Kommando eines weniger mutigen Mannes wären unsere Verluste deutlich größer ausgefallen.«

»Aber nur, wenn wir all diejenigen nicht zählen, denen nichts anderes übriggeblieben ist, als sich zu ergeben.«

»Wir wussten vorher, dass das unvermeidbar sein würde. Ein anderer Ausweg ist uns nun mal nicht geblieben.«

»In meinen Träumen verfolgen mich immerzu die Gesichter meiner Befehlshaber, die Octavian nun ausgeliefert sind«, meinte Antonius und drehte das Gesicht in den Lichtstrahl. Sie sah, wie zerknirscht er war. »Darunter waren einige unserer besten Männer. Octavian ist nicht gerade bekannt dafür, seine Gefangenen zu schonen.«

»Vielleicht lässt er sich vom Geist des Mannes inspirieren, dessen Namen er sich zu eigen gemacht hat.«

Antonius zog die Beine an und legte sich aufs Bett. »Komm her«, sagte er und streckte einladend die Arme aus. Die Königin sollte sich neben ihn legen und den Kopf an seine Schulter betten. Nur als Kind hatte sie an der väterlichen Brust, an der Brust des Mannes, dessen Rat sie oft hinterfragte und nicht immer beherzigte, Trost gefunden. Sie wusste nicht, ob sie Antonius oder ob Antonius sie trösten sollte, doch sie griff nach dem letzten Strohhalm und ließ sich von seiner Stärke, dem Moschusduft seiner Ledertunika und den heißen Händen besänftigen, die sie den Schmerz ihres Gemahls deutlich spüren ließen.

»Wir haben nicht verloren«, meinte sie.

»Aber auch nicht gewonnen«, entgegnete er. »Ich musste mein Flaggschiff und ein paar der wertvollsten Männer zurücklassen, die ich kannte.«

»Lass uns bitte nicht um die Lebenden trauern, die sich von Octavian kaufen ließen und jetzt seinen Wein trinken.«

Ein verbittertes Lachen kam ihm über die Lippen. »Dein Beistand hat etwas Beklemmendes, Kleopatra.«

»Du hast unser Risiko genau kalkuliert, werter Imperator. Und wir haben uns besser geschlagen als erwartet.«

»Das stimmt. Aber wenn man seine besten Männer verliert, nimmt die Seele Schaden.«

»Mein Liebster, ginge es deiner Seele besser, wenn du hättest zusehen müssen, wie noch mehr Soldaten an der Ruhr sterben?«

»Meiner Seele ginge es besser, wenn wir überhaupt nicht an diesem verteufelten Ort festgesessen hätten.«

Als ihr klarwurde, dass er für eine ihm angemessen erscheinende Zeit in diesem Zustand zu verharren gedachte, blieb sie einfach neben ihm liegen, atmete tief durch und war dankbar, dass er noch lebte, selbst wenn er seelisch Schaden genommen hatte. Irgendwann, davon war sie fest überzeugt, würde er schon aufhören, sich die Schuld an allem zu geben. Es war ihm gelungen, sich aus einer schrecklichen Lage zu befreien, was große Tapferkeit erfordert hatte. Zweifellos waren auch seine Männer sich darüber im Klaren und wie Kleopatra in diesem Augenblick froh, noch am Leben zu sein. Da ihre Flucht nicht wie geplant vonstattengegangen war, hatte sie schon befürchtet, ihn verloren zu haben.

Nachdem die Königin aus dem Golf gesegelt war, konnte sie den Blick einfach nicht von der wogenden See abwenden. Krampfhaft hielt sie nach den Schiffen ihres Gemahls Ausschau, die ihr eigentlich sofort folgen sollten. Mit zusammengekniffenen Augen stierte sie in die untergehende Sonne, bis diese im Wasser versank, und harrte an Deck aus, bis die kühle Nachtluft sie in ihre Kabine trieb. Antonius kämpfte weiter und versuchte noch immer, sich loszueisen, während Kleopatra im Sonnenuntergang auf ihn wartete. Dank seiner größeren Truppenstärke gelang es Agrippa, die Schiffe seines Gegners an der Flucht aus dem Golf zu hindern. In dem Moment, als Antonius einsah, dass den Admiralen der festsitzenden Schiffe keine andere Wahl blieb als die Kapitulation, nutzte er die letzte Gelegenheit, setzte die Segel und floh mit seiner restlichen Flotte aus dem Golf. Wenngleich das Vorhaben alles in allem erfolgreich gewesen war, gab Antonius sich mit dem Ergebnis nicht zufrieden.

Am nächsten Morgen holte er Kleopatras Flotte ein. Er tauchte gerade noch rechtzeitig auf und konnte einen Angriff des Königs von Sparta abwehren, der sie mit etwa fünfzig Schiffen an der Peloponnesküste mit Wurfgeschossen überraschte. Glücklicherweise waren die mächtigen Rammböcke des Imperators noch intakt. Von ihrem Flaggschiff aus beobachtete Kleopatra, wie er die Schiffe der Spartaner gnadenlos attackierte. Eumenes hatte den strikten Befehl, sich zurückzuhalten und somit einen direkten Angriff auf die Königin zu vermeiden. Zusammen verfolgten sie, wie die Bogenschützen trotz des starken Windes auf die Türme kletterten und auf die Spartanerschiffe zielten, während sich ihre hohen Türmchen im Wind bogen. Vielleicht war es der guten Ausbildung oder dem Zorn der Männer geschuldet, doch Kleopatra hatte noch nie gesehen, dass Soldaten so schnell und mit so viel Nachdruck vorrückten.

Nach der Schlacht kam Antonius nicht wie erwartet an Bord von Kleopatras Schiff. Stattdessen schickte er einen Kurier, der die Königin wissen ließ, er habe die Absicht, ihr erst später zu folgen. Wieso er sich von ihr fernhielt, vermochte sie nicht zu sagen. Zwei Nächte lang lag sie schlaflos im Bett und fragte sich, ob er verwundet war und dies vor ihr verbergen wollte. Schließlich sandte sie einen Boten aus, der Erkundigungen einholen sollte, und gab ihm die Drohung mit auf den Weg, ihn im Meer zu ertränken, sollte er zurückkommen, ohne sich persönlich von Antonius' Gesundheitszustand überzeugt zu haben. Atemlos vom Rudern überbrachte der Bote der Königin die Nachricht, dass der Imperator wohlauf sei, da er weder Verbände trug noch verletzt war und auch keinen Kratzer oder blauen Fleck abbekommen hatte.

Eumenes flüsterte der Königin daraufhin zu: »Vielleicht hat seine Seele Schaden genommen und veranlasst den Löwen nun, allein in seinem Quartier auszuharren. Selbst von den verwegensten Männern fordert die Kriegsgöttin einen hohen Preis. Und der Imperator ist ein sehr stürmischer Mann.« Anschließend verneigte er sich so tief, dass Kleopatra die leuchtend rote Stelle auf seinem Kopf sah, wo die blonden Haare allmählich schütter wurden. »Vergebt mir meine Indiskretion, Eure Majestät. Ich möchte Euch Trost spenden und nicht beleidigen.«

»Euch sei verziehen, zumal ich denke, dass Ihr nicht ganz unrecht habt.«

Als Antonius sich endlich am Kap Taenarum bereit erklärte, zu ihr zu stoßen, trat er ihr mit offenen Armen und einem Siegerlächeln entgegen. Strahlend weiß wie der Mond funkelten die Zähne in seinem sonnengebräunten, leicht geröteten Gesicht. Als er und seine Männer von Bord gingen, hörte Kleopatra die Soldaten ein obszönes Lied auf Lateinisch schmettern. Sie ließen sich darüber aus, wie gekonnt Antonius seine Opfer mit seinem harten, kraftvollen Schwertschlag niedermetzelte. Natürlich war der Text doppeldeutig, doch an derlei Lieder hatte sich Kleopatra inzwischen gewöhnt. Als Huldigung der Männlichkeit ihres Imperators hatten Cäsars Männer besungen, dass er für jede Frau in die Rolle des Gemahls, für jeden Mann in die der Gemahlin schlüpfte.

Genau wie Cäsar daran nie Anstoß genommen hatte, störte auch Antonius sich nicht weiter daran, als er die Schiffsplanken entlangschritt. Sein dunkelroter Umhang öffnete sich wie eine riesige Orchidee, gab seine Brust frei und flatterte hinter ihm her, während das funkelnde Schwert gegen seinen Schenkel schlug. Seine Soldaten feierten nicht nur die gelungene Flucht, sondern auch die kurze, zielstrebig geführte und siegreiche Schlacht gegen die Spartaner. Antonius bedachte Kleopatra mit einem wölfischen Grinsen, verbeugte sich kurz und nahm dann ihren Arm.

Erst als sie allein waren, berichtete er ihr von seiner heimlichen Trauer. Sobald sich die Türen schlossen und den lauten Gesang der Soldaten dämpften, setzte Antonius sich auf das Bett und fiel in sich zusammen, als ließe jemand die Luft aus seiner löwenhaften Statur.

Nun lagen sie stumm nebeneinander. Kleopatra schloss die Augen, dankte der Göttin mit einem stummen Gebet dafür, dass ihr Feldherr, Gemahl und der Vater ihrer Kinder unbeschadet, wenngleich niedergeschlagen zurückgekehrt war. In einer ähnlichen Verfassung hatte sie ihn nach seinem Rückzug aus Phraaspa erlebt, nachdem er einen Großteil seiner Männer in den schneebedeckten armenischen Bergen verloren hatte. Eumenes hatte recht: Antonius war ein leidenschaftlicher Mann. Der Charakterzug, der ihn veranlasste, wie ein junger Bursche zu lieben, mit Freunden und einfachen, ihm unterstellten Soldaten bis zum Morgengrauen zu trinken und zu lachen, mit übernatürlichem Mut zu kämpfen und danach zu trachten, ein Imperium zu beherrschen, genau dieser Charakterzug veranlasste ihn auch, sich nach einem herben Verlust oder einer Niederlage wie ein Löwe zurückzuziehen und seine Wunden zu lecken.

Er besitzt nicht Cäsars Gelassenheit, dachte sie, *andererseits hat Cäsar nicht Antonius' Herz besessen*. Dieses allzu menschliche Herz, das man leicht brechen konnte.

Auf dieses Herz legte sie nun ihre Hand und ließ sie dort liegen, bis ihr Atem mit seinem im Einklang war, ihr Herz im gleichen Rhythmus schlug. Sein Herz und ihr Puls pochten in kameradschaftlichem Takt, was bei einer flüchtigen Liebschaft oder in einer Ehe, bei der Mann und Frau nur das Haus teilten, niemals der Fall war. Ihre Beziehung folgte anderen Regeln, den Regeln eines Mannes und einer Frau, die gemeinsam erlebten, wie geboren und gestorben wurde. Den Regeln eines Liebespaares, wenn einer des anderen geheimste Lust entdeckte. Den Regeln von Kriegern, die sich dem Feind gestellt und überlebt hatten. Den Regeln von Freunden, die sich auch nach einem Streit an der Gegenwart des anderen erfreuten. Eine tiefe Ruhe ergriff Besitz von ihr. Ihr Atem ging langsamer, und bei jedem Zug entspannten sich ihre Muskeln ein bisschen mehr. Während der einen ganzen Sommer andauernden Belagerung hatten sie sich zuvor verkrampft.

Kleopatra glaubte, zu schlafen oder sich in einem Trancezustand zu befinden, als sie Antonius sagen hörte: »Hilf mir bitte hiermit.« Dann gab er sie frei, damit sie die Lederbänder seiner Tunika aufschnüren konnte.

Das letzte Mittel, seine Trauer abzuschütteln, dachte sie und freute sich. Als sie die Bänder unter seinem rechten Arm löste, schlug ihr sein Geruch entgegen, ein wahres Potpourri aus unzähligen Düften: Blut und Salz, das polierte Holz seines Schiffes, Meer und das Mandelöl, mit dem er das Leder, das er am Körper trug, weich hielt. Für sie verströmte Antonius jederzeit den Geruch von Leidenschaft, von Männlichkeit, von Eroberung. Sein Duft übte große Macht auf sie aus. Selbst wenn er verschwitzt und ungewaschen war wie jetzt, konnte sie spielerisch in seine Achselhöhle beißen und die aufsteigende Erregung spüren.

Eure Königliche Hoheit und Mutter von Ägypten, Ihr seid nicht besser als eine Hure aus dem Faijum, dachte sie bei sich, als sie genüsslich mit dem Zeigefinger über die Brustmuskeln ihres Gatten fuhr. Doch Antonius stand offenbar nicht der Sinn nach derlei Spielchen. Ihn dürstete danach, seinen Zorn zu vergessen, und dieses Ziel erreichte er, wie sie beide wussten, am schnellsten mit einem Samenerguss.

Er rollte sich auf sie, schob ihr das Gewand bis zum Hals hoch und machte sich nicht einmal die Mühe, ihre Brüste zu berühren. Allerdings nahm er sich einen Moment Zeit, sie anzusehen. Zufrieden packte er ihren Haarschopf, denn so konnte er jede Bewegung ihres Kopfes kontrollieren. Er küsste sie hart, bedeckte ihren Mund mit seinen Lippen, nahm ihre Zunge in seine warme Mundhöhle und saugte daran, bis er spürte, wie sie die Schenkel um ihn schlang. Dann biss er ihr in den Hals und drang in sie ein. Mit einer Hand zog er an ihrem Haar, die andere schob er unter ihren Po, während er tiefer und tiefer in sie glitt. Sie bewegte sich im Einklang mit ihm und passte sich seinem Rhythmus an, doch da flüsterte er ihr ins Ohr: »Lass dich einfach von mir nehmen.«

Hin und wieder fand er Gefallen daran, dass sie weder die Königin von Ägypten noch seine Verbündete, noch seine Ehefrau war, sondern ein passives Gefäß, in das sich seine Lust ergießen konnte. Sie löste die Beine, öffnete sich wie eine Lotusblüte und ließ ihn ihr Innerstes erkunden. Dabei atmete sie seinen Geruch tief ein, nahm ihn ganz in sich auf, hörte sein Stöhnen, ließ seinen Schweiß in ihre Haut sickern, ihn sich mit ihrem Blut vermischen. Sie leckte den Speichel von seiner Zunge, als wäre sie in der Wüste und nur er allein könnte sie vor dem Verdursten bewahren.

Als sich ihre Lust bis zur Verzweiflung steigerte, entzog er sich ihr, nur um im nächsten Moment erneut in sie einzudringen und sich ganz langsam in ihr zu bewegen, wie ein Soldat, der behutsam eine gefährliche Waffe in die Scheide schiebt. Dafür, dass er, obwohl er zielstrebig auf den eigenen Höhepunkt zusteuerte, sein Tempo um ihrer Ekstase willen reduzierte, liebte sie ihn. Noch immer hielt er ihren Kopf fest, hielt sie wie eine Puppe, während er sie zum Höhepunkt brachte. Als sie einen kleinen Schrei ausstieß, legte er ihr die Hand auf den Mund, denn draußen im Saal gingen die Diener ihren Aufgaben nach. Schließlich ließ er ihr Haar los, umklammerte ihr Handgelenk, drückte ihren Arm auf das Bett, drang erneut tief in sie ein und bewegte sich immer schneller, bis sie ein Brennen zwischen den Beinen spürte, das sie schon lange nicht mehr gespürt hatte. Denn dieses eingekesselte Lager im Sumpf unweit der Küste war nicht der richtige Ort gewesen, um einander zu lieben. Mit einem leisen Stöhnen, das beinah wie ein Flehen klang, ergoss er sich in ihr.

Danach lagen sie reglos und schweißgebadet in der heißen Kabine. Antonius streckte die Hand nach einem Becher Wasser aus, nahm einen großen Schluck und goss den Rest auf Kleopatras Bauch. Wie ein aufgeschrecktes Hündchen sprang sie auf und wäre beinah mit dem Kopf gegen den seinen gestoßen, was er jedoch vorausgesehen hatte. Er drückte sie schnell wieder auf das Lager und schüttelte sich vor Lachen, als er ihre entsetzte Miene sah. Da musste auch sie lachen, vor allem, weil ihr dämmerte, dass die Phase, während der er um die bei Actium erlittenen Verluste trauerte, nun ein Ende hatte. Jetzt konnten sie nach Ägypten segeln, die strahlenden jungen Gesichter ihrer Kinder küssen und anfangen, die nächste Schlacht zu planen.

Kleopatra sehnte sich nach ihrem Zuhause, wo sie wieder gemeinsam in ihrer glatten Marmorwanne baden konnten und ihre Kammerdiener Antonius heißes Wasser über die Schultern gossen, während er sie mit seinen zotigen Witzen zum Lachen brachte. Manchmal, wenn sie sich nicht auf Griechisch unterhielten, ließ er sich von seiner Gemahlin gewisse Ausdrücke in ihrer Sprache beibringen, was die Diener schockierte und zu noch lauterem Gekicher veranlasste.

Nach dem Liebesspiel waren sie beide ziemlich hungrig. Sie kleideten sich rasch an, und Kleopatra schickte eine Dienerin in die Küche, die das Personal vorwarnte, dass sie gleich auftauchen würden.

»Ein Besucher ist an Bord gekommen und wartet auf Euch, werter Imperator«, sagte das Mädchen zu Antonius. »Feldherr Canidius Crassus ist erst vor wenigen Minuten erschienen.«

»Führe ihn an unseren Tisch«, befahl Antonius. »Den Göttern sei Dank, dass er unversehrt ist. Aber was führt ihn nach Taenarum?«

Canidius, der bereits Platz genommen hatte, als Antonius und Kleopatra in den Speisesaal traten, sprang sofort auf. Sein Gesicht und seine Haare wirkten ungepflegt. Ganz offensichtlich hatte er sich für die Begegnung nur notdürftig gewaschen. Kleopatra fielen vor allem die schwarzen Ränder unter seinen Fingernägeln auf. Sein ansonsten akkurat gestutzter Bart hatte seit Tagen keinen Barbier mehr gesehen. Soweit sie sich erinnerte, war ein römischer Soldat seines Ranges jenseits des Schlachtfeldes seinem Befehlshaber noch nie derart verwahrlost gegenübergetreten.

Bei seinem Anblick wich Antonius von Kleopatras Seite und ging schneller. Sie musste sich beeilen, um mit ihm Schritt zu halten.

»Was, in Gottes Namen, ist geschehen, dass Ihr jetzt hier

seid?«, fragte Antonius, ohne Canidius zu begrüßen. »Habt Ihr etwa die Männer im Stich gelassen?« Mit jedem Wort klang die Stimme des Imperators beunruhigter.

Canidius schien die Antwort schwerzufallen. Er warf Kleopatra einen fahrigen Blick zu. »Eure Majestät«, grüßte er heiser.

»Was ist denn, Canidius? Seid Ihr krank?«, fragte die Königin.

Antonius schien sich nicht für den Zustand seines Vertrauten zu interessieren. »Antwortet jetzt«, forderte er.

Canidius, der nur wenige Zentimeter kleiner war als Antonius, richtete sich zu voller Größe auf und schaute seinem Befehlshaber direkt in die Augen. »Werter Imperator, ich … ich bin gerade so mit dem Leben davongekommen. Ich bin hier, um Euch darüber in Kenntnis zu setzen, dass eine Kolonne von Octavians Verhandlungsführern die Infanterie auf dem Festland auf dem Weg nach Makedonien abgefangen hat. Anfangs wollten unsere Männer sie töten, aber da es sich um Römer handelte und unsere Soldaten viele von ihnen kannten, entschieden sie, sich erst ihre Vorschläge anzuhören.«

Canidius brach ab, als warte er auf ein Wunder, das es ihm ersparte, den Rest der Nachricht zu übermitteln.

»Sprecht weiter, Canidius«, meinte Antonius.

Kleopatra kam es vor, als würde alle Energie, die den Körper ihres Gatten umgab, mit einem Mal gefrieren. *Kann die Furcht den Blutstrom stoppen?*, fragte sie sich, denn plötzlich war ihr eiskalt.

»Nachdem die Männer sich Octavians Angebot angehört hatten, das unsere römischen Landsleute ihnen in der süßen und langersehnten Sprache des Friedens überbrachten, sind bis auf wenige Ausnahmen alle zu ihm übergelaufen. Er hat ihnen Land in Italien und eine beträchtliche Summe in Gold versprochen.«

BRUNDISIUM:

Kleopatras zwanzigstes Regierungsjahr

Nichts war ihm jemals leichter gefallen. Es kostete ihn weitaus weniger Mühe als seine Schulexamen, dabei hatte man ihn niemals als brillant, sondern stets nur als durchschnittlich erachtet. Es war auch einfacher als die militärischen Übungen, zu denen man mehr Kondition und Kraft brauchte, als ihm in die Wiege gelegt worden war.

Wie Octavian schnell herausfand, war es für ihn ein Kinderspiel, andere zu manipulieren. Unkomplizierter als jede andere Leistung, die er je erbracht hatte. Mit seinen zahlreichen Fähigkeiten war es Cäsar gelungen, andere in Erstaunen zu versetzen. Bücher und Gedichte hatte er geschrieben, ganze Nationen erobert, großartige Reden gehalten und mit mehr Menschen das Lager geteilt, als man zählen konnte. Octavian hingegen schien nichts davon tun zu müssen, um seinen Willen durchzusetzen. Er brauchte den Menschen nur den Kopf zu verdrehen, und schon taten sie, was er wollte.

Wie sich nun zeigte, war die ganze harte Arbeit seines Onkels, all das Posieren und soldatische Getue eines Antonius vollkommen unnötig. Man brauchte nämlich nur die Einstellung der Menschen zu ändern. Auf einmal schienen selbst vergangene Schlachten überflüssig. Wenn der Verstand, dieses höchst unflexible menschliche Charakteristikum, erst einmal nachgab, veränderte sich auch die stoffliche Realität umgehend. Wer hätte ahnen können, dass der Verstand, von dem niemand wusste, wo er sich eigentlich befand, dieses gänzlich unphysische Etwas, das man nicht berühren konnte, sich als mächtiger erwies denn jede physische Realität? *Welche Ironie*, dachte er. Sobald es einem gelang, das Immaterielle zu beherrschen, hatte man im Nu auch das Stoffliche unter Kontrolle.

Die ganze Welt hatte hinter seinen Feinden gestanden und sich dank seiner Manipulation des Bildes, das sich in den Köpfen ihrer Verbündeten festgesetzt hatte, auf einmal gegen sie gewandt. Einmal abgesehen von einigen vereinzelten Sturköpfen, die Antonius und Kleopatra überallhin folgten und sie als Götter, Retter, Kaiser und Kaiserin verehrten, war inzwischen jedermann gegen sie. Die Menschen hatten ihre Einstellung geändert, oder besser gesagt, er hatte ihre Einstellung verändert, und nun war alles ganz anders. Octavian lachte. Wahrscheinlich musste er nie wieder in eine Schlacht ziehen. Von nun an würden die Kriege nur noch in den Köpfen stattfinden, und auf diesem Gebiet glaubte er sich allen anderen Männern überlegen.

Den Göttern sei Dank, dass Dellius den Luxus liebte, dem er seine Loyalität unterordnete. Der Römer hatte aus freien Stücken seine Ansichten geändert. Kurz bevor Antonius mit seinen Schiffen in den Golf segelte, war er zu Octavian übergelaufen und hatte den Plan des Imperators verraten. Hätte Dellius nicht so gehandelt, hätte Octavian womöglich nicht die Weitsicht besessen, das Tun seines Widersachers zu seinem eigenen Vorteil zu nutzen. Hätte Dellius ihm nicht Antonius' Absichten ins Ohr geflüstert, hätte er nur aus dessen Handlungen Schlüsse ziehen können und wäre vermutlich nicht auf die Idee gekommen, dementsprechend zu handeln. Hätte Octavian nämlich angenommen, dass Antonius nur kämpfte, um zu fliehen und seine Streitkräfte in Ägypten aufzustocken und neu zu formieren, so hätte er einen Stoßseufzer ausgestoßen und noch ein Jahr gewartet. In der Zwischenzeit hätte er sich auf einen neuen Krieg eingestellt und gefragt, wie er um Gottes willen einhunderttausend Mann im kargen Griechenland einen ganzen Winter lang ernähren sollte. Schließlich hatten sich weder Felder noch

Ernten von den römischen Bürgerkriegen erholt. Das hätte bedeutet, ein ganzes Jahr lang jammernden Schafhirten Ziegen und Lämmer zu rauben, alten Müttern das Brot aus dem Mund zu stehlen, und dies alles angesichts der in Rom herrschenden Lebensmittelknappheit. Doch mit seinem Verrat hatte Dellius Octavian den klugen Plan seines Gegners zum Geschenk gemacht, und er zögerte keine Sekunde, aus diesem Plan einen Vorteil für sich zu ziehen.

Als Antonius' Schiffe aus dem Golf von Ambrakien flohen, brauchte er den Gefangenen bloß zu erzählen, der Imperator lasse sie wegen Kleopatra im Stich. Er redete ihnen ein, dass sie die ganze Zeit über geglaubt hätten, für den großen römischen Feldherrn zu kämpfen. Obwohl dieser in Wahrheit längst nicht mehr bei Sinnen war, sondern sich mit Körper, Geist und Phallus dieser ehrgeizigen Königin verschrieben hatte. Sie hatten tatsächlich fest daran geglaubt, Antonius lebe für die Treue seiner Männer und opfere sich für jeden Einzelnen, was nichts weiter als ein Mythos war. Hatte er ihnen nicht sein wahres Gesicht gezeigt, sein unstillbares Verlangen nach der Königin offenbart, als er seine eigenen Männer im Golf ans Messer lieferte, nur um dieser Frau nicht von der Seite weichen zu müssen? Was für ein Mann, was für ein *Römer* ergab sich dem anderen Geschlecht mit Haut und Haar? Um den Männern das Verhalten ihres Befehlshabers noch deutlicher vor Augen zu führen, ließ Octavian sich sogar dazu herab, sich einer gewöhnlichen Ausdrucksweise zu bedienen. Er nannte dessen Gehabe kurzerhand »geil«, woraufhin alle höhnisch lachten.

Als er merkte, wie rasch er ihre Ansicht über ihren Befehlshaber ändern konnte, schickte er mehrere Kuriere zur Armee seines Feindes, die gerade unter Canidius Crassus' Führung nach Ägypten marschierte. Octavians Unterhändler stießen, wenige Tage nachdem sie sich von dem charismatischen Antonius getrennt hatten, auf die Truppen. Als sie den Soldaten Gold und Land in Aussicht stellten, rief Canidius: »Männer!

Reißt euch am Riemen!« Doch vergeblich, die Legionäre hatten bereits kehrtgemacht und marschierten schnurstracks zu Octavians Lager.

Nachdem der überwiegende Teil der Soldaten sich Octavian angeschlossen hatte, war der Rest ein Kinderspiel. Eine Hürde blieb allerdings bestehen: In Italien hatte er weder Land noch Geld, womit er die Männer, denen exorbitante Summen versprochen worden waren, abfinden konnte. Soldaten, die keinen Sold erhielten, liefen nur zu gern zum nächstbesten Feldherrn über, der sie mit Geld köderte. Falls Octavian zu lange zögerte, würde gewiss Antonius dieser Mann sein.

In Italien begehrten die Soldaten auf, wenn ihre Forderungen nicht unverzüglich erfüllt wurden. Nicht einmal Agrippa gelang es, sie zu beschwichtigen. Statt Antonius bis nach Ägypten zu folgen und einen endgültigen Sieg zu erringen, musste Octavian nach Brundisium segeln und sich darum kümmern, dass die Verbündeten des Imperators enteignet und deren Land und Vermögen an die Veteranen verteilt wurden. Allen anderen versprach er, dass sie ihren Anteil bald erhielten. Zum Beweis, wie ernst es ihm damit war, bot er seine Ländereien öffentlich zum Verkauf an, allerdings erst, nachdem Maecenas ihm versichert hatte, niemand sei so einfältig, ein Gebot abzugeben.

Octavian musste schnell handeln, solange er noch im Vorteil war. Da es keine Feinde mehr gab, die er enteignen konnte, blieb ihm nichts anderes übrig, als in Italien rechtmäßig Land zu erstehen. Immerhin hatte er beileibe nicht die Absicht, erneut einen Bürgerkrieg vom Zaun zu brechen, nur weil er das Land derer beschlagnahmte, die gerade erst zu ihm übergelaufen waren. Auch musste umgehend Sold ausgezahlt werden, ehe die Soldaten einen neuen Befehlshaber fanden oder zu ihrem alten zurückkehrten. Zeit spielte fortan die wichtigste Rolle, und sie reichte nicht aus, um neue Landstriche zu erobern, neue Steuern zu erheben oder Tempel zu plündern. Auf der ganzen Welt gab es nur einen einzigen Ort, wo ein Vermögen vorhanden war, noch dazu zum Greifen nah. Auf genau diesen Ort richtete er nun sein Augenmerk.

ALEXANDRIA:

Kleopatras einundzwanzigstes Regierungsjahr

1. Mai, aus der Stadt Hera auf der Insel Samos
An: Kleopatra VII., Königin von Ägypten
Von: Gaius Octavian, Sohn des göttlichen Julius Cäsar

Verehrteste,

viele Monate sind verstrichen seit unserer Auseinandersetzung im Golf von Ambrakien, und ich musste lange warten, ehe ich von Euch hörte. Nun habe ich einen Brief von Euch erhalten, in dem Ihr mir anbietet, in Verhandlungen zu treten. Ich weiß sehr wohl, wie viel Ihr zu bieten habt. Auf der anderen Seite fürchte ich, dass ich Eurem Vorschlag erst zustimmen kann, wenn Ihr bereit seid, dem Euch verliehenen Titel »Freundin und Verbündete des römischen Volkes« gerecht zu werden.

Es gibt nur einen Weg, dies zu tun: Liefert Marcus Antonius dem nächsten Vertreter der römischen Regierung aus, oder schickt mir einen Beweis für seine Hinrichtung. Darf ich meinen in der Kyrenaika weilenden Befehlshaber Cornelius Gallus als Vermittler in dieser Angelegenheit vorschlagen? Sobald Ihr Euch Marcus Antonius in einer Euch angemessen erscheinenden Weise entledigt habt, können wir beginnen, unsere Allianz in Erinnerung an meinen Vater und Euren Freund, den göttlichen Julius Cäsar, zu schmieden.

Unterschrieben und versiegelt von Octavian,
Sohn des göttlichen Julius Cäsar

* * * * *

Kleopatra knüllt den Brief zusammen und drückt ihn gegen ihren Bauch. Wie viele Hiebe kann ein Mensch in so wenigen Zeilen austeilen? Zum ersten Mal erklärt Octavian in aller Offenheit, was er von jeher wollte: Antonius' Tod. Ihr ist von Anfang an klar gewesen, dass der Römer nicht bereit war, die Macht zu teilen. Jetzt sitzt sie hier, und der Beweis, dass sie mit ihrer Einschätzung intuitiv richtiggelegen hat, liegt auf ihrem Schoß. Octavian hatte gewartete, bis er auf Samos war und auf der gleichen Erde stand, wo sie und Antonius mit ihren Armeen feierten. Erst dort hat er ihren Brief beantwortet. Nun bereut sie es, das Sendschreiben überhaupt geschickt zu haben, doch Antonius und sie sind übereingekommen, verhandlungsbereit aufzutreten und sich gleichzeitig auf die nächste Konfrontation vorzubereiten.

Nach dem Verlust seiner Armee in Taenarum weigerte er sich, gemeinsam mit ihr nach Ägypten zu reisen, und schickte sie allein auf ihrem Schiff los. Kleopatra ahnte, dass ihr Gemahl mit diesem herben Schlag allein fertig werden musste. Kein Mann wollte, dass eine Frau ihn trauern sah, schon gar nicht Antonius. Sie betonte all die positiven Dinge, die ihr einfielen: dass er sie und den Schatz gerettet hatte, dass er mit diesem Geld eine weitaus schlagkräftigere Armee aufbauen konnte, dass Octavian finanziell am Boden lag und seine Männer, wenn sie merkten, dass er sie nicht entlohnen konnte, sofort zu Antonius zurückkehrten, zu dem Befehlshaber, für den ihre Herzen schlugen. Mit diesen hoffnungsvollen Worten verabschiedete sie sich. Ihre größte Sorge war es, ob sie mit wehenden Fahnen als Siegerin nach Ägypten zurückkehren konnte, bevor ihr Volk erfuhr, was wirklich geschehen war.

Erst Wochen später traf auch Antonius ein, allerdings nicht mit gehissten Segeln und geschmückten Schiffen wie sie. Heimlich und als gebrochener Mann segelte er in den Hafen. Gleich darauf verkroch er sich in einem Haus im Vorgebirge, das nach dem Misanthropen Timon benannt war. Bei ihrem Besuch schilderte er ihr, was sich in den vergangenen Wochen zugetragen hatte. Er war zur Kyrenaika gesegelt, wo fünf Legionen auf ihn warteten, die alle Lucius Scarpus, einem von Cäsars Männern, unterstellt waren. Er hatte Kleopatras Prophezeiungen geglaubt, dass sie schnell eine neue Armee aufstellen konnten, und sich schon darauf gefreut, die Legionen aufzumuntern. Zudem musste er endlich den Sommer, als sie im Golf festgesessen hatten, und den Verrat seiner Fußsoldaten vergessen. Da er Scarpus schon immer gemocht hatte, hatte er sich auf die langen Abende gefreut, an denen sie zechen und der glorreichen Tage als junge Soldaten unter Julius Cäsar gedenken wollten.

Doch sie verweigerten es Antonius und seinen Soldaten, dort vor Anker zu gehen. Als er dennoch den Hafen ansteuerte, griffen sie an. Kurze Zeit später erfuhr er, dass die Legionäre, als sie hörten, Antonius habe bei Actium seine Männer im Stich gelassen, Scarpus hingerichtet und sich dem Kommando von Octavians Mann Cornelius Gallus unterstellt hatten. Drei waren nötig, um Antonius daran zu hindern, sich nicht selbst das Schwert in den Bauch zu stoßen.

Meine Männer im Stich gelassen? Mit diesen Worten auf den Lippen landete Antonius in Alexandria. Tausendmal wiederholte er die fünf Wörter, flüsterte die Frage den Göttern zu, schrie sie Kleopatra entgegen, lachte wie von Sinnen, weil man sein Tun so falsch interpretierte und ihm als ehrenwertem Mann und Soldaten diese Fabel andichtete. In der abgelegenen Villa verkroch er sich, gequält von der Behauptung, er habe Verrat begangen. Zur Strafe flüchtete er sich in übermäßigen Weingenuss und Einsamkeit und erlegte sich angesichts der haltlosen Unterstellungen ein Leben in Scham auf. Dank Kleopatra und ihrer fruchtlosen Versuche, seine Männlichkeit wieder zum Leben zu erwecken, konnte er monatelang in den Armen unzähliger Huren alle Gefühle vergessen.

Schließlich hatte Antonius lange genug gebüßt. Ein paar Monate vor der Wintersonnenwende, als er und Kleopatra sich liebten, während draußen vor ihrem Fenster anlässlich der Feier zur Wiedergeburt der Sonne Lieder erklangen, streifte er seine Trauer ab.

Nun hält er mit einer Flotte von vierzig Schiffen auf Paraetonium zu und will verhindern, dass Cornelius Gallus Ägypten angreift. In Wahrheit hat er es sich jedoch zur Aufgabe gemacht, die zu Gallus übergelaufenen Legionen zurückzugewinnen. Antonius baut fest darauf, die Männer umstimmen zu können. Er hat beschlossen, sich an Octavian ein Beispiel zu nehmen und mehrere Unterhändler vorzuschicken. Mit den unterbreiteten Angeboten und seinem persönlichen Erscheinen möchte er seine fünf Legionen zurückgewinnen. Die braucht er auch, denn der Unmensch, der Kleopatra aufgefordert hat, ihren Gatten zu opfern, hat anscheinend Samos verlassen und sich auf den Weg nach Judäa gemacht. Dort versorgt ihn der Verräter Herodes zweifellos mit allem, was für den Einmarsch in Ägypten unerlässlich ist.

Antonius glaubt nicht an Herodes' Kapitulation, aber Kleopatra weiß, dass der König sie seit vielen Jahren hasst, öffentlich zu ihrer Ermordung aufruft und sie sabotiert, wo er nur kann. All das hat sie Antonius erzählt, ohne ihn jedoch zu einer Vergeltungstat zu drängen. In letzter Zeit geht sie jedem Streit aus dem Weg.

Die Königin ist sich sicher, dass Herodes ihre letzte Alternative, die eine Flucht aus Ägypten über das Rote Meer vorsieht, vereitelt hat. Der Nabatäer-König Malchos hat die Schiffe abgefangen, die Kleopatra über Land an die Küste transportieren ließ, und sie wegen der Gebiete, die er vor vielen Jahren an sie abtreten musste, samt und sonders verbrennen lassen. Herodes hat seine eigenen Schwierigkeiten mit Malchos, doch sie geht nicht davon aus, dass sich die beiden deshalb davon abhalten lassen, gemeinsam gegen sie vorzugehen. Ohne weiteres nach Osten zu fliehen ist ihr nun offenbar nicht länger möglich. Und den eigenen Gemahl zu verraten ist ausgeschlossen. Den Plan, zum König von Media zu fliehen, hat sie ebenfalls aufgegeben. So wäre sie verfahren, hätte Antonius nicht geschworen, Vergeltung zu üben, und das tat er jetzt.

Falls Antonius in Paraetonium einen Sieg erringt, was dann? Er wird mit den Männern, die sich wieder auf seine Seite geschlagen haben, zurücksegeln und anschließend Octavian zurückdrängen oder ihm gar einen solchen Schreck einjagen, dass er keinen weiteren Angriff mehr wagt. Sollte Herodes zu Ohren kommen, dass Antonius wieder erstarkt ist, wird er ihn gewiss nicht verraten. Eines ist nämlich sicher: Herodes steht am Ende immer aufseiten des Gewinners, denn so spielt er das Spiel nun mal, selbst auf die Gefahr hin, dass sein Ziel, Kleopatra zu vernichten, dadurch in weite Ferne rückt.

Genug des Grübelns. Kleopatra muss sich wieder dem Tagesgeschäft widmen, als würden weder sie noch ihr Land bedroht. Eine Königin muss die Bürde der Zukunft stoisch tragen. Sie bittet Iras, ihr Gesicht heute so zu schminken, dass man ihr nicht ansieht, was in ihr vorgeht. Früher hat sie mit Hilfe von Kosmetika versucht, ihre Schönheit zu unterstreichen. Vielleicht kann sie hinter der geschmeidigen blassen Farbe, die er ihr auf die festen Wangen reibt, ihre Furcht ein wenig verbergen.

Derzeit gibt es keinen einzigen Ratgeber, der ihr volles Vertrauen genießt, nicht einmal ihr Gemahl. Einerseits schützt sie ihn, andererseits schützt sie sich vor ihm und seinen Taten, sollte er wieder in Melancholie versinken. Denn dass dies ganz sicher nicht geschehen wird, davon ist sie noch nicht überzeugt. Hephaestion blickt ihr immer noch unverwandt in die Augen und rät ihr: In politischen Fragen sollt Ihr kaltblütig entscheiden. Der Eunuch kann und will ihr nicht in letzter Konsequenz zuraten, von dem, was Octavian ihr zu tun rät, Abstand zu nehmen. Es geht um die nackte Existenz, Eure Majestät, bläut er ihr ein. Nur diejenigen, die überleben, können über eine Zukunft verhandeln. Er begreift nicht, dass er der Königin ebenso loyal ergeben ist wie sie Antonius. Solange ihr Gemahl für sie, ihre

Sache und die gemeinsamen Kinder kämpft, wird sie ihm treu zur Seite stehen. Ginge es nach Charmion und Hephaestion, würde Kleopatra ihn während des Liebesspiels erdolchen. Die Königin weiß, wie sehr ihre vertrauteste Dienerin sich zusammenreißen muss, um die Mahlzeiten des Imperators nicht zu vergiften.

Selbstverständlich kommt eine Kapitulation nicht in Frage. Am nächsten Morgen nimmt Kleopatra ihre Kinder mit auf ihre Runde durch die Abteilungen. Sie setzt ihnen auseinander, dass sie eines Tages dieses große Königreich regieren werden und deshalb alles ganz genau verstehen müssen. Von dem neusten Plan, den sie gerade austüftelt, erzählt sie ihnen nichts. Sie hat vor, diesen vier neugierigen und intelligenten Menschen unwiderruflich den Thron zu sichern. Und sie ist sich darüber im Klaren, dass sie weder ihre Kinder noch sonst jemanden einweihen darf. Auch Antonius nicht, denn er würde sie mit Sicherheit davon abhalten.

Caesarion saugt jedes Wort, das seine Mutter mit ihren Ministern wechselt, in sich auf und befiehlt seinem Schreiber, alles genau festzuhalten. Er wolle ihre Methoden studieren, so versichert er ihr, damit er, wenn seine Zeit kommt, das Königreich genauso effizient regiert, wie sie es ihm beigebracht hat. »Ich lese lieber die großen Philosophen als die Berichte der Buchhaltung, Mutter, aber mit der Zeit werde ich dazulernen und irgendwann genauso geschickt verhandeln können wie du.«

Kleopatra schart alle vier Kinder um sich. Sie sollen sämtliche Vorgänge genau verfolgen, sagt sie ihnen. »Die meisten Minister dienen mir nur, um sich Gold in die Taschen zu schaufeln, das sie einfach aus der Staatskasse nehmen. Dennoch ist es möglich, gute Männer zu finden. Mein Vater, euer Großvater – die Götter seien seiner Seele gnädig –, hat mir seinerzeit beigebracht, die Kosten der menschlichen Natur in alle geschäftlichen Transaktionen einzubeziehen. Versteht ihr, was ich meine?«

Alle nicken zustimmend, schließlich sind es gute, pflichtbewusste Kinder. Die Königin weiß durchaus, dass Caesarion lieber bei seinen Lehrern wäre und Lucretius läse, die Zwillinge lieber im Hof miteinander rauften und dass Ihr Jüngster noch nicht versteht, wovon seine Mutter spricht. Dennoch sieht der Kleine sie mit ernster Miene an, um als aufmerksam und gescheit zu gelten.

»Wann wird unser Vater zurückkehren?«, fragt Selene mit trauriger Miene. »Ich vermisse ihn.«

Caesarion schimpft: »Unser Vater ist in der Kyrenaika und kämpft um das Königreich, damit du herrschen kannst, wenn du alt genug bist. Er ist Feldherr und leitet eine Mission.«

»Man darf als Kind seinen Vater durchaus vermissen, Caesarion«, rügt Kleopatra ihren Ältesten sanft. »Ich vermisse den meinen jeden Tag. Bitte entschuldige dich bei deiner Schwester für deinen harschen Ton.«

Der Königin missfällt es, wenn ihre Kinder sich streiten. Keinen Moment kann sie vergessen, wie grauenhaft die Beziehung zwischen ihr und ihren Geschwistern war. Wie Berenike versuchte, sie vergiften zu lassen. Wie Ptolemaios der Ältere sie ins Exil schickte. Wie sie gegen ihn Krieg führen musste, um ihr Heimatland wieder betreten zu dürfen. Wie ihr jüngster Bruder sich mit Arsinoe zusammentat und versuchte, Ägypten von Kleopatra zu befreien, sodass ihr nichts anderes übrigblieb, als beide töten zu lassen.

»Es tut mir leid, wenn ich dich belehrt habe«, meint Caesarion, doch sein Blick ist distanziert, sein Verhalten wirkt arrogant. Das hat er von seinem Vater geerbt. »Ich mag es nun mal nicht, wenn du wie ein kleines Mädchen jammerst. Du bist die Tochter des Marcus Antonius und der Königin Kleopatra und solltest dich dementsprechend verhalten.«

Kleopatra merkt, wie unwohl sich Alexander, der seiner Zwillingsschwester sehr nahesteht, in dieser Situation fühlt. Der Streit zwischen den Geschwistern treibt ihm die Röte ins olivfarbene Gesicht. Schon jetzt kommen bei ihm die vom

Vater ererbte Anziehungskraft und Männlichkeit deutlich zum Ausdruck. Unverblümt und tapfer ist er für seine knapp neun Jahre.

»Meine Schwester ist ein kleines Mädchen«, sagt er zu Caesarion. »Ich bin zwar ein Junge, aber ich vermisse meinen Vater auch.« Vollkommen unschuldig und freundlich erkundigt er sich in einem Tonfall, der an Höflichkeit nichts zu wünschen übrig lässt: »Vermisst du deinen denn nie?«

Bei seinen Worten fragt Kleopatra sich, ob Alexander nicht besser geeignet ist als Caesarion, um über ein Königreich zu herrschen. Die Lehrer lieben Alexander, der seinem Namensvetter alle Ehre macht. Wie sein Vater wird er sich einmal zu einem stattlichen und schönen Mann entwickeln. Die beiden Zwillinge, die wie Römer aussehen, haben nicht viel von Kleopatra geerbt. Die Königin hat so ihre Zweifel, ob Selene einmal eine schöne Frau sein wird. Sie ist Antonius wie aus dem Gesicht geschnitten. Wird sie mit diesem Kinn, dem Grübchen und den hohen, breiten Wangenknochen später als Schönheit gelten oder als zu maskulin? Groß wird sie auf jeden Fall werden.

Die Kleine folgt ihrem Zwillingsbruder auf Schritt und Tritt, lauscht aufmerksam, wenn er etwas zu sagen hat, und lässt ihn wählen, was sie gemeinsam spielen, welche Bücher sie lesen. Kennt Kleopatra ihre Tochter überhaupt? Das Mädchen ist gehorsam, respektvoll, klug und undurchschaubar. *Alexanders Persönlichkeit ist so stark,* denkt Kleopatra, *dass Selene womöglich mit ihrer eigenen Meinung hinterm Berg hält, bis sie es sich zutraut, es mit ihm aufzunehmen.* Selene, die ihren Bruder vergöttert, verhält sich eher wie seine kleine Schwester und nicht wie eine Gleichaltrige. *Ach ja,* denkt Kleopatra, *nicht alle meine Kinder können zum Herrscher geboren sein.*

Gemeinsam mit den Kindern besucht sie die Tinten- und Papyrusfabriken, wo sie die Zahlen des Monats April durchgehen. Sie erläutert ihnen, die Gewinne dieser Exporte seien so hoch, dass man allein damit die Wirtschaft ankurbeln und alle anderen Erträge für die nächste militärische Konfrontation verwenden könne. »Wir brauchen alles für die nächste Schlacht«, sagt sie. »Von kurzer Dauer muss sie sein und mit Entschiedenheit ausgetragen werden.«

Da sie nicht will, dass die Kinder erfahren, wie sehr ihre Mutter auf der anderen Seite der Erde gehasst wird, behält sie ihre Gedanken für sich und überlegt, wieso der Hass der Römer auf sie nicht auch deren unersättliches Verlangen auf alles Ägyptische erstickt. Öl, Stoffe, Parfüm, Teppiche, Geschmeide und Lebensmittel aus ihrem Land werden in Rom und den dazugehörigen Gebieten stark nachgefragt. In der Fischfabrik studiert sie staunend die Einnahmen aus den Welsverkäufen.

»Ich hatte keine Ahnung, dass die Menschen so viel für einen Fisch zahlen«, wendet sie sich an den zuständigen Minister.

Mit einem Schmunzeln versichert er ihr, dass es sich dabei um einen besonders köstlichen Fisch handelt – klein, süß, zart – und er ihr noch heute drei Dutzend in den Palast schicken wird. »Bitte, esst sie, solange sie noch frisch sind, Eure Majestät.«

Im Laufe des Tages führt ihr jede einzelne Tabelle, die sie überfliegt, die Ironie ihrer Situation deutlicher vor Augen: Rom ist ein hervorragender Absatzmarkt für ägyptische Waren. Römische Künstler brauchen ägyptischen Alabaster, römische Goldschmiede verwenden ägyptische Granate, Serpentine, Amethyste und Türkise. Mit Kopien von Kleopatras Ringen und Halsketten, welche die Ehefrauen der Männer verkaufen, die gegen sie Krieg führen, wird ein Vermögen erzielt. Sie denkt: *Sobald wir Octavian besiegen, haben wir wieder Zugang zu bestimmten Handelsrouten und können unseren Gewinn um das Hundertfache steigern.* Zu ihren Kindern sagt sie: »Mein Vater hatte ganz bestimmte Handelswege im Osten im Auge, ist aber nie in der Lage gewesen, mit den Römern über deren Nutzung eine Abmachung zu treffen. Nicht einmal die Machtfülle von Antonius konnte daran etwas ändern. Ich glaube, wir werden künftig bestimmte Güter aus dem Osten wieder monopolisieren. Die Piraten haben die Märkte auf Delos verwüstet, daraus müssen wir Kapitel schlagen.«

Die Kinder haben keine Ahnung, was die Königin meint, denn sie redet ungewöhnlich schnell und entwickelt viele Ideen, wie man zu Geld kommen kann. Als handele es sich um ein Geheimnis, flüstert sie: »Wir haben die riesige Wollproduktion der Sklavenmädchen finanziell noch nicht genügend ausgeschöpft, aber ich habe vor, neue Märkte dafür zu erschließen. Die Frauen, die diesen Zweig leiten, sind ungeheuer geschäftstüchtig, und die Qualität der Ware ist exzellent. Sie sind unsere fleißigsten Arbeiterinnen.«

Insgeheim denkt sie: *Am liebsten würde ich diese emsige alte Partherin, die der Färberei vorsteht, zur neuen Landwirtschaftsministerin ernennen. Die Produktivität würde sich prompt verdoppeln, und die Hungersnöte wären auf immer gebannt.*

Selbstverständlich überhäuft sie ihre Kinder mit Informationen, aber sie muss ihnen klarmachen, was alles eines Tages zu ihren Pflichten gehören wird. Jeden Tag bläut sie ihnen ein, dass es nicht nur darum geht, eine Krone zu tragen, Zeremonien beizuwohnen, Armeen zu gründen und in Schlachten zu ziehen, sondern dass ein Herrscher auch dafür Sorge tragen muss, dass die staatlichen Industrien Profit abwerfen und die Staatskasse regelmäßig aufgefüllt wird. Ohne Profit schwinden nämlich die Loyalität der Bevölkerung und der weltpolitische Einfluss.

Die Kinder behaupten: »Ja, Mutter, wir verstehen dich.« Und warten auf die Erlaubnis, wieder zu ihrem kindlichen Alltag zurückzukehren, ihren Ratschlägen zu entfliehen.

»Ihr könnt nun gehen. Caesarion, du bleibst bitte noch kurz hier«, sagt sie und meint zu bemerken, dass er innerlich zusammenzuckt. Er ist müde und reibt sich die Augen, aber er muss lernen durchzuhalten. In seinem Alter ist sie ihrem Vater schon nicht mehr von der Seite gewichen. Caesarion soll von klein auf an die Pflichten herangeführt werden, die er als Erwachsener übernehmen muss. Wie soll sie ihm denn nur sagen, dass dies vielleicht eher der Fall sein wird, als es ihm lieb ist.

* * * * *

»Es ist vorbei, Kleopatra. Aus und vorbei.«

Antonius' Diener Eros kniet auf dem Boden. Er hat sich so weit vorgeneigt, dass sein Gesicht nicht zu sehen ist, während er die mit Bronzenieten verzierten Ledersandalen des Imperators aufschnürt. Der Imperator steigt aus seinen Schuhen und breitet wie ein Tänzer die Arme aus, während Eros ihm Gürtel und Schwert abnimmt. Kleopatra sieht, dass der junge Grieche die Tränen nur mit Mühe zurückhält. Antonius, der weder wütend noch deprimiert ist, wirft seiner Gemahlin einen resignierten Blick zu.

»Willst du mir denn nicht berichten, was sich zugetragen hat?«

Antonius stößt einen Seufzer aus. »Ist das denn wichtig? Dieses Szenario haben wir mehr als einmal erlebt und werden es wieder erleben, wenn wir es zulassen.«

Kleopatra wartet voller Ungeduld. Sie kennt die Absichten ihres Gatten nicht. So hat sie ihn noch nie erlebt. Allem Anschein nach ist er bereit, das, was er für sein Schicksal hält, ohne jede Gefühlsregung hinzunehmen. Er ist nicht melancholisch oder verzweifelt, wie in der Zeit nach Actium. Vielmehr ist er ein Schatten seiner selbst. Sein heißes Blut hat sich abgekühlt, von seiner Tapferkeit ist nichts mehr zu spüren. Äußerlich ist er zwar noch ihr Antonius, aber das Feuer leuchtet nicht mehr in seinen leeren Augen. Er ist nicht mehr der Mann, den sie einmal kannte.

»Sei so nett und berichte mir, was geschehen ist«, sagt sie, um an ihn heranzukommen.

Statt ihr eine Antwort zu geben, wendet er sich an seinen Diener.

»Würdest du die Sachen hier bitte nehmen und verbrennen?«, fragt er Eros, der ihm gerade in eine Leinentunika hilft. »Ihnen haftet der Gestank des Krieges an. Diesen Gestank ertrage ich einfach nicht mehr.«

Schweigend sammelt Eros Schuhe, Gürtel, Tunika und Umhang ein, verbeugt sich vor seinem Herrn und geht.

»Kannst du dir nicht vorstellen, was sich ereignet hat, Kleopatra? Hat man dir denn nicht gemeldet, dass ich ohne die Flotte, mit der ich lossegelte, in den großen Hafen zurückgekehrt bin? Kannst du dir keinen Reim darauf machen, was das bedeutet?«

Er tut, als ermüdeten ihn ihre Fragen und nicht die zurückliegenden Ereignisse. »Vor der Küste der Kyrenaika gab es ein kurzes Scharmützel. Gallus' Marine hat Verstärkung bekommen, mehrere Schiffe von weiß Gott woher. Als meine Befehlshaber begriffen, dass wir zahlenmäßig unterlegen waren, wählten sie die eigene Unversehrtheit und segelten zu ihm. Und das war das Ende.«

Obschon Kleopatra auf einen derart herben Rückschlag nicht vorbereitet ist, muss sie es irgendwie geahnt haben, sonst hätte sie nicht so drastische Maßnahmen ergriffen. Sie weiß nicht, was sie sagen soll. Ihr fehlen die Worte. Ihr fehlt es an Ideen.

Wie zwei schweigende Monolithen verharren sie nebeneinander. Die Sonne geht unter, das Abendrot fällt ins Zimmer, auf ihre Gesichter. Es ist warm, doch eine leichte Brise kommt auf. Vollkommen reglos sitzen sie da, wie ein Mosaikgemälde, das Reichtum und familiäre Harmonie preist. Nur ein Mann und seine Gemahlin in einem Raum, in dem von jedem Platz aus Schalen mit Früchten in greifbarer Nähe stehen. Wo die Zimmerecken mit den Alabasterstatuen wie Denkmäler wirken. Wo der ptolemäische Adler über der leichten Brokatdecke auf dem königlichen Bett schwebt. Wo der allgegenwärtige Sonnengott jeden Quadratzentimeter mit seinem göttlichen Schimmer ausleuchtet. *Wenn wir uns nicht rühren,* denkt sie, *können wir uns vielleicht einbilden, in Luxus zu schwelgen, in Frieden zu leben.*

Doch sie kann nicht schweigen. Von ganzem Herzen wünscht sie sich, einfach nur neben ihrem Gemahl sitzen zu können, vielleicht seine Hand zu halten und dem lieblichen Wellenschlag unter ihrem Fenster zu lauschen. Stattdessen bemüht sie sich, wie das nun mal ihre Art ist, ihn aufzuheitern, ihm Mut zu machen. »Man hat mir berichtet, dass sich eine Gladiatorenarmee gebildet hat, die dich unterstützen will. Sie ist schon auf dem Weg hierher.«

Antonius lächelt, doch es ist nur ein Reflex, als bewege ein Puppenspieler seine Lippen. »Zum ersten Mal übertrumpfen meine Spione die deinen. Es gibt so viel, was du noch nicht weißt. Wie kommt das, Kleopatra? Bist du krank gewesen, hast du im Bett gelegen und die Berichte nicht erhalten?«

Sie antwortet nicht, bereut es, den Mund aufgemacht zu haben. Von dem, was Antonius ihr gleich erzählen wird, will sie im Grunde nichts wissen, aber da fährt er schon fort: »Erinnerst du dich an unseren Freund Quintus Didius?«

Didius war der Römer, den Antonius zum Gouverneur von Syrien ernannte und der dadurch zu unermesslichem Reichtum gelangte. Kleopatra nickt, was sie große Mühe kostet. Ihr Kopf und ihr Hals weigern sich, sich für Didius zu bewegen, der – wie sie weiß – Anlass für weitere schlechte Nachrichten ist.

»Didius und Herodes haben sich zusammengetan, die Gladiatoren aufgehalten und mit ihnen verhandelt. Herodes ging nach Rhodos und warf sich und sein Königreich, das ich ihm einst gab, Octavian zum Beweis seiner Unterstützung zu Füßen. So wie es aussieht, ist er ein ganz normaler Mann, der alles tut, um zu überleben, was mir, wenn ich das einmal sagen darf, gar nicht mehr so wünschenswert erscheint.«

Vor langer Zeit hat Kleopatra Herodes Gaza weggenommen, und nun lässt er sie für diesen Fehler bezahlen. Wie oft hat sie Antonius angefleht, Herodes zu entmachten? Wie oft hat sie darauf hingewiesen, dass ein so unabhängiger Herrscher nicht jenseits der Grenzen Ägyptens regieren durfte? Nun hat sich dieser Verräter, für den Antonius sich gegen Kleopatras Willen einsetzte, hinter Octavian gestellt und hilft Rom, von Osten her in Ägypten einzumarschieren. Ach, sie hat es wahrlich satt, im Nachhinein, wenn es zu spät ist, recht zu behalten.

Auf einmal spürt sie, wie eine dumpfe Taubheit sich ihres Körpers bemächtigt. Sie möchte Antonius sagen, was sie während seiner Abwesenheit unternommen hat, bringt die Worte aber nicht über die Lippen. Sollte Octavian ihr Angebot annehmen, wird sie die von ihr festgelegten Bedingungen erfüllen. Allein Antonius hat die Macht, dies zu verhindern. »Und nun?«, fragt sie.

»Kleopatra, ich bin unendlich müde. Darauf läuft es letzten Endes hinaus. Auf die totale Erschöpfung. Es bleibt nichts mehr zu tun. Herodes war der letzte Strohhalm.«

»Was ist mit Polemo, Mithridates, Archelaos und all deinen anderen Verbündeten? Wieso sind sie nicht hier und überlegen gemeinsam, wie man Octavian noch aufhalten kann?«

»Ich habe ihnen genug Geld gegeben, damit sie sicher in Griechenland, oder wo auch immer es ihnen beliebt, untertauchen können. Ich habe genug Männer sterben sehen. Jetzt wünsche ich mir nur noch eine schmackhafte Mahlzeit und eine lange Pause.«

Kleopatra denkt, dass es ihr egal ist, wer alles sein Leben lassen muss, solange Antonius nur lebt, doch sie sagt es nicht, aus Furcht, ihn zu verstimmen. Stattdessen flüstert sie: »Es gibt Welten in weiter Ferne, wo wir mit unserem Gold noch einmal von vorn beginnen können.« Sie gibt sich Mühe, begeistert zu klingen, hört sich aber an wie ein fahrender Gaukler, der für ein paar läppische Münzen schlechte Gedichte vorträgt. Dennoch fährt sie fort: »Euergetes, der achte Ptolemäer-König, hat zweihundert Kundschafter und Kartographen nach Indien geschickt.«

Antonius fällt ihr ins Wort. »Malchus hat die Schiffe vernichtet, mit denen wir nach Indien hätten reisen können.«

»Ja, und wir werden deshalb in der Stadt Petra haltmachen

und ihn dafür töten. So hör doch, mein Liebster, es gibt Handelsrouten, die bis zum Königreich Tamil führen. Die können wir nehmen, wir müssen uns nur verkleiden. Ich habe einige Möglichkeiten ausgekundschaftet, unser Geld dorthin schmuggeln zu lassen. Es wird schon vor uns da sein. Die Legenden besagen, dass es dort viele Königreiche gibt, die alle nur auf einen König warten. Jedenfalls war Alexander einst davon überzeugt. Wenn wir in Indien Macht erlangen, können wir mit den Parthern verhandeln und gemeinsam gegen Octavian kämpfen.«

Als Antonius zu ihr hinüberschaut, gleichen seine Augen alten und müden Ozeanen. »Ich bin ein alter römischer Soldat, Kleopatra. Ich sehe mich einfach nicht als König von Indien.«

Müssen Männer eigentlich Erfolg haben, ehe sie ein bestimmtes Alter erreichen, wundert sie sich, *und falls nicht, schwindet danach ihr Siegeswille?*

»Was schlägst du vor?«, hakt sie nach, ohne die Antwort hören zu wollen.

»Du und deine Familie, ihr regiert seit Alexander in diesem Land. Es gibt keinen Grund, wieso das nicht auch in Zukunft so sein soll. Und ich habe allen Grund zu der Annahme, dass Octavia ihren Bruder überreden wird, meine Kinder zu verschonen. Sie ist kein gemeiner Mensch und setzt sich für das Wohlergehen von Kindern ein. Heute Morgen habe ich Antyllus mit einer Wache losgeschickt, um sich mit Octavian zu treffen. Er überbringt ihm ein kleines Vermögen und das Angebot, dass ich meinem Leben selbst ein Ende setze, falls er sich für deine Sicherheit verbürgt und dir den Thron lässt. Ägypten wäre dann zwar kein unabhängiger Staat mehr und du würdest nur über ein Klientelkönigreich herrschen, aber es gibt Schlimmeres.«

Kleopatra hebt die Hand bis zum Kopf, und sie muss laut loslachen. Die verwirrte und verletzte Miene ihres Gemahls kann daran nichts ändern. Wenigstens ist er wieder so weit hergestellt, dass er sich von ihrem schallenden Gelächter irritieren lässt.

»Es lag nicht in meiner Absicht, dich zu erheitern. Mir ist es durchaus ernst. Ich habe ihm heute Morgen geschrieben.«

»Mein Liebster, vor einer Woche erst habe ich Octavian meine königlichen Insignien zusammen mit einem kleinen Vermögen geschickt und ihm angeboten, abzudanken und in ein Land seiner Wahl ins Exil zu gehen, wenn er meinen Kindern das Recht zugesteht, auf dem Thron zu bleiben.«

Antonius lächelt. »Welche bitteren Entscheidungen wir doch getroffen haben.«

»Kennt Antyllus die Bedingungen, die er in deinem Auftrag übermittelt?«

»Selbstverständlich nicht. Ich habe ihm befohlen, sich unter keinen Umständen auf einen Disput einzulassen. Er soll mir die Antwort in Form eines Briefes übermitteln, den Octavian handschriftlich verfasst und mit seinem eigenen Siegel verschlossen hat.«

Kleopatra fragt sich, ob es Antonius wohl wichtiger ist, einem Leben in Schande zu entgehen, als für ihre Sicherheit zu sorgen. »Würdest du mich seiner Gnade ausliefern?«, will sie wissen. »In der Situation befände ich mich nämlich, solltest du dir das Leben nehmen. Octavian ist kein Mann, der sich an Vereinbarungen hält. Hast du das denn immer noch nicht begriffen?«

»Sobald ich aus dem Weg bin, hat er keinen Grund mehr, dir etwas anzutun, Kleopatra. Du regierst dieses Land sehr effizient. Wieso sollte er etwas dagegen haben, dass du es auch in Zukunft tust? Es besteht also nicht die geringste Veranlassung, dass du dich als Kameltreiber verkleidest und nach Indien fliehst. Oder auf irgendeine abgelegene Insel segelst und dort in der Verbannung lebst. Octavian wird keinem römischen Gouverneur die Herrschaft über Ägypten anvertrauen. Selbstverständlich müsstest du deinen Reichtum mit ihm teilen, aber er wird nicht ewig an der Macht sein. Bald schon wird sich ein anderer Cäsar nennen, nach der Macht greifen und ihn in die Knie zwingen. Vielleicht sogar dein eigener Sohn.«

»Seit dreizehn Jahren leben wir nun miteinander, und wir werden auch zusammen sterben. Meine Entscheidung ist endgültig, und du kannst mich nicht mehr umstimmen. Solltest du dir das Leben nehmen, so werde ich dir folgen, ehe deine Seele deinen Körper verlassen hat.« Sie hofft, diese Androhung möge ihm die Todessehnsucht ein und für alle Mal austreiben.

»Kleopatra, du bist unvernünftig. Wir haben viele Kinder gezeugt. Wer soll sie beschützen?«

»Falls du dir Sorgen um die Kinder machst, dann tu etwas und lebe weiter, anstatt dich zu opfern, als wärst du ein Lamm auf einem Opferstein und diese Kreatur dein Gott.«

Seine Miene verfinstert sich, und er sieht noch ein wenig erschöpfter aus. »Eure Königliche Hoheit können wunderbar mit Worten umgehen, aber Worte bewirken inzwischen noch weniger als Taten. Bis zum letzten Atemzug werde ich dich beschützen, Kleopatra, doch du musst weiterdenken, über diesen Moment hinaus. Lass dir das von mir gesagt sein. Wenn schon nicht deinetwegen, dann um unserer Kinder willen.«

Sie erwähnt nicht, dass sie bereits einen Brief erhalten hat, in dem Octavian den Tod ihres Gemahls fordert. Dazu ist sie einfach nicht imstande. Sie muss gegen seinen Drang zu sterben ankämpfen, bis die Götter dieser Pechsträhne ein Ende bereiten. Vielleicht gibt es noch irgendetwas zu verhandeln, irgendetwas, was sie übersehen hat, auf das sie aber noch stoßen wird, falls sie sich zusammenreißt und Antonius' Melancholie in Schach hält. Sie hört ihren Vater jene Frage stellen, die er ihr so häufig und nach außen hin gut gelaunt gestellt hat: *Was ist das eine, das die Römer immer brauchen und wir immer haben? Was ist das, kleine Kleopatra. Sprich das Wort mit mir aus!* Sie sieht, wie ihr Vater lächelt und sich dabei seine dicken Wangen nach oben schieben, bis die Augen in einem Halbmond aus Falten versinken, wie er gespannt die Stirn runzelt. *Komm schon, mein Kind, was ist das eine, das die Römer immer von uns wollen? Lass uns das Wort gemeinsam aussprechen, damit du es niemals ver-*

gisst. Sie sieht, wie ihr Vater die Lippen bewegt und den ersten Buchstaben des Wortes formt, das im Vokabular der Römer den ersten Platz einnimmt. Dann sagen sie es gemeinsam und ziehen es hocherfreut in die Länge: *Geld!*

* * * * *

»Dir wird nichts zustoßen, das verspreche ich dir.« Kleopatra betrachtet die weichen, edlen Züge ihres großgewachsenen Sohnes. Er hat Cäsars unergründliche, schmale braune Augen geerbt und den langen, grazilen Hals der Venus, falls man Cäsars Behauptungen Glauben schenken durfte.

Sie hat gemeinsam mit Caesarion alles für die lange Reise den Nil hinauf bis nach Theben vorbereitet. In Kotos sollen Kleopatras Verbündete ihm helfen, die Wüste bis zum Roten Meer zu durchqueren. In der Hafenstadt Berenike wird ihn Kleopatras treuer alter Freund Apollodorus abholen. Der Pirat ist inzwischen ein alter Mann, betreibt aber immer noch illegale Operationen auf dem Meer. Bis er von der Königin einen anderen Auftrag erhält, wird er Caesarion verstecken. Alexander soll seinen Halbbruder auf der Reise so lange begleiten, bis Apollodorus ihn einem Wächter aus Media anvertraut, der den Jungen ins Königreich seiner Verlobten, Prinzessin Iotape, bringt, wo er sicher sein wird. König Artavasdes hat dem jungen Prinzen Schutz versprochen, bis »die Umstände es erlauben, dass er zusammen mit seiner Braut ins Land seiner Vorväter zurückkehrt«.

So oder so ähnlich hat es in dem geheimen Sendschreiben gestanden. Alexander will nicht zu seiner kleinen Braut reisen. Er möchte sich nicht von seiner Schwester trennen, doch Kleopatra ist nicht bereit, das Leben ihrer Tochter durch diese Fahrt zu gefährden. Selbst wenn alles verloren wäre, würde kein Römer, nicht einmal ein Mann wie Octavian, irgendeinen Sinn darin sehen, einer achtjährigen Prinzessin etwas anzutun. Ihre Entscheidung begründet sie damit, dass Selene unterwegs schneller und leichter als in dem womöglich bald belagerten Alexandria erkranken könnte.

Die Knaben wissen, dass Octavian mit seinen Streitkräften in Ptolemaios Ake gelandet ist und vorhat, von dort aus nach Alexandria zu marschieren. Sollte die Geschichte sich wiederholen, wird er das Fort in Pelusium stürmen, wo sie einst als junge exilierte Königin der Armee ihres Bruder entgegentrat. Gelingt ihm dies, wird er auf direktem Wege nach Alexandria weiterziehen. Falls sich die Lage nicht grundlegend ändert, woran weder sie noch Antonius glaubt, wird Octavian in Pelusium siegreich sein. Die wenigen zum Schutz der alten Festung abgestellten Soldaten können gegen die gewaltige Übermacht der Römer nichts ausrichten.

Wo ist Hammonius?, fragt sie sich. *Warum ist er nicht hier?* Doch sie kennt die Antwort. Hammonius ist inzwischen zweiundsiebzig Jahre alt und verbringt seine letzten Jahre damit, die kleine Tochter des Archimedes auf den Knien zu schaukeln. Er ist viel zu alt, um der Königin wie früher zu dienen, was eine Schande ist, denn niemand kennt die Handelswege im Osten so gut wie er, niemand hat die gierigen Händler entlang den Routen besser bestochen und niemand weiß eine Spionagetätigkeit besser hinter einem jovialen Gesicht und einem köstlichen Witz zu verstecken als er. Was gäbe sie darum, Archimedes zu bitten, ihre Söhne sicher durch Ägypten zu geleiten, doch sie wagt es nicht, ihn noch mal zu ersuchen, dass er sein Leben für sie riskiert.

Kleopatra würde sich wesentlich besser fühlen, könnte sie das Wohlergehen ihrer Söhne Hammonius oder Archimedes anvertrauen anstatt dem Gelehrten Rhodon, der geschworen hat, den König und den Prinzen zu beschützen. Irgendwie traut sie ihm nicht recht über den Weg. Er schmiert sich zu viel Pomade ins Haar und freut sich allzu sehr über das Geschmeide, das Caesarion ihm zum Geschenk gemacht hat. Die Königin findet, dass

Gelehrte sich nicht mit ihrem Haar oder Juwelen beschäftigen sollten. Außerdem ist Rhodon ein Schüler des Philosophen Arius, den Kleopatra ebenfalls nicht gutheißt. Aber der Mann hat sich angeboten, die Knaben ins überhastet gewählte Exil zu begleiten, und die Königin legt großen Wert darauf, dass ihre Söhne diese Reise wenigstens in Gesellschaft eines ihnen nahestehenden Menschen antreten. Von dem Moment an, da die Knaben sich trennen, wird Caesarion sich allein zurechtfinden müssen. Kleopatra schickt ihn mit einem beachtlichen Vermögen auf den Weg. Würde er mit einem Gefolge reisen, würde das zu viel Aufmerksamkeit erregen.

»Warum verlassen wir die Stadt nicht alle gleichzeitig?«, fragt er. »Wieso müssen Alexander und ich uns von Antyllus, Selene und Philip trennen?«

Die Königin will ihm die Wahrheit nicht sagen. Octavians Schwester hängt an Antyllus, und Antonius ist der felsenfesten Überzeugung, dass Octavian dem Jungen nie und nimmer Schaden zufügen wird. Er ist noch keine fünfzehn. Octavian hat Antyllus kein Haar gekrümmt, als der Junge mit dem Angebot von Antonius zu ihm kam, obgleich er das Geld einbehalten und den Jungen ohne eine Antwort zu seinem Vater zurückgeschickt hat. Hätte er Antyllus etwas antun wollen, so hätte er es bei dieser Gelegenheit tun können. Doch Caesarion ist der Sohn des Cäsar, und Octavian, der sich nun Cäsar nennt, war dem einzig wahren Sohn des Imperators sicher nicht zugetan. Da Caesarion Julius Cäsar wie aus dem Gesicht geschnitten ist, möchte Kleopatra vermeiden, dass Octavian dieses Antlitz jemals zu sehen bekommt.

Caesarion wartet geduldig darauf, dass seine Mutter die Frage beantwortet. Das tut sie auch, wenngleich sie ihm eine Antwort gibt, die weitaus weniger beängstigend klingt als die Wahrheit.

»Wir dürfen nicht gemeinsam reisen, weil unsere Familie, sollten wir abgefangen werden, dann mit einem Schlag ausgelöscht wird.«

Diese Begründung nimmt er ziemlich gelassen auf. Er ist sechzehn Jahre alt und ein König, und er wurde noch nie mit beschwichtigenden Ausreden abgespeist, die andere Jungen seines Alters zu hören bekommen. »Ich werde nicht abreisen, bis ich Eure Pläne kenne, Mutter.«

Wenn sie diese doch nur selbst kennen würde. Sie hat im Grunde keinen und schmiedet dennoch Tausende gleichzeitig. »Sobald man mir eine sichere Route nennt, werde ich zu euch stoßen. Danach werden wir gemeinsam durch Media nach Indien reisen, wo ein großartiger Palast auf uns wartet. Dort werden wir entweder in Frieden leben oder den Tag abwarten, an dem wir unser Königreich zurückbekommen. Oder gar beides.«

»Was, wenn Ihr nicht zu mir kommt? Was soll ich dann tun?«

Kleopatra kann es kaum erwarten, dass die Jungen abreisen. Erst wenn sie sicher aus der Stadt und dem Zugriff des römischen Ungeheuers entkommen sind, wird sie endlich Ruhe finden. Sie bemüht sich, nicht ungeduldig zu klingen.

»Entweder reist du ohne mich weiter, oder du bleibst bei Apollodorus und wirst Pirat.« Sie ringt sich ein Lächeln ab, wohl wissend, dass sie auf die Frage ihres Sohnes nicht genauer eingehen kann, weil sie die Antwort nicht kennt. »Sollte ich nicht zu dir gelangen, musst du dich auf deine Intuition und deinen Verstand verlassen. Bitte die Götter um Erleuchtung, und folge dann dem Weg, den sie dir weisen, selbst wenn du dich davor fürchtest.«

Als sie ihm in die Augen blickt, zieht sich ihr der Magen zusammen. Wäre doch nur sein Vater noch am Leben und könnte ihn beschützen. »Angst kannte ich mein ganzes Leben lang und habe dennoch stets so gehandelt, als würde ich mich nicht fürchten. Dein Vater pflegte zu sagen, der Tod ist einem Leben in Furcht vorzuziehen. Nach dieser Philosophie hat er gelebt. Julius Cäsar war ein bedeutender Mann, doch auch er konnte große, gar unmögliche Dinge nur deshalb bewerkstelligen, weil er glaubte, das Glück sei ihm hold. Wenn du auf diesem Schiff stehst und in die Fluten des Nils blickst, denk an Cäsars Worte. Mach sie dir zu eigen und lass dich von ihnen durchs Leben geleiten. Einen besseren Rat vermag ich dir nicht zu geben.«

Sie hat den Eindruck, dass ihr Sohn auf einmal gewachsen ist. Hoffentlich beherzigt er ihre Worte. Ihrer Einschätzung nach ist Caesarions Zukunft ungewiss. In vieler Hinsicht ist sein Leben bislang sehr einfach und unbeschwert gewesen. Von Kindesbeinen an bläute man ihm seine erlauchte Herkunft ein. Bisher war er nie gezwungen, irgendetwas zu beweisen. Er liest lieber, als dass er seine Mutter bei offiziellen Anlässen begleitet und lernt, wie man seinen Pflichten nachkommt. Im Gegensatz zu Cäsar verspürt er nicht den geringsten Drang, andere Länder zu erobern. Er zeigt auch keine Ambitionen, wie seine Mutter die östliche Hälfte der Welt unter einem Königreich zu vereinen. Sie ahnt, dass er nach der Thronbesteigung sein Bestes geben wird, ein intelligenter und wohlwollender Herrscher zu sein, aber sie fragt sich, ob diese Qualitäten genügen, um die Herausforderungen zu meistern, die einem König abverlangt werden. Vielleicht wird er nach Indien gehen und dort ein friedvolles Leben führen, während Alexander die Prinzessin von Media heiratet und Kleopatras ehrgeizige Träume verwirklicht. Einen kurzen Moment ergötzt sie sich an dieser Vorstellung.

Doch da rauscht Alexander in die Gemächer der Königin. Seine Zwillingsschwester hängt am Zipfel seines Reiseumhanges. Sie weint, er dagegen versucht mit aller Macht, die Tränen zurückzuhalten. Kleopatra reißt die Kleine von ihrem Bruder los und schließt sie in die Arme. Schluchzend presst Selene das Gesicht an das Gewand ihrer Mutter.

»Du wirst all die großartigen Länder sehen, die der Mann erobert hat, dessen Name du trägst«, sagt sie zu dem Knaben. Ihm muss sie zuerst Mut machen. Später bleibt ihr noch genug Zeit, Selene zu trösten. »Bist du denn nicht aufgeregt und stolz?«

Der Junge ringt um Fassung. »Ich will meine Schwester mitnehmen. In Ägypten heiraten Prinzen doch angeblich seit Tausenden von Jahren ihre Schwestern. Nur du hast, wie es heißt, mit dieser Tradition gebrochen. Weshalb kann ich nicht meine Schwester heiraten und hierbleiben?«

Eigenartig, nicht einmal hat Kleopatra an die Möglichkeit gedacht, ihre Zwillinge könnten die ägyptische und ptolemäische Tradition wieder aufleben lassen und gemeinsam als Paar regieren.

»Du bist ein Prinz, Alexander, und Prinzen können nicht einfach tun, was ihnen gerade gefällt. Es ist deine Pflicht, nach Media zu gehen und dort bei deiner Verlobten zu bleiben. Diese Tat wird Ägypten stärken, das braucht unser Land jetzt. Sollte es so kommen, dass du die Prinzessin nicht heiratest, kannst du gerne nach Ägypten zurückkehren und tun, was du möchtest. Natürlich nur mit meiner Erlaubnis.«

»Aber Mutter, es gibt Gerüchte, dass du und Vater geschworen habt, gemeinsam zu sterben. Wir können euch hier nicht zurücklassen, wenn dem so ist.«

Als Selene dies hört, heult sie auf. Kleopatra ist entsetzt. Was ist ihren Kindern wohl noch zu Ohren gekommen? Derzeit machen alle möglichen Gerüchte im Königreich die Runde. Octavian wird kommen, Antonius töten und Kleopatra heiraten. Octavian wird kommen und sie beide töten. Antonius hat eine geheime Armee, mit der er Octavian endgültig vernichten wird. All das hat sie in den letzten Tagen vernommen.

»Dein Vater und ich sind entschlossen, uns selbst und euch in Sicherheit zu bringen. Ihr müsst uns dabei helfen, indem ihr eure Pflicht tut.«

Alexander schlingt die Arme um seine Schwester, während Kleopatra die beiden an sich drückt und mit den Tränen kämpft. »Meine Lieben, ich werde nicht zulassen, dass euch oder Caesarion etwas geschieht.«

Selene reißt sich los. »Ich werde mit ihnen gehen, und du kannst mich nicht daran hindern!«

Beinah erleichtert registriert Kleopatra das Feuer in ihrer Tochter. Ihr gefällt, wie Selenes Augen lodern, als sie die Worte spricht. Wunderbar ist sie in ihrem Trotz, und kurz sieht Kleopatra im Gesicht des Mädchens etwas von ihrer Schwester Berenike aufleuchten. Allerdings schickt sie sogleich ein Stoßgebet zum Himmel, Selenes neuer Charakterzug möge nicht dazu führen, dass sie das gleiche Ende wie Berenike nimmt.

»Meine liebe Tochter, du musst hierbleiben, mir Gesellschaft leisten und mir helfen, deinen kleinen Bruder zu trösten. Ohne dich wäre er verloren, und dein Zwillingsbruder ist fast schon ein Mann. Alexander wird zugunsten seines kleineren Bruders gern auf deine Begleitung verzichten. Das stimmt doch, oder?«

Natürlich weiß sie, dass Alexander ebenso galant sein wird wie sein Vater. Der Junge reckt die schmale Brust und küsst seine Schwester auf die Stirn. »Es dauert ja nicht lange«, flüstert er ihr ins Ohr und sucht dann den Blick seiner Mutter, damit sie bestätigt, was er gerade gesagt hat.

Sie antwortet ihm mit all der Zuversicht, die sie aufbringen kann. »Ja, Liebster. Es wird nicht lange dauern.«

* * * * *

Kleopatra schickt Octavian unermesslich viel Juwelen, Geld, Elfenbein, dazu exotische, im Westen unbekannte Gewürze und die Nachricht, sie und Antonius gingen ins Exil, sollten ihre Kinder den Thron erben. Er antwortet mit der kurzen Nachricht, er habe ihr die einzig akzeptable Bedingung bereits genannt, und es stehe ihr frei, diese anzunehmen. Antonius fängt die Nachricht ab, lässt den Kurier auspeitschen und schickt den Mann dann mit der brieflichen Aufforderung an Octavian zurück, er habe die Freiheit, zur Vergeltung jeden der Verräter auspeitschen zu lassen, die Antonius im Stich gelassen hätten und nun in seinem Lager herumlungerten.

Das römische Ungeheuer versucht, einen Keil zwischen Antonius und Kleopatra zu treiben, nur damit er hinterher das Vergnügen hat und behaupten kann, die beiden hätten einander verraten. Dessen ist Kleopatra sich ganz sicher, doch sie hat nicht die Absicht, Octavian dieses Spiel gewinnen zu lassen. Wie gern würde er verbreiten, dass die Königin Antonius hintergangen und auf diese Weise ihr eigenes Überleben gesichert hat. Das käme dem letzten Pinselstrich gleich, welcher das hässliche Porträt vervollständigte, das er von ihr zu zeichnen versucht, um es dann der Welt zu präsentieren.

So fühlt sich also die Verzweiflung an, denkt sie. Das ist die Dunkelheit, die sich vor ihren Augen über Antonius gelegt hat und gegen die sie immun zu sein glaubte. Doch nun ist sie gefangen in den unergründlichen Schatten, die sie vor dem Rest der Welt abschirmen. Nun begreift sie, wieso ihr Gemahl monatelang in diesem abgeschiedenen Haus am Meer zubrachte, die Wellen beobachtete und sich auf alles stürzte, was Erleichterung verhieß, was das unerträgliche Wissen linderte, versagt zu haben. Deutlich spürt sie das lähmende Vakuum, das sich auftut, wenn man keine Hoffnung mehr hat.

Diesmal versucht Antonius sie aufzuheitern. Ihre Selbstmorddrohung hat ihn wieder zum Leben erweckt. Jetzt schmiedet er zahllose Pläne, wie man, wenn man schon nicht siegt, wenigstens überleben kann. Er beschwört die Erinnerung an Cäsar herauf, an ihr geheimes Triumvirat in jenen frühen Tagen, als sie in Rom planten, wie sie die Welt unter sich aufteilen sollten. Er wiederholt ihre Reden von damals, spricht von der Herkunft der Kinder, der Wankelmütigkeit des römischen Senats, der sich gewiss auch gegen Octavian wendet, sobald dessen Macht zu groß wird. Er redet davon, dass Armeen nicht einem Feldherrn, sondern nur dem Zahlmeister treu ergeben sind. »Du könntest dieser Zahlmeister sein«, erklärt er ihr. »Wir müssen nur dafür sorgen, dass es sich herumspricht.« Er erinnert sie, wie die Götter sich einen Spaß daraus machen, das Schicksal der Menschen zu manipulieren, um in allerletzter Minute die geschehenen Fehler zu korrigieren. Und er ist fest davon überzeugt, dass es jetzt geschieht. Er malt sich aus, wie sich alles zu ihren Gunsten ändert, wie sie bald über die Götter und deren Kniffe lacht. Es ist, als hätte er alles, was sie jemals gesagt hat, auswendig gelernt und würde es nun aufsagen wie ein Schüler, der seinem Lehrer gefallen möchte. Er wiederholt, wie klug es sei, sein eigenes Leben zu geben, um ihre Sicherheit zu gewährleisten, und sie wiederholt ihre Drohung: Meine Seele wird sich unverzüglich der deinen anschließen.

Sie konzentriert alle Energie auf ihren letzten verzweifelten Akt, hat das gesamte Vermögen ihrer Vorfahren, ihres Königreiches in das Mausoleum schaffen lassen, das sie zu ihrer Grabkammer auserwählt hat. Es ist ein wunderschöner griechischer Tempel am Meer mit hoch angebrachten Fenstern, was die alexandrinischen Grabräuber abhalten soll. Dennoch wird ihr im Tod die Gesellschaft des vom Meer kommenden Windes vergönnt sein. Auch Inventur hat sie gemacht, sie hat Saphire, Rubine, Perlen, Gold- und Silberbarren gezählt, die so schwer waren, dass es für deren Transport eines Flaschenzuges bedurfte. Der Duft von Safran, Myrrhe und Zimt umweht die großen Alabaster- und Bronzestatuen, die den Göttern und ihren Vorfahren nachempfunden sind. Der Tempel strotzt nur so vor Üppigkeit. Auch Holzbohlen, Baumstämme und Reisig hat sie dorthin schaffen lassen. Sollte Octavian ihr letztes Angebot ablehnen, wird sie ein Feuer entfachen und ihr gesamtes Vermögen den Flammen opfern. Sobald dieser arrogante Kerl die Stadt betritt, wird sie handeln, sodass ihm gleich der Rauch in die Nase steigt. Aller Wahrscheinlichkeit nach erreicht er sein Ziel, entreißt ihr Ägypten und entehrt das Vermächtnis ihrer Vorfahren, doch er wird ein bankrottes Land erben. Was gäbe Kleopatra darum, seine Miene zu sehen, wenn ihm aufgeht, was sie angerichtet hat. Nur wie sie das bewerkstelligen soll, ist ihr noch immer ein Rätsel.

Antonius stimmt ihrem Vorhaben zu, auch wenn er es für

abartig hält. Wenn du hörst, dass ich tot bin, und du immer noch die süße Luft dieser Stadt atmest, wirst du deine Meinung ändern und dich dafür entscheiden, in der Welt der Lebenden zu verweilen. Philip wird sich an dein Gewand klammern, Selene wird dich bitten, ihr das Haar zu kämmen, und spätestens dann wirst du meinem Beispiel nicht mehr folgen können. All dies sagt er in vollem Ernst. Kleopatra jedoch kennt Octavians Absicht. Niemand soll behaupten, sie hätte, um ihr eigenes Überleben zu sichern, den Tod ihres Gemahls in Kauf genommen. Vor zwanzig Jahren hat sie im Angesicht der Artemis gelobt: *Lieber sterbe ich glücklich, als dass ich in Schande lebe. Das schwöre ich vor ihr, die alles hört, alles weiß. Lieber Tod als Schande. Lieber tot, als sich der Macht Roms zu beugen.*

Ihr ganzes Leben lang hat sie danach gestrebt, mit dem Ungeheuer zu verhandeln. Jetzt fragt sie sich, ob ihre Schwestern nicht doch recht behalten haben. Hätte sie den Krieg wählen sollen, anstatt mit Rom ein Bündnis einzugehen? Hätte sie Julius Cäsars Ruf nicht folgen, sondern stattdessen heimlich zu den Königen von Parthien und Armenien gehen und mit ihnen eine Armee gegen den Imperator aufstellen sollen? Hätte sie sich dafür entschieden, würde sie dann jetzt in ihrem Palast sitzen, mit dem parthischen König zu Abend essen und sich von römischen Sklaven bedienen lassen?

Diese Möglichkeit hatte sie durchaus erwogen. Und alle waren dagegen gewesen. Archimedes, Hephaestion, der gesamte Kriegsrat. Niemand wollte den wilden parthischen König unterstützen. Damals war sie gerade mal zwanzig Jahre alt gewesen, eine Königin im Exil in einem fremden Land, und hatte zugesehen, wie Cäsar und Pompejus um die Weltherrschaft stritten. Inzwischen denkt die Königin, sie hätte seinerzeit anders handeln sollen, sich von allem Römischen abwenden und mit den Königen des Ostens verbünden müssen. Hinterlistige Kerle sind das, aber auch nicht heimtückischer als der Widerling, der den Tod ihres Gatten fordert.

Sie bemüht sich, das Gefühl der Reue abzulegen, und wedelt mit den Händen in der Luft wie eine alte Hexe, die Dämonen verscheucht. Für sie ist Reue eine Krankheit, ein böser Geist, der von der Seele Besitz ergreift, um sie zu zerstören. Was bringt es, über die Vergangenheit nachzudenken? Vor langer Zeit hat sie ihre Wahl getroffen und die Söhne Roms in ihrem Königreich, in ihrer Schatzkammer, sogar in ihrem Bett willkommen geheißen. Es ist schwer, Vergangenes zu bereuen, wenn daraus Kinder, nicht eines, sondern gleich vier wunderbare Kinder, hervorgegangen sind.

»Kleopatra, du musst mir dein Wort geben, dir nicht das Leben zu nehmen, ehe für unsere Kinder gesorgt ist.«

Antonius hat recht: Falls sie den Freitod wählt, so darf sie das erst tun, nachdem sie für die Sicherheit und die Zukunft der vier Sorge getragen hat. Dennoch krampft sich ihr der Magen zusammen bei dem Gedanken, ohne ihren Gemahl leben zu müssen. In einer Welt existieren zu müssen, in der sie die Gefangene von Octavian und dessen dunklen Machenschaften ist. Trotzdem muss sie ihre eigenen Wünsche zurückstellen, denn dergestalt ist nun mal das Schicksal einer Königin, noch dazu einer Mutter.

»In diesen kleinen Wesen leben große Träume fort«, sagt sie zu ihm. »Niemals werde ich sie im Stich lassen.«

»Nein, natürlich nicht. Ich weiß, wie verzweifelt du momentan bist«, bemerkt er sachlich. »Aber ich weiß auch, dass, solange die Kinder leben, das Triumvirat von Cäsar, Kleopatra und Antonius und alles, was sie sich für sich selbst und die Welt erträumt haben, nicht sterben wird.«

* * * * *

Das Bankett scheint im Zeitlupentempo zu verstreichen. Es ist, als würden sie ein Schauspiel aufführen, dessen Ende jeder kennt, doch alle haben zugestimmt, nicht darüber zu sprechen.

Es ist, als verstrichen mehrere Minuten, ehe eine Gabel erhoben und in den offenen Mund geschoben wird. Als Reaktion auf einen Witz schwebt eine Hand lange Zeit in der Luft. Zäh wie geronnenes Blut fließt der Wein aus den Krügen. Alle geben sich einer Illusion hin und lachen, doch in Kleopatras Ohren klingt das Gelächter hohl. Die Worte, die den Gästen über die Lippen kommen, ergeben für sie keinen Sinn.

Insgeheim nennen sie und Antonius diese Versammlung die »letzte Vorstellung für das Volk«, und sie spielen ihre Rollen so gekonnt wie zwei Thespisjünger aus Athen. Octavian hat inzwischen ägyptischen Boden betreten, doch im Speisesaal des Palastes wird dieses schreckliche Ereignis mit keinem Wort erwähnt. Auf jedem Tisch steht ein riesiges geröstetes Wildschwein mit Bergen von Gemüse und Trauben, als wäre dies ein ganz gewöhnlicher Abend, an dem die wenigen Glücklichen zusammensitzen, die Antonius und Kleopatra als Freunde bezeichnen. Augen schließen sich genüsslich, Lippen schmatzen, Zähne mahlen. Kleopatra sieht, wie Wein in gierige Münder fließt, sie hört, wie aus Kehlen Luft entweicht, verstopften Rohren gleich. Der junge Soldat mit den hellbraunen Augen, der sich heute so tapfer geschlagen hat, trägt immer noch den goldenen Brustpanzer, den die Königin ihm geschenkt hat. Eine betrunkene Frau klopft gegen das Metall, woraufhin er sie lasziv fragt: »Wer ist da?« Die Gäste an seinem Tisch brechen in Gelächter aus.

Alle tun so, als hätte Antonius in Kanopos heute mit dem Schlag gegen den kleinen Aufklärungstrupp, der Octavians Armee angehört, einen großen militärischen Sieg errungen. Sie geben sich den Anschein, als wüssten sie nicht, was demnächst passiert, wenn Zehntausende römische Soldaten über sie herfallen, als hörten sie nicht das laute Getrampel der römischen Armee, die zügig auf die Stadt zumarschiert. Sie tun so, als wäre Octavian die Eroberung des Forts in Pelusium nicht leichtgefallen, als wären die Soldaten nicht sofort zu ihm übergelaufen, als hätte Kleopatra nicht die Exekution des illoyalen Fortbefehlshabers und seiner gesamten Familie angeordnet. Aber auch das war nichts weiter als ein Schauspiel. Es ist nicht mehr von Belang, wer lebt und wer stirbt. Das Ende des Spiels steht unmittelbar bevor.

Der einzige Gast, der nicht lacht und scherzt, ist der Erste Minister Hephaestion. Er flüstert der Königin ins Ohr: »Nur diejenigen, die überleben, können in Verhandlungen treten.« Antonius' Schicksal ist besiegelt, denn der Imperator wird keinesfalls aufgeben und sich dem römischen Ungeheuer ausliefern, aber Kleopatras Zukunft ist noch nicht entschieden. Hephaestion hat sich heimlich mit Charmion beraten, die der Königin ebenfalls Tag und Nacht mit dem Lied vom Überleben in den Ohren liegt. Die beiden, der Eunuch und die Männerhasserin, geben ein eigenartiges Paar ab. Beinah kommt es einem so vor, als hätten sie übereilt geheiratet und Kleopatra wäre ihr einziges Kind.

Die Königin hat das Gefühl, einen Ort betreten zu haben, an dem Zeit nicht existiert. Hat sie Selene und Philip mit ihren Gouvernanten bereits in den Palast auf Rhodos geschickt, oder wird sie das erst noch tun? Wann küsst sie die verängstigten Gesichter und legt ihren Kindern ans Herz, auf der Insel mit den alten Tanten eine schöne Zeit zu verleben? Wann zieht die Gouvernante Philip weg, der sich an ihrem Gewand festklammert? Wann sieht sie, wie er tränenüberströmt Selene umarmt, die so reglos wie eine Statue dasteht? Wie konnte das schon Vergangenheit sein? Dennoch entspricht es den Tatsachen.

Antonius hat Antyllus aus Sicherheitsgründen ins Museion geschickt, in der Annahme, niemand werde den Tempel des Wissens schänden. Der Junge beschimpfte seinen Vater, weil er ihn wie ein kleines Kind behandelte, weil er seinem vierzehnjährigen Sohn nicht erlaubte, den Brustpanzer anzulegen, Schwert und Schild zu tragen. Die Liebe des Vaters zu seinem Sohn hat den aufkeimenden männlichen Stolz des Knaben erstickt.

Hitzig zischte er dem Imperator die letzten Worte zu. Antonius nahm ihn daraufhin in die Arme, hielt ihn fest, drückte den zornigen Burschen so lange, bis er resignierte und sein Körper kraftlos wurde.

Sollten die beiden nie wieder ein Wort miteinander wechseln, wird der Junge den Schmerz der letzten Begegnung niemals mehr abschütteln können. Nichts, was Kleopatra sagen könnte, kann seine Trauer lindern. Merkwürdig, neben dem eigenen Gatten zu sitzen, seine Warmherzigkeit zu spüren, seine tiefe Stimme zu hören, mit der er zum zehnten Mal eine Geschichte vorträgt, seinen maskulinen Geruch einzuatmen und an den Tag zu denken, an dem er nicht mehr sein wird, wenn sie all jenen, die ihn geliebt haben, seine letzte Tat erklären muss. In ihrer jetzigen Verfassung ist sie sich nicht mal sicher, ob sie das nicht bereits getan hat. Hat vielleicht jemand etwas in ihren Wein gegeben? Vielleicht hat man sie vergiftet, und sie kann, da sie gerade stirbt, nicht mehr richtig denken.

Ob der Abend abrupt endet oder niemals aufhört, keine der beiden Möglichkeiten könnte sie überraschen. Vielleicht lautet so ihr Todesurteil, vielleicht muss sie für immer und ewig auf diesem Bankett ausharren und die Realität leugnen. Aber der Abend hat wider Erwarten ein Ende, denn nun steht Antonius auf und verabschiedet sich. Sein Verhalten stößt die Gäste vor den Kopf. Noch nie zuvor hat der neue Dionysos eine Abendgesellschaft aufgelöst. Normalerweise ist er ein Spaßvogel, der die Diener im Morgengrauen auffordert, die Läden zu schließen, damit die Feier nicht gestört wird. Normalerweise ruft er: »Wieso sollte Helios den Tag bringen, wo Dionysos doch will, dass die Nacht andauert?« Kleopatra begreift, dass er sich an diesem Abend der eigenen Sterblichkeit deutlicher denn je bewusst ist und daher seinem Bedürfnis nach Schlaf nachgibt. Einer nach dem anderen umarmen ihn die Menschen, die seit dreizehn Jahren mit ihm essen und trinken, als nähmen sie an, ihn am nächsten Tag wiederzusehen. Ihr fällt auf, dass nur wenige es wagen, ihm in die Augen zu blicken, und dass sich die meisten unter Tränen abwenden.

Die Königin geleitet ihre Freunde zu den Sänften und bittet sie, sich irgendwo zu verstecken. Ihre Namen sind allseits bekannt. Man wird gewiss Vergeltung fordern. Noch in der Nacht müssen sie fliehen. Sie wird ihnen ein Schiff zur Verfügung stellen, mit dem sie nach Griechenland segeln können. Sie sollen ein paar Habseligkeiten einpacken und auf sicherem Boden warten, wem letzten Endes Gnade zuteilwird. »Wir sind hier zu Hause«, behaupten sie. Und nun steht die ganze Welt auf römischem Boden. Man kann sich nirgendwohin flüchten. Cleon sagt: »Wo wir auch sein mögen, ohne ihn unterscheidet sich unser Leben nicht vom Tod.« Sie danken Kleopatra für das Abendessen, küssen ihr – je nachdem, wie nahe sie ihr stehen – die Wange, die Hand, den Ring, als hofften sie, nächste Woche wieder zu einem ihrer rauschenden Feste eingeladen zu werden.

Als Antonius zu ihr ins Bett kommt, nimmt sie ihn in die Arme und fragt, ob er seine Meinung noch ändern wird. Worte, Kriege, Pläne, all das liege nun weit zurück, behauptet er. »Ich werde sterben, und du wirst leben, doch wer von uns beiden die bessere Karte gezogen hat, wissen nur die Götter.«

Sie seufzt. »Versuch nicht, mir mit Sokrates-Zitaten den Mund zu verbieten«, sagt sie.

»Ein letztes Mal werde ich dich dennoch zum Schweigen bringen«, antwortet er.

Er legt sich auf sie, dringt in sie ein. Ineinander verschlungen lassen sie sich stumm und mit benetzter Haut treiben wie Delphine im Meer. Sein Atem ist echter als alles, was sie an diesem Abend gehört hat. Je tiefer sie in die Matratze sinkt, desto stärker verlangt es sie danach, sich aufzubäumen, sich ihm entgegenzurecken. Ein allerletztes Mal regt sich ihr Verlangen. Selbst wenn sie noch lange lebt und ein altes Weib wird, nie wieder wird sie sich einem Mann so öffnen. Und falls sie es nicht verhindern kann, sich einem anderen zu schenken, wird der Akt gewiss schal und leer sein. Diese Liebe, die von ganz tief drinnen kommt, gehört allein ihm.

Sie schlingt die Beine fester um ihren Gemahl, versucht mit aller Macht, ihr Verlangen in seinen Körper zu ergießen, damit sein Geist ihre Liebe auf der Reise zu den Göttern mitnehmen kann. Sie will, dass er alles bekommt. Jedes Quäntchen Lust, das ihre Weiblichkeit zu bieten hat, soll sich mit seiner Seele verbinden. Sie möchte, dass ihre Sinnlichkeit, ihr Eros aus ihren Muskeln, ihrer Haut, ihrer Nase, ihrem Mund, ihren Armen und Händen strömt. Mit Brüsten, Bauch und Scham drängt sie sich ihm entgegen, stellt sich vor, wie ihre Seele ihm unter die Haut kriecht, wie sie sich mit seinem Blut vermengt. Und sie sieht, wie sie durch seine Adern fließt, ihn durchströmt. Ihre Liebe wird ihm Kraft schenken, ihm in der Stunde des Todes helfen und das Gefühl vermitteln, Macht zu haben, nicht gescheitert zu sein. Sie wird ihm Hoffnung spenden, ihn keine Verzweiflung spüren lassen. Wie ein kleiner Löwe auf der Flucht vor den nahenden Pfeilen klammert sie sich an die mütterliche Brust. Als er sie ihrem letzten Höhepunkt näher bringt, spannt sie jeden Muskel an, ehe sie ihn ein letztes Mal auf den Wogen ihrer Ekstase mit sich fortträgt.

Wie kleine Bäche kullern ihr die Tränen über die Wangen, bis in die Ohren. Er spürt, dass sie weint, hält aber nicht inne, sondern bewegt sich schneller, wenngleich nicht so schnell, dass er zum Höhepunkt gelangt. Sie liegt einfach nur da und lässt ihn tun, was er tun will, auch wenn es bis zum Morgen dauert. Er legt die Hand auf ihr nasses Gesicht, küsst sie, stößt seine Zunge tief in ihren Mund, saugt wie von Sinnen an der ihren. Er tut ihr nicht weh. Den Schmerz hat sie hinter sich gelassen. *So ist es gut,* fleht sie, *nimm alles von mir.* Und dann spürt sie, wie ihr Geschlecht, das seinen Phallus umschließt, von neuem zu zucken beginnt. *Nein,* fleht sie, *meine Leidenschaft ist verbraucht. Lass das.* Mit aller Willenskraft versucht sie, sich dem zu entziehen, doch es gelingt ihr nicht.

Lass mich frei, sagt sie zu ihm. *Lösch mich aus.*

Du wirst auch dann noch sein, wenn ich nicht mehr bin, sagt er, *aber heute Nacht sterben wir gemeinsam*. Sie lässt ihm seinen Willen, gestattet ihm, die Hände unter ihre Pobacken zu schieben und sie zu bewegen, wie er es immer tut. So lange, bis ihr Verlangen sich ins Unermessliche steigert, bis der nächste Höhepunkt unvermeidlich naht. Dieses Mal verschlägt es ihr den Atem, als sie kommt. Wie eine Sternschnuppe steigt das Beben in ihr hoch, wandert den Rücken entlang, bis es im Kopf explodiert und ihr schwarz vor Augen wird. »Ich sterbe mit dir«, haucht er ihr ins Ohr und ergießt sich in ihr.

Sie fühlt sich benommen, fröstelt plötzlich und klammert sich an ihn, um das Beben zu ersticken. Was würde sie darum geben, wenn er sich mit seinem Körper auf sie werfen und sie auslöschen würde. So möchte sie sterben, doch er rollt sich von ihr herunter und starrt ihr ins Gesicht. Sie holt tief Luft und schickt ein Stoßgebet zum Himmel. Hoffentlich hat er sie nicht überlistet und ein Quäntchen dieser Leidenschaft in ihrem Körper zurückgelassen, anstatt alle Lust auf ewig zu ersticken.

* * * * *

An: Gaius Octavian
Von: Marcus Antonius

Wenn Ihr diesen Brief erhaltet, werde ich Eurem Wunsch nach meinem Tod entsprochen haben. Im Gegenzug bitte ich Euch, unsere Abmachung einzuhalten und mit der Königin und ihren Kindern Erbarmen zu haben. Wir beide haben uns einmal als Freunde und Brüder bezeichnet und uns dennoch gegenseitig lang und hart bekämpft. Entsinnt Euch des Schicksals, das König Eurystheus ereilte, der sich weigerte, Herakles' Familie nach dessen Tod zu schonen. Nachdem er Herakles zwölf Aufgaben gestellt hatte, gab er sich weder mit dessen Leistungen noch dessen Tod zufrieden. Eurystheus wurde für die Rache, die er nahm, nicht etwa geachtet, sondern von seinem Volk ermordet.

Die Menschen zürnten ihm, weil die ganze Familie die Verbrechen des Vaters sühnen musste. Ich bitte Euch, nicht in die Fußstapfen des Unnachgiebigen zu treten, sondern Euch ein Beispiel an Eurem Onkel zu nehmen, dem ich stets treu gedient habe und den wir beide geliebt haben.

Gebt Euch damit zufrieden, dass mein Widerstand Euch nichts anhaben konnte, sondern Euch am Ende vielmehr Auftrieb und zusätzliche Macht verliehen hat.

Die Königin wird von ihrem Volk verehrt, das sie stets zu beschützen suchte. Ihre Untertanen haben ihr angeboten, Euch in der Stadt mit Waffen entgegenzutreten und sich von Euch dahinmetzeln zu lassen, aber die Königin sprach sich dagegen aus.

Stattdessen forderte sie von ihrem Volk, sich Euch ohne Gegenwehr zu ergeben und in der Stadt willkommen zu heißen. Sie ist eine erhabene und weise Herrscherin, nur leider geriet sie aufgrund der bestehenden Umstände nach Cäsars Tod zwischen unsere Fronten. Da sie über ein großes Vermögen verfügt und ihr Land strategisch günstig liegt, verlangte ich von ihr, sich auf meine Seite zu stellen. Als sie meiner Forderung entsprach, übersah sie, dass sie sich damit zu Eurer Feindin machte. Bitte bedenkt, dass sie gegen Cäsars Mörder kämpfte, als diese vor ihren Grenzen standen, und somit ihr eigenes Leben riskierte. Wie alle Kinder sind auch die ihren unschuldig.

Auch bitte ich Euch, nicht zu vergessen, dass in unseren Adern dasselbe Blut fließt. Meine Mutter stammt von den Julii Cäsarii ab und ist eine Cousine dritten Grades Eures Onkels und Vaters. Meine Töchter sind Eure Nichten und werden Eures Schutzes bedürfen. Antyllus betrachtet Eure Schwester als seine Mutter. Ich bitte darum, dass meine Kinder nicht für den Ehrgeiz ihres Vaters bezahlen müssen, sondern einen Anteil von meinem Besitz erhalten, damit sie den ihnen per Geburt auferlegten Bürgerpflichten nachkommen können. Nicht meinetwegen, sondern aus Respekt vor den Diensten, welche die Antonii im Namen der Republik Rom leisteten, flehe ich Euch an, weder meinen Namen noch meine Kinder in den Schmutz zu ziehen.

Cäsar behauptete immer, dass die Ängstlichen mit dem Schwert regieren, die Großen dagegen mit Milde.

Gewiss habt Ihr keinen Grund mehr, etwas zu fürchten.

Die Königin sehnt sich nur nach Frieden und wünscht, die letzten Jahre im

Königreich ihrer Vorfahren zu verleben. Wie ihr Vater möchte sie allein dem Titel gerecht werden, den ihr der Senat einst verliehen hat: Freundin und Verbündete des römischen Volkes. Als Römer gebe ich Euch mein Wort, dass sie Euch salutieren wird.

Dies ist meine letzte Bitte an Euch: den Wünschen der Götter und unseren sakrosankten Gebräuchen zu entsprechen.

Marcus Antonius
Imperator von Rom

* * * * *

Sie wacht allein auf. Der Morgen dämmert noch nicht. Er hat sich weggeschlichen, ohne sie zu wecken. Allerdings hat er ihr auf dem Bett eine Nachricht hinterlassen. *Nach allem, was wir gemeinsam erlebt haben, was gibt es da noch zu sagen? Ich liebe dich.*

So wird es nun jeden Tag sein, bis zum Ende ihres Lebens. Sie wird aufwachen und den Platz neben ihrem kalten Körper leer vorfinden. Es wird keine Arme geben, in die sie sich schmiegen kann, keinen Schutz vor den Grausamkeiten dieser Welt, keinen Partner, mit dem sie einen Sieg feiern oder eine Niederlage beklagen kann. Die Laken werden nicht mehr nach Holz, Öl und Moschus duften. Gemeinsam haben sie diese tragische Abmachung getroffen. Und zum ersten Mal hat sie bei einem Streit mit Antonius nicht die Oberhand behalten. Als sie ihn zu überreden versuchte, seine Meinung zu ändern, trieb er sie mit dem Zitat von Sokrates in den Wahnsinn. *Wer weiß schon, ob du die Glücklichere sein wirst? Ich beneide dich nicht, meine Königin, denn du wirst in einer Welt leben, die von einem Tyrannen regiert wird, während ich die Götter besuche.* Vielleicht hatte er ja recht.

Als sie Antonius fragte, ob er sich vor der Schlacht das Leben nehmen würde, lachte er sie aus und antwortete: »Ich bin das Opfer, Kleopatra.« Er wird so lange kämpfen wie nur irgend möglich. Bis zum letzten Atemzug zu kämpfen und erst dann zu sterben, wenn ein römischer Soldat, dem er vermutlich das Kämpfen beigebracht hat, ihm sein Schwert in den Bauch rammt – das ist seine Absicht. Immer wieder hat er dieses Szenario im Geist durchgespielt. Er glaubt nicht, dass er sich dazu durchbringen kann, einfach nur den Kopf hinzuhalten. Nicht, nachdem er jahrelang nichts anderes getan hat, als die Kunst des Kampfes zu perfektionieren. Doch den Schild genau im richtigen Moment beiseitezunehmen, sich in das Schwert zu stürzen und dabei den überraschten Blick des Mörders zu sehen, den dieser Akt der Selbstzerstörung gewiss sprachlos macht – dazu, so behauptet er, sei er fähig.

Im Kampf möchte er sterben und nicht durch die eigene Hand. Er, der das Leben kennt und alles, was es zu bieten hat, vertraut nicht darauf, dass er die Willenskraft besitzt, sich auch nur eines einzigen Tages zu berauben. Denn sicherlich hat auch dieser Tag trotz des Schmerzes, den er bereithält, kleine Freuden zu bieten. Für diese großen und kleinen Freuden hat er gelebt. Antonius hat sich die ägyptische Vorstellung zu eigen gemacht, dass die Toten in einer Art Parallelwelt weiterleben. Da er wie die alten Pharaonen möglichst unversehrt in diese andere Welt eintreten will, muss ihn ein anderer in dieses himmlische Königreich schicken. Sein Lebenshunger ist einfach zu groß.

Über all diese Dinge zerbricht Kleopatra sich den Kopf, als Charmion die Lampen in ihrem Zimmer anzündet und anfängt, sie anzukleiden. Iras kommt mit seinen Gerätschaften herein, setzt zum Sprechen an, doch die Hofdame verdammt ihn sofort zum Schweigen. Er breitet die Kämme, Nadeln, Bänder und Perlen aus, mit denen er Kleopatras Haar schmücken will, während ihre Kammerdienerin sie im angrenzenden Zimmer badet. All das lässt die Königin über sich ergehen, ohne zu spüren, wie fremde Hände sie waschen, parfümieren, die Falten ihres Gewandes glattstreichen und die Locken zurechtzupfen, die ihr Gesicht einrahmen. Im Geiste ist sie bei Antonius, der zusammen mit seinen Soldaten die Stadt verlässt und der Dämmerung entgegentritt.

Sowohl Kleopatra als auch ihr Gemahl wissen, was geschehen wird, als hätten sie die bevorstehenden Ereignisse schon einmal durchlebt. Von einem Hügel über der Bucht aus wird Antonius zusehen, wie ein oder zwei Kapitäne, die ihm treu ergeben sind, Octavians Schiffe angreifen. Wenn der zahlenmäßig überlegene Gegner endgültig gesiegt hat, werden die Männer, die stärker an ihrem Leben hängen als er, dem Feind mit erhobenen Rudern salutieren. Die Infanterie, die ihrem Befehlshaber treu ergeben ist, wird sich zweifellos dem Kampf stellen. Diese Situation möchte Antonius nutzen, um seinen Tod herbeizuführen. Zusammen mit den einfachen Soldaten wird er sich in die Schlacht und in das Schwert irgendeines verblüfften Legionärs stürzen.

Auf diese Weise wird sein von Ehrgeiz und Ängsten geprägtes Leben ein Ende finden. Danach muss Kleopatra allein mit dem Feind in Verhandlungen treten. Dies hat sie ihm versprochen, um der Kinder willen, für Ägypten, für all das, was sie gemeinsam durchgestanden haben. Doch sie fürchtet, dass der Plan nicht aufgeht, dass sie sich zu sehr auf das Tun anderer verlassen müssen, was zu unvorhergesehenen Ereignissen führen kann. Viele Tage lang hat sie überlegt, wie sie vorgehen soll, und unabhängig von ihrem Versprechen weiß sie noch nicht, ob sie sterben oder überleben wird. Für den Notfall hat sie sich einen Dolch in einer Scheide um den Schenkel gebunden, wie Mohama es sie vor fünfundzwanzig Jahren gelehrt hat.

Gefolgt von einer kleinen Eskorte geht sie durch den Palast, und obschon sie versucht, sich auf das zu konzentrieren, was sie sieht, sind die Bilder nur verschwommen. In den Fluren weinen die Diener. Die alten Nubier, die nachts leise umherschleichen und nur darauf warten, dass die Königin sie ruft, um ihre Wünsche jenen zu übermitteln, die sie auf der Stelle erfüllen können, sind auf die Knie gesunken und bedecken die tränennassen Augen mit ihren runzligen Händen. Manche dienen dem Königshaus schon, seit ihr Vater ihnen diesen Posten vor vielen Jahrzehnten übertragen hat. Kleopatra sieht, wie die vertrauten alten Hände den Saum ihres Kleides berühren, während sie an den Männern vorbeischreitet und sie anlächelt, als würde sie sich nur auf eine längere Reise begeben.

In der Haupthalle herrscht Chaos. Küchenmädchen, Köche, Diener, die für das Licht zuständig sind, und Wäscherinnen stehen da und warten, um der Königin zu salutieren. Man hat sie aufgefordert, den Palast nicht zu verlassen, und ihnen versichert, ihnen würde kein Haar gekrümmt. Sollte der Römer den Palast übernehmen und am Abend im Bett der Königin schlafen, so wäre er gewiss freundlich zu denen, die ihm dienen. Dennoch werden die Loyalen von einer Gruppe beiseitegeschoben, die den Versprechungen keinen Glauben schenkt. Die Abtrünnigen fliehen mit vollen Säcken und ihren kleinen Kindern auf dem Rücken nach draußen auf die Straßen. Kleopatra fragt sich, welches Ziel sie wohl haben. Der eine oder andere sagt, er werde nicht auf die Römer warten, sondern in der Ferne ausharren, bis die Königin wieder das Zepter schwingt, und dann zurückkehren. Andere haben alles gestohlen, was sie tragen können, und wollen aus der Stadt fliehen. Wissen sie denn nicht, dass Octavians Männer sie aufhalten und dafür köpfen werden, weil sie sich sein Hab und Gut angeeignet haben?

Einmal abgesehen von den leisen Schritten der wenigen Flüchtenden, herrscht in den Straßen eine unheimliche Stille. Statt Kriegslärm hört Kleopatra nur leises Vogelgezwitscher, das aus den Akazienbäumen auf der Straße schallt. Der Weg zum Mausoleum ist nicht weit. Die Morgenluft riecht nach Geißblatt und ist noch ungewöhnlich kühl, immerhin schreibt man den zweiten August. Unter dem silbernen Himmel strahlt die Stadt in Weiß und Grün. Dass nur einen Tag später alles ganz anders sein soll, erscheint der Königin unvorstellbar.

Die Römer zerstören große Städte grundsätzlich nicht, sondern bluten sie langsam aus. Die Schätze von Kleopatras Ahnen werden daher nicht auf einen Schlag verschwinden, sondern nach und nach auf Schiffe geladen, die diese atemberaubende Verschmelzung aus ägyptischer Erhabenheit und griechischer Schönheit zu dem diebischen Bastard namens Rom transportieren werden. Im Gehen überlegt sie, ob es nicht besser wäre, Antonius in den Tod zu folgen, solange weder die Stadt noch die Schatzkammer, noch ihr Stolz Schaden genommen haben. Oder will sie tatsächlich wie eine Marionette auf dem Thron sitzen und Befehle eines Mannes entgegennehmen, den sie zutiefst verabscheut. Ihr ganzes Leben lang hat sie ausschließlich ihre eigenen Regeln befolgt. Wenn dies nicht mehr möglich ist, ist es dann nicht besser zu sterben?

Das Mausoleum liegt am Meer, direkt neben dem Isis-Tempel. Es ist ein sehr hoher Bau mit einer einzigen Tür, die wiederum eine kleine Öffnung besitzt, durch die Nachrichten für die Königin gereicht werden können. Die Fenster sind so hoch angebracht, dass Räuber Flügel brauchen oder Titanen sein müssten, um durch sie hineingelangen zu können. Die von innen verriegelte Tür bietet den Bewohnern Schutz. Ehe die Königin eintritt, wirft sie einen letzten Blick auf den Leuchtturm, dessen Feuer im Morgennebel leuchtet und den Feind zum Ufer geleitet. Sie denkt an Alexander in seinem Grab und stellt sich vor, wie er sie verflucht, weil sie seine Stadt einem Römer überlässt. Diesen einfachen Bauern, für die er sich zu Lebzeiten nicht weiter interessierte. Stumm gelobt sie ihm, dass die Demütigung nicht von Dauer sein wird. Wenn nicht sie, so werden ihre Kinder aufbegehren und in seinem Namen Rache üben. Alles Streben wird diesem einen Ziel gelten.

Sie fragt Charmion, Iras und Hephaestion, die sie begleiten, ob sie ihre Meinung nicht noch ändern möchten. Von keinem der drei erwartet sie, dass er sich zusammen mit ihr einschließen lässt. Charmion antwortet ihr mit einem unverhohlen abfälligen Blick, und Hephaestion kann angesichts ihrer Naivität nur lächeln. Sie hofft, dass zumindest Iras seinen Ängsten nachgibt und draußen bleibt, zumal er eher getröstet werden muss, als dass er den anderen Trost spenden könnte. »Aber Ihr seid doch mein Leben«, sagt er zur Königin und tritt ein, ehe sie ihre Frage wiederholen kann.

Auf ihre Veranlassung hin hat man die Wände mit Stadtszenen verschönt, mit Zeichnungen von den Tempeln und Kolonnaden, der weiß schimmernden Pracht, in der jetzt, da draußen die Stadt vom Morgengrauen zum Leben erweckt wird, noch die Fackeln brennen. Als Tote wollte sie in der Stadt leben, über die sie ihr ganzes Leben lang geherrscht hat, doch als sie den Bau in Auftrag gab, ahnte sie nicht, dass man sie eines Tages lebendig begraben würde.

* * * * *

In der Grabkammer ist es so ruhig, dass man meinen könnte, die Anwesenden wären schon tot. Niemand spricht. Hephaestion liest Gedichte, Charmion schreibt Briefe, und Iras schmückt einen Kamm mit winzigen Diamanten, als ginge die Königin heute Abend auf ein Staatsbankett und er müsse für diesen Anlass ihren Haarschmuck richten. Kaum ein Geräusch dringt von draußen herein. Es ist, als wäre auch die Stadt gestorben. Die Menschen haben sich in ihren Häusern verbarrikadiert. Die Händler haben ihre Geschäfte nicht geöffnet, die Stände auf dem Markplatz sind leer. Am Strand spielen nicht wie sonst Bauernkinder. Es ist so still, dass Kleopatra sich fragt, ob Poseidon aus Trauer den Ozean zum Schweigen gebracht hat.

Endlich hört sie den Hufschlag eines Pferdes in der Ferne. Es dauert nicht lange, bis jemand absteigt und ans Tor klopft. Hephaestion öffnet die kleine Luke, sodass Kleopatra sehen kann, wie Diomedes, der Schreiber, der für sie den Schlachtverlauf schriftlich festhalten soll, die Lippen bewegt und ihr eine Geschichte erzählt, die sie nicht hören möchte. Als seine Worte ins Mausoleum dringen, malt sie sich alles im Geiste aus.

»Es hat keine Schlacht stattgefunden, Eure Majestät. Antonius musste zusehen, wie seine Schiffe in den Sonnenaufgang segelten und sich nahtlos in Octavians Flotte einpassten. Alles fügte sich so harmonisch, dass man sich fragen musste, ob die Gegner mit den Schiffen des Imperators gerechnet und ihnen einen Platz reserviert hatten. Derzeit hält die gesamte Marine auf die Stadt zu. Als die Kavallerie mitbekam, wie schnell die Marine zur gegnerischen Seite übergelaufen war, ließen die Männer Antonius im Stich und ritten schnurstracks zu Octavian. Seine Fußsoldaten folgten den Reitern nur wenig später und desertierten ebenfalls. Der Imperator blieb allein mit seinem Leibwächter zurück. Ich glaube, er hat den Verstand verloren, als er Zeuge wurde, wie seine Männer zum Feind überliefen.«

Kleopatras Herz rast, aber ihr Körper ist eiskalt. »Wie hat er reagiert?«

»Er ist derzeit auf dem Weg zum Palast und behauptet, nach den Ereignissen am Morgen rechne er fest damit, Euch in den Armen des Römers Octavian vorzufinden.«

»Selbst in dieser Stunde lässt er sich noch zu derart theatralischem Getue herab«, murrt Charmion.

Kleopatra ignoriert ihre Worte. »Ist er am Leben?«, fragt sie.

»Ja, das ist er, aber er hat seinem Diener tausend Talente versprochen, wenn er ihn tötet. Antonius ist nicht mehr er selbst, Eure Majestät.«

Wie ein bezwungener Löwe schreitet ihr Gemahl in seinem Gemach auf und ab und bittet einen Diener, ihn zu töten. Der Unnachahmliche, der Unbezwingbare versucht, sich der eigenen Sterblichkeit zu stellen. Da seine Liebe zum Leben alle Vernunft übersteigt, stiert er in die Schatten des Todes und ist nicht in der Lage, sich in die für ihn ausgebreiteten Arme zu begeben. Hin und her gerissen zwischen zwei Welten und unfähig, eine Wahl zu treffen, während Octavian in die Stadt einmarschiert. Jemand muss ihn aus diesem quälenden Zwiespalt befreien.

»Diomedes, lauf schnell zum Imperator und berichte ihm,

ich sei schon tot. Sag ihm, ich hätte erfahren, was sich heute Morgen zugetragen hat, und mir das Leben genommen.«

Niemand stellt ihre Entscheidung in Frage. Die Anwesenden sind ihre engsten Verbündeten, und sie wissen, was Kleopatra vorhat.

Diomedes schaut durch die Luke und sucht den Blick der Königin, woraufhin sie wiederholt: »Sag dem Imperator, dass ich mir den Dolch in die Brust gestoßen habe und auf der Stelle gestorben bin.«

Nachdem Diomedes sich entfernt hat, zischt Kleopatra ihren Vertrauten zu: »Schweigt still.«

Sie will mit ihren Gedanken allein sein. Ihr ist klar, dass Antonius zwischen zwei Möglichkeiten wählen wird. Entweder wird er ihrem mutigen Beispiel folgen und sich auf der Stelle das Leben nehmen, damit sie zusammen zu den Göttern gehen können. Oder er wird – in dem Wissen, dass er am Leben bleiben muss, um zugunsten der Kinder zu verhandeln – zum Mausoleum eilen und sich mit eigenen Augen davon überzeugen wollen, dass sie tatsächlich tot ist.

Sie bittet die Göttin Isis, weise zu handeln. Was am besten sei, solle auch geschehen, betet sie. Doch im Grunde ihres Herzens erhofft sie sich etwas anderes, nämlich dass Antonius auf dem schnellsten Wege zu ihr eilt. Sie hofft, dass sie sich nicht umbringen werden, sondern sich verkleiden und davonlaufen, wenn er sie lebend vorfindet. Ihr ganzes Leben lang beherrscht sie schon die Kunst der Verstellung, und Antonius ist von Natur aus ein begnadeter Schauspieler.

Einmal verkleidete er sich als Sklave und floh vor Cäsars Feinden. Mit der Perfektion eines Schauspielers warf er sich einen zerrissenen Umhang über, humpelte aus der Stadt und hielt auf Cäsars Lager zu. Damit wollte er beweisen, welche Demütigung er bereit war hinzunehmen, um auch in Zukunft dem großen Imperator dienen zu dürfen. Kleopatra wird ihn davon überzeugen, dass es egal ist, wohin sie fliehen, wenn sie nur am Leben bleiben. Soll Octavian doch Ägypten haben. Er wird sich zum Mitregenten ihrer Kinder ausrufen, sie wie kleine Marionetten auf den Thron setzen, wenn die Zeit reif ist, und dann die Rolle des Strippenziehers übernehmen. Lieber bei den Kindern, die das Gefühl der Unabhängigkeit noch nicht kennen, als bei ihr.

Die Königin preist die Götter, weil sie ihren Gemahl verschont haben, denn sie weiß, dies ist allein das Werk der Allmächtigen. Die Götter haben heute die Schlacht vereitelt, weil sie nicht wollten, dass Antonius stirbt. Noch nicht. Das ist ein sicheres Zeichen, dass sie beide leben, dass sie ausharren sollen. Zusammen werden sie nach Indien fliehen, allerdings nicht als König und Königin, sondern wie ein ganz normales Liebespaar. In ihrem indischen Palast werden sie in Frieden leben und darauf warten, dass Octavian – aller Wahrscheinlichkeit nach von seinem eigenen Volk – gestürzt wird. Danach werden sie in ihre Heimat reisen und ihren Kindern helfen, ihre vor langer Zeit geschmiedeten ehrgeizigen Pläne zu verwirklichen. Falls die Götter gnädig sind, wird genau das eintreffen. Antonius wird Diomedes' Botschaft entschlüsseln oder die Wahrheit aus ihm herausprügeln und zu ihr kommen.

Selbstverständlich ist sie sich darüber im Klaren, dass das nur Phantasien sind. Nie und nimmer wird ihr Gemahl mit ihr davonlaufen. Dieser Mann, der in erster Linie ein Feldherr ist und Zehntausende Männer geführt hat, geht nirgendwohin, wenn ihm nicht eine Armee auf den Fersen folgt. Genau deshalb fühlt er sich jetzt auch so verloren. Die Tritte der Soldaten, die ihm ein Leben lang in den Ohren geklungen haben, sind verstummt, und ohne diesen aufpeitschenden Rhythmus weiß er einfach nicht, wohin.

Wie stolze Eltern betrachten Charmion und Hephaestion die Königin, während Iras, der Antonius sehr schätzt und achtet, sich mit noch mehr Inbrunst der Herstellung eines Haarkamms widmet. Ihre Vertrauten meinen zu wissen, was sie getan hat, und glauben, sie hätte endlich den Schritt gewagt, zu dem diese beiden kaltblütigen Menschen sie schon lange drängen. *Treibt Antonius in den Tod, dann könnt Ihr leben.* Sie glauben zu wissen, was im Kopf der Königin vorgeht, aber was sie sich ganz tief drinnen wünscht, weiß niemand.

Antonius kommt tatsächlich zu ihr, und zwar blutüberströmt. Klagelaute kündigen sein Eintreffen an. Kleopatra erkennt die Stimme seiner Diener, die sie bitten, die Tür zu öffnen und ihn einzulassen, doch sie weiß einfach nicht mehr, wem sie vertrauen darf. Octavians Männer können nicht weit sein. Daher trägt sie Hephaestion auf, zwei Seile aus einem breiten Fenster zu lassen, damit Antonius sich daran hochhangeln kann.

»Er ist verwundet!«, ruft Diomedes. »Er wollte sich das Leben nehmen!«

Ihren Gemahl hört sie sagen: »Ich habe mir die Seile umgebunden. Zieht mich hoch.«

Kleopatra und Iras ziehen an dem einen, Hephaestion und Charmion an dem anderen Seil. Allem Anschein nach hat Antonius sich die Seile um die Arme gewickelt, denn sie hört, wie er sich mit den Füßen an der Wand abstützt. Er ruft ihr zu, sie solle stärker ziehen, denn er sterbe, und wenn sie sich nicht beeile, müsse er allein gehen. Während er seine letzte Kraft darauf verwendet, in ihren Armen zu sterben, hört sie seine Diener weinen.

Im Mausoleum ziehen alle, so fest sie können. Kleopatra zerrt an dem Seil, bis ihre Arme unerträglich schmerzen und ihr Kopf fast den Boden berührt. Die Diener feuern sie mit Rufen an, damit ihre Kraft nicht schwindet und ihr Herr nicht fällt. Sie rufen, dass er sterbe, dass er die Königin sehen müsse, bevor er zu den Göttern gehe, dass dies sein letzter Wunsch sei. Zweimal sind sie kurz davor, aufzugeben. Charmions Hände bluten. Hephaestion und Iras sind, obschon sie ihren Körper nie richtig gefordert haben, zwar stärker als die Frauen, aber Antonius wiegt so viel wie zwei Männer. Kleopatra ruft ihm zu, er solle durchhalten, denn er sei gleich drinnen. Sie stellen eine Leiter an die Wand und ziehen zu dritt weiter, während Iras zu dem hohen Fenster hinaufklettert, Antonius packt und ihm hineinhilft. Oben auf dem Sims verliert der Imperator fast das Gleichgewicht, als Iras seine Beine nacheinander durch das Fenster nach innen zieht und seine Füße auf die Sprossen stellt. Unter Schmerzen steigt Antonius mit leisem Stöhnen Sprosse um Sprosse nach unten.

Sobald er festen Boden unter den Füßen hat, sinkt er in Kleopatras Arme. Hephaestion hilft ihr, ihn auf ein Sofa zu legen. Antonius trägt immer noch seine Rüstung.

Sie mustert seinen Körper, betrachtet die Bauchwunde eingehend. Die roten Flecken auf seinen Kleidern, seinem Körper, den Wänden und der Leiter verraten ihr, dass er bereits zu viel Blut verloren hat.

Kleopatra legt die Hände auf sein Gesicht, schaut ihm in die Augen und schluchzt. »O mein Gemahl, mein Liebster, mein Herr, ich habe dir das Leben genommen.«

»Du hast nur einem alten Soldaten beim Sterben geholfen.« Antonius lächelt, woraufhin die Königin sich fragt, ob er schon an einem Punkt angelangt ist, wo er keinen Schmerz mehr empfindet. »Hol mir einen Schluck Wein, ja?« Er tut, als wäre alles ganz normal, als komme er gerade von einer militärischen Übung zurück und sei durstig.

»Was hast du denn nur getan? Mein Liebster, ich wollte, dass wir zusammen fliehen. Ich habe insgeheim gebetet, dass du meine Lüge durchschaust!« Sie hilft ihm aus dem Panzer, legt den Kopf auf seine Brust. Seine Ledertunika ist völlig durchnässt, riecht salzig und metallisch wie Blut.

»Als man mir sagte, du seist tot, flehte ich Eros nochmals an, mich zu töten, aber er hat das Schwert gegen sich selbst gerichtet. Es bedurfte der Tapferkeit eines Dieners und der List einer klugen Frau, bis ich endlich das Leben loslassen konnte.«

»Weil du das Leben liebst, mein Liebster, und nicht, weil es dir an Mut fehlt.« Kleopatra nimmt den Kelch, den Charmion ihr reicht, und hält ihn Antonius an die Lippen. Iras stützt ihm den Kopf mit beiden Händen. Tränenüberströmt versucht der Eunuch, sein Gesicht abzuwenden.

Kleopatra richtet das Wort an Hephaestion. »Werft bitte einen Blick auf seine Verletzung und seht nach, ob noch etwas für ihn getan werden kann.«

Mit erhobener Hand wehrt Antonius den Eunuchen ab und wirft seiner Gemahlin einen flehenden Blick zu. Er flüstert: »Uns bleibt nur noch ein kurzer Moment. Trink mit mir, als wären wir hier allein und als sorgten wir uns um nichts weiter als um das Vergnügen des anderen.«

Ihre Hand zittert, während sie am Wein nippt. Von Schmerzen gepeinigt, beobachtet Antonius sie mit strahlenden Augen. »Genug«, meint er. »Gib mir noch einen letzten Schluck. Du weißt doch, wie gern ich alten Wein mag.« Er versucht zu lachen, doch das Lachen bleibt ihm im Hals stecken, und er muss husten.

Da verliert sie die Beherrschung, reißt sich einen Streifen Stoff aus dem weißen Gewand und bedeckt damit seine Wunde. »Lass mich dir helfen«, weint sie, breitet den Stoff aus und sieht zu, wie er sich blutrot verfärbt. Es ist ihr unerträglich, zu beobachten, wie das Leben aus dem Körper ihres Gemahls weicht. Sie reißt den Stoff weg und versucht, den Blutfluss mit den Händen zu stillen, doch als sie merkt, dass sie ihm weh tut, lässt sie ihn ihre Hand nehmen. Beide spüren das warme Blut auf ihrer Haut.

»Meine Wache hat mein Schwert Octavian überbracht. Mein Tod wird es dir ermöglichen, ohne größere Schwierigkeiten mit ihm zu verhandeln.«

Kleopatra hält ihm den Wein an die Lippen, denn sie will nicht, dass er in seinen letzten Minuten vom Tod oder von Octavian spricht. Mit geschlossenen Augen trinkt er einen kleinen Schluck, was ihn einige Mühe kostet.

»Ich hätte fern von dir sterben können, dahingemetzelt von einem gemeinen, fremden Schwert«, sagt Antonius. »So ist es besser, jetzt begleitet mich der Anblick deines Antlitzes auf dem Weg zu den Göttern.«

Aber sie will nicht, dass er sie tröstet. Sie will, dass er lebt. Wieder zieht sie an ihrem Gewand, in der Hoffnung, ihm eine Art magischen Verband anlegen zu können. Dabei fleht sie ihn an: »Gib nicht so leicht auf, werter Imperator. Lass mich dir helfen.«

Erneut wehrt er sie mit erhobener Hand ab, zieht sie zu sich herunter und drückt die Lippen in ihr Haar. »Glücklichere Zeiten«, flüstert er.

Sein heißer Atem raubt ihr alle Kraft. Sie weicht nicht von seiner Seite, spürt, wie seine warmen Lippen ihr Ohr berühren. Dann lässt er ihre Hand los.

* * * * *

Kleopatra muss sich eingestehen, dass sie bis zu diesem Tag niemals richtige Trauer empfunden hat, nicht mal nach Cäsars Tod, denn nun sucht die Pein sie mit ungeahnter Heftigkeit heim. Sie hat schon viele Menschen sterben sehen und ist dennoch immer ruhig geblieben, aber diesmal, da es wichtiger denn je ist, Haltung zu bewahren, ergreift der Kummer mit aller Macht Besitz von ihr, und sie verliert die Beherrschung. Sie spürt, wie Antonius sie verlässt, gerade so, als ob sein Körper entschwände. Verzweifelt versucht sie, seine Seele festzuhalten, was ihr nicht gelingt. Auf einmal meint sie, ihn lachen zu hören, allerdings nicht mit ihr, sondern mit jemand anderem, etwas anderem. In dem Moment fragt sie sich, ob Cäsar gekommen ist, um seinen Oberstallmeister zu holen, und ob die beiden wohl über einen Witz lachen. Oder hat Antonius so schnell entdeckt, welche Freuden der Tod bereithält?

Dass er dem Bangen, dieser Konstante im Leben der Menschen, so mühelos entflieht, macht sie wütend. Außerdem ist sie eifersüchtig, weil er sich völlig eigennützig der Verantwortung für ihre gemeinsamen Ziele entzogen hat. Wie von Sinnen schlägt sie auf seine Brust ein, als könne sie ihn dadurch zurückholen, als könne sie ihn zur Umkehr veranlassen, wenn sie ihm nur genug Schmerzen zufügt. Wie eine wahnsinnige Anhängerin des Dionysos schmiert sie sich sein Blut aufs Gesicht, reißt ihr Gewand entzwei und schlägt sich auf die Brust. Sie hört zwar, wie ihre Fäuste auf ihre Brüste trommeln, und sieht, wie ihre Hände durch die Luft fliegen und auf ihren Körper treffen, ist aber viel zu benommen, um den Schmerz zu spüren. Immer weiter reißt sie das Kleid auf und kratzt sich mit den von Charmion blau angemalten Nägeln die Haut auf. Und als ob sie es nicht schaffte, sich selbst so sehr weh zu tun, wie sie möchte, gibt sie schließlich auf und bricht über dem leblosen Körper ihres Gemahls zusammen, über dem Körper, zu dem sie sich so oft geflüchtet hat. Nun spendet er ihr keinen Trost mehr.

Von draußen dringen Rufe und Geschrei ins Mausoleum. Laute Schritte nähern sich, andere entfernen sich. Am schweren Gang erkennt sie, dass römische Soldaten nahen.

Jemand klopft an die Tür. »Mein Name ist Marcus Proculeius, Eure Majestät. Cäsar hat mich geschickt.«

Charmion hilft Kleopatra auf und führt sie von Antonius' Leichnam weg. Die Worte des Fremden haben die Königin wachgerüttelt. Auf einmal weiß sie wieder, wer sie ist und welche Versprechen sie gegeben hat.

»Cäsar ist tot, von dreiundzwanzig Messerstichen ermordet. Aber falls Ihr versprecht, ihn zu mir zu bringen, werde ich die Tür liebend gern öffnen.«

Charmion packt die Königin am Arm und versucht, sie wieder zur Vernunft zu bringen. »Marcus Antonius ist bei den Göttern. Ihr hingegen weilt noch unter den Lebenden.« So hat die Dienerin noch nie zu ihr gesprochen, nicht einmal, als Kleopatra noch ein kleines, aufmüpfiges Mädchen war.

»Es ist an der Zeit, zu verhandeln, Eure Majestät«, fügt Hephaestion hinzu. »Diese Möglichkeit bietet sich vielleicht nur einmal.«

Charmion lässt ihre Herrin nicht los. »Denkt an Eure Kinder. Ebenso an Euren Vater und seinen Vater und die vielen Könige, von denen Ihr abstammt.«

Kleopatra reißt sich von ihrer Vertrauten los und öffnet die kleine Luke. Doch sie sieht nichts weiter als den Kinnriemen eines Römerhelms und ein kantiges Kinn. »Wie lautet Eure Botschaft?«

»Ihr müsst das Tor öffnen und mit uns kommen.«

»Wieso sollte ich das tun?«

»Vertraut auf Cäsars Weisheit und Barmherzigkeit. Er hat mir aufgetragen, Euch auszurichten, dass Ihr Mut schöpfen sollt. Tretet aus Eurem Gefängnis heraus und verhandelt mit ihm.«

»Einen Moment, mein Herr.« Hephaestion schließt die Luke und flüstert: »Hört Ihr, was er sagt? Octavian hat nur Antonius' Tod gefordert. Jetzt ist es an der Zeit, ihn um einen Gefallen zu bitten.«

»Weshalb ist er auf einmal bereit, mit mir zu verhandeln, obwohl er alle anderen Möglichkeiten ausgeschlagen hat? Sicher spekuliert er nur auf die Schätze in der Grabkammer.« Wie kann ein so weiser Mann wie Hephaestion nur derart naiv sein?

Sie öffnet die Luke. »Falls Euer Herr zu verhandeln gedenkt, so richtet ihm aus, er möge an dieses Tor kommen und beim Namen und Vermächtnis von Julius Cäsar schwören, dass meine Kinder ihren Titel und den Thron behalten dürfen. Ich selbst verzichte auf ein öffentliches Amt und wünsche ins Exil zu gehen. So lauten meine Bedingungen.«

»Und falls er sie nicht akzeptiert?«

»Dann könnt Ihr ihm ausrichten, dass er alles bekommt, was er will, nur wird es dann leider verkohlt sein.«

Eine Stunde lang vergießt sie Tränen über dem Leichnam ihres Gemahls, während sie spürt, dass er kalt wird. Dann taucht ein neuer Kopf vor der Luke auf. Diesmal ist es Cornelius Gallus, der einst auf Kreta die Soldaten gegen ihren Befehlshaber Marcus Antonius aufgehetzt hat.

Da Kleopatra es nicht erwarten kann, mit ihm zu sprechen, öffnet sie die Luke und versprüht Gift und Galle. »Ach, Gallus, der Imperator liegt tot am Boden. Nicht durch Eure, sondern durch seine eigene Hand ist er gestorben. Wie Ihr seht, hat er am Ende dort gesiegt, wo Ihr versagt habt. Seid Ihr gekommen, um Rache an einem Toten zu üben? Klebt an Euren Händen nicht schon genug von seinem Blut?«

Hephaestion, der neben ihr steht, wedelt aufgeregt mit den Armen und will sie beschwichtigen. »Lasst ihn doch vorbringen, was er Euch mitzuteilen hat, Eure Majestät«, sagt er so laut, dass Gallus ihn hört.

»Cäsar schickt mich mit einer Antwort auf Euer Angebot, Verehrteste. Er bittet Euch, zuerst Euren Zufluchtsort zu verlassen. Danach wird er Euren Wünschen entsprechen.«

Kleopatra erschaudert. »Wieso will er meinen Wünschen erst entsprechen, nachdem ich diesen Ort verlassen habe? Hält er mich für so einfältig? Falls er die Absicht hegt, meine Forderungen zu erfüllen, soll er herkommen und es schwören. Warum kommt er nicht selbst? Wieso schickt er irgendwelche Boten? Fürchtet er sich davor, mir unter die Augen zu treten?«

»Er regelt gerade die Probleme hier in der Stadt, Verehrteste.«

In ihrer Stadt. »Ist es nicht wichtiger, die Dinge mit der Königin dieser Stadt zu regeln?«

Sie drückte die Luke zu. »Seht Ihr nicht, was er vorhat? Er denkt, er kann mich überreden, dieses Tor zu öffnen. Dann hat er alles, was er braucht, und wird mich auf der Stelle gefangen nehmen oder umbringen lassen. Oder beides.«

»Der Imperator hat angenommen, Octavian wäre verhandlungsbereit«, meinte ihre Dienerin in angespanntem Ton.

»Solange er lebte, habt Ihr nicht viel auf sein Urteil gegeben, Charmion. Ist er jetzt, nach seinem Tod, in Eurer Wertschätzung etwa gestiegen?« Kleopatra wendet sich an Hephaestion und flüstert: »Entfacht das Feuer.«

»Meine Herrin, an meinem Leben liegt mir nichts, aber wenn Ihr das gesamte Staatsvermögen verbrennt, wird der Römer sich dann nicht an Euren Kindern rächen?«

Die Königin weiß keinen Ausweg. Antonius ist tot, Iras wischt mit einem Schwamm das Blut von seinem Körper, damit der Imperator nicht besudelt vor die Götter tritt. Trotz ihrer Trauer ist Kleopatra wütend, weil sie eingewilligt hat, am Leben zu bleiben. Müsste nicht er mit dem Mann verhandeln, den er so gut kennt? Die Römer sind dafür bekannt, dass sie ihren Landsleuten in Privatangelegenheiten sehr entgegenkommen. Hätte Octavian in das vertraute Gesicht von Antonius geblickt, wäre er sicher geneigt gewesen, wenigstens das eine oder andere Zugeständnis zu machen. Dazu ist es nun zu spät. Die Ehre ihres Gemahls ist durch seinen Tod gerettet, und sie bleibt mit ihren Kindern, ihrem Volk, ihrem Thron, ihrer Würde zurück. Dass Octavian nur hinter ihren Reichtümern her ist, weiß sie sehr wohl. Wird er ihr im Gegenzug dafür das Leben schenken? Falls sie das Tor öffnet, bekommt er beides, und ihr bleibt kein Verhandlungsspielraum mehr.

Die Königin geht zu einer Holzkiste und holt einen riesigen Smaragdring und einen kleinen Rubinanhänger heraus. Dann schiebt sie die Luke auf und reicht Gallus die Juwelen. »Der Smaragd ist für Euren Herrscher, den Rubin könnt Ihr einer Dame Eurer Wahl zum Geschenk machen. Ich wiederhole meine Bedingungen. Bestellt Eurem Herrscher, ich bitte voller Hochachtung um sein Erscheinen, damit wir uns von Angesicht zu Angesicht unterhalten können. Bestellt ihm auch, ich möchte jegliche Missverständnisse vermeiden, die Unterhändler manchmal unabsichtlich heraufbeschwören. Das, was wir zu bereden haben, ist zu wichtig, zu heikel.«

»Verehrteste, ich glaube nicht, dass Octavian Eurer Bitte Folge leisten wird. Er hat mich geschickt, um Euch seine Zusicherungen zu übermitteln. Ich flehe Euch an, seinen Wünschen zu entsprechen.«

»Ich denke nicht, dass ich das tun werde.«

»Er hat mich gebeten, Euch an die Mildtätigkeit des Julius Cäsar zu erinnern, dem er in jeder Hinsicht nachzueifern gedenkt.«

Kleopatra kommen die vielen Abmachungen mit Antonius in den Sinn, an die Octavian sich nicht gehalten hat, dass er sich weigerte, ihm zwanzigtausend Soldaten für den Krieg gegen die Parther zu schicken, dass er Antonius bat, nach Brundisium zu kommen, und dann nicht auftauchte, dass er keiner einzigen ihrer Bitten um Verhandlungen entsprach und stattdessen das Geld einsteckte, das sie ihm als Friedensangebot geschickt hatten. Sie muss auch daran denken, dass er während der Schlacht Krankheit vortäuschte und Marcus Agrippa die gesamte Verantwortung aufbürdete, dass er ihr im Senat jeden möglichen Schimpfnamen gab, dass er Cicero erst benutzte und dann seinen Tod befahl und den Mann posthum schmähte, indem er dessen Kopf und die abgetrennten Hände im Forum ausstellen ließ. Sie denkt daran, wie er dreihundert seiner Senatoren in Perusia hinrichten ließ und sie so nach seiner siegreichen Belagerung zu Menschenopfern machte. Wie er nur wegen seines Verlangens einen Mann zwang, ihm die Frau zu überlassen, dass er seine Agenten zu Zuhältern umfunktionierte, damit sie ihm junge Mädchen beschafften, die sie ihren Familien kaltblütig entrissen.

Dieser Mann eifert Cäsar keineswegs nach. Der Imperator hatte seine Siege mit Hilfe seines klugen Verstandes errungen, seine Geliebten dagegen gewann er mit Charme für sich. Nach dem Krieg begnadigte er seine Feinde, als hätten sie sich nichts weiter zuschulden kommen lassen als eine kleine gemeine Bemerkung bei einem weinseligen Abendessen. Es gibt keinen

Beweis dafür, dass Cäsar Octavian noch irgendetwas anderes als Geld vererbt hatte.

»Dennoch muss ich Euch bitten, ihm meine Worte auszurichten. Dann kann der werte Feldherr selbst antworten.«

»Eure Majestät, Ihr müsst Cäsar vertrauen. Ich habe mit eigenen Augen gesehen, wie er Tränen vergoss, als er erfuhr, dass Marcus Antonius sich das Leben genommen hat …«

Auf einmal kann sie diese Lügenmärchen einfach nicht mehr hören. »Warum geht Ihr nicht endlich und übermittelt meine Antwort?« Sie hat keine Geduld mehr mit diesem Gallus, diesem Boten. Wieso schindet er Zeit? Glaubt er allen Ernstes, ein zweitklassiger Befehlshaber wie er könne mit einer Königin verhandeln? Oder ist das nur wieder eine von Octavians Methoden, sie zu beleidigen?

Da schreit Charmion auf. Sofort stellt Hephaestion sich vor die Königin und schützt sie mit seinem Körper. Iras verkriecht sich hinter dem Sofa, auf dem Antonius liegt. Ein römischer Soldat klettert durch das Fenster und steigt die Leiter zu ihnen hinunter. Weitere Männer folgen ihm auf dem Fuße. Einer lässt sich an der Wand an einem Seil herunter. Das Klappern seines Schwertes, das gegen seine Rüstung schlägt, singt das Lied vom Tod.

Da Kleopatra ihnen nicht die Genugtuung geben will, sie zu töten oder gefangen zu nehmen, schiebt sie Hephaestion weg und sucht unter ihrem Gewand eilig nach dem Dolch. Sie holt tief Luft und hebt den Arm. Der Stoß muss tief gehen und tödlich sein. Ehe sie zusticht, treffen sich ihr und Charmions Blick, und sie sieht in die gütigen Augen, die seit Kindertagen über sie wachen. Wie die Königin hat auch Charmion die Situation schnell erfasst und erkannt, dass Octavian von Anfang an vorhatte, Kleopatra zu übervorteilen, anstatt mit ihr zu verhandeln. Mit einem kaum wahrnehmbaren Nicken gibt die Hofdame der Königin ihr Einverständnis: *Ja, das ist die richtige Entscheidung.*

Kleopatra stellt sich innerlich auf den Tod ein und zielt mit der Klinge auf eine Stelle unterhalb der Rippen, doch Hephaestion packt ihr Handgelenk, bevor der Dolch ihre Haut berührt. Sein Verrat lässt sie wütend aufschreien, aber er zieht sie zu sich heran und flüstert ihr zu: »Nur die Lebenden können verhandeln.« Plötzlich spürt sie die Hände der Römer, und Proculeius befielt seinen Männern, sich zu vergewissern, dass sie keine weiteren Waffen, keine Giftfläschchen und auch sonst nichts, womit man den Tod herbeiführen kann, an ihrem Körper versteckt hat.

»Der Feldherr braucht sie lebend«, sagt er und richtet dann das Wort an sie: »Er möchte der Königin beweisen, wie barmherzig er sein kann.«

Kleopatra setzt sich nicht zur Wehr. Um keinen Preis will sie den Römern die Chance geben, Gewalt anzuwenden. Bei ihrer Gefangennahme geben Charmion und Hephaestion sich so stoisch wie altgediente Soldaten. Iras weint leise vor sich hin und hält, weil er damit rechnet, in Ketten gelegt zu werden, den Männern die Hände hin. Antonius' Leichnam, dem er nicht von der Seite weichen will, lässt er dabei keinen Moment aus den Augen. Obwohl Kleopatras Gewand nur noch aus Fetzen besteht, obwohl ihre gerötete und geschwollene Brust von Striemen überzogen ist und ihre Lider vom Weinen dick sind, wirft sie Proculeius einen herausfordernden Blick zu. »Ich warne Euch, vergeht Euch nicht am Leichnam des Imperators. Solange ich noch atme, kann und werde ich Euch zur Rechenschaft ziehen.«

Er senkt den Blick. Vielleicht schämt er sich, weil er Octavian geholfen hat, sie zu hintergehen, aber im Augenblick gilt ihre Sorge allein dem Leichnam ihres Gemahls und der Frage, was mit ihm geschehen wird. Da er sich nicht mehr wehren kann, muss sie dafür Sorge tragen, dass er eine anständige Beerdigung erhält, so wie er vor gut fünfundzwanzig Jahren ihren Vater um Erlaubnis gebeten hat, Berenikes Gemahl Archelaos bestatten zu dürfen. Als man sie an seiner Leiche vorbeiführt, fällt ihr auf, dass die Römer Distanz halten. Zumindest einer von ihnen – vielleicht ist er mit Antonius gemeinsam in eine Schlacht gezogen? – legt die Hand auf den Mund, als wollte er einen Schrei ersticken, zu dem ihn das Los des verratenen Befehlshabers veranlasst.

* * * * *

»Bürger von Alexandria, erhebt euch.«

Octavian steht auf einem hohen Podium, das seine Männer für seine Rede an die Einwohner der eroberten Stadt in der großen Halle errichtet haben, wo Könige, Prinzen und die griechische Elite seit vielen Hundert Jahren Sport trieben. Vor ihm kniete die eingeschüchterte Bevölkerung und bettelt um ihr Leben, um Gnade, um das, was er ihnen zu geben bereit ist. An diesen Anblick, an den Kniefall der riesigen Menschenmenge hat er sich recht schnell gewöhnt. Inzwischen sieht er es sogar gern, wie sich Erleichterung auf ihren ehrerbietigen Gesichtern breitmacht, als er verkündet, dass sie nicht mit ihrem Leben bezahlen müssen, sondern mit seiner Erlaubnis nach Hause gehen, ihr Leben leben und in hohem Alter in ihren Betten sterben dürfen.

»Bürger von Alexandria, fürchtet euch nicht. Ich habe das Grab von Alexander besucht, dessen genialem Verstand wir diese wunderbare Stadt zu verdanken haben und den die Bewohner Alexandrias ebenso wie der Rest der Welt zu Recht ›den Großen‹ nennen. Die Stadt ist nicht weniger groß als ihr Begründer, wie ich nur allzu gern einräume. Unverzüglich bin ich ihrem Charme erlegen, und deshalb gedenke ich alle Bürger von der Verantwortung für die Kriege zwischen ihrer Königin und dem römischen Reich freizusprechen. Willkommen in den Armen Roms.«

Der Speichellecker Arius, der an Octavians Rockzipfel hängt, seit dieser durch die Tore Alexandrias getreten ist, beginnt zu applaudieren und ermuntert die unterwürfige Menschenmenge, seinem Beispiel zu folgen. Der Philosoph empfing Octavian am östlichen Sonnentor, erinnerte ihn sofort an die Position in der griechischen Schule, die der Römer als junger Mann besucht hatte, und überschüttete ihn mit Lobpreisungen für seinen Sieg über den Unterdrücker Marcus Antonius. Dabei war er zweifellos noch immer im Besitz des Lohns, den Kleopatra ihm dafür gezahlt hatte, dass er Cäsars unehelichen Sohn unterrichtete.

Da Arius es so eilig hatte, sich von Kleopatra und ihren Erben zu distanzieren, nahm Octavian an, dass dieser Mann ihn bei entsprechender Gelegenheit ebenfalls verriet. Aus diesem Grund schenkte er den Handküssen und den Schmeicheleien keine übertriebene Aufmerksamkeit, sondern fragte den Möchtegernphilosophen und Bewunderer umgehend, wo denn der kleine Cäsar stecke. Offenbar hatte Arius mit dieser Frage gerechnet und berichtete sofort, dass der junge König mit seinem Lehrer Rhodon, der zufälligerweise in Arius' Diensten stand, auf dem Weg nach Indien sei.

»Faszinierend«, entgegnete Octavian. »Schickt einen Brief an Rhodon mit der Aufforderung, die beiden möchten umkehren. Schrieb, ich sei von der Königin ganz verzaubert und entspräche ihrer Bitte, dem Jungen den Thron zu überlassen.«

Im Anschluss daran bringt Arius die Einwohner Alexandrias dazu, Octavians große Barmherzigkeit zu beklatschen. Anstatt weiterzureden, beschließt der Römer, sich zu verabschieden, solange die Stimmung noch ausgelassen ist, solange keine Fragen gestellt werden und ehe sich jemand vor lauter Zufriedenheit nach dem Schicksal der Königin erkundigt. Sollen sie doch wunschlos glücklich nach Hause gehen, ihre Familien umarmen und den Göttern für seine Barmherzigkeit danken. Die Frage, was mit ihrer Königin geschehen soll, wird so schnell entschieden werden, dass ihre Untertanen vor lauter Glück, noch am Leben zu sein, keine Veranlassung sehen werden, sie in einem Krieg zu unterstützen.

Die kommenden Tage verwendet Octavian darauf, sich die Stadt zu eigen zu machen, und er suhlt sich ausgiebig in dem Gefühl, die Bürger von Alexandria verzaubert zu haben. Die im Palast festgehaltene Kleopatra schickt ihm unterdessen einen Brief mit der Bitte, Antonius standesgemäß bestatten zu dürfen. Da Octavian gut und gern auf den Zorn der Soldaten verzichten kann, die zu ihm übergelaufen sind und ungemein emotional werden können, wenn es um Antonius geht, erteilt er ihr die Erlaubnis. Allerdings bedenkt er nicht, wie die Königin diese Beerdigung aufziehen oder dass die Stadtbevölkerung ihre Bewunderung nicht verhehlen wird. Die Einwohner, die sich nun nicht mehr vor Vergeltungsmaßnahmen fürchten, säumen die Straßen und wohnen der Prozession bei. Selbstverständlich nimmt Octavian nicht an der Bestattung seines Feindes teil, sondern lässt sich von Augenzeugen berichten, die unisono schwärmen, wie wunderbar das Spektakel war. Kleopatra hat Antonius nach ägyptischer Sitte einbalsamieren lassen, obwohl er in dem Mausoleum, das sie für sich erbauen ließ, bestattet wird. Ihre Schätze sind fortgeschafft und von Octavians Leuten katalogisiert worden. Die Königin hat die Grabkammern mit Statuen und anderen Abbildern des Gottes Dionysos ausgestattet, also mit der Gottheit, mit der ihr Volk Antonius identifiziert hat.

Der Tag neigt sich allmählich dem Ende zu, doch die Prozession dauert noch immer an. Fast zwei Kilometer lang ist der Zug, wie man Octavian berichtet, und wird von der gesamten Priesterschaft des Dionysos angeführt. Mänaden folgen den Priestern, schlagen auf ihre Brüste und singen den Namen des Gottes, Antonius' Namen. Kleopatra, im blutroten Gewand der Isis, steht auf dem zweirädrigen Streitwagen des Imperators, der von einem Unbekannten mit der Maske des Osiris gesteuert wird. Arius klärt Octavian darüber auf, was die Königin damit ausdrücken will: Osiris ist der einzige wahre und echte König von Ägypten. Der Gemahl der Isis ist nicht nur der Gott, der viele Städte im Osten gründete und förderte, sondern auch der Gott, der von seinem gemeinen Bruder getötet und durch die Hand der Isis wieder zum Leben erweckt wurde.

»Ja«, erwidert Octavian, »ich weiß ganz genau, was sie sagen will.«

Doch damit nicht genug: Der goldene Sarkophag des Antonius wird von seinen beiden weißen Lieblingsrössern gezogen und folgt dem Streitwagen. Das Wort macht die Runde, dass die Männer des Imperators beim Anblick seiner Pferde in Tränen ausbrechen. Die ganze Prozession versinkt in einem Meer aus Tränen, während sich die weinenden Alexandriner dem Zug anschließen und dem Leichnam bis zum Mausoleum am Meer folgen. Die Königin ist, soweit man den Berichten Glauben schenken darf, zwar weiß wie Milch, aber eine würdevolle Pharaonin und vergießt keine einzige Träne. Die Rolle der stumm leidenden Witwe spielt sie absolut perfekt.

Am Tag nach der Beerdigung treffen zahllose Petitionen ein. *Verschont die Königin. Verschont die königliche Familie. Habt Erbarmen mit der Königin. Hier habt Ihr Geld im Austausch für das Leben der Königin, für das Recht, ihren Thron zu behalten, für die Sicherheit ihrer Kinder.* Ein ägyptischer Narr schickt tatsächlich zweitausend Talente, nur damit die Römer die Gesichter der ihr nachempfundenen Statuen nicht wegmeißeln, schließlich sei sie nur die Handlangerin von Antonius.

Octavian sitzt auf Kleopatras Bett. Der spitze Schnabel des ptolemäischen Adlers zeigt direkt auf ihn. Wie konnte sie in diesem Raum nur schlafen, ohne zu fürchten, dass sich der Adler bei einem Erdbeben aus der Verankerung löst und auf sie herabstürzt? Andererseits hat ihr Bett die größte Matratze, die er je gesehen hat, und die weichste dazu. Die Decken sind aus feinster weißer Seide, und die Laken duften nach dem Waschen überaus angenehm. Er denkt an Antonius, der kühn genug war, in diesem Bett, in dem bisher nur Könige und Königinnen geschlafen haben, den Geschlechtsakt zu vollziehen, und der sich nicht vor dem Biest über ihm oder der Frau unter ihm fürchtete.

Leicht beunruhigt tritt der Römer ans Fenster, das einen herrlichen Ausblick auf den königlichen Hafen bietet. Selbst im Hochsommer ist die Luft angenehm frisch. Das königliche Prunkschiff mit dem goldenen Bug, über das in Rom so viel geredet wurde, ist nirgendwo zu sehen. In den nächsten Tagen wird er es ausfindig machen und wie sein Onkel damals vor seiner Rückkehr nach Rom vielleicht eine kurze Nilfahrt antreten.

Die Frage nach Kleopatras Zukunft geht ihm unablässig im Kopf herum, so wie die Ägypten-Frage den römischen Senat ein Jahrhundert lang beschäftigt hatte. Was soll er mit der Königin und dieser reichen Nation anfangen, deren Regierung er unter keinen Umständen einem seiner Verbündeten zu übertragen gedenkt? Jeder römische Konsul, jedes Mitglied des Senats ist sich seit je darüber im Klaren, dass selbst der Ehrlichste unter ihnen der Einladung, sich zu bereichern, einfach nicht widerstehen kann, sobald er zum Gouverneur von Ägypten ernannt wird. Man muss sich nur vor Augen führen, wie der Reichtum, den diese extravagante Königin verkörpert, Cäsar und Antonius den Kopf verdreht hat. Warum also sollte es ihm, Octavian, da anders ergehen?

Niemals wird er sie persönlich treffen, so viel ist sicher. Egal, wie viele Briefe und Geschenke sie ihm schickt, wie sehr sie ihn drängt, sich mit ihr zu treffen und zu verhandeln. Egal, wie viele reiche Griechen, Ägypter und Prinzen aus dem Osten sich für sie einsetzen. Sie ist eine Medusa: Ein Blick genügt, und schon ist das Leben vorbei. Sie verwandelt die Männer nicht in Stein, macht sie aber zu ihren Sklaven. Cäsar pflegte zu sagen: »Eines Tages wirst du sie treffen, mein Neffe. Welcher Sprache sie sich auch bedient, ihre Worte sind Musik in den Ohren eines Mannes.«

Octavian weigert sich beharrlich, diese Musik zu hören. Diese Frau ist zu gefährlich. Sie verfügt nicht nur über die Macht einer dämonischen Göttin, sondern auch über ein großes Vermögen und weiß ganz genau, welchen Platz ihr Land in der Welt einnimmt. Ägypten ist das perfekte Tor nach Osten und nach Westen, sozusagen die natürliche Kreuzung der großen Handelswege dieser Erde. Die Mischung aus Ressourcen und weiblichen Reizen scheint unwiderstehlich. Immerhin erlag Antonius trotz ihres fortgeschrittenen Alters bis zuletzt ihrem Zauber, und auch ihre Untertanen zieht sie immer noch in ihren Bann. Unter derlei Umständen wird Octavian gewiss kein Risiko eingehen.

Aber was soll er mit ihr anfangen? Jetzt, da er im Besitz ihres Vermögens ist, ist es für ihn nicht sinnvoll oder notwendig, dass sie weiterlebt. Doch wie wird die Welt reagieren, wenn er eine Frau umbringen lässt? Unvorstellbar. Ihre goldene Statue steht immer noch im Tempel der Venus, wo sein Onkel sie einst hat aufstellen lassen. Und in der Stadt ebenso wie im Senat gibt es immer noch Römer, die voll des Lobes für sie sind und von ihrer Intelligenz, ihrer Großzügigkeit, ihrer Schönheit, ihrer Erhabenheit schwärmen.

Die Briefe, die ihn in Alexandria erreichen, zeugen von der großen Liebe, die sie für ihr Volk hegt, ebenso von ihrem königlichen Wohlwollen und ihrer bemerkenswerten Herkunft. Selbst der König von Media schickt ihm Geschenke mit der Bitte, man möge der Königin Freundlichkeit angedeihen lassen. Kleopatra hat schon zwei große Römer vernichtet. Unter keinen Umständen wird Octavian der Dritte in diesem Bunde sein. Lässt er sie jedoch öffentlich exekutieren oder heimlich ermorden, so wird ihn ihr Tod zu Fall bringen. Vielleicht nicht gleich, aber irgendwann bestimmt.

Also, wie soll er handeln? Die Königin weiterhin herrschen zu lassen steht außer Frage. Bald würde sie einen anderen Mann finden, irgendeinen dickleibigen König aus dem Osten mit einer starken Streitmacht und genug Vermögen, und sich an ihm rächen. Artavasdes von Media scheint ein passender Kandidat zu sein, aber es gibt durchaus noch einige andere, die sich gern mit der ägyptischen Königin zusammentäten und gegen die römische Übermacht aufbegehren möchten. Mithridates, der alte Erzfeind Roms, hat einhundert uneheliche Söhne gezeugt, die allesamt über Geld und Armeen verfügen und inzwischen nicht wenige Länder beherrschen. Gut möglich, dass Kleopatra sich wegen ihrer Armeen mit einem von ihnen zusammentut oder ihre Tochter mit einem dieser Bastarde verheiratet.

Der Brief von Antonius steckt zusammengerollt in der Tasche seines Umhangs. Als Octavian ihn noch mal durchliest, merkt er, wie seine Verachtung für den toten Widersacher steigt. Welche Arroganz! Zuerst vergleicht er sich in dem Sendschreiben mit Herakles und besitzt dann gar die Frechheit, Octavian an das beklagenswerte Schicksal zu erinnern, das der Poet Euripides dem mythischen König andichtete, der die Nachkommen des Herakles nicht aufgenommen hat. Ein doppelter Affront! Alles irregeleitete Narren, die Gedichte und Theaterstücke mehr lieben als die kalten, harten Fakten der Realität. Als ob Octavian so einfältig sei, einen der Söhne von Antonius auf den ägyptischen Thron zu setzen, wo er den Reichtum dieses Königreiches nicht mal seinen treusten Männern anvertraut. Nein, in diesem Fall würde er sich nicht einmal auf Agrippa verlassen, der seine Loyalität schon unzählige Male unter Beweis gestellt hat. Bald schon würden die Gesichter der Kinder dem Antlitz ihres Vaters gleichen und jedermann an die Pläne des toten Imperators erinnern.

Hat Antonius ihn tatsächlich für so naiv gehalten? Oder ist er gar davon ausgegangen, dass Octavian den Jungen, der Julius Cäsars einziger Sohn zu sein vorgab, zum König ausruft? Da Octavian stark bezweifelt, dass dieses Geschöpf Cäsars Sohn ist, wird er dem Jungen bestimmt nicht die Privilegien zukommen lassen, die er einem Blutsverwandten zugestände. Es war sicher kein Problem für Kleopatra, sich von einem anderen schwängern zu lassen und das Kind anschließend Cäsar unterzujubeln. Das Fehlen eines männlichen Nachkommen setzte Cäsar ziemlich zu. Dieser hinterhältigen Königin ist solch ein Täuschungsmanöver durchaus zuzutrauen. Von Geburt an hat sie dem Knaben eingetrichtert, in seinen Adern fließe Cäsars Blut, das Blut des großen Alexander und der Ptolemäer, das Blut der Götter und wen sie sich noch so ausdachte, nur damit ihr Sohn noch erlauchter schien. Würde solch ein Bursche, so er denn herrschte, Octavian als seinen Regenten akzeptieren? Gewiss nur so lange, bis er oder einer seiner Verbündeten auf die Idee verfiele, unter Berufung auf dessen erlauchte Herkunft eine Armee aufzustellen.

Es ist Octavian einfach unmöglich, den Bitten Kleopatras zu entsprechen, sie in ein fremdes Land zu verbannen und ihren Kindern, die permanent die Erinnerung an sie und Antonius wachhalten, das Königreich zu überlassen. Dennoch wird sie nicht müde, genau das zu erbitten. Ihre Forderungen strapazieren mittlerweile seine Geduld.

Womöglich könnte er sie heimlich umbringen lassen und einen von vornherein feststehenden Missetäter mit der Ermordung beauftragen. Er zerbricht sich den Kopf, wie er das in die Wege leiten könnte, aber abgesehen von ihm wünscht leider niemand ihren Tod. Sie hat den Krieg verloren, all ihre Verbündeten sind zu ihm übergelaufen. Sie hat um Frieden ersucht. Sie ist im Gefängnis und leidet unter starkem Fieber, so sehr bekümmert der Tod ihres Gatten sie. Da gibt es weit und breit niemanden, dem er die Schuld aufbürden könnte. Ihr Tod würde in jedem Fall auf ihn zurückfallen. Solch ein Risiko einzugehen und ein derart waghalsiges Vorhaben abzusegnen, ist unsinnig und würde ihn gewiss auf immer und ewig verfolgen. Ach, wie sehr es ihn ermüdet, so viel geistige Energie auf die Frage zu vergeuden, was mit der Königin und ihrer Familie geschehen soll. Dennoch gibt es sicher eine Möglichkeit, sie loszuwerden, ohne dafür geradestehen zu müssen. Langsam lernt er, sich zu gedulden. Er wird abwarten. Über kurz oder lang fällt ihm gewiss eine zufriedenstellende Alternative ein, wie er sich Kleopatras entledigen kann.

* * * * *

»Es schmerzt sehr, den Sohn eines alten Freundes in diesem Zustand zu empfangen, mein lieber Cornelius.« Kleopatra zieht sich den Morgenmantel über die Brust und deckt die roten Flecken auf ihrer ehemals makellosen Haut zu. Sie befürchtet, dass trotz der von ihrem Arzt Olympos aufgetragenen Tinkturen aufgrund der Infektion Narben auf ihrer Brust zurückbleiben werden. Hässliche Schrammen, die aussehen, als wäre sie von einem wilden Tier angefallen worden. Dieses Tier ist sie selbst, ein einsames, eingesperrtes Tier, dessen Gefährte gestorben, dessen Kinder von ihm ferngehalten werden. Sie hat sich in die Krankheit geflüchtet. Oder die Umstände machen sie krank. Was eher zutrifft, vermag sie nicht zu sagen. Sie, die bisher nie krank war, hasst ihren Körper, weil er sie im Stich lässt. Natürlich gibt sie auch der widerlichen römischen Kreatur die Schuld, die sich ihre Stadt, ihr Land und ihre Gemächer angeeignet hat.

»Wer würde unter solchen Umständen nicht krank werden?«, fragt Charmion immer wieder, in der Hoffnung, auf diese Weise Kleopatras Hass auf sich selbst einzudämmen.

Die Königin gibt immer nur dieselbe Antwort: Julius Cäsar. Wieso gelingt es ihr nicht, ihrem Mentor nachzueifern? Nachts, wenn sie allein ist und keinen Schlaf findet, spricht sie leise zu ihm, doch seine Stimme klingt dünn. Vielleicht ist er wütend oder eifersüchtig, weil sie auch über Antonius spricht.

»Cäsar hat unter Durchfall gelitten«, entgegnet Charmion.

»Stimmt, aber daran ist er nicht gestorben.«

Kleopatra steht unter Hausarrest und darf sich nur in einem Raum im Palast aufhalten, den sie früher den weniger wichtigen Gästen zuteilte. Sie hat einen Brief weggeschickt und um ihre persönlichen Sachen gebeten, erhielt allerdings nur einen einzigen Gegenstand: einen goldenen Thron mit Adlerklauenfüßen, den Octavian ihr nur geschickt hat, um sich über sie lustig zu machen. Als wollte er sie drängen, in ihrer schlechten Verfassung darauf Platz zu nehmen, und anschließend über sie herziehen.

Unterdessen schläft der Unmensch in ihrem Bett, speist an ihrem Tisch, lässt sich von ihren Dienern umsorgen und badet in ihrer Marmorwanne. Man hat ihr zugetragen, dass Selene und Philip nach wie vor bei den alten Frauen auf der Insel sind, doch auch sie stehen unter Bewachung. Unzählige Male hat die Königin darum gebeten, die beiden sehen zu dürfen – vergeblich. Bald, so heißt es stets. Von Caesarion hat sie nichts gehört. Sie betet darum, dass er bis nach Indien gelangt. Welches Schicksal sie auch ereilen mag, er besitzt genug Geld und kann den Rest seines Lebens nach eigenem Gutdünken verbringen. Alexander sollte auf dem Weg nach Media sein, während Antyllus im Museion Unterschlupf gefunden hat. Kleopatra geht davon aus, dass Octavian den Jungen mit nach Rom nimmt, wo er bei den Verwandten von Antonius leben kann.

All dies schließt sie aus den Informationen, die ihr tagtäglich zusammen mit dem Essen gebracht werden, das sie jedoch nicht anrührt. Keinen Bissen hat sie zu sich genommen, seit sie Folgendes erfahren hat: Man hat Hephaestion in Aussicht gestellt, weiterleben zu dürfen, falls er Octavian diene, worauf er erwiderte, dieser Vorschlag sei unter seiner Würde. Für seine Antwort hat man ihn mit dem Tode bestraft. Hin und her gerissen ist sie und kann sich nicht entscheiden, ob sie lieber leben oder sterben will. Charmion weiß, was in der Königin vorgeht. Wie damals, als Kleopatra noch ein Kind war, nimmt sie kleine Happen und versucht sie ihrer Herrin in den Mund zu stecken. Doch die beißt die Zähne wie ein störrisches Kind zusammen.

Sie verfällt ins Grübeln, fragt sich wieder und wieder, ob ihren Kindern eine glücklichere Zukunft vergönnt sein wird, wenn sie am Leben bleibt oder wenn sie stirbt. Kleopatra möchte wissen, ob ihre Nachkommen den Thron besteigen oder im Land bleiben dürfen, erhält allerdings keine Antwort. Vor zwei Tagen hat sie Octavian schriftlich ein letztes Angebot unterbreitet: »Ich gebe mein Leben, wenn meine Kinder den Thron erben.« Bis heute hat er ihr nicht geantwortet.

Dann erscheint plötzlich Cornelius Dolabella, der Sohn des Mannes, den Cäsar so sehr bewunderte, von dem Antonius allerdings nicht viel hielt. Dolabella der Ältere war ein charmanter und lasterhafter Mensch gewesen, hatte jedoch zu große Ähnlichkeit mit Antonius gehabt, der ihn beschuldigte, mit seiner Frau Antonia Ehebruch begangen zu haben. Cäsar, der Gerüchte sehr mochte, hatte Kleopatra erzählt, Antonius habe sich die Vorwürfe nur ausgedacht, weil er Dolabella verachtete und Antonia loswerden wollte, um endlich seine langjährige und frisch verwitwete Geliebte Fulvia heiraten zu können.

Dolabella der Jüngere sieht seinem Vater sehr ähnlich. Der Alte hat Cäsar geliebt, ihm allerdings im Tod den Rücken gekehrt, um sich dann wieder Cäsars Sache zu verschreiben. Schließlich hat er es vorgezogen, sich mit dem eigenen Schwert zu töten, um nicht Cäsars Mördern ausgeliefert zu sein. Dolabella der Jüngere kämpfte gemeinsam mit Antonius gegen Octavian. Offenbar wurde er nicht enthauptet, sonst stünde er jetzt nicht vor ihr, was die Vermutung nahelegt, dass er offenbar genauso schnell die Seiten wechselt wie sein Vater. Da kein Zweifel mehr besteht, dass dieser Mann ganz offiziell Octavian die Treue hält, ist das, was er zu sagen hat, mehr als bloßes Geschwätz. Zweifellos gibt es einen Grund, dass Octavian ihn für diese Aufgabe ausgewählt hat.

Eigentlich möchte Kleopatra ganz beherrscht wirken, doch sie kann den Römer kaum ansehen, ohne in Tränen auszubrechen. Er dürfte etwa dreißig sein. Noch vor kurzem hätte sie ihn als gleichaltrig empfunden, doch inzwischen meidet sie jeden Spiegel. Ihr Gesicht ist vom Fieber gerötet, ein Netz aus kleinen roten Äderchen überzieht die glatten Wangen, ihre Augen sind geschwollen, wie damals bei ihrem Vater, als er schon krank war. Auch hat sie an Gewicht verloren. Ihr langer königlicher Nacken ist erschreckend dürr und erinnert an einen faltigen Hühnerhals. Ihre noch vor wenigen Wochen makellosen Hände sind von dicken blauen Adern überzogen, die Haut ist ausgetrocknet und rissig.

»Eure Majestät.« Der junge Mann lässt sich auf ein Knie herab und drückt ihre runzligen Hände an seine Wange. Sein Tonfall hat etwas Mitleidiges, und als er sie mit ihrem Titel anspricht, klingt es beinah ironisch.

Sie entzieht ihm die Hand.

»Wie kommt es, Cornelius, dass Ihr die Erlaubnis erhaltet, mich zu besuchen, während Euer Feldherr mich entweder für zu gefährlich hält oder zu gering schätzt, um mir unter die Augen zu treten?«

»Der Feldherr hat schon sehr viel von Eurem Charme gehört, Verehrteste. Sein Onkel hat ihm wohl häufig davon erzählt, und da er sich nicht von anderen Männern unterscheidet, möchte er sich nicht Eurem allseits beschworenen Zauber aussetzen.«

Kleopatra merkt, wie unerträglich es ihr auf einmal ist, sich mit gewinnenden Bösewichtern auf Wortgefechte einzulassen. Obwohl sie vorhatte, ihren Charme einzusetzen, entgegnet sie ziemlich ungeduldig: »Bitte! Es besteht kein Anlass, den Geist des großen Cäsar heraufzubeschwören oder eine kranke Frau mit Schmeicheleien zu verspotten. Der Feldherr hat all mein Geld und mein Land. Mehr habe ich ihm nicht zu bieten. Und wahrscheinlich ist es genau das?«

»Ich verstehe nicht, worauf Ihr anspielt, Verehrteste«, erwidert Cornelius, als wisse er es tatsächlich nicht, und nimmt dann gegenüber der Königin Platz. »Octavian hat mich geschickt, damit ich mir ein Bild von Eurer Verfassung mache. Er hat von Eurer Krankheit gehört und wünscht zu erfahren, ob es Euch inzwischen wieder bessergeht.«

»Wieso interessiert er sich für meinen Gesundheitszustand? Was bedeutet es ihm, ob ich lebe oder sterbe? Antwortet, Cornelius! Auf Euch hört er, sonst würdet Ihr nicht hier sitzen. Wie wäre ich ihm denn lieber? Tot oder lebendig? Was wäre vorteilhafter für ihn?«

Obschon sie allein sind, erhebt Cornelius sich von seinem Platz, kniet sich neben Kleopatra und flüstert ihr ins Ohr: »Ich bin gekommen, Euch dies zu sagen. Im Namen von Julius Cäsar, für dessen Vermächtnis mein Vater gestorben ist – ich wollte nicht der Überbringer dieser Nachrichten sein.«

Diese Römer, deren Theaterkunst viel zu wünschen übrig lässt, sind geborene Schauspieler. Die Königin merkt, wie sich ihr Zorn regt – ein Zeichen, dass sie sich auf dem Weg der Besserung befindet. »Dann wollen wir Eurer Pein rasch ein Ende bereiten.«

»Verehrteste.« Aus seinen Augen, groß wie die einer Kuh, drohen jeden Moment Tränen zu kullern. Er täuscht Angst vor und runzelt die Stirn. »Der Feldherr bittet mich, Euch davon in Kenntnis zu setzen, dass er seine Abreise nach Rom vorbereitet. Auch Ihr sollt Euch bereithalten. In drei Tagen werdet Ihr und zwei Eurer Kinder nach Rom reisen.«

»Als Gefangene?«

»Ja. Ihr sollt auf seiner Siegesparade in Rom vorgeführt werden.«

Kleopatra antwortet nicht gleich. Die Worte des Römers lassen sie frösteln. Ob das Fieber zurückkehrt oder sie fürchtet, dass er es ernst meint, vermag sie nicht zu sagen.

»Ich verstehe. Der werte Feldherr will also die Mutter von Cäsars einzigem Sohn in Ketten durch Rom schleifen, zusammen mit zwei Kindern des Imperators Antonius? Habe ich das richtig verstanden?«

»Ja, Eure Majestät.«

»Ich danke Euch, Cornelius. Ihr könnt jetzt gehen.«

Dass sie ihn so schnell wegschickt, überrascht ihn. Zweifellos hat er mit einer anderen Reaktion gerechnet, mit einer wesentlich eindrucksvolleren Episode, um sie dann gleich seinem Befehlshaber zu schildern. »Ist das alles, was Ihr mir dazu mitzuteilen habt?« Seine Stimme zittert. Octavian wird ziemlich enttäuscht sein, dass die Begegnung mit der Königin so abrupt endete.

Sie lächelt. »Ja, das ist alles.«

Charmion betritt den Raum, als Dolabella geht. »Hat sich Euer Fieber verschlimmert? Habt Ihr ihn deshalb weggeschickt?« Die Hofdame legt prüfend eine Hand auf Kleopatras Stirn. »Ich werde nach kalten Kompressen schicken lassen.«

Die Königin untersagt es ihr jedoch, steht auf und beginnt, hin und her zu laufen. »Nein, wartet. Seit seinem Besuch geht es mir schon deutlich besser.«

»Kleopatra, bitte, legt Euch wieder ins Bett. Wie eine Elfjährige führt Ihr Euch auf. Euch geht es nicht gut.«

»Ich glaube nicht, dass Octavian mich für einfältig hält. Was genau er vorhat, weiß ich nicht, aber gewiss nicht das, was Dolabella mir in seinem Auftrag übermittelt hat.«

»Was hat der Römer Euch erzählt?«

»Dass Octavian mich und die beiden Kleinen nach Rom schicken und auf seiner Siegesparade vorführen wird.«

»Seid nicht so naiv, Kleopatra. Meint Ihr, dieser Bösewicht wäre dazu nicht fähig?«

»Doch, aber er ist weder so einfältig noch handelt er so kurzsichtig. Dieser Mann schmiedet Pläne und denkt sich die Dinge mit der Begabung eines von Sophokles beeinflussten Dramatikers aus. Octavian ist überhaupt nicht spontan, und alles, was er plant, soll bis in die ferne Zukunft reichen. Egal, wie sehr es ihn danach dürstet, mich zu demütigen, so weiß er doch, dass selbst die barbarischen Einwohner Roms es nicht wohlwollend aufnehmen, wenn eine Königin, geschweige denn die Kinder des Imperators Antonius wie Tiere in Ketten vorgeführt werden.«

Charmion bleibt skeptisch. »Er hat Euch in dieser Stadt in Verruf gebracht. Seid Ihr Euch wirklich so sicher, dass die Barbaren dies nicht gutheißen?«

»Wisst Ihr denn nicht mehr, wie ganz Rom sich aufgeregt hat, als meine Schwester Arsinoe in Ketten auf Cäsars Parade vorgeführt wurde? Sogar die Römerinnen haben sich hinter sie gestellt, dabei war sie eine erklärte Feindin des Reiches. Vergesst nicht, Arsinoe hat sich offen gegen Cäsar gewendet. Octavian hat nun *mich* zur Feindin Roms erklärt. Aber in der Stadt gibt es viele Menschen, die das nicht glauben. Nein, das Risiko würde er nicht eingehen. Nicht, solange der Tod von Antonius noch allen, vor allem seinen Soldaten, in guter Erinnerung ist. Ihre Loyalität gegenüber Octavian ist noch recht frisch und nicht gefestigt. Der Anblick von Antonius' Kindern, zumal sie ihrem Vater wie aus dem Gesicht geschnitten sind, könnte dazu führen, dass sich wenigstens ein paar von ihnen gegen den neuen Befehlshaber stellen. Keine Ahnung, was er mit dieser Nachricht an mich im Schilde führt, aber ich bin der festen Überzeugung, es wäre ein Fehler, sie wörtlich zu nehmen.«

»Was werdet Ihr nun tun? Was, wenn in drei Tagen seine Männer auftauchen, Euch in Ketten legen und Euch zusammen mit den Kindern wegbringen? Seid Ihr bereit, dieses Risiko einzugehen?«

»Ja, denn ich glaube zu wissen, warum er mir diese Nachricht übermitteln ließ. Er hofft, sie macht mich noch kränker und bringt mich schlussendlich um. Oder er denkt, dass mein Stolz über meinen Lebenswillen siegt und ich mir das Leben nehme.«

»Hat er damit denn ins Schwarze getroffen?«

»Er hält sich für die Katze und mich für die Maus, aber ich werde ihn noch überraschen.«

»Was werdet Ihr tun?«

»Warten wir es ab.« Kleopatra setzt sich an einen kleinen Tisch. Sie nimmt eine Feder und fängt an zu schreiben, doch die Ärmel ihres Morgenmantels wischen über die Seite. Sie erhebt sich, zieht den Morgenmantel aus und nimmt trotz Charmions Einwänden, dass sie sich so dünn gekleidet den Tod holen wird, die Feder wieder in die Hand.

Für Charmion spricht sie laut aus, was sie zu Papier bringt:

An: Feldherr Gaius Octavian

Von: Kleopatra VII., Königin der beiden ägyptischen Reiche

Ich habe meinen alten Freund Cornelius Dolabella empfangen und von ihm die Nachricht erhalten, dass meine Kinder und ich als Eure Gefangenen nach Rom gebracht werden sollen. Ich möchte Euch nun bitten, meinen Dienerinnen Zugang zu meiner Garderobe zu gewähren, damit ich die Einwohner Roms nicht enttäusche. Außerdem möchte ich, da meine Genesung gut voranschreitet, um drei volle Mahlzeiten pro Tag bitten, die von meinen Köchen, die genau wissen, was ich gerne esse, zubereitet werden sollen. Ich hoffe damit zu vermeiden, dass ich auf der langen Reise einen Rückfall erleide und in einem fremden Land oder gar auf See einen unrühmlichen Tod sterbe.

Zudem wäre es sehr großzügig von Euch, wenn Ihr mir erlauben könntet, das Grab von Marcus Antonius ein letztes Mal zu besuchen, da das Schicksal in seiner Weisheit nun beschlossen hat, dass diejenigen, die einst gelobt haben, auf ewig zusammen zu sein, nun für immer getrennt werden.

Verbindlichsten Dank, dass Ihr diesen geringen Wünschen entsprecht.

Als sie den Brief schwungvoll unterzeichnet, muss sie lachen, bis es laut in ihrer Brust rasselt und sie einen Hustenanfall bekommt.

»Was auch immer Ihr vorhaben mögt, Ihr werdet Euch umbringen, wenn Ihr nicht mit diesem Unsinn aufhört.«

Kleopatra geht nicht auf Charmions Bemerkung ein. Sie öffnet die Tür und reicht der Wache den Brief. »Sorgt dafür, dass der Feldherr unverzüglich dieses Schreiben erhält.« Sie kann nur hoffen, dass ihr Lächeln und ihr fröhlicher Ton dem Mann nicht verdächtig vorkommen.

* * * * *

Allein schnelles und brutales Vorgehen führt zum Erfolg. Das hat Octavian von Julius Cäsar gelernt, und nun fragt er sich, was sein Onkel wohl jetzt von ihm hielte, da er seine grausame Philosophie ausgerechnet auf den vermeintlichen Sohn des Imperators anwendet. Vielleicht wundert Cäsar sich auf dem Olymp über die Kniffe, die Kleopatra benutzt, um die Herkunft des Jungen zu bekräftigen, und nun lächelt er von dort oben zu Octavian hinab, der alldem ein Ende bereitet.

Mir blieb keine andere Wahl, sinniert er, während er die erbeuteten Reichtümer des kleinen Cäsar bewundert, den die Römer mit seinem Gefolge in der Wüste aufgegriffen haben. Wenn die Lösung einfach und naheliegend ist, warum dann über Mittel und Moral debattieren? Den anhänglichen Arius hat er inzwischen zum Schweigen gebracht. In einem fort redete der Mann darüber, was sich hinter den Kulissen zutrug, als glaubte er, sich mit jedem Detail, das er offenbarte, einen weiteren Edelstein oder noch mehr Geld verdienen zu können.

Octavian möchte sich nicht mit der Liste all der Dinge beschäftigen, die ihm nach der Ermordung des Jungen zugefallen sind. Der Siegelring, das Geld und der Augenzeugenbericht Rhodons, der es in Gegenwart von Arius nicht gewagt hätte, zu lügen, sind ihm Beweis genug, dass von nun an nur noch ein Cäsar auf dieser Welt wandelt. Das genügt ihm vollkommen. Als man ihm schildert, wie dieser Antyllus starb, den er immerhin persönlich gekannt hatte, vergießt er eine Träne, genau wie er für dessen Vater in einem sentimentalen Augenblick eine Träne vergossen hat. Dass ihm in diesen Zeiten die Tränen kommen, hat allerdings nichts mit Reue oder Trauer zu tun, sondern ist der Erkenntnis geschuldet, dass jedes Leben, selbst das seine, irgendwann endet. Oder der Tatsache, dass ein Leben so problemlos ausgelöscht werden und ein jeder große Macht besitzen kann, der bereit ist, sie zu ergreifen. Weshalb nicht mehr Menschen von dieser Möglichkeit Gebrauch machen, ist Octavian unbegreiflich. Wieso diese Philosophen, wieso Arius und Rhodon ihn nicht auf der Stelle totschlagen und mit seinem Gold das Weite suchen, ist ihm schleierhaft. Manche Menschen, viele sogar, ziehen es anscheinend vor, einem Mann zu folgen, der ihnen all diese freudlosen Entscheidungen abnimmt und auch die Verantwortung dafür trägt.

Dennoch muss ein Mann auch Vorsicht walten lassen. Man könnte den Standpunkt vertreten, dass Caesarion und Antyllus in einem gefährlichen Alter waren. In einem Alter, in dem Alexander für das Königreich seines Vaters bereits in den Krieg zog und feindliche Stämme unterwarf, die der König erst noch erobern musste. Octavian hatte Antyllus gesehen, als der Knabe ihm das Angebot seines Vaters überbrachte. Dabei war ihm aufgefallen, dass der Bursche das kantige Kinn, die mächtige Brust und die lange, gerade Nase von Antonius geerbt hatte – ebenso wie das arrogante Auftreten. Octavia musste ihm nachsehen, dass er sich dieses Knaben entledigt hatte.

Von nun an müssen sich eben alle daran gewöhnen, ihm seine Taten zu verzeihen, und selbst Erklärungen für sein Tun finden, weil ihnen gar nichts anderes übrigbleibt. Wie dem auch sei – diese Knaben, die Sprösslinge und Söhne von Cäsar und Antonius, die Söhne der vielgepriesenen Geliebten dieser beiden Männer, hätten sich mit Sicherheit gegen ihn verschworen und in Rom einen neuen Bürgerkrieg angezettelt. Dabei hat Octavian den Menschen doch versprochen, es gebe in Zukunft keine Kriege mehr untereinander. Zweifelsohne wird das Volk die Morde wie gewöhnlich als politisch notwendig interpretieren.

Octavian hat schnell erkannt, dass diejenigen, die einem

nahestehen, schnell bereit sind, einem alles nachzusehen, wenn man einfach handelt und weder Erklärungen für sein Tun liefert noch Reue zeigt. Arius und Rhodon bilden da keine Ausnahme. Sie reden wild durcheinander, behaupten, Octavian habe klug gehandelt und benennen zahllose Gründe, wieso ihm keine andere Wahl geblieben war. Er verspürt den Drang, sie nach den jüngeren Kindern zu fragen, doch das verstößt gegen seine Philosophie. Was mit ihnen geschehen soll, muss er sich noch überlegen und dann entsprechend handeln, ohne jemanden um Rat zu bitten. Andererseits glaubt er nicht, den Mord an kleinen Kindern so ohne weiteres rechtfertigen zu können, nicht einmal vor sich selbst. Daher will er sie erst einmal mit nach Rom nehmen und im Auge behalten. Was schadet das schon? Schließlich sind die Zwillinge noch keine neun Jahre alt.

Octavian schickt die beiden Philosophen wieder weg. Unerträglich, wie sie auch diesmal wieder nur darauf warten, dafür entlohnt zu werden, dass sie ihre Pflicht nicht erfüllt haben. Immerhin hat er ihnen bereits Geld und ihr Leben geschenkt. Begreifen sie denn nicht, dass er Verräter nicht leiden kann, auch wenn er sie zu dem Verrat gedrängt hat? Er drückt ihnen ein paar Münzen in die fordernden, gierigen Hände und entlässt sie.

Als Octavian endlich mit den wunderschönen Beutestücken allein ist, versucht er, sich den Siegelring auf den Zeigefinger zu schieben. Der Ring hat Flecken, womöglich Blut, doch sie lassen sich mühelos mit einem Zipfel seines Umhangs entfernen. Der Ring ist ihm zu klein. Wahrscheinlich war der kleine Cäsar ebenso dünn wie sein Vater, oder er hat die Figur des Menschen, den Kleopatra wegen seiner Ähnlichkeit mit Cäsar für ihren heimtückischen Plan ausgesucht hat. Octavian ist davon überzeugt, dass die Königin alles ganz genau bedacht hat. Der Ring passt gut auf dem kleinen Finger, und genau dort wird er ihn die nächste Zeit tragen. Auch auf dem schweren Goldring ist der ptolemäische Adler eingraviert, dieses Biest, das fast in jedem Raum des Palastes hängt und das große Ähnlichkeit mit dem Adler auf den römischen Standarten hat. Ist das nur ein Zufall? Wie auch immer, der Ring stellt eine Art Brücke dar, die den Übergang von der griechischen zur römischen Herrschaft symbolisiert. Ein Zeichen der Götter, dass Ägypten von Anbeginn dazu bestimmt war, vom ihm regiert zu werden.

Schließlich pickt Octavian das schönste Stück aus dem funkelnden Schatz heraus und hält es ganz vorsichtig mit beiden Daumen und Zeigerfingern. Es ist leichter als vermutet, was ihn erheitert. Innerlich hatte er sich schon auf eine große Kraftanstrengung eingestellt, doch am Ende kostet es ihn nicht die geringste Mühe, das Ding hochzuheben. Er dreht und wendet es, blickt in die undurchschaubaren, höhnischen smaragdgrünen Augen der Kobra, berührt die dicke Brust der Schlange, die für die Macht der Pharaonen steht, gewöhnt sich langsam an ihren Anblick, fährt mit dem Finger über die diamantförmigen Schuppen und berührt die spitze Zunge. Dann setzt er das Diadem auf. Wie gut es passt! Allem Anschein nach haben die Söhne des Cäsar denselben Kopfumfang. Armer Julius! Haben ihn seine Landsleute doch dafür erstochen, dass er sich wünschte, diese Krone zu tragen. Er war einfach seiner Zeit voraus. Manchmal fällt es eben der jüngeren Generation zu, die Ziele der älteren zu erreichen. Manchmal braucht man einfach einen zweiten Mann, um eine Aufgabe zu vollenden.

* * * * *

Gerade als Kleopatra zum ersten Mal seit Tagen wieder eine Mahlzeit einnimmt, erhält sie die Nachricht. Die Königin ist erfrischt aufgewacht und hat endlich kein Fieber mehr. Die schon hoch am Himmel stehende Sonne sagt ihr, dass sie lange und tief geschlafen hat. Von ihrem Vater und den rituellen Dionysos-Tänzen hat sie geträumt, die er für seine Familie und Freunde stets aufführte. Im Traum trug ihr Vater ein durchsichtiges Gewand, sodass sein Publikum sah, wie sein Fleisch bei den Bewegungen zitterte. Kleopatra und mehrere römische Soldaten waren sein Publikum – einige von ihnen sind während der Schlacht in Griechenland gefallen. Sie wollte diese Männer nicht sehen, denn obwohl sie damals noch ein Kind war, gehörten alle Erfahrungen, die sie in ihrem weiteren Leben gesammelt hat, schon der Vergangenheit an. Sie versuchte sich auf die lockeren Bewegungen ihres Vaters zu konzentrieren, aber die Römer lenkten sie ab. »Nur Betrunkene tanzen, sonst niemand«, spotteten sie. Ihr Vater hörte sie nicht und tanzte, von Flötentönen begleitet, wie in Trance einfach weiter. Die unechten Locken seiner Perücke fielen ihm mädchenhaft auf den Rücken. Obwohl Kleopatra erst zehn Jahre alt war, merkte sie, wie lächerlich er sich machte. Sie hielt Ausschau nach Antonius, dem einzigen Römer, der den Anwesenden hätte klarmachen können, dass ihr Vater nicht betrunken, sondern Ehrfurcht einflößend war, dass er den Gott nicht verspottete, sondern ihm Ehre erwies. Unglücklicherweise war Antonius nicht da.

Sie beeilt sich, den Traum abzuschütteln. Wäre Antonius darin vorgekommen, hätte sie es längst nicht so eilig gehabt, ihn zu vergessen. Schon mehrmals hat sie geträumt, dass er noch lebt, und beim Aufwachen war ihre Trauer jedes Mal so groß, dass sie eine Medizin nahm und sich gleich wieder schlafen legte, in der Hoffnung, ihn wiederzusehen. Doch an diesem Morgen ist ihr Gesicht kühl, sind ihre Füße und Hände warm. Ein sicheres Zeichen, dass sie auf dem Wege der Besserung ist. Ihre Brust ist von blauen Flecken überzogen und gebrandmarkt, aber nicht mehr geschwollen. Sie verlangt nach dem Frühstück, das ihr jedoch nicht Charmion, sondern eine schweigsame Dienerin bringt, deren Namen sie nicht kennt. Nachdem sie das Mädchen weggeschickt hat, beißt sie in einen Orangenschnitz. In diesem Augenblick kommt Charmion in den Raum und bittet sie, nicht weiterzuessen.

Noch während sie das Fruchtfleisch kaut, erzählt die Hofdame ihr vom Besuch des alten Philosophen Philostratus, ehemals ein großer Gelehrter am Museion. Nun ist er ein gebeugter alter Mann mit langem weißem Bart, der halb den Verstand verloren hat. Den Morgen hatte er mit Arius verbracht, der ganz nebenbei erwähnte, dass der Sohn von Julius Cäsar und der älteste Sohn von Marcus Antonius unter mysteriösen Umständen ermordet worden seien. Vom wem, konnte der Philosoph nicht sagen, aber Arius hatte ihn gebeten, der Königin zwei Gegenstände auszuhändigen: einen Mondstein, den Antyllus an einer Halskette getragen hatte, und das Medaillon mit Horus, dem Falkengott, das Caesarion nie abgelegt hatte, nicht einmal im Schlaf. Charmion drückt der Königin beides in die Hand, und sie fühlen sich ganz kalt auf ihrer Haut an, als wären sie vor langer Zeit den warmen Körpern, die sie schmückten, entrissen worden.

Kleopatra legt die Hände vor den Mund und erbricht das wenige, was sie zu sich genommen hat. Auf einmal ist sie heilfroh, dass es ihr wieder schlechtgeht, dass bittere Galle in ihr aufsteigt, ihr im Hals brennt und den Schmerz mildert. Charmion wischt die Hände der Königin und das Tablett ab und rät ihr, sich zusammenzureißen. Denn das ist noch nicht alles. Der alte Philosoph behauptete, der ehemalige Mathematiklehrer Arius habe ihn außerdem gebeten, der Königin folgende Gleichung zu übermitteln: Fünf minus zwei macht drei.

»Ich habe ihn aufgefordert, das zu wiederholen, schließlich ist er ja nicht mehr ganz bei Sinnen. Das hat er dann auch dreimal getan und wurde irgendwann richtig wütend auf mich, als wäre ich eine seiner Schülerinnen, die nicht fleißig gelernt hat.«

Kleopatra zieht die Decke von den Knien. »Uns bleibt nicht viel Zeit«, sagt sie.

Zum ersten Mal widerspricht Charmion ihr nicht und rät ihr auch nicht, auf ihre Gesundheit zu achten. Wohlbefinden ist auf einmal unwichtig. Stattdessen reicht sie der Königin stumm die Hand und hilft ihr aus dem Bett. Kleopatra schwindelt, als sie steht, und sie wartet einen Augenblick, bis ihr nicht mehr schwarz vor Augen ist. »Holt sofort Iras her.«

»Werdet Ihr ein Trauergewand anlegen?«

»Dazu bleibt keine Zeit. Ich kann noch genug trauern, wenn ich tot bin. Aber bis ich es so weit ist, müssen wir uns ein letztes Mal verkleiden.«

Ihr ganzes Leben lang hat Kleopatra darauf gewartet, dass Charmion ihre Befehle ohne zu Murren ausführt, und nun bekommt sie endlich ihren Willen. Die Dienerin entfernt sich und fragt nicht, wieso sie losgeschickt wird – zum ersten Mal seit fünfundzwanzig Jahren. Als die Königin allein ist, überlegt sie, welche Möglichkeiten sie hat: Sie kann am Leben bleiben und zusehen, wie ihre anderen Kinder auch noch sterben. Sie kann abwarten und darauf hoffen, dass Octavian vielleicht doch nicht so herzlos ist, kleine Kinder umzubringen, dass er doch nicht so einfältig ist, eine Frau in Ketten vorzuführen, um seine Popularität zu steigern. Oder sie kann ihr Leben selbst beenden und dadurch vielleicht ihre drei jüngsten Kinder retten. Leider ist es unvorhersehbar, was ihr Tun bewirken wird. Welches Tier ist schon so unberechenbar wie Octavian? Nein, ein solches Tier existiert nicht einmal. Selbst die wildesten Kreaturen auf dieser Erde werden nur dann zum Mörder, wenn sie sich bedroht fühlen.

So viele Menschen sind inzwischen von ihr gegangen, und Kleopatra fragt sich, ob sie wohl auf sie warten, ob Antonius sie vermisst und die Götter darum gebeten hat, ihr Wiedersehen voranzutreiben. Mitzuerleben, wie diejenigen, die ihr alles bedeuten, den Tod finden, ist ihr auf einmal unerträglich. Mit jedem Tod stirbt auch ein Stück Hoffnung. Wie oft hat sie sich auf den Historiker Thukydides berufen und sich gesagt, Hoffnung sei eine teure Ware. Bis zum heutigen Tag hat sie nicht begriffen, wie teuer.

* * * * *

Nun, da die Königin so viel an Gewicht und Kraft verloren hat, wiegt die Isis-Robe schwerer als sonst. Erleichtert steigt sie in die Sänfte. Die Robe ist vielfarbig – blutrot wie die Sonne am späten Nachmittag, gelb wie ein klarer Sommertag und weiß wie der Wintermond. Gleich den Strahlen in der Krone des Sonnengottes Helios, der am Strand von Rhodos liegt, rahmen die aufgefächerten Falten sie ein. Allein der Umhang, der schwarz und mit Fransen gesäumt wie ein Schild auf ihrer Brust liegt, ist bleischwer. Der Saum ist mit funkelnden Monden und Sternen bestickt, die das Licht einfangen, das trotz der dichten Brokatvorhänge in die dunkle Sänfte fällt. Auf dem Gewand prangen unzählige Früchte und Blumen. Diese wunderbaren Gaben versinnbildlichen die Erhabenheit der Göttin, der Mutter Erde, der Königin des Mondes, der Tochter des Himmels, der Lebensspenderin. Wenn Kleopatra sich bewegt, dann mit großer Vorsicht, damit die bronzene Krone auf ihrem Kopf nicht verrutscht. Diese wird von zwei Schlangen gehalten, die sich um goldene Maiskolben winden. Aber dies ist ihr letzter Auftritt, und sie wird nicht straucheln.

Kleopatra hat angekündigt, dass sie vor ihrer Abreise nach Rom dem Grab ihres Gemahles einen letzten Besuch abstatten wird. Der Arzt Olympos hat Octavian gemeldet, dass die geschwächte Königin nicht zu Fuß gehen könne und deshalb zu ihrem letzten Besuch bei Antonius getragen werden müsse. Sonst könne nicht gewährleistet werden, dass ihre schwächliche Konstitution die bevorstehende Reise nicht beeinträchtigt. Zu ihrer kleinen Prozession gehören Charmion, Iras und ein paar Diener, die den Grabschmuck tragen: Girlanden, einen Kelch mit Antonius' Lieblingswein, der als letztes Trankopfer vergossen wird, dazu Körbe mit Blumen und Trauben. Mit diesen Gaben will sie den goldenen Sarkophag ihres Gemahls schmücken. Zu Fuß folgen die Königin und der allgegenwärtige Aufpasser der Sänfte. Nach allem, was sie gehört hat, erheitert ihre ständige Bewachung Octavian, der darüber scherzt, wie glücklich die Königin nun sein müsse, da sie sich immer wünschte, eine römische Armee an ihrer Seite zu haben.

Dass Kleopatra sich nicht ein letztes Mal am Anblick ihrer Stadt ergötzen kann, schmerzt sie sehr, aber vielleicht ist es besser so. Sie ist ebenso schwach oder stark wie Antonius, der einfach nicht vom Leben lassen mochte, obschon er alles verloren hatte. Trotz ihrer Krankheit spürt sie, dass es ihr körperlich langsam bessergeht. Die Ironie des Ganzen schürt ihren Zorn. Sie hat überlebt, nur um jetzt zu sterben. Ist das nicht das Schicksal aller Menschen? Wozu das alles?, fragt sie sich in den wenigen Momenten, die ihr noch zum Grübeln bleiben. Wozu all die Mühe? Wozu all diese Anstrengungen? Am Ende hat sie nur das Gegenteil dessen erreicht, was sie zu erreichen suchte.

Da muss Kleopatra an die Stimme des längst verstorbenen Demetrius denken, an den Philosophen, der sie viele Jahre im Museion unterrichtete. Ist er ihr ebenfalls in dem Traum erschienen, in dem ihr Vater für die Römer tanzte? Nicht das Ziel zählt, sondern die Anstrengung, pflegte er zu sagen und meinte damit, dass man ein Leben nicht aufrechnen, dass man Tugendhaftigkeit nicht messen könne. Auch könne jene schwer fassbare Qualität, wie Sokrates behauptete, nicht gelehrt, sondern ausschließlich von der Seele in Erinnerung behalten werden. Hatte sie ein tugendhaftes Leben geführt? Demetrius hatte ihr ein aktives Leben prophezeit und behauptet, die Philosophie sei nicht ihr Schicksal. Er hatte recht behalten. Aber war es vielleicht sogar möglich, ein tugendhaftes und gleichzeitig ein aktives Leben zu führen? Kleopatra hatte sich nie getraut, dem Gelehrten diese Frage zu stellen. Krieg, Politik, Rivalität, Verlangen und die Liebe haben ihr Leben bestimmt. Laut Sokrates werden Kriege um des Geldes willen ausgefochten – und um die Bedürfnisse des Körpers zu stillen. Da der Mensch Sklave seines Körpers ist, strebt er nach Reichtum, um sein inneres Verlangen zu befriedigen. Unser ganzes Leben lang sind wir Gefangene unseres Körpers und sollten uns auf den Tod freuen, da wir dann endlich alles Körperliche hinter uns lassen können.

Leider kann Kleopatra der These des Philosophen nicht zustimmen. Sie ist nicht in den Krieg gezogen, um Reichtum zu erlangen. Sie wollte vielmehr das bisschen Schönheit bewahren, das noch existierte, nachdem die Römer durch aller Herren Länder marschiert waren und diese ausbluten leißen. Sie hat versucht, ihr Königreich zu verteidigen und so ihre Vorfahren zu ehren, für ihre Kinder die Macht zu sichern. Hätte sie in diesem Augenblick die Wahl, alle körperlichen Bedürfnisse hinter sich oder Antonius wiederauferstehen zu lassen, würde sie Letzteres wählen. Lieber möchte sie ihre Kinder umarmen und beschützen, anstatt sich aus der Verantwortung zu stehlen. Vielleicht erweist der Tod sich als großer Erlöser, wie Demetrius glaubte, doch momentan ist Kleopatra eher ungehalten, dass sie diesen Körper aufgeben muss. Vielleicht hätte sie sich auch noch in Zukunft darüber gefreut, dass die Sonne ihr beim morgendlichen Ausritt an den sumpfigen Ufern des Nils ins Gesicht scheint und die ihr Luft durchs Haar wirbelt.

Doch sollte auch nur die geringste Hoffnung bestehen – da ist es wieder, dieses schreckliche Wort –, dass ihre drei Jüngsten nicht dasselbe grausame Schicksal ereilt wie Caesarion und Antyllus, wird sie die vergangenen Freuden liebend gern gegen die Geheimnisse des Todes eintauschen.

Als Kleopatra hört, wie die Menschen auf der Straße ihren Namen schreien oder flüstern, ist sie überaus dankbar, ihre Gesichter nicht sehen zu müssen. Sie alle sind erschienen, um einen letzten Blick auf ihre Königin zu werfen, denn ihre bevorstehende Abreise hat sich in der ganzen Stadt herumgesprochen. Zum Glück wissen die Menschen nicht, dass die Reise eine ganz andere sein wird, als sie glauben.

Vor dem Mausoleum besteht Kleopatra darauf, hineingetragen zu werden. Erst dann steigt sie aus der Sänfte. Sie möchte vermeiden, dass ihre Robe den Wachposten ihre wahre Absicht verrät. Während die Männer die Körbe mit dem Schmuck, dem Wein und den Opfergaben nach Waffen und tödlichen Instrumenten durchsuchen, hält sie den Atem an. Ein Soldat macht einen Scherz über die dicken Feigen, woraufhin Iras ihm eine anbietet, doch der Mann schlägt das Angebot aus und sagt, er wolle nur eine aufschneiden und das Innere ablecken, was er dann auch wollüstig tut. Kurz darauf hört sie das Gelächter seiner Kameraden. Nach der Durchsuchung gewähren die Wachen ausschließlich ihr, Charmion und Iras Zutritt zum Mausoleum.

Die Träger setzen die Sänfte ab und stellen die Körbe auf den Boden, die Diener und Wachposten gehen weg und schließen die großen Türen. Dann erst hilft Iras der Königin beim Aussteigen. Schwindelig und desorientiert fühlt sie sich, als sie in dem Raum steht, in dem sie den Körper ihres blutenden, sterbenden Gatten in den Armen gehalten hat. Alle Kostbarkeiten sind verschwunden, und abgesehen von den Statuen, die sie zu Ehren von Antonius' Tod herbeischaffen ließ, und dem goldenen Sofa, auf dem er starb, wirkt der Raum eher schmucklos.

In der Grabkammer riecht Kleopatra den süßen Duft der welkenden Rosen, die sie vor wenigen Tagen auf seinen Sarkophag gelegt hat. Sie schiebt sie beiseite und betrachtet das in Bronze gegossene Gesicht ihres Gemahls. Er hat die Arme über der Brust verschränkt und kann sie nicht umarmen. Sie nimmt den mitgebrachten Weinschlauch und gießt den Inhalt über den Sarg.

»Wartest du schon auf mich, mein Liebster? Ich komme bald zu dir und möchte dich nicht mit Persephone oder einer der Nereiden oder Musen erwischen, auf die du in der anderen Welt ein Auge geworfen hast. Wie Hera bin ich eine eifersüchtige Geliebte.« Mit dem Finger fährt sie über seine vollen Lippen, bestreicht sie mit Wein, wie sie es schon so oft getan hat, und hofft, die kalte Bronze möge sich in seinen warmen, leicht geöffneten Mund verwandeln und ihren Finger aufnehmen. Sie fragt sich, wer wohl auf sie warten wird. Wird sie in der Unterwelt zwischen Cäsar und Antonius wählen müssen? Muss man sich auch dort Prüfungen unterziehen, oder haben die Philosophen recht? Wird sie frei von Angst sein? *Ataraxia.*

»Wir müssen uns beeilen«, drängt Charmion. »Ihr werdet Euren Gemahl noch früh genug sehen.«

Ja, der Zeitfaktor hat jetzt oberste Priorität. Ihr ist, als brächte sie mit jedem Atemzug das Leben von Selene, Alexander und Philip in Gefahr.

Kleopatra verlässt sich auf Iras' Fähigkeiten, der prahlerisch behauptet hat, er könne mit einer Giftschlange umgehen. Wirklich davon überzeugt ist sie nicht. Andererseits bleibt ihr keine andere Wahl: Sie muss ihm glauben, dass er aufgrund seines starken Interesses an ägyptischen Schlangenbeschwörern dazu fähig ist. Dennoch hat sie vorgesorgt und ein kleines Fläschchen mit einem schnell wirkenden Gift in ihrem Haarknoten versteckt. Selbst der Arzt Olympos, dem sie in letzter Minute einen Besuch abgestattet hatte, räumte ein, das Gift einer Kobra führe schneller und nach außen hin schmerzloser als alles andere zum Tod.

»Die ägyptischen Henker haben die Verurteilten früher mit dem Biss einer Kobra getötet«, sagte er. »Doch irgendwann fanden sie, dass dieser Tod zu barmherzig für einen Kriminellen sei.«

Seit Caesarions Geburt betreut Olympos die Königsfamilie, und sie hegt keinen Zweifel an seiner Treue. Selbst wenn er sich bereit erklärt hätte, in Octavians Dienste zu treten, hätte sein Herz etwas länger gebraucht, bis es dem Lockruf des Geldes gefolgt wäre. Mit Tränen in den Augen versprach er ihr, sie werde einen stechenden und anfänglich unerträglichen Schmerz spüren, der unverzüglich Taubheit auslöste. »Ich habe schon erlebt, dass Menschen wie betrunken lachten, das Gift ist anscheinend nicht unangenehm. Bald werden sich Eure Augen schließen, und dann werdet Ihr zu träumen beginnen und in den ewigen Traum des Todes hinübergleiten.«

Iras berichtet ihr, dass diejenigen, die von der Kobra gebissen werden, sofort zu den Göttern gelangen, so nachhaltig wirkt das giftige Elixier. Die Kobra, deren Kopf die ägyptische Krone ziert, beschützt die Pharaonen seit vielen tausend Jahren. Sobald das ägyptische Volk erfährt, auf welche Weise die Königin zu den Göttern gegangen ist, werden die Menschen wissen, dass sie nicht gestorben ist, sondern ihren Platz unter den Unsterblichen eingenommen hat.

Besorgt mustert Kleopatra den Korb, in dem die Schlange liegt. »Ihr braucht mir nicht zu folgen«, sagt sie. »Das hier ist meine Reise, meine Bestimmung.«

Die Hofdame schüttelt nur den Kopf, und Iras sagt: »Glaubt Ihr, ich werde zulassen, dass meine Königin ungekämmt und in einem verknitterten Gewand vor die Götter tritt? Ich werde Euch als Euer göttlicher Friseur begleiten.«

Charmion nimmt ihre Hand. »Wir sind längst über alles hinaus, was Worte zu sagen vermögen, Kleopatra. Auf Erden seid Ihr mein Leben gewesen, ich werde das Eure im Tod sein. Das habe ich dem König versprochen.«

»Meinem Vater?«, fragt sie.

»Dieses Versprechen habe ich zwei Königen gegeben, Eurem Vater und dem Imperator«, entgegnet die Dienerin. »Das war seine letzte Bitte an mich. ›Sorg für ihre Sicherheit, bis wir uns wiedersehen.‹ Ich muss Euch zu ihm bringen, sonst wird mich seine zornige Seele verfolgen.«

»Niemals hätte ich erwartet zu hören, dass Ihr den Imperator als König bezeichnet.«

»Das war er, weil eine große Königin ihn zu ihrem König erwählt hat.«

Kleopatra kann nicht glauben, dass dieser sanfte Eunuch, der ihr ganz vorsichtig das Haar bürstet, der es mit Hingabe und Feingefühl mit schönen Edelsteinen und goldenen Nadeln schmückt, eine zwei Meter lange Schlange nehmen und sie an ihren Arm halten wird. Dennoch öffnet er jetzt schnell den Korb und entfernt die Girlanden, unter denen ihr Geheimnis verborgen liegt.

»Wie kommt es, dass sie sich nicht gerührt haben?«, möchte Kleopatra wissen.

»Wenn sie sich fürchten, verhalten sich diese gerissenen Tiere unauffällig und fallen schließlich blitzschnell über ihr Opfer her.« Iras Augen funkeln wie glänzende, in Öl eingelegte Erdnüsse.

Für diese besondere Gelegenheit hat er sich eigens zurechtgemacht. Er hat die Augen mit dünnen schwarzen Linien umrandet und die Wangen jungfräulich gerötet. Kleopatra vermutet, dass er leicht angetrunken ist. Seit ein paar Monaten verbirgt er die kahle Stelle an seinem Hinterkopf unter einem nachtschwarzen Haarteil. Seit die Königin sich erinnern kann, trägt Charmion denselben griechischen Chiton. So auch heute. Ihre Hofdame hat Kleidung, Haartracht oder Kosmetik nie ihrem Alter anpassen müssen, denn schon als junge Frau hatte sie die Ausstrahlung einer ehrbaren alten Dame.

Im Mausoleum ist es kühl, obwohl man den zehnten August schreibt. Wie immer um diese Jahreszeit herrschen in Ägypten extrem hohe Temperaturen, denen man nicht mal am Meer entkommt. Wie ein weißer Schleier hängt das durch die hohen Fenster hereinfallende Morgenlicht über ihren Köpfen. Kleopatra liegt auf der goldenen Couch, auf der Antonius seinen letzten Atemzug tat. Sie ist der Worte müde. Jede Minute, die sie länger am Leben bleibt, könnte eines ihrer Kinder das Leben kosten. »Ich habe nichts mehr zu sagen«, wendet sie sich an Charmion und Iras. »Kommt her und küsst mich.«

Iras kniet sich neben sie und bettet wie ein kleines Kind den Kopf an ihre Brust. Während er mit den Tränen kämpft, fordert sie ihn auf, tapfer zu sein und sie nicht im Stich zu lassen, da so viel auf dem Spiel steht. »Auch ich liebe die Kleinen, Eure

Majestät«, flüstert er unter Tränen. Als er den Kopf hebt, ist das Kajal verschmiert. Intuitiv wischt er mit den feuchten Fingern die Schminke weg.

Charmion küsst Kleopatras Wange. »Ich werde Euch in Kürze sehen. Es dauert sicher nicht länger, als ginge ich schnell hinaus, um für Euch eine Decke zu holen.«

»Einem mutterlosen Kind seid Ihr stets eine Mutter gewesen«, flüstert Kleopatra ihr zu. Diese Erkenntnis ist ganz neu, und weil sie so neu ist, hat sie Charmion bisher auch noch nie dafür gedankt.

Doch die Hofdame legt den Zeigefinger auf die Lippen der Königin. »Bei Euch gewesen zu sein, war mir Lohn genug«, meint sie.

In diesem Moment spürt Kleopatra, wie sehr Charmion sie all die Jahre geliebt hat. Keinem anderen, nur ihr, die sie diese Liebe ein Leben lang für selbstverständlich erachtete, war dieses Glück vergönnt. Kleopatra hat unzählige Männer, ihre Kinder, das ägyptische Volk geliebt, während Charmion ihre Liebe ausschließlich der Königin schenkte.

Jetzt badet sie in dieser Zuneigung, die sie zu Tränen rührt. Sie drängt Iras, sich zu beeilen, doch er ist offenbar in Gedanken schon ganz woanders, konzentriert sich voll und ganz auf das Tier in dem Korb und rührt sich nicht. Zuerst kommt es ihr so vor, als würde gar nichts passieren, doch dann sieht sie, wie ein hellbrauner Kopf über dem Rand des Korbes auftaucht, als sei das Reptil gerade erst erwacht. Iras kniet sich hin und starrt der Schlange in die Augen. Kleopatra hingegen möchte am liebsten die Augen schließen, sie möchte nicht sehen müssen, was Iras gleich tun wird und ob er dabei Schaden nimmt. Andererseits ist der Anblick zu faszinierend.

Ihr kommt es vor, als verschmelze der Mann mit der Schlange zu einem Wesen. Charmion kniet sich neben sie und wartet. Als Iras zurückweicht, folgt die Schlange ihm und steigt immer höher. Kleopatra glaubt, ihr Herz habe schon zu schlagen aufgehört, als Charmion ihre Arme nimmt, sie wie abgesprochen ausbreitet und die Ärmel hochschiebt. Da die Königin nicht will, dass die Schlange sich ihrem Gesicht nähert, haben sie beschlossen, ihr den linken Arm hinzuhalten. Beißt sie in die Seite, auf der das Herz schlägt, tritt der Tod kurze Zeit später ein. Selbstverständlich kann sie dieses Drama mit einem Schrei, einem Einwand, mit einem einzigen Wort abwenden, doch sie wartet und schweigt. Irgendwann streckt Iras die Hand aus und greift nach der Schlange. Anstatt sich zu wehren, lässt das Tier sich von ihm festhalten. Falls es Reißaus nehmen sollte, wird das Kleopatras Vorhaben nicht beeinträchtigen. In den Körben sind zwei Schlangen, die nur darauf warten, jemandem das Leben zu nehmen.

Jetzt hält Iras die Kobra mit beiden Händen fest. Mit ausgestreckten Armen nähert er sich der Königin, als bringe er ihr ein schauerliches Geschenk dar. Sie versucht, sich das Gesicht der Schlange einzuprägen, die diamantförmigen Schuppen, die gelblichen Augen, die gespreizten Halsrippen, die gezackte Zunge. Das Tier gleicht der Schlange, die sie viele Jahre auf dem Kopf trug. Kleopatra rührt sich nicht, obgleich ihr Herz nun heftig in ihrer Brust pocht. Um zu vermeiden, dass sich ihr Lebenswille meldet und sie instinktiv aufspringt, schließt sie die Augen. Sie hört, wie Iras sich ihr keuchend nähert. »Ja«, sagt er.

Im nächsten Moment spürt sie einen Stich im Arm, der sie an den schlimmsten Schmerz, an die Geburt ihrer Kinder erinnert. Als das Ziehen immer schlimmer wird, möchte sie am liebsten einen Arzt rufen und ihn bitten, ihr diese Gliedmaße abzuhacken. Stattdessen besinnt sie sich darauf, dass sie Leben schenkte, als sie das letzte Mal unter solchen Qualen litt. Diesmal wird der Schmerz das Überleben derer sichern, die sie liebt. Obwohl der Schmerz unerträglich ist, ringt sie sich ein Lächeln ab und merkt auf einmal, wie ihre Muskeln taub werden. Noch einmal will sie die Welt sehen, öffnet die Augen und begegnet Charmions festem Blick. Ihre Hofdame weint nicht. Wie ein Schlachter, wie ein Priester beim Opfergang erfüllt sie ungerührt ihre Pflicht. Nach Kleopatras Tod wird Charmion den Biss der Kobra empfangen, und danach wird Iras sich die Schlange selbst ansetzen. Auf diese Weise können sie gemeinsam zu den Göttern gehen. Iras hat die Königin angefleht, auf ihn zu warten, da er sie frisieren möchte, ehe sie vor die Gottheiten tritt.

»Entspricht dieser Tod einer Königin?«, fragt Kleopatra die beiden.

»Ja«, antwortet Charmion. »Er entspricht einer Königin, die von so vielen Königen abstammt.«

Trotz der Pein überkommt sie große Müdigkeit. Charmion schiebt ihr ein Seidenkissen unter den Kopf und rückt ihre Krone zurecht. Jemand macht sich an den Locken zu schaffen, die ihr Gesicht einrahmen. Sie schöpft ein letztes Mal Atem, dann spürt sie gar nichts mehr. Kleopatra schläft ein, kehrt zurück zu jenem Traum, in dem ihr Vater ihr erschienen ist. Sie erkennt sein Gesicht, sieht, wie er konzentriert und ehrfürchtig nach der Flöte greift. Er schürzt die Lippen, aber in dem Moment, als er sie sieht, lächelt er.

Kleopatra. Die ihrem Vater Ehre machte. Die Ägypten Ehre machte. Es ist höchste Zeit, dass du mich besuchen kommst.

Zum Spaß wirft er ihr einen missbilligenden Blick zu, legt dann die dicken Bärenlippen an die Flöte und spielt ihre Lieblingsmelodie.

Sie sind im königlichen Empfangsraum, nur sie beide, in dem sie so oft auf ihre Gäste gewartet haben. Die Musik erfüllt den ganzen Raum. Kleopatra macht es sich auf ihrem Thron bequem, freut sich über die wenigen Minuten, die ihr und ihrem Vater allein vergönnt sind, stützt den Kopf in die Hände und lässt sich von der wunderbaren Melodie gefangen nehmen, die sie von allen irdischen Ängsten befreit und ihr göttliche Freude bereitet. Auf einmal treibt sie ganz sanft weiter, als beginne nun ein anderer, ein neuer Traum. Unvermittelt schmeckt sie einen feinen fruchtigen Wein auf den Lippen, der ihre Sinne belebt, und sie hört Antonius' tiefes Lachen, dieses fröhliche und ausgelassene Lachen, dann das Klirren der Kelche, als sie auf den Sieg anstoßen.

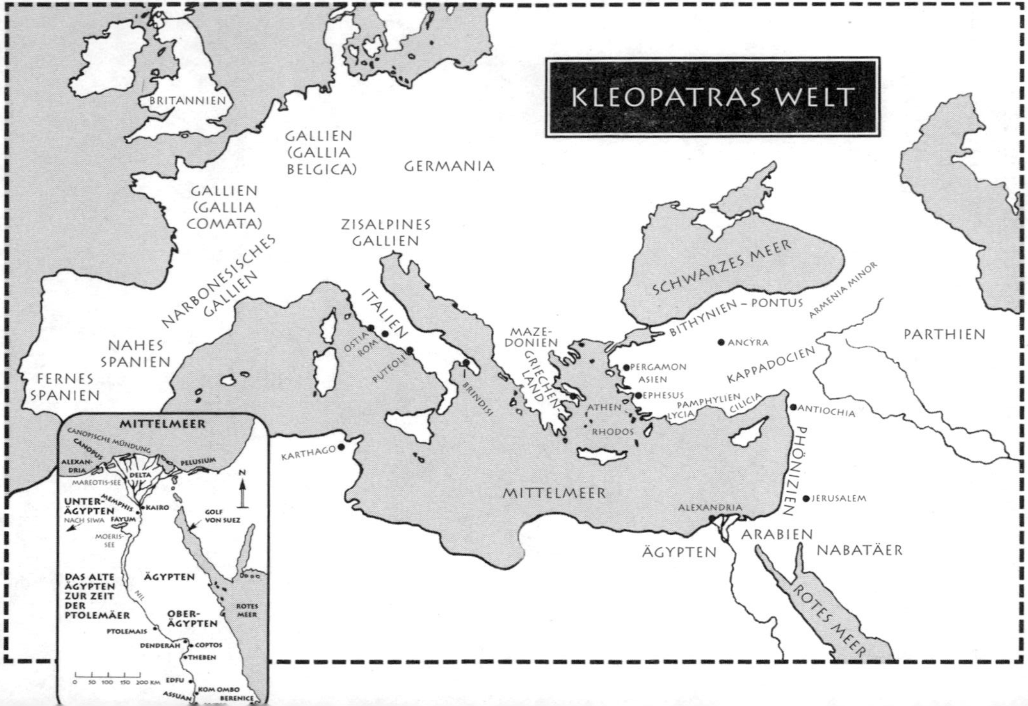
KLEOPATRAS WELT
BRITANNIEN
GALLIEN (GALLIA BELGICA)
GERMANIA
GALLIEN (GALLIA COMATA)
ZISALPINES GALLIEN
NARBONESISCHES GALLIEN
NAHES SPANIEN
FERNES SPANIEN
ITALIEN
OSTIA
ROM
PUTEOLI
BRINDISI
KARTHAGO
MAZEDONIEN
GRIECHENLAND
ATHEN
RHODOS
SCHWARZES MEER
BITHYNIEN – PONTUS
ARMENIA MINOR
ANCYRA
PERGAMON
ASIEN
EPHESUS
PAMPHYLIEN
LYCIA
CILICIA
KAPPADOCIEN
PARTHIEN
ANTIOCHIA
PHÖNIZIEN
JERUSALEM
MITTELMEER
ALEXANDRIA
ÄGYPTEN
ARABIEN
NABATÄER
ROTES MEER
MITTELMEER
CANOPISCHE MÜNDUNG
CANOPUS
ALEXANDRIA
PELUSIUM
MAREOTIS-SEE
DELTA
MEMPHIS
KAIRO
N
UNTER-ÄGYPTEN
NACH SIWA
FAYUM
MOERIS-SEE
GOLF VON SUEZ
DAS ALTE ÄGYPTEN ZUR ZEIT DER PTOLEMÄER
ÄGYPTEN
NIL
OBER-ÄGYPTEN
ROTES MEER
PTOLEMAIS
DENDERAH
COPTOS
THEBEN
0 50 100 150 200 KM
EDFU
KOM OMBO
ASSUAN
BERENICE

Kleopatras Genealogie

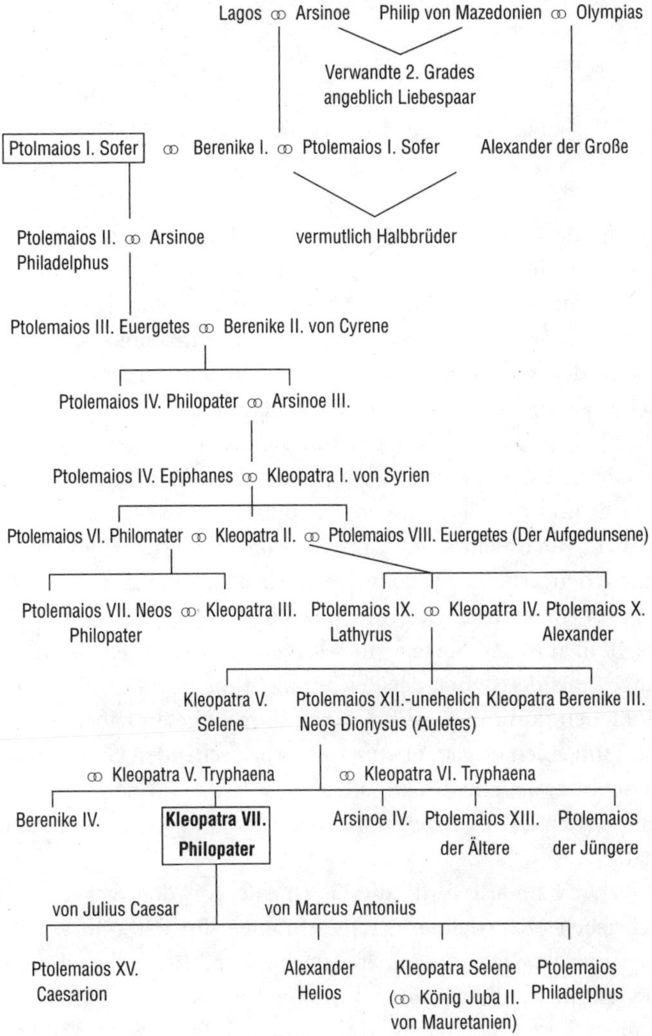

Anmerkungen der Autorin

Nach Kleopatras Tod im Jahre 30 v. Chr. übertrug Octavian seine Macht dem Senat, woraufhin die Senatsmitglieder ihn am 27. Januar im Jahre 27 v. Chr. ehrten, indem sie ihm den Namen Augustus verliehen, was so viel wie »der Erhabene« heißt. Er nahm den neugeschaffenen Rang des Ersten Bürgers ein und schuf gleich einem begnadeten Zauberer die Illusion, er werde die alten Werte und die alte Ordnung der römischen Republik wiederherstellen. Doch in Wahrheit strebte er nach absoluter Macht und rief sich zum ersten römischen Kaiser aus. Bis zu seinem Tod im Jahre 14 v. Chr. herrschte er in Frieden und baute mit dem erbeuteten ägyptischen Vermögen Roms Infrastruktur aus. Er wusste, wie sehr die Römer sich nach der ehemals republikanischen Staatsform sehnten, die zwar legendär, aber angesichts der Größe des Reiches nicht mehr praktikabel war. Sollte ich ihm mit diesem Roman Unrecht getan haben, dann nur, um einen Gegenentwurf zur vorherrschenden Geschichtsschreibung zu entwickeln, die über zweitausend Jahre hinweg ein extrem hartes Urteil über Kleopatra und Antonius gefällt hat.

Letzten Endes wurde die Geschichte von den Siegern geschrieben oder vielmehr umgeschrieben. Im Jahre 36 v. Chr. begann Octavian mit seiner Revision der historischen Ereignisse und Konflikte. Die Arbeiten von Cassius Severus, Titus Labienus und Timagenes von Alexandria – allesamt Kritiker Octavians – wurden zusammen mit schätzungsweise zweitausend Büchern vernichtet. Über das, was darin geschrieben stand, können wir nur spekulieren, aber man darf durchaus davon ausgehen, dass jede positive Bemerkung über Kleopatra oder Antonius gestrichen wurde. Während Octavians Herrschaft verfassten Hofhistoriker wie Nicolaus von Damaskus Berichte und Biographien, in denen Roms neuer Kaiser lobende Erwähnung fand. Tatsache ist, dass Octavian eine Autobiographie geschrieben hat, von der Fragmente erhalten sind. Insofern stammt Kleopatras Vermächtnis an uns aus der Feder derer, die ihre erbittesten Feinde waren.

Faszinierend finde ich, dass die Historiker Octavians ungewöhnlich grausame Taten einfach übergehen und ihn gern als großen und mildtätigen Herrscher skizzieren. Tatsache ist vielmehr, dass er die schwangere Livia gezwungen hat, ihren Gemahl zu verlassen und ihn zu heiraten. Nur selten wird ein Wort über dieses verderbte Verhalten verloren. Tatsache ist auch, dass er Hunderte seiner Landsleute nach der Belagerung von Perusia hinrichten ließ. Von den vielen Versprechen, die er Antonius gegeben hatte, hielt er nicht eines. Caesarion und Antyllus ließ er kaltblütig ermorden. Und gegen Ende seines Lebens verbannte er sein einziges Kind, seine Tochter Julia, wegen Ehebruchs auf eine abgelegene Insel, wo sie schließlich verhungerte.

Im Licht all seiner Taten ist es höchst interessant, dass ausgerechnet Kleopatra von der Geschichte als verkommen, kalt, ehrgeizig und amoralisch bezeichnet wird. Wenn ich nicht irre, bezeichnen Psychiater so etwas als Projektion.

Octavian war nicht immer grausam. Nach Kleopatras Tod nahm er ihre jüngeren Kinder mit nach Rom, wo er sie in Octavias Obhut gab. Der römische Kaiser behandelte die drei sehr gut, verheiratete Selene mit König Juba, einem gelehrten numidischen Monarchen und Verbündeten Roms, und schickte ihre Brüder an ihren Hof. Selene brachte mindestens einen Sohn zur Welt, doch von da an existieren keine Aufzeichnungen mehr über Kleopatras Nachkommen. Die römischen Kinder von Antonius führten die Familientradition fort und wurden Politiker. Er war der Vorfahre mehrerer römischer Kaiser.

Manche Historiker vertreten die These, dass Kleopatra die wahre Nachfolgerin und Erbin sowohl von Alexander dem Großen als auch von Gaius Julius Cäsar war und dass sie und Antonius eine menschlichere und intelligentere Politik verfolgten als Octavian und seine kaiserlichen Nachfahren. Ihre Vision eines graeco-äygptischen Imperiums ging dreihundert Jahre nach ihrem Tod mit dem Byzantinischen Reich in Erfüllung. Auf alle Fälle muss Octavian erkannt haben, wie weise ihre Vision war, denn auch nach dem Tod von Antonius änderte er weder etwas an dessen politischer Linie noch enthob er die von seinem Widersacher ernannten Personen ihrer Posten, obgleich er sein Andenken in Rom in den Schmutz zog. Kleopatra, eine große Herrscherin und Politikerin, mag uns in Geschichtsbüchern und in den Mythen als Verführerin geschildert werden, die den Niedergang zweier großer Römer verschuldet hat, doch ihr Volk hat sie abgöttisch geliebt, und über viele Jahrhunderte hat man ihre Herrschaft als sehr bedeutend angesehen. Ein berühmter Historiker sagte einmal: »Rom fürchtete sich vor zwei Menschen: Der eine war Hannibal, der andere eine Frau.«

Danksagung

Das Wissen, die Erfahrung und die Intelligenz vieler Menschen finden sich auf den Seiten von *Kleopatra* und *Die Pharaonin.* Die beiden Romane entstanden aus einer anhaltenden Diskussion mit Mikal Gilmore über die Art und Weise, wie in der Geschichte Frauen porträtiert werden. Er war dabei, als mir die Idee für die Bücher kam, und seine Ermutigung und sein Rückhalt während all dieser Jahre waren von unschätzbarem Wert für mich. In Nashville schloss Bruce Feiler sich den Gesprächen über dieses Thema an und verbrachte mehr Zeit mit Kleopatra ebenso wie mit der Form, Struktur und den Ideen dieses Romans, als man von irgendjemandem erwarten darf. Ich kann mich glücklich schätzen, mit diesen beiden Männern befreundet zu sein, und ihre intellektuelle und kameradschaftliche Art war für den Schreibprozess unerhört wichtig.

Die kürzlich verstorbene Nancy A. Walker von der Vanderbilt University unterstützte mich bei der Recherche und half mir Tag für Tag, mich von der Fülle der Fakten nicht überwältigen zu lassen. Sie war mir eine produktive Lehrerin, eine großzügige Mentorin und liebe Freundin. Marina Budhos brachte mir mehr über die Kunst und das Handwerk des Schreibens bei, als ich jemals glaubte, lernen zu müssen, und hob dabei den Standard und das Format meiner Schreibkunst auf ein ganz neues Niveau. Meine Tochter Olivia Fox lieferte die perfekte Vorlage für eine heranwachsende Prinzessin und half mir, der jungen

Kleopatra Leben einzuhauchen. Professor Susan Ford Wiltshire ist stets eine Inspiration für mich, und sie und Dr. Kaye Warren stellten sicher, dass die Romane jeder historischen Kritik standhielten. Auch wenn ich es nicht zum ersten Mal sage, möchte ich hier dennoch wiederholen, dass *Kleopatra* ohne die Großzügigkeit meiner Mutter womöglich niemals in Druck gegangen wäre.

Meine Freunde lasen geduldig die verschiedenen Fassungen des Romans und lieferten nicht nur wichtige Kritik, sondern auch den nötigen Zuspruch: Will Akers, Patsy Bruce, Gilbert Buras, Cynn Chadwick, Gian DiDonna, Mary Bess Dunn, Keith Fox, Michael Katz, Beverly Keel, Lee Lowrimore, Clarence Machado, Allison Parker, Cathie Pelletier, Camille Renshaw und Pifmagazine.com, Dorothy Rankin, Richard Schexnayder, Molly Secours, Tom Viorikic, Jane Wohl und Andrea Woods. Außerdem möchte ich den Studenten und dem Lehrkörper des Fachbereichs für Kreatives Schreiben am Goddard College MFA danken.

Ben Sherwood machte Unmögliches möglich. Warren Zide und Jennie Frankel erkannten das filmische Potenzial des Stoffs und handelten dementsprechend. Mit außergewöhnlicher Sorgfalt nahmen sie sich des Projekts und meiner Drehbuchautorenkarriere an. Harley J. Williams und Dawn Weekes Glenn hauchten dem Medienrecht Klasse und Würde ein. Jonathan Hahn ist ein mit Verstand, Herz und Seele arbeitender Publizist. Darüber hinaus möchte ich Miriam Parker, Ana Crespo und Chris Dao von Warner Books danken und vor allem Jackie Meyers für die beiden wundervollen Cover der Originalausgaben.

Dass diese beiden Romane tatsächlich erschienen sind, ist vor allem der Intelligenz und Energie dreier Frauen geschuldet: Susanna Einstein kaufte sie voller Enthusiasmus, und seit damals ist Jackie Joiner ihre loyalste und überschwänglichste Anhängerin. Amy Williams – Agentin, Reisegefährtin, Kameradin – besitzt die Kraft eines Hurrikans, das Herz eines Löwen und eine Seele gleich der ruhenden Mitte in Apollos Dreieinigkeit.

Karen Essex

Kleopatra

Historischer Roman

ISBN 978-3-548-26711-1
www.ullstein-buchverlage.de

Die ägyptische Pharaonin Kleopatra war schön, sinnlich, klug – und die mächtigste Frau ihrer Zeit. Als Geliebte zweier römischer Herrscher ist sie bis heute legendär. Als Königin mit untrüglichem politischem Instinkt bewahrte sie mit den Waffen einer Frau Ägyptens Eigenständigkeit. Wie sie in ihre machtvolle Rolle hineinwuchs, davon erzählt dieser spannende historische Roman.

»Temporeich, packend, stimmig und historisch genau.«
Publishers Weekly

Dora Levy Mossanen

Die Tochter der Kurtisane

Roman

ISBN 978-3-548-26632-9
www.ullstein-buchverlage.de

Paris, um 1900. Simones Weg scheint vorbestimmt: Ihre Familie möchte, dass sie als große Kurtisane Frankreichs Geschicke mitbestimmt. Doch Simone verliebt sich in Cyrus, den Hofjuwelier des Schahs, und folgt ihrem Ehemann in die schroffe Bergwelt Persiens. Aber ihr Glück ist von kurzer Dauer: Simone kehrt zurück nach Paris – bereit, alles zu tun, um den Mord an ihrem Mann zu rächen.

»Ein Historien-Schmöker der besonderen Art.«
Die Zwei

UB382

ullstein